LISA ROSENBECKER

MAGIE AUS GIFT UND SILBER

Für Lina
Hör auf dein Herz

DRACHENMOND VERLAG

Drachenmond Verlag GmbH
Auf der Weide 6
50354 Hürth
http: www.drachenmond.de
E-Mail: info@drachenmond.de

Lektorat: Stephan R. Bellem
Korrektorat: Michaela Retetzki
Satz & Layout: Astrid Behrendt
Illustrationen: Sophie Usui / Yomiya

Umschlagdesign: Marie Graßhoff
Bildmaterial: Shutterstock

Druck: Booksfactory

ISBN 978-3-95991-450-5

Für Mama

Mit deinem Lachen verlor meine Welt
eine ihrer schönsten Farben

Kapitel 1

Ich genoss den ersten Atemzug des Museums. Der Haupteingang lag in weiter Ferne, noch nie hatte ich gehört, wie er geöffnet wurde und die Besucher hereinströmten. Und doch spürte ich es, wenn der Wind von draußen in das alte Gemäuer eindrang und ihm Leben einhauchte. Die Luft knisterte voll Vorfreude und die Staubkörner tanzten im Licht der Sonnenstrahlen. Obwohl ich Tag für Tag, Jahr für Jahr ein und denselben Ausblick hatte, wurde ich seiner nie überdrüssig. Mir direkt gegenüber war ein großes, bodentiefes Fenster mit Blick in den Museumsgarten. Die Jahreszeiten und das Wetter wechselten sich vor meinen Augen ab, alles hatte einen eigenen Charme. Am liebsten hatte ich jedoch den Regen.

Die grauen, dunklen Wolkendecken hüllten den Flur des Museums in gedämpftes Licht und verliehen den Bildern an der Wand links daneben eine andere, faszinierende Atmosphäre. Die stetig fallenden Tropfen waren beruhigend. Auch das Geräusch bei ihrem Aufprall auf die Scheibe war wie Musik für mich. An jenen Tagen herrschte im Museum auch der meiste Betrieb, was mich ebenfalls freute. Ich mochte es, Menschen zu beobachten und hatte einen guten Platz dafür. Genügend Raum für mich, einen schönen Ausblick und viel Unterhaltung, wenn sich die Menschen auf der Bank vor dem Fenster niederließen und miteinander redeten. Sie kannten ganz wundervolle Geschichten, manchmal redeten sie aber auch nur über ganz belanglose Dinge, was eine schöne Abwechslung war. Ich konnte rechts und links von mir in die Flure spähen und nicht alle Standorte waren so beliebt und belebt wie meiner. Ich hatte es nicht schlecht getroffen für eine Statue.

Das war wohl, was ich war. Zumindest nannten mich die Menschen so, die an mir vorüberliefen, stehen blieben und meine Plakette lasen. Soweit ich es mitbekommen hatte, stand auf der kleinen Tafel zu meinen Füßen: Marmorstatue einer unbekannten jungen Frau, Herkunft und Künstler ebenfalls unbekannt, vermutlich aus dem Jahr 430. v. Chr. Laut den Menschen im Museum war ich eine ›alte Schachtel‹. Wenn ich wirklich so alt war, dann stimmte das vermutlich.

Doch die Erinnerungen an mein bisheriges Dasein waren vage. Die Jahre verschwammen, Zeit war ein diffuses Gefühl. Schätzungsweise einhundert Jahre stand ich nun schon in diesem Museum, aber die Einzelheiten waren mir entglitten. Von allem, was noch weiter zurücklag, war nichts mehr übrig geblieben.

Dabei beobachtete ich die Menschen aufmerksam und versuchte, jeden Tag etwas Neues zu lernen. Sie waren eine unerschöpfliche Quelle an Informationen und so wandelbar. Mein gesamtes Wissen hatte ich durch sie erlangt. Auch die Erkenntnis, dass es noch unglaublich viel gab, was ich niemals mit eigenen Augen sehen, geschweige denn verstehen würde. Ich malte mir gerne aus, wie es in der Welt außerhalb des Museums aussah.

Malen. Das war etwas, was ich zu gerne ausprobiert hätte.

Mein Blick schweifte zu der Pinnwand hinüber, die neben dem Fenster hing. Dort klebten lauter Zettel mit Informationen. Zumindest standen die Menschen ständig davor und schauten nach etwas, um dann nickend weiter ihres Weges zu gehen. Doch darüber hingen Bilder, die die Museumsguides zusammen mit den Kindern angebracht hatten, die diese kleinen Kunstwerke erschaffen hatten. Es waren mit Wasserfarben angefertigte Nachzeichnungen von Gemälden, die im Museum hingen. Und diese Farben … Ich wurde nie müde, sie anzusehen. Vor allem das Blau faszinierte mich.

Eine Tür fiel ins Schloss. So gut ich es in meinem starren Zustand – der leider mein Sichtfeld mit einschloss – konnte, sah ich nach rechts, um den Neuankömmling zu begrüßen, der sich mit lauten Schritten ankündigte.

»Hallo, Miss.« Eddie, einer der Wachmänner im Museum, kam um die Ecke geschlendert, begleitet vom Klirren seines Schlüsselbundes, und begrüßte mich – wie jeden Tag. Er lächelte und tippte sich an die Mütze, die zu seiner Uniform gehörte. Unter dem Arm trug er einen Stapel Papier. Ein Blatt davon heftete er an die Pinnwand. Ich konnte nicht lesen, was draufstand, dazu war es zu weit weg.

Pfeifend führte Eddie seinen Rundgang durch das Museum fort. Er lief zwischen dem Fenster und mir vorbei.

»Ich wünsche Ihnen einen wunderschönen Morgen.« Lächelnd sah er mich an und ging weiter. Er blieb nie stehen, um auf eine Antwort zu warten. Ich hätte sie ihm nicht geben können, aber ich versuchte immer wieder, irgendetwas an mir zu bewegen, um ihm zu zeigen, dass ich ihn hörte. Aber es hatte keinen Zweck. Nichts bewegte sich und kein Ton kam mir über die geschlossenen Lippen. Dabei hätte ich seinen Gruß gerne erwidert. Nur ein einziges Mal.

Ich sah Eddies dünner Gestalt so lange nach, wie ich konnte. Dann wartete ich auf die Besucher.

»Mama, was hat sie da in den Händen?« Ein kleines Mädchen zog am roten Wollpullover ihrer Mutter und deutete auf mich. Die Frau drehte sich um und sah auf die Stelle, auf die die Kleine zeigte. Durch den Sockel, auf dem ich stand, überragte ich die Frau ein gutes Stück und sie musste sich auf die Zehenspitzen stellen, um auf Augenhöhe mit meinen Händen zu gelangen. Ich hielt sie geschlossen und übereinandergelegt vor meiner Brust. Die Frau schaute von links, von rechts und zuckte dann mit den Schultern.

»Ich kann es leider nicht erkennen, mein Schatz.«

Missmutig sah die Kleine mich an. »Was hast du da?«, fragte sie mich.

Ich weiß es selbst nicht, antwortete ich in Gedanken.

Sie legte den Kopf schief und für einen Moment glaubte ich, dass sie mich tatsächlich gehört hatte. Doch sie rümpfte nur die Nase und wandte sich ab.

»Sie ist unhöflich«, sagte das Mädchen zu seiner Mutter und zog sie von mir weg.

Wenn ich gekonnt hätte, wäre ich in schallendes Gelächter ausgebrochen.

Wenig später stand eine Gruppe männlicher Teenager vor mir. Sie unterhielten sich lautstark und schubsten sich gegenseitig spielerisch. Einer, der gerade eine aufgeschraubte Wasserflasche in der Hand hielt, stolperte und konnte sich gerade noch so fangen, kurz bevor er gegen meinen Sockel gestoßen wäre. Das Wasser allerdings ließ sich nicht aufhalten. Ein kleiner Schwall schwappte aus der Flasche und landete auf meinen steinernen Füßen. Zum Glück war gerade keiner der Aufseher da, denn das hätte sonst eine Menge Ärger für die jungen Leute bedeutet. Der Übeltäter tat so, als wäre nichts geschehen und drehte sich zu seinen Freunden um.

»Diese respektlose Jugend!«, keifte eine Stimme. »Was glaubt ihr, wo ihr hier seid?«

Der Junge mit der Wasserflasche drehte sich erschrocken um, auch seine Freunde verstummten und wandten sich der Stimme zu. Ein Päckchen Taschentücher flog in die Mitte der Gruppe und die Jugendlichen stoben auseinander.

»Mann, die Alte ist verrückt. Lasst uns abhauen!« Sie verschwanden prustend im Gang und eine ältere Dame schob sich in mein Sichtfeld. Kopfschüttelnd und ächzend bückte sie sich und hob das Päckchen wieder auf, wobei ihr fast die silberne Brille von der Nase rutschte. Sie zog eines der Taschentücher heraus und tupfte damit an der Stelle auf meinem Fuß herum, auf der das Wasser gelandet war.

»Keinen Respekt mehr, diese Jugend«, wiederholte die Dame.

Sie sah mit ihren grauen Augen zu mir auf. »Du bist aber wirklich ein hübsches Ding.« Sie tupfte noch ein bisschen weiter, dann knüllte sie das Taschentuch zusammen. Nachdem sie fertig war, nickte sie zufrieden und ging. In Gedanken schickte ich ihr ein von Herzen kommendes »Danke« hinterher. Doch sie drehte sich nicht noch mal um. In diesen Momenten frustrierte es mich, dass ich kein Mensch war. Ich wollte auch laut sein. Lustig. Lebendig. Ich wollte leben. Mein Dasein hatte nichts damit gemeinsam und ich wusste nicht, womit ich es verdient hatte, so nah und doch so fern davon zu sein.

War ich es nicht würdig, ein Leben wie die Menschen zu führen? War meine Existenz eine Strafe? Auch wenn alles andere mit der Zeit verflog – diese Fragen blieben. So gut es ging hielt ich sie im hintersten Winkel meiner Gedanken versteckt und akzeptierte die Tatsache, dass ich darauf wahrscheinlich nie eine Antwort erhalten würde.

Ein Kreischen ließ mich aufsehen. Die Jungengruppe war zurückgekehrt und nun damit beschäftigt, die gleichaltrigen Mädchen ihrer Klasse zu ärgern. Alle Anwesenden zuckten teils erschrocken, teils empört zusammen. Alle, bis auf einen.

Auf dem Gang stand ein junger Mann, der lediglich kurz die dunklen Augen verengte, als die Jugendlichen an ihm vorbeirannten. Er machte einen eleganten Schritt zur Seite, damit sie nicht gegen ihn liefen, und verschränkte die Arme vor dem Körper, sodass sich der Stoff seines dunkelblauen Pullovers über den Muskeln straffte. Das alles tat er, während er mich ansah.

Sein Blick durchfuhr mich wie ein Blitz und eine eigenartige Unruhe erfasste mich. Viele Menschen betrachteten mich tagtäglich. Schauten mir manchmal sogar in die Augen. Aber nicht so, wie er es tat. So direkt. So wissend. Als hätte er eine Ahnung, dass ich hier drin war. Dass ich *da* war.

In der nächsten Sekunde spannte er seinen Körper an, auch seine Gesichtszüge verzogen sich, wobei seine Kieferknochen kurz hervortraten. Einer der Jugendlichen war gegen seinen Rücken geprallt und hingefallen. Der junge Mann wandte den Blick kurz von mir ab und drehte sich zu dem Jungen um, der schon wieder auf den Beinen war.

»Alles in Ordnung?« Seine Stimme war ebenso warm wie seine Augen, trotzdem wich der Jugendliche einen Schritt zurück, murmelte eine Entschuldigung und rannte davon.

Der junge Mann schüttelte schmunzelnd den Kopf, wobei ihm eine schwarze Haarsträhne vor die Augen fiel, die er zurückstrich, als er sich wieder zu mir umdrehte.

Was wollte er? Wieso starrte er mich so an?

Kannst du mich hören?

Es war albern zu versuchen, ihn telepathisch zu erreichen. Er rührte sich nicht, zeigte keine Anzeichen dafür, dass er etwas hörte. Er wandte den Blick aber auch nicht ab, sah mir weiter unverhohlen in meine leeren Augen, die nicht mal ich selbst ertrug, wenn ich sie in der Fensterscheibe erspähte. Ein eigenartiges Kribbeln erfasste mich. Ein mir bisher unbekanntes Gefühl. Die steinerne Hülle, die mich umgab, fühlte sich an wie ein Gefängnis. Zu eng. Zu fest. Zu *ewig.*

Lasst mich hier raus!

Doch niemand hörte mich. Die Zeit stand still. Das erste Mal seit immer.

Der junge Mann verharrte ebenso starr wie ich noch ein paar Minuten an Ort und Stelle, dann stieß er sich von der Wand ab und ging.

Der Rest des Tages zog an mir vorbei. Ich achtete nicht auf die Menschen, die meinen Gang passierten, mit mir redeten oder mich einfach nur ansahen. Denn bei keinem von ihnen war es wie bei ihm. Es war nicht *echt*.

Ich fühlte mich eingeengt, allein und kalt. So wie immer. Bisher hatte ich mich mit diesem Zustand und all den Fragen, die damit verbunden waren, abgefunden. Doch in diesem Moment wollte ich die Antworten darauf so sehr wie noch nie zuvor. Denn da musste doch mehr in mir sein, wenn er mich sehen konnte. Oder? War es vielleicht nur Einbildung gewesen?

Die mühsam aufgebaute Akzeptanz meines Daseins hatte einen Riss bekommen. Und das nur wegen eines einzigen Blickes.

Hibbelig, so hätten die Menschen meinen Zustand genannt. Den Rest des Tages war ich hibbelig und konnte mich auf nichts konzentrieren. Normalerweise verbrachte ich die Nacht in einer Art Dämmerzustand, in dem ich alles um mich herum mitbekam, aber nicht darüber nachdenken konnte. Doch heute war es anders. Ich war hellwach, ließ meinen Blick nervös hin und her schweifen. Doch außer den alltäglichen Besuchern und der Putzkolonne, die nach der Schließung des Museums durch die Flure fegte, gab es nichts Außergewöhnliches mehr. Die Hauptlichter gingen wie jeden Abend um acht aus, draußen blieb es noch eine ganze Weile hell. Den Garten im Hinterhof in aller Ruhe bewundern zu können, war normalerweise einer der schönsten Vorteile des Sommers. Heute aber hatte ich keine Augen für ihn. Ich schrak auf, als einer der Wachmänner, der seine allnächtliche Runde drehte, in meinen Gang abbog und pfeifend an mir vorüberlief. Ich hatte gar nicht bemerkt, wie spät es geworden war.

Die Dunkelheit brach herein, bis die Gänge nur noch von einer schwachen Beleuchtung und dem hereinfallenden Mondlicht erhellt wurden. Nie hatte mir diese Atmosphäre etwas ausgemacht, aber in dieser Nacht gruselte es mich.

Was war nur los mit mir? Mit geschlossenen Augen, oder wie auch immer man das bei mir nennen würde, blendete ich die Außenwelt aus. Ich musste mich beruhigen.

Alles wird gut, Rya. Du hast es all die Jahre geschafft, nicht verrückt zu werden, da wirst du doch wohl diese eine Nacht überstehen. Was soll schon passieren?

Ganz genau. Nichts. Wie immer, da ich verdammt noch mal nur eine Statue war! Ich riss die Augen wieder auf und schrie. Außer mir hörte mich natürlich niemand, aber es tat gut, den Frust rauszulassen. Das ging ungefähr eine Stunde so, bis meine Kräfte aufgebraucht waren und ich mich besser fühlte. Die Stille und der Blick in den Garten verschafften mir wieder die innere Ruhe, die mir verloren gegangen war.

Gegen Mitternacht hörte ich dann die Schritte.

Erst glaubte ich, dass ich sie mir nur einbildete, dann wurden sie immer deutlicher. Sie kamen von rechts. Waren schon wieder mehrere Stunden vergangen und die Wachmänner drehten ihre nächste Runde?

Wenig später schob sich eine Person in mein Blickfeld. Mir fiel sofort der dunkelblaue, fast schwarze Pullover auf, der im Licht an manchen Stellen zu schimmern schien. Das war definitiv keiner der Wachmänner, und er kam direkt auf mich zu. Die Person blieb stehen und sah zu mir auf. Und endlich konnte ich das Gesicht erkennen. *Sein* Gesicht. All die Gelassenheit, die ich mir in den letzten Stunden mühsam erkämpft hatte, verpuffte ins Nichts. Wie zuvor starrte der junge Mann mir direkt in die Augen.

Er streckte die Hände in Höhe meiner Taille aus, packte zu und zog sich hoch. Im nächsten Moment stand er gemeinsam mit mir auf meinem Sockel und überragte mich um gut einen Kopf. Meine Sicht wurde von seinen breiten Schultern verdeckt. Er lehnte sich leicht zurück, hob eine Hand und umfasste damit meine Wange. Mit schief gelegtem Kopf musterte er mich. Dann senkte er sein in Schatten gehülltes Gesicht zu mir herab und überbrückte die letzte Distanz zwischen uns. Er schloss die Augen und … Was genau machte er da? Verdammter Körper aus Stein, ich spürte nichts! Er würde doch nicht … Küsste er mich etwa? Ich schielte und versuchte zu erkennen, was genau er von sich wo genau an mich drückte, aber es war zwecklos. Und genauso schnell wie er angefangen hatte, hörte er auch schon wieder auf. Er zog den Kopf zurück, blickte mir noch einmal in die Augen und sprang dann behände vom Sockel herunter. Ich war wieder allein. Auf eine ganz andere Art als zuvor. Seine Berührung, auch wenn ich sie nicht direkt hatte spüren können, hatte eine Wärme hinterlassen, die von der Kälte der Nacht wieder zerstört wurde. Ich hatte einen Eindruck davon bekommen, wie es war, jemandem nahe zu sein. Und das wieder genommen zu bekommen, war schlimmer, als es nie erfahren zu haben.

Statt schnell wieder zu verschwinden, lehnte er sich mit verschränkten Armen an die Wand neben dem Fenster und ... wartete? Er ließ mich nicht aus den Augen und machte nicht den Eindruck, als ob er sich in nächster Zeit bewegen wollte. In Ordnung. Wenn ich eines hatte, dann Zeit. Vielleicht würde er mir noch verraten, warum er sich mitten in der Nacht in einem Museum rumtrieb und sich an Statuen heranmachte.

Das durch das Fenster fallende Mondlicht malte seine Züge weich und brachte sein Oberteil zum Schimmern. Jetzt erkannte ich, dass es nicht aus normalem Stoff, sondern einem festen, dunklen Material war. Vielleicht Leder? An einigen Stellen waren silbrige Verzierungen eingearbeitet. Auch an seiner Hüfte glänzte etwas. Es sah aus wie der Griff eines großen Messers, das in einem Futteral am Gürtel befestigt war. Ein Dolch? Wer in aller Welt war dieser Kerl?

Für mehrere Minuten blieb er reglos an derselben Stelle stehen, als wäre er selbst auch aus Stein. Und als würde er auf eine Reaktion von mir warten, ließ er mich keinen Moment aus den Augen. Umgekehrt tat ich dasselbe, weil ich keine Regung verpassen wollte, die mir vielleicht doch noch verriet, was hier vor sich ging.

Wenig später waren erneut Schritte zu hören. Das musste nun aber einer der Wächter sein. Meinem Besucher entging das ebenfalls nicht, er drehte den Kopf in Richtung des Geräuschs, bewegte sich sonst aber keinen Zentimeter. So würde man ihn doch sofort entdecken! Doch als der Wachmann kam und zwischen dem Fenster und mir entlanglief, reagierte er gar nicht auf den Eindringling. Er musste ihn doch sehen. Er stand nur einen Meter neben ihm! Doch der Wachmann lief einfach weiter. Die einzige Reaktion des jungen Mannes war ein zufriedenes Nicken.

Das war nicht normal. Und das sagte ich. Die Statue. Stunden vergingen, in denen nichts passierte, außer dass draußen die Dämmerung hereinbrach. Auch bei seinen zwei weiteren Runden hatte der Wachmann den Eindringling nicht bemerkt, Letzterer stand noch immer regungslos an die Wand gelehnt und sah mich nach wie vor an.

Wie am Tag zuvor spürte ich auch dieses Mal den Moment, in dem das Museum erwachte. Eddie würde gleich kommen. Er würde ihn doch sicherlich bemerken, oder? Wenig später hörte ich tatsächlich seine Schritte und den rasselnden Schlüsselbund im Flur. Aber waren das nicht zwei Paar Füße, die da über den Boden liefen? Als Eddie um die Ecke kam, wurde er von einem Mann verfolgt, der dieselbe Kleidung trug wie mein Beobachter und sich nahezu lautlos neben diesen stellte. Sie hatten eine ähnliche Statur, doch der zweite Mann war blond und wirkte freundlicher als der nächtliche Besucher. Eddie begrüßte mich wie jeden Morgen und ging seiner Wege. Er hatte keinen der beiden Eindringlinge auch nur eines Blickes gewürdigt. Die Männer grüßten sich mit einem Handschlag, als Eddie außer Hörweite war.

»Nichts passiert?«, fragte der Mann, der eben gekommen war, und deutete mit einer Kopfbewegung auf mich.

»Bisher noch nicht.« Die Stimme des Dunkelhaarigen war tief und schön, und glitt kribbelnd über mich, wie der intensive Blick seiner Augen.

Der Neue strich sich mit den Fingern über die blonden Bartstoppeln am Kinn. »Bist du dir sicher, dass sie eine von ihnen ist? Ich kann nichts spüren.« Wovon redete er da?

»Ganz sicher«, sagte der andere. Er stieß sich von der Wand ab und richtete sich auf.

»In Ordnung. Ich vertraue deinem Bauchgefühl, Nick.« So hieß der Eindringling also.

»Es hat nichts mit Bauchgefühl zu tun. Es ist wie bei allen anderen auch«, sagte jener Nick mit Nachdruck. Der andere Mann kniff die Augen zusammen.

»Wenn du das sagst.«

Nick öffnete den Mund, doch dann hielt er inne, als wäre ihm gerade etwas eingefallen, was er vergessen hatte. Er biss sich kurz auf die Lippe und sammelte sich.

»Danke fürs Übernehmen, Linos. Bis heute Abend.«

»Bis dann.«

Nick verschwand. Doch er warf mir einen letzten, langen Blick zu, ehe er um die Ecke bog. Und da war es wieder. Dieses Gefühl, zurückgelassen worden zu sein.

»Dann machen wir beiden Hübschen uns mal einen schönen Tag«, sagte Linos und setzte sich auf die Bank. Dort blieb er, bis die ersten Besucher kamen – und ihn nicht sahen. Als es voller wurde, machte er die Bank für die Besucher frei und stellte sich ähnlich wie Nick an die Wand. Doch bald wurde es ihm anscheinend zu langweilig, denn er schritt den Gang auf und ab und betrachtete die Exponate. Zwischenzeitlich kam er immer wieder zu mir zurück, wie um sich zu vergewissern, dass ich noch da war. Als könnte ich irgendwo anders hin.

Moment mal. War das möglich? Würde ich verschwinden? Wollten die beiden mich auslöschen? Mein Innerstes zog sich zusammen, ich musste einen Schrei unterdrücken, als sich ein Gefühl in mir breitmachte, das mir fremd geworden war. Angst. Zum ersten Mal, seit ich mich erinnern konnte, bangte ich um das bisschen Dasein, das ich hatte. Trotz dessen, dass ich dazu mehr Fragen als Antworten hatte, wollte ich mich nicht auflösen! Ich wollte ein Teil dieser Welt bleiben! Vor meinem inneren Auge malte ich mir aus, wie ich in meine Einzelteile zerfiel und nicht mehr von mir übrig blieb als feiner Staub. Ich würde die Menschen nicht mehr beobachten, den Ausblick auf den Garten nicht mehr genießen können. All die Jahre war mir das wenig vorgekommen, doch jetzt, da es auf dem Spiel zu stehen schien, wurde mir bewusst, dass ich es nicht aufgeben wollte.

Aber lag das nun noch in meiner Hand? Meine Gedanken rasten. Wie viel Zeit blieb mir noch? Was würde passieren? Ich richtete meinen Blick auf den Garten, um mich zu beruhigen. Es half nicht viel, aber zumindest der unmittelbare Gedanke an eine Zukunft als Staubwolke ließ sich vertreiben. Das Beobachten der Besucher tat für den Rest des Tages sein Übriges, sodass ich am Abend nicht mehr das Bedürfnis hatte zu schreien. Doch das ungute Ziehen in meinem

Inneren war noch da, ich fühlte mich erschöpft und nahm alles wie durch einen Schleier wahr.

Mit Einbruch der Dunkelheit kam Nick zurück. Als er um die Ecke bog, huschte sein Blick sofort zu mir. Seine Augenbrauen zogen sich zusammen und seine Schultern sackten nach unten. »Noch immer nichts?«

»Nicht ein Staubkorn hat sich bewegt«, erwiderte Linos und beschwor damit erneut die düsteren Bilder in meinen Gedanken. »Bist du dir auch wirklich ganz, ganz sicher? Es wäre schade, wenn wir unsere Zeit hier vergeuden.«

»Ja. Ganz sicher.« Nick verschränkte die Arme vor der Brust und lehnte sich an die Wand. Er presste die Lippen zusammen.

Linos seufzte. »In Ordnung. Dann bis morgen.« Er winkte kurz und verschwand. Nick blieb still stehen und sah mich an. Auch in dieser Nacht rührte er sich nicht und er redete auch nicht mit mir. Sosehr seine Aufmerksamkeit mich anfangs gereizt hatte, so sehr nervte sie mich jetzt. Konnte er nicht einfach wieder verschwinden und mich in Ruhe lassen? Bevor er aufgetaucht war, hatte es keine schlimmen Gedanken, keine Angst gegeben. Jetzt fürchtete ich mich vor den Schatten, vor dem Nichts und war der Angst hilflos ausgeliefert.

Leck mich am Sockel, dachte ich und vergrub mich in mein Innerstes, wo ich nicht nachdenken konnte.

Drei Tage lang wiederholte sich dieses Spiel. Nick überwachte mich in der Nacht, Linos am Tag. Nick stand wie festgeklebt an der Wand, Linos streifte durchs Museum und sah nur ab und an nach mir. Auch wenn ich mich in meinen Dämmerzustand versetzt hatte, so war da doch dieses Zerren in meinem Inneren, die Angst, dass ich mich auflösen würde. Da weder Nick noch Linos mit mir redeten, wusste ich nicht, was mich erwartete. Meine Gedanken stellten allerlei Vermutungen an, doch ich ließ mich nicht länger darauf ein, da es mich sonst verrückt machte. Vielleicht hatten sie sich aber auch geirrt, in Bezug auf was auch immer, und würden mich bald wieder in Ruhe lassen.

Am vierten Tag taten sie mir diesen Gefallen tatsächlich. Linos kam, um Nick von seiner Nachtwache abzulösen. Doch statt die Plätze zu tauschen, blieben beide vor mir stehen.

»Die drei Tage sind rum«, meinte Linos. »War wohl doch ein falscher Alarm.«

Nick richtete den Blick auf die Plakette zu meinen Füßen und steckte die Hände in die Hosentaschen.

»Dabei war ich mir absolut sicher«, sagte er so leise, dass ich ihn kaum verstand. Linos sah zwischen ihm und mir hin und her.

»Bauchgefühl, hm? Wohl eher Wunschdenken, oder?«

Nick boxte ihn spielerisch gegen den Arm und lächelte bitter. »Halt die Klappe und lass uns gehen.«

Die beiden drehten sich ohne ein weiteres Wort um und gingen. Doch kurz bevor sie um die Ecke bogen und aus meinem Sichtfeld verschwanden, warf Nick mir einen letzten Blick zu, der meine Erleichterung über sein Verschwinden kurz ins Wanken brachte. Dann waren sie weg und kamen nicht wieder. Der Einzige, auf den wie immer Verlass war, war Eddie, der schon wenig später durch den Flur lief und mich grüßte. Dann kamen die Besucher und lenkten mich von meinen düsteren Gedanken ab, die mich trotz allem noch fest im Griff hatten. Die unmittelbare Gefahr schien vorüber, doch noch traute ich mich nicht aus dem Dämmerzustand. Ich wollte mir noch einen Tag Ruhe gönnen.

Doch die folgende Nacht war von einer Stille erfüllt, die mich wahnsinnig machte. Die Stimmen in meinem Kopf waren viel zu laut und nervtötend. Schlimmer noch als in der Anwesenheit von Nick und Linos. Hätte er mich doch bloß nie entdeckt. Morgens hatte ich mir gewünscht, dass die beiden mich in Ruhe ließen, doch mit der Nacht kam die Einsamkeit zurück, die mir zum ersten Mal etwas ausmachte. Es war alles in Ordnung gewesen, bevor die beiden aufgetaucht waren.

Oder?

Nicht wirklich. Auch davor war nicht alles gut gewesen, aber ich hatte es akzeptiert und gelernt, damit umzugehen. Doch jetzt, da ich wusste, wie es war, wirklich bemerkt zu werden, war dieses Alleinsein fast unerträglich. Ich blieb im Dämmerzustand und konnte nur darauf hoffen, dass es irgendwann besser wurde.

Drei weitere Tage dämmerte ich vor mich hin, ließ das bunte Leben der Menschen einfach an mir vorüberziehen. Ich hatte keinen

Spaß daran, sie zu beobachten. Es führte mir nur vor Augen, was ich niemals haben würde. Ebenso das Gewitter und der auf die Scheibe prasselnde Regen, die am dritten Abend nach dem Verschwinden der beiden vor dem Fenster tobten, konnten mich nicht besänftigen. Ich würde niemals spüren, wie sich Gewitterluft oder die Tropfen auf meiner Haut anfühlen würden. Mein graues Dasein widerte mich in diesem Moment so sehr an wie noch niemals zuvor. Ich wollte *leben.*

Knack.

Das Geräusch zerriss die Stille um mich herum. Ich hatte es aber nicht nur gehört, ich hatte auch etwas gespürt. Direkt an meinen Lippen.

Knack. Knack. Knack.

Auf meinen Händen, in denen ich das unbekannte Etwas vor meiner Brust hielt, war ein Riss. Ein langer, breiter Spalt in meiner Steinhaut.

Zerfiel ich nun doch noch zu Staub?

KAPITEL 2

Kurz vor dem Morgengrauen zogen sich die Risse über meinen ganzen Körper. Alles an mir schien zu vibrieren. Es war überwältigend und furchtbar zugleich, weil ich nicht wusste, ob es gut oder schlecht ausgehen würde. Ich verfiel in eine Art Schockstarre, in der ich mich noch eingeschlossener fühlte als zuvor. Egal, was nun geschah, es gab kein Zurück mehr. Nicks Kuss hatte etwas ausgelöst, das sich nicht mehr aufhalten ließ. Er und Linos mussten auf diese Reaktion gewartet haben, die verzögert einsetzte. Nun war ich allein und wusste nicht, was zu tun war. Ich schrie meinen Frust hinaus, doch wie immer verloren meine Schreie sich im Nichts und meine Frustration wuchs, dicht gefolgt von Verzweiflung. Ich konnte nur dabei zusehen, wie mein Körper Stück für Stück aufsplitterte.

Knack. Knack. Knack. Meine Haut aus Stein riss unaufhaltsam weiter auf, ein dichtes Geflecht zog sich über meinen Körper.

Dann wurde es still.

Ein letztes, lautes ›Knack‹ verhallte in den Gängen, dann zerbrach der Sockel unter mir und ich fiel in einer Staubwolke zu Boden. Reflexartig streckte ich die Arme aus, um den Fall abzubremsen. Steinsplitter, die um mich herum zu Boden fielen, schnitten mir beim Aufprall in die Hände und ich keuchte, als der Schmerz einsetzte. Meine Beine waren zu schwach, knickten ein. Einen Moment blieb ich röchelnd liegen und wartete, bis alle Gesteinsbrocken zur Ruhe kamen. Dann rappelte ich mich mühsam hoch und kniete mich hin. Ich betrachtete meine blutenden Hände. Meine menschlichen Hände. Auf ihnen lag eine dicke graue Schicht Staub, aber ich konnte die blasse Haut darunter erkennen. So wie sie auch bei den Menschen aussah. Ich fuhr mit dem Finger meiner rechten über die Handinnenfläche meiner linken Hand und verschmierte dabei das Blut. Ich blutete! Etwas, das nur Menschen konnten!

Meine lederne Kleidung war an einigen Stellen voller Kratzer und hier und da von Löchern durchzogen, doch ansonsten schien sie intakt. Das Oberteil knarzte im Rücken, als ich mich bewegte, doch der Stoff über den Armen war weich. Die Kleidung ließ mir genug Bewegungsfreiheit, um mich hinzustellen. Ich kam kurz ins Wanken, als meine wackeligen Knie nachgaben. Meine Füße waren nackt. Die Steinfliesen brachten mit ihrer Kälte und rauen Struktur meine Fußsohlen zum Prickeln.

»Ups.« Der Klang meiner eigenen Stimme ließ mich erschrecken. Dann lachte ich, laut, einfach weil ich es konnte. Ich mochte meine Stimme. Ich legte mir eine Hand auf die Brust und bekam dabei das zu fassen, was all die Jahre in meinen Händen versteckt gewesen war. Es war eine Phiole aus Glas, die mit einem Korken verschlossen war. In diesem Korken steckte ein kleiner Haken, an dem ein Band befestigt war, das um meinen Hals hing. In dem Fläschchen befand sich eine dunkelgraue Substanz, die sich beim Schütteln der Phiole bewegte. Es schien Staub zu sein. Ich ließ die Phiole wieder sinken und fasste mir erneut an die Brust.

Bumm bumm. Bumm bumm.

Mein Herz. Es schlug und pumpte Blut durch mich hindurch. Mein Brustkorb hob und senkte sich. Ich atmete. Wie ein Mensch. Ich lachte erneut und stieß einen Freudenschrei aus. Ich war nicht länger eine Statue! Ich ging ein paar Schritte. Es kostete mich viel Kraft, aber ich ging umher! Wankend gelangte ich zum Fenster und stützte mich an der Scheibe ab. Draußen tobte noch immer das Gewitter. Endlich konnte ich ungehindert zu den dunklen Wolken hinaufsehen. Ein Blitz gefolgt von einem Donner erfüllte die Nacht. An einigen Stellen erlaubte die Wolkendecke einen Blick auf den dunkelblauen, fast schwarzen Mitternachtshimmel, an dem die Sterne leuchteten. Es war wunderschön. Meine Finger folgten den Spuren der Tropfen, die am Fenster hinunterliefen. Meine Haut sehnte sich danach, sie zu berühren.

Erneut sah ich an mir herab und konnte es nicht glauben. Nicks Kuss hatte mich aus meinem Gefängnis befreit, ich war nun Teil des

Lebens und nicht mehr bloß ein Beobachter. Womit hatte ich das verdient? Es war dieselbe Frage wie zuvor, doch nur innerhalb von ein paar Augenblicken hatte sie einen völlig neuen Kontext bekommen. Aber es gab auch eine Frage, die sich in diesem Moment zum ersten Mal stellte. Und die mir fast genauso viel Angst einjagte wie alle anderen.

Was sollte ich jetzt tun?

Ich wickelte mir eine braune Haarsträhne um den Finger und betrachtete sie, während ich über den nächsten Schritt nachdachte. Warten, ob Nick und Linos zurückkamen? Warten, bis einer der Wachmänner oder Eddie kam und sie um Hilfe bitten?

Vor dem Fenster leuchtete ein Blitz auf und ich hob den Blick. Nein. Ich hatte lange genug gewartet. Ich musste raus. Zumindest einmal wollte ich den Regen auf meiner Haut spüren, bevor ich entschied, wie es weitergehen sollte.

Doch welcher Weg führte nach draußen? Eddie musste jeden Morgen in das Gebäude, bevor er seine Runden drehen konnte, also befand sich in der Richtung, aus der er kam, sicherlich ein Ein- und Ausgang. Ich würde versuchen, seinen Weg zu rekonstruieren.

Mit einem letzten sehnsuchtsvollem Blick nach draußen stieß ich mich vom Fenster ab und folgte dem Gang in die Richtung, aus der Eddie jeden Morgen kam. Meine Schritte waren anfangs zögerlich, wurden dann aber selbstsicherer, so als erinnere sich mein Körper daran, wie Laufen funktionierte. Ich musste auch nicht darüber nachdenken, wie ich meine Arme und Hände oder meinen Kopf bewegen musste. Woher wusste ich das? Es war ein so eigenartiges Gefühl. Aber auch beeindruckend. Auf meinem Weg fasste ich alles an, was ich zwischen die Finger bekam. Glas. Stein. Plastik. Papier. Metall. Es war berauschend, die unterschiedlichen Materialien zu spüren.

Ziellos streifte ich in den halbdunklen Gängen umher, bis ich die ersten Schilder sah, die auf den Ausgang verwiesen. Ich folgte ihnen und bestaunte die vielen Ausstellungsstücke auf meinem Weg. Erst waren es nur Bilder und Statuen, doch dann kam eine Abteilung mit Dingen aus dem Alltag längst vergangener Zeiten. In kleinen Glaskästen waren Tonkrüge, Schmuck, Figuren und Dekoration ausgestellt. Die Farben zogen mich an und ich trat näher an den Schaukasten heran. Draußen könnte ich etwas Wertvolles zum Tausch sicherlich gut gebrauchen. Doch Stehlen war eine Straftat und ich wollte weder dem Museum noch Eddie schaden. Es musste auch einen anderen Weg geben. Der Gedanke war kaum zu Ende gedacht, als mein Magen unangenehm brummte. *Hunger*, flüsterte mir mein Instinkt zu. Das Problem musste ich also eher früher als später angehen. Doch erst mal wollte der Weg nach draußen gefunden werden.

Also folgte ich weiter den Schildern, ohne mich andauernd ablenken zu lassen. Aus der Ferne hörte ich ein Rauschen und Schritte. Schnell und leise presste ich mich an die nächste Wand und lauschte.

»Hier Jones. Bin auf dem Weg in den Mittelalter-Saal. Wo bist du?« Klick. Einer der Wachmänner kam von hinten direkt auf mich zu. Sollte ich mich ihm zeigen? Nein, das war keine gute Idee. Meine Erklärung würde er mir nicht glauben. Der Gang vor mir gabelte sich auf, einmal in einen kleinen Saal rechts und in einen etwas größeren links. In letzterem befand sich in der Mitte ein halbhoher Kubus, auf dem obenauf kleinere Exponate unter einer Glaskuppel lagen. So leise ich konnte, sprintete ich in den linken Saal und ließ mich hinter die Auslage gleiten. Wenn ich Glück hatte, bog der Wachmann namens Jones in den anderen Raum ab. Natürlich hatte ich Pech. Wenige Sekunden später war er im selben Raum. Ich hielt mir die Hand vor den Mund, damit er meine Atmung nicht hören könnte. Anhand der Schritte war auszumachen, in welche Richtung er sich bewegte.

»Hier Jones. Saal 3.5 ist leer. Bin jetzt in 3.3. Habe keinen Blickkontakt zur Verdächtigen. Was sagen die Kameras?« Klick. Gleich war er auf einer Höhe mit mir. Das Wort Kameras brachte meinen Magen in Aufruhr. Ich wusste, wozu diese Geräte dienten, ich hatte sogar schon für das eine oder andere Selfie der Besucher herhalten müssen. Dass sie auch überall im Museum verteilt waren, hatte ich vergessen. Wie so vieles.

»Hier Avery. Wir sind auf dem Weg«, krächzte eine Stimme in den Raum hinein. Jetzt erinnerte ich mich daran, wie diese Geräte hießen, mit denen die Wachmänner kommunizierten. Walkie-Talkies. Ich musste verschwinden, bevor noch mehr von den Männern hier auftauchten. Als Jones langsam an der Auslage vorbeiging, kroch ich vorsichtig um die gegenüberliegende Ecke und hielt mich geduckt.

Jetzt war er näher am Ausgang als ich. Ein anderer Weg musste her. Ich blickte mich um und entdeckte ein Leuchtschild, das auf einen Notausgang verwies. Klang wie für mich gemacht.

»Jones!«, brüllte es aus dem Walkie-Talkie. »Sie ist in 3.3! Hinter dem Kubus!«

Die Schritte des Wachmanns hielten inne, dann stürmte er direkt auf mich zu. Ich sprang auf und rannte los, ohne mich umzudrehen. Meine Beine protestierten gegen diese schnellen und heftigen Bewegungen, doch der Wachmann war mir dicht auf den Fersen, Stehen bleiben war keine Option, auch wenn er mir das hinterherbrüllte. Ich folgte den Schildern in Richtung Notausgang.

»Halt!«, rief Wachmann Jones.

Ich gelangte an eine Tür, die in ein Treppenhaus führte, und stieß sie auf. Auf der gegenüberliegenden Seite war eine Tür, über der ebenfalls ein Notausgangschild hing. Doch sie öffnete sich gerade. Verdammt, was nun? Zurück ins Museum? Nein, ich war so nah dran, ich würde nicht wieder zurückgehen. Ich sprintete die Treppe hinauf und umrundete gerade den Absatz, als ich wieder das Rauschen eines Walkie-Talkies hörte.

Der Wachmann eilte mir hinterher, während er gleichzeitig in sein Walkie-Talkie brüllte. »Hier Avery. Sie ist im Treppenhaus Ost und auf dem Weg zum Dach!« Dann schrie er mir hinterher. Wieder öffnete sich eine Tür und ein zweites Paar Schritte folgte mir. Auch Jones musste nun im Treppenhaus sein.

»Bleiben Sie stehen!«, rief einer der beiden.

Als ob ich auf sie hören würde. Ich rannte bis ganz nach oben in das letzte Geschoss und auf das grell schimmernde Licht eines weiteren Notausgangs zu. Mit aller Kraft warf ich mich gegen die Tür und fiel durch die Öffnung auf das Dach. Wind peitschte mir ins Gesicht, die kalte Luft ließ mich zusammenzucken. Dicke Tropfen fielen vom Himmel und kitzelten meine Haut. Doch es blieb keine Zeit, das atemberaubende Gefühl der Freiheit zu genießen. Die Wachmänner waren mir dicht auf den Fersen. Kieselsteine knirschten unter meinen Füßen und stachen mir in die Haut, doch ich bemerkte es kaum. Ich rannte weiter auf den Rand des Daches zu – bis es nicht mehr weiterging. Ein kurzer Blick über die Brüstung verriet mir, dass es mehrere Stockwerke nach unten ging. Ein Sprung kam somit nicht infrage.

Ein Schuss krachte durch die Nacht.

Ich wirbelte herum. Wachmann Avery stand auf dem Dach und hielt seine Pistole Richtung Himmel. Er hatte einen Warnschuss abgegeben. Der nächste würde sein Ziel sicherlich finden. Doch ich hielt nicht still, sondern sprang zur Seite und rannte an der Brüstung entlang nach rechts. Ein Stück weiter stand links ein anderes Haus, das ebenfalls zu dem Gebäudekomplex des Museums gehören musste, da es äußerlich fast identisch war. Es war ungefähr zwei Meter entfernt und ein bis zwei Meter tiefer als das Haupthaus. Ich könnte es schaffen. Ich lachte auf, als ich mir des Irrsinns meiner Gedanken bewusst wurde. Vor wenigen Augenblicken hatte ich nicht mal laufen können, jetzt wollte ich schon über Dächer springen. Doch es blieb mir nichts anderes übrig, wenn ich diese Nacht überleben wollte.

»Bleiben Sie stehen oder ich schieße!«, rief der Wachmann hinter mir. Doch ich holte in einem kleinen Bogen aus und rannte dann mit aller Kraft auf den Abgrund zu.

»Was … Nein! Halt!«, brüllte der Mann. Es war zu spät. Ich erreichte die Kante, sprang auf die kniehohe Brüstung und stieß mich ab.

Ein weiterer Schuss hallte durch die Nacht, als ich gemeinsam mit dem Regen fiel.

Ich schaffte es gerade so auf das Dach des anderen Gebäudes und rollte mich instinktiv ab. Der Aufprall erschütterte meinen Körper, doch ich kämpfte mich zurück auf die Beine und lief weiter. Im Zickzack rannte ich über das Dach auf die andere Seite. Irgendwo musste es einen Weg nach unten geben. *Eine Feuerleiter vielleicht*, schoss es mir durch den Kopf. Plötzlich war da ein Bild vor meinen Augen, das ich mit diesem Wort verknüpfte. So eine wie an dem Gebäude, das den Garten umschloss, den ich von meinem Fenster aus gesehen hatte. Dort führte sie aus dem abgeschotteten Garten direkt aufs Dach. In mir steckten zum Glück doch noch mehr Erinnerungen als angenommen. Ein kurzer Blick über die Schulter verriet mir, dass der Wachmann noch immer auf dem Dach des Museums stand und aufgeregt in das Walkie-Talkie sprach. Solange würde er zumindest seine Waffe nicht erneut auf mich richten. Endlich war das Geländer

der Feuerleiter in greifbarer Nähe. Ich griff danach, zog mich über den Rand, sprang auf die erste Plattform und stieg die Stufen so schnell hinab, wie ich konnte. Meine Lunge brannte vor Anstrengung, die kühle Luft schnitt mir in die Brust. Der Regen prasselte unaufhörlich weiter und machte die Stufen rutschig. Mehrmals war das Geländer meine letzte Rettung und bewahrte mich vor einem Sturz. In der Ferne konnte ich ein Donnern hören. Und trotz dessen, dass ich auf der Flucht war, fühlte ich mich so gut wie nie. Mittlerweile hatten die Tropfen auch den Staub von meinen Kleidern und meiner Haut gewaschen. Ich war durchnässt bis auf die Knochen, doch es störte mich nicht.

Am unteren Ende der Leiter angekommen, sprang ich den letzten Meter auf die Straße. Ich rannte planlos weiter, wollte nur weg vom Museum und den Wachmännern. Ich bog mal rechts, mal links in eine Gasse ab und verlor dabei selbst die Orientierung. Mein Atem ging rasselnd, meine Muskeln zitterten vor Erschöpfung. Ich hörte Stimmen, lautes Brummen und Musik. Eine Menschenansammlung? Das war ein gutes Versteck. Also folgte ich den Geräuschen. Sie führten mich um eine Ecke, dann sah ich eine breitere Straße am Ende der Gasse, in der ich mich gerade befand. Ich verlangsamte meine Schritte und ging die letzten Meter, um zu Atem zu kommen.

Als ich aus der Gasse trat, traute ich meinen Augen nicht. Die Besucherströme im Museum waren das eine, aber das hier … das überstieg meine Vorstellungskraft. Vor mir lag ein riesiger Platz, umsäumt von himmelhohen Gebäuden. Wolkenkratzer, die metallisch schimmerten und die Straßen und unzähligen Menschen zu ihren Füßen in künstliches Licht tauchten. Auf der Straße fuhren Autos, die ich zum ersten Mal mit eigenen Augen sah. Der Lärm war gigantisch, sogar der Regen oder das Donnern des Gewitters wurden davon verschluckt.

Jemand rempelte mich an.

»Pass doch auf!« Der Mann lief mit dem Handy am Ohr weiter, ohne sich umzudrehen. Ich drückte mich an die nächste Hauswand und bestaunte das bunte Treiben vor mir. Es war verrückt. Ich war wirklich hier, unter Menschen. Ich bewegte mich wie sie, atmete wie sie und blutete wie sie. Und es fühlte sich so unglaublich gut an. Doch wohin nun? Die Aufregung verebbte und der Hunger meldete sich wieder. Ich brauchte etwas zu essen und musste mir dann überlegen, was ich mit meiner neu gewonnenen Freiheit anfangen sollte.

Wie zuvor den Geräuschen, folgte ich nun meiner Nase und kam vor einem kleinen Laden zum Stehen, der Essen zum Mitnehmen verkaufte. Er war zur Straße hin überdacht und mir fehlte das stetige Tröpfeln des Regens auf meiner Haut, als ich mich unterstellte. Die verwunderten Blicke der Leute um mich herum entgingen mir nicht, aber sie waren mir egal. Ich war es gewohnt, angestarrt zu werden. Dazu war ich da. *Gewesen.* Grinsend stellte ich mich an die Theke, von der aus man bedient wurde.

»Hey«, grüßte mich einer der jungen Verkäufer, als er auf mich aufmerksam wurde. Er deutete auf mich. »Stellst du jemanden aus *Game of Thrones* dar?« Ich sah an mir hinunter, wusste aber nicht, was er meinte. Zu perplex war ich, dass er mich wirklich ansah und mit mir redete. *Mit* mir! Nicht über mich! Und doch war sein Blick kein Vergleich zu Nicks …

»Wer ist es?«, fuhr der Mann fort, als ich nicht sofort antwortete. Dann schüttelte er die Hände. »Nein, lass mich raten.« Er zählte einige seltsame Namen auf, mit denen ich nichts anfangen konnte.

»Ich hätte gerne etwas zu essen«, sagte ich. Mein erster ausgesprochener Satz in der Menschenwelt war nicht sonderlich beeindruckend, aber das kribbelnde Gefühl in meinem Hals, meinem Bauch und meinen Lippen war schöner als jedes Wort.

Der Verkäufer musterte mich skeptisch. »Kannst du denn auch bezahlen?«

Ich griff nach der Phiole um meinen Hals. Sie war das einzig halbwegs Wertvolle, was ich bei mir trug. Doch sie jetzt einzutauschen, würde mir nur kurzfristig helfen, danach musste ich bei null anfangen. Also doch lieber behalten?

»Sorry, aber wir nehmen hier nur Dollar an. Hier wird nicht getauscht, so wie in …« Er drehte sich zu seinem Kollegen um. »Mike, wie heißt noch mal das Land in *Game of Thrones?*« Doch besagter Mike zuckte nur mit den Schultern. Der Verkäufer schüttelte den Kopf. »Jedenfalls; wir nehmen hier nur Geld an.«

»Ich habe aber keines«, antwortete ich.

Der Verkäufer rollte mit den Augen. »Du nimmst das mit deiner Rolle ganz schön ernst, oder? Okay, dann geh zum Pfandleiher, der gibt dir Geld für deine Kette. Straße runter, dann die erste wieder rechts. Großes schwarz-goldenes Schild.« Kopfschüttelnd wandte er sich ab und begrüßte den nächsten Kunden. Vermutlich hielt er mich für verrückt, was ich ihm nicht einmal verübeln konnte. Ich selbst war mir in diesem Moment auch nicht sicher, ob das hier gerade wirklich passierte.

Nur die Ruhe, sagte ich zu mir selbst. *Du schaffst das.* Ich folgte den Anweisungen des Mannes und ging weiter die Straße entlang. Dabei hielt ich das Gesicht in den Regen. Meine Füße waren eiskalt und wegen des Wassers bereits runzelig, aber das störte mich nicht. Nach all den Jahren ohne Bewegung und diese starken Gefühle genoss ich alles. Außer den stechenden Schmerz in meinem Bauch.

Auch die kopfschüttelnden Leute, die an mir vorbeiliefen, konnten mir meine gute Laune nicht verderben.

»Verrückte Cosplayer«, murmelte eine Frau abwertend. Was auch immer das bedeuten sollte. Ich bog in die kleine Straße ab, die der Verkäufer mir genannt hatte. Das Schild des Pfandleihhauses war schon von Weitem zu sehen. Es waren nur noch wenige Meter, die mich von dem Eingang trennten, als ich hinter mir plötzlich schnelle, schwere Schritte hörte. Als ich mich umdrehte, fand ich mich vier uniformierten Männern gegenüber. Einer von ihnen war einer der Wachmänner aus dem Museum, die anderen hatten dunklere, dickere Kleidung an. In dicken Lettern stand ›Police‹ auf ihren Uniformen. Das war gar nicht gut. Wie hatten Sie mich so schnell gefunden? Sie zogen ihre Waffen aus den Holstern und richteten sie auf mich.

»Hände nach oben und auf die Knie!«, rief einer der Polizisten. Ich tat, was er sagte. Die anderen Männer kamen mit zügigen Schritten auf mich zu. Der Mann, der mich als Erstes erreichte, zerrte meinen rechten Arm nach unten und legte mir etwas Kühles ums Handgelenk. Dann wiederholte er es mit dem linken Arm. Klick, und ich konnte meine Arme nicht mehr bewegen. Er faselte etwas von Rechten und betete eine ganze Liste voller Sätze runter, die wie auswendig gelernt klangen. Ich hörte gar nicht richtig hin, weil sich in meinem Bauch eine ganz andere Art von Leere ausbreitete.

So schnell, wie meine Freiheit begonnen hatte, fand sie auch schon wieder ihr Ende. Doch ich bereute keine Sekunde davon.

Kapitel 3

Sie nahmen mir die Phiole ab und steckten mich in eine Zelle. Dass die Kette und der Anhänger mir gehörten, hatte niemanden interessiert. Auf dem Weg zur Polizeistation hatten sie mich nur ununterbrochen mit Fragen gelöchert, auf die ich keine Antworten hatte. Also hatte ich geschwiegen. Meine erste Fahrt in einem Auto hatte ich deswegen auch nicht genießen können. Jetzt saß ich noch immer triefend nass auf einer unbequemen Metallbank in einer Verwahrungszelle und blickte durch das Gitter in einen kahlen Flur. Fast vermisste ich meinen Standort im Museum. Dort hatte ich wenigstens nach draußen sehen können. An der Hose wischte ich mir die letzten Reste Tinte ab, mit der sie meine Fingerabdrücke abgenommen hatten. Ich schloss die Augen und lehnte den Kopf an die Wand hinter mir. Obwohl die Situation wirklich verfahren war, musste ich lächeln. Ich erinnerte mich an den Regen auf meiner Haut, die Steine unter meinen Füßen. Das Brennen in der Lunge und das Vibrieren in meinem Bauch, das ich beim Lachen verspürt hatte. Ich war unendlich dankbar für die wenigen Minuten Leben, die ich hatte auskosten dürfen. Auch nach Stunden in der leeren Zelle zehrte ich noch davon.

»Du hast es ja nicht lange draußen ausgehalten«, sagte plötzlich eine mir bekannte Stimme.

Ich riss die Augen auf. Das konnte nicht sein. Doch da war er. Nick lehnte vor der Zelle mit verschränkten Armen am Gitter, das mich von der Freiheit trennte. Sein rechter Mundwinkel zuckte. Machte er sich etwa lustig über mich?

Ich sprang auf. Nick blieb wie all die Nächte zuvor stoisch ruhig und ließ mich nicht aus den Augen, als ich auf ihn zuging und dicht vor den

Gitterstäben stehen blieb. Doch seine Augen blitzten lebendig. Tausend Gedanken gingen mir durch den Kopf, tausend Fragen, die ich mir in den vergangenen Tagen und Nächten gestellt hatte, aber nicht hatte aussprechen können. Jetzt hatte ich die Gelegenheit, aber kein Wort kam über meine Lippen. Meine Knie zitterten, ich griff Halt suchend nach den Stäben und lehnte die Stirn an das kühle Metall, ohne Nick aus den Augen zu lassen. Er stellte sich aufrecht hin und schob die Hände in die Hosentaschen. Er roch nach frischem Regen. Nach Freiheit.

»Du hast mich ohne Vorwarnung geküsst und dann unwissend zurückgelassen«, platzte es aus mir heraus. All die aufgestauten Gefühle, die sich in mir angesammelt hatten, brodelten in mir. Nick öffnete den Mund, doch ich ließ ihn nicht zu Wort kommen.

»Du hättest mich wenigstens vorwarnen können. Ich dachte, ich löse mich in Luft auf. Sechs Tage lang.« Ich packte die Gitterstäbe fester. Die Angst griff nach mir und ich musste sie endlich in Worte fassen, um sie zu begreifen und loszuwerden. In meinem Inneren war ich Nick überaus dankbar, und doch sollte er wissen, dass er nicht so mit mir hätte umgehen sollen. Der amüsierte Zug um seinen Mund verschwand. »Oder du hättest mir Kontaktdaten dalassen können, damit ich dich fragen kann, wie das mit diesem Menschsein funktioniert. Denn offensichtlich habe ich es falsch gemacht.« Ich deutete auf die Zelle hinter mir und konnte mir jetzt selbst ein bitteres Lächeln nicht verkneifen.

Nick zog fragend die Brauen zusammen, als würde das, was ich sagte, überhaupt keinen Sinn ergeben. Er musterte mich aus dunkelbraunen warmen Augen.

»Wie meinst du das?«, fragte er.

»Was?«

»Dass du nicht weißt, wie das mit dem Menschsein funktioniert.«

Nun war ich es, die den Kopf schief legte und ihn verwirrt ansah. »Ich meine es so, wie ich es gesagt habe. Ich war bisher nur eine Statue.«

»Aber …« Weiter kam er nicht, da er durch das Zuschlagen einer Tür unterbrochen wurde. Jemand kam auf uns zu. Nick senkte die Stimme.

»Ich hole dich hier raus, sobald die anderen da sind. Bleib ruhig, tu so, als wäre ich nicht da und sag am besten gar nichts.«

Rückwärts ging er zu der gegenüberliegenden Wand und blieb dort stehen. Auch ich löste mich vom Gitter und ging ein Stück zurück, ohne ihn aus den Augen zu lassen. War er wirklich hier, um mir zu helfen?

Ein Mann in Polizeiuniform und ein zweiter in einer schrill rotorangen Jacke, die das Licht reflektierte, und mit einem kleinen Koffer in der Hand traten in den Gang vor meiner Zelle. Den Polizisten kannte ich, den anderen Mann jedoch nicht.

Ersterer zückte einen Schlüsselbund und schloss die Zelle auf. »Leg die Hände an den Kopf.«

Ich kam der Aufforderung nach und wich noch einen Schritt zurück. Mein Herz schlug schneller, ich schluckte schwer.

»Wir werden dir etwas Blut abnehmen. Vielleicht finden wir so heraus, wer du bist. Du hast jetzt die letzte Chance, es freiwillig zu verraten.« Der Polizist öffnete die Zellentür und sah mich abwartend an. Als ich nicht reagierte, schüttelte er den Kopf. »Wie du willst. Sie gehört Ihnen, Doc.«

Besagter Doc, was ein wirklich komischer Name war, betrat die Zelle. »Setz dich bitte.«

Ich ließ mich zurück auf die Liege sinken. Doc kniete sich vor mich und stellte den Koffer neben sich ab.

»Du brauchst keine Angst zu haben«, sagte er. »Es tut nicht weh.« Er kramte ein paar Utensilien aus dem Koffer, wickelte sie aus knisternden Verpackungen und steckte sie zusammen. Der Polizist trat hinter ihn und legte eine Hand demonstrativ an seine Waffe, deren Halterung er bereits geöffnet hatte. Eine falsche Bewegung von mir und ich würde lernen, was er damit anrichten konnte. Trotz der nassen Kleidung lief mir der Schweiß den Rücken hinab.

»Hast du irgendwelche Erkrankungen?«, wollte Doc wissen. »Diabetes zum Beispiel? Bist du auf Medikamente angewiesen? Blutverdünner oder etwas in der Richtung?«

Als ich nicht antwortete, seufzte er. »Du bist ganz blass. Ich würde dir gerne helfen, wenn du mich lässt. Wann hast du das letzte Mal etwas gegessen?«

Auch wenn der Mann einen sympathischen Eindruck auf mich machte, blieb ich ihm die Antwort schuldig. *Noch nie*, hätte er mir ohnehin nicht geglaubt.

Er streckte die Hand aus. »Gib mir bitte deinen linken Arm. Oder bist du Linkshänderin?«

Ich streckte ihm den gewünschten Arm entgegen, den anderen behielt ich weiter hinter meinem Kopf. Doc schob den Ärmel meines Oberteiles nach oben und legte die Ellenbeuge frei. Er zog ein Gummiband über meine Hand und zog es an meinem Oberarm fest.

»Jetzt die Hand zur Faust machen, öffnen und das Ganze ein paar Mal wiederholen.«

Ich warf einen kurzen Blick zu Nick. Zustimmend senkte er den Kopf. Ich schluckte und folgte den Anweisungen. Der Druck in meinem Arm wurde mit jedem Pumpen schmerzhafter, die blauen Linien unter meiner Haut traten stärker hervor.

Doc sprühte eine klare Flüssigkeit auf meine Haut und wischte mit einem Stückchen Stoff darüber. Dann griff er nach etwas, das er eben mit den Materialien aus seinem Koffer zusammengebastelt hatte. Es war ein kleines Röhrchen, an dessen Ende ein dünner Metallstab angebracht war.

Ich rutschte ein Stück zurück, meine Schultern verspannten sich.

»Du wirst die Nadel kaum spüren, versprochen. Wenn du kein Blut sehen kannst, mach am besten die Augen zu oder sieh nach vorne.«

Doch ich sah nicht weg. Mit den Fingern meiner freien Hand krallte ich mich in meinen Haaren fest und sah Doc dabei zu, wie er die Nadel auf meine Haut legte. Er tippte auf die dickste der blauen Linien, dann stach er zu. Er hatte recht, ich spürte es kaum, doch der Druck, den die Nadel unter meiner Haut ausübte, war unangenehm. Dann zog er an dem Röhrchen und dunkelrotes Blut floss hinein. Ich hörte meinen Herzschlag in den Ohren, mein Atem ging schneller. Die Finger meiner linken Hand zitterten.

Eiskaltes Metall drückte sich in meine Haut. Der erste Blutstropfen quoll hervor und lief die glänzende Klinge hinunter. Tiefer, immer tiefer drang sie in meine Brust ein, bis da nichts mehr war als Schmerz.

Gelbe und orangefarbene Lichtpunkte tanzten vor meinen Augen. *Ich spürte einen Dolch auf meiner Brust, der mit tödlicher Präzision in mich eindrang.*

»Nein«, keuchte ich. Das Flackern vor meinen Augen wurde schlimmer, es war grell und nahm mir die Sicht.

»Es ist gleich vorbei«, sagte Doc.

Er würde mich umbringen. Mein Herz drohte aus meiner Brust zu springen, mein ganzer Körper vibrierte vor Anspannung und ich konnte nicht mehr geradeaus sehen. Mit der linken Hand packte ich Docs Jacke und krallte mich daran fest. Ich wollte nicht sterben.

»Nein«, sagte ich mit rauer Stimme, bevor mein Brustkorb sich zusammenzog. Mein Blick fokussierte sich wieder auf das Blut, das unaufhörlich in das Röhrchen floss und mein Leben mit sich riss. In diesem Augenblick war es mit meiner Selbstbeherrschung vorbei, mein Magen summte unangenehm. Ich beugte mich vor und packte mit meiner freien Hand Docs Hals und drückte zu. Aus den Augenwinkeln sah ich, wie der Polizist seine Waffe zog, doch im nächsten Moment sackte er zusammen.

Ich sah Doc tief in die Augen. »Du wirst mich nicht töten.« Der Mann erstarrte. Sein Hals fühlte sich hart unter meinen Händen an. Seine Haut färbte sich von meinen Fingern ausgehend weiß und wurde kalt. Meine Panik verflog so schnell, wie sie gekommen war. Ich atmete tief ein und starrte auf meine zitternde Hand. Ich zog sie zurück, doch Doc bewegte sich nicht mehr.

Zurück blieb Fassungslosigkeit über das, was sich vor mir abspielte. Der Mann erstarrte zu Stein und wenige Sekunden später blickten mir nur noch leere grauen Augen entgegen. Genau wie meine. Ich griff erneut nach ihm und fuhr über die marmorne Kontur, die bis vor wenigen Sekunden noch aus Haut bestanden hatte. Was hatte ich getan? Mein Körper sackte nach vorne, ich musste mich an der Liege festhalten, um nicht vornüberzukippen.

Ich hob den Blick und sah Hilfe suchend zu Nick, der sich über den Polizisten gebeugt hatte. Er starrte erst die Statue an, dann mich. Seine Hände waren zu Fäusten geballt.

»Zeig mir bitte deinen Nacken.«

»Was?«

»Zeig mir bitte deinen Nacken«, wiederholte er. Ich drehte ihm meinen Oberkörper zu und hob kurz meine Haare hoch. Im nächsten Moment stürmten drei Männer in den Flur vor der Zelle. Einer von ihnen war Linos, der abwechselnd mit Nick im Museum Wache gehalten hatte. Er erfasste die Situation mit einem Blick.

Ein Fluch entkam seinen Lippen und ich wusste, dass ich jetzt so richtig in der Klemme steckte. Ich hatte einen Mann, der trotz aller Umstände nett zu mir gewesen war, in Stein verwandelt. Doch wie um alles in der Welt hatte ich das getan?

Linos übernahm die Führung. »Santos und Pio, ihr kümmert euch um die Männer, ich mich um die Statue. Nick, bring das Mädchen weg.« Wollten sie mir noch immer helfen, oder mich wegsperren?

Ich erwartete, dass Nick mich grob packen und hinter sich herschleifen würde, doch das Gegenteil war der Fall. Er legte mir eine Hand auf den Rücken, half mir auf und schob mich sanft aus der Zelle. Diese überraschend behutsame Berührung wischte meine Zweifel beiseite und brachte mich dazu, ihm zu folgen. Ich konnte meinen Blick nicht von dem versteinerten Mann am Boden lösen. Erst als wir ihn und den Polizisten hinter uns ließen, kam ich wieder zur Besinnung. Linos nahm Nicks Platz neben dem Polizisten ein. Die anderen beiden Männer zogen silbrig schimmernde Steine aus einem Beutel an ihrem Gürtel und zerrieben sie in den Händen zu einem feinen Pulver. Verwirrt sah ich wieder nach vorne und ließ mich von Nick durch das Gebäude leiten.

»Was ist gerade passiert?«, fragte ich.

Der Druck seiner Hand auf meinem Rücken wurde stärker. »Weißt du es wirklich nicht?«

»Nein.«

Nick schob mich durch die Eingangstür auf den Gehweg. Komischerweise bemerkte uns keiner der anderen Polizisten, die durch die Wache liefen. Waren wir unsichtbar, so wie Nick im Museum?

Bevor ich ihm weitere Fragen stellen konnte, drückte er mich weiter in Richtung eines Autos, dessen schwarzer Lack im Licht der Laternen glänzte. Nick öffnete mir die Beifahrertür und ich setzte mich hinein. Kühle, trockene Luft empfing mich im Innenraum. Wenige Sekunden später öffnete sich die Tür auf der anderen Seite und Nick stieg ein. Er zog sich eine Art schwarzen Gürtel quer über die Brust und befestigte ihn mit einem Klicken an seiner Seite.

»Schnall dich an.«

»Bitte was soll ich?« Es war meine zweite Fahrt in einem Auto, aber was damit gemeint war, wusste ich nicht. Wie so vieles andere auch.

Nick sah mich entgeistert an. Dann schüttelte er den Kopf und löste das Band wieder. Er schob ihn sich von der Schulter und beugte sich über mich. Mit der linken Hand griff er nach etwas hinter meinem Kopf. Ich war viel zu erschrocken über diese plötzliche Nähe, als dass ich reagieren konnte.

Sein Regenduft stieg mir in die Nase. Eine Ader an seinem Hals pulsierte und mein Blick blieb wie von selbst daran hängen. Auf seiner Haut hatte er an einigen Stellen kleine, punktförmige Narben, die durch die Zeit bereits verblasst waren. Ohne darüber nachzudenken streckte ich meine Hand aus und legte die Finger darauf. Seine Haut fühlte sich warm am, überraschend weich und die Bewegung unter meinen Fingern jagte mir einen Schauer über den Rücken. So also fühlte sich Leben an.

Nick zuckte zusammen und ich zog hastig meine Hand zurück. Nach kurzem Innehalten fuhr er in der Bewegung fort und legte auch mir einen Gürtel um Oberkörper und Hüfte und verschloss ihn.

»Das ist ein Sicherheitsgurt. Anschnallen bedeutet, dass man ihn sich umlegt, bevor man losfährt.« Ich behielt für mich, dass die Polizisten sich auf dem Weg zum Revier nicht die Mühe gemacht hatten, sich oder mich anzuschnallen. Nick deutete auf meine blanken Füße. »Willst du ein Paar Socken oder Schuhe? Wir haben vielleicht welche im Kofferraum.«

»Nein danke. Ich mag es so.«

»Wie du willst.«

Er schnallte sich selbst an und startete den Wagen, der unter uns summend und brodelnd zum Leben erwachte.

Ich krallte meine linke Hand in den Sitz, mit der rechten hielt ich mich an einem Griff an der Tür fest, als Nick den Wagen auf die Straße lenkte. Er beschleunigte und ich wurde in den Sitz gedrückt. In meinem Magen entstand ein Loch, das sich überraschend angenehm anfühlte. Jetzt, da ich darauf achtete, konnte ich das Gefühl der Geschwindigkeit genießen. Die Gebäude und Menschen zogen an uns vorbei, ich konnte die ganzen Eindrücke gar nicht in mich aufnehmen.

Dann entdeckte ich mein Abbild im Seitenspiegel und erschrak. Nicht meine Augen blickten mir entgegen, sondern die des Mannes, die mich grau und leer angestarrt hatten.

Als ich blinzelte, war er verschwunden, doch ich wandte den Blick trotzdem ab. Ich wollte und konnte mir nicht ins Gesicht sehen. Ich, ich ganz allein hatte das angerichtet. Und ich wusste nicht einmal wie. Es konnte jederzeit wieder passieren. Ich biss mir auf die Lippe und schloss die Augen, als ich daran dachte, dass ich bereits wenige Minuten nach dem Vorfall Nick angefasst hatte. Ich Idiotin!

Ich hatte mich so sehr über meine Freiheit gefreut, doch offensichtlich war ich weder bereit für die Welt noch sie für mich.

Der Wagen wurde langsamer. »Ist dir schlecht?«

Ich schüttelte den Kopf. »Alles gut.«

Nick trommelte mit den Fingern auf das Lenkrad. »Mein Name ist Nick, ich gehöre dem Orden des Perseus an und werde dich gleich küssen. Damit erlöse ich dich aus deinem Dasein als Statue, für das eine Gruppe von Frauen namens ›Gorgonen‹ verantwortlich ist. Wir werden uns um dich kümmern, bis geklärt ist, wie es für dich weitergeht. Ich werde dir nichts tun, also bleib ruhig und alles wird gut. Im Notfall kannst du dich bei … Nein. Das bringt uns jetzt auch nicht weiter.«

Mein Kopf fuhr zu ihm herum, aber ich hielt die Augen geschlossen. »Was?«

»Das ist die Vorwarnung, die ich dir hätte geben sollen.«

»Oh. Okay.« Perseus? Gorgonen? Wovon redete er? Ich ließ mich tiefer in den Sitz rutschen.

»Dass du diesen Mann in Stein verwandelt hast, bedeutet aber auch, dass du selbst eine Gorgone bist. Deswegen bin ich mir nicht sicher, wie es in deinem Fall weitergeht, aber wir werden dir helfen. Du musst keine Angst haben. Versprochen.«

Ich öffnete ein Auge ein Stück und schielte zu Nick hinüber. Sein Ausdruck war aufrichtig, also wollte ich ihm glauben. Eine andere Wahl hatte ich eigentlich auch nicht, immerhin saß ich schon in seinem Auto. Ich musste einfach darauf bauen, dass er die Wahrheit sagte und nicht verrückt war. Denn verrückt, so fühlte sich das alles hier an. Mein Bauch summte wieder, aber auf eine Art, die mein Innerstes wärmte und mich beruhigte.

Den Rest der Fahrt blieb ich mit geschlossenen Augen sitzen und öffnete sie erst wieder, als Nick den Wagen zum Stehen brachte. Ich mied den direkten Blickkontakt und behielt meine Hände bei mir.

»Wir sind da.«

Wir befanden uns in einer Halle, die unter der Erde liegen musste, denn nirgends waren Fenster zu sehen. Dafür standen viele Autos herum, die nahezu identisch zu unserem waren.

Ich schaute mir bei Nick ab, wie man den Gurt löste, und stieg aus dem Auto. Die Luft in der Halle roch nach Metall und brannte in der Nase. Ich vermisste die vom Regen reingewaschene Luft.

»Wo sind wir?«, fragte ich. Nick trat um den Wagen herum und stellte sich vor mich.

Hastig sah ich auf seine Schuhspitzen. Er zog etwas aus seiner Jackentasche, was er mir um den Hals legte. Es war eine Kette mit einem in filigranen Silberdrähten eingefassten Edelstein als Anhänger. Die Kanten waren glatt geschliffen, die Oberfläche schimmerte schwarz und dunkelblau und war mit weißen Punkten gesprenkelt. Erst da wurde mir bewusst, dass ich die Phiole zurückgelassen hatte.

»Wofür ist die Kette?«

»Das ist ein magisch aufgeladener Achat. Du darfst ihn niemals ablegen«, antwortete Nick. »Er … Wieso siehst du mich nicht an?«

»Es soll nicht noch mal passieren«, antwortete ich.

»Was?«

»Dass ich jemanden in Stein verwandle.«

Nick ließ sich mit der Antwort einen Moment Zeit. »Das wird nicht passieren. Niemand in diesem Gebäude kann in Stein verwandelt werden.« Ich schaute vorsichtig zu ihm auf. Er nickte mir aufmunternd zu. »Versprochen.«

Ich folgte ihm zu einer großen Tür aus Metall. Nick hielt seine Hand auf einen kleinen Kasten, es piepte, dann summte etwas und er drückte die Klinke hinunter.

»Willkommen beim Orden des Perseus.«

KAPITEL 4

Ich ging ein paar Schritte in den Flur hinein, der sich vor uns auftat. Der graue Beton, mit dem der Boden der Halle bedeckt war, wich weißem Marmor, der von dunklen Schlieren durchzogen war.

»Wieso kann niemand hier zu Stein werden? Wieso kann ich überhaupt jemanden in eine Staute verwandeln?« Da waren sie wieder. Fragen. Ob sie jemals aufgeben würden?

»Alle Mitglieder des Ordens sind gegen die Gorgonenmagie immun, deswegen kannst du sie bei uns nicht anwenden.«

»Gorgonenmagie?«, hakte ich nach. Das Wort Gorgone hatte er im Auto schon einmal verwendet. Das waren die Frauen, die an meiner Versteinerung schuld waren.

Nick schüttelte den Kopf. »Entweder bist du die beste Lügnerin, die ich jemals getroffen habe, oder du hast wirklich keine Ahnung.« Er lief an mir vorbei und ich folgte ihm. Mein Magen zog sich zusammen, als wir tiefer in das Gebäude hineinliefen. Von dem Flur gingen ein paar Türen ab, die aber alle geschlossen waren. Nick lief auf eine große zweigeteilte Tür aus Metall zu, blieb davor stehen und drückte auf einen Knopf, der aufleuchtete. Wenig später glitten die beiden Seiten auf und entblößten einen kleinen Raum, der sich dahinter verbarg. Wir traten hinein und die Tür schloss sich hinter uns. Der Raum setzte sich in Bewegung. Erschrocken klammerte ich mich an einem Handlauf an der Seite fest. Nick wirkte völlig entspannt, daher zwang auch ich mich zur Ruhe. Es war alles gut. Es gab so vieles in der Welt der Menschen, das ich noch nicht kannte und das mir Angst einjagen konnte, ich musste mich daran gewöhnen. Ich lockerte meinen Griff und atmete tief durch, während der Raum sich immer weiter bewegte. Ich glaubte, dass wir nach oben fuhren. Ich hielt die Luft an, und atmete erst wieder, als der Raum zum Stehen kam und die Türen sich öffneten. Erleichtert stieg ich aus.

Vor uns erstreckte sich ein großer Raum, dessen Boden, Wände und Decken ebenfalls aus dem gesprenkelten weißen Marmor bestanden. Licht fiel durch große Fenster an den Seiten und spiegelte sich in den glatten Steinoberflächen, sodass es fast schon blendete. Durch die Fenster konnte man auf die Stadt hinaussehen und der Anblick raubte mir erneut den Atem. Unsere Etage überragte viele der umliegenden Gebäude, der Ausblick reichte bis an den Horizont. Ich hatte ja keine Ahnung gehabt, wie schön die Stadt und die Landschaft drum herum waren.

Nick ließ mir einen Moment Zeit, um die Aussicht zu verarbeiten, dann legte er mir wieder die Hand auf den Rücken und schob mich vorwärts. Wir liefen an einer Art Empfang vorbei, hinter dem eine junge Frau saß, die Nick nur mit einer Kopfbewegung grüßte. Zielsicher führte er mich auf eine große zweiflügelige Tür zu, die mit filigranen Schnitzereien verziert war. Ich erkannte eine wunderschöne Frau in einer Toga, mit einer Eule, die auf ihrer Schulter saß, sowie einem Helm auf dem Kopf. Daneben war ein Mann mit Helm, Rüstung und Schild, der ein kurzes Schwert in der Hand hielt und dieses Richtung Himmel reckte. Die gesamte Fläche war in mehrere Bilder unterteilt, in der die beiden Figuren jedes Mal in einer anderen Situation zu sehen waren. Ich konnte auf die Schnelle nicht alles erkennen, aber es wirkte auf mich, als ob die beiden gemeinsam diverse Abenteuer bestritten. Nick klopfte nicht an, sondern öffnete die Tür einfach und trat hindurch. Im Inneren erwartete uns ein großes Büro und ein Mann, der hinter einem Schreibtisch auf einem Stuhl saß. Keiner der beiden sagte ein Wort. Der Mann, den ich auf Mitte dreißig schätzte, fuhr sich gedankenverloren durch sein blondes, leicht welliges Haar und war wie Nick und die anderen muskulös. Er erhob sich von seinem Stuhl, trat um den Schreibtisch herum und stellte sich vor mich. Von der Statur her überragte er Nick etwas und der strenge Zug um seinen Mund verschaffte ihm eine einschüchternde Autorität. Sein Blick schien mich zu durchdringen, das Grau seiner Augen wirkte wie von Wirbeln durchzogen. Wie Stein, der lebendig geworden war. Ich wich einen Schritt zurück und wischte mir die Hände an der Hose ab.

»Wie lautet dein Name?«, fragte er mit einer melodischen, tiefen Stimme.

»Rya«, antwortete ich. Meinen Namen das erste Mal laut ausgesprochen zu hören, fühlte sich eigenartig und gleichzeitig vertraut an. »Mein Name ist Rya«, sagte ich deswegen noch einmal und musste lächeln.

Der Mann streckte mir die Hand entgegen. »Willkommen, Rya. Mein Name ist Titos. Ich bin der Anführer des Ordens.«

Nach kurzem Zögern nahm ich seine Hand und schüttelte sie. Sein Griff war bestimmt, nicht unangenehm fest, doch die Haut war überraschend kalt. Er hatte die Ärmel seines Pullovers hochgekrempelt und auf seinen Unterarmen zeichneten sich Narben ab, die denen auf Nicks Hals glichen. Unzählige Punkte verschiedener Größen zogen sich über seine Haut, ein paar der Wunden mussten so tief gewesen sein, dass man sie hatte nähen müssen. Auch diese Verletzungen waren noch zu sehen, an einigen Stellen schimmerten sie golden, als ob sich noch immer Fäden darin befinden würden, die die Haut zusammenhielten.

»Ich bin mir sicher«, fuhr Titos fort, »dass du einige Fragen hast. Wir allerdings auch.« Er sah zu Nick auf. »Es ist unhöflich, sich in ihrer Anwesenheit weiter telepathisch zu unterhalten. Sie sollte wissen, worüber wir reden.«

Auch ich schaute nun zu Nick, der meinem Blick auswich. Konnten die beiden wirklich telepathisch miteinander kommunizieren?

»Setz dich, Rya«, wies Titos mich an und zeigte auf einen Stuhl vor seinem Schreibtisch. Er setzte sich zurück auf seinen und stützte sich auf seine Ellbogen. Nick blieb hinter mir stehen und ich konnte förmlich spüren, wie sein Blick mir ein Loch in den Rücken brannte. Ich sah mich ein wenig im Raum um. Im Vergleich zu den Fluren und der pompösen Tür war der Raum eher schlicht eingerichtet. Die Edelsteine, die auf kleinen Kissen in den Regalen hinter dem Schreibtisch lagen, zogen meine Blicke allerdings sofort auf sich. Keine zwei sahen gleich aus und sie leuchteten in den unterschiedlichsten Farben. Hinter dem Schreibtisch hing ein Gemälde an der Wand, das allerdings zu großen Teilen von eingetopften Pflanzen verdeckt wurde. Doch man konnte auch darauf die Frau und den Mann erahnen, die die Wände in den Fluren zierten.

»An was aus deinem bisherigen Leben kannst du dich erinnern?«, wollte Titos wissen und holte mich damit aus meinen Gedanken.

»Ich weiß, dass ich Rya heiße und dass ich seit ungefähr einhundert Jahren in diesem Museum gestanden habe.« Ich zuckte mit den Schultern, als ob es mir nichts ausmachen würde, dass das alles war, was ich zu berichten hatte. Aber so war es eben. »Und ich verstehe nichts von dem, was in den letzten Tagen und Stunden passiert ist. In einem Moment war ich eine Statue, im nächsten am Leben und habe jemanden in Stein verwandelt.«

»Du kannst dich also an nichts aus deinem Leben vor deinem Dasein als Statue erinnern?«

Das war wohl einer der Fakten, die Nick ihm telepathisch mitgeteilt hatte. »Nein«, bestätigte ich. »Sollte ich das denn?«

Titos lehnte sich im Stuhl zurück. »Mal angenommen, ich glaube dir. Wieso bist du nach deiner Rückverwandlung nicht direkt mit uns in Kontakt getreten? Nick hat dir doch alle wichtigen Informationen gegeben, bevor er dich zurückverwandelt hat.«

Nick schluckte. Jetzt hatte ich die Chance, ihm eins auszuwischen, aber er sollte meinetwegen keinen Ärger bekommen. Er hatte mich zurück ins Leben geholt, mich bei der Polizei gefunden und hergebracht. Ich schuldete ihm etwas.

»Ich wollte meine Freiheit genießen. Ich war so lange an ein und denselben Ort gefesselt und wollte etwas von der Stadt sehen, ehe ich mich melde. Hätte ich gewusst, dass ich … gefährlich für andere bin, hätte ich das natürlich nicht getan.« Letzteres war nicht einmal gelogen. »Es tut mir leid. Ich wollte diesem Mann nicht dasselbe Schicksal aufzwingen, das ich so lange erduldet habe. Ich weiß nicht einmal, wie ich das gemacht habe. Aber als ich das Blut sah und der Schmerz in meinen Arm fuhr, habe ich mich … erschrocken. Dann ist es passiert. Konntet ihr ihn zurückverwandeln?« Ich behielt die Vision, die ich kurzzeitig gehabt hatte, lieber für mich. Sicherlich hielten sie mich schon für verrückt genug.

Titos nickte. »Er ist wieder ein Mensch, keine Sorge. Wenn es dich wirklich selbst überrascht hat, können wir dir keinen Vorwurf machen. Aber das gilt es zu überprüfen. Was das ›Wie‹ betrifft: Du bist offensichtlich eine Gorgone. Das ist deine Gabe.«

Ich blinzelte. Da war wieder dieses Wort. »Was genau ist eine Gorgone?«

Titos schüttelte den Kopf. »Es fällt mir wirklich schwer zu glauben, dass du das nicht weißt.«

Nick schaltete sich in das Gespräch ein. »So lange, wie ihre Rückverwandlung gedauert hat, war sie vermutlich unglaublich lange versteinert. Dass sie in dieser Zeit viel vergessen hat, ist normal.«

Überrascht darüber, dass Nick mir beistand, drehte ich mich kurz zu ihm um, doch er sah mich nicht an. Er war ein Stück näher an meinen Stuhl herangetreten und hatte die Arme vor dem Körper verschränkt.

Titos kniff die Augen zusammen. »Das weiß ich, Nick. Man vergisst vieles. Gefühle, Gesichter, Namen. Aber dass man nicht mehr weiß, wer man einmal war, erscheint mir doch nicht ganz glaubwürdig.«

Ich biss mir auf die Lippe. Wie alt war ich wirklich? »Auf meiner Plakette stand eine Jahreszahl. Stimmt sie?«

Titos schüttelte den Kopf. »Ich denke nicht. Sie wird durch die Menschen bestimmt und die lassen sich in diesem Fall von Magie austricksen.«

»Die Menschen wissen also nichts von … alledem?« Was auch immer das genau war.

»Grundsätzlich, nein«, antwortete Titos. »Sie kennen Teile der Geschichte, die all das hier in Gang gesetzt hat, aber dass es die Gorgonen und uns noch gibt, ist ein Geheimnis. Wir leben autark unter ihnen.«

»Was für eine Geschichte?«, fragte ich.

Titos richtete sich auf, stützte die Arme auf dem Tisch ab und legte die Hände übereinander. Er atmete tief ein und sah mich an, als wäre ich ein kleines Kind, dem man alles erklären müsste. Damit hatte er nicht ganz unrecht, aber was konnte ich denn dafür, dass meine Erinnerungen nicht mehr da waren?

»Sagt dir der griechische Mythos von Medusa und Perseus etwas?«

»Nein. Den Namen Perseus habe ich heute zum ersten Mal gehört. Nach ihm ist euer Orden benannt, oder? Ist er der Mann, der auf all diesen Bildern im Flur dargestellt ist?«

»Ja. Er und Athene, seine Schutzpatronin, sind auf den Bildern zu sehen. Wenn du die heutige Situation verstehen willst, musst du ihre Geschichte kennen. Alles Weitere klären wir dann, sobald feststeht, ob du die Wahrheit sagst.« Der letzte Satz war ebenso sehr eine Feststellung, wie er auch eine Drohung war. Ich wollte gar nicht wissen, was sie mit mir machen würden, wenn sie mich doch als eine Lügnerin abstempelten. Ob ich das auch zulassen würde, stand auf einem anderen Blatt.

»In Ordnung.«

Titos sah aus dem Fenster. »Die erste Gorgone war Medusa. Einst war sie eine sterbliche junge Frau, die sich mit Poseidon, dem Gott des Meeres, einließ. Doch die anderen Götter missbilligten diese Verbindung und verfluchten Medusa, ihre Familie und ihre Blutlinie. Ihre Haare wurden zu Schlangen, mit denen sie andere in Stein verwandeln konnte und die ihr Antlitz entstellten. Erst ab da nannte man sie eine Gorgone, was im Altgriechischen ›schrecklich‹ bedeutet und ihre Macht nennen wir die Gorgonenmagie. Medusa sowie ihr Fleisch und Blut sollten einsam und verlassen sterben und nie wieder von jemandem geliebt werden. Doch Poseidon hatte Mitleid mit ihr und besuchte sie trotzdem, auch wenn er nicht mehr das Bett mit ihr teilte. Daraufhin beschlossen die anderen Götter, sie umzubringen. Wie es damals üblich war, suchten sie sich für diese Aufgabe einen Helden. Ihre Wahl fiel auf Perseus, der bis dahin jedes Monster erlegt hatte, das ihm über den Weg gelaufen war. Athene, die Göttin der Weisheit, des Kampfes und der Strategie, schenkte ihm die Macht, der Magie von Medusa zu widerstehen und schmiedete zusammen mit ihm und Hekate, der Göttin der Magie, einen Plan. Perseus befolgte diesen, suchte Medusa auf und tötete sie. Er schlug ihr den Kopf ab und brachte ihn zu Athene, die ihn den anderen Göttern präsentierte. Doch niemand bemerkte, dass aus dem verfluchten Blut, welches aus Medusas Hals auf den Boden tropfte, neue Gorgonen geboren wurden. Sie waren schwächer als Medusa, doch ihr Hass auf Perseus und ihr Verlangen nach Rache waren dem von Medusa ebenbürtig. Auch sie konnten Menschen mit ihrer Gabe versteinern. Von da an machten sie Jagd auf Perseus und seine Erben. Athene verlieh Letzteren ebenfalls Immunität gegenüber einer Versteinerung, aber das hielt die Gorgonen nicht davon ab, die Nachkommen mit anderen Mitteln zu bekämpfen und umzubringen. Eine Art Wettrüsten entstand, das bis heute anhält. Doch das reichte den Gorgonen nicht. Sie begannen damit, zusätzlich andere Menschen zu versteinern, die in ihren Augen einem Unschuldigen Schaden zugefügt hatten – wie Perseus es bei Medusa getan hatte. So wollten sie die Vergeltung üben, nach der sie sich sehnten. Perseus' Nachfahren schlossen sich daraufhin unter Athene zu einem Orden zusammen, der von da an nicht nur gegen die Gorgonen kämpfte, sondern auch andere vor den Gorgonen beschützte. Athene stattete uns dazu mit der Gabe aus, diese Versteinerung aufzuheben.« Er machte eine kurze Pause, in der er sich wieder zu uns umdrehte. »Der Krieg zwischen den Gorgonen und uns hält bis heute an. Die Gorgonen ziehen durch die Straßen und sorgen in ihren Augen für Gerechtigkeit, indem sie Menschen versteinern; und wir versuchen sie daran zu hindern oder rückgängig zu machen, was sie anrichten. Wir nennen die durch die Gorgonen entstehenden Statuen bei ihrem griechischen Namen *Ágalma*. Wir verwandeln die *Ágalmas*, die wir finden können, wieder in Menschen. So wie dich. Deswegen nehmen wir unsere Pflicht ernst. Dass du auch eine Gorgone bist …«

»Macht es kompliziert?«, ergänzte ich.

»In der Tat. Aber es ist nicht das erste Mal, dass so etwas vorkommt. Es ist nur äußerst selten und es kann verschiedene Gründe haben.«

All diese Informationen waren nur schwer zu verdauen. Mein Kopf dröhnte. Ich hatte also aller Wahrscheinlichkeit nach einmal einer Gruppierung von Frauen angehört, die Menschen zu Stein verwandelten, weil sie von dem Durst nach Vergeltung zerfressen waren. Wieso nur hatte ich mich ihnen angeschlossen? So etwas hätte ich doch niemals gewollt. Oder sagte ich das jetzt erst, nach meinen eigenen schrecklichen Erfahrungen als Statue? Wie viele waren meinetwegen noch immer in einem Gefängnis aus Stein gefangen?

»Ich war also einmal Mensch beziehungsweise eine Gorgone, kann mich aber nicht mehr daran erinnern?«

Titos nickte langsam. »So sieht es aus.«

Das war … heftig. Kaum zu glauben, dass ich einmal war, wonach ich mich all die Jahre als Statue gesehnt hatte. Zumindest teilweise. Oder hatte diese Sehnsucht ihren Ursprung darin gehabt, dass ich wusste, wie es war zu leben, und entsprang nicht bloß dem Neid auf die Menschen? Wieso nur konnte ich mich an nichts erinnern?

»Was hat es mit meinem Nacken auf sich? Nick wollte ihn sehen.«

»Die Gorgonen tragen heutzutage ein Tattoo in Form einer Schlange im Nacken. Es besteht aus Magie, unter anderem dank des Blutes von Medusa, und verleiht den Gorgonen ihre Kräfte. Im Laufe der Jahre hat die Stelle der Tätowierung gewechselt. Vielleicht hast du eine, die wir so nicht sehen können. Oder zu deiner Zeit wurden die Kräfte anderweitig übertragen.«

Meine Gedanken huschten zu der Phiole und ich griff mir an den Hals. Bei Docs Versteinerung hatte ich sie nicht getragen. Sie war also vermutlich nicht der Schlüssel zu meinen Kräften. Statt der Phiole, die bei der Polizei zurückgeblieben war, bekam ich die Kette mit dem Edelsteinanhänger zu fassen. Ich zog ihn ein Stück nach oben.

»Wozu ist der gut?«

Titos deutete auf die Wände aus Marmor. »Siehst du die schwarzen Schlieren im Stein? Darin sind Spuren eines anderen Edelsteins namens Turmalin enthalten. Er ist eine Art Schutzstein, der negativen Energien entgegenwirkt. Und für uns gibt es nichts Schlimmeres als die Gorgonen. Würdest du diesen Stein, der die Wirkung des Turmalins für dich aufhebt, in diesem Gebäude nicht tragen, würdest du Schmerzen erleiden, die du dir in deinen schlimmsten Albträumen nicht vorstellen kannst.«

»Habt ihr denn öfter Gorgonen hier, die darauf angewiesen sind?«

Titos' Mundwinkel zogen sich ein Stück nach oben und er sah mich mit aufrichtiger Bewunderung an. »Du bist sehr schnell von Begriff. Aber das ist eine Frage, die ich dir noch nicht beantworten werde.«

»Werden meine Erinnerungen von allein zurückkommen?«

»Ich glaube es ehrlich gesagt nicht, tut mir leid. Aber wir können versuchen, sie anderweitig zu beschaffen.«

Ich schluckte »Wie das?«

»Indem wir die Hilfe einer *Mágissa* beanspruchen.«

»Was ist das?«

»Das soll Nick dir morgen auf dem Weg zu ihr erklären. Außerdem wird er dir auch deine restlichen Fragen beantworten, wenn du uns die Wahrheit über dich gesagt hast.« Er hob eine Hand und deutete auf Nick hinter mir.

»Ich will wirklich keine Umstände machen«, erwiderte ich.

Ich hörte ein Schnauben hinter meinem Rücken.

Titos schmunzelte. »Dafür ist es wohl schon zu spät.«

»Ich habe noch eine letzte Frage.«

»Nur zu.«

»Warum kümmert ihr euch um mich? Soweit ich das verstehe, bin ich eine von denen, die ihr sonst bekämpft. Wozu erst herausfinden, ob ich eine Lügnerin bin oder nicht? Das könntet ihr euch doch sparen, oder?« Ich biss mir auf die Zunge, als die Frage meine Lippen verlassen hatte. Damit schnitt ich mir ins eigene Fleisch. Aber ich wollte es wissen. Es würde mir dabei helfen, abzuwägen, ob ich ihnen wirklich vertrauen oder bei der nächsten Gelegenheit doch fliehen sollte.

Titos richtete sich in seinem Stuhl auf und sah mich ernst an. Seine grauen Augen waren wie Gewitterwolken und die Atmosphäre im Raum änderte sich merklich. Ich schrumpfte ein Stück auf meinem Sitz zusammen.

Titos ballte die Fäuste. »Es ist unsere von Athene aufgetragene Pflicht, uns um alle *Ágalmas* zu kümmern, die wir finden. Wir tun es in ihrem und in Perseus' Namen und es ist eine Ehre, diese Aufgabe zu übernehmen. Wie wir uns um sie kümmern, hängt allerdings davon ab, was für Menschen sie sind. Die Gorgonen versteinern nur solche, die sich etwas haben zuschulden kommen lassen. Grundsätzlich sind wir immer für eine zweite Chance, allerdings muss man sich diese verdienen. Es hängt also an dir. Solange du uns keinen Grund gibst, dich schlecht zu behandeln, werden wir es nicht tun. Doch wir werden dich ganz genau beobachten und solltest du nur einen Fehler machen, dann drohen dir die dementsprechenden Konsequenzen.«

Ich nickte nur, weil ich zu eingeschüchtert war, um etwas zu sagen. Mein Schicksal lag anscheinend in den Händen dieses Mannes und des Ordens. So hatte ich mir das mit dem Leben nicht vorgestellt. Doch welche Wahl hatte ich? Abhauen und mich allein durchschlagen? Das erschien mir in diesem Moment unmöglich. Dazu wusste ich zu wenig über diese Welt. Ich würde mich als ihrer Hilfe würdig erweisen müssen. Ich musste gutmachen, was ich als Gorgone früher einmal angerichtet hatte, auch wenn ich mich nicht mehr daran erinnern konnte.

Titos lächelte, doch es erreichte seine Augen nicht. »Morgen wirst du bei der *Mágissa* vorgestellt, dann sehen wir weiter.« Er sah zu Nick. »Bring sie auf ein Zimmer und begleite sie morgen früh zu Ilena.«

Nicks Antwort erfolgte entweder telepathisch oder aber er machte eine Geste hinter meinem Rücken, denn ich bekam nichts davon mit. Ich erhob mich und folgte Nick zur Tür. Kurz bevor wir in den Flur traten, drehte ich mich noch einmal zu Titos um.

»Danke.«

Titos schaute überrascht auf. »Es ist unsere Aufgabe und damit eine Ehre, Rya. Trotz allem.«

Vor der Tür sah ich Nick zum ersten Mal seit einer gefühlten Ewigkeit wieder ins Gesicht. Seine Miene hatte sich entspannt. Ich hätte nach dem Laut eben Häme oder Ärger erwartet, doch davon war keine Spur zu sehen. Mit dem fahrenden Raum, der wohl »Aufzug« hieß, fuhren wir ein paar Stockwerke hinunter. Wir stiegen aus und gingen nach rechts. Durch die Fenster auf dem Flur konnte ich nach draußen sehen, wo schon wieder die Dämmerung hereinbrach. Ich war noch nicht einmal einen Tag lang ein Mensch und es war schon so viel passiert. Eigentlich bestand alles nur aus Chaos, aber ich konnte es noch immer kaum fassen, dass ich atmete, umherlief und lebte. Doch verdiente ich das wirklich? Titos' Worte über die Gorgonen und ihren Antrieb verfolgten mich. Hatte ich deswegen den Mann zu Stein verwandelt? Aus Rache für etwas, das vor Hunderten, wenn nicht sogar Tausenden von Jahren geschehen war? Ich rechnete Nick und den anderen hoch an, dass sie mich danach trotzdem hergebracht und mich fair behandelt hatten.

»Danke«, sagte ich zu Nicks Rücken. Er blieb stehen und drehte sich um. Sein Blick ruhte aufmerksam auf mir.

»Wofür?«

»Dafür, dass du mich zurückverwandelt hast. Ich habe das noch gar nicht gesagt.«

Er schob die Hände in die Hosentaschen. »Du musst dich dafür nicht bedanken. Wie Titos gesagt hat, ist es unsere Pflicht.«

»Ich möchte es aber.«

Nick wandte den Blick ab und wir gingen weiter. »In Ordnung«, sagte er in einem Ton, der im Kontrast zu seinen Worten stand. »Dann sollte ich dir aber auch danken, dass du mich nicht verraten hast.«

»Wieso hast du mich nicht vorgewarnt oder mir die Informationen gegeben, die Titos angesprochen hat?«

»Habe ich wohl vergessen«, sagte er leise. »Normalerweise ist das auch eigentlich nie nötig, weil alle anderen den Anstand besitzen, sich innerhalb von drei Tagen zu verwandeln, während wir vor Ort sind. Ich konnte ja nicht ahnen, dass du so viel Chaos anrichten würdest.« Er warf einen Blick über die Schulter und ich wollte mich gerade rechtfertigen, als ich den amüsierten Zug um seinen Mund entdeckte. Er zog mich aus Spaß auf. Ich hob das Kinn.

»Du hast *mich* geküsst und nicht andersherum, vergiss das nicht.«

Er rollte mit den Augen. »Mit Sicherheit nicht.«

»Ich …« Weiter kam ich nicht. Ein mir unbekanntes Gefühl stieg in mir auf, kitzelte mich im Hals und brachte mich dazu, meinen Mund aufzureißen. Mit einem unschönen Laut atmete ich laut ein, um mir sogleich die Hand vor den Mund zu halten.

Ich hatte gegähnt. Ich hatte diese Geste oft bei Menschen gesehen und wusste auch, was die Ursache war. Ich war müde. Jetzt, da ich daran dachte, fielen mir auch die Symptome auf. Meine Beine wurden mit jedem Schritt schwerer, mein Rücken schmerzte. Ich blinzelte oft und meine Augen brannten.

»Wir sind gleich da«, sagte Nick.

Er führte mich zu dem Zimmer am Ende des Flures.

»Wieso lächelst du?« Nick war stehen geblieben und hielt mir die Tür auf. Ich hob die Finger an meine Lippen. Ich hatte es gar nicht bemerkt.

»Es fühlt sich schön an.«

Nicks Augen waren dunkle Wirbel, die mich in ihren Bann zogen. »Was?«

»Lächeln«, antwortete ich und trat an ihm vorbei in das Zimmer. Es war schlicht eingerichtet, aber die notwendigsten Dinge waren vorhanden. Das zumindest behauptete Nick und erklärte mir alles. Es gab einen kleinen Tisch mit einem Stuhl, ein Regal voller Bettwäsche, Handtücher und ein Bett, darüber ein Fenster. Ein kleines Bad grenzte an den Raum, darin waren eine Dusche, ein Waschbecken und eine Toilette. Als Nick mir in knappen Worten erörterte, wie man letztere nutzte, hätte ich mir fast gewünscht, wieder eine Statue ohne solche Probleme zu sein. Ich schwor mir, dass ich es schaffen würde, auch diesen menschlichen Instinkt zu meistern. Das hatte ich immerhin schon einmal, wenn auch in einer anderen Zeit.

Ich drehte den Hahn am Waschbecken nach Nicks Anweisung auf und fing das Wasser mit meinen Händen. Ich tauchte mein Gesicht hinein. Es war herrlich frisch. Meine Hände zitterten und es ging einiges daneben.

Nick stand mit verschränkten Armen im Türrahmen, als ich mir das Gesicht abtrocknete. »Du wirkst nervös.«

Ich hängte das Handtuch zurück neben das Waschbecken. »Mein Instinkt sagt mir, dass ich schlafen soll, aber ich kann mich nicht daran erinnern, wie es ist.«

Er antwortete nicht.

»Das ist die Wahrheit. Glaub mir, ich wünschte, es wäre anders.« Er nickte nur und beobachtete mich dabei, wie ich an ihm vorbei zum Bett ging und mich setzte.

Ich strich mit den Fingern über die weiche Bettdecke. Ich wollte mich dem Drang, meinen Kopf auf das Kissen zu legen, ergeben, doch ich hatte Angst. Den Dämmerzustand als Statue war ich gewohnt, doch selbst dann hatte ich immer noch mitbekommen, was um mich herum geschah. Beim Schlafen würde ich, wenn ich das in all den Jahren richtig verstanden hatte, alle Sinne vollkommen ausschalten und keine Kontrolle mehr über mich haben. Das klang nicht sehr verlockend. Erst recht nicht, wenn man von Menschen umgeben war, die sich noch nicht sicher waren, ob ich Freund oder Feind war. Ich hielt mich für ersteres. Doch um ihnen zu beweisen, dass ich niemandem etwas Böses wollte, zumindest nicht mehr, musste ich anfangen, ihnen zu vertrauen. Zumindest einem von ihnen. Denn solange ich das nicht tat, konnte ich es auch von niemand anderem verlangen. Ich wollte keine Bedrohung sein, auch wenn das nach dem Zwischenfall auf dem Polizeirevier eher schwierig zu glauben war.

Ich hatte jemanden in Stein verwandelt. Ich hatte jemandem das angetan, womit ich mich lange Zeit nicht hatte abfinden können. Ich hatte es sogar schon in der Vergangenheit getan, konnte mich aber nicht mehr daran erinnern. Was sagte das über mich aus? Dass ich ein Feigling war? Würde mich genau das heute Nacht einholen?

»Nick? Würdest du … eventuell bleiben, bis ich eingeschlafen bin?« Sobald die Worte meine Lippen verlassen hatten, merkte ich, wie dumm diese Frage war. Sie setzte das Vertrauen voraus, das ich mir noch nicht verdient hatte. Doch die Angst siegte. Ich wollte nicht wieder allein sein. Gerade als ich die Bitte zurückziehen wollte, ging das Licht aus.

Einer der Stühle knarzte, als Nick sich setzte. Ich atmete erleichtert auf und verkroch mich unter die Decke, legte den Kopf auf das Kissen. Meine Muskeln entspannten sich und mir fielen die Augen zu. Ich konnte Nick nicht mehr sehen, hörte nur seine leise Atmung. Er würde wirklich bleiben.

Ich strich mir eine Strähne aus der Stirn und drehte den Kopf zu ihm. »Darf ich dich noch etwas fragen?«

»Hast du doch schon.«

Ich schmunzelte und überging den Kommentar. Wenn er nicht wollte, musste er mir nicht antworten. »Wie hast du mich im Museum gefunden? Und bei der Polizei? Woher wusstest du, dass ich da bin?«

Nick schwieg einen Moment. »Nach der Verwandlung in eine *Ágalma* umgibt die Menschen eine magische Aura, die wir spüren können. Manchmal über mehrere Kilometer, manchmal nur über ein paar Meter. Je länger jemand eine Statue ist, desto schwächer wird diese Aura und umso schwerer ist es für uns, eine *Ágalma* zu finden. In Museen werden die Exponate nicht so oft ausgetauscht, daher gehen wir dort nur sehr selten hin, um nach *Ágalmas* zu suchen. An dem Tag, an dem ich dich gefunden habe, war mir irgendwie danach. Und als ich dann an dir vorbeigelaufen bin, habe ich dich gespürt. Deine Aura war so schwach, dass ich dachte, ich bilde sie mir nur ein. Aber ich wollte es zumindest versuchen. Dass du doch noch aufgewacht bist, habe ich durch ein Ordensmitglied erfahren, das bei der

Polizei arbeitet. Er hat uns informiert, als der mysteriöse Fall einer verschwundenen Statue und der jungen Einbrecherin per Notruf bei ihm einging. Das konntest nur du sein. Er hat mir Bescheid gegeben, als man dich gefunden und auf die Wache gebracht hat. Daran war nichts Magisches.« Nicks warme Stimme lullte mich ein, wobei seine Erzählung noch einmal das Kribbeln in mir auslöste, das ich bei unserer ersten Begegnung verspürt hatte.

»Danke, dass du mich gefunden hast«, murmelte ich schlaftrunken. Es fühlte sich gut an, der Müdigkeit nachzugeben.

»Es tut mir leid, dass ich dich ohne Vorwarnung geküsst habe«, erwiderte Nick leise. Ich drehte mich auf die Seite.

»Ich habe es nicht einmal gespürt …« Mehr schaffte ich nicht, mein Mund versagte seinen Dienst. Die Dunkelheit umhüllte mich bereits, zog mich immer weiter hinunter in wohltuende Unterwerfung. Ich schmiegte mich hinein und dann war da nichts.

Als ich wieder erwachte, war der Stuhl im Zimmer leer.

Das Fußende des Bettes nicht. Dort saß eine Gestalt, von der ich in der Dunkelheit nur die Umrisse erkannte. Doch ich war mir sicher, dass es nicht Nick war. Diese Gestalt fühlte sich anders an. Gefährlich. Und der Duft nach Regen war nicht mehr da. Dann hallte eine feminine und bedrohlich klingende Stimme durch den Raum.

»Es ist Zeit zu sterben, Rya.«

Kapitel 5

Ruckartig richtete ich mich auf, verhedderte mich in der Decke und fiel mit einem lauten Knall aus dem Bett. Rückwärts krabbelte ich so weit wie möglich weg, ohne der Gestalt den Rücken zuzuwenden. Mein Herz donnerte gegen meine Brust, das Rauschen des Blutes in meinen Ohren machte mich schwindelig und grellgelbe Punkte tanzten vor meinen Augen.

»Es geht auch ganz schnell. Wie bei ihr«, sagte eine andere Stimme, männlich, rau. Im selben Moment tauchte auch ein zweiter, größerer Schatten neben dem ersten auf. Ich schrie erschrocken auf, doch mein Körper war wie festgefroren. Dann schritten die beiden Schatten auf mich zu und endlich reagierte mein Körper. Ich warf mich zur Seite, rappelte mich auf und rannte Richtung Ausgang. Dabei stolperte ich gegen den Stuhl und warf ihn um, ehe ich die Tür erreichte. Ich tastete nach der Klinke, drückte sie herunter und riss sie auf. Der Flur lag dunkel vor mir und sah genauso aus wie am Abend zuvor. Eine Hand packte plötzlich meinen Hals und drohte mir die Kehle zu zerquetschen. Ich schrie so laut ich konnte, doch kaum ein Laut drang über meine Lippen, während sich die eiskalten Finger in meine Haut bohrten. Um mich schlagend schaffte ich es endlich, mich aus dem Griff zu lösen und auf den Flur zu stolpern. Ich rannte nach rechts Richtung Aufzug. Plötzlich erwachten die Lichter zum Leben, gleißendes Weiß blendete mich, dann sackte ich auf dem Boden zusammen.

»Rya. Wach auf.«

Nicks braune Augen waren das Erste, was mir begegnete, als ich wieder zu mir kam. Ich lag auf dem Boden des Flurs, über mir Lampen, die das grässlich weiße Licht abgaben.

»Was ist passiert?«, fragte Nick. Er schob eine Hand unter meinen Kopf, die andere unter meinen Rücken. Seine Wärme strömte auf mich ein und beruhigte mich.

Ich rappelte mich auf. Mein Hals kratzte und fühlte sich dick an, meine Stimme war ein Krächzen. »Da waren zwei Gestalten in meinem Zimmer. Sie wollten mich umbringen.«

Nick half mir auf. Unsicher kam ich auf die Beine und er ließ mich erst los, als ich mich allein aufrecht halten konnte.

»Bist du dir sicher? Als ich das Licht angemacht habe, bist du sofort umgefallen und seitdem habe ich niemand aus deinem Zimmer kommen sehen. Und durch das Fenster ist bestimmt keiner geflohen, wir befinden uns im zehnten Stock.«

»Dann sind sie noch drin!« Ich griff nach Nicks schwarzem Shirt und krallte mich daran fest. »Geh da nicht rein.«

Er legte seine Hände auf meine und brachte mich dazu, meinen Griff zu lösen.

»Keine Sorge, ich komme klar.« Er zog den Dolch aus dem Futteral an seiner Hüfte.

Ich lehnte mich an die Wand und sah mit klopfendem Herzen dabei zu, wie Nick mitsamt gezückter Waffe im Zimmer verschwand. Ich suchte den Gang zu beiden Seiten ab, doch außer mir war niemand hier. Ein Klappern drang aus dem Zimmer und mein Herz machte einen Satz. Ich stieß mich von der Wand ab, doch im selben Moment trat Nick unversehrt in den Flur.

»Und?«, fragte ich und warf einen Blick zur Tür.

»Niemand da. Ich habe nur den Stuhl aufgestellt.«

Ich ging zusammen mit ihm zurück ins Zimmer. Das Bett war mir nicht geheuer, also nahm ich auf dem Stuhl Platz. Hatten mir wirklich zwei Personen in meinem Zimmer aufgelauert oder war das bloß Einbildung gewesen?

Nick hockte sich vor mich hin. »Geht's wieder? Du hast bestimmt nur geträumt. Es kann durchaus passieren, dass man sich dabei auch bewegt und sogar herumläuft. Das nennt man schlafwandeln.«

»Es hat sich so echt angefühlt.« Ich erinnerte mich an den Zwischenfall auf dem Polizeirevier. In jenem Augenblick hatte ich auch geglaubt, jemand würde mir einen Dolch in die Brust rammen, obwohl dem nicht so war. Auch da war es nicht real gewesen.

»Das haben Albträume leider so an sich.«

»Wie spät ist es?«, fragte ich. Ich fühlte mich überhaupt nicht erholt. Eher so, als wäre ich stundenlang unter einem Geröllhaufen begraben gewesen. Nick trug noch immer dieselben Klamotten und sah nicht so aus, als ob er geschlafen hätte.

»Kurz vor sechs. Die Sonne geht bald auf.«

»Warst du bis jetzt unterwegs?«

»Nein. Kurz nachdem du dich hingelegt hast, sind Linos und die anderen zurückgekommen. Wir haben bis eben noch geredet. Ich wollte nur kurz bei dir vorbeischauen und dann selbst ins Bett.«

»Hat bei der Polizei alles funktioniert?« Ich sah auf meine Hände. Sah in meinen Gedanken den Mann, dem ich sie an den Hals gedrückt hatte und der daraufhin zu Stein geworden war.

»Ja. Wir konnten den Mann zurückverwandeln. Wir haben ihm und den anderen ihre Erinnerungen genommen und das Chaos beseitigt.«

»Hat das was mit diesem Pulver zu tun, das die anderen in dem Raum verteilt haben?«

Nick legte den Kopf schief. »Du bist eine wirklich gute Beobachterin. Wie du sicherlich schon gemerkt hat, spielen Edelsteine, die magisch aufgeladen sind, eine große Rolle in unserer Welt. Das, was er da verteilt hat, war ein zerriebener Quarz. Mit seiner Hilfe löschen wir die Erinnerungen an uns aus. Du musst dir keine Sorgen machen.«

Mein Kopf fuhr hoch. »Keine Sorgen machen? Nick, ich kann Menschen versteinern. Früher habe ich das freiwillig getan. Ich bin gefährlich. Wie soll ich so jemals in der Welt zurechtkommen? So etwas wie gestern könnte jederzeit wieder passieren, weil ich es nicht kontrollieren kann.«

Nick fasste nach einigem Zögern nach meiner Hand und drückte sie sanft. »Wir werden dir dabei helfen.«

Ich biss mir auf die Lippe. Ich wollte ihm so gerne glauben. Doch ich war noch nicht davon überzeugt, dass der Orden mir tatsächlich helfen würde, selbst wenn diese *Mágissa* meine Aussagen bestätigte. Immerhin war ich trotz allem der Inbegriff ihres Feindbildes. Das konnte auf Dauer doch nicht gut gehen. Oder? Andererseits waren sie ja bisher nichts anderes als nett zu mir gewesen. Ich äußerte meine Bedenken nicht. Ich war noch immer viel zu müde und zu durcheinander, um darüber zu diskutieren. Ich sollte einfach dankbar dafür sein, dass ich in dieser Nacht ein Dach über dem Kopf hatte.

»Geh wieder schlafen, Rya.« Nicks dunkelbraune Augen wirkten beruhigend auf mich. Ich ging zum Bett und legte mich trotz meiner Angst wieder hinein und deckte mich zu. Es war nur ein Albtraum, es würde nicht wieder passieren, sagte ich zu mir selbst. Trotzdem wurde mir kalt und ich fing an zu zittern.

»Ich bin gleich wieder da«, sagte Nick und verließ das Zimmer. Ein paar Minuten später, die sich wie eine Ewigkeit anfühlten, kam er zurück. Er hatte sich Bettwäsche unter den Arm geklemmt und warf diese dem Bett gegenüber an die Wand. Dorthin, wo ich mich vor den Gestalten verkrochen hatte.

Er hielt mir etwas Schimmerndes vor die Nase. »Die hat Linos mitgebracht. Das ist deine, oder?«

Vor meinem Gesicht baumelte die Phiole an ihrer Kette. Ich streckte die Hand danach aus und nahm sie entgegen. Sie erfüllte meine kalten Finger mit Wärme und das Zittern legte sich.

Nick löschte das Licht und machte es sich auf dem Boden bequem, wenn man es denn so nennen konnte. Er legte das Kissen an die Wand und setzte sich auf die Decke. Mit vor der Brust verschränkten Armen lehnte er den Kopf an die Wand und schloss die Augen. Durch das Fenster fiel mittlerweile ein schwacher Lichtschein. So konnte ich Nick noch eine Weile ansehen. Dunkle Schatten lagen unter seinen Augen und er blinzelte langsam. Er musste unfassbar müde sein.

»Danke«, murmelte ich.

»Du musst dich nicht für alles bedanken. Ich erfülle nur meine Aufgaben.«

»Halt den Mund und nimm es einfach an«, grummelte ich. »All die Jahre konnte ich mit niemandem reden, geschweige denn jenen danken, die ein nettes Wort für mich übrig hatten. Ich habe einiges nachzuholen.«

Er öffnete kurz die Augen und senkte den Kopf in Zustimmung. Auch wenn ich nur Teil einer Aufgabe war, die es zu erfüllen galt, sah ich seine Hilfe nicht als selbstverständlich an. Mir war bewusst, dass sie sich jeden Moment anders entscheiden konnten und ich auf mich allein gestellt wäre. Ohne Nick, auch wenn es schwer war, mir das einzugestehen, war ich ganz allein. Ich fühlte mich erneut wie eine Statue. Mitten im Leben, aber doch nicht ganz dabei. Verloren in der Menge. Eine Träne rann mir über das Gesicht, geboren aus einem bittersüßen Gefühl. So wollte ich nicht schlafen gehen. Ich schluckte den Kloß in meinem Hals herunter.

»Nick?«

»Mh?«

»Was ist *Game of Thrones*?«

Ich verstand kein Wort von dem, was er mir dann erzählte. Es waren zu viele gemurmelte Informationen in zu kurzer Zeit. Doch Nicks Stimme zu lauschen vertrieb meine düsteren Gedanken und nur wenige Augenblicke später schlief ich ein und trotzte dieses Mal allen Albträumen.

Als ich wenige Stunden später wieder erwachte, war Nick noch da. Sobald ich mich umdrehte, schlug er die Augen auf. Sie waren rot unterlaufen, seine Haare verstrubbelt. Draußen war es mittlerweile Morgen, doch durch die dichte Wolkendecke drang nur wenig Licht, das allem einen sanften Glanz verlieh.

»Konntest du noch etwas schlafen?« Nicks stimme war rau.

»Ja, danke.« Ich krabbelte aus dem Bett und streckte mich. Es ging mir besser, doch trotzdem war mir nicht wohl in meiner Haut. Die alten Klamotten kratzten, was mir am Vorabend wegen der Müdigkeit egal gewesen war, doch jetzt störte es mich. Ebenso der beißende Geruch, der zu meinem Schreck wohl von mir ausging.

»Habe ich noch Zeit für eine Dusche, bevor wir losmüssen?«

»Natürlich. Ich werde dir noch ein paar Klamotten zum Wechseln besorgen und sie dir ins Regal legen. Ich warte dann vor der Tür auf dich.«

»Danke.«

Nick verließ das Zimmer, ich verschwand im Bad. Zunächst stellte ich mich der Toilette und brachte die Angelegenheit unfallfrei hinter mich. Anschließend zog ich mich aus und ging unter die Dusche. Als mich der erste, eiskalte Wasserstrahl traf, wollte ich sie nie wieder verlassen. Wie ein kräftiger Regenschauer prasselten die Tropfen auf meinen Kopf und an meinem Körper hinunter. Der echte Regen war besser, aber es kam ihm schon sehr nahe. Ich hielt das Gesicht in den Sprühregen und genoss jede Sekunde. Ich probierte alle Temperaturen aus, doch zu meiner Überraschung gefiel mir die kälteste am besten. Ich sah mir meinen Körper an. Meinen menschlichen Körper. Er fühlte sich noch immer etwas ungewohnt und zugleich doch so vertraut an. Es war ganz eigenartig. So als hätte ich schon immer gewusst, dass er da war, seine Einzelheiten aber vergessen. Alles fühlte sich so weich an, so ganz anders als Stein. Ich dachte an Doc, der mir mit diesen leeren grauen Augen entgegengeblickt hatte. So hatte auch ich einmal ausgesehen. Mein Körper war, soweit ich das sehen konnte, frei von Tattoos. Titos' Theorie, dass ich eines an einer anderen Stelle als die heutigen Gorgonen hatte, war also falsch. Wieder keine Antwort. Nur noch mehr Fragen.

Ich drehte das Wasser ab und stieg aus der Dusche, rubbelte mich mit einem Handtuch trocken und holte die Klamotten, die Nick mir in der Zwischenzeit vorbeigebracht hatte. Beim Umziehen fiel mir auf, dass alle meine Wunden, die ich mir bei meinem Sturz von meinem Sockel zugezogen hatte, spurlos verheilt waren. Wie konnte das sein? Ich setzte es auf meine geistige Liste der Dinge, die ich noch hinterfragen musste.

Ich schlüpfte in die Unterwäsche, eine schwarze Stoffhose und einen dünnen schwarzen Pullover. Außerdem zog ich ein Paar Socken und halbhohe Stiefel über, in die man nur hineinschlupfen musste. Barfuß mochte ich es lieber, aber ich wollte einen guten Eindruck machen und dazu gehörte wohl auch Fußbekleidung. Als ich mit dem Umziehen fertig war, brachte ich es endlich über mich, in den Spiegel zu schauen. Zu meiner großen Erleichterung blickten mir keine leeren grauen Augen entgegen. Meine Iriden waren braun und von helleren Punkten durchzogen, sie ließen meine Augen so lebendig wirken wie die der Menschen. Ich fand sie wunderschön und konnte den Blick nicht abwenden. Ein Geräusch von draußen schreckte mich schließlich auf.

Vor meinem Zimmer waren Stimmen zu hören, eine davon ordnete ich Nick zu. Ich verließ das Bad, öffnete die Zimmertür und trat hinaus in den Gang. Nick stand mit dem Rücken zu mir, ihm gegenüber war ein junger Mann, den ich nicht kannte. Er war etwas größer als Nick und auch etwas breiter gebaut. Tief im Gespräch vertieft senkte er die Augenbrauen, sodass ich die Farbe seiner Augen in deren Schatten nicht ausmachen konnte. Er schnitt Nick mit einer Handbewegung das Wort ab und ballte die Hand zur Faust. Als er mich bemerkte, fixierte er mich und ich stolperte einen Schritt zurück, als ich den Hass in seinen Augen bemerkte. Er mahlte mit dem Kiefer und seine Wangenknochen traten scharf hervor.

»Ist sie das?« Seine Stimme glich einem Grollen.

Nick stellte sich vor mich. »Lass sie in Ruhe, Xanthos.«

Doch der Angesprochene dachte gar nicht daran, er stürmte an Nick vorbei und auf mich zu. Nick wollte ihn zurückhalten, doch Xanthos stieß ihn beiseite. Ich wich an die Wand zurück, bis ich nicht weiter konnte. Xanthos blieb so dicht vor mir stehen, dass ich die dunklen Sprenkel in seinen sonst blauen Augen erkennen konnte.

»Du bist also die Gorgone.« Er spuckte mir die Worte regelrecht vor die Füße.

»Ich …«

»Was willst du hier? Spionierst du?«

Bevor ich ihm etwas antworten konnte, war Nick wieder an meiner Seite. Xanthos richtete den Blick auf ihn. »Du schützt sie? Sie ist eine von ihnen!«

Nick machte einen Schritt auf Xanthos zu, der sich davon nicht beeindrucken ließ. Er zuckte nicht mal mit der Wimper. »Sie war eine *Ágalma*. Und es ist unsere Aufgabe, uns um sie zu kümmern, falls du das vergessen hast«, sagte Nick bedrohlich ruhig.

Xanthos' Augen leuchteten böse auf. »Richtig. Wir müssen uns um sie *kümmern*.«

»Die Gorgonen sind nicht abgrundtief böse, Xanthos. Und es gibt Regeln. Beschwer dich bei Titos, wenn dir das Vorgehen nicht passt, aber lass Rya in Ruhe.«

»So heißt sie also.« Xanthos' wutverzerrter Blick richtete sich wieder auf mich. Ich hielt ihm stand, war aber so schlau und sagte nichts weiter. Egal was, es hätte alles nur schlimmer gemacht. Sowohl für mich als auch für Nick.

Xanthos rümpfte die Nase und wandte sich ab. Nick entspannte sich, doch dann drehte sich Xanthos noch einmal um und spuckte mir direkt ins Gesicht. Ich erschrak und zuckte zusammen.

Doch seine Spucke erreichte mein Gesicht nicht. Sie wurde mitten im Flug gestoppt und schwebte nun ein paar Zentimeter vor meiner Nase. Wie festgefroren hing sie in der Luft. Nicks und Xanthos' überraschte Blicke verrieten mir, dass ich es war, die das irgendwie vollbrachte. Ich hatte die Spucke in der Luft angehalten. Mein Atem stockte und ich spürte ein schwaches Vibrieren, ähnlich einem Summen in meinem Bauch. Es erinnerte mich an das Gefühl, kurz bevor ich Doc in Stein verwandelt hatte. Entsprang diese Empfindung der Gorgonenmagie, von der Nick und Titos gesprochen hatten?

Das Überraschungsmoment war vorbei und Xanthos' Miene verfinsterte sich erneut. Er provozierte mich mit seinem Blick und verzog den Mund zu einem diabolischen Grinsen. Ich biss mir auf die Zunge, um ihn nicht anzuschreien. Dass er seinen Frust an mir ausließ, war das eine, aber dass er Nick so anging, der lediglich seine Aufgabe ernst nahm, passte mir nicht. Er sollte meinetwegen nicht so behandelt werden. Ich hätte Xanthos gerne seine eigene Spucke ins Gesicht geschleudert. Dass ich das gekonnt hätte, verriet mir das Summen in meinem Bauch, das immer stärker wurde.

Doch genau das wollte er. Er wartete darauf, dass ich es tat und ihm damit einen Grund gab, mich noch mehr zu hassen. Sein Blick, seine Haltung – alles war auf Angriff getrimmt. Ich begnügte mich damit, die Schultern durchzudrücken und ihn böse anzustarren. Ich hoffte zumindest, dass mir das gelang. Sein Gesicht zeigte keinerlei Reaktion. Das Summen ebbte ab und die Spucke platschte zu Boden. Ich ließ Xanthos nicht aus den Augen und er presste die Lippen aufeinander.

»Ich bin noch nicht fertig mit dir«, sagte er und ging.

Nick starrte missmutig auf den nassen Fleck am Boden. »So viel also dazu, dass du uns bisher alles gesagt hast.«

Ich schluckte, als ich in sein Gesicht sah. »Ich wusste nicht, dass ich das kann. Ehrlich.«

Er schüttelte den Kopf und lief los, als Xanthos im Aufzug verschwunden war. Mit hängenden Schultern folgte ich ihm durch das Gebäude. Ich wusste nicht, was ich noch hätte sagen können, um die Situation zu retten.

Mit dem Aufzug fuhren wir zurück in den Keller und stiegen in Nicks Auto. Noch immer schweigend schnallten wir uns an und Nick fuhr los. Erst als wir das Gebäude hinter uns gelassen hatten, atmete er hörbar aus und sein Griff um das Lenkrad lockerte sich.

»Das mit Xanthos tut mir leid. Das hätte nicht passieren dürfen.«

»Es war nicht deine Schuld.«

»Das nicht. Aber ich schäme mich für sein Verhalten. Gestern haben wir dir gesagt, dass deine Herkunft kein Problem ist, und gleich am nächsten Tag triffst du auf einen der wenigen Krieger, der das anders sieht.« Wir hielten an einer Ampel.

»Krieger? Nennt ihr euch so?«

»Krieger sind diejenigen im Orden, die im Kampf gegen die Gorgonen auf die Straße gehen und ihnen von Angesicht zu Angesicht gegenübertreten. Wenn du deine Ordensbrüder im Kampf durch die Hand einer Gorgone sterben siehst, ist es schwieriger, aufgeschlossen zu bleiben.«

»Du meintest zu Xanthos, dass die Gorgonen nicht abgrundtief böse sind. Wie hast du das gemeint?«

»Die Frauen dort haben alle eines gemeinsam. Bis sie zu den Gorgonen gekommen sind, waren sie alle allein, fühlten sich verloren und wurden vor eine Wahl gestellt, die eigentlich keine ist. Keine von ihnen hat sich etwas zuschulden kommen lassen, bevor sie bei den Gorgonen aufgenommen wurde. Und danach können sie nicht anders.«

»Was ist danach anders?«

Es wurde Grün und wir fuhren weiter. Der Himmel war noch immer voller grauer Wolken, es nieselte leicht. Ich verschränkte die Arme vor dem Körper und Nick drehte die Heizung auf.

»Das erkläre ich dir später. Jetzt gehen wir erst mal frühstücken.«

»Hast du denn keine Angst, dass ich wieder jemanden zu Stein verwandle?«

Er schüttelte den Kopf. »Nein. Ich glaube nicht, dass es wieder passiert, solange du ruhig bleibst. Außerdem kann ich im Notfall eingreifen.«

Ich nickte nur. Wohl war mir dabei nicht, aber wenn er es mir zutraute, dann würde ich es wohl schaffen.

Essen war fantastisch. Ich konnte es nicht anders sagen. Nick führte mich in ein kleines Café namens *Marthas Stage*, in dem ich mich an einem Frühstücksbüfett nach Lust und Laune bedienen durfte.

Der Laden war klein, aber schön eingerichtet. Bunte Sessel und Sofas, alte Holztische und bunt zusammengewürfeltes Geschirr verliehen dem Raum einen unverwechselbaren Charakter. Und das Frühstück war himmlisch. Ich probierte von allem etwas, während Nick sich mit Eiern, Speck und Toast zufriedengab und Kaffee trank. Der, das musste ich leider gestehen, absolut widerlich schmeckte. Auf meine Frage, was denn ein wirklich tolles Getränk mit gutem Geschmack sei, klatschte Martha, die Inhaberin des Cafés, in die Hände. Sie war wie ihr Laden bunt und in den verschiedensten Mustern gekleidet. Um ihren Hals hing eine Kette aus verschiedenfarbigen Edelsteinen, an ihren Handgelenken klimperten dünne Goldreifen, als sie mir antwortete.

»Du musst unbedingt den Chai Latte probieren, den wir seit Kurzem anbieten. Der ist gerade das angesagteste Getränk in der Stadt! Ideal zum … Chillen?« Ohne meine Antwort abzuwarten, schwirrte sie davon. Ich schätzte sie auf Mitte vierzig, und weder sie noch ihr Laden machten einen hochmodernen Eindruck auf mich. Umso witziger fand ich es, wie sie sich ausdrückte. So redeten nur die Jugendlichen, die im Museum nichts als Unsinn im Kopf hatten. Sie benutzten viele Wörter, die so merkwürdig waren.

»Sie versucht, *hip* zu sein und junge Leute anzulocken«, sagte Nick und biss von seinem Toast ab.

Während ich auf das Getränk wartete, grübelte ich über eine passende Antwort nach. Kannte ich auch ein *hippes* Wort? Martha brachte mir das Getränk und spielte mit den Armreifen, während sie auf meine Reaktion wartete. Bereits der erste Schluck war eine Geschmacksexplosion auf meiner Zunge. Süß und würzig zugleich, der Schaum prickelte an meinen Lippen.

»Läuft«, sagte ich und grinste. Nick lachte und verschluckte sich an seinem Toast, Martha zog lächelnd von dannen.

»Habe ich das falsche Wort benutzt?«, fragte ich, als Nick sich beruhigt hatte. Er klopfte sich auf die Brust und sprach mit rauer Stimme.

»Der Wille zählt.«

Mit glühenden Wangen widmete ich mich wieder dem Essen. Nick beobachtete mit Staunen, wie ich Portion um Portion verschlang und irgendwann satt zurück in den gepolsterten Sessel sank.

»Mir ist schlecht«, murmelte ich.

»Kein Wunder«, sagte Nick. »So viel schaffe ich nicht mal an guten Tagen.«

»Gibt es das jeden Morgen bei euch?«

Nick schüttelte den Kopf. »Nein. Wir essen normalweise in einer Kantine, in der das Angebot nicht so abwechslungsreich ist.«

Ich stutzte. »Wieso sind wir dann hergekommen?«

Nick schob seine Tasse hin und her. »Eine Entschädigung für den Zwischenfall heute Morgen.«

Ich lächelte. »Danke.«

»Das war das Mindeste, was …« Ich zog eine Augenbraue nach oben und Nick räusperte sich. »Gern geschehen.«

Wir fuhren mit dem Auto weiter aus der Stadt raus. Ich war so müde vom Frühstück, dass ich einschlief. Nick weckte mich, indem er mich vorsichtig wach rüttelte.

»Wo sind wir?«, wollte ich wissen. Wir waren nicht mehr in der Innenstadt mit den hohen und modernen Häusern, sondern in einem Gebiet voll kleineren Häuschen mit großen Grundstücken. Es war sehr viel grüner als in der Stadt.

»Vor dem Haus der *Mágissa.*«

Ich war schlagartig wach. Mein Herz pochte schnell und meine Finger begannen zu zittern. Jetzt war also der Moment gekommen, in dem über mein weiteres Schicksal bestimmt wurde. War es schon zu spät, um abzuhauen? Nein, das war nicht wirklich eine Option. Denn ich gehörte nicht nur der Welt an, die ich all die Jahre voller Sehnsucht bewundert hatte, sondern auch einer den Menschen verborgenen Welt, in der es Magie gab. Gefährliche Magie, wie die meine, die ich nicht kontrollieren konnte. Der Orden war meine beste Chance auf ein halbwegs normales Leben, wenn die *Mágissa* es zuließ.

»Gehört sie auch eurem Orden an?« Wir schnallten uns ab und stiegen aus dem Auto.

»Nein. Sie ist eine Anhängerin von Hekate, der griechischen Göttin der Magie. Sie und andere Anhängerinnen bilden zusammen die *Mageía Mésa*. So nennt man die Gesamtheit der Magierinnen, die Hekate dienen.«

»Wie hängen sie mit dem Krieg zwischen dem Orden und den Gorgonen zusammen?«

Nick strich sich mit den Fingern über das Kinn. »Die aufgeladenen Edelsteine, die wir tagtäglich benutzen, beziehen wir von ihnen. Sie lassen sich dafür gut von uns bezahlen. Sie sind – in der Theorie – so etwas wie eine neutrale dritte Partei, die beiden Seiten seit Anbeginn des Krieges aushilft, so hat Hekate es damals veranlasst. Sie und Athene waren befreundet und sie wollte sie unterstützen, aber gleichzeitig auch nicht die anderen Götter verärgern, die nicht viel von dieser Entwicklung hielten. Praktisch ist es allerdings so, dass viele der *Mageía Mésa* sich für eine Seite entschieden haben und nur einer Partei helfen.«

»Und diese Ilena ist eine, die sich für euch entschieden hat?«

»Richtig.«

»Einfach so, oder gab es einen bestimmten Grund?«

»Das ist ihre Geschichte. Ich werde sie nicht erzählen.«

Ich schluckte. Die *Mágissa* hatte sicherlich gute Gründe für diese Entscheidung gehabt. Nach allem, was ich wusste und erlebt hatte, würde ich mich auch jederzeit gegen die Gorgonen entscheiden. Zumindest heute. Damals ... Ich wusste nicht, wieso ich es damals getan haben sollte. Ob mir das heute zum Verhängnis werden würde? Mit zitternden Knien folgte ich Nick durch das Gartentor und über den gepflasterten Weg zum Haus.

Kapitel 6

Nick klingelte und die Tür wurde geöffnet. Vor uns im Türrahmen stand eine Frau, die höchstens Anfang zwanzig sein konnte. Ihre dunklen Haare hingen ihr in einem kunstvoll geflochtenen Zopf über die Schulter. Goldene geometrische Symbole, die zu einem Muster ineinander verwoben waren, zierten ihre Stirn, ihr Gesicht und ihren Hals. Ein paar entdeckte ich auch auf ihren Händen, die teilweise vom Saum ihres lila Pullovers verdeckt waren. Sie trug eine Jeans und Sandalen sowie dezenten Schmuck um den Hals und die Handgelenke.

»Nick!«, rief sie verwundert aus, als sie ihn erblickte.

Er hob die Hand zur Begrüßung. »Hallo, Ilena. Ich hoffe, du hast Zeit für einen Überraschungsbesuch?«

»Nein.« Sie schlug uns die Tür vor der Nase zu. Nick seufzte belustigt. Im nächsten Moment wurde die Tür wieder geöffnet und eine schief grinsende *Mágissa* winkte uns herein. »Natürlich habe ich Zeit. Ich fände es nur schön, wenn ihr euch endlich mal daran gewöhnen würdet, euch anzukündigen. Nicht jeder kann telepathisch erraten, was ihr vorhabt.« Wir traten in den kleinen Flur und die *Mágissa* schloss die Tür. Sie scheuchte uns ins Wohnzimmer. »Wen hast du mir da eigentlich mitgebracht?«

»Das ist eine lange Geschichte«, sagte Nick.

»Das sehe ich«, erwiderte Ilena.

Ich schluckte.

Als wir das Wohnzimmer betraten, stockte mir der Atem. Ich hatte mir auf dem Weg zu Ilena einige Gedanken darüber gemacht, wie das Zuhause einer *Mágissa* wohl aussehen mochte, aber meine Vorstellungen entsprachen nicht einmal annähernd der Realität. In dem Raum herrschte reines Chaos, es war vermutlich Magie im Spiel und es war wunderschön. Die Decken waren höher, die Grundfläche größer, als es von außen ausgesehen hatte. Ringsum standen Regale, darin die unterschiedlichsten Dinge, vor allem alte Bücher und viele, viele Edelsteine in allen Farben und Formen, ebenso einige Flaschen voller wabernder Flüssigkeiten. Von der Decke hingen schwach schimmernde Lampen, die in ihrer Gesamtheit das Licht bei Tagesanbruch imitierten. In der Mitte stand ein riesiger Holztisch, auf dem sich ebenfalls wundersame Dinge stapelten. Der Boden war bedeckt von Kissen in allen Formen und Farben. Kreuz und quer, stellenweise miteinander verknotet, waren schillernde Schnüre durch den Raum gespannt, an denen kleine Zettel befestigt und kleine Steine in verschiedenen Farben eingewebt waren. Ilena stapfte voran zu einem niedrigen Tisch, der inmitten des Meeres aus Kissen stand. Ich blieb mit offenem Mund im Türrahmen stehen. Nick trat hinter mich und der Geruch von Regen umhüllte mich, beruhigte mich.

»Beeindruckend, nicht wahr?«

»Allerdings.«

»Jetzt kommt schon«, rief Ilena. »Ich habe Tee gemacht.«

Nick watete ihr mit eleganten Bewegungen durch das Kissenmeer hinterher. Ich versuchte, den gleichen Pfad zu nehmen, und musste gleichzeitig darauf achten, mich nicht in den Schnüren zu verheddern, doch ich schwankte mehr durch den Raum, als dass ich lief. Mir fehlte Nicks Körperbeherrschung, mit der er gezielt seinen Weg suchte, ohne zu Wanken. Sein Rücken war wie ein Fels in der Brandung, an dem ich mich orientierte, während ich mich Schritt für Schritt durch das Meer kämpfte. Im Laufen erhaschte einen Blick auf die Symbole, Gleichungen und Sprüche, die auf den Zetteln notiert waren. Für mich ergaben sie keinen Sinn.

»Setzt euch.« Ilena ließ sich in die Kissen fallen und machte eine Bewegung mit der Hand. Sofort setzten sich ein paar Gegenstände in den Regalen in Bewegung. Von oben herab schwebten drei Tassen und eine Kanne, die sich sanft auf der Holzplatte des Tisches niederließen. Ich setzte mich im Schneidersitz an den Tisch, während ich gebannt dabei zusah, wie die Kanne wie von Zauberhand begann, uns Tee einzuschenken. Nick griff nach einer der gefüllten Tassen und trank einen

Schluck. Auch ich nahm eine in die Hand und schnupperte daran. Es roch gut. Also probierte ich, hätte das Gebräu aber beinahe wieder zurückgespuckt. Es schmeckte fast so schlimm wie der Kaffee.

»Zu stark?«, fragte Ilena ehrlich besorgt. Ich schluckte das bittere Getränk herunter.

»Ein wenig.«

»Mh«, machte Ilena. Sie rückte dicht an mich heran und sah mir in die Augen. Ihre hatten eine nebelhafte Färbung, die mich an die dunklen lila Wolken erinnerten, die kurz vor Einbruch der Dämmerung am Himmel schwebten. Ich konnte nicht wegsehen.

»Ich hab's«, sagte sie und schnippte mit den Fingern. In meiner Tasse formte sich ein Strudel und ich befürchtete, dass der Tee sich jeden Moment über den Tisch ergießen würde. Doch stattdessen wechselte er seine Farbe. Die dunkle Flüssigkeit wurde milchig und heller.

»Na los, probier es«, forderte Ilena mich auf. Ich nahm die Tasse an die Lippen und nippte an dem verzauberten Getränk.

»Chai Latte«, sagte ich überrascht, als ich den Geschmack erkannte. »Woher wusstest du, dass ich den mag?«

»Ich habe so meine Mittel.« Sie grinste. »Ich bin Ilena und du?«

»Rya.«

»Du warst eine *Ágalma*, richtig?«

Ich nickte nur, da sich meine Brust aus Angst zusammenzog.

»Und ihr seid hier, weil ihr wissen wollt, was in deinem alten Leben passiert ist. Aber wieso seid ihr deswegen extra hergekommen? Wieso konnte es nicht warten, bis ich wieder in den Orden komme?«

»Es ist dieses Mal etwas … komplizierter«, sagte Nick und stellte seine Tasse ab.

Ilena sah von Nick zu mir und kniff die Augen zusammen. »Inwiefern?«

Ich sprang Nick zur Seite. Vielleicht würde ich es endlich verstehen, wenn ich es aussprach. »Ich bin eine Gorgone.«

Ilenas Augen richteten sich sofort auf mich. »Und?«

Nick schmunzelte und rollte mit den Augen. Mir fehlte sein ernster Blick. Den ernsten kannte ich, diesen hier allerdings nicht. Er verunsicherte mich.

»Du wusstest es von dem Moment an, als du sie gesehen hast, oder?«, fragte er.

»Nein«, sagte Ilena. »Ich wusste es von dem Moment an, als ihr vor meinem Haus geparkt habt. Ihre Magie ist stark, ich spüre sie ganz deutlich. Ich will alles wissen. Von Anfang an.«

Ich hörte kaum hin, als Nick ihr erzählte, was seit meiner Rückverwandlung alles passiert war. Mir rutschte vor Erleichterung mein Herz in die Hose. Die *Mágissa* verurteilte mich nicht, ohne sich meine kurze Geschichte anzuhören. Meine Chance war zum Greifen nahe.

»Wir wollen zum einen wissen, ob sie die Wahrheit sagt, und zum anderen, ob du etwas über sie und ihre Vergangenheit herausfinden kannst«, sagte Nick abschließend.

Ilena nickte und nippte an ihrem Tee. »Ich liebe Herausforderungen«, sagte sie und zwinkert mir zu. »Aber wird es irgendetwas ändern?«, fragte sie in Richtung Nick.

»Woran?«

»An ihr.«

Nick sah mir in die Augen. So intensiv, wie er es bei unserer ersten Begegnung getan hatte, als ich noch aus Stein und er ein Besucher im Museum gewesen war. So viel war seitdem passiert, doch das Kribbeln, das er heraufbeschwor, war dasselbe geblieben.

»Was genau meinst du, Ilena?«, hakte er nach.

Sie winkte ab. »Vergiss es. Wir sollten anfangen.«

Ilena nahm meine linke Hand in die ihre und drehte meine Handinnenfläche nach oben. Mit der anderen griff sie nach einem Anhänger, den sie an einer dünnen Kette um ihren Hals trug. Es war ein fast durchsichtiger, rosa schimmernder Edelstein in einer goldenen Fassung. Sie platzierte ihn auf meiner Hand und legte meine Finger darüber. Dann schloss sie die Augen. Als sie sie wieder öffnete, passierten mehrere Dinge gleichzeitig. Der Raum verdunkelte sich und schien die Luft anzuhalten. Nur Ilenas lila Augen, in denen nun magentafarbene Flecken wie Sterne leuchteten, erhellten den Raum. Dann erstrahlten die Muster auf ihrer Haut in einem gelbgoldenen Schimmer. Als sie sprach, klang ihre Stimme tiefer und älter.

»Bist du bereit, alles zu tun, um die Wahrheit herauszufinden?«

Der Stein in meiner Hand erwärmte sich, ebenso die Phiole und der Edelstein, die ich unter dem Shirt trug. »Ja«, sagte ich, ohne dass ich darüber nachdenken musste.

Ilena schloss die Augen und die Lichter an der Decke erwachten wieder zum Leben. Das Leuchten ihrer Augen und Haut verblasste, alles sah wieder aus wie zuvor. Ich fühlte mich elektrisiert. Ilena ließ meine Hände los und der Anhänger fiel zurück auf ihr Dekolleté.

»Lass uns allein«, sagte Ilena. Nicks Tasse schwirrte davon. Er sah ihr irritiert hinterher und dann zu Ilena.

»Wie bitte?«

»Du hast mich schon verstanden. Geh.«

Nick blickte zwischen ihr und mir hin und her.

»Ich werde ihr nicht wehtun«, fügte Ilena hinzu. Grummelnd erhob er sich und verließ den Raum.

»Er schaut immer so finster«, sagte Ilena. »Das lenkt mich ab. Außerdem denke ich, dass wir Mädels mal ein Gespräch unter vier Augen führen sollten.« Sie erhob sich und zupfte an einer der Schnüre, die im Raum gespannt waren. Wieder schwebten auf ihren Befehl hin Gegenstände aus den Regalen, dieses Mal auf den großen Tisch, der in der Mitte des Raumes stand. Es waren hauptsächlich funkelnde Steine, die sich auf dem Tisch aufstellten. Ich wollte das Spektakel aus nächster Nähe beobachten und erhob mich ebenfalls. Mehrmals musste ich mich wegducken, als ein Stein an meinem Kopf vorbeiflog. Die Magie in der Luft knisterte und ich fragte mich, ob ich mich fürchten sollte. Doch ich war hier, um Antworten zu bekommen. Sie waren wichtig und ich würde den Preis dafür zahlen.

Ilena winkte mich zu sich.

»Setz dich«, sagte sie und deutete auf den Tisch. Nach kurzem Zögern kletterte ich darauf und setzte mich im Schneidersitz in die Mitte, dort, wo keine Edelsteine herumstanden. Ilena stellte sich neben mich und sah sich suchend um.

»Was ist das für eine Phiole?«

Ich fasste mir an den Hals und spürte unter dem Shirt die Umrisse der kleinen Glasflasche. Woher wusste sie, dass sie da war?

»Ich weiß es nicht«, antworte ich. Ilena schien mir gar nicht zuzuhören. Sie schritt auf dem Tisch auf und ab und tanzte gekonnt um die fliegenden Gegenstände.

»*Mageía*«, murmelte sie. »*Ischyrí Mageía.*« Sie zupfte an einer der Schnüre, dann an der nächsten.

»Ah!« Sie umschloss einen der Fäden mit ihren Fingern. »*Proteoimasía.*« Ich verstand nichts, spürte aber eine Veränderung im Raum, als das letzte Wort ihre Lippen verließ. Die Schnur leuchtete und dünne, glitzernde Fäden aus Magie lösten sich und sponnen sich durch die Luft. Sie webten ein Netz über unseren Köpfen, das uns in funkelndes Licht tauchte. Auch Ilenas Male leuchteten wieder, als sie sich mir gegenübersetzte. Einer der Lichtfäden fiel vor meinem Gesicht herab. Er wuchs und wuchs, wickelte sich um meinen Hals. Von dort aus schlang er sich um meine Arme und den Brustkorb. Eine angenehme Wärme ging von ihm aus, doch ich spürte auch, dass ich es mir mit der Magie nicht verscherzen sollte. Es war, als würde sie mir eine Warnung zuflüstern, die ich besser ernst nahm.

Ilena lächelte mich aufmunternd an. »Hab keine Angst, Rya.«

»Die habe ich gar nicht.«

»Gut. Um etwas über dich herauszufinden, muss ich tief in dein Innerstes eindringen. Du wirst es nicht spüren, aber ich werde alles sehen können. Doch sei beruhigt, ich werde Nick und dem Orden nichts erzählen, was sie nichts angeht. Das verspreche ich dir. Trotzdem kann ich es verstehen, wenn dir das unangenehm ist. Das tut mir leid, aber es geht nicht anders.«

»In Ordnung.«

Sie nickte. Dann griff sie nach meinem Hals. Ich zuckte nicht zurück, war aber erleichtert, als sie lediglich die Phiole unter meinem Shirt hervorzog. Sie funkelte schwach im Licht der glitzernden Schnüre. Noch immer war der Staub darin. Doch waren dort ein paar farbige Pigmente dazugekommen? Nein, es musste eine optische Täuschung sein.

»*Ischyrí Mageía*«, flüsterte Ilena erneut. »Ein starker Zauber. Ich werde sehen, was ich darüber herausfinden kann.« Die Lichtfäden schlängelten sich um das Glas, als Ilena das Fläschchen losließ. Ich schluckte. Jetzt wurde es ernst.

»Bist du bereit, Rya?«

»Ja.«

»Dann sprich mir nach.« Sie legte die Hände mit der Innenfläche nach oben auf ihre Schenkel und schloss die Augen. Als sie sie wieder öffnete und sprach, hatte ihre Stimme diesen anderen, dunkleren Klang, der mir durch Mark und Bein ging.

»*Ímoun.*« Mein Innerstes fing an zu vibrieren, reagierte auf die Magie, die uns umgab. Die griechische Sprache war mir fremd, und doch spürte ich die Bedeutung der Worte, die mich erfüllten. *Ich war.* Ich blickte Ilena tief in die Augen.

»*Ímoun*«, wiederholte ich und spürte mit einem Mal einen Druck auf mir. Mein Herz schlug schneller, meine Atmung beschleunigte sich.

»*Eímai.*« *Ich bin.*

»*Eímai.*« Ein Ziehen in meiner Brust, das mich zu zerreißen drohte. Ich keuchte auf.

»*Tha to káno.*« *Ich werde.*

»*Tha to káno.*« Als die letzte Silbe meine Lippen verließ, fing das Netz aus Licht an zu pulsieren. Es veränderte die Farbe, wechselte von Blau zu Grün zu Silber und wieder zu Blau. Es war ein atemberaubendes Schauspiel und erneut lösten sich bunte Lichtfäden und strömten auf die Steine zu, die auf dem Tisch standen. Sie brachten sie zum Leuchten, bis auch sie dem Puls der Magie folgten und Teil des Zaubers wurden.

»Sieh mich an, Rya.« Ich blickte wieder in Ilenas Augen und die Zeit blieb stehen, ich konnte mich ihr nicht entziehen. Es war, als würde sie bis auf den Grund meiner Seele schauen. Hatte ich überhaupt eine? Unter ihrem wissenden Blick fühlte ich mich unsicher, unbedeutend und entblößt. Ilenas Gesicht regte sich nicht und ich fragte mich, was sie wohl zu sehen bekam. Minuten, wenn nicht sogar Stunden vergingen, während die *Mágissa* mich musterte und die Magie um uns herum pochte. Wir saßen inmitten des magisch funkelnden Herzens der Welt.

Ilenas Lächeln brach den Zauber. »*Éxodos.*« *Beende.*

Ich blinzelte, das erste Mal seit Langem.

Die Fäden zogen sich zurück und ich atmete auf, als sie meinen Körper freigaben. Sie lösten sich in Luft auf, ebenso der Schimmer. Ilenas Male verloren ihr Leuchten, ihre Stimme hörte sich wieder normal an.

»Das war es schon.«

»Schon ist gut«, murmelte ich. Es hatte sich angefühlt wie eine Ewigkeit. Beim Gedanken an Ilenas Antwort wurde mir schlecht, aber ich konnte nicht länger warten.

»Wie lautet dein Urteil?«

»Ich maße mir nicht an, über andere Menschen zu urteilen. Das muss jeder für sich selbst.« Sie schnippte mit den Fingern und die Tassen flogen wieder herbei.

»Ich habe gute und schlechte Neuigkeiten. Zum einen muss ich dir leider sagen, dass ich nicht viel aus deiner Vergangenheit entdecken konnte. Ich habe nur das gesehen, was du die letzten knapp einhundert Jahre inklusive gestern und heute erlebt hast und woran du dich auch selbst erinnern kannst. Da war allerdings etwas, das mir komisch vorkommt.«

Ich wusste, wovon sie sprach, da auch ich sie so empfunden hatte. »Die Sache mit dem Dolch.« In dem Moment, in dem ich Doc in Stein verwandelt hatte. Dort hatte sich eine Einbildung über die Realität gelegt. Zumindest hatte ich das angenommen.

»Es scheint eine echte Erinnerung zu sein, aber mehr als das, was du gefühlt hast, konnte ich auch nicht erkennen. Vielleicht stammt sie aus einem Kampf, den du in deinem früheren Leben mit einem Krieger geführt hast. Vermutlich hat der Anblick der silbernen Nadel und deines Blutes diese Reaktion ausgelöst. Dinge, die in Zusammenhang mit Erinnerungen stehen, können diese wieder an die Oberfläche holen. Das wird bestimmt nicht das letzte Mal gewesen sein.«

»Was ist mit der Nacht, in der die beiden Gestalten in meinem Zimmer waren?«

»Das war ein Traum, Rya. Es könnte sein, dass auch er auf einer Erfahrung beruht. Aber sicher bin ich mir nicht.«

»Und was sind die guten Nachrichten?«

»Die Phiole«, sagte Ilena bedeutungsschwer.

Ich nahm das Glasfläschchen in die Hände. »Was ist damit?«

»Wie schon gesagt, liegt darauf ein Zauber. Ein sehr starker. Er ist mit deinem Schicksal verwoben und könnte der Schlüssel zu allem sein.«

»Könnte ich dadurch meine Erinnerungen zurückbekommen?«

»Das ist möglich. Allerdings handelt es sich dabei nicht bloß um einen normalen Zauber. Ich werde das Gefühl nicht los, dass wir es mit einem *Katára* zu tun haben. Einem Fluch. Doch ich kann es noch nicht mit Sicherheit sagen. Die Magie ist so alt, dass ich sie nur schwer identifizieren kann.«

Ich zog mir die Kette vom Hals und legte die Phiole in meine Hand. Im normalen Licht betrachtet konnte ich in dem grauen Staub doch ein paar farbige Pigmente ausmachen.

»Als ich sie das erste Mal in der Hand hatte, war da nur grauer Staub. Glaube ich. Jetzt sieht es irgendwie anders aus.«

Die *Mágissa* streckte ihre Hand aus und ich legte die Phiole samt Kette hinein. Sie drehte sie im Licht und betrachtete sie gedankenversunken. Ihre Augen leuchteten golden auf, so kurz nur, dass ich auch das für eine Einbildung hielt. »Solange ich nicht weiß, worum genau es sich dabei handelt, möchte ich den Zauber nicht beeinflussen. Ich muss es genauer untersuchen. Aber das wird dauern. Und ich müsste sie hierbehalten.«

»Das wäre für mich in Ordnung. Ich habe Zeit.«

»Dann machen wir es so.«

Ich sammelte all meinen Mut für die nächste Frage zusammen. »Was wirst du dem Orden sagen?«

»Die Wahrheit. Du hast sie zu keinem Zeitpunkt angelogen. Du wusstest nicht, welche Kräfte in dir stecken, daher kann dir bezüglich der Versteinerung und dem Zwischenfall mit der Spucke niemand einen Vorwurf machen. Ich habe gesehen, welche Schuldgefühle du deswegen hattest. Doch sie sind unnötig. Solange du nach deinem besten Gewissen handelst, ist alles gut. Auch wenn solche Schwachköpfe wie Xanthos das nicht wahrhaben wollen. Jeder verdient eine zweite Chance. Was wirst du mit deiner tun?«

Damit traf sie einen wunden Punkt, denn ich hatte keine Ahnung. Ich ließ den Kopf hängen und fuhr mit den Fingern die Maserung des Holzes entlang.

»Ich weiß es nicht. Am besten verkrieche ich mich irgendwo, damit ich niemandem mehr wehtun kann.«

Ilena legte ihre Hand auf meine Schulter. »Das ist Unsinn, Rya. Wenn die anderen ehemaligen Gorgonen ein normales Leben haben, solltest du das doch auch hinbekommen, oder? Es bedarf vielleicht ein wenig Übung, aber das schaffst du. Und für den Notfall hast du einen Krieger an deiner Seite, der jeden wieder zurückholen kann, den du versteinerst.«

»Er ist nicht mein Aufpasser.«

»Nein, das ist er definitiv nicht. Aber ich denke, du solltest auf alle Fälle beim Orden bleiben.«

Ich verschränkte die Arme vor der Brust. »Und was dann?«

»Dann genießt du deine Freiheit. Der Orden ebnet dir jeden Weg, den du gehen willst, wenn du von ihnen eine zweite Chance bekommst.«

Freiheit. Nichts hatte ich mir mehr gewünscht. Und doch löste der Gedanke, irgendwann allein in einem Zimmer aufzuwachen, ohne einen Plan zu haben, ein Gefühl der Leere in mir aus. Ich kannte die Welt noch viel zu wenig, um eine Entscheidung zu treffen. Würde der Orden mich so lange bei sich dulden, bis ich mir Gedanken darüber gemacht hatte? Bis ich … eine Aufgabe gefunden hatte? Das war es, was die Mitglieder des Ordens antrieb. Ihre Pflicht. Sie gab ihrem Leben einen Sinn. Würde ich mit einer Aufgabe ebenfalls einen finden?

Ilena grinste. »Du könntest ihnen helfen, gegen die Gorgonen zu kämpfen.«

Ich riss die Augen auf. »Wie bitte?«

»Ich habe gesehen, wie sehr du verabscheust, was sie tun. Und es macht dich fertig zu wissen, dass du auch mal eine von ihnen warst. Jetzt hättest du die Gelegenheit, dich auf die andere Seite zu stellen.«

Im ersten Moment wollte ich laut lachen und mich über diese Idee lustig machen, doch dann dachte ich darüber nach. Ich konnte mir eigentlich nichts Besseres vorstellen, als dabei zu helfen, die Gorgonen daran zu hindern, noch mehr Schicksale an sich zu reißen und zu zerstören. So könnte ich zumindest einen Teil der Schuld begleichen, die ich mir in einem früheren Leben aufgeladen hatte. Mein Magen summte. Die Idee gefiel mir.

»Das klingt verkehrt«, erwiderte ich dennoch. »Meinst du denn, sie würden meine Hilfe überhaupt annehmen? Was sollte ich zu dieser uralten Fehde überhaupt noch beitragen können?«

»Verkehrt ist manchmal genau das Richtige. Ich glaube, dass in dir mehr schlummert, als du momentan selbst ahnst. Wie sich diese Hilfe gestalten könnte, musst du mit Titos klären. Aber ich bin mir sicher, dass es einen Weg gibt, wenn er schlau genug ist, um ihn zu erkennen.«

»Wieso glaubst du daran?«

Sie zuckte die Schultern. »Instinkt. Ich weiß nicht immer, wieso sich mir manche Dinge in den Kopf setzen. Das liegt an der Natur der Magie der *Mageía Mésa*. Wie Hekate sind wir Vermittler zwischen der menschlichen und der Götterwelt. Deshalb erhalten wir mitunter Einblick in Dinge, die anderen verborgen bleiben. Wir bilden die Verknüpfung, auch wenn wir nicht immer alles klar sehen und uns mehr von unserem inneren Gefühl leiten lassen. Bisher hatte ich mit meinen Vermutungen aber immer … nun ja, fast immer recht.« Sie sah zur Seite und biss sich kurz auf die Lippe, ehe sie sich wieder mir zuwandte.

»Ich werde mit Titos darüber sprechen.«

»Gut!« Sie klatschte gut gelaunt in die Hände. »Und da wir eben bei verkehrt waren – ich kann auch einen Teil dazu beitragen.« Sie stand auf und zupfte an einer der Schnüre.

Funken sprühten aus den Steinen um uns herum und plötzlich stand die Welt Kopf. Nein, nicht die Welt. Nur der Tisch, die Steine und wir. Das Meer aus Kissen war mit einem Mal unter uns. Und dann fielen wir.

KAPITEL 7

Ich schlug die Augen auf. Nick stand über mir und hielt mir die Hand hin. Ich stützte mich auf den Ellbogen ab und blinzelte. Das Wohnzimmer sah wieder aus wie zuvor. Oben war wieder oben. Die Steine und der Tisch waren wieder an ihrem richtigen Platz, Ilena saß auf einem blauen Kissen neben mir, als wäre nichts gewesen. Ich griff nach Nicks Hand und ließ mich von ihm hochziehen. Als ich schwankte, hielt er mich fest. Das Gleichgewicht auf einem Haufen Kissen zu halten, war aber auch ein schwieriges Unterfangen. Alles wankte, mich eingeschlossen. Ich gluckste.

Nick blickte vorwurfsvoll zu Ilena. »Was hast du mit ihr gemacht?« Doch einer seiner Mundwinkel zuckte. Ich wollte mich beschweren, doch mein Kopf fühlte sich so leicht an und mir fielen keine Worte ein.

»Ich habe sie nur der erforderlichen, gründlichen Prüfung unterzogen«, erwiderte die *Mágissa* grinsend. Nick zog zögerlich seine Hände zurück und nickte zufrieden, als ich mich selbst auf den Beinen halten konnte. Kurz war ich in Versuchung, mich wieder fallen zu lassen, entschied mich dann aber doch dagegen.

»Bist du froh über das, was ich zu berichten hatte?«, bohrte die *Mágissa* nach.

Nick zog eine Augenbraue nach oben. »So wie du grinst, kennst du die Antwort doch ohnehin schon.«

»Ich würde sie nur gerne aus deinem Mund hören«, feixte Ilena. Wieso stritten sich die beiden? Es war doch alles gut? Ich machte einen Schritt nach vorne und fiel. Nick stoppte meinen Sturz und ließ mich dieses Mal nicht los, als ich wieder stand. Der Fels in der Brandung.

»Sie kann euch helfen, Nick«, sagte Ilena.

»Was meinst du?«

»Flipp jetzt nicht aus.«

Nick schnaubte. »So was aus deinem Mund zieht meistens nach sich, dass ich dann genau das tue. Also?«

Ilena atmete tief ein. »Sie könnte Lexia helfen.«

Dieser Name löste eine augenblickliche Veränderung in Nick aus. Er versteifte sich, sein Griff um meine Arme wurde fester. Sein Gesichtsausdruck wurde todernst und seine Stimme tief und rau. »Nein.«

»Überleg doch mal. Sie ist perfekt dafür«, schob Ilena hinterher, doch Nick hatte sich schon abgewandt und zog mich mit sich in Richtung Ausgang.

»Nein«, knurrte er erneut. Ich war noch immer zu benommen, um mich in das Gespräch einzumischen. Wer war Lexia? Wer sollte wem helfen?

»Aber …«

»Nein!«, donnerte Nick und seine Stimme brachte meinen Brustkorb zum Vibrieren. Das löste mich aus meiner Starre.

Nein!, Nein!, rief eine Stimme in meinem Kopf. Laut und ängstlich und verzerrt. Dann wütend. War es meine eigene? *Nein, nein, nein! Immer und immer wieder. Schuld- und Hassgefühle durchströmten mich gleichermaßen, mein Körper vibrierte und drohte zu zerreißen. Überall klebte brodelndes Blut und in meinem Inneren tat sich eine Leere auf, die nie wieder gefüllt werden konnte. Doch es war noch nicht zu spät, die andere zu retten. Und ihn zu töten.* Synchóresi kai ekdíkisi, *schrie mein Herz.* Vergebung und Rache.

Ein ohrenbetäubendes, mehrstimmiges Klirren schreckte mich auf. Ich drückte mir die Hände auf die Ohren, um diese schrecklichen Laute auszublenden.

»Rya?« Dumpf drang Nicks sorgenvolle Stimme an mein Ohr und ich ließ die Hände sinken. Ich blickte mich im Raum um und erschrak. Kugeln aus wabernden Flüssigkeiten schwebten in der Luft, während die Scherben der zerbrochenen Flaschen, in denen sie gelagert worden waren, auf den Boden fielen. Ilenas überraschtem Blick nach zu urteilen war das nicht ihr Werk, sondern meines.

»*Synkéntrosi.*« *Konzentration,* sagte sie mit durchdringender Stimme. Die Symbole auf ihrer Haut leuchteten. Das Summen in meinem Inneren wurde stärker, es war meine Magie, die dem Raum erfüllte. Und ich ließ sie los.

Die Kugeln fielen. *Nein.* Ich musste sie aufhalten. Doch es gelang mir nicht. Ich konnte nur hilflos dabei zusehen, wie sie platschend auf den Kissen zerschellten.

»Tut mir leid«, sagte ich mit schwacher Stimme und meine Beine gaben unter mir nach. Nick war sofort an meiner Seite. Er legte mir einen Arm um die Hüfte, mit der anderen Hand schlang er meinen Arm um seine Schultern und hielt ihn fest.

»Das muss es nicht«, erwiderte Ilena. Sie schnippte an einer der Schnüre, murmelte ein paar Worte und dann schien die Zeit rückwärts zu laufen. Die schillernden Flüssigkeiten wurden aus den Kissen gesogen und vermischten sich in der Luft mit den Scherben, die ebenfalls in die Luft gezogen wurden. Das Glas umschloss die wässrigen Kugeln, verdichtete sich zu Gefäßen und diese standen nur wenige Augenblicke später wieder in den Regalen. Als wäre nichts gewesen. Als hätte ich nicht die Kontrolle über das verloren, was in mir schlummerte. Ich hatte mir von dem Besuch bei Ilena Antworten erhofft. Doch stattdessen schien ich mich immer mehr von mir selbst zu entfremden.

»*Akouaréla*«, sagte Ilena und sah Nick dabei an. Der kniff die Augen zusammen und verabschiedete sich dann knapp von der *Mágissa*. Mir kam kein Wort über die Lippen.

Nick trug mich mehr zum Auto, als dass er mich stützte. Ich konnte meine Augen kaum noch offen halten, als ich mich in den Sitz sinken ließ. Nick schnallte mich an und stieg dann ebenfalls ins Auto. Während er den Motor startete und losfuhr, fragte ich mich, warum ich so müde war. War es eine Folge des Zaubers, den Ilena bei mir gewirkt hatte? Ich blinzelte, versuchte, gegen den Sog der Dunkelheit anzukämpfen. Doch ich verlor und schlief ein.

Als ich das nächste Mal erwachte, waren wir in einer Tiefgarage. Es war allerdings nicht die des Ordens. Ich richtete mich im Sitz auf.

»Wie geht es dir?« Nick saß noch immer auf dem Fahrersitz. Von seiner schlechten Laune, mit der er sich von Ilena verabschiedet hatte, schien nichts mehr übrig zu sein.

»Erstaunlich gut. Ich bin überhaupt nicht mehr müde. Wie lange habe ich geschlafen?«

»Eine Stunde. So lange braucht es meistens, bis die Wirkungen von Ilenas Magie verfliegen. Bist du bereit für einen weiteren Ausflug?«

»Warten noch mehr Prüfungen auf mich?«

Nick schüttelte den Kopf. »Nein. Ich bin jetzt dran.«

Wir liefen ein paar Blocks, bis wir vor einem mehrstöckigen Backsteingebäude stehen blieben. Gläserne, goldumrahmte riesige Türen dominierten den von einem Säulengang gesäumten Eingang. Darüber, in vergoldeten Lettern stand: *Parelthon – Museum für Geschichte und Kunst.*

Es war das Museum, aus dem ich entkommen war. Ich hätte es von außen nicht erkannt. Auf meiner Flucht war anderes wichtig gewesen und ich hatte keinen Blick zurückgeworfen. Doch den Namen kannte ich von diversen Broschüren und der Arbeitskleidung der Mitarbeiter. Alles in mir schrie danach, umzudrehen und wegzulaufen. Hier hielt man mich für einen Einbrecher. Sicherlich würde man mich nicht mit offenen Armen willkommen heißen.

»Niemand hier weiß, wer du bist.« Nick trat neben mich und sah mit mir hinauf auf den Schriftzug. »Linos und ein paar der anderen Krieger haben sich um alles gekümmert. Es gibt keine Spuren mehr und niemand erinnert sich an den Vorfall. Wir können den Menschen entweder die Erinnerungen an einen gewissen Zeitraum oder an einen gewissen Ort nehmen. In deinem Fall haben wir einen Zauber benutzt, der alle Erinnerungen an dich und deinen Standort im Museum ausgelöscht hat. Egal von wann.«

»Es ist also so, als hätte es mich hier nie gegeben?«

»Richtig.«

Die Vorstellung machte mich traurig. Immerhin war ich so lange hier gewesen. Doch ich war auch aufgeregt, nach all dieser Zeit einmal selbst durch den Eingang zu laufen. Wir gingen zu einem kleinen Kassenhäuschen. Dort kaufte Nick zwei Eintrittskarten, die eine Dame vor einem Treppenaufgang mit einem technischen Gerät erfasste und uns dann passieren ließ. Das war also der Weg, den jeder Besucher gehen musste, bevor er die Gänge des Museums betreten konnte. Auf diesem Weg waren sie gekommen. Zu mir.

»Nick, warum sind wir hier?«

»Lass dich überraschen.«

»Von Überraschungen habe ich eigentlich erst mal genug«, grummelte ich. Doch meine schlechte Laune verflog, als wir die Innenräume betraten. Bei Tageslicht war das Museum noch schöner als in der Nacht. Bei meiner Flucht hatte ich alles nur im Halbdunkeln gesehen, doch jetzt leuchteten die Exponate in allen Farben. Wir mischten uns unter die Besucher, ließen uns hierhin, dann dorthin treiben. Nick drängte mich nicht, ließ mir alle Zeit, mich umzusehen.

Mein Herz klopfte schneller, als ich erkannte, welchen Weg Nick einschlug. Und dann bogen wir in den Gang ab. Meinen Gang. Das Erste, was ich sah, war die Pinnwand mit den Zeichnungen der Kinder. Daneben das Fenster mit der Sitzbank davor. Dann ließ ich meinen Blick nach links schweifen. Dort, wo ich bis vor Kurzem noch gestanden hatte, war nichts mehr. Ich ließ mich auf die Bank vor dem Fenster sinken und betrachtete die Wand gegenüber. Den leeren Platz, der einmal meiner gewesen war. Nick setzte sich neben mich. In einem Raum voller wunderschöner Ausstellungsstücke starrten wir auf eine leere Wand.

Knapp einhundert Jahre. So lange hatte ich in diesem Museum gestanden. So lange war es so etwas wie mein Zuhause gewesen. Und nun, innerhalb kürzester Zeit, hatte sich das geändert. Ich hatte mich verändert. Mein fester Platz in der Welt war verloren.

Das vertraute Geräusch eines Schlüsselbundes holte mich aus meinen trüben Gedanken. Und da war er – Eddie, der gerade seine Runde drehte. Vergnügt wie eh und je lief er durch den Gang und grüßte die Leute. Als er an uns vorbeilief, warf er einen kurzen Blick auf die leere Stelle vor der Wand. Merkte ein kleiner Teil von ihm vielleicht doch, dass dort etwas fehlte? Dass *ich* fehlte? Er war schon fast an uns vorbei, als ich endlich aufsprang.

»Eddie!«, rief ich und er drehte sich zu mir um. Er konnte mich also sehen. Dann schlug ich mir die Hand vor den Mund. Ich hatte ihn bei seinem Vornamen genannt. War das ein Fehler? Doch Eddie machte freundlich lächelnd einen Schritt auf mich zu. Er trug ein Namensschild am Hemd. Stimmt, das hatte ich ganz vergessen. Eddie Baker stand darauf, so hatte ich seinen Namen einst gelernt. Auch die anderen Angestellten nannten ihn immer nur beim Vornamen. Er schien es mir nicht übel zu nehmen.

»Kann ich Ihnen helfen, Miss?«

Mir schlug das Herz bis zum Hals, als er mich ansah. Er sah mich wirklich. Auf diesen Moment hatte ich so lange gewartet.

»Ich wollte Ihnen nur einen wunderschönen Tag wünschen und Danke sagen. Danke, dass Sie immer alle so freundlich grüßen.«

Er schien kurz irritiert, doch dann hellte sein Gesicht sich auf. Er nahm kurz den Hut ab, der zu seiner Uniform gehörte.

»Immer wieder gerne, Miss.« Dann ging er lächelnd und pfeifend seiner Wege. Für ihn war ich niemand Besonderes, doch mein Wunsch war in Erfüllung gegangen. Endlich hatte ich ihm eine Antwort geben können. Dankbarkeit erfüllte mich, gleichzeitig zog mein Herz sich angesichts des Abschieds zusammen. Ich drehte mich um und sah die Wasserfarbenbilder an der Pinnwand. Das schöne blaue war nicht mehr da, aber ein lilafarbenes stach mir ins Auge. Nick schmunzelte wissend. Für einen Moment war ich perplex, da er ohne den ernsten Ausdruck so anders aussah. Und dann verstand ich, dass er dieses Treffen mit Eddie geplant hatte.

»Woher wusstest du, dass ich mit ihm reden wollte?«

Nick erhob sich und gemeinsam sahen wir Eddie nach. Er zuckte mit den Schultern. »Du hast gesagt, dass du dich bisher bei niemanden bedanken konntest, der nett zu dir war. Ich hatte eine Ahnung, dass du auch ihn damit meinst.« Von wegen Ahnung. Nach Nicks erster Nacht im Museum hatte er mitbekommen, wie Eddie mich begrüßt hatte. Ich war davon ausgegangen, dass er das nicht einmal bemerkt hatte, aber offensichtlich war er doch ein aufmerksamer Beobachter. Und ich musste nicht fragen, um zu wissen, dass dieser Besuch nicht Teil von Nicks Aufgabe war. Er hatte das getan, weil er es wollte. Glaubte ich zumindest. Denn er sah so aus wie im Café, als er etwas getan hatte, was er selbst entschieden hatte. Fröhlicher und nicht so angespannt.

»Danke«, sagte ich aus tiefstem Herzen und beobachtete Nicks Reaktion ganz genau. Er sah mich nicht an, aber er lächelte. Und das brachte mich noch mehr aus dem Konzept als das Schmunzeln.

»Gerne. Ich möchte dir aber noch etwas anderes zeigen.« Dass er nichts von Pflicht oder dergleichen sagte, bestätigte meine Vermutung.

Ich folgte Nick in einen anderen Raum, der laut der Infotafel einen Teil der griechischen Geschichte und Mythologie beherbergte. Statuen, Bilder, Glaskästen mit diversen Ausstellungsstücken – es war ein Mosaik aus den unterschiedlichsten Dingen. Dort setzte er sich auf eine Bank, die mitten im Raum stand. Ich ließ mich neben ihm nieder und folgte seinem Blick. Beim Anblick des Gemäldes an der Wand zuckte ich zusammen. Es war gewaltig. Sowohl von der Größe her als auch vom Motiv.

Es war hauptsächlich in erdigen, fast schon schmutzigen Tönen gemalt worden. Am oberen Rand hingen Wolken, durch die gedämpftes Sonnenlicht drang. Trotzdem wirkte alles düster und bedrohlich. In der Mitte stand ein Mann in Rüstung, Helm und mit Schwert bewaffnet an einer Klippe. Es war derselbe Mann wie auf den Bildern im Orden. Perseus. In einer Hand hielt er den abgetrennten Kopf einer Frau. Dieser war umrahmt von Schlangen, die der Haut direkt zu entspringen schienen. Das musste Medusa sein. In der Gischt, die sich an der Klippe brach, schwamm ein grässliches Monster mit aufgerissenem Maul. Perseus warf dem Ungetüm den schlangengekrönten Kopf zum Fraß vor. Es war abscheulich anzusehen, vor allem das Gesicht von Medusa. Ihre Augen waren vor Scheck geweitet, der Mund zu einem stummen Schrei aufgerissen. Ihre Qual schien wie Blut aus dem Bild zu tropfen und mir drehte sich der Magen um.

Nick trommelte mit den Fingern auf seinem Knie herum. »Es sieht grausam aus, aber es entspricht nicht der heutigen Realität. Ich möchte, dass du das weißt, Rya. Wir machen keine Jagd auf die Gorgonen. Wir kämpfen gegen sie, wenn wir das müssen, um einen Menschen zu retten und ja, es gibt Opfer auf beiden Seiten. Aber unser vorrangiges Ziel ist es nicht, sie zu töten. Wir nehmen sie gefangen, das leugne ich nicht, aber wir foltern sie nicht oder quälen sie. Im Gegenteil. Wir sorgen dafür, dass sie zurück ins Leben finden.«

Deswegen brauchte der Orden also die Achat-Anhänger. Wenn sie Gorgonen zu sich brachten, mussten sie ihnen diese umhängen, damit sie nicht von dem Schutzzauber des Gebäudes angegriffen wurden. Nick räusperte sich. »Wir haben dir Antworten versprochen, wenn du uns die Wahrheit sagst, also schieß los. Du darfst mich fragen, was du willst.«

»Wieso hat der Gott, dem sie damals nahestand, sie nicht gerettet? Wieso hat er zugelassen, dass Perseus sie tötet?« Das war eigentlich nicht die erste Frage, die ich hatte stellen wollen. Aber die Atmosphäre und die Hoffnungslosigkeit des Bildes ließ mich nicht anders. Wie konnte man jemanden, dem man nahestand und vielleicht sogar einmal geliebt hatte, nur so ein schreckliches Schicksal erleiden lassen? Hatte er sich das jemals verzeihen können?

Nick warf mir einen kurzen Blick von der Seite zu. »Götter verlieren früher oder später immer das Interesse an allem Vergänglichen, weil sie selbst unsterblich sind. Poseidon, das war der Gott, in den Medusa verliebt war, hat sie aufgeben und sich stattdessen lieber wieder mit den anderen Göttinnen, die schon vorher seine Geliebten waren, vergnügt. Sie waren es, die Medusa aus Eifersucht erst verfluchten und dann Perseus losschickten, um sie zu töten.«

»Haben die Götter heutzutage nichts mehr mit dem Krieg zu tun?«

Nick wiegte den Kopf hin und her. »Ja und nein. Die Gorgonen, der Orden und die *Mageía Mésa* tragen heute noch immer den Fluch beziehungsweise die Gaben in sich, die sie einst erhalten haben. Die Gorgonen den Fluch der Götter, der Orden die Kräfte von Athene und die *Mageía Mésa* die Magie von Hekate. Doch aus dem tagtäglichen Treiben halten sich die Götter komplett raus. Zumindest offiziell.«

»Was soll das heißen?«

»Es gibt Gerüchte, dass sie ab und an noch eingreifen. Angeblich treten sie hin und wieder mit den Oberhäuptern der drei Parteien in Kontakt. Aber außer ihnen und den Anführern weiß das niemand mit Sicherheit.«

»Gibt es die Gorgonen und euch auf der ganzen Welt oder nur hier?«

»Nur hier, nur in dieser Stadt. Alles hat wohl in Griechenland begonnen, aber vor ein paar Jahrhunderten sind die Gorgonen dann hierher geflohen, und der Orden folgte ihnen.« Er zuckte mit den Schultern.

»Wie wird man zu einem Ordensmitglied? Und wie zu einer Gorgone?«

»Zum Ordensmitglied wird man geboren. Unsere Familien gehören seit Anbeginn des Krieges dem Orden an. Wir haben nie etwas anderes gemacht. Man dient wie ich als Krieger oder auf anderen Positionen, aber alle sind darauf ausgerichtet, die Gorgonen auf die eine oder andere Art zu bekämpfen.« Mir entging nicht, wie Nick bei diesen Schilderungen die Arme vor der Brust verschränkte und in eine monotone Stimmlage verfiel. So als hätte er diese Informationen auswendig gelernt und spreche nicht gerne darüber.

»Gorgonen werden *gemacht*«, fuhr er fort. »Die Gorgonen suchen sich als *Nachwuchs* Frauen, die allein und an einem Punkt in ihrem Leben sind, an dem sie kurz davor sind, alles aufzugeben – sie nennen sie verlorene Seelen – *Chaménes Psychés*. Sie werden dann vor die Wahl gestellt. Entweder schließen sie sich den Gorgonen an und bekommen die Zuflucht, nach der sie sich sehnen, oder aber sie werden in Stein verwandelt. So oder so denken die Gorgonen, dass sie die Frauen damit von ihrem schweren Schicksal erlösen. Dann machen sie gemeinsam Jagd auf jene, die anderen Menschen das Leben auf unterschiedlichste Art zur Hölle machen. Deswegen wollen wir diese Frauen nicht um jeden Preis töten. Sie haben sich bis zu der eigentlich unumgänglichen Wahl für die Gorgonen nichts zuschulden kommen lassen. Für alles, was sie danach tun, können sie mehr oder weniger nichts. Die Gorgonenmagie leitet sie und es ist schwer, ihr zu widerstehen.«

Die Magie war es also, die die Gorgonen antrieb? Wenn das auch auf mich zutraf, beruhigte mich das. Zumindest ein bisschen. Denn das bedeutete doch, dass ich damals nicht ganz freiwillig Menschen zu Stein verwandelt hatte. Aber die Beweggründe der Gorgonen … Ich biss mir auf die Lippe, als mir ein weiterer Gedanke kam. »Darf ich eine ganz dumme Frage stellen?«

»Du willst wissen, wieso wir sie nicht einfach machen lassen, wo doch ihr Ziel eigentlich kein schlechtes ist? Mal abgesehen von dem Hass gegen Perseus und seine Nachkommen … Eine gute Frage. Die profane Antwort darauf ist, dass wir nicht anders können. Seit wir von Athene unsere Kräfte bekommen haben, liegt es uns im Blut, dass wir gegen sie kämpfen. Tun wir es nicht, dann werden wir im wahrsten Sinne des Wortes krank und im schlimmsten Fall sterben wir früh. Die Götter sind mächtig, ihre Magie ebenso, doch für Sterbliche hat sie schädliche Nebenwirkungen. Deswegen werden wir kämpfen, solange es die Gorgonen gibt. *Gia ti Zoí.* Für das Leben.« Wieder schlug er diesen Ton an, der nach auswendig gelernten Floskeln klang. War das seine Art, mit der Tatsache umzugehen, dass sein Leben von dieser Aufgabe abhing?

»Was würde passieren, wenn ihr die Gorgonen … auslöscht? Wärt ihr dann frei?«

»Perseus war davon überzeugt. Er und somit auch wir gingen und gehen davon aus, dass man uns nach der Auslöschung der Gorgonen die Kräfte und die damit verbundenen Nebenwirkungen wieder nimmt. Doch bisher ist das nicht gelungen, die Gorgonen scheinen uns immer einen Schritt voraus zu sein. Wir wissen nicht genau, wie viele es von ihnen gibt und wo genau in der Stadt sie sich aufhalten. Es ist ein nahezu unmögliches Unterfangen. Aber ans Aufgeben denkt niemand. Weder sie noch wir.«

Nicks Kiefermuskeln traten hervor, zwischen seinen Augen bildete sich eine Falte. Ich konnte mich gerade noch davon abhalten, meine Finger auszustrecken und sie glatt zu streichen. Diese Fehde bestimmte sein Leben, beraubte ihn jeglicher Wahl. So wie es mein steinernes Dasein bei mir getan hatte. Doch seine Erklärungen warfen allerlei neue Fragen auf.

»Die *Ágalmas*, die ihr zurückverwandelt, haben nicht alle eine reine Weste, wenn ich das richtig verstanden habe. Wieso helft ihr ihnen dann?«

Nick lachte trocken auf. »Es gehört zu unserer Aufgabe, auch wenn du das vielleicht nicht mehr hören kannst. Doch auch wir entscheiden das individuell. Wir finden im Nachhinein alles über die Personen heraus, die wir zurückverwandeln. Je nach Schwere ihrer Vergehen und der Dauer ihrer Versteinerung lassen wir sie danach laufen oder übergeben sie der Polizei. Wir lassen jeden von einer *Mágissa* prüfen, die dann bei der Entscheidung hilft, ob jemand eine zweite Chance bekommt oder nicht.«

Ich sah ihn von der Seite an. »Ihr richtet also auch nach euren eigenen Moralvorstellungen. Ähnlich wie die Gorgonen, die entscheiden, wen sie zu einer Statue machen.« Dass der Orden damit seinem Feind in die Hände spielte, indem letztendlich doch jene bestraft wurden, die es verdienten, behielt ich für mich. Ich wollte nicht zu kritisch klingen.

Nick erwiderte meinen Blick. Kein Wort kam über seine Lippen. Dann sah er zu Boden. »Insofern sind wir also nicht besser, was?«

»Und die Gorgonen, die ihr gefangen nehmt? Was ist mit ihnen?«

»Wir warten, bis ihre Magie abklingt und dann entscheiden wir, wie wir weiter vorgehen. Die meisten aber schicken wir mit gelöschten Erinnerungen in ein neues Leben zurück.« Er dachte einen Moment nach, was ich an dem Zucken seiner Kiefermuskeln erkannte, und ich wartete, bis er weitersprach. »Es gibt kein Schwarz und Weiß in diesem Krieg, so wie manche wie Xanthos das beispielsweise sehen. Es gibt viele Schattierungen dazwischen und keiner von uns ist nur gut oder nur böse, wir halten uns gegenseitig im Gleichgewicht, was das angeht. Bis irgendwann einer von uns siegt.«

Ich fuhr mir mit den Händen übers Gesicht. »Ich hätte mir Notizen machen sollen. Ihr seid … kompliziert.«

Nick lachte auf und ich sah zu ihm herüber. Sein Gesicht hatte eine ganz andere Ausstrahlung, wenn er gut gelaunt war. Auf seinem Nasenrücken bildete sich eine kleine Falte und seine Augen strahlten. »So kann man das natürlich auch zusammenfassen. Wir sind aber noch lange nicht durch mit all den Infos, die ich dir geben kann.«

»Ich glaube, für heute reicht es aber erst einmal. Mehr kann ich mir beim besten Willen nicht merken.« Ich sah zurück auf das Bild und es fröstelte mich. »Bin ich in deinen Augen einer zweiten Chance würdig?«

»Wie meinst du das?«

»Ihr bestimmt darüber, ob die *Ágalmas* oder Gorgonen eine zweite Chance bekommen. Wie lautet dein Urteil für mich, nach allem, was du über mich weißt?« Ob ich sein oder ein anderes Urteil überhaupt annehmen würde, sei mal dahingestellt. Aber seine Meinung interessierte mich.

Das Lächeln auf Nicks Gesicht erstarb. Ein kalter Ausdruck trat in seine Augen, als er mich ansah. Er presste die Lippen aufeinander. »Ich würde mir niemals anmaßen, über dein Leben zu entscheiden.«

»Aber irgendwer von euch wird es, oder? Titos? Was glaubst du, was wird er sagen?«

»Ich denke, dass du eine zweite Chance und damit eine Wahl bekommst, wie dein weiteres Leben aussehen soll.«

»Und was soll ich deiner Meinung nach tun?«

Nick schüttelte den Kopf. »Die Welt steht dir offen. Du kannst tun, was du willst.«

»Alles?«

»Alles.«

»Dann lass uns gehen. Erstens ertrage ich dieses Gemälde nicht mehr und zweitens muss ich mit Titos reden. Je früher ich das hinter mich bringe, desto besser.« Ich stand auf und warf einen letzten Blick auf das unheimliche Bild. »Was glauben die Menschen, was nach Medusas Tod passiert ist?«

»Dass aus ihrem Blut ein geflügeltes Pferd namens Pegasus geboren wurde.« Nick zuckte mit den Schultern, als ich ihn ansah, um mich zu versichern, dass er keinen Scherz machte. Diese Welt, in die ich da gestolpert war, entpuppte sich immer mehr als wahrhaft verrückt. Auf dem Rückweg zum Auto überschlugen sich meine Gedanken. Eigentlich war es totaler Irrsinn, dass ich mit Nick zum Orden zurückging, um über meine Zukunft entscheiden zu lassen. Mein Leben gehörte mir und niemand, nicht einmal der Nachfahre eines uralten Helden sollte über mich entscheiden. Weglaufen war eine Option. Aber ich sah das Ganze auch pragmatisch. Denn wohin sollte ich schon gehen? Außerdem gingen mir die Worte von Ilena nicht aus dem Kopf. Die Idee, dem Orden zu helfen, gefiel mir. Denn wenn ich dazu beitragen konnte, auch nur eine Person vor einem Schicksal als Statue zu bewahren, dann wollte ich das tun. Vielleicht konnte ich so wiedergutmachen, was ich als Gorgone einst angerichtet hatte. Wie viele *Ágalmas* es meinetwegen wohl gab? Hatte ich Krieger ermordet? Was hatte ich getan, um doch noch als Statue zu enden? Meine Schuld musste größer sein, als ich es mir vorstellen konnte. Ich sah mich deswegen in der Pflicht, etwas zu tun. Ein bittersüßes Gefühl erfüllte mich, als ich diese Worte dachte, die auch von Nick hätten stammen können. Seine Reaktion auf Ilenas Vorschlag, dass ich helfen könnte, war alles andere als positiv gewesen. Doch würde er meine Motivation verstehen, wenn ich es als meine Aufgabe ansah, meine alte Schuld zu begleichen? Ich würde erst mit Titos darüber sprechen, der hoffentlich nicht ganz so emotional darauf reagierte und die Option überhaupt in Betracht zog.

»Wir sind da«, sagte Nick und riss mich aus meinen Gedanken, als er das Auto in der Tiefgarage des Ordens auf den Parkplatz fuhr. Ich war noch immer dabei, die ganzen Informationen zu verarbeiten. Blinzelnd sah ich zu Nick, der eine Hand auf die Rückenlehne meines Sitzes legte.

»Mach dir keine Sorgen. Er wird dich gehen lassen, wenn es das ist, was du willst.« Das würde das Zünglein an der Waage sein. Wenn Titos sich anders entschied, lösten sich alle Pläne in Luft auf. Doch das Risiko war es mir wert. Das Summen in meinem Bauch drängte mich in diese Richtung. Trotzdem waren meine Finger zittrig vor Aufregung.

»Bist du dir sicher, dass er sich so entscheidet?«

»Ja. Sonst hätte ich dich unterwegs irgendwo ausgesetzt, dir Geld in die Hand gedrückt und dir gesagt, dass du verschwinden sollst.«

»Das hättest du für mich getan?« Er nickte und zog seine Hand zurück. Mein Herz klopfte schneller. »Inwiefern wäre das mit deiner Pflicht als Ordensmitglied vereinbar gewesen?«

»Ich hätte dich beschützt«, antwortete er und stieg aus dem Auto. »Und wage es ja nicht, dich dafür zu bedanken. Sonst überlege ich es mir noch mal.« Ich biss mir auf die Zunge, um nichts zu sagen, was diesen Moment zerstören würde. Stattdessen erwiderte ich Nicks schwaches Lächeln und folgte ihm.

Titos war nicht da, also brachte Nick mich auf mein Zimmer. Nach all den Ereignissen des heutigen Tages freute ich mich darauf, einen Moment die Beine hochzulegen und die Ruhe zu genießen. Nick verabschiedete sich, als Linos per Telepathie nach ihm rief. Es ging wohl um einen Einsatz in der kommenden Nacht.

Nach einer kurzen Dusche legte ich mich angezogen auf das Bett und wartete. Noch einmal ging ich all die Geschichten und Informationen durch, die ich in den vergangenen zwei Tagen gehört hatte. Es waren so viele und doch stellten sich mir mit jeder Antwort zwei neue Fragen. Aber für heute war meine Aufnahmefähigkeit aufgebraucht. Trotz zwei kleiner Nickerchen im Auto wurde ich wieder müde und schlief eine Weile.

Der Hunger weckte mich am frühen Abend. Ob Titos mittlerweile zurück war? Ohne Nick würde ich wohl allein losziehen müssen.

Warten konnte ich nicht länger, weil die Unwissenheit mich nervös machte. Titos' Büro war im obersten Stockwerk und den Aufzug konnte ich auch allein bedienen. Ich schlüpfte in meine Schuhe und verließ das Zimmer. Im Aufzug drückte ich den obersten Knopf und war stolz auf mich, als die Türen sich schlossen und er sich in Bewegung setzte. Der Aufzug stoppte allerdings zunächst in einem weiteren Stockwerk. Als die Türen sich öffneten, wollte ich im Boden versinken. Xanthos.

»Wen haben wir denn da?« Warum musste ausgerechnet er auftauchen? Xanthos machte einen Schritt nach vorne und sah auf die Leiste mit den Knöpfen. »Willst du etwa zu Titos? Du solltest in den Keller fahren. Dort gehörst du nämlich hin, Schlange.« Er stellte sich zwischen die beiden Türflügel, sodass diese sich nicht mehr schließen konnten, und grinste mich süffisant an. Eine Hand ruhte auf dem Dolch, der im Futteral an seinem Gürtel befestigt war.

Ich wollte ihm die Augen auskratzen. Doch ich beherrschte mich und drückte meine Finger in meine Handinnenflächen. Nur keinen Ärger riskieren. Sonst würde Titos mich vielleicht doch noch in hohem Bogen rauswerfen. Bevor ich etwas erwidern konnte, knurrte mein verräterischer Magen.

Xanthos lachte hämisch. »Hat die arme Schlange etwa Hunger? Wie lange ist denn deine letzte Fütterung her?«

Ich rang mir ein »Danke, ich brauche nichts« ab. Doch Xanthos war noch nicht fertig mit mir. Er trat in den Aufzug und die Türen schlossen sich hinter ihm. Er drückte auf den Knopf eines Stockwerks zwischen unserem und dem obersten. »Du wirst dort mit mir aussteigen. Titos ist ohnehin noch nicht zurück. Nicht dass du überhaupt das Recht hättest, mit ihm zu reden.«

Mir blieb nichts anderes übrig, als ihm Folge zu leisten. Denn wenn ich mich widersetzte, könnte das noch viel schlimmere Konsequenzen haben. Solange nicht klar war, wie Titos' Urteil über mich lautete, durfte ich mir keine Fehler erlauben. Schweigend fuhren wir nach oben und ich folgte Xanthos auf unserer Zieletage. Er führte mich in einen Übungsraum, von dem aus man einen wunderschönen Blick über die Stadt hatte. Glänzende Sportgeräte sowie Matten waren im ganzen Raum verteilt. An einer Wand hingen Waffen aller Art, die verdammt echt aussahen. Die anderen Ordensmitglieder sahen auf, als wir eintraten, sagten aber nichts. Es waren die ersten anderen Mitglieder, die ich zu Gesicht bekam. Waren sie alle Krieger? Xanthos führte mich zu einer Gruppe junger Männer, die um eine der Matten herumstanden und zwei anderen beim Kämpfen zusahen.

»Seht mal, was ich euch mitgebracht habe«, tönte Xanthos und seine Freunde, so vermutete ich, drehten sich zu uns um. Sie feixten, als sie mich sahen. Das war nicht gut. Alles in mir schrie danach wegzurennen, doch meine Angst fesselte mich an den Boden. Meine Beine wollten sich einfach nicht bewegen. Plötzlich spürte ich Finger auf meinem Rücken, die mich nach vorne schoben. Xanthos' Hand jagte einen unangenehmen Schauer meinen Rücken entlang, während ich dem Druck nachgab und nach vorne lief. Je weiter wir in den Raum hinein gingen, umso dicker wurde die Luft und Schweißgeruch stieg mir in die Nase.

»Die Gorgone hat Hunger. Ich finde, sie muss sich ihr Essen erst verdienen, oder?« Mein Magen zog sich zusammen und jegliche Gelüste auf Essen verflüchtigten sich.

Einer der beiden Kämpfer auf der Matte trat vor mich. Er trug kein Hemd und war verschwitzt, ich konnte jeden seiner Muskeln erkennen. Wie Xanthos sah auch er mich hasserfüllt an. »Sie ist also tatsächlich noch hier«, sagte er. »Ich hätte nicht gedacht, dass Titos das zulässt.«

Mittlerweile hatten auch die übrigen Anwesenden die Situation erfasst und warfen uns neugierige Blicke zu. Ein paar schauten teilnahmslos weg, andere hörten mit ihren Übungen auf und beobachteten uns aufmerksam. Von niemandem hier war Hilfe zu erwarten. Sonst wäre schon längst jemand eingeschritten.

»Mach Platz, Kreon, ich will der Gorgone zeigen, wie das bei uns läuft.«

Kreon war der shirtlose Kerl, der sich vor mir aufgebaut hatte. Er trat zur Seite und machte eine einladende Bewegung Richtung Matte.

Xanthos schob mich darauf und löste seine Hand von meinem Rücken. Die Matte gab unter mir nach und ich drehte mich zu ihm um. Er stand mir am anderen Ende gegenüber und grinste diabolisch, als er sich sein Shirt über den Kopf zog. Kreon und seine Freunde bauten sich um uns herum auf und warteten gespannt.

»Zuerst musst du gegen mich kämpfen. Dann bekommst du etwas zu essen. Vorausgesetzt, dass du danach überhaupt noch kauen oder schlucken kannst.« Er lachte. Seine Freunde stimmten mit ein. Mittlerweile waren auch die anderen interessierten Anwesenden näher gekommen und bildeten einen Kreis um uns. Ein paar von Xanthos' Freunden pfiffen.

»Zeig's der Gorgone«, rief jemand aus der Menge und erntete lautes Gejohle. Ich traute mich nicht, einen Finger zu rühren und mir wurde schlecht. Was passierte hier gerade? Würde Xanthos wirklich mit mir kämpfen?

Ich blickte ihm in die Augen. Das dunkle Blau seiner Iriden flimmerte unheilvoll und der hasserfüllte Zug auf seinem Gesicht war kalt. Und ich verstand, was ihn antrieb. Ich war der Feind. Er hatte mit Sicherheit Familie oder Freunde an meinesgleichen verloren. Mit großer Wahrscheinlichkeit hatte ich selbst in einem früheren Leben andere Ordensmitglieder verletzt oder ermordet. Die dunklen Gefühle, die er mir entgegenbrachte, waren gerechtfertigt. Außerdem stand mein Leben auf dem Spiel. Und mich gegen einen Krieger zu erheben, würde im Zweifelsfall nicht für mich sprechen.

Deswegen wehrte ich mich nicht, als er ausholte und mir mit voller Kraft ins Gesicht schlug.

KAPITEL 8

Der Geschmack von Blut explodierte auf meiner Zunge, als ich auf der Matte auftraf. In meinem Kopf schrillten alle Alarmglocken, doch ich schluckte den Schrei hinunter, der sich meine Kehle hinaufkämpfte. Schwarze Blitze vor den Augen machten mich schwummrig. Ich hustete und spuckte Rot auf die Matte. Die Krieger um uns herum wichen erschrocken zurück, doch im nächsten Moment jubelten sie. Zumindest ein paar von ihnen.

Meine Wange kribbelte kurz und wurde dann taub. Die Blutung in meinem Mund wurde schwächer und der Schmerz ebbte schon wieder ab, was mich überraschte. Dann erinnerte ich mich an den Moment meiner Rückverwandlung. Ich hatte mich an den Steinsplittern verletzt und geblutet, doch nur wenig später waren meine Wunden verheilt gewesen. Besaß ich selbstheilende Kräfte? Ich unterdrückte ein Lächeln. Denn wenn das stimmte, würde Xanthos mich schlagen können, so oft er wollte und es würde mir nichts anhaben. Vielleicht war das aber auch nur eine idiotische Einbildung, die durch eine Gehirnerschütterung oder Ähnliches hervorgerufen wurde. Ich rappelte mich auf und blieb schwankend stehen, blinzelte, bis ich das schief grinsende Gesicht meines Angreifers wieder scharf sehen konnte.

»Respekt, Schlange. So manch anderer wäre nicht wieder aufgestanden. Aber das reicht noch lange nicht, um mich zu beeindrucken.« Xanthos ging erneut auf mich los. Ich unterdrückte jeden Impuls, mich zu schützen. Wenn ich mich wehrte und ihm auch nur ein Haar krümmte, würde er nicht davor haltmachen, mir jeden Knochen einzeln zu brechen. Aber wenn ich nicht auf sein Spiel einging, würde er mich vielleicht in Ruhe lassen. Blieb nur zu hoffen, dass er nicht auf die Idee kam, mir die Kette vom Hals zu reißen, die mich momentan vor dem Schutzzauber des Gebäudes abschirmte. Denn dieser hätte ihm vermutlich eine Menge Arbeit abgenommen. Vielleicht war er aber auch so krank im Kopf, dass er es genoss, mich zu peinigen, und das niemand anderem überlassen wollte.

Wieder und wieder schlug er auf mich ein. Ich taumelte zurück, rutschte von der Matte und in die Menge. Fremde Hände schubsten mich zurück und ich landete auf allen vieren vor dem Krieger. Keuchend stand ich auf. Eine Hand packte mich grob am Kinn. Xanthos zog mein Gesicht nahe an das seine heran.

»Du müsstest grün und blau sein«, knurrte er und musterte meine Haut genau. In diesem Moment brach etwas in ihm. Seine Augen waren für einen Herzschlag kalt und leer. Der letzte Funken Menschlichkeit, der ihn vor dem Überschreiten einer Grenze bewahrt hatte, erlosch. Nun war also passiert, was ich zu verhindern versucht hatte. Mein Herz stockte und blanke, allumfassende Panik ergriff Besitz von mir. In meinem Magen summte es.

Der Krieger stieß mich von sich weg, ich strauchelte zurück und konnte mich gerade so auf den Beinen halten. Die Stimmung im Raum kippte. Statt zu jubeln, schienen alle die Luft anzuhalten. Xanthos zog seinen Dolch aus dem Futteral an der Hüfte und ging in Stellung.

»Von dir lasse ich mich nicht verarschen«, zischte er. Ich war von den Schmerzen, die immer länger zum Abklingen brauchten, zu benebelt, um eine rasche Entscheidung treffen zu können. Im nächsten Atemzug sprang Xanthos auf mich zu und zog den Dolch in einer einzigen schneidenden Bewegung durch die Luft. Mein Körper reagierte, ehe ich einen klaren Gedanken fasste. Ich setzte einen Fuß nach hinten und stolperte über die Kante der Matte. Xanthos' Dolch erwischte mich links am Kiefer. Sofort brannte sich Schmerz wie flüssiges Feuer durch meine Haut, durch meine Muskeln bis hin zu meinen Knochen. Zum ersten Mal in diesem Kampf entwich mir ein Schrei und ich presste die Hände auf die Wunde. Blut lief mir über die Finger und an den Armen herunter. Xanthos packte mich am Shirt, zog daran und warf mich auf die andere Seite. Ich landete unsanft auf der Matte und drehte mich stöhnend auf den Rücken. Er ragte über mir auf, reckte den Dolch in die Höhe und …

»Aufhören!« Titos' Stimme donnerte durch den Raum. Xanthos hielt inne und atmete schwer. Wie in Zeitlupe drehte er sich zu seinem Anführer um. Die Umstehenden machten Titos Platz, als er auf die Matte zustürmte. Er blieb abrupt vor mir stehen, seine Hände zu Fäusten geballt.

»Es ist noch lange nicht genug«, erwiderte Xanthos unbeeindruckt. »Sie ist eine Gorgone, Titos! Sie verdient es, zu sterben!«

Titos stellte sich zwischen Xanthos und mich und baute sich vor dem Krieger auf. Er überragte ihn ein gutes Stück, und auch wenn er schmaler gebaut war, wirkte er stärker als Xanthos, der nun doch einen Schritt zurückwich.

»Jeder, der sich unter diesem Dach aufhält, steht unter meinem Schutz. Du hast kein Recht, sie so zu behandeln«, sagte Titos mit unheimlicher Ruhe. »Du bist eine Schande für Perseus.«

Xanthos antwortete nicht.

Kreon sprang seinem Freund zur Seite. »Es ist eine Schande, dass eine Gorgone sich hier frei bewegen darf. Sie ist unser Feind, Titos! Jede Schlange weniger ist ein Triumph.« Ich war kurz davor, mich auf die Matte zu übergeben.

»Unsere Plicht ist es, uns um die *Ágalmas* zu kümmern. Das zählt mehr als alles andere. Also haben wir sie auch dementsprechend zu behandeln. Haben wir uns verstanden?« Die letzte Frage richtete er nicht nur an Xanthos und Kreon, sondern auch an alle anderen, die betroffen zu Boden sahen.

»Das ist falsch, Titos. Alles daran«, sagte Kreon noch einmal.

»Das hast nicht du zu entscheiden«, erwiderte Titos kühl. Ich atmete auf, als Xanthos seinen Dolch zurück in das Futteral steckte, sein Shirt nahm und ging. Kreon und seine Freunde folgten ihm. Die anderen Anwesenden verteilten sich im Raum und taten so, als wäre nichts gewesen. Ich ließ den Kopf auf die Matte sinken und hustete. Titos kniete sich neben mich.

»Rya. Kannst du mich hören?«

»Ja«, krächzte ich.

Er schwieg ein paar Sekunden und ich glaubte, dass er telepathisch mit jemandem kommunizierte. Nick und er legten den Kopf immer etwas schief dabei.

»Wir bringen dich zurück auf dein Zimmer und werden dir helfen.« Er schob mir eine Hand unter den Rücken und half mir dabei, mich aufzusetzen. Ich hinterließ einen klebrigen Blutfleck auf der Matte. Auch Titos besudelte sich damit und es zischte, als es mit seiner Kleidung in Berührung kam. Ich starrte auf die dunkelroten Flecken und musste daran denken, was Titos mir über die Geburtsstunde der Gorgonen erzählt hatte. Sie waren aus Medusas Blut geboren worden. Würde auch ich verbluten? Würde mir ein geflügeltes Ross entspringen? Mir wurde schwindelig und ich kippte zur Seite, Titos hielt mich fest. Meine Schmerzen wurden schwächer, aber auch mein Puls. Meine Augen wollten sich nicht offen halten lassen.

Plötzlich waren da noch zwei weitere Paar Beine neben mir auf der Matte. Ich blinzelte langsam. Eine Hand drückte etwas aus Stoff an meine Wange. Der Geruch nach Regen stieg mir in die Nase und ich schaffte es, die Augen zu öffnen. Nicks glasige braune Augen blickten mir entgegen.

»Bleib bei mir, Rya.«

»Nick, lass Ilena holen. Linos, du hilfst mir, Rya auf ihr Zimmer zu bringen«, ordnete Titos an. Nick zögerte einen Moment, doch dann gehorchte er und übergab mich an Linos. Er packte mich unter den Armen, Titos nahm meine Beine. Gemeinsam trugen sie mich in mein Zimmer und legten mich aufs Bett. Ich hatte mittlerweile keine Schmerzen mehr im Rest meines Körpers, nur meine Wange brannte wie Feuer und blutete noch immer.

»Warum tut es so weh?«, fragte ich in den Raum hinein. Linos setzte sich neben mich.

»Willst du das wirklich wissen?«

»Es lenkt mich ab.«

»Und du bist einfach verdammt neugierig«, ergänzte Titos. »Ich muss gehen. Kommst du einen Moment allein klar, Linos? Nick ist sicherlich bald wieder zurück.«

»Natürlich.«

»Warte«, krächzte ich und streckte die Hand nach Titos aus.

Er trat ans Bett. »Was ist?«

»Was werdet ihr mit mir machen?«, fragte ich und ließ die Hand sinken.

»Wir werden gar nichts *mit dir machen*, Rya. Nick hat mir alles erzählt. Ich vertraue Ilenas Urteil und damit auch dir. Du hast uns nicht angelogen und auch ich werde mein Versprechen halten. Wir werden dir helfen, dich zurechtzufinden.«

Mein Körper sackte vor Erleichterung zusammen. Doch ich wollte nicht nur zurechtkommen. Ich wollte leben und eine Aufgabe übernehmen. Einen Sinn finden. Doch für den Moment reichte mir, dass ich dazu überhaupt die Chance bekommen würde.

»Danke«, sagte ich leise. Titos nickte und ging.

Linos drückte mir noch immer etwas gegen meine Wange. »Es ist das Material des Dolches, das diese schlimmen Schmerzen verursacht. Er wurde aus demselben Silber geschmiedet wie einst der Dolch von Perseus. Sein Name war *Magikó Asími*, was übersetzt so viel wie ›magisches Silber‹ bedeutet. Er wurde von Athene eigens für Perseus' Mission, Medusa zu töten, angefertigt. Unsere Waffen sind diesem nachempfunden und lösen nur bei Gorgonen diese Reaktion aus.«

»Hätte ich das vorher gewusst ...«

»Was dann? Hättest du dich dann gewehrt, so wie es sich gehört?«, fragte Linos. Ein Vorwurf schwang in seiner Stimme mit.

»Ich dachte, nichts zu tun wäre in diesem Fall besser.« Ich zuckte zusammen, als eine Welle aus Schmerz mich erfasste.

»Das muss ich nicht verstehen, oder?«

»Nein.« Ich nahm Linos das Stück Stoff ab und drückte es auf die Wunde, während ich mich aufrappelte. Das Liegen verursachte zu viel Schwindel.

Er schüttelte verständnislos den Kopf. Dann sah er zur Seite, als lausche er auf etwas in der Ferne. Als Antwort rollte er mit den Augen. »Nick«, murmelte er.

»Was ist mit ihm?«

»Er ist genauso bescheuert wie du und legt sich mit Xanthos an. Ihr beide passt wirklich ganz toll zusammen.«

Mir wurde kalt. »Was? Du musst ihn aufhalten!«

Linos hob die Hände. »Sicherlich nicht. Er ist alt genug, um seine eigenen Entscheidungen zu treffen.«

»Versuch es. Bitte.«

Linos lachte auf. »Dafür ist es leider schon zu spät. Aber glaub mir, er kommt klar. Er ist einer unserer besten Krieger und er lässt sich nicht so leicht kleinkriegen. Nicht mal von Xanthos oder seinen

Konsorten.« Mein schlechtes Gewissen nagte an mir. Nun hatte ich also doch Ärger gestiftet. Nicht für mich, aber für Nick, was ich noch schlimmer fand. Er sollte sich nicht meinetwegen mit anderen aus dem Orden streiten. Selbst wenn es dieser Idiot Xanthos war.

»Wird Titos ihm das übel nehmen?«

Linos winkte ab. »Nein. Er würde Xanthos selbst verprügeln, wenn er das dürfte. Er wird ein Auge zudrücken und ihn mit einer Verwarnung davonkommen lassen.«

»Es tut mir leid. Das wollte ich nicht. Ich hätte einfach in meinem Zimmer bleiben sollen.«

»Gib dir nicht die Schuld, Rya. Xanthos ist ein Arsch. Warte hier.« Linos ging ins Bad und kam mit einem nassen Waschlappen zurück. Er rieb mir damit über das Gesicht und die Hände und wischte das getrocknete Blut ab. Dann holte er mir ein Glas Wasser, das ich gierig austrank.

»Ich habe es nicht gespürt«, sagte Linos plötzlich.

»Was meinst du?«

»Dass du diese Statue warst. Als ich Nick im Museum getroffen habe, konnte ich die Magie, die von den *Ágalmas* ausgeht, nicht an dir wahrnehmen. Ich war der festen Überzeugung, dass Nick sich irrt.«

»Wieso bist du dann trotzdem geblieben?«

Linos grinste. »Titos hat recht. Du bist wirklich sehr neugierig.«

»Das könnte daran liegen, dass ich gerade dabei bin, nicht nur die Welt zu entdecken, von der ich wusste, sondern auch die, die sich mir gerade erst eröffnet.«

»Ich bin geblieben, weil ich das erste Mal seit Langem einen Funken Begeisterung in Nicks Augen gesehen habe. Er würde mich schlagen, wenn er wüsste, dass ich dir das erzähle, deswegen musst du es für dich behalten. Nick hat seine Arbeit für den Orden immer schon gut gemacht und er kämpft wie ein Held, aber er brennt nicht dafür. Verstehst du, was ich meine?«

Mir ging es ähnlich. Ich war endlich am Leben, war mittendrin in der bunten Welt, aber es erfüllte mich nicht in dem Maße, wie ich es erwartet hätte. Nur bei dem Gedanken, etwas Sinnvolles zu tun, fühlte ich mich nicht ganz so verloren. »Ich denke schon.«

Linos schenkte mir ein weiteres Glas Wasser ein und reichte es mir. »An diesem Tag im Museum war es anders. Er *wollte*, dass du da drin bist. Und ich auch. Für ihn, weil er mein Freund ist. Deswegen bin ich geblieben.«

»Bist du dir sicher, dass es ihm so erging? Ich bin doch nur eine Last für ihn.« Ich drehte das Glas in meinen Händen und starrte auf das Wasser.

»Glaubst du, es gehört zu seinem Aufgabenbereich, auf eine *Ágalma* aufzupassen und ihr die Welt zu erklären? Nein. Er macht das, weil er es will. Er hätte die Aufgabe jemand anderem aufs Auge drücken können, weil er als Krieger weitaus Wichtigeres zu tun hätte – nimm mir das bitte nicht übel –, aber das hat er nicht. Du bist keine Last für ihn.«

Mir stand der Mund offen. Es tat höllisch weh, aber ich konnte nicht anders. Linos' Worte trafen mein Herz, das nicht wusste, wie es damit umgehen sollte. Sollte das heißen, dass Nick seine Zeit freiwillig mit mir verbrachte? Einer Gorgone? Das war unmöglich. Und doch … da waren diese Momente im Café und im Museum gewesen, in denen auch ich diesen Gedanken gehabt hatte.

Linos fuhr fort. »Falls er dich darauf anspricht, habe ich nie etwas gesagt, kapiert? Und damit ich meinen Ruf als bedrohlicher Krieger nicht einbüße, muss ich dir auch Folgendes sagen.« Linos' Lächeln kippte. »Solltest du ihm wehtun oder ihn hintergehen, dann war dein Kampf mit Xanthos heute nichts im Vergleich zu dem, was ich mit dir machen werde.« In Sekundenbruchteilen war der warme Ausdruck auf Linos' Gesicht dem eines eiskalten Kriegers gewichen.

Ich schluckte schwer und nickte. »Ich habe nicht vor, jemandem, weder Nick noch sonst wem, etwas anzutun.«

»Gut.«

»Aber …«, als ich fortfuhr, blickte Linos misstrauisch auf, »sollte ich es doch tun, dann bring es bitte schnell hinter dich. Bevor ich denselben Fehler zweimal begehe.«

Linos nickte respektvoll. Es klopfte an der Tür und er stand auf und öffnete. »Da bist du ja.«

Ilena stürmte ins Zimmer. »Ich freue mich auch, dich zu sehen, Linos.« Sie sah mich an. »Du lässt dir in deinem neuen Leben wirklich nichts entgehen, oder?« Sie deutete auf mein Gesicht und blickte missmutig drein. »Wo ist Nick? Wieso hat er nicht versucht, dich davon abzuhalten?«

Ich zuckte mit den Schultern, was einen stechenden Schmerz durch mein Gesicht jagte und mich scharf einatmen ließ.

Ilena schüttelte den Kopf. »Unfassbar. Nicht mal zwei Tage und diese testosterongeladenen Muskelpakete schlagen dich zusammen«, schimpfte sie.

»Ich glaube, ich gehe dann mal lieber«, sagte Linos und verließ das Zimmer. Ilena warf ihm einen finsteren Blick hinterher, den er allerdings nicht bemerkte.

»Danke«, rief ich ihm nach, doch er antwortete nicht darauf.

Ilena holte einen kleinen Tiegel aus ihrer Handtasche und schraubte ihn auf. Darin war eine türkisfarbene Salbe. Sie nahm mir das Stück Stoff ab, das ich auf mein Gesicht gepresst hatte, und schmierte die Salbe direkt auf die Wunde. Sie stank fürchterlich, linderte aber augenblicklich meine Schmerzen. Kühle Wellen breiteten sich über mein Gesicht aus und ich entspannte mich. Sie cremte mir die gesamte Wange ein und nahm dann die überschüssige Salbe mit einem frischen Handtuch ab.

»Das ist eine Heilsalbe, die mit staubfeinem Türkis vermischt ist. Sie unterstützt die Heilung. Den Rest erledigen deine eigenen Kräfte.«

»Ich heile mich also wirklich selbst.«

»Ja. Nach allem, was Nick mir erzählt hat, habe ich ein Häuflein Elend erwartet. Stattdessen siehst du bis auf den Schnitt unversehrt aus. Es liegt also nahe. Könnte ein Teil der alten Gorgonenkräfte sein. Siehst du, es hat auch schon aufgehört zu bluten. Wir kleben dir für heute Nacht ein Pflaster darüber, morgen sollte es dann schon einigermaßen verheilt sein. Du hattest Glück. Hätte er dich am Hals erwischt, wärst du vermutlich verblutet. So kommst du wohl mit einer Narbe davon. Du solltest dich aber nicht überanstrengen, du bist ganz blass.«

Das Grummeln meines Magens antwortete ihr. Ilena hob die Augenbrauen. »Wann hast du das letzte Mal etwas gegessen?«

»Heute Morgen.«

»Lassen sie dich etwa verhungern? So geht das nicht. Man sollte meinen, dass sie nach all den Jahren wüssten, wie man ein guter Gastgeber ist. Du könntest etwas frische Luft vertragen und wir gehen etwas essen.« Sie musterte mich von oben bis unten. »Also sobald du dich gewaschen und umgezogen hast. Du siehst fürchterlich aus. Ich rede in der Zwischenzeit mit Titos.«

»Worüber?«

»Darüber, dass ich ihm nicht mehr helfen werde, wenn er es nicht auf die Reihe bekommt, dass seine Leute dich gut behandeln.« Ilena stürmte wutentbrannt aus dem Raum und ließ mich mit einem Lächeln zurück. Ich mochte sie.

Als ich eine Viertelstunde später aus dem Bad kam, war Ilena bereits zurück. Sie war in Gedanken versunken und spielte mit dem rosa Anhänger an ihrer Kette. Ich rubbelte mir die Haare trocken. »Was ist das für ein Stein?«

»Ein Rosenquarz. Er hilft mir dabei, mich und meine Magie zu konzentrieren. Die alten Griechen glaubten daran, dass Eros, der Gott der Liebe, ihn auf die Welt gebracht hat, um verwundete Herzen zu heilen.«

Mir lag eine Frage auf der Zunge, die auszusprechen ich mich nicht traute. Dafür kannte ich Ilena nicht gut genug. Doch der traurige Blick, den ich schon einmal an ihr gesehen hatte, verriet mir, dass dieser Stein mehr als nur ein Hilfsmittel für sie war. Dass er vielleicht tatsächlich dabei half, ihr Herz zu heilen.

Ich band mir die Haare zu einem Zopf. »Ich bin fertig.«

Ilena klebte mir noch ein riesiges Pflaster auf die Wange, dann fuhren wir mit dem Aufzug nach unten ins Erdgeschoss. Wir verließen das Gebäude durch die prunkvolle Eingangstür, die ich zum ersten Mal sah. Auch sie war aus dunkelbraunem, mit Schnitzereien verzierten Holz gefertigt, ähnlich der vor Titos' Büro. Bisher hatte ich die Innenräume nur durch die Tiefgarage betreten. Als wir die Marmorstufen nach unten liefen, ließ ich meine Schultern herabhängen. Mir war nicht bewusst, wie angespannt ich gewesen war. Das Gebäude hinter mir zu lassen, ließ mich aufatmen.

»Was, denken die Menschen, befindet sich in diesem Gebäude?«

Ilena zuckte mit den Schultern. »Ein Finanzamt, glaube ich.«

»Was ist das?«

»Es ist besser, wenn du das nicht weißt. Ah, da ist unsere Mitfahrgelegenheit.«

Einer der dicken schwarzen Wagen des Ordens fuhr vor und hielt am Bürgersteig an.

Ilena hielt mir die Beifahrertür auf. Ich wollte hineinklettern, doch dann erkannte ich, wer am Steuer saß. Nick. Er warf mir nur einen flüchtigen Blick zu. Nach einigem Zögern setzte ich mich hinein, schnallte mich an und starrte dann stur geradeaus. War er sauer auf mich? Was sollte ich sagen?

»Einmal zu *Castles Burger* bitte«, sagte Ilena von der Rückbank aus. Nick fuhr ohne Kommentar los.

Die ganze Fahrt über herrschte unangenehmes Schweigen. Dabei wollte ich Nick so viele Dinge fragen. Was war mit Xanthos passiert? Stimmte das, was Linos sagte? Was hielt er von meiner Idee, dem Orden helfen zu wollen? Doch mir kam kein Wort über die Lippen und auch Ilena war ungewöhnlich still. Dass Nick uns begleitete, war aber auch beruhigend, denn falls meine Magie sich unerwartet manifestierte, wäre er zur Stelle, um die Menschen vor mir zu beschützen. Im Gegensatz zu unserer ersten gemeinsamen Fahrt beobachtete ich nun das Geschehen vor dem Fenster genau, konnte es aber nicht genießen, da die Spannung im Wagen mir im Nacken saß.

Eine Viertelstunde später saßen Ilena und ich an einem Tisch in einem Restaurant. Nick hatte sich an den Tresen gesetzt und trank einen Kaffee. Erst beim Aussteigen aus dem Auto hatte ich sein blaues Auge auf der linken Seite bemerkt, zu dem ich nun alle paar Sekunden hinsehen musste. Außerdem schien ihm seine rechte Körperhälfte wehzutun, weil er sie so gut wie möglich entlastete. Es versetzte mir einen Stich, dass er meinetwegen litt, wohingegen meine Wunden bis auf die an der Wange schon fast vollkommen verheilt waren.

»Er wird schon wieder«, meinte Ilena, die meine mitleidigen Blicke in seine Richtung bemerkte. »Lass ihn schmollen, irgendwann vergeht das. Jetzt ist erst mal essen angesagt.«

Ich aß und trank, bis mir schlecht war. Schon wieder. Wer wusste schon, wann ich das nächste Mal etwas zu essen bekam? Die Burger und Pommes waren köstlich, die Milchshakes, die Ilena uns zum

Nachtisch bestellte, ebenfalls. Nick saß die ganze Zeit am Tresen und würdigte uns keines Blickes. Ich dachte an das, was Linos zu mir gesagt hatte. In dem Moment hatte ich mich geschmeichelt gefühlt, aber Nick so niedergeschlagen zu sehen, ließ jegliche Euphorie verpuffen. Ich war nicht gut für ihn. Und damit hatte ich das Versprechen, das ich Linos gegeben hatte, schon gebrochen.

Ilena wedelte mit einer Hand vor meinem Gesicht herum. »Erde an Rya.«

Ich schreckte aus meinen Gedanken auf. »Entschuldige. Ich habe nachgedacht.«

»Und ich kann mir auch sehr gut vorstellen, worüber«, sagte sie und deutete mit dem Finger auf Nick. »Er ist nicht sauer auf dich. Sondern auf sich.«

»Das verstehe ich nicht.« Wieso schien jeder zu wissen, was in Nick vor sich ging, außer mir? War ich so schlecht darin, menschliche Gefühle zu erkennen?

»Das wirst du noch. Hat es dir geschmeckt?«

Ich nickte, verwundert über den schnellen Themenwechsel. Ilena war mir ein Rätsel. Sie war eine der merkwürdigsten Personen, die mir je begegnet beziehungsweise an mir vorbeigelaufen waren. Das lag nicht nur daran, dass sie eine *Mágissa* war und Magie beherrschte, die wunderschön und einschüchternd zugleich war. Ich mochte sie. Sie war mir gegenüber offen und ich hoffte auch ehrlich. Auch wenn sie teilweise in Rätseln sprach oder Dinge nur andeutete.

»Hat es. Vielen Dank, dass du mich hergebracht hast.«

»Gerne. Wenn du was brauchst, dann komm vorbei. Nick soll dich fahren.« Sie deutete auf den Krieger, der noch immer an der Theke saß und uns ignorierte. »Ich würde dir ja gerne ein Handy geben, damit wir uns austauschen können, aber die funktionieren in unserer Nähe leider nicht. Die Magie verträgt sich nicht gut mit der modernen Technik. Das führt hin und wieder zu kleinen technischen Pannen bis hin zu Stromausfällen in ganzen Stadtteilen, die sich niemand erklären kann. Die Götter sollten mal über ein Upgrade unserer Gaben nachdenken, damit wir nicht wie die Hinterwäldler leben müssen.«

»Ein Up… was?«

Sie winkte ab. »Vergiss es. Wir haben ein Kommunikationssystem mit ein paar Edelsteinen aufgebaut, aber das reicht nur für die rudimentärsten Dinge. Außerdem rede ich ohnehin lieber von Angesicht zu Angesicht mit jemandem. Also lass dich einfach bringen.«

Mein Magen war zu voll und mein Kopf zu langsam, um Ilenas schneller Erklärung zu folgen.

»Hast du schon etwas zu der Phiole herausgefunden?«, fragte ich stattdessen.

»Nein, aber ich arbeite daran, versprochen.«

»Danke, Ilena. Wirklich. Deine Hilfe bedeutet mir sehr viel.«

Sie lächelte und schlürfte den Rest ihres Schokoshakes. »Geh schon mal vor. Ich bezahle noch und komme dann gleich.«

Ich erhob mich und ging nach draußen. Es nieselte und ich hielt mein Gesicht in die Tropfen. Nick folgte mir lautlos wie ein Schatten. Nach ein paar Minuten wurde er ungeduldig und ließ mich kurz allein, um nach Ilena zu sehen. Als er zurückkehrte, schnaubte er.

»Sie ist weg. Lass uns gehen.«

Ganz ehrlich? Es überraschte mich nicht. Ich blickte mich noch einmal zum Restaurant um und folgte Nick zum Auto. Auch die Rückfahrt verlief wortlos, was sicher nicht das war, was Ilena mit ihrem Abgang hatte bezwecken wollen. Doch was sollte ich sagen? Danke? Entschuldigung? Sollte ich Nick anbrüllen, weil er sich meinetwegen geschlagen hatte? Wieso nur war es so schwer? Mit jemand anderem zu reden, hatte all die Jahre so einfach ausgesehen.

Als wir auf Ebene der Tiefgarage vor dem Aufzug standen, zögerte ich beim Eintreten. Ich fühlte mich in diesem Gebäude nicht mehr sicher.

»Xanthos wird dir nicht mehr zu nahe kommen«, sagte Nick, als hätte er meine Gedanken erraten. »Und wenn doch, werde ich da sein und ihn aufhalten.« Ich sah auf. Nicks Ausdruckslosigkeit war verschwunden. Stattdessen lag ein versöhnlicher Ausdruck auf seinem Gesicht, aber auch Anspannung. Und eine Entschuldigung.

»Danke.« Ich wollte ihm glauben, wirklich. Doch Xanthos würde mich mit Sicherheit nicht in Ruhe lassen. Nicht bei dem Hass, den er mir gegenüber empfand. Und genau deswegen konnte es so nicht weitergehen. Wenn ich noch viel länger bliebe, würde das nicht gut ausgehen. Weder für mich noch für Nick. Und das wollte ich ihm ersparen.

Nick brachte mich zu meinem Zimmer und verabschiedete sich knapp. Ohne ihn fühlte ich mich unsicher und schloss die Tür ab. Das half ein wenig, trotzdem war die Versuchung, noch einen Stuhl unter die Klinke zu klemmen, groß. Ich musste den Orden so bald wie möglich verlassen.

Am nächsten Morgen stand meine Entscheidung fest. Bei Sonnenaufgang verließ ich mein Zimmer und fuhr mit dem Aufzug in Titos' Stockwerk. An der Tür des Anführers angekommen, klopfte ich, ohne zu zögern.

»Herein.«

Ich trat in den Raum und schloss die Tür hinter mir. Titos, der sich über einen Stapel Papier auf seinem Schreibtisch gebeugt hatte, sah auf. Seine grauen Augen wirkten müde und er sah etwas blass aus. Trotzdem lächelte er.

»Guten Morgen, Rya. Wie geht es dir?« Er lud mich dazu ein, Platz zu nehmen, doch ich lehnte dankend ab. Ich war zu aufgeregt, um still zu sitzen. »Hast du schon etwas gegessen?«, fragte er mich. Ilenas Standpauke gestern hatte wohl Spuren hinterlassen. Grinsend schicke ich ihr ein stummes Dankeschön.

»Nein. Aber das ist gerade auch nicht so wichtig«, erwiderte ich. Vor Nervosität war mein Magen wie zusammengezogen und ich hätte ohnehin nichts herunterbekommen. »Ich möchte mit dir über etwas sprechen.«

Titos stand auf und lehnte sich an den Schreibtisch. »Wenn es um gestern geht, muss ich mich bei dir entschuldigen. Das hätte nicht passieren dürfen.«

»Darum geht es nicht. Aber dennoch danke.« Ich atmete tief ein und sammelte all meinen Mut zusammen. Was ich nun vorschlug, war verrückt. »Ich möchte helfen«, begann ich. *Eins nach dem anderen, Rya. Du schaffst das.* »Ich möchte den Orden dabei unterstützen, gegen die Gorgonen zu kämpfen. Da muss komisch klingen, aber ich finde das, was sie tun – was ich vielleicht früher getan habe, schrecklich. So gut ihre Intentionen auch sein mögen. Aber ein Dasein als Statue ist ein schreckliches Schicksal und ich würde gerne dabei helfen, es anderen zu ersparen. Du hast gemeint, dass ihr mir helfen würdet, *zurechtzukommen*. Doch ich will mehr als das. Ich will eine Aufgabe, so wie ihr. So können wir uns gegenseitig helfen.«

Titos musterte mich eine ganze Weile, dann lächelte er. Seine Augen blitzten, die Müdigkeit war verschwunden. »Wie bist du auf diese Idee gekommen?«

»Ilena hat mich darauf gebracht.«

Der Anführer des Ordens verschränkte die Arme vor der Brust. »So? Hat sie etwas gesehen, als sie dich geprüft hat?«

»Sie hat es nicht direkt gesagt, aber es könnte sein. In diesem Zusammenhang fiel ein Name. Lexia.«

Titos kniff die Augen zusammen. Ganz kurz war ich verunsichert, aber ich riss mich zusammen und wandte meinen Blick nicht ab. Der Anführer schwieg eine ganze Weile und ich befürchtete, dass er mich jeden Moment aus dem Raum werfen würde. Doch dann nickte er.

»Es ist eine verrückte, aber keine schlechte Idee. Doch es wäre gefährlich.«

Ich deutete auf den Schnitt an meinem Kinn, der sich mittlerweile geschlossen hatte. »Gefährlicher, als mich mit deinen Kriegern anzulegen?«

Titos lachte trocken auf. »Eigentlich wäre es genau das«, erwiderte er. Was sollte das heißen? »Setz dich. Ich werde dir von Lexia erzählen. Und dann werden wir sehen, ob du das noch immer für eine gute Idee hältst.«

Dieses Mal kam ich seiner Bitte nach. Die Antworten auf so viele Fragen, die ich mir in der letzten Nacht gestellt hatte, waren zum Greifen nah.

»Weißt du, woher die Mitglieder des Ordens kommen?«

Ich nickte. »Ja. Sie werden hineingeboren.«

»Richtig. Wir können nicht anders. Deswegen sind wir dazu bereit, alles aufs Spiel zu setzen, um die Gorgonen aufzuhalten. Lexia ist eine mutige junge Frau, die in den Orden hineingeboren und zur Kriegerin ausgebildet wurde. Es gibt nicht viele Frauen im Orden und noch weniger Kriegerinnen. Die Ausbildung ist hart, doch sie hat sich durchgekämpft und sich gegen ihre männlichen Mitstreiter behaupten können. Vor einem Jahr hat sie dann etwas getan, was sich zuvor noch niemand getraut hat. Sie hat sich von den Gorgonen aufnehmen lassen und ist zu einer von ihnen geworden – und spioniert nun für uns.«

Mir klappte der Mund auf. »Wie bitte? Ist sie noch immer dort?«

»Ja. Und nein.« Titos streckte eine Hand aus und berührte mit dem Zeigefinger das Blatt einer kleinen Pflanze, die in einem Blumentopf auf seinem Schreibtisch stand. Er presste die Lippen aufeinander und ließ dann von ihr ab. Er wirkte ungewöhnlich verunsichert, fast so, als würde er sich Vorwürfe wegen etwas machen. »Lexias Ziel war es, besonders nah an Helena heranzukommen. Helena ist das Oberhaupt der Gorgonen und die einzige, die alle relevanten Informationen hat. Sie lebt eine sehr dezentrale Politik, in der alle Gorgonen unter ihr nur einen Bruchteil aller Informationen haben, sodass sie uns nicht alles verraten können, wenn wir sie in die Finger bekommen. Lexia sollte Helenas rechte Hand werden und damit Zugang zu wichtigen Details bekommen, die uns die Arbeit erleichtern. Sie hat sich innerhalb kürzester Zeit zu einer der besten Gorgonen entwickelt und wusste über Missionen Bescheid, über die Lokalisation von einigen *Ágalmas* – sie hat uns so viele Informationen wie möglich zukommen lassen. Wir haben so viele Übergriffe verhindert wie nie zuvor und auch bedeutend mehr Menschen zurück ins Leben geholt. Wir kamen hinter ein paar Geheimnisse bezüglich der Vorgehensweise der Gorgonen. Für eine gewisse Zeit waren wir ihnen einen Schritt voraus, das erste Mal seit Ewigkeiten rückte unser Sieg etwas näher.« Seine Miene verfinsterte sich weiter, er sah auf seine Hände.

»Was ist passiert?«

»Vor ein paar Monaten wurde Lexia bei einem Kampf zwischen den Gorgonen und uns verletzt. Schwer. Ihr linkes Knie ist nicht mehr richtig geheilt und sie ist jetzt auf einen Stock angewiesen. Damit war sie für Helena als Kämpferin nutzlos und wurde an eine andere Stelle im – nennen wir es mal – Innendienst versetzt. Sie versorgt uns noch immer mit Informationen, doch diese helfen uns nur kurzfristig, wir bräuchten aber längerfristig haltbare Informationen. Lexia will trotzdem bleiben, denn wenige Einblicke sind immer noch besser als gar keine.«

»Wieso habt ihr bisher keine weitere Spionin eingesetzt?«

»Zum einen fehlt es uns an einer Kriegerin, der wir das zutrauen würden, zum anderen hält sich die Begeisterung für eine Mission nach dem Zwischenfall sehr in Grenzen. Ich könnte über die Köpfe der potentiellen Kandidatinnen entscheiden, aber das möchte ich nicht. Es würde bedeuten, jemanden dazu zu zwingen, zu dem zu werden, was wir bekämpfen.«

»Was kein Problem wäre, wenn ihr eine Gorgone hättet, die für euch spioniert. Habt ihr nie versucht, eine von ihnen für Informationen zu bestechen?«

Er verschränkte die Finger ineinander. »Natürlich haben wir das. Aber die Gorgonenmagie, die die Gorgonen in einem Ritual erhalten, macht sie Helena und den anderen gegenüber loyal. Keine von ihnen würde uns etwas verraten, für nichts auf der Welt. Die Magie klingt mit der Zeit ab, aber mit ihr auch die Erinnerungen, und sobald die ehemaligen Gorgonen bereit sind, etwas zu sagen, wissen sie nichts mehr. Die Frauen sind dann wieder ganz normale Menschen, die wir nicht noch einmal in diese Fehde hineinziehen wollen.«

»Wie kann Lexia diesem Effekt der Magie widerstehen?«

»Zum einen schützt Perseus' Blut sie davor, zum anderen haben wir sie mithilfe einer *Mágissa* darauf vorbereitet. Wir überlassen nichts dem Zufall.«

»Hältst du es für möglich, dass ich mich bei ihnen einschmuggeln kann?«

Er nickte. »Es wäre riskant. Sie könnten merken, dass du bereits eine Gorgone bist. Wir müssen versuchen, das zu verhindern.«

»Falls das dennoch eintreten sollte, könnte ich ihnen dasselbe erzählen wie euch, als ich das erste Mal hier war. Dass ich mich an nichts erinnere. Wobei sie mir vielleicht gar nicht zuhören würden, denn für sie bin ich jemand, der das Leben nicht verdient, oder? Sonst hätten sie mich nicht zu einer Statue gemacht.«

Titos wiegte nachdenklich den Kopf hin und her. »Ich weiß nicht, wieso es bei dir so weit gekommen ist. Das werden wir vorher auch vermutlich nicht herausfinden. Deswegen müssten wir deinen Einsatz sehr, sehr gründlich vorbereiten, damit sie keinen Verdacht schöpfen. Außerdem müssen wir dir noch einiges mit auf den Weg geben. Das kann Wochen, wenn nicht sogar Monate dauern.«

»Je schneller es losgehen kann, desto besser.«

Er beugte sich vor und sein Blick bohrte sich in meinen. »Es könnte gewaltig nach hinten losgehen. Bist du dir wirklich sicher, dass du das willst?«

»Ja.«

Für mich gab es keine Zweifel. Ich wollte Nick und dem Orden keinen Ärger machen, indem allein meine Anwesenheit Zwietracht säte. Und ich hatte das tief sitzende Bedürfnis, Menschen vor dem schrecklichen Schicksal als Statue zu bewahren und meine alte Schuld zu begleichen. Ich würde nie etwas anderes machen können, ohne mir gleichzeitig vorzuwerfen, dass ich nicht einmal probiert hatte, etwas an der aktuellen Situation zu ändern. Titos musste auch einsehen, dass meine Anwesenheit hier nicht positiv aufgenommen wurde. Ich war gerade mal zwei Tage im Orden gewesen, bevor seine Krieger sich gegenseitig die Köpfe eingeschlagen hatten. Die anderen für mich zu begeistern, würde mir vielleicht nicht mehr gelingen, aber solange Titos mir vertraute, würde meine Hilfe auch angenommen werden.

»Du bist wahrlich ein Rätsel, Rya. Aber es ist deine Entscheidung und ich begrüße sie. Ich werde mein Versprechen halten und dir helfen, wo ich kann. Es wird nicht einfach, aber wenn wir es geschickt anstellen, kann es funktionieren.« Er streckte mir die Hand hin. »Danke.«

Ich atmete erleichtert auf, als ich sie schüttelte.

»Wie geht es jetzt weiter?«

Titos strich sich übers Gesicht. »Es gibt viel zu organisieren. Ich werde mich selbst darum kümmern, bis es spruchreif ist. Außerdem sollten wir dich im Kampf ausbilden, das wird dir später von großem Vorteil sein und dir vielleicht das Leben retten.«

»Klingt nach einem Plan.« Oder zumindest einem Anfang.

»Nick soll mit dir trainieren.«

Ich schluckte. »Das ist keine gute Idee.« Damit würde er nur wieder in das Visier von Xanthos und Kreon geraten, die dieses Vorhaben mit Sicherheit nicht gutheißen würden. Wenn rauskam, dass Nick mir half … Das würde alles schlimmer machen statt besser, was ja eigentlich Sinn der Sache sein sollte. Doch Titos wehrte meine Bedenken ab.

»Lass das meine Sorge sein. Ich werde alles Nötige in die Wege leiten und dir Bescheid geben, sobald es losgehen kann.« Ein schwaches Lächeln breitete sich auf seinem Gesicht aus.

»Gut.« Noch war nichts gut, aber was hätte ich sagen sollen? Er würde mir meinen Wunsch erfüllen und mir eine Aufgabe geben.

»Ich danke dir, Rya. Wirklich. Du müsstest das nicht tun.«

»Ich möchte aber. Und das ist doch der entscheidende Unterschied, oder?« Nur wieso war ich nicht so glücklich darüber, wie ich erwartet hatte?

Es fiel mir nicht leicht, zurück zu meinem Zimmer zu gehen. Ständig warf ich einen Blick über die Schulter und spähte in alle Ecken, weil ich jeden Moment erwartete, Xanthos oder Kreon zu begegnen. Und ich befürchtete, dass ich bei der nächsten Begegnung mit den beiden nicht so glimpflich davonkommen würde. Am liebsten wäre ich sofort zu den Gorgonen aufgebrochen, aber dort war es vermutlich auch nicht viel sicherer. Doch wenn ich weg war, dann profitierte zumindest Nick davon. Bei dem Gedanken erwachte das schwache Summen meiner Magie und erfüllte meinen Körper. Linos hatte gesagt, dass ich keine Last für Nick war, aber ich sah das anders. Und ich ertrug es nicht. Ich wollte nicht schuld daran sein, dass ihm etwas passierte. Deswegen wollte ich nicht nur weg, ich musste.

Als ich die Tür zu meinem Zimmer öffnete, wusste ich sofort, dass jemand im Raum gewesen war und trat mit klopfendem Herzen ein.

KAPITEL 9

Der Stuhl stand anders. Dann fiel mein Blick auf den Tisch. Dort lag ein braunes Päckchen. Ich ging ins Bad, aber es war niemand da. Dann erst näherte ich mich dem Tisch. Mein Name stand in dicken schwarzen Buchstaben auf dem Umschlagpapier. Ich wollte das Päckchen in die Hand nehmen, hielt aber inne, kurz bevor meine Finger es berührten. Was, wenn es eine Falle war?

Nein, sicherlich würden Xanthos oder seine Freunde es anders lösen, wenn sie es mir heimzahlen wollten. Ich berührte meine Wange. Das Pflaster hatte ich am Morgen unter der Dusche abgezogen. Die Wunde war mittlerweile geschlossen, nur eine rosafarbene Narbe zeugte noch von dem Kampf. Ilenas Salbe hatte Wunder gewirkt.

Ich griff nach dem Päckchen und machte das Papier ab. Darunter kam ein weißer Karton zum Vorschein und ich hob den Deckel an. Darin lagen ein paar Pinsel, ein Becher und ein Wasserfarbkasten. Ich erkannte die Gegenstände sofort. Damit hatten die Kinder die Zeichnungen im Museum angefertigt, die am Ende des Tages an die Pinnwand gehängt worden waren. Ich starrte darauf und konnte nicht glauben, dass diese Sachen wirklich vor mir lagen.

Mein Nacken kribbelte und ich drehte mich um. Ich war so in den Anblick vertieft gewesen, dass ich nicht mitbekommen hatte, wie die Tür geöffnet worden war.

Nick stand im Türrahmen, einen Stapel Papier unter dem Arm. Er warf einen kurzen Blick auf den Karton.

»Weißt du, was das ist?« Seine tiefe Stimme zu hören, fühlte sich gut an. Auch wenn er meinen Blick mied und das blau umrahmte Auge mich daran erinnerte, wie schlecht meine Anwesenheit für ihn war.

»Ja«, antwortete ich und strich fast zärtlich über die Haare der Pinsel. »Die Bilder, die die Kinder im Museum damit gemalt haben, sind wunderschön.«

Nick war neben mich getreten und legte den Stapel Papiere auf dem Tisch ab. »Das wusste ich nicht. Aber es freut mich, dass dir die Sachen gefallen.«

»Hast du sie besorgt?«

»Ja. Ilena hat davon gesprochen, als wir bei ihr waren. Beziehungsweise als wir gegangen sind. *Akouaréla*, erinnerst du dich? Das bedeutet Wasserfarben auf Griechisch. Ich wusste nicht, was sie mir damit sagen wollte, aber ich habe den Wink mit dem Zaunpfahl verstanden. Vermutlich hat sie während deiner Prüfung gesehen, dass du gerne malen würdest.«

»Das stimmt. Ich mag die Farben. Ich wollte es schon immer einmal ausprobieren.«

»Das und noch viel mehr kannst du in deinem neuen Leben tun, Rya«, sagte er. Ich sah zu ihm auf und endlich erwiderte er meinen Blick. Gemischte Gefühle waren in seinem Gesicht abzulesen. Er schien wütend und sorgenvoll zugleich zu sein. Er schluckte, sah auf die Narbe an meiner Wange. »Wieso hast du dich nicht gewehrt?«

»Es schien das Richtige zu sein.«

»Wirklich? Nach deiner Reaktion auf der Polizeiwache hätte ich eigentlich erwartet, dass du ihm zumindest eine reinhaust.«

Ich lachte bitter auf. »Du meinst, so wie du? Hat es denn etwas gebracht, außer dass auch du verletzt wurdest?«

»Er hat es verdient. Und wenn es dazu führt, dass er so etwas nicht noch einmal versucht, dann hat es sich gelohnt.« Nick stellte sich vor mich und nahm mein Kinn in eine Hand. Mit dem Daumen strich er so sanft über die Narbe, dass ich glaubte, mir die Berührung bloß einzubilden. Mein Magen kribbelte und das nicht wegen meiner Magie. »Du solltest dich nicht für etwas bestrafen lassen, was du vielleicht oder vielleicht auch nicht vor einer Ewigkeit getan hast. Du hast dir deine zweite Chance verdient. Also nutze sie auch.« Damit traf er genau ins Schwarze. Wieso konnte er mich so gut einschätzen?

Ich senkte den Blick auf den Karton und Nick zog seine Hand zurück. »Ich habe dafür gesorgt, dass du meinetwegen Ärger mit anderen aus dem Orden hattest. Ich wollte es nicht noch schlimmer machen.«

»Wie bitte?« Nick sah mich fassungslos an.

Ich biss mir auf die Lippe und sah zu Boden. »Titos hat gesagt, dass ich mir keinen Fehler erlauben darf. Und ich dachte, dass es weder für mich noch für dich gut ist, wenn ich Xanthos verletze. Eine Gorgone, die einen Krieger von Perseus schlägt? In seinem eigenen Zuhause? Das hätte alles verschlimmert und das wollte ich nicht. Schon gar nicht, weil es dabei nicht nur um mich ging, sondern auch um dich.« Als Nick nicht antwortete, sah ich wieder zu ihm auf. Er hatte die Hände zu Fäusten geballt und starrte mich ungläubig an.

»Verdammt, Rya«, stieß er mit zittriger Stimme hervor. Er schloss den Mund, presste die Lippen aufeinander. Dann atmete er tief durch. »Tu so etwas Bescheuertes nie wieder! Wie kannst du nur glauben, dass es als Fehler angesehen wird, wenn du dich *verteidigst*? Xanthos hat eine Grenze überschritten und wir hätten dich nicht vor die Tür gesetzt, nur weil du dich zur Wehr setzt. Das hätten wir sonst schon nach dem Zwischenfall auf der Polizeiwache getan.«

»Warum tust du das für mich?« Ich hob meine Hand und berührte mit den Fingern die unversehrte Haut unter dem Bluterguss an Nicks linkem Auge. Er zuckte bei der Berührung zusammen, entzog sich ihr aber nicht. Einen Moment standen wir still da. Als er sprach, fuhr ich mit dem Finger sanft über seine Haut.

»Wieso tue ich was für dich?« Seine Stimme klang belegt, sein Zorn war verraucht.

»Alles«, erwiderte ich. »Du hast mich zurück ins Leben geholt, hast mich trotz dessen, dass ich eine Gorgone bin und jemanden versteinert habe, hergebracht und kümmerst dich um mich, obwohl du das gar nicht müsstest. Du hast dich mit Xanthos geprügelt.« Als ich meine Hand zurückzog, umfasste er mein Handgelenk mit seinen Fingern. Er blickte auf meine Handfläche und strich mit dem Daumen darüber, was mir einen warmen Schauer über den Rücken sandte. Ich hatte Mühe und Not, mich auf seine Worte zu konzentrieren.

»Du weißt, dass ich dir vor dem Kuss eigentlich ein paar erklärende Worte hätte sagen müssen und ich es vergessen habe.« Ich nickte. »Das ist mir noch nie passiert. Immerhin ist das eine meiner wichtigsten Aufgaben im Leben. Aber bei dir ...« Er sah mir wieder in die Augen. So, wie er es getan hatte, als ich noch eine Statue gewesen war. So als würde er tief in mich hineinschauen können.

»Ich war aufgeregt, als ich dich das erste Mal gesehen habe. Irgendwas an dir hat mich von der ersten Sekunde an fasziniert, mal abgesehen von der Aura, die ich gespürt habe. Ich war mir anfangs nicht zu hundert Prozent sicher, ob du wirklich da drin warst. Aber ich wollte es. Ich wollte, dass ich dich zum Leben erwecken kann. Das hatte ich noch nie bei einer *Ágalma*, es warf mich aus der Bahn. Und das, bevor ich wusste, was du bist. Es war mir in dem Moment egal und das ist es mir auch jetzt. Und daran werde ich festhalten, solange du mir keinen anderen Grund dazu gibst. Aber das willst du selbst auch nicht, oder?«

Ich war sprachlos. Die Gefühle, die sich auf seinem Gesicht widerspiegelten, raubten mir den Atem. Linos hatte also die Wahrheit gesagt. Nick meinte all das ernst. War der Kuss etwas Besonderes für ihn gewesen? Wieso dachte ich jetzt darüber nach? Ich öffnete meinen Mund ein wenig, wusste aber nicht, was ich sagen sollte. Nicks Blick huschte zu meinen Lippen und blieb einen Augenblick dort hängen, ehe er mir wieder in die Augen sah.

»Nein. Das will ich nicht«, sagte ich mit zitternder Stimme. Und genau aus diesem Grund hatte ich meine Entscheidung getroffen. Ich wollte nicht, dass Nick meine Rückverwandlung bereute. Deswegen durfte ich nicht bleiben und ihm das Leben schwer machen, indem ich einen Keil zwischen ihn und den Orden trieb.

Er lächelte. »Weißt du ...«

»Ich werde zu Lexia und den Gorgonen gehen«, schoss es aus mir raus. Nicks Blick wurde kalt.

»Wie bitte?«

»Ich habe mit Titos geredet. Ich werde Lexia bei den Gorgonen unterstützen.«

Nick zog scharf die Luft ein. »Das ist nicht dein Ernst.« Er ließ meine Hand los und trat einen Schritt zurück. Die Lücke zwischen uns füllte sich mit kalter Luft und ich fror. Ich hatte nicht erwartet, dass er so heftig darauf reagierte. Doch jetzt gab es kein Zurück mehr. Er sollte es zuerst von mir hören und nicht von Titos.

»Da ist mein voller Ernst. Ich will euch helfen. Ich will *dir* helfen. Wir müssen die Gorgonen aufhalten, sie dürfen nicht einfach nach ihrem Willen Menschen in Stein verwandeln.«

»Aber das ist verdammt noch mal nicht deine Aufgabe!«, donnerte Nick. Er war wirklich wütend und ich verstand nicht, wieso. »Ich habe dich nicht ins Leben zurückgeholt, damit du es so einfach wieder wegwerfen kannst!«

»Wieso wegwerfen? Ich tue nur, was du auch tust. Wieso ist das ein Problem für dich?«

»Das Problem ist, dass du eine Wahl hast, Rya. Und du bist dabei, dich falsch zu entscheiden.« Nick stürmte aus dem Raum und warf die Tür hinter sich zu. Tränen sammelten sich in meinen Augen. Ich strich mit den Fingern darüber und betrachtete, wie die Feuchtigkeit im Licht der Lampe glitzerte. Dann liefen sie mir die Wangen hinunter. Was war gerade passiert? Wieso freute sich Nick nicht darüber, dass ich den Orden unterstützen wollte? Ich verfolgte doch dasselbe Ziel wie er, wollte mich denselben Pflichten hingeben, die er immer und immer wieder betonte. Was war falsch daran?

Um mich abzulenken, widmete ich mich wieder der Kiste und packte alles aus. Mein Herz zog sich zusammen, als ich daran dachte, dass Nick mir die Sachen besorgt hatte. Er war so nett zu mir. Wieso musste ich alles verderben?

Als ich den Wasserfarbkasten öffnete, strich ich mit den Fingern vorsichtig über die kräftigen Farben in den Vertiefungen. Sie waren wunderschön. Ich füllte den Becher im Bad mit Wasser und stellte ihn auf den Tisch. Dann setzte ich mich, zog den Stuhl näher heran und griff nach einem Blatt Papier. Ich nahm den Pinsel zwischen die Finger, tauchte ihn in das Wasser und konnte mich nicht entscheiden, welche Farbe ich nehmen sollte. Vierundzwanzig standen zur Auswahl. Ich betrachtete eine nach der anderen und blieb an einem dunklen Blauton hängen, der mir am besten gefiel. Wie der Himmel kurz vor Mitternacht. Langsam senkte ich den Pinsel auf die Farbe und fuhr in kleinen Kreisen darüber. Die Farbe löste sich auf, das Wasser färbte sich blau. Ich hob den Pinsel an, hielt ihn über das Papier und erstarrte. Was sollte ich malen? Wo fing ich an? Das gefärbte Wasser sammelte sich in einem Tropfen an der Spitze der

Pinselhaare. Er wurde immer größer, bis er zu schwer für den Pinsel wurde und auf das Blatt fiel.

Halt! Ich bin noch nicht bereit!

Der Tropfen waberte als blaue Kugel über dem weißen Papier. Er leuchtete im Licht und ich starrte für einige Minuten fasziniert darauf. Der Zwischenfall mit der Spucke fiel mir wieder ein. Ebenso das Chaos, das ich am Ende unseres Besuches bei Ilena angerichtet hatte. War das eine weitere Kraft von Gorgonen? Die Magie, ein Element zu beherrschen? In meinen Gedanken veränderte ich die Form des Tropfens und tatsächlich folgte er meinem Wunsch. Ich zog ihn in die Länge, formte eine Kugel daraus und spürte tief in mir das Summen, das zum Leben erwachte. Als wäre ich im Einklang mit dem Wasser und reagierte darauf, so wie es auf mich reagierte. Ich schloss die Augen, wollte diese Macht, die in mir schlummerte, erkunden. Was konnte ich damit alles anstellen?

Ich erinnerte mich an meinen Besuch bei Ilena, an das Netz aus den Lichtfäden, das sie über unseren Köpfen gewebt hatte. Konnte ich so etwas auch aus Wasser erschaffen? Ich rief mir alle Details ins Gedächtnis und fuhr die Linien gedanklich nach, lenkte das Wasser nach meinem Willen. Als ich die Augen wieder öffnete, bildete sich ein feiner Wasserstrahl vom Becher aus hin zum Farbkasten, zu dem wunderschönen Blau, wo er sich mit der Farbe vermischte und sich als blaue Linie in den Raum hineinstreckte und verästelte. Linie für Linie entstand eine Kopie des magischen Netzes. Ich streckte meine Hand aus und das Wasser schlängelte sich darum, ohne sie zu berühren. Das Summen in meinem Inneren war stärker geworden, es erfüllte mich.

Hinter mir atmete jemand hörbar ein. Dieses Mal verlor ich nicht die Kontrolle, ich hielt das Netz aufrecht. Nick hatte erneut unbemerkt das Zimmer betreten. Das Wasser um meine Hand zog sich zurück und ich drehte mich zu ihm um. Er schaute gebannt auf das Gebilde aus Wasser, das sich durch den gesamten Raum zog. Zögernd streckte er eine Hand aus und berührte eine der Linien mit dem Finger. Als er ihn zurückzog, blieb nichts von dem Wasser oder der Farbe an seiner Haut haften. Seine Mundwinkel zuckten.

»Ilena«, murmelte er und schüttelte den Kopf. »Sie hat sich mal wieder mehr dabei gedacht.« Er war ruhig, seine verkrampfte Haltung verriet mir allerdings, dass er innerlich noch immer brodelte. Doch er gab sich Mühe, das nicht zu zeigen.

»Meinst du, sie wollte, dass ich nicht damit male, sondern meine Magie erkunde?«

»Vermutlich.«

Ich konzentrierte mich auf die feinen Linien und rief sie zurück. Wie eine Schnur, an der man zog, fädelte sich das Wasser zurück in den Becher. Wenige Augenblicke später war es, als hätte es das Netz im Raum nie gegeben.

Nick räusperte sich. »Ich muss mich bei dir entschuldigen, Rya. Meine Reaktion vorhin war nicht fair. Du hast eine Wahl getroffen und ich habe nicht das Recht, diese zu verurteilen. Das hat Titos mir klargemacht. Ich sollte dir dankbar sein, dass du uns helfen willst, und das bin ich im Grunde auch, aber ich will auch nicht, dass dir etwas passiert. Und ich befürchte, dass genau das geschehen wird, wenn du zu den Gorgonen gehst. Aber es ist deine Entscheidung und ich werde helfen, wenn ich kann. Du sollst nur wissen, dass es auch andere Wege gibt und du dich jederzeit umentscheiden kannst.«

»Danke. Das bedeutet mir wirklich viel.«

»Du solltest mir nicht danken. Noch nicht.« Da war er wieder. Der ernste Nick, den ich kannte. Er verschränkte die Arme vor der Brust und diese vertraute Geste brachte mich zum Grinsen, was Nick mit einem mürrischen Blick kommentierte. »Dir wird das Lachen noch vergehen. Wenn du auch nur den Hauch einer Chance bei den Gorgonen haben willst, müssen wir dich gut vorbereiten. Ich werde dein Training übernehmen und ich werde dich so lange quälen, bis du mich mit jedem deiner Atemzüge verfluchst.«

»Nichts anderes habe ich von dir erwartet.« Ich lächelte, doch er erwiderte es nicht. Er hielt es für eine fürchterliche Idee und ich würde ihn wohl nur vom Gegenteil überzeugen, wenn ich Erfolg hätte. Das war ein ambitioniertes Ziel, aber es motivierte mich. Für ihn würde ich auch Dinge wagen, die mir Angst einjagten.

»Darf ich dir noch eine Frage stellen?«

»Wenn ich Nein sage, tust du es ja trotzdem«, antwortete Nick, ohne eine Miene zu verziehen. Ich beobachtete sein Gesicht ganz genau, weil ich seine Reaktion auf meine Frage sehen wollte.

»Was würdest du tun, wenn du nicht mehr für den Orden kämpfen müsstest?« Nick wich meinem Blick aus und ich wusste sofort, dass ich einen wunden Punkt getroffen hatte. Seine emotionalen Reaktionen auf die Themen ›eine Wahl haben‹ und ›eigene Entscheidungen treffen‹ mussten einen tief sitzenden Grund haben. Und ich glaubte ihn zu kennen.

»Ich kann nicht fassen, dass ausgerechnet du mich das fragst«, antwortete er kühl. Ich schreckte im Angesicht seiner Ablehnung zurück, doch Nick hob abwehrend die Hände, als er mir wieder in die Augen sah. Er seufzte und entspannte sich ein wenig.

»So meinte ich das nicht. Es ist nur so, dass das im Orden bisher keinen Einzigen interessiert hat. Ich wurde wie alle anderen dazu geboren und damit hatte sich das Thema erledigt, denn aufgrund der Nebenwirkungen haben wir keine andere Wahl. Es ist trotzdem eine Ehre, ein Privileg, das Erbe von Perseus weiterzuführen, und ich habe diese Aufgabe auch stets gewissenhaft ausgeführt, aber manchmal ertappe ich mich schon dabei, dass ich mich frage, wie mein Leben ohne den Orden hätte aussehen können. Immer und immer wieder verhelfen wir den *Ágalmas* zu neuen Leben, doch wir bleiben in unseren gefangen. Ich habe keinerlei Grund, mich zu beschweren, ich habe ein gutes Leben, wenn es auch ab und an gefährlich ist. Und trotzdem …« Er ließ den Satz unvollendet in der Luft hängen.

»Trotzdem fragst du dich manchmal, ob du nicht aus deiner Haut, aus deinem Schicksal ausbrechen und etwas anderes tun könntest. Jemand anderes *sein* könntest. Ich verstehe das. So ging es mir viele, viele Jahre lang, als ich eine Statue war. Hättest du denn einen bestimmten Wunsch?«

Er biss sich auf die Unterlippe und sah in dem Moment so anziehend aus, dass ich mich zwingen musste, auf meinem Stuhl sitzen zu bleiben.

»Ich habe mich nie getraut, mir etwas anderes vorzustellen. Nichts Konkretes. Das hätte es nur schlimmer gemacht, weil es aussichtslos ist.«

»Ist es das denn wirklich?«, hakte ich nach. »Gab es noch nie jemanden, der nicht den vorgezeichneten Weg eines Ordensmitgliedes gegangen ist?«

»Nein. Niemals. Das könnten wir wegen der Nebenwirkungen auch nicht.«

Damit hatte ich meine Antwort darauf, wieso Nick so heftig auf meine Entscheidung reagiert hatte. Ich hätte mich gegen den Orden entscheiden können. Eine Wahl, die ihm nicht vergönnt gewesen war. Und trotzdem hatte ich mich dazu entschlossen, freiwillig dem Pfad zu folgen, der für ihn einem Fluch glich. Vermutlich konnte er nicht verstehen, wieso ich mich so entschieden hatte. Und ich wusste mittlerweile, wie Menschen im ersten Moment auf etwas reagierten, was sie nicht verstanden. Ablehnung. Ärger. Dann erst kam irgendwann das Verständnis oder zumindest eine Form der Akzeptanz.

»Nick, ich verspreche dir, dass ich alles dafür tun werde, die Gorgonen ein für alle Mal aufzuhalten, wenn sich die Chance ergibt. Damit du irgendwann deine Wahl bekommst und …« Ich brach ab, als unsere Blicke sich kreuzten. Er sah mich an, als würde er mich das erste Mal sehen. Dann zuckte sein linker Mundwinkel und er legte den Kopf zur Seite.

»Was ist?«, fragte ich und rutschte auf dem Stuhl hin und her. Wenn er mich so ansah, fühlte ich mich entblößt.

Er lachte leise. »Wenn du noch einmal behauptest, dass du keinen Ärger machen willst, setze ich dich vor die Tür, weil das eine fette Lüge wäre.«

Mein Herz polterte. »W-Was?«

Nick kniete sich vor mich. Mein Herz fand seinen Rhythmus wieder und schlug hämmernd gegen meinen Brustkorb. Das war nicht gut, oder? Würde ich gleich vor Aufregung umfallen? Nick schmunzelte.

»Du kannst nicht anders, Rya.« Er war mir so nah, dass sein Atem über meine Wange strich und mich erschaudern ließ. »Aber keine Sorge, ich rede von gutem Ärger. Zumindest für mich.«

»Was soll das bedeuten?«

Er schob mir eine Strähne aus dem Gesicht und klemmte sie hinter mein Ohr. Dabei strich er mit den Fingerknöcheln über meine Haut und hinterließ eine kribbelnde Spur. »Ich fühle mich irgendwie lebendiger, seit du da bist.«

Trotz der Spannung zwischen uns musste ich lachen. »Ich weiß ganz genau, was du meinst.«

»Und dazu hat es nur einen Kuss gebraucht.« Seine Stimme war rau und weckte die Erinnerungen an jene Nacht. Mein Körper wurde schwach, zum Glück saß ich bereits. Er rückte näher an mich heran und zwischen uns war kaum noch Platz. Ich spürte die Wärme, die von ihm ausging, und sog sie gierig auf. Nick legte die Hände auf meine Taille und ich fuhr mit den Fingern seine Arme hinauf. Seine Muskeln spannten sich unter meinen Berührungen an, er verzog den Mund zu einem Lächeln.

Dann hielt er inne. Kurz bevor unsere Lippen sich trafen. Ich sehnte mich danach und wusste nicht, was ich tun sollte. Mit einem Laut, der fast ein Knurren war, zog Nick sich zurück und stand auf. »Es tut mir leid, ich muss weg. Wir haben eine Mission.«

Ich schluckte. »Pass auf dich auf.«

Er kniff die Augen zusammen. »Im Gegensatz zu dir kann ich das.«

Ich stand auf, boxte ihm spielerisch gegen den Arm und er lächelte. »Ich sehe, wir haben noch viel zu tun. Das hat sich angefühlt, als wäre eine Fliege auf mir gelandet.« Ich lachte, im nächsten Moment wurde Nick von einem Schwall blauem Wasser im Gesicht getroffen. Ich schnappte nach Luft. Das hatte ich nicht gewollt! Nick blinzelte überrascht und ich musste an mich halten, um nicht wieder loszulachen. Er wischte sich das Wasser mit dem Ärmel ab. »Das bekommst du im Training zurück«, sagte er mit gespieltem Ärger.

»Ich hoffe es«, erwiderte ich. Er ging, und als die Tür sich hinter ihm schloss, ließ ich mich aufs Bett fallen. Mein Herz wummerte noch immer wie verrückt. Ich wusste nicht, was genau das zwischen Nick und mir war, aber ich freute mich darauf, es herauszufinden. Bis mir wieder einfiel, dass ich ihm bald den Rücken kehren und zu den Gorgonen gehen würde. Warum hatte mir niemand gesagt, wie kompliziert das Leben war?

Kapitel 10

Die Sorge um Nick hielt mich fast die ganze Nacht wach. Kämpfte er gerade gegen die Gorgonen? War er verletzt? Ich stand auf und lief im Zimmer auf und ab. Ich spielte mit dem Wasser, aber auch das beruhigte mich nicht wirklich. Wie konnten die Menschen so etwas nur ertragen? Ich hatte mir ihr Leben immer einfach vorgestellt, aber das war es ganz und gar nicht. Nicht, wenn man mit Herz und Seele dabei war.

Titos ließ mir ein Frühstück aufs Zimmer schicken. Es wurde von einem Mann gebracht, den ich nicht kannte, der mir aber auch nicht mehr als einen kurzen Blick schenkte. Für Titos war es also trotz seines Versprechens, dass mir im Orden nichts mehr passieren würde, zu gefährlich, mich mit den anderen in die Kantine zu stecken. Doch es sollte mir recht sein.

Während ich aß, dachte ich weiter nach. Ich würde tatsächlich zu den Gorgonen gehen. Nick hatte recht, ich hatte keine Ahnung, worauf ich mich da einließ. Und trotzdem wollte ich es. Ich würde alles dafür geben, um mein Versprechen gegenüber Nick einhalten und meine Schuld begleichen zu können. Ich musste die beste Gorgone werden, die diese Helena jemals gesehen hatte. Auch wenn das wirklich in jeglicher Hinsicht verkorkst war. Ich konnte nur hoffen, dass ich wirklich so alt war, dass keine der heute noch lebenden und aktiven Gorgonen mich noch kannte.

Nach dem Essen versuchte ich mich wieder an meiner Elementarmagie, wie ich sie nannte. Ich hörte auf das Summen in meinem Inneren, ließ mich davon leiten und schon bald konnte ich die kleine Menge Wasser in dem Becher nach meinem Belieben formen und bewegen, ohne die Kontrolle zu verlieren. Es fiel mir nicht schwer, das Summen aufzurufen. Und mit jedem Mal wurde es noch leichter, auch wenn es mich noch immer viel Konzentration kostete, daran festzuhalten und die Magie im Wasser zu lenken.

Der Tag verging, ohne dass ich mein Zimmer verließ. Auch mein Mittagessen wurde mir gebracht, welches ich vor lauter Üben fast vergaß und kalt werden ließ. Ich machte den ganzen Tag nichts anderes, als mich mit dem Wasser zu beschäftigen.

Erst als es draußen schon dämmerte, klopfte es wieder an der Tür. Ich erwartete den Mann mit dem Abendessen, aber es war Nick, der auf der anderen Seite stand, als ich öffnete. Mein Herz machte einen Sprung. Heute trug er dunkle, eng anliegende Sporthosen und ein Shirt, das wirklich jeden Muskel zur Schau stellte. Seine Haare waren verwuschelt, so als wäre er gerade erst aufgestanden. Er hielt mir ein Bündel Kleidung hin.

»Hier. Das brauchst du für das Training. Zieh dich um, ich warte.« Ich nahm die Klamotten wortlos entgegen, ohne den Blick von seinem Gesicht abzuwenden. Er sah anders aus. Von der guten Laune, die er gestern gehabt hatte, war nichts mehr übrig. Stattdessen lächelte er nur matt und wandte sich gleich wieder ab, nachdem ich die Kleidung an mich genommen hatte. Verwirrt schloss ich die Tür. Er war wie ausgewechselt. Ich hatte mich darauf gefreut, ihn wiederzusehen, und hatte gehofft, dass es ihm ähnlich ging, aber danach sah es nicht aus. Der Schmerz fraß sich ein Loch durch meinen Bauch, als ich mich umzog. War etwas bei der Mission geschehen?

Nick hatte auch mir Sportkleidung mitgebracht, die eng anlag. Nachdem ich fertig mit Umziehen war, trat ich hinaus auf den Gang, wo er wartete. Er musterte mich von oben bis unten und wandte den Blick dann ab. »Komm.«

»Ist alles in Ordnung?«

»Die Mission ging lang, ich bin nur müde.«

»Ist denn alles gut gelaufen?«

»Ja. Wir haben die Zielperson retten können und es wurde niemand ernsthaft verletzt.« Mehr sagte er dazu nicht. Ich musterte ihn von der Seite, als wir zum Trainingsraum gingen, aber er erwiderte meinen Blick nicht. Was war nur los mit ihm? Gestern waren wir kurz davor gewesen, uns zu küssen, und heute sah er mich nicht einmal richtig an. Hatte auch er sich Gedanken gemacht und war zu dem Schluss gekommen, dass es keinen Sinn machte, mir näherzukommen? Weil ich ohnehin bald weg sein würde? Es war vermutlich die pragmatische, die richtige Entscheidung und doch tat sie weh. Davon durfte ich mich nicht ablenken lassen.

Wir betraten den Trainingsraum und ich straffte die Schultern. Es waren einige Ordensmitglieder da, die interessiert aufsahen, als wir eintraten. Diese Situation kam mir unangenehm bekannt vor. Hoffentlich endete sie heute anders. Ich sah zu der Stelle, an der ich mit Xanthos gekämpft hatte. Die Matte war nicht mehr da, Nick steuerte eine andere an, die am anderen Ende des Raumes lag. Ich schüttelte die düsteren Gedanken ab. Ich war hier, um Kämpfen zu lernen, damit ich Nick und dem Orden helfen konnte. Das war das Wichtigste. Meine Gefühle waren zweitrangig. Ich musste sie hinunterschlucken, auch wenn es mir schwerfiel. Das Interesse der anderen Anwesenden verflog zum Glück schnell wieder, zumindest hatte es den Anschein. Ich blendete sie aus und konzentrierte mich ganz auf Nick.

»Wir werden mit deiner Kondition und wichtigen Grundlagen anfangen«, erklärte Nick, während er auf die Matte ging. Er stellte sich breitbeinig hin, knickte das linke Knie ein und verlagerte sein Gewicht. Mit einer Kopfbewegung forderte er mich dazu auf, mitzumachen. Ich musste sehr verdutzt gewirkt haben, denn er brach ab, was auch immer er da tat, und trat vor mich.

»Bevor wir anfangen, müssen wir uns dehnen. So werden deine Muskeln locker und Verletzungen vorgebeugt.« Er deutete auf meine Beine und ich stellte mich so hin, wie er es eben getan hatte. Er legte eine Hand unter mein linkes Knie und drückte leicht dagegen. Ich gab nach und verlagerte mein Gewicht. Daraufhin spürte ich ein Ziehen in meinem rechten Oberschenkel. Nick korrigierte meine Position und brachte mich mit sanftem Druck auf meiner Taille dazu, das linke Knie noch stärker zu belasten. Das Ziehen wurde stärker. Nach ein paar Augenblicken ließ er mich die Seite wechseln und das andere Bein dehnen. Danach zeigte er mir noch andere Übungen, indem er sie zunächst vormachte und mich dann anleitete, während ich sie nachahmte. Er berührte mich des Öfteren, um meine Haltung zu verbessern, was meinen Vorsatz, meine Gefühle im Zaum zu halten, auf die Probe stellte.

Nach dem Dehnen schien Nick zufrieden und wir machten eine kleine Pause, in der wir etwas tranken. Dazu standen im gesamten Raum mehrere Wasserspender zur Verfügung. Gierig trank ich drei Becher leer. Ich schwitzte jetzt schon, während Nick zwar noch immer müde, aber keineswegs angestrengt aussah. »Wie schon gesagt starten wir mit deiner Kondition und den Grundschritten. Danach sehen wir weiter. Du wirst lernen, mit einem Dolch umzugehen, damit du die Bewegungen der Krieger in einem Kampf besser einschätzen kannst. Und auch mit einem Schild werden wir üben, denn ein solches nutzen die Gorgonen. Wenn du bereits ein paar Vorkenntnisse damit hast, wirst du dich bei ihnen schneller durchsetzen und dich im Kampf besser verteidigen können.«

»Haben sie nur einen Schild als Waffe?«

»Der Schild dient hauptsächlich der Verteidigung. Zum Kämpfen setzen sie Schlangen ein.«

Ich stellte den leeren Becher zu den anderen benutzten auf einen Tisch neben dem Wasserspender. »Schlangen? Wie darf ich mir das vorstellen?«

»Die Gorgonen verleihen den Mädchen und Frauen die Gorgonenmagie durch eine Tätowierung mit magischen Eigenschaften. Aus der Tinte dieses Tattoos können sie eine Schlange aus Magie beschwören. Die Bisse und das Gift dieser Schlangen haben auf uns eine ähnliche Wirkung wie das Silber unserer Dolche auf die Gorgonen.«

»Kommen daher deine Narben?« Ich deutete auf seinen Hals, an dem ich die Narben bei unserer ersten gemeinsamen Fahrt im Auto gesehen hatte.

»Ja. Wir können die Schlangen mit unseren Dolchen bekämpfen, doch sie materialisieren sich immer wieder und manchmal schaffen sie es, unsere Deckung zu durchbrechen.«

»Diese Schlangen bestehen also aus Tinte?«

Nick kniff die Augen zusammen. »Zumindest teilweise. Wieso?«

»Ich könnte eine solche Schlange mit meiner Elementarmagie imitieren. Dann könnten wir im Kampf so tun, als hätte ich eine und ich lerne mehr.«

Nicks Augen funkelten. Er veränderte die Position und ich war gerade dabei, es ihm gleichzutun, als er plötzlich auf mich lossprang und mich mit nur einer geschmeidigen Bewegung am Arm packte und mich zu Boden schmiss. Er fing mich gerade noch ab, sodass ich nicht auf den harten Untergrund knallte.

»Eins nach dem anderen.«

Nick war ein guter Lehrer. Nachdem wir mit den Dehnübungen durch waren, zeigte er mir ein paar grundlegende Positionen und Bewegungen, die ich immer und immer wieder durchführen musste, bis sie sich in mein Gedächtnis eingebrannt hatten. Er korrigierte mich und erklärte alles so, dass ich es schnell verstand. Nachdem wir mit den Übungen fertig waren, schickte Nick mich aufs Laufband. Ich lief so lange, bis mir der Schweiß am ganzen Körper in Strömen herabrann und ich meine Beine nicht mehr spürte. In all der Zeit sprachen Nick und ich über nichts Persönliches, nur über das Training. Das war auch besser so, denn meine Gedanken kreisten nur darum, alles richtig zu machen und zu lernen. Denn je besser ich vorbereitet war, desto hilfreicher wäre ich später für Nick und den Orden. Ich verbiss mich in diesen Gedanken und blendete alles andere aus. Es machte mir Spaß, mich zu verausgaben und ich hatte die ganze Zeit mein Ziel vor Augen, das mich antrieb.

Nick hatte nicht gelogen, als er gesagt hatte, dass er mich quälen würde, bis ich ihn verfluchte. Trotz meiner Selbstheilungskräfte trieb sein Training mich an meine Grenzen und als er mich Stunden später in die Freiheit entließ, konnte ich mich kaum noch bewegen. Ich lag schwer atmend auf dem Boden und sammelte all meine Kräfte, um aufzustehen.

»Hast du denn gar kein Mitleid mit einer armen *Ágalma,* die sich eine Ewigkeit die Beine in den Bauch gestanden hat?«, keuchte ich. Nick bewarf mich mit dem Handtuch, mit dem er sich eben noch den Schweiß vom Gesicht gewischt hatte.

»Ich habe dich gewarnt. Noch kannst du dich anders entscheiden.«

»Niemals. Ich werde nicht aufgeben, bis ich dich schlagen kann.« Ich rappelte mich auf und zog das feuchte Handtuch von meinem Gesicht. Ich wollte Nick damit abwerfen, doch es landete nur zehn Zentimeter weiter weg.

»Soll ich dir aufhelfen?«

»Ja, bitte.«

Nick brachte mich zu meinem Zimmer. »Ich hole dich morgen etwas früher ab, wir werden ab sofort nachmittags trainieren«, sagte er und verschwand, ohne auf eine Antwort zu warten. Ich schluckte meine Enttäuschung hinunter. In meinem Zimmer erwartete mich ein kalt gewordenes Abendessen. Ich aß ein paar Bissen, duschte mich und fiel dann erschöpft ins Bett.

Am nächsten Morgen waren die Schmerzen verschwunden und nach einer weiteren Dusche mit eiskaltem Wasser fühlte ich mich so stark wie nie zuvor. Ich nahm meinen Körper, meinen lebendigen Körper, so intensiv wahr wie noch nie. Mir graute dennoch ein wenig vor dem nächsten Training, aber ich würde es durchstehen. Irgendwie.

Wieder brachte ein Mann im Auftrag von Titos mein Frühstück. Ilena wäre entzückt darüber, wenn sie wüsste, was ihre Worte bewirkt hatten. Ich wollte sie zumindest noch ein Mal besuchen, bevor ich zu den Gorgonen ging. Ich hoffte sehr, dass sie noch etwas zu der Phiole herausfand. Vielleicht hatte sie auch noch ein paar Tipps für mich.

Nachdem ich mit dem Essen fertig war, übte ich wieder mit dem Wasser. Dieses Mal versuchte ich es mit mehr Volumen. Ich ließ das Waschbecken volllaufen und konzentrierte mich darauf. Ich schaffte es nicht beim ersten Mal, die gesamte Masse zu bewegen, aber ich erreichte von Stunde zu Stunde mehr. Mein größter Erfolg war, dass ich meine Sportkleidung reinigen und trocknen konnte. Das Mittagessen kam und ging, ich übte weiter, bis es an meiner Tür klopfte. Ich öffnete Nick bereits fertig angezogen und folgte ihm in den Trainingsraum. Dann ging das Spiel vom Vortag wieder von vorne los. Keine persönlichen Gespräche, nur Training und nicht enden wollende Anweisungen von Nick.

Ja, auch an diesem Tag verfluchte ich ihn wieder.

So ging es mehrere Wochen lang, in denen ich mit Nick an meiner Kondition und den Grundlagen arbeitete. Es fiel mir nicht schwer, neue Schritte zu lernen. Mein Körper schien sich daran zu erinnern, dass ich als Gorgone schon einmal gelernt hatte zu kämpfen und nahm mir etwas von der Arbeit ab. Jedes Mal, wenn mir etwas gelang, beflügelte es mich und trieb mich an, noch besser zu werden. Und der Stolz in Nicks Augen war ein schöner Lohn für die harte Arbeit. Auch wenn er über nichts Persönliches mit mir sprach, so glaubte ich doch, dass er die gemeinsame Zeit genoss.

Außerhalb des Trainings sah ich ihn nie, ich verbrachte die Zeit auf meinem Zimmer und übte mit dem Wasser. Ich schaffte es nach einer Woche, eine schlangenähnliche Form zu erschaffen. Nach zwei konnte ich sie so bewegen, dass sie wie eine echte Schlange aussah. Außerdem vermochte ich mittlerweile den Inhalt einer ganzen Badewanne auf einmal anzuheben. Wenn Nick mich endlich an die Waffen ließ, würde ich bereit sein. Hoffte ich zumindest.

An einem Nachmittag drei Wochen später dachte ich, dass der große Tag endlich gekommen war und wir zum nächsten Schritt übergehen würden.

Umso enttäuschter war ich, als Nick mich an jenem Abend nicht in Sportklamotten abholte, sondern in den immerwährend farbenfrohen schwarzen Alltagssachen, die die Ordensmitglieder trugen. Sein blaues Auge war mittlerweile vollständig verheilt.

»Fällt das Training aus?«, fragte ich traurig.

»Ja. Du hast dir eine Belohnung verdient.«

»Eine Belohnung?« Das hörte sich wiederum gut an.

»Zieh dir normale Sachen an. Und beeil dich.«

So schnell ich konnte warf ich mich in meine Alltagskleidung. Nick und ich fuhren in die Tiefgarage, stiegen in ein Auto und dann ging es in die Stadt. Es war schön, etwas anderes zu sehen als die weißen Marmorwände des Ordensgebäudes.

Meine Belohnung bestand aus einem Vier-Gänge-Menü in einem Restaurant, das laut Nick eine der Einrichtungen war, die vom Orden unter dem Namen einer Strohfirma gesponsert wurden. Sie waren ohne das Wissen der Besitzer ebenfalls mithilfe von Turmalinen gegen die Gorgonen geschützt. Nur mein Achat, den ich nie abnahm, bewahrte mich davor, dieser Magie zum Opfer zu fallen. Auch *Marthas Stage* und *Castles Burger* waren in der Hand des Ordens, wie Nick mir mitteilte. Damit schaffte der Orden sichere Anlaufstellen für seine Mitglieder, die in der ganzen Stadt verteilt waren.

»Die Gorgonen greifen uns zwar nicht einfach so an, aber es fühlt sich besser an, wenn man auch mal außerhalb des Ordens essen kann, ohne ständig über die Schulter sehen zu müssen. Ein Hauch von Normalität«, sagte Nick, während wir uns die Vorspeisen-Suppe schmecken ließen. Er sah sehr müde aus. Dass er zusätzlich zu seinen sonstigen Aufgaben mit mir trainierte, ging nicht spurlos an ihm vorbei.

»Geht es dir auf den Missionen so?«

»Nicht ganz. Da weiß ich ja, dass die Gorgonen da sind. Wir können sie spüren, sobald sie in einer größeren Gruppe aus den Katakomben kommen, um ihr nächstes Opfer aufzusuchen. Es ist wie ein Instinkt. Wir haben immer Krieger, die durch die Stadt patrouillieren und uns dann informieren. Ab und an lässt Lexia uns aber auch eine Info zukommen. Dann sind wir meistens zeitgleich mit den Gorgonen vor Ort und haben größere Chancen, sie aufzuhalten. Und ja, ich kann sehen, dass du gleich mehrere Fragen dazu hast.«

Ich lachte. »Sehr gut. Schön, dass du das mittlerweile selbst erkennst. Was meinst du damit, dass die Gorgonen aus den Katakomben kommen?«

»Genau das, was ich sage. Sie leben unter der Stadt, in mithilfe von Magie errichteten Gebäuden unter der Erde. Wo genau, wissen wir jedoch nicht. Die Unterkünfte sind magisch verschleiert und wir konnten sie bisher nicht finden, auch Lexia nicht. Sie kennt nur die Position ihrer eigenen.« Die Suppenteller wurden abgeräumt, stattdessen gab es nun eine kleine Portion Nudeln mit einer köstlich riechenden Soße.

»Wenn ihr die Gorgonen davon abgehalten habt, jemanden zu versteinern, der ihrer Meinung nach schuldig ist – versuchen sie es im Nachhinein noch einmal?«

»Nein. Warum, wissen wir nicht. Vielleicht reicht es ihnen, dass wir uns in gewisser Weise ja auch darum kümmern, dass ihr Treiben ein Ende findet. Das wäre etwas, was du für uns herausfinden könntest.« Nick lächelte bittersüß.

»Du siehst so schön aus, wenn du das machst«, hörte ich mich im nächsten Moment sagen. Hitze schoss mir in die Wangen, als mein Bewusstsein nachzog. Doch ich nahm es nicht zurück.

Nicks Lächeln wurde noch breiter. »Danke. Ich werde darauf achten, es im Training nicht zu tun, damit ich dich nicht dadurch ablenke.«

»Wow. Brauchst du noch einen zweiten Teller für dein Ego?« Nick brach in lautes Lachen aus, das meinen Körper zum Kribbeln brachte. Wieder einmal. Gemeinsam lachten wir eine Weile, bis die anderen Gäste uns empörte Blicke zuwarfen. Ich wischte mir Tränen aus den Augen und trank einen Schluck Wasser, um mich zu beruhigen. Nick räusperte sich grinsend.

»Bin ich denn so schlecht, dass ich keine Ablenkung vertrage?«, fragte ich, als ich endlich wieder zu Atem gekommen war.

»Ganz im Gegenteil. Du bist verdammt gut. Ab morgen starten wir mit den Waffen. Ich bin mir sicher, dass du es hervorragend meistern wirst. Irgendwo in dir steckt eine Kämpferin, ohne das böse zu meinen.«

»Ich glaube auch, dass mein Körper sich an mehr erinnert als mein Geist. Manche Sachen fühlen sich ganz normal für mich an und ich muss nicht einmal darüber nachdenken.«

Der vorletzte Gang, das Hauptgericht, wurde aufgetischt. Gegrillter Fisch mit Gemüse und in Zitronensoße geschwenkten Kartoffeln. Ich war im Himmel.

»Ich bin zwiegespalten«, sagte Nick plötzlich.

»Wegen des Essens?«

»Deinetwegen.«

Ich sah von meinem Teller auf. »Wieso das?«

Nick stocherte in seinem Essen herum. »Am Anfang habe ich gehofft, dass du im Training versagst. Dann hätte ich einen Grund gehabt, dir dieses Vorhaben doch noch auszureden. Darum habe ich dir bisher auch nicht mehr über die Gorgonen erzählt, weil ich darauf gebaut habe, dass du es dir anders überlegst und dieses Wissen nicht brauchst. Dabei hätte ich dich eigentlich von Anfang an unterstützen sollen, so wie ich es versprochen habe. Ich habe mir jede Nacht auf jeder Mission Vorwürfe gemacht und das hat mich abgelenkt, was mich wiederum auf mich selbst wütend gemacht hat und … deswegen war ich die letzten Wochen nicht gerade umgänglich. Tut mir leid.«

»Und was denkst du jetzt?«

»Jetzt regt es mich auf, dass du so gut bist und ich keine Grundlage habe, um dich umzustimmen. Andererseits beruhigt es mich aber auch. Trotzdem werde ich mir Sorgen machen und dich weiterhin quälen, bis du vielleicht doch noch aufgibst.«

»Niemals.«

Nick beugte sich über den Tisch und sagte mit tiefer Stimme: »Dann stell dich darauf ein, dass ab morgen alles nur noch viel schlimmer wird.« Grinsend lehnte er sich auf seinem Stuhl zurück. »Solange kannst du mir aber noch erzählen, was in den letzten Jahren die schrägsten Besucher waren, die dir untergekommen sind.«

Während wir den köstlichen Nachtisch, einen noch warmen Schokokuchen, verputzten, berichtete ich Nick von den zehn außergewöhnlichsten Besuchern. Von verrückten Künstlern über Diebe bis hin zu bekannten Persönlichkeiten war alles dabei. Auf der Rückfahrt redeten wir nicht miteinander, doch im Gegensatz zum letzten Mal war dies ein angenehmes Schweigen. Ich fuhr gerne mit Nick durch die Gegend, ich fühlte mich bei ihm sicher. Er wollte mich wie jeden Abend auf mein Zimmer bringen, doch Linos fing uns bereits in der Tiefgarage ab.

»Keine Müdigkeit vortäuschen, Nick, es gibt wieder was zu tun. Hallo, Rya.« Linos sah ebenso müde aus wie Nick. Dunkle Schatten lagen unter seinen Augen, die blonden Haare wirkten stumpf.

»Ist alles in Ordnung bei euch? Ihr seht beide so aus, als bräuchtet ihr eine längere Pause«, mischte ich mich ein.

»Wir kommen klar. Aber die Gorgonen sind aktiver als sonst und wir kommen kaum hinterher«, sagte Linos. »Wird Zeit, dass wir uns wieder einen Vorteil verschaffen«, sagte er mit einem Zwinkern in meine Richtung. Er wusste also Bescheid.

Nick funkelte ihn böse an und ich konnte dabei zusehen, wie die beiden sich in Gedanken ein Wortduell lieferten.

»Wolltet ihr nicht los?« Wir betraten den Aufzug und ich stieg an meiner Etage allein aus. »Viel Erfolg und bis morgen«, sagte ich und winkte zum Abschied.

»Bis morgen«, antwortete Nick und Linos hob kurz die Hand.

Als ich später im Bett lag, schwankte ich zwischen einem breiten Grinsen und einem sorgenvollen Seufzen, wenn ich an Nick dachte.

Der Abend war wirklich schön gewesen. Und doch machte er alles nur noch schlimmer. Je mehr Zeit ich mit Nick verbrachte, umso mehr mochte ich ihn. Zum einen wollte ich ihm seinen Wunsch nach einem selbstbestimmten Leben erfüllen, zum anderen wollte ich nicht weg von ihm. Gefühle waren wirklich anstrengend. Aber ich wusste, was ich zu tun hatte, wenn ich ihm wirklich helfen wollte. Ich musste gehen. Auch wenn es verdammt wehtun würde.

Am nächsten Tag änderte der Vorabend nichts an unserem Verhalten, außer dass Nick das eine oder andere Mal lächelte. Ich zog ihn anfangs damit auf, indem ich so tat, als ob es mich total aus dem Konzept bringen würde. Ein bisschen stimmte das sogar. Doch ich besann mich schnell wieder auf den Ernst der Lage und so ging alles seinen geregelten Gang. Ich war überaus euphorisch, als wir endlich die Waffen in den Kampf einbanden. Ich war so konzentriert darauf, die verschiedenen Eigenheiten zu lernen und umzusetzen, dass mir kaum Zeit blieb, über etwas anderes nachzudenken. Das war auch gut so, weil meine Gefühle so nicht mal auf die Idee kamen, mich abzulenken. Im Zweikampf mit dem Dolch hatte ich kaum eine Chance gegen Nick. Es dauerte immer nur ein paar Sekunden, bis er mich ›tötete‹, was mich zeitweise wirklich frustrierte. Aber ich beobachtete seine Bewegungen und prägte mir ein, was mit dem Dolch möglich war und was nicht. Ich lernte die Schwachstellen dieser Technik kennen und wie ich die Energie meines Gegenübers zu meiner eigenen Verteidigung nutzen konnte. Anders lief es mit dem Schild und meiner improvisierten Schlange aus Wasser. Damit war ich wirklich gut und ich schaffte es, Nick zumindest länger in Schach zu halten. Der Umgang damit fiel mir äußerst leicht. Ich ertappte mich sogar dabei, wie ich an dem Kampf mit Nick Spaß hatte. Ab und an hatten wir ein paar interessierte Zuschauer, die sich mit konstruktiver Kritik einbrachten. Anfangs waren sie mir gegenüber distanziert, doch mit der Zeit legten einige ihre Berührungsängste ab. Ich duellierte mich einmal mit Linos und einmal mit jemand anderem, den ich nicht kannte. Ich gewann nicht, aber ich schlug mich gut, was mir respektvolle Blicke einbrachte. Das spornte mich an und auch Nicks stolze Blicke, die ich aus den

Augenwinkeln beobachtete, bauten mich auf. In jenen Momenten war ich davon überzeugt, dass alles gut werden würde.

So vergingen weitere vier Wochen, in denen meine Tage nur aus Schlafen, Essen und dem Training bestanden. Und mit dem einen oder anderen Gespräch über die Gorgonen. Ich war trotz allem gespannt darauf, selbst in deren Welt einzutauchen, weil ich mir ein Leben unter der Stadt kaum vorstellen konnte. So wünschte und fürchtete ich meinen Einsatz gleichermaßen herbei. Außer zu Nick und Linos hatte ich in den vier Wochen keinen längeren persönlichen Kontakt zu anderen. Nicht zu Titos, der mit den Vorbereitungen für meinen Einsatz beschäftigt war, und auch nicht zu Ilena, die mir aber immer wieder Nachrichten zukommen ließ, dass sie bezüglich der Phiole noch nicht weitergekommen war. Nick und ich sprachen weder über den Abend auf meinem Zimmer noch über unser gemeinsames Abendessen. Wir wahrten eine professionelle Distanz. Umso überraschter war ich, als Nick an einem Tag mitten in der Bewegung innehielt und über meine Schulter sah. Ich war einen Moment abgelenkt und als ich mich gerade umdrehen wollte, packte er mich und riss mich mit sich zu Boden. Ich verlor meinen Schild und die Schlange aus Wasser platschte zu Boden. Er warf sich halb auf mich und die plötzliche Nähe zu ihm ließ mein Herz schneller schlagen. Mit seinem Körper schirmte er den Eingangsbereich des Trainingsraums ab, während er mir etwas zuraunte. »Falls er wieder etwas versucht, wehr dich. Bitte.« Er strich mir kurz mit dem Daumen über die Narbe auf der linke Wange, dann erhob er sich und gab den Blick auf den Eingang frei.

Xanthos und Kreon. Mit verschränkten Armen standen sie ein paar Meter von der Matte entfernt, auf der Nick und ich miteinander trainierten. Auch die anderen Anwesenden bemerkten sie und es wurde still im Raum.

»Was wollt ihr?«, fragte Nick und stellte sich neben mich. »Ihr habt die Anweisung, euch in unserer Trainingszeit nicht hier blicken zu lassen.«

»Ich finde, wenn der Erfolg einer zukünftigen Mission von ihr abhängt, sollten wir uns auch ein Bild von ihren Fortschritten machen dürfen. Und die sind, soweit ich das sehe, erbärmlich«, sagte Xanthos und Kreon stimmte ihm zu. Das war eine glatte Lüge und das wusste er auch. Mittlerweile hatte es sich leider herumgesprochen, dass ich zu Lexia und den Gorgonen gehen würde. Natürlich hatten auch Xanthos und Kreon das mitbekommen. Ich hatte keine Lust, mich zu rechtfertigen. Worte brachten mich bei ihm ohnehin nicht weiter.

»Komm her und überzeug dich selbst davon«, forderte ich Xanthos auf. Nick drehte sich zu mir um und sah mich perplex an. Ja, auch ich war ein wenig über mich selbst überrascht, aber es war zu spät, um es zurückzunehmen. Ich brachte es lieber gleich hinter mich. Denn wenn ich mich Xanthos stellen konnte, dann würde ich auch den Gorgonen gegenübertreten können. Xanthos grinste diabolisch und Nick machte ihm zähneknirschend Platz, als er sich an ihm vorbei auf die Matte schob.

»Eine Narbe reicht dir wohl nicht«, knurrte Xanthos. Er zog sich den Pullover über den Kopf und warf ihn beiseite. Kreon fing ihn auf und pfiff anzüglich. Aus dem Augenwinkel sah ich Nick, der angespannt neben der Matte stand. Hoffentlich mischte er sich nicht ein. Xanthos war nicht bewaffnet, also ließ auch ich alles liegen und hoffte, genug über den direkten Nahkampf zu wissen, um ihm zumindest ein bisschen etwas entgegensetzen zu können. Mit einem Schrei ging Xanthos auf mich los.

Dieses Mal brauchte er wesentlich länger, um mir den ersten Schlag zu verpassen. Ich wich ihm aus und baute auf Verteidigung, während ich analysierte, wie er kämpfte. Das letzte Mal hatte ich nicht darauf geachtet, heute würde es mir helfen, da ich vorhatte, mich dieses Mal zu wehren. Ich duckte mich unter seinen Hieben weg, beobachtete dabei die Bewegungen seiner Arme und Beine.

»So wirst du sie nicht von dir überzeugen«, sagte Xanthos. »Du musst schon zurückschlagen.« Und das tat ich auch. Xanthos vernachlässigte seine rechte Seite, sobald er zugeschlagen hatte, und das nutzte ich aus. Ich duckte mich unter seinem Arm weg, drehte mich schnell und schlug ihm mit der geballten Faust in die Nierenregion. Xanthos zuckte zusammen, aber wohl eher aus Überraschung als vor Schmerz, da er nur aus Muskeln zu bestehen schien und ich ihm nicht viel Schaden zufügen konnte. Aber ich hatte ihn getroffen und ich sah ihm an, dass ihm das überhaupt nicht gefiel. Ich aber grinste. Wenn ich jetzt unterging, hatte es sich wenigstens gelohnt.

Xanthos wurde schneller, seine Schläge härter. Ich wich ihm vorrangig aus und brauchte lange bis zum nächsten Treffer. Leider schaffte ich es nicht rechtzeitig aus seiner Reichweite und Xanthos erwischte mich mit der anderen Faust im Gesicht. Schmerz zuckte durch meine Nase und Blut lief mir über die Haut. Ich wischte es mit dem Ärmel ab und sprang auf die Beine, während das mittlerweile vertraute Summen meiner Magie einsetzte. Meine Verletzung heilte bereits, bald würde die Blutung stoppen.

Moment mal. Blut. Das war eine Flüssigkeit wie Wasser. Ob ich …?

Ich wich Xanthos' nächstem Schlag aus. Gleichzeitig griff ich nach dem Vibrieren in mir, fand meine Magie und hielt daran fest. Ich richtete mich auf und ließ die Arme sinken. Aus dem Augenwinkel sah ich, wie Nick sich versteifte und zwischen Xanthos und mir hin und her sah. Xanthos seinerseits lächelte herablassend. »Unterwirfst du dich? Schon wieder?« Dann schnellte er mit einem Aufschrei auf mich zu. Wenn mich meine Kräfte jetzt im Stich ließen, würde es wehtun. Ich zwang mich dazu, stehen zu bleiben, als seine Faust auf mich zuraste. *Halt*, dachte ich. *Halt!* Das Summen antwortete mir.

Und Xanthos erstarrte.

Er riss die Augen auf. Panik stand ihm ins Gesicht geschrieben. Schweiß perlte von seiner Stirn. Er versuchte, meine Macht über ihn zu brechen, das konnte ich spüren. Er wollte etwas sagen, schaffte es aber nicht. Ich ließ ihn nicht.

Plötzlich ergriff eine Macht Besitz von mir, die mir gleichzeitig vertraut und fremd war und die mir eine höllische Angst einjagte. Ich spürte, wie sie durch meinen Körper floss und jede Faser für sich beanspruchte. Mein Herz schlug schneller, meine Wahrnehmung verschärfte sich. Es war, als platze ein Knoten, als wäre ein fehlendes Stück wieder da, von dem ich nicht wusste, dass ich es verloren hatte. Meine Magie vibrierte noch stärker und ich wusste, was ich zu tun hatte, um zu gewinnen. Es war wie ein Instinkt, der zum Leben erwacht war und danach schrie, freigelassen zu werden.

Ich schloss die Augen, ließ los und meine Macht über Xanthos zerbrach.

Mit einem inbrünstigen Schrei führte er seinen Schlag zu Ende, doch ich spürte, wie er sich bewegte und wich aus, ohne hinsehen zu müssen. Es war, als könnte ich ihn in der Luft spüren. Durch sein Blut.

»Du Schlange«, brüllte er und ging wieder auf mich los. Ich öffnete die Augen und sprang ihm entgegen. Von da an war es ein ausgeglichener Kampf. Sein Blut zu spüren und damit seine Bewegungen vorauszuahnen, war ein riesiger Vorteil. Meine Angriffe wurden gezielter, die Schläge härter. Xanthos reagierte mit immer wilder werdenden Schlägen. Die Umstehenden wichen zurück, als wir die Matte verließen und auf dem blanken Boden weiterkämpften. Sie riefen uns etwas zu, feuerten uns an, doch ich hörte all das nicht. Ich konzentrierte mich darauf, zu gewinnen. Xanthos ebenso. Doch im Gegensatz zu unserer letzten Konfrontation benutzte er dieses Mal nicht seinen Dolch, obwohl dieser wie immer an einem Futteral um seine Hüfte hing. Es wunderte mich etwas, dass er fair kämpfte, obwohl ich mit dem Einsatz meiner Kräfte sicherlich eine Grenze überschritten hatte. Vielleicht besaß er doch so etwas wie Ehrgefühl und erkannte, dass wir nun quitt waren.

Mein Körper wurde nicht müde, im Gegenteil, aber Xanthos war die Erschöpfung anzumerken und ich schaffte es, mehrere Treffer hintereinander zu landen. Bei dem dritten trickste er mich aus. Schneller als erwartet packte er meinen Arm und warf mich über die Schulter. Der Aufprall kam unmittelbar und schmerzhaft. Doch ich warf mich sofort wieder auf Xanthos. Mit einer Parade aus Schlägen und Tritten drängte ich ihn immer weiter ab und die Zuschauer wichen zurück. Als er rückwärts strauchelte, war meine Chance gekommen. Mit einem großen Schritt überbrückte ich die Distanz zwischen uns und hieb ihm mit der rechten Faust ins Gesicht. Als ich seinen Kiefer traf, griff ich mit der anderen Hand nach seinem Dolch und zog ihn aus dem Futteral. Sofort fuhr ein brennender Schmerz durch meine Hand, doch ich ignorierte ihn. Ich zog Xanthos die Beine weg und er knallte auf den Boden. Er lag auf dem Rücken und ich sprang über ihn. Ich bohrte den Dolch neben seinem Kopf in den Boden. Xanthos hob nicht mal die Arme, um sich zu wehren. Er blinzelte verwundert, als wäre gerade etwas geschehen, was er nicht begreifen konnte.

Alle hielten die Luft an. Mein Atem rasselte, ich starrte Xanthos in die blauen Augen, in denen ein Sturm zu toben schien. Dann klatschte jemand langsam in die Hände. Ich stand auf und drehte mich um. Titos kam auf uns zugeschlendert und amüsierte sich prächtig. Wie lange stand er schon da?

»Ich bin beeindruckt, Rya.« Er streckte die Hand aus und half Xanthos hoch. Dann zog er den Dolch aus dem Boden und betrachtete ihn im Licht. »Das hat wehgetan, oder?«

Meine linke Hand, mit der ich den Dolch geführt hatte, blutete und brannte, aber ich nahm den Schmerz kaum wahr. Ich zuckte mit den Schultern. »Jetzt bin ich auf alles vorbereitet.«

»Das ist gut. Denn es ist bald so weit«, erwiderte Titos. »In drei Tagen setzen wir die Gorgonen auf dich an.«

Drei Tage, echote es durch meine Gedanken. *Nur noch drei Tage.*

»Eigentlich wollte ich Nick fragen, ob du schon so weit bist oder ob wir es verschieben sollen, aber so wie ich das sehe, bist du bereit. Wir werden das Vorgehen noch genau besprechen. Jetzt solltest du dich erst mal um deine Wunde kümmern und ein bisschen im Triumph baden.«

Titos wischte den Dolch an seinem Hemd ab und reichte ihn an Xanthos weiter, der daraufhin mit ausdrucksloser Miene verschwand. Kreon folgte ihm. Vermutlich hatte ich mir gerade Feinde fürs Leben gemacht. Aber das war egal, da ich sie hoffentlich nicht so bald wiedersehen würde.

»Kommt morgen in mein Büro, dann reden wir weiter«, sagte Titos noch und verschwand ebenfalls.

Ich sah ihm hinterher, dann fiel mein Blick auf Nick. Er sah aus, als wollte er mich durchschütteln. Und umarmen. Gleichzeitig. Ein Wechselbad der Gefühle spielte sich auf seinem Gesicht ab. Während die anderen gingen, blieb er stehen. Auch ich wartete, bis wir allein waren. Mittlerweile war meine Kraft nicht mehr so präsent, ich fühlte mich eher ausgelaugt und müde, meine Hand blutete. Ich hob ein Handtuch vom Boden auf und drückte es auf die Wunde. Ich stellte mich dicht vor Nick und sah zu ihm auf. Er presste die Lippen aufeinander. Seine Augen funkelten in einer Mischung aus Wut und Sorge. Er nahm meine unverletzte Hand in seine und zog mich hinter sich her zu meinem Zimmer. Dort angekommen schob er mich auf einen der Stühle. Er holte den Verbandskasten aus dem Badezimmer und säuberte die Wunde. Er schmierte etwas von Ilenas Salbe darauf, die sie mir dagelassen hatte, und verband meine Hand. Dabei war er ganz sanft, was im Gegensatz zu seiner angespannten Haltung stand. Er war kurz vorm Explodieren.

»Ich weiß nicht, ob ich dich loben oder dich anschreien soll«, sagte er mit rauer Stimme. »Was bitte war das eben?«

»Ich weiß auch nicht. Meine Magie hat sich selbstständig gemacht. Plötzlich wusste ich, was und wie ich es zu tun hatte.«

»Und diese Schockstarre-Nummer? Was war das?«

Ich suchte seinen Blick. Verurteilte er mich? Er strich mit den Fingern sanft über meinen linken Unterarm, ohne mich aus den Augen zu lassen. Mein Herzschlag beschleunigte sich, mir wurde warm.

»Ich habe meine Magie, die ich sonst für das Wasser einsetze, auf sein Blut gelenkt. Damit habe ich ihn aufgehalten. Danach konnte ich ihn förmlich spüren.« Ich versuchte dasselbe bei Nick, nicht um ihn zu beeinflussen, sondern um zu sehen, ob ich auch ihn fühlen konnte. Aber der Schmerz in meiner Hand war zu groß und ich war zu aufgeregt, um mich zu konzentrieren.

Nick atmete hörbar aus. »Zwischenzeitlich wusste ich nicht, um wen ich mehr Angst haben sollte.«

»Du musst dir keine Sorgen um mich machen«, erwiderte ich.

»Ach nein?« Er zog mich am Arm näher zu sich heran und legte seine Stirn an meine. Diese doch recht intime Geste überraschte mich und sorgte für ein Flattern in meinem Bauch. Er lächelte. »Obwohl, nach der Vorstellung eben muss ich das wohl wirklich nicht. Du warst verdammt gut und wirst sicherlich jede Gorgone und jeden Krieger besiegen können. Trotzdem will ich, dass du auf dich aufpasst, okay?«

»Versprochen.«

»Gut.« Er zog sich zurück. »Schlaf jetzt. Die kommenden Tage werden anstrengend.« Er stand auf und ging zur Tür.

»Ich werde dich vermissen«, sagte ich, ohne aufzusehen.

Nick schluckte schwer. »Ich dich auch.«

Ich drehte mich weg, damit er nicht sah, wie mir eine Träne die Wange hinunterlief.

Kapitel 11

Den ersten der verbleibenden drei Tage verschlief ich fast komplett. Der Kampf mit Xanthos hatte mich stärker ausgelaugt als gedacht. Nick holte mich nachmittags ab.

»Ich war schon ein paar Mal da, aber du hast wohl noch geschlafen«, sagte er auf dem Weg zu Titos.

»Wieso hast du mich nicht geweckt?«

»Ich glaube, du hast den Schlaf sehr dringend gebraucht. Wie geht es deiner Hand?«

»Gut, danke. Sie heilt zum Glück schnell.« Ich hatte einmal unter den Verband geschaut und die Wunde war fast komplett geschlossen. Am Abend würde ich den Verband abnehmen und durch ein Pflaster ersetzen können.

»Bist du aufgeregt?«

»Noch nicht. Aber frag mich übermorgen noch mal.« Tatsächlich war die Aufregung von gestern fast gänzlich verschwunden. Meine Gelassenheit überraschte mich selbst, aber vielleicht war das bloß die Ruhe vor dem Sturm.

In Titos' Büro erwartete mich eine Überraschung. Ilena war da und trank einen Kaffee mit ihm.

»Rya!«, rief sie, und umarmte mich. »Ich habe schon davon gehört, dass du ein paar neue Talente entdeckt hast.«

»Und du hast das überhaupt nicht vorhergesehen und irgendwie in die Wege geleitet, oder?«, kommentierte Nick spöttisch. Ilena warf die Hände in die Luft.

»Ich habe nur einen dezenten Hinweis gegeben, du hast ihr dann die Wasserfarben gekauft.« Sie zwinkerte mir zu. Ilena war mir ein großes

Rätsel. Sie war mit Sicherheit weitaus mächtiger, als sie uns glauben ließ, und wusste mehr, als sie zugab, aber dennoch vertraute ich ihr.

»Schön, dich zu sehen«, sagte ich und lachte. »Was machst du hier?«

»Ich darf bei deiner Vorbereitung auf deine Mission bei den Gorgonen helfen.« Bei dem Gedanken an das Bevorstehende wurden meine Hände feucht. Aha. Die Aufregung kam also doch zurück.

»Danke, dass du das machst.«

»Ist mir eine Ehre.« Sie wandte sich an Titos. »Ich würde mir Rya gerne für ein paar Minuten ausleihen. Kann das Briefing für übermorgen noch etwas warten?«

Titos nickte. »Von mir aus. Ich habe auch noch ein paar andere Dinge für den Einsatz zu planen. Nick, ich könnte dabei deine Unterstützung gebrauchen.«

Nick warf mir einen langen Blick zu, dann willigte er ein, bei Titos zu bleiben. Der Anführer wirkte bedrückt und etwas schmaler als bei unserer letzten Begegnung. Auch ihm war der Stress der letzten Wochen anzusehen. Oder machte er sich doch mehr Gedanken um meinen Einsatz, als er zugeben wollte? Gab es einen Grund zur Sorge? Bevor ich ihn darauf ansprechen konnte, hatte Ilena mich schon aus dem Büro gezogen. Wir gingen zurück in mein Zimmer. Das war es noch zwei Tage lang, dann würde ich es zurücklassen. Es war nie wirklich meines gewesen und trotzdem löste der Gedanke Wehmut aus. Wir setzten uns auf das Bett.

»Du siehst nicht gerade glücklich aus«, merkte Ilena an. Wie konnte es sein, dass sie mich so gut durchschaute?

»Ich hätte nicht gedacht, dass ich nach nur wenigen Wochen schon etwas haben würde, das ich vermissen könnte.«

Sie grinste. »Meinst du etwa Nick?« Ich wurde rot. An ihn hatte ich nicht gedacht, aber es war nicht weniger wahr. Es hatte keinen Sinn, es zu leugnen.

»Unter anderem.«

»Wieso gehst du dann? Du könntest doch hierbleiben. Bei ihm. Ich weiß, diese Idee mit dem Spionieren habe ich angestoßen, aber das heißt nicht, dass du es auch tun *musst.*«

»Ich gehöre nicht hierher. Auf Dauer würde ich Nick nur Ärger machen. So aufgeschlossen einige der Ordensmitglieder sind, so sehr können andere ihm das Leben zur Hölle machen. Außerdem will ich dabei helfen, die Gorgonen zu bekämpfen, und meine alte Schuld begleichen.«

»Aber?«

»Ich glaube, dass ich Nick vielleicht doch mehr bedeuten könnte, wenn wir die Möglichkeit hätten, uns besser kennenzulernen. Ich finde es schade, dass unsere Zeit schon vorbei ist. Aber ich muss gehen«, brabbelte ich. »Wieso erzähle ich dir das überhaupt?«

Sie lachte. »Ich habe so eine Aura, die den Leuten die Worte entlockt.«

»Schalte sie bitte ab, sonst wird das noch peinlich für mich.«

»Soso«, murmelte sie und schmunzelte. »Aber gut, das geht mich nichts an. Du musst wissen, was du tun willst. Ich kann dir nur Unterstützung anbieten. Fangen wir hiermit an.«

Ilena zog die Phiole aus der Handtasche und legte sie mir in die Hand.

»Der Inhalt sieht anders aus«, stellte ich fest. Neben dem grauen Staub befanden sich nun Pigmente unterschiedlicher Farben in dem Gläschen. »Warst du das?«

Die *Mágissa* schüttelte den Kopf. »Die Farben sind auf einmal aufgetaucht. Eine nach der anderen. Ich habe noch immer keinen blassen Schimmer, was genau für ein Zauber hinter dem Fläschchen steckt, aber ich habe etwas beobachtet. Du hast gesagt, dass direkt nach deiner Erweckung nur grauer Staub darin war, richtig?«

»Ja.«

»Und welche starken Gefühle hast du seitdem durchlebt?«

Ich dachte an die Momente zurück, in denen ich besonders emotional gewesen war. »Besonders stark habe ich Angst und Dankbarkeit empfunden.«

»Und hast du mit diesen Gefühlen besondere Farben verbunden?«

»Bei der Angst flirrten orangefarbene Punkte vor meinen Augen. Als ich Eddie getroffen und ihm gedankt habe, da … ich weiß nicht. Irgendwie fand ich zu diesem Zeitpunkt Lila total schön. Ergibt das einen Sinn?«

Ilena tippte sich mit dem Finger ans Kinn, was ihre Armreifen zum Klirren brachte. »Ich denke schon. Vermutlich korreliert jede

Farbe in der Phiole mit einer sehr starken Empfindung, die du hattest. Emotionen sind für das Wirken von Magie sehr wichtig. Sie könnten in deinem Fall eine Veränderung der Zusammensetzung des Staubs bewirkt haben.«

»Und was bedeutet das? Meinst du nicht, dass es eine alte Version des Zaubers ist, mit dem die Gorgonen früher ihre Macht erhalten haben?«

Ilena zuckte mit den Schultern. »Nein. Dafür habe ich keine Hinweise finden können und arbeite mich jetzt anders an das Thema heran. Aber es dauert und das nervt mich. Ich könnte mir aber vorstellen, dass diese Phiole in den falschen Händen schlecht wäre. Vielleicht ermöglicht sie dem Besitzer eine Art Kontrolle über dich. Denn wenn deine Emotionen Einfluss auf die Phiole haben, könnte die Phiole andersherum auch dich beeinflussen.«

Ich hielt Ilena das Gläschen hin. »Dann behalte sie bitte. Wenn es so ist, wie du sagst, dann will ich sie nicht dem Orden und auch erst recht nicht den Gorgonen überlassen. Sie ist bei dir am sichersten. Dann kannst du auch weiter untersuchen, was es damit auf sich hat.«

»Bist du dir sicher?«

»Ja, wenn es für dich in Ordnung ist. Ansonsten würde ich mir etwas anderes einfallen lassen.«

Ilena nahm mir die Phiole ab und ließ sie vorsichtig in ihre Tasche gleiten. »Ich werde gut auf sie aufpassen. Versprochen. Und ich gebe mir alle Mühe, herauszufinden, welcher Zauber dahintersteckt.«

»Danke.«

»Wir sollten aber ganz dringend noch über etwas anderes reden. Deine Blutmagie. Nick hat mir davon erzählt.«

»Meinst du damit das, was ich gestern bei Xanthos angewendet habe?

»Genau. Früher einmal besaßen alle Gorgonen diese Macht, das Blut anderer Menschen zu beeinflussen, doch im Laufe der Jahrhunderte ging diese verloren. Die heutigen Gorgonen können das nicht mehr, deswegen darfst du diese Gabe unter keinen Umständen einsetzen, sonst fliegst du auf«, sagte Ilena mit Nachdruck.

»Sind die Ordensmitglieder deswegen auch nicht mehr immun dagegen? Weil die Gorgonen keine Blutmagie mehr haben und es nicht mehr nötig ist?«

»Vermutlich. Auch sonst wendet sie kaum jemand mehr an. Blutmagie ist etwas sehr Mächtiges und sehr Seltenes. Damit kann man verbotene Zauber ausführen. Solche, die Menschen, Gorgonen und die Nachkommen von Perseus töten könnten. Blutmagie kann mächtiger sein als ein schlimmer Fluch. Uns *Mageía Mésa* ist es ausdrücklich verboten, sie für solche Zwecke zu verwenden. Wir dürfen den Orden und die Gorgonen nur mit Hilfsmitteln oder Schutzzaubern ausstatten, nicht aber mit tödlichen Waffen. Mit Blutmagie und unter Einsatz unserer eigenen Magie könnten wir diese herstellen. Und …« Ilena hielt gedankenversunken inne. Um sie nicht zu stören, dachte ich darüber nach, was sie eben erwähnt hatte. Es gab noch mehr Regeln in diesem Krieg? Das war merkwürdig. Ging es nicht allen darum, die gegnerische Partei auszulöschen oder zumindest so weit zu schwächen, dass es zu keinen Kämpfen mehr kam? Wieso dann die Mittel dafür einschränken? Je mehr ich über diese uralte Fehde erfuhr, umso seltsamer kam sie mir vor. Doch sie war jahrtausendealt, historisch gewachsen und deswegen hatte alles einen Sinn. Oder?

Es klopfte an der Tür und Nick trat ein.

»Darf ich?« Ich winkte ihn ran und er setzte sich auf einen freien Stuhl. Ilena legte sich einen Finger auf die Lippen und brachte uns zum Schweigen. Es dauerte eine halbe Minute, ehe sie aus ihrer Starre erwachte.

»Den Blick kenne ich«, sagte Nick. »Sie hat eine Idee.«

Ilena schnippte mit den Fingern. »Ganz genau. Mir ist gerade etwas eingefallen, mit dem ich euch noch eine kleine Hilfestellung geben könnte. Ihr und Lexia habt über eure telepathischen Fähigkeiten noch immer eine Kommunikationsmöglichkeit, auch wenn diese durch die Gorgonenmagie abgeschwächt ist. Rya ist allerdings außen vor, sobald sie die Katakomben betritt. Ich finde, auch sie sollte eine Möglichkeit haben, sich mit euch auszutauschen.«

»Funktioniert diese Art der Kommunikation denn über eine weite Strecke?«, wollte ich wissen.

»Normalerweise bis zu mehreren Kilometern, bei Lexia sind es nur ein paar Hundert Meter«, antwortete Nick. »Das erschwert es etwas, aber wir haben öfters Treffen mit Lexia, bei denen wir Abstand halten und trotzdem Informationen austauschen. Es wäre eine gute Idee, wenn wir das bei Rya auch so machen. Dann ist sie im Notfall unabhängig. Aber wie willst du das anstellen?«

»Dieser Zauber erfordert eine Menge Magie«, warf Ilena ein. »Wenn es wie bei euch angeboren ist, ist das kein Problem, aber wenn ich es künstlich erzeuge, könnten die Gorgonen das spüren. Ich muss die Reichweite reduzieren, um auch die nötige Menge an Magie klein zu halten. Ich könnte gleichzeitig versuchen, Ryas eigene Aura etwas zu überdecken, damit wir das Risiko minimieren, dass die Gorgonen sie erkennen. Und wir könnten damit auch sie vor dem negativen Einfluss der Gorgonenmagie schützen. Dazu müsst ihr beide mir allerdings helfen und mir vertrauen.« Es fiel mir schwer, diesem Monolog zu folgen, denn ich verstand nicht, wovon sie redete. Aber alles, was helfen könnte, war mir willkommen.

»Weißt du denn, was du tust?«, fragte Nick. »Nein, warte. Ich will es gar nicht so genau wissen. Fang einfach an.«

»Ich bin auch dabei«, sagte ich.

»Wir brauchen den Dolch«, sagte Ilena. Nick zog die silbrig schimmernde Waffe aus seinem Futteral und hielt sie Ilena hin. Doch die *Mágissa* winkte ab. »Nein. Du musst Rya damit einen kleinen Schnitt zufügen. Wir brauchen ein paar Tropfen Blut.«

Nick schnaubte. »Ich wusste schon, warum ich es nicht so genau wissen wollte. Ist das in Ordnung für dich, Rya?«

»Natürlich.« Ich streckte meinen linken Arm aus und hielt ihm die Hand hin. Die, die ohnehin schon verletzt war. Nick kniete sich vors Bett und hob die Waffe.

»Tut mir leid«, sagte er, dann schnitt er mir in die Handfläche. Bei der ersten leichten Berührung brannte die Stelle bereits wie Feuer und blutete. Nick zog den blutverschmierten Dolch zurück und legte seine Hand unter meine. Sie würde doch nicht etwa …?

»Jetzt musst du dich schneiden. Auch hier reicht ein halber Zentimeter. Und achte darauf, dass etwas von ihrem Blut in deine Wunde läuft. Es wird wehtun, denn ihr Blut ist Gift für dich, aber es wird dich nicht töten.«

Nick ließ meine Hand los und setzte die Klinge auf seiner eigenen Handfläche an. Er zuckte kurz zusammen, als er sich die Haut aufschnitt, und das Blut, das aus der Wunde floss, fing an zu brodeln.

»Jetzt gib ihn mir.« Ilena streckte die Hand aus und Nick überreichte ihr den Dolch.

Ilena schnitt sich damit über eines der goldenen Symbole auf ihrem Handrücken und Nick riss die Augen auf. Sie legte ihren Rosenquarzanhänger auf die Wunde und schloss die Augen. Als sie sie öffnete, wurde es dunkel im Raum und ihre Augen glühten. Die Symbole leuchteten auf und sie sprach mit dieser dunklen Stimme, die mit dieser Veränderung einherging.

»*Mageía tou Dilitiríou kai tou Argýrou.*« *Magie aus Gift und Silber,* echote es in meinem Kopf.

Der Edelstein auf ihrer Hand glühte in einem zarten Rosa. Das Symbol darunter löste sich aus Ilenas Haut und floss in zarten Fäden auf Nicks Wunde zu. Dort vermischte sich das Gold mit seinem Blut, erhob sich erneut und sickerte dann in meine Wunde. Die Schmerzen ließen nach und der Schnitt schloss sich. Auch Nicks gequälter Gesichtsausdruck entspannte sich, aber seine körperliche Anspannung blieb.

Es dauerte nur wenige Minuten, bis der Zauber vorbei war. Zurück blieb nur ein kleines, unauffälliges goldenes Mal auf meiner Hand. Bei Nick ebenfalls und auf Ilenas Handrücken war gar nichts mehr zu sehen.

Sie hat einen Blutzauber ausgesprochen und etwas ihrer eigenen Kraft geopfert, sagte Nick mit Überraschung in der Stimme.

»Aber ich dachte, das ist verboten?«

Ilena sah mich komisch an. Dann lächelte sie. »Wie ich sehe, scheint es zu funktionieren.«

Ich sah zu Nick.

Du bist gerade die Einzige, die mich hört.

Tatsächlich. Er bewegte den Mund nicht, und trotzdem hörte ich seine Stimme in meinem Kopf.

»Bevor ihr jetzt warme Gedanken austauscht, hier noch ein paar Infos. Ja, ich habe Blutmagie eingesetzt und ja, dafür habe ich etwas meiner eigenen Magie abgegeben, aber es ist nur teilweise illegal, weil ich damit niemanden verletzt habe, also entspannt euch. Wenn, dann muss ich das ausbaden. Aber dazu muss die *Ischyró Mágo*, unsere Anführerin, das erst mal rausbekommen. Ihr solltet jetzt auf knapp einhundert Meter telepathisch miteinander kommunizieren können. Das ist nicht viel, aber wenn ihr euch mit euren Treffen gut organisiert, reicht es. Ihr könnt den jeweils anderen ausblenden, also euch nur austauschen, wenn ihr das auch wirklich wollt. Das müsst ihr üben, aber ihr habt ja noch etwas Zeit. Außerdem habe ich Nicks und meine Magie miteinander vermischt und an Rya weitergegeben. Unsere Magie sollte die Ausstrahlung ihrer eigenen ein bisschen ausgleichen, sodass sie schwerer zu spüren ist. Zusätzlich sorgt es dafür, dass du weniger anfällig für die Gorgonenmagie bist, Rya. Du scheinst sie aktuell gut im Griff zu haben, aber wenn sie aufgefrischt wird, könnte sich das ändern. Du musst aufpassen. Also streng dich an.« Ilena war blass um die Nase. Sie mochte die Entspannte spielen, aber ich sah ihr an, dass dieser Zauber sie viel Kraft gekostet hatte.

»Hast du wirklich etwas von deiner eigenen Magie auf uns übertragen?«, hakte Nick nach. »Du weißt, dass du sie nie zurückbekommst, oder?«

»Wer ist hier die *Mágissa*? Natürlich weiß ich das. Aber ich denke, es lohnt sich. Außerdem war ich dir noch immer etwas schuldig, weil du mir damals das Leben gerettet hast. Ein bisschen Magie ist nichts im Vergleich zu einem ganzen Leben.«

Nick hatte ihr das Leben gerettet? Ich platzte fast vor Neugierde, aber wie Nick schon einmal angemerkt hatte, war es ihre Geschichte. Also fragte ich nicht nach.

»Ich danke dir, Ilena«, sagte Nick und schüttelte ihre Hand.

»Ich auch.« Ich lehnte mich zu ihr hinüber und drückte sie kurz an mich.

»Schon gut. Sobald das Treffen mit Titos rum ist, übt ihr schön, euch ohne Worte zu verständigen. Wobei es da noch viel schönere Varianten gäbe, als es telepathisch zu tun.«

Ilena zwinkerte und ihr Gesicht bekam langsam wieder eine gesunde Farbe.

Kannst du mich hören?, fragte ich Nick über die telepathische Verbindung, um den peinlichen Moment etwas aufzulockern.

Laut und deutlich.

Dann lass uns gehen.

Du bist doch nervös, oder?, fragte er. *Wir bekommen das hin.*

Ich hoffe es.

Nick half mir auf und gemeinsam mit Ilena gingen wir zu Titos zurück, um die letzten Vorbereitungen zu treffen.

Als Erstes wurde mir meine Rolle vorgestellt, die mich zu einer perfekten Kandidatin für den Gorgonen-Nachwuchs machte. Ich würde eine junge Frau mimen, der so übel im Leben mitgespielt worden war, dass sie nun allein und todunglücklich ihr Dasein fristete. War ich auf diesem Wege bereits früher zu den Gorgonen gekommen? Jetzt war nicht der richtige Zeitpunkt, darüber nachzudenken.

Lexia würde die Gorgonen auf mich ansetzen, nachdem sie mich angeblich über das magische System aufgespürt hatte, mit denen die Gorgonen sowohl ihren Nachwuchs als auch ihre Opfer fanden. Vorausgesetzt, dass ich es bis zu den Gorgonen schaffte, musste ich mich dann erst einmal allein durchkämpfen und das Ritual mit dem Tattoo überstehen. Lexia würde mir von da an zur Seite stehen. Mein Ziel war klar. Mich hocharbeiten, sodass ich in engen Kontakt zu Helena und somit auch in Reichweite der wichtigen Informationen kam. Lexia würde mit Titos ein erstes Treffen mit mir vereinbaren, sobald absehbar war, wann sich die Chance dazu ergeben würde.

Titos schloss die Gespräche mit einem Nicken. »Damit solltest du alles Wichtige beisammenhaben, was du für deinen Einsatz brauchst. Den Rest wird Lexia dir erklären und zeigen. Nochmals vielen Dank, dass du das für uns tust, Rya. Wir stehen tief in deiner Schuld.«

Ich winkte ab. »Ihr müsst euch nicht bedanken und ihr steht auch nicht in meiner Schuld. Ganz im Gegenteil. Ich bin dankbar dafür, dass ich eine zweite Chance bekomme und dieses Mal auf der richtigen Seite stehen darf.«

»In einem Krieg gibt es keine richtige Seite«, sagte Titos leise, mehr zu sich selbst als zu uns. Ilena war ebenso irritiert wie ich, nur Nick schien zu verstehen, was sein Anführer damit meinte. Vermutlich war es etwas, das man nur nachvollziehen konnte, wenn man sein ganzes Leben in einem Krieg verbracht hatte. Als Titos sich der Stille im Raum bewusst wurde, hellte sein Gesicht sich auf. »Es gibt nur einen Gewinner und das werden wir sein.« Er streckte mir die Hand hin und ich schüttelte sie. »Nochmals danke.«

»Gerne«, antwortete ich. Seine Augen strahlten Zuversicht aus, doch seine Haut war kalt wie immer.

Als wir nach Stunden des Zusammensitzens und Planens Titos' Büro verließen, schwirrte mir der Kopf. Ein Zustand, der eigentlich dauerhaft bestand, seit Nick mich zurückverwandelt hatte. Mir blieben noch zwei Tage, um mir alles zu merken. Nach dem Briefing bei Titos gingen Nick und ich sofort in den Trainingsraum, nachdem wir uns von Ilena verabschiedet hatten. Wir wollten die Zeit bis zur letzten Minute nutzen. Es fiel mir schwer, gleichzeitig zu kämpfen und Nick aus meinem Kopf auszusperren. Er schaffte es, mich in Gedanken abzulenken und mich aus dem Konzept zu bringen. Deswegen übte ich, ihn auszublenden. Es war für meine Mission bei den Gorgonen nicht wichtig, aber lieber konnte ich eine Sache zu viel als zu wenig.

So vergingen die nächsten beiden Tage, bis nur noch wenige Stunden bis zum Aufbruch blieben.

Nick und ich waren gerade beim Training, als er von Titos gerufen wurde. Er steckte seinen Dolch weg, ich legte den Schild beiseite.

Bald ist es so weit, sagte Nick über unsere Verbindung. *Es wird alles gut*. Ob er damit sich oder mich beruhigen wollte, konnte ich nicht sagen, also nickte ich nur.

Nachdem Nick verschwunden war, nahm ich ein langes, heißes Bad. Unvorstellbar, dass meine Zeit beim Orden schon wieder vorbei war. Es kam mir vor, als wäre es erst gestern gewesen, dass Nick mich hergebracht hatte. Ob ich jemals wieder zurückkehren würde? Ich sank mit dem Kopf unter Wasser und ließ Luftblasen aufsteigen. Heute Nacht würde ich mich freiwillig in eine Schlangengrube werfen. Beim Auftauchen wusste ich, dass ich den Verstand verloren haben musste.

Kapitel 12

Nach meinem Bad ging alles sehr schnell. Ich traf mich mit Nick zu einem letzten Gespräch bei Titos. Seine Worte zogen wie im Rausch an mir vorbei, er wiederholte nur, was wir die Tage zuvor schon besprochen hatten. Ich war nervös, wollte endlich los und es hinter mich bringen.

Während Nick mich in ein anderes Stadtviertel fuhr, malte ich mir aus, was heute Nacht alles schiefgehen konnte. Es war eine Menge. Meine Hände wurden kalt und feucht, ich rieb sie mir ständig an der Hose ab. Mein Puls beschleunigte sich und das Summen in meinem Inneren war zum Zerbersten gespannt. Es rumorte in meinem Magen und in meinem Kopf, beides ließ sich nicht abstellen. Ich sah zu Nick und dachte an seine Worte.

Alles wird gut. Ich atmete tief aus. Nick hatte mich gut vorbereitet, er glaubte an mich und war hier, um mich so weit wie möglich zu begleiten. Mein Herzschlag beruhigte sich ein wenig, das ungute Gefühl in meinem Bauch wich dem mittlerweile vertrauten Kribbeln, das ich so oft in Nicks Nähe spürte. Meine Bedenken verstummten und meine Hände entkrampften sich.

Nick allerdings schien sich nicht an seine eigenen Worte zu erinnern. Er hatte die Hände so fest um das Lenkrad gelegt, dass seine Knöchel weiß hervortraten. Er warf mir ständig Seitenblicke zu, wie um sich zu versichern, dass ich noch da war und es wirklich durchziehen wollte. Ich sah ihm an, wie sehr er noch immer dagegen war, aber es gab kein Zurück mehr. Was sollte ich zum Abschied sagen? Wieso hatte ich mir nichts zurechtgelegt? Wer wusste schon, wann wir das nächste Mal miteinander sprechen würden?

Dann, endlich, entschied ich mich für etwas. »Danke.«

Nicks Kopf fuhr zu mir herum. Er konnte noch immer nicht damit umgehen, dass ich mich bei ihm bedankte. Aber das war mir egal. Es musste raus.

»Danke für alles. Dafür, dass du mich wach geküsst hast. Dafür, dass du nach meinem Albtraum bei mir geblieben bist. Für das Training. Für das Essen. Für Xanthos' blaues Auge. Für all die netten Dinge, die du aus freien Stücken für mich getan hast.«

Nick seufzte, nahm die rechte Hand vom Lenkrad und griff damit nach meiner. Seine Stimme ertönte in meinen Gedanken.

Für dich immer.

Er verschränkte seine Finger mit meinen.

Nur widerwillig zog ich meine Hand zurück, als wir unser Ziel erreichten. Es war eine Straße ein paar Blocks von dem Ort entfernt, an dem die Gorgonen mir auflauern würden. Den restlichen Weg würde ich zu Fuß hinter mich bringen. Linos und ein paar andere Krieger waren ganz in der Nähe, um notfalls eingreifen zu können. Eigentlich war abgemacht gewesen, dass Nick direkt zu ihnen fuhr. Doch er kam um den Wagen herum und blieb vor mir stehen. Er griff nach meinen Händen und strich mit dem Daumen sanft über die Handrücken. Dann hob er den linken Arm an und küsste mich auf die Handinnenfläche. Auf die Narbe und das Mal, die sich dort befanden. Vor Überraschung konnte ich mich nicht wehren, wollte es aber auch gar nicht. Ich schwankte zwischen lachen und weinen.

»Pass auf dich auf«, bat er leise.

»Versprochen.« Ich versprach so viel in letzter Zeit. Es wäre pures Glück, wenn ich auch nur einen Bruchteil davon halten würde. Ich gab Nick den Achat zurück, der mich vor der Magie des Gebäudes geschützt hatte. Er war nun nutzlos für mich. Nick steckte ihn in seine Hosentasche. Wir sahen uns einen Moment in die Augen und mein Wille geriet gehörig ins Wanken. Doch ich hatte meine Entscheidung getroffen. Ich drückte Nick ein letztes Mal an mich, genoss die Wärme seiner Hände auf meinem Rücken, als er die Umarmung erwiderte. Als ich mich lösen wollte, gab er einen Herzschlag lang nicht nach. Dann ließ er mich los und ich drehte mich um und ging, ohne mich noch einmal umzusehen. Es war kein Abschied für immer und trotzdem tat es weh, weil ich ein Stück meines Herzens zurückließ, das ich vielleicht nie wieder zurückbekommen würde.

Die Stadt bei Nacht war ein atemberaubend schöner Anblick, das Farbenmeer der Lichter schlicht überwältigend. Leuchtreklame, Schaufenster, Laternen – sie alle warfen Licht und Schatten auf die Gehwege und Straßen, kreierten ein von den Menschen unbemerktes Schauspiel zu ihren Füßen. Für einen Moment beobachtete ich die vielen Schattierungen auf dem Boden und fühlte mich an den Krieg zwischen den Gorgonen und dem Orden erinnert. Auch darin vermischten sich Hell und Dunkel zu einem teilweise konturlosen Spiel, das undurchschaubar war. Momentan war nur sein Abbild sichtbar, nicht aber die Ursache. Und ich war mir sicher, dass sich dahinter noch mehr verbarg. Denn alles, was ich bisher gelernt hatte, wollte nicht so recht zueinander passen. Vor Nick und Titos hätte ich das niemals zugegeben, aber meine Neugierde auf die Ansichten der Gorgonen war groß. Sahen sie diesen Krieg ebenso? Waren auch sie darin gefangen wie ich einst in meinem Körper aus Stein?

Ich folgte dem Weg, den Titos mir auf einer Karte aufgemalt hatte. Er führte zunächst durch belebtere Bereiche, bis ich dann nach dreimaligem Abbiegen den Lärm hinter mir ließ und in etwas abgelegenen, schmaleren Straßen ankam. Mein Herz hämmerte wie verrückt, in jedem Schatten und Hauseingang erwartete ich eine Gorgone. Nicht mal meine Magie reagierte mit dem vertrauten Summen, weil ich so aufgeregt war. Das war nicht gut. Ich musste mich beruhigen.

»Entschuldigen Sie?« Ich bremste ab und drehte mich um. Hinter mir war eine junge Frau wie aus dem Nichts aufgetaucht. Sie war höchstens Mitte zwanzig, ihr langes blondes Haar fiel gelockt über ihre Schultern und wirkte im Spiel der Schatten wie Schlangen, die sich um ihren Körper wanden. Spielte meine Einbildung mir einen Streich? »Können Sie mir sagen, wie spät es ist?«

Ich schüttelte den Kopf. »Tut mir leid, ich habe leider keine Uhr dabei.«

Im selben Moment spürte ich jemanden hinter mir. Ich unterdrückte den Instinkt, mich umzudrehen und mich zu wehren, als etwas durch die Luft sauste und eine Sekunde später auf meinen Kopf traf. Dann wurde die Welt schwarz.

Ich erwachte in Dunkelheit. Es roch muffig und ein Plätschern war zu hören. Meine Kleidung war nass und meine Hände auf dem Rücken gefesselt. Mein Kopf dröhnte wie verrückt und ich drehte mich stöhnend auf die Seite. Ich blinzelte, konnte jedoch weiterhin nichts erkennen. Sie hatten mir etwas über den Kopf gestülpt, der Stoff kratzte an meiner Wange.

»Da ist sie ja wieder«, sagte eine Frauenstimme und im nächsten Moment zog man mir den Stoff vom Kopf. Strähnen hingen mir ins Gesicht und endlich erkannte ich die Umgebung, wenn auch nur vage. Ich lag in einem langen Gang, der einer steinernen Röhre glich, in dessen Mitte ein stinkendes Rinnsal lief. Die Dunkelheit verschluckte die Einzelheiten, was vermutlich besser war. Wir waren in den Katakomben unter der Stadt. Der harte Boden fiel in einer Kante ab, von der aus man in das trübe Wasser hinabblicken konnte. Eine falsche Bewegung und ich würde hineinfallen. Ich sah zu meinen Angreiferinnen auf. Zu den Gorgonen. Jetzt gab es endgültig kein Zurück mehr. Mein Schicksal lag in ihren Händen.

Vor mir stand die blonde Frau, die mich nach der Uhrzeit gefragt hatte. Sie trug ein altertümlich anmutendes Oberteil aus einem dunkelgrünen Stoff, der mit goldenen Fäden durchwebt war und im spärlichen Licht funkelte, dazu schwarze Hosen und schwarze Schuhe, die mit dem Hintergrund verschmolzen. Hinter ihr standen vier weitere junge Frauen, die ebenso gekleidet waren. In ihren Händen hielten sie goldene Schilde, mit deren Pendant ich im Orden geübt hatte. Doch ihre glänzten heller und waren aufwendig verziert. Ansonsten wirkten die jungen Frauen aber ganz normal. Wie ich.

»Wer seid ihr? Was wollt ihr von mir?«, fragte ich mit zitternder Stimme. Ich musste meine Rolle der Unwissenden und Verängstigten gut spielen. Das fiel mir nicht schwer, denn zumindest die Furcht war echt. Mir war kalt und meine Finger zitterten.

»Hab keine Angst«, sagte die Blonde, deren Gesichtsausdruck ich nicht erkennen konnte. »Wir sind hier, um dir ein neues Leben anzubieten.« Sie zischte ein Wort, das ich nicht verstand. *Fídi.* Erst passierte nichts, dann tauchte unter ihren Haaren am Nacken eine schwach leuchtende purpurfarbene Schlange auf und schlängelte sich ihren Arm hinab. Ich rutschte ein Stück zurück, doch das Tier fiel genau vor meinen Füßen zu Boden und kroch auf mich zu. Natürlich wusste ich, was es damit auf sich hatte, unwohl war mir trotzdem. Endlich erwachte meine Magie summend zum Leben, doch ich hielt sie zurück. Noch war nicht die Zeit dafür.

»Was ist das? Nein! Bitte!« Die nächsten Sekunden wären entscheidend. »Ich mache alles, was ihr wollt, nur nehmt dieses Vieh weg!«

Das Tier vor mir hielt inne, als seine Herrin den Kopf schief legte. »Alles?«, fragte die Blonde. Jetzt, wo sie von dem schwachen Leuchten der Schlange erhellt war, sah ich auch den Ausdruck in ihrem Gesicht. Ihre grünen Augen wirkten offen, der Mund war zu einem leichten Lächeln verzogen. Sie erschien keinesfalls bedrohlich, eher mitleidig. Ich nickte eifrig. Dann begann ich zu weinen.

»Wie schon gesagt sind wir nicht hier, um dir etwas anzutun. Nicht, wenn du dich richtig entscheidest«, fuhr die Blonde fort. »Ich kann dir ein neues Leben in einer Gemeinschaft anbieten, in der du dir nie wieder Sorgen um etwas machen musst. Es wird dir gut gehen, viel besser als jetzt. Du wirst Magie beherrschen, die deine Vorstellungskraft überschreitet, du bekommst alles, was du brauchst und musst dafür nur hin und wieder dabei helfen, schlechte Menschen zu bestrafen, die anderen dasselbe antun wie dir. Klingt gar nicht so schlecht, oder?« Sie lächelte, diesmal erreichte es auch ihre Augen.

Ich warf einen Blick zwischen ihr und ihren Begleiterinnen hin und her. »Kommt ihr aus dieser … Gemeinschaft?« Jetzt durfte ich es nicht vermasseln.

Die Blonde nickte. »Mein Name ist Bee, das sind Yara, Jill, Sophie und Eva. Du kannst dich uns anschließen und deinem Leben eine neue, gute Richtung geben und immer jemanden an deiner Seite haben.« Sie deutete auf sich und auf die Schlange, die neben mir auf dem steinernen Boden lag. Bei näherer Betrachtung erkannte ich, dass sie aus einer wabernden Flüssigkeit bestand, wie Nick gesagt hatte. »Die Alternative ist, dass wir dich von deinen Sorgen erlösen, indem wir dein Herz in Stein verwandeln. Und dich mit ihm, damit du nie wieder etwas fühlen musst.« Das, was sie mir da anboten, war nichts weiter als die Wahl zwischen Leben und ewiger Verdammnis. Zumal das mit dem nichts mehr Fühlen nicht stimmte.

»Ich … ich möchte zu euch«, sagte ich mit zitternder Stimme. Bee lächelte.

»Sehr schön.« Die Schlange drehte um, kroch auf den Arm von Bee und wand sich geschickt ihren Körper hinauf. Kurz darauf war sie wieder in ihrem Nacken verschwunden.

»Nehmt die neue Schlangenschwester mit.« Bee wandte sich ab und zwei der anderen Gorgonen, Yara und Sophie, wenn ich es richtig verstanden hatte, traten auf mich zu. Yara, die kleinere der beiden, zog mir den Sack wieder über den Kopf, dann hievten sie mich auf die Beine. Mit einem großen Schritt traten wir über die Kante in das stinkende Rinnsal hinein. Ich würgte, als mir der ekelhafte Geruch in die Nase stieg. Wir marschierten eine ganze Weile durch den Kanal, während sich meine Hose mit kaltem Wasser vollsog. Mein Körper reagierte auf das Element, wollte es mithilfe der Magie von sich schleudern, doch ich hielt mich zurück. Dass die Gorgonen ihren *Nachwuchs*, die verlorenen Seelen, so grob behandelten, hatte mich schon bei Titos' Schilderungen überrascht. Aber so war ihre Natur, rau und misstrauisch, bis mein Leben durch die Magie an ihre Gemeinschaft gebunden war.

Die Gorgonen sprachen nicht, sie liefen nur immer weiter. Ein paar Mal bogen wir ab, dann endlich spürte ich wieder festen Boden unter den Füßen. Plötzlich war da eine Treppe mit zehn Stufen. Noch immer nahmen sie mir den Sack nicht ab. Ich wimmerte die ganze Zeit ein wenig, um meine Rolle weiterzuspielen. Eine Tür wurde geöffnet und geschlossen, dann ließen wir den muffigen Geruch und die Feuchtigkeit hinter uns. Langsam wurde die Luft unter dem Stoff stickig.

Wir blieben stehen und endlich zogen sie mir den Sack vom Kopf. Bee stand vor mir und lächelte mich an. Die anderen vier waren verschwunden. Wir standen in einem Raum, der auch in jedem oberirdischen Gebäude hätte sein können. Der Boden war aus Holz, die Wände weiß gestrichen. Das Zimmer war kleiner als das im Orden, und trotzdem gab es zwei Stockbetten, dafür keinen Tisch und keine Stühle. Es wirkte kahl und unbewohnt.

»Keine Sorge. Sobald du die erste Phase erfolgreich abgeschlossen hast, wird dir ein besseres Zimmer zugewiesen.«

»Die erste Phase?« Natürlich wusste ich, dass sie das Ritual mit dem Tattoo meinte.

»Du wirst schon sehen.« Sie deutete auf mich. »Zieh dir die Klamotten aus und schmeiß sie, zusammen mit allem anderen, was du bei dir trägst, in den Korb im Badezimmer und stell ihn vor die Tür. Du darfst nichts behalten. Alles, was du ab jetzt brauchst, bekommst du von uns.« Ich sah mich um, konnte aber nirgends Kleidung zum Wechseln sehen. Bee bemerkte meinen suchenden Blick. »Wir bringen dir die neuen Sachen, solange du unter der Dusche bist. Wir mussten ja erst mal sehen, welche Größe du hast. In einer Viertelstunde holen wir dich ab.« Als sie die Tür hinter sich schloss, vernahm ich ein verräterisches Klicken. Ich wartete einen Moment, bis die Schritte auf dem Gang verklungen waren, dann drückte ich die Klinke hinunter. Die Tür war verschlossen. So viel also zu dem herzlichen Willkommen. Ich warf alle Sachen, die ich an mir hatte, in den Korb in dem winzigen Bad und stellte ihn dann ins Zimmer. Die Dusche war klein und ich vermisste die Badewanne im Orden schon jetzt. Ich wusch mich so lange mit warmem Wasser und einem farblosen Duschgel, bis ich das Gefühl hatte, alles von dem Schmutz und der dreckigen Brühe aus den Katakomben in den Abfluss gespült zu haben.

Die Tür zu dem Zimmer wurde geöffnet und wieder geschlossen. Nach der Dusche versicherte ich mich erst, dass niemand mehr im Zimmer war, dann ging ich hinein und streifte die neuen Sachen über. Sowohl die Hose als auch das Shirt waren aus einem dunkelgrünen Stoff, die Schuhe schwarz, ebenso die schlichte Unterwäsche. Sie hatten mir auch ein Haargummi hingelegt, mit dem ich die Haare zusammenband. Auf dem Bett sitzend wartete ich.

Ich war hier. Ich war wirklich hier. Die erste große Hürde war genommen.

Die Tür wurde aufgeschlossen und Bee trat ein. »Komm«, sagte sie und ich stand auf. Ich fiel zurück in meine Rolle der jungen Frau, die nichts von der Welt der Gorgonen und des Ordens wusste. Die keinen blassen Schimmer hatte, dass es Magie gab. Deshalb zögerte ich und rang scheinbar verunsichert die Hände.

»D-Darf ich dich noch was fragen?«

Bee legte den Kopf schief. »Natürlich.«

»Diese Schlange … war die echt? Sie sah so … komisch aus. Was genau war das? Habe ich mir das nur eingebildet? Habt ihr mir Drogen untergeschoben oder so?«

»Das wirst du alles bald erfahren und es wird dein Leben auf den Kopf stellen.« Ein warmer Ausdruck trat in ihre Augen. Sie war überzeugt von dem, was sie sagte und meinte es positiv. Ich schluckte ein letztes Mal, dann folgte ich ihr.

Vor der Tür warteten Yara und Sophie auf uns und von ihnen flankiert liefen wir die Gänge entlang. Beim Umsehen achtete ich darauf, mich besonders unsicher zu verhalten, so als ob ich einfach nur neugierig und auch ein wenig eingeschüchtert wäre. Beides stimmte ja irgendwie. Doch ich versuchte auch, mir jede Einzelheit so gut wie möglich einzuprägen. Viel zu sehen gab es allerdings nicht. Wie im Hauptgebäude des Ordens wanden sich Gänge mit vielen Türen in alle Richtungen. Es gab zwar keine Bilder, aber auf den Wänden prangten viele Zeichnungen von Schlangen und Frauen, die mit Menschen in Rüstungen kämpften, dazwischen schillerten Edelsteine, denn auch hier schütze man sich mit Magie. So also sah der Krieg aus ihrer Perspektive aus. Waren sie im Orden überhaupt auf einem der Gemälde oder einer der Schnitzereien abgebildet gewesen?

Kurze Zeit später erreichten wir unser Ziel, ohne unterwegs jemandem zu begegnen. Doch dank der Blutmagie spürte ich andere Gorgonen in der Nähe. Ein starkes Kribbeln durchfuhr mich, als wir kurz darauf einen Raum betraten. Magie schlug mir summend entgegen, wie damals bei Ilena. Auch dort hatte ich diese Spannung in der Luft gespürt. Es musste eine *Mágissa* in der Nähe sein.

Doch die Kammer hatte nichts mit dem magischen Ort, den Ilenas Haus verkörperte, gemeinsam. Nur ein Stuhl, ein kleiner Tisch und ein Hocker standen darin.

Wie aus dem Nichts tauchte auf einmal eine Frau vor uns auf. Ich schrie und taumelte zurück, doch die Gorgonen stützten mich. Nach dem ersten Schreck bemerkte ich die goldfarbenen Symbole auf ihrer Haut. Sie war eine *Mágissa.* Sie musterte mich von Kopf bis Fuß. Ich schätzte sie auf Anfang dreißig, auch wenn der Ausdruck ihrer Augen älter wirkte, ähnlich wie bei Ilena. Die dichten dunklen Haare fielen wie Seide über ihre Schulter, als sie den Kopf zur Seite legte und lächelte.

»Hallo«, sagte sie mit einer fast schon sinnlichen Stimme, die irgendwie einlullend wirkte. Ihr dunkelgraues Kleid reichte bis auf den Boden und umspielte ihre dünnen Beine. Die vielen Ringe, die ihre langen Finger zierten, klirrten, als sie mein Gesicht in ihre Hände nahm. Ihre Haut strömte Kälte aus und sie blickte mir tief in die Augen. Ich schluckte und presste die Hände an den Körper, hielt das Summen in Schach. Jetzt wurde es ernst.

»Rya«, hauchte sie, sodass nur ich es hören konnte. Woher kannte sie meinen Namen? Las sie in mir wie Ilena? Das war nicht gut. Würde sie die Wahrheit erkennen? Titos hatte mir versichert, dass die *Mageía Mésa,* die das Ritual mit dem Tattoo durchführten, die Frauen nicht durchleuchteten und prüften. Hatte er sich geirrt? Ich unterdrückte den Drang, meine Augen zu schließen. Die Pupillen der *Mágissa* wurden klein, die violettblauen Iriden leuchteten schwach.

»Du hast ein außergewöhnliches Leben hinter dir, in dem dir übel mitgespielt wurde«, sagte die *Mágissa.* »In deinem neuen wirst du verhindern, dass es anderen ebenso ergeht. Du wirst für Gerechtigkeit sorgen.« Wie meinte sie das? Das passte sowohl auf meine echte als auch auf meine gefälschte Geschichte.

Als sie den Blick abwandte, atmete ich auf. Noch war alles in Ordnung. Die *Mágissa* schritt auf den Tisch zu, auf dem eine große Tasche lag. Sie holte diverse Gegenstände heraus, die ich nicht erkennen konnte.

Die Gorgonen schoben mich nach vorne und drückten mich auf den Stuhl. Im nächsten Moment schlossen sich Bänder aus Licht um meine Handgelenke und Knöchel, die mich an die Stuhlbeine fesselten.

»Was soll das?«, keuchte ich. Davon war bei unseren Vorbereitungen nicht die Rede gewesen.

»Das ist zu deinem eigenen Schutz«, sagte Bee.

»Wie meinst du das? Was macht ihr mit mir? Ich dachte, ich wäre nun eine von euch?« Mein Puls raste und ich schwitzte vor Angst. Was mir nun bevorstand, wusste ich, trotzdem war mir nicht wohl. Dieses Gefühl, dabei gefangen zu sein, löste Erinnerungen an meine Zeit als Statue aus und lähmte mich.

Bee legte ihre Hand auf meine. »Keine Sorge. Alles wird gut. Du bekommst nun wie versprochen deine Magie.«

Aus ihrem Mund klang es weit weniger glaubwürdig als bei Nick. Was er wohl gerade tat? Mein Körper entspannte sich und ich rief mir sein Gesicht ins Gedächtnis. Das ernste, das Zuversicht und Ruhe ausstrahlte.

»Bitte beginn mit dem Ritual, Ora.«

Die *Mágissa* hieß also Ora. Als sie sich zu mir umdrehte, schwebten vor ihr mehrere geschliffene Glasflaschen. In einer schwappte eine dunkelgrüne, leicht glänzende Flüssigkeit. In einer zweiten befand sich eine dunkelrote zähe Masse, die dritte Flasche war mit etwas Schwarzem gefüllt. Die Gefäße wippten leicht auf und ab, getrieben von einem Zauber. Mit einem Mal wurde die Luft aus dem Raum gesogen, ebenso das Licht. Dafür strahlten die Symbole auf der Haut der *Mágissa.*

»Mageía apó Dilitíro, Aíma kai Meláni.« Magie aus Gift, Blut und Tinte. Ihre magisch aufgeladene Stimme klang fast genauso wie die von Ilena. Jetzt ging es also los. Die *Mágissa* wiederholte die Worte immer wieder in einem Singsang. Nach dem ersten Mal öffneten sich die Verschlüsse der Flaschen und die Flüssigkeiten strömten heraus. Es erinnerte mich an meine Übungen mit dem Wasser voller Farbpigmente. Das Gift, das Blut und die Tinte vermischten sich in der Luft und bildeten einen einzelnen Strang, der sich zu einer Schlange wand. Zuerst formte sich der Kopf, der sich langsam auf mich zubewegte. Der Körper folgte und dann war mir das wässrige Gebilde so nah, dass einzelne Schuppen auszumachen waren. Die Schlange senkte sich auf meinen Arm herab und drang in meine Haut ein. Sie wechselte die Farbe, von einem schmutzigen grün-braunen Ton in ein tiefdunkles, grau schimmerndes Blau. Wie der vom Mond erleuchtete Nachthimmel.

Die Schlange kroch meinen Arm hinauf und ich folgte ihr mit dem Blick. An meiner Schulter verlor ich sie aus den Augen. Doch ich kannte ihr Ziel, meinen Nacken. Ich atmete zitternd aus, als sich Kälte über meinen Rücken legte. Ora stoppte die Beschwörung und der Flüssigkeitsstrom versiegte. Die Flaschen versiegelten sich wieder und schwebten in die Tasche zurück. Es sah aus, als würde nicht ein Tropfen fehlen.

Die Schlange war mittlerweile ganz in meinem Nacken verschwunden, auf meinem Arm war keine Spur mehr zu sehen. Gespannt wartete ich ab, was nun passierte. Die *Mágissa* schloss kurz ihre Augen, die nach dem Öffnen der Lider glühten.

»*Dánkoma*«, sagte Ora mit einer Stimme, die wie nicht von dieser Welt klang. *Biss.*

Die Schlange in meinem Nacken rührte sich, ich fühlte es. Dann breitete sich ein stechender Schmerz von meinem Nacken über meinen Körper aus und mein Herz hörte auf zu schlagen.

KAPITEL 13

Mein Körper pumpte nicht länger Blut, sondern Feuer durch meine Glieder, als die Gorgonenmagie Besitz von mir ergriff. Es fühlte sich an, als würde ich von innen heraus verbrennen. Ich schrie und bäumte mich gegen die magischen Fesseln auf, die mich an den Stuhl ketteten. Er schwankte unter mir, doch die Gorgonen sprangen auf mich zu und hielten ihn in Position. Ich schrie, als kämpfte ich gegen den leibhaftigen Tod, und in diesem Moment fühlte es sich genauso an.

Meine Muskeln zitterten unkontrolliert, ich schloss die Augen und warf den Kopf hin und her, um die Quelle des Schmerzes, das Tattoo, abzuschütteln. Doch es gelang mir nicht. Gift, Blut und Tinte drangen in meinen Körper ein und unterwarfen ihn.

Nur gedämpft hörte ich die gemurmelten Worte der *Mágissa*. Ob sie es schlimmer machen oder mir helfen sollten, konnte ich nicht sagen. Die Qualen jedoch hörten nicht auf. Ich verkrampfte und schloss die Augen. Langsam wurde das Brennen schwächer und hinterließ eine Spur der Verwüstung.

Meine Lunge streikte. Würde ich ersticken? Konnte ich der Magie, die sich durch meinen Körper fraß, nicht standhalten?

Plötzlich hatte ich Bilder vor Augen, die nicht aus meinen eigenen Erinnerungen stammten. Da waren Gorgonen, die gegen Männer kämpften und gewannen. Ein Mann wurde versteinert, weil er es nicht anders verdient hatte. Die Gorgonen feierten ihren Sieg, zogen gemeinsam durch die Nacht. Sie waren stark. *Ich war stark und würde das nächste Mal dabei sein, wenn wir Gerechtigkeit walten ließen und die Welt zu einem besseren Ort machten.*

Der Orden verstand alles falsch. Die Gorgonen waren nicht böse, wir …

Röchelnd holte ich Luft. Was war das? Wo waren diese Gedanken hergekommen? Die Hitze in meinem Nacken wurde abermals stärker, doch diesmal erwartete ich sie und wehrte mich nicht nur körperlich, sondern auch geistig dagegen. So wie ich es bei meiner Verbindung mit Nick tat, wenn ich ihn aussperren wollte. Als die nächsten Bilder kamen, war ich darauf vorbereitet. Doch sie waren mächtig.

Sie zeigten mir, dass es mir besser gehen würde, sobald ich meine Vergangenheit vergaß. *Die Gorgonen waren meine neue Familie, mehr brauchte ich nicht zum Leben. Meine Aufgabe war es, Gerechtigkeit zu verbreiten und den Worten meiner Anführerin zu folgen. Der Orden, die Nachkommen von Perseus waren meine Feinde. Ich hasste sie, musste sie aufhalten. Ich war eine Gorgone, ich war mächtig und niemand würde mich aufhalten. Ich würde sie in ihrem eigenen Blut ertränken.*

Der Gesang von *Mágissa* Ora wurde lauter. Ein letztes Mal warf ich mich gegen meine Fesseln, dann ebbte das Gefühl von Flammen auf meiner Haut vollständig ab. Jetzt erst bemerkte ich den Schweiß, der sich am ganzen Körper gebildet hatte. Die Magie entließ mich aus ihren Fängen und ich fing an zu frieren und unkontrolliert zu zittern. Mein Kopf fiel nach hinten und das nun stille Tattoo pulsierte unter meiner Haut. Die Schlange war noch da. Und ich auch.

Mein rechter Mundwinkel zuckte. Ich hatte überlebt. Das war gut. Ich atmete schwer und einige Sekunden herrschte Stille. Dann hob ich den Kopf und sah die anderen an. Bee und ihre Gorgonenfreundinnen lächelten, die Male der *Mágissa* leuchteten nicht mehr. Sie sah mich mit einer Mischung aus Respekt und Verunsicherung an. So als wüsste sie nicht, ob ich wirklich schon über den Berg war. Doch dann nickte sie.

»Du bist stark«, sagte sie mit ihrer normalen Stimme. »Ich denke, die Gorgonen werden viel Freude an dir haben.« Mir entging das Blitzen in ihren Augen nicht, als sie sich zu ihrer Tasche umdrehte und dann genauso plötzlich verschwand, wie sie gekommen war. Vom einen auf den anderen Moment war sie einfach weg. Sprachen denn alle *Mageía Mésa* in solchen Rätseln? Hatte sie mir nun geholfen oder nicht? Ich erinnerte mich noch an meine Vergangenheit und meine Aufgabe, also hatte die Magie nicht gewirkt, oder? Die Bilder gingen mir nicht aus dem Kopf, aber ich konnte sie von meinen eigenen Gedanken und Erinnerungen trennen. Das war ein gutes Zeichen.

Die Gorgonen lösten meine Fesseln und hoben mich vom Stuhl. Ich spürte meine Beine nicht mehr, daher mussten sie mich den Weg zurücktragen. Unser Ziel war nicht das Zimmer, aus dem sie mich geholt hatten. Links vor uns tauchte eine Bogenöffnung in der Wand auf, durch die wir zu dritt hindurchpassten. Als Bee vor mir beiseitetrat, traute ich meinen Augen kaum. Vor mir, in einem fensterlosen, großen Raum mit hohen Decken, saßen auf dem Holzboden verteilt an die hundert Gorgonen. Es waren Frauen verschiedener Altersstufen, die auf bunten Kissen saßen, vor sich eine Schüssel in der Hand. Sie redeten, lachten und aßen. Ich hatte kurz die Gelegenheit, mich in dem Raum umzusehen, der wirklich schön eingerichtet war. Viele eingetopfte Pflanzen peppten den Raum mit ihren Farben auf, bunte Steine schimmerten an den Wänden und Kerzen hüllten den Raum in eine gemütliche Atmosphäre. An eine Wand war ein riesiges Bild gemalt worden, das einen schlangenumrahmten Kopf zeigte. Medusa. Auf dem Gemälde im Museum hatte ich sie kaum ansehen können, doch hier wurde eine ganz andere Seite von ihr gezeigt, auch wenn die Farben hier ebenfalls vor allem in Erdtönen gehalten waren. Sie war jung, schön und strahlte Entschlossenheit und Würde aus. Die Schlangen um ihren Kopf hatten die Zähne gebleckt und starrten den Betrachter herausfordernd an. Sie hatten sich teilweise schützend vor Medusas Gesicht geschoben, so wie die Schlangen es heute bei den Gorgonen im Kampf vermutlich auch noch taten.

Als wir eintraten, richteten sich alle Blicke auf uns und das Gerede verstummte.

»Schlangenschwestern!«, rief Bee in den Raum hinein. »Wir haben noch mehr Nachwuchs mitgebracht.« Sie deutete auf mich. Ich war froh, dass die beiden anderen mich hielten, denn spätesten jetzt wäre ich zusammengebrochen. Unter all den Blicken fühlte ich mich nackt. Doch mir schlug keine Feindseligkeit entgegen. Auf den Gesichtern der Anwesenden breitete sich Freude aus. Im nächsten Moment schlugen alle mit ihrem Besteck gegen ihre Schüsseln und bereiteten mir so einen eigenartigen Applaus. Ein paar der jungen Frauen jubelten, ehe sie sich wieder ihrer Mahlzeit widmeten. Im hinteren Teil des Raumes erhob sich eine Frau, die ich auf Anfang Zwanzig schätzte. Ihr hübsches Gesicht wurde von dunklen Haaren umrandet, die ihr offen auf die Schultern fielen. Sie trug ein ärmelloses dunkelgrünes Oberteil, das sich eng an ihren muskulösen Körper schmiegte. Ihr gesamter rechter Arm war mit Bildern bedeckt, unzählige Schlangen in vielen Farben tummelten sich dort. Ein paar der Schuppen waren sogar mit metallisch glänzenden Farben wie Gold und Kupfer hervorgehoben. Lächelnd kam sie auf uns zu. Mein Herz schlug heftiger, je näher sie kam. Etwas in mir reagierte auf sie. Die Gorgonenmagie, die mich ihr gegenüber loyal machte? Auch von ihr ging eine starke magische Aura aus. Ihre Iriden waren hellgrün und wirkten ungeheuer lebendig. Der Boden unter unseren Füßen bebte, ich blinzelte und das Gefühl war vorbei. Keine aufgeregten Rufe brandeten auf, also wieder nur eine Täuschung meiner Sinne. Ich war müde. So unsagbar müde.

»Willkommen«, sagte die junge Frau und augenblicklich legte sich Stille über den Raum. Sie musste eine bedeutende Gorgone sein, wenn nicht sogar die Anführerin. War das Helena? Ich hatte sie mir viel älter vorgestellt. »Wie lautet dein Name?«, wollte sie wissen.

»Rya«, sagte ich rau. Meine Stimme hatte ich noch nicht so richtig wiedergefunden.

Die Augen der Gorgone blitzen. »Es freut mich, dass du bei uns bist, Rya. Dein Leben ist nun an unsere gebunden, so wie unsere an deines. Von nun an sind wir Schwestern. Du wirst deinen Teil zu unserer Gemeinschaft beitragen, im Gegenzug soll es dir an nichts fehlen.« Damit wiederholte sie, was auch schon Bee zu mir gesagt hatte. Als ich in die Gesichter der anderen blickte, erkannte ich darin nur Freude und Ausgelassenheit. Ich setzte ebenfalls ein Lächeln auf, da man das sicherlich von mir erwartete. Soweit sie wussten, war ich der Macht der Bilder aus dem Ritual unterlegen und glaubte an all das, was sie mir gezeigt hatten. So wie all die anderen Gorgonen auch.

»Ich bin Helena«, fuhr die Frau fort und bedeutete uns, ihr zu folgen. Also war sie es wirklich. Die Frau, die ich ab sofort beeindrucken musste. Die beiden Gorgonen, die mich noch immer hielten, setzten mich neben ihr ab, als diese sich zurück auf ihren Platz begab. Dann suchten sie sich selbst ein Kissen. Helena drücke mir eine Schüssel mit einer Suppe in die Hände und hielt mir einen Löffel hin. Ich hatte nicht mitbekommen, wie man sie ihr angereicht hatte. Noch immer war ich benommen und hatte offensichtlich kleine Aussetzer. Ich klammerte mich an die Schüssel und hieß die Wärme willkommen, die durch das Porzellan an meine Finger drang. Ich hatte keinen Hunger, allein von dem Geruch wurde mir schlecht. Jedoch genoss ich es, dass mir die Kälte aus den Knochen getrieben wurde.

»Du wirst dich schnell von deinem Besuch bei *Mágissa* Ora erholen«, versicherte mir Helena mit einem aufmunternden Lächeln. Sie streckte eine Hand aus und fuhr mit den Fingern über das Schlangenbild in meinem Nacken. Die kalte Berührung war so unerwartet, dass ich Gänsehaut bekam. Helena zog die Hand zurück. »Es ist schön geworden. Bald wirst du lernen, damit umzugehen. Sobald du deine erste Prüfung hinter dich gebracht hast.«

Ich blinzelte und sah zu ihr auf. »Prüfung?« Das war neu. Davon hatte mir niemand etwas erzählt. Oder hatte ich es vergessen? Unauffällig blickte ich mich um. Ich sah in noch immer freundliche Gesichter, die sich nun aber mitleidige Blicke zuwarfen. Wussten sie, was diese Prüfung war?

»Du wirst uns deine Treue und Einsatzbereitschaft beweisen. Wenn du bestehst, wirst du alle Privilegien bekommen, die wir zu bieten haben.«

»Und was ist, wenn ich versage?«

»Dann wirst du sterben.« Fast wäre mir die Schüssel aus den Händen geglitten. Wie bitte? Ich versuchte, mir nichts anmerken zu lassen und blieb ruhig, so als hätte sie mir eben nicht mit dem Tod gedroht. Ich dachte an die Bilder zurück, die ich während des Rituals gesehen hatte. Danach musste ich handeln. Ich rang mir ein schwaches Lächeln ab.

»Ich werde euch nicht enttäuschen«, sagte ich, meinte damit aber nicht Helena und ihre Gorgonen. Dann schöpfte ich mir doch etwas Suppe auf den Löffel und führte ihn zitternd zu meinem Mund. Egal was kam, ich wollte dem nicht mit leerem Magen gegenübertreten. Helena nickte, dann stand sie auf und stellte sich vor die Wand mit dem Gemälde von Medusa. Sofort wurde es wieder still und alle Augen richteten sich auf die Anführerin.

»Gorgonen«, rief sie in den Raum hinein. »Auch heute hatten wir Glück und haben einige neue Schlangenschwestern gefunden. Ich danke euch, dass ihr sie so warm willkommen heißt.«

Erneut klapperten die Frauen mit ihrem Besteck und ich schloss mich an. Dann hielt Helena eine kurze Rede für die neuen Gorgonen, in der sie hauptsächlich Dinge erzählte, die ich schon wusste. Doch es aus ihrer Perspektive zu hören war interessant, vor allem, als sie vom Orden sprach.

»Perseus und seine Nachkommen haben den Gorgonen schon immer Unrecht getan. Es begann mit dem ungerechtfertigten Tod von Medusa, die sich nichts vorzuwerfen hatte, außer in einen Gott verliebt zu sein, der sie fallen ließ, als die anderen Götter sich gegen ihn stellten. Blut ist eben dicker als Wasser. Wie bei uns. Ihr alle tragt nun das Blut und das Erbe Medusas in euch. Wir halten sie in Ehren und tragen ihre Macht in die Welt hinaus. Wir bringen die Gerechtigkeit zurück, die ihr nie zuteil wurde. Wir werden nie müde, uns dafür einzusetzen, um dem Orden zu beweisen, dass es das ist, was zählt. Und falls wir uns dabei noch an einem von ihnen rächen können, umso besser.« Den letzten Satz fügte sie mit einem finsteren Lächeln hinzu und die Gorgonen stimmten ihr lauthals zu.

»Ihr solltet immer auf eure innere Stimme und eure Magie hören. Sie wird euch leiten und euch sagen, was zu tun ist. Nach einer ersten Prüfung heute Nacht werdet ihr, solltet ihr bestehen, eine Ausbildung erhalten, die euch auf eure Aufgabe vorbereitet. Und sobald ihr so weit seid, schicken wir euch in die Welt hinaus, um sie besser zu machen.«

Wieder brandete Applaus auf, wieder stimmte ich mit ein, um keinen Verdacht zu erregen.

»Nun esst auf, neue Schlangenschwestern. Danach wird Lexia euch für die Prüfung ausstatten und die älteren Gorgonen werden euch dann alles Weitere erklären.«

Ich verschluckte mich fast, als ich Lexias Namen hörte. Ich sah mich unter den Anwesenden um und mein Blick blieb an einem Mädchen mit bernsteinfarbenen Augen hängen, die mich ernst ansah. Sie saß nicht wie die anderen im Schneidersitz da, sie hatte ein Bein abgespreizt. Neben ihr auf dem Kissen lag ein Gehstock.

Lexia.

Ich spürte, wie mir das Blut in die Beine sackte. Im nächsten Moment kippte ich zur Seite. Das Zerspringen der Schüssel auf dem Boden hörte ich noch, dann wurde alles schwarz.

Eine mir unbekannte Stimme rief meinen Namen, immer und immer wieder. Sie klang nah und weit entfernt zugleich. Liebevoll und wütend. Alt und jung. Ich kannte sie nicht, und doch rief sie in mir eine Vertrautheit hervor, die ich nicht verstand. Mir war heiß, schon wieder. Träumte ich? War das eine Nachwirkung des Rituals?

Etwas Kaltes, Nasses legte sich auf meine Stirn und beruhigte mich. Ich genoss die Tropfen, die an meinen Schläfen herunterperlten und sich in meinem Nacken sammelten. Dann fiel ich wieder in die Dunkelheit.

Als ich das nächste Mal erwachte, war jemand bei mir. Ich drehte den Kopf, was mir erstaunlich schwerfiel, und blickte in goldgelbe Augen, die mich sorgenvoll, aber auch erleichtert ansahen.

»Lexia«, sagte ich tonlos. Sie saß auf einem Stuhl und beugte sich zu mir herab.

»Hallo, Rya. Da bist du ja wieder. Wie geht es dir?« Ihre Stimme war voll und tiefer, als ich erwartet hätte. Ich stemmte mich auf die Ellbogen, dabei rutschte ein nasser Waschlappen von meinem Kopf und fiel mir auf die Brust. Lexia nahm ihn von mir herunter, ehe er mich durchnässen konnte.

»Ganz gut. Glaube ich.« Ich wackelte mit den Zehen und auch sonst gehorchten mir meine Muskeln, was ein gutes Zeichen war. »Wie lange war ich weg?«

»Nur ein paar Stunden«, antwortete sie. Lexia war wirklich hübsch. Ihre Augen glitzerten, die dunkelbraunen Haare trug sie in einem strengen Zopf, was ihre hohen Wangenknochen zur Geltung brachte. Ihr Körper war der einer Kriegerin, auch wenn sie nicht mehr an vorderster Front kämpfte. Ihr Mund war zu einem halben Lächeln verzogen. »Das ist normal, den anderen geht es auch so.«

»Liegt das am Ritual und der Tätowierung?«

»Ja. Die haben es ganz schön in sich. Tut es noch weh?«

Ich fuhr mit der Hand über meinen Nacken. Es kitzelte, als ich die Haut berührte, aber mehr passierte nicht. »Nein. Alles in Ordnung.«

Ich saß auf einem hohen Bett mit dünner Matratze. Langsam schob ich die Beine über die Kante und setzte mich aufrecht hin. »Wo sind wir?«

»Das ist die Krankenstation.« Außer ein paar weiteren Liegen, als Betten konnte man die Gestelle nicht wirklich bezeichnen, und ein paar Regalen mit verschiedenen Utensilien war nichts in dem Raum. Auch keine anderen Gorgonen. Lexia folgte meinem Blick. »Ist nicht sehr beeindruckend, ich weiß. Aber es reicht, um die anfallenden Verletzungen zu versorgen. Die anderen Neuankömmlinge waren in den letzten Tagen auch schon hier und haben sich erholt. Du warst die letzte aus der aktuellen Rekrutierungsrunde, auf die wir noch gewartet haben.«

»Ich kann noch gar nicht glauben, dass ich wirklich hier bin.«

»Ich verstehe, was du meinst. Gerade am Anfang ist es alles ein bisschen viel. Die Frauen hier sind …«

»Besonders?«, ergänzte ich.

Sie lachte auf. »Ja, so könnte man es nennen. Aber ich freue mich, dass du hier bist. Endlich jemand, mit dem ich mich normal unterhalten kann. Gemeinsam können wir viel erreichen, da bin ich mir sicher.« In Ihren Augen sah ich Hoffnung aufblitzen, die mich schlucken ließ. Ich hoffte sehr, dass ich sie nicht enttäuschen würde. Genauso wenig wie Nick. Bei dem Gedanken an ihn zog sich mein Herz zusammen, daher schüttelte ich ihn so gut es ging ab.

Sie erhob sich. Dabei stützte sie sich mit den Händen auf der Liege ab und griff dann nach dem Gehstock. Ihr linkes Bein war steif und sie nutzte den Stock, um sich beim Gehen zu unterstützen. Sie war schon einige Schritte voraus, als sie sich nochmals umdrehte.

»Worauf wartest du?«

Ich stand auf und rutschte von der Liege. Einmal schwankte ich noch, doch dann fiel mir das Stehen und Laufen nicht mehr schwer. Ich folgte Lexia aus der Krankenstation. Sie humpelte leicht, war aber trotzdem zügig unterwegs.

»Wo gehen wir hin?«, wollte ich wissen.

»Dich auf die kommende Nacht vorbereiten.«

»Du meinst auf die Prüfung. Worum handelt es sich dabei?«

Lexia hielt inne und ihre Miene verhärtete sich. Ihre Stimme war gesenkt, sodass nur ich sie hören konnte. »Hat Titos dir nichts dazu gesagt?«

»Nein.«

Lexia schüttelte ungläubig den Kopf. »Das verstehe ich zwar nicht, aber er wird seine Gründe haben. Tut mir leid, dann werde ich dir auch nicht mehr darüber erzählen.«

Ich schluckte schwer. Das gefiel mir nicht. Blieb zu hoffen, dass Titos sich das wirklich gut überlegt hatte. Es gab nun eh kein Zurück mehr.

»Titos wird aber sicherlich dafür gesorgt haben, dass euch heute niemand in die Quere kommt, damit du die Prüfung in Ruhe ablegen kannst und es zu keinem Chaos kommt«, fügte Lexia hinzu.

»Helena meinte, dass ich sterben würde, wenn ich versage.«

Lexia nickte, offensichtlich nicht überrascht über diese Offenbarung. »Du darfst es nicht so weit kommen lassen. Komm, wir holen dir deine Ausrüstung, dann geht es los. Sie warten nur noch auf dich.«

Wie schön, dass sie so pragmatisch war. Ich hätte eine dramatische Auflistung aller möglichen schrecklichen Szenarien, so wie sie sich in meinem Kopf abspielten, von jemand anderem auch nicht gebrauchen können.

Ich folgte Lexia durch die steinernen Gänge und fühlte mich wie in einem Labyrinth. Es gab viele Abzweigungen, Türen und Gänge, die immer tiefer in die Erde führten. Allein würde ich mich nicht zurechtfinden. Doch darüber würde ich mir Gedanken machen, wenn die Prüfung vorüber war. Vorausgesetzt, ich überlebte die Nacht.

Lexia warf mir immer wieder aufmunternde Seitenblicke zu. Nach ungefähr fünf Minuten erreichten wir unser Ziel. Es war ein Trainingsraum, ähnlich dem im Orden.

»Wir müssen den Kriegern annähernd ebenbürtig sein. Daher ähneln sich die Methoden des Trainings sehr«, sagte Lexia, als ich sie leise darauf ansprach.

»Wir?« Ihre Wortwahl wunderte mich.

Lexia lächelte schief. »Du musst anfangen, dich wie eine Gorgone zu verhalten und wie eine zu denken. Sonst fällst du auf.«

»Ist es dir schwergefallen, dich dem zu unterwerfen?«

»Das fällt es mir noch immer. Aber je öfter ich es mache, desto leichter wird es.«

Ein ungutes Gefühl beschlich mich. Wenn Lexia, die ihr Leben lang auf diesen Moment vorbereitet worden war, noch Schwierigkeiten hatte, wie sollte ich als Gorgone dann jemals vollbringen, was ihr nicht gelungen war? War diese Mission doch eine dumme Idee?

»Hast du …«, setzte ich an, doch Lexia unterbrach mich.

»Wir können später reden. Jetzt müssen wir dich vorbereiten.«

Wir blieben vor einem Schrank stehen, dessen Tür Lexia nun öffnete. Zum Vorschein kamen ordentlich zusammengelegte Stapel schwarzer Hosen. Zielsicher zog Lexia eine davon heraus und reichte sie mir.

»Die sollte passen. Welche Schuhgröße hast du?«

Ich wusste es nicht, aber wir fanden ein Paar Schuhe, das mir passte, sowie eine dunkelgrüne Weste, wie Helena sie getragen hatte. Darunter kam ein dünnes, langärmeliges Hemd, dessen Stoff laut Lexia viele der menschlichen Waffen abwehren konnte. Nur gegen die Dolche des Ordens hielten sie nicht lange durch.

»In die Stoffe sind, wie auch beim Orden, magisch aufgeladene Steine und Partikel eingearbeitet. Bei den Gorgonen sind es hauptsächlich Gold und Spuren von Heliotrop. Beim Orden sind es Silber und Topas. Sie schützen uns und sorgen dafür, dass wir für die Menschen unsichtbar sind. Sie bilden einen Schleier um uns, der die Realität in den Augen der Menschen verändert. Bei den Gorgonen nennen wir diesen Kampfanzug, wenn du es so nennen willst, *Klímaka*. Es bedeutet so viel wie *Schuppen* und soll auf die schuppige Haut der Schlangen anspielen.«

Ich zog mich in der Toilette um und war überrascht, dass die Sachen wirklich wie angegossen passten. Ich trat aus der Kabine, vor der Lexia auf mich wartete.

»Steht dir gut«, sagte sie.

»Was ist mit einem Schild?«

»Den braucht ihr laut Helena für heute Abend nicht. Genauso wenig die Schlangen. Titos meinte, dass du es aller Wahrscheinlichkeit nach schon schaffen würdest, sie heraufzubeschwören, aber du solltest es lassen. Ebenso die Anwendung deiner anderen Magie. Das würde nur Misstrauen erzeugen.«

»Fällt dir das mit der Schlange schwer?«

Lexia legte den Kopf schief. Im nächsten Moment tauchte unter ihren Haaren eine dunkelbraune Schlange auf, die sich um ihren Hals schmiegte. »Nicht mehr. Wir sind mittlerweile gut aufeinander abgestimmt.«

Das klang für mich, als hätte die Schlange einen eigenen Willen, was ich aber nicht glauben konnte. Immerhin war sie aus reiner Magie und kein echtes Lebewesen. Sie zog sich zurück und war im nächsten Moment nicht mehr zu sehen. Lexia führte mich aus dem Trainingsraum. Ich folgte ihr, was mir in der neuen Kleidung gar nicht so leichtfiel. Sie war recht steif, aber gleichzeitig stützte sie mich und verlieh mir ein Gefühl von Stärke und Anmut. Als ich an mir heruntersah, bemerkte ich die dünnen goldenen Fäden, die den festen Stoff der Weste durchwirkten. Sie schimmerten im schwachen Licht der Lampen, an denen wir vorbeiliefen. Mein Herz pochte wie wild.

»Ich wurde zwar vorbereitet, trotzdem habe ich das Gefühl, dass ich überhaupt nichts weiß. Was, wenn ich alles vergesse, wenn es drauf ankommt?«, flüsterte ich.

»Du bist aufgeregt, das ist normal. Das war ich damals auch. Doch wir bekommen das hin, versprochen.«

»Aber die Prüfung …«

»Nach dem, was Titos mir von dir erzählt hat, bin ich davon überzeugt, dass du mit allem umgehen kannst.«

Ich nickte. Ich musste selbst daran glauben, sonst hatte ich schon verloren. Lexias Stock klackerte über den Boden, während wir uns unserem Ziel näherten. Die Luft roch immer feuchter und modriger. Wir mussten tiefer in die Erde gehen, weiter weg von dem Zugang zur Oberfläche. Ein paar Minuten später hielt Lexia an einer Kreuzung der steinernen Gänge inne.

»Du musst noch ein paar Meter weiter hinein, dort erwarten dich Bee und Yara. Sie werden dich dann weiter begleiten. Wohin weiß ich nicht, mehr Anweisungen habe ich nicht bekommen.« Vor uns tat sich der dunkle Gang auf und ich schluckte. Außer Schwärze war nichts zu erkennen. Es gab dort keine Lampen mehr und das schwache Licht aus unserem Gang reichte nicht weit.

»Danke. Ich hoffe, wir sehen uns wieder«, sagte ich zum Abschied und wandte mich ab.

»Da bin ich mir sicher«, erwiderte Lexia mit einem Lächeln in der Stimme.

Ich schritt den Gang entlang, während sich das Klappern ihres Stockes entfernte. Irgendwann konnte ich meine eigenen Füße nicht mehr erkennen, doch ich lief weiter. Wenn ich stehen blieb, würde das Verlangen, mich umzudrehen und zurückzurennen, zu groß werden.

»Hallo, Rya«, hauchte auf einmal eine Stimme an meinem Ohr. Im nächsten Moment legte sich etwas Leichtes, Warmes auf meine Augen und zwang mich, sie zu schließen.

»Folge uns«, sagte die Stimme, die zu Bee gehörte, wenn mich nicht alles täuschte. Ich lauschte ihren Schritten, als sie voranging, und folgte ihr. Weiter und weiter ging es in das Labyrinth hinein.

»Achtung, Stufen«, sagte Bee und ich ging vorsichtig eine kleine Treppe hinunter. Unten angekommen spürte ich Wasser, das meine Füße bis zu den Knöcheln hin umspülte. Ich erschrak kurz, begrüßte dann aber das gewohnte und beruhigende Gefühl. Kurz war ich versucht, meine Kräfte einzusetzen, entschied mich dann aber dagegen. Lexia hatte mich gewarnt. So ging die Reise schweigend weiter, nur das Plätschern des Wassers unter unseren Füßen war zu hören.

Plötzlich spürte ich die Präsenz von anderen in der Luft. Es war mehr ein Instinkt, als dass ich es wirklich fühlte. Der Schleier vor meinen Augen löste sich und ich sah, dass es Bees Schlange gewesen war, die mir die Sicht genommen hatte. Sie kroch zurück in den Nacken ihrer Besitzerin. Ich blinzelte ein paar Mal, ehe ich meine Umgebung klar erkennen konnte. Ein schwaches Licht von oben spendete gerade genug Helligkeit. Wir waren tatsächlich nicht mehr allein. Um uns herum standen noch zehn andere Gorgonen. Ein paar von ihnen wirkten verunsichert, so wie ich, die anderen waren wie Bee wohl die Führer durch das Labyrinth gewesen. Erst auf den zweiten Blick erkannte ich Helena, die sich aus der Dunkelheit schälte.

»Wir sind vollständig«, sagte sie und die anderen Gorgonen nickten. Eine von ihnen stieg metallische Sprossen hinauf, die an einer der Wände befestigt waren. Oben drückte Sie gegen einen Gullydeckel und schob ihn mit einem schabenden Geräusch zur Seite.

Sie kletterte hinaus und die anderen Gorgonen folgten ihr. Dann waren wir an der Reihe und zum Schluss Helena, die den Kanal wieder verschloss, nachdem wir alle an der Oberfläche angekommen waren. Es war mitten in der Nacht, die Luft war kühl und trocken. Wir liefen ein paar Hundert Meter weiter bis in einen Hinterhof, der ringsum von fensterlosen Wänden hoher Gebäude umschlossen war. Schmale Gassen führten zwischen den Häusern hindurch, es wirkte sehr beklemmend. Außer ein paar beleuchteten Fenstern gab es keine Lichtquellen. Dieser Teil der Stadt war nicht so atmosphärisch wie jene, die ich bisher erkundet hatte.

Helena nickte und die meisten der älteren Gorgonen wandten sich flüsternd ab, die Neuankömmlinge folgten ihnen. Auch ich wollte ihnen hinterhergehen, doch Bee packte mich an der Schulter.

»Du nicht.« Misstrauisch sah ich dabei zu, wie die anderen zwischen den Häusern verschwanden. Nur Bee, Yara, Helena und ich blieben zurück.

»Rya«, sagte die Anführerin, als die anderen außer Hörweite waren. »*Mágissa* Ora sagte mir, dass in dir viel Potenzial steckt. Daher bekommst du auch eine besondere Aufgabe.« Ich schluckte. Wieder konnte ich nicht sagen, ob die *Mágissa* mir damit hatte helfen oder schaden wollen.

Aus Helenas Nacken erhob sich eine silbrige Schlange, die ihren Arm hinabkroch. Sie stieß ein Zischen aus, auf das ein zweites aus einer der dunklen Gassen antwortete. Ich wirbelte herum und sah, wie zwei weitere Gorgonen aus dem Schatten heraustraten. Zwischen sich hielten sie einen Mann, der kaum allein gehen konnte. Sie hatten ihm die Augen verbunden, ihn geknebelt und seine Hände gefesselt. Sie warfen ihn mir vor die Füße.

»Jim Saxon«, sagte Helena, woraufhin der Mann einen Laut ausstieß. Die Anführerin ging zu ihm hinüber und zog ihm die Augenbinde vom Kopf. Jim blinzelte und sah sich aufgeregt um, als er die Frauen um sich herumstehen sah. Er wollte aufstehen, doch die beiden mir unbekannten Gorgonen drückten ihn erneut zu Boden. Protestierende Laute kamen aus seinem Mund.

»Er ist ein Verbrecher. Drogen- und Menschenhandel sind sein Geschäft. Er ist nicht gut für unsere Stadt und ihre Bewohner«, erklärte Helena, ohne den Blick von dem Mann abzuwenden, der sie hasserfüllt, aber auch mit einem Funken Angst in den Augen ansah.

Mit einem Kopfnicken deutete sie den Gorgonen an, sich von dem Mann abzuwenden. Sie bezogen dafür Position an den Gassen und versperrten die Fluchtwege. Helena ging auf Jim zu und ihre Schlange fiel von ihrem Arm auf die Hände des Mannes hinunter. Dort zerbiss sie die Seile, mit denen er gefesselt gewesen war. Dann schlängelte sie sich wieder Helenas Körper hinauf und verschwand in ihrem Nacken. Sobald seine Hände frei waren, taumelte Jim zurück und riss sich den Knebel vom Mund. Er keuchte auf und rang nach Atem.

»Was seid ihr denn, verdammte Scheiße?«, schrie Jim.

»Wir bringen dir deine gerechte Strafe«, erwiderte Helena kühl.

Panik flackerte in Jims Augen auf und auch mir stockte der Atem. Helena drehte sich zu mir um und ich zuckte zusammen. Ihre hellgrünen Augen schienen zu leuchten und mir jegliche Wärme aus dem Körper zu ziehen. Sie griff an ihre Hüfte und zog einen schimmernden Dolch hervor, den sie mir hinhielt. Dann lächelte sie.

»Töte ihn.«

Kapitel 14

Was?« Ich keuchte. Das musste ein Missverständnis sein.

»Ich sagte: Töte ihn. Beweise mir, dass du alles für uns tun würdest, dann werden wir auch alles für dich tun. Und tue es langsam.« Sie deutete erneut auf den Mann, dem der Schock ebenso in die Knochen gefahren sein musste wie mir. Sein Blick fing meinen und er taumelte weiter zurück. Hektisch blickte er sich nach einem Fluchtweg um, doch die Gorgonen versperrten alle Ausgänge.

»Wenn du es nicht tust«, fuhr Helena fort, als sie mein Zögern bemerkte, »werdet ihr beide sterben.« Ich nahm ihr den Dolch aus den Händen. Meine Bewegungen waren langsam, ich brauchte Zeit zum Nachdenken. Was jetzt? Das Herz schlug mir bis zum Hals, kalte Panik rann mir den Rücken herunter. Es war sein Leben gegen das meine. Musste ich wirklich gleich zu Beginn ein Leben opfern, um weitere zu retten? Wieso hatte Titos mich nicht vorgewarnt?

Ich wog den Dolch in meiner Hand. Soweit die Gorgonen wussten, hatte ich keinerlei Kampfausbildung, geschweige denn Erfahrungen im Umgang mit einer solchen Waffe. Ich musste mich zurückhalten und trotzdem gewinnen. Wenn man es in dieser Situation überhaupt so nennen konnte. Jetzt machten Titos' Worte, dass in diesem Krieg niemand auf der richtigen Seite stand, Sinn. Das galt im Großen wie auch im Kleinen.

Ich packte den Griff des Dolches fester und wandte mich von Helena ab. Jim bemerkte meinen Entschluss und schreckte auf. Dann, von einer Sekunde auf die nächste, spannten sich seine Muskeln an. Er ballte die Hände zu Fäusten und der Ausdruck seiner Augen wurde eiskalt. Für ihn ging es um das nackte Überleben und er würde nicht kampflos aufgeben. Er war etwas größer als ich und viel muskulöser. Wenn er alles gab, würde er kein leichter Gegner werden. Ich musste an Xanthos denken und die Schmerzen, die er mir bereitet hatte. Rasselnd stieß ich den Atem aus, dann ging ich entschlossenen Schrittes auf Jim zu.

Töte ihn, flüsterte eine Stimme mir zu. War es die von Helena?

Jim kam mir mit aus Verzweiflung geborenem Mut entgegen. Als wir das erste Mal aufeinanderprallten, wurde mir die Luft aus der Lunge gepresst. Ich duckte mich, ließ mich wie ein Anfänger über den Boden rollen und kroch vor Jim davon. Er wirbelte herum und kam wieder auf mich zu. Ich trat nach ihm und traf sein linkes Knie. Schreiend sackte er zusammen, rappelte sich aber schnell wieder auf. Auch ich beeilte mich, wieder auf die Beine zu kommen. Sie zitterten, das musste ich nicht einmal vorgaukeln.

Wenn ich nicht alles gab, wenn ich mich verhielt wie jemand, der keine Ahnung hatte, würde das eine schwierige Sache werden. Es war ein schmaler Grat zwischen dem, was ich preisgeben, und dem, was ich noch für mich behalten sollte. Einerseits sollte Helena mich bemerken, damit ich in ihrer Gunst stieg, andererseits durfte kein Verdacht auf mich fallen. Ich musste vorsichtig sein.

Wieder trafen Jim und ich aufeinander, ich schlug mit dem Dolch nach ihm und verletzte ihn am Bein. Er schwankte zur Seite und presste eine Hand auf die Wunde. Mit der anderen schlug er nach mir und traf mich am Kiefer. Ich taumelte zurück, doch der Schmerz war auszuhalten. Ich hatte schon Schlimmeres erduldet und meine Heilungskräfte erwachten bereits zum Leben.

Schlag zurück! Räche dich!, rief die Stimme in meinem Inneren erneut. Sie drängte mich, meinen Dolch einzusetzen, und zeigte mir, wie ich Jim töten konnte. Es war also doch die Gorgonenmagie, die zu mir sprach. Sie lenkte mich ab, sie zurückzudrängen war schwierig, aber wenigstens wusste ich jetzt, wie viel Können ich einsetzen konnte, ohne Verdacht zu erregen. Doch wie weit war ich bereit zu gehen? Ich sah zu Jim, der mich seinerseits musterte.

Dunkelrotes Blut quoll aus der Wunde an seinem Bein hervor. Der Blick in seinen Augen war noch kälter, noch panischer geworden.

Er schob sich die Haare aus der Stirn und verteilte dabei etwas von dem Blut auf seiner Haut.

Mein Körper wurde steif, als mir eine Idee kam. Es gab eine Möglichkeit, wie wir beide diese Nacht überleben könnten. Wenn es funktionierte und niemand es bemerkte. Wenn, wenn, wenn …

Ich stürmte auf Jim zu und wir lieferten uns einen Faustkampf, der mir etwas Zeit zum Nachdenken und Kräftesammeln verschaffte. Ich rief nach der Magie in mir, die erst nach dem dritten Versuch mit einem schwachen Summen antwortete.

Viel länger hätte ich dieses Schauspiel auch nicht aufrechterhalten können. Ich stürzte auf Jim zu und lotste ihn so weit wie möglich von Helena weg. Dann trat ich ihm die Beine weg und verpasste ihm noch im Sturz mit der Faust einen Schlag auf den Kopf. Benommen fiel er zu Boden, wo er reglos liegen blieb. Auch ich taumelte zurück, tat so, als hätte meine eigene Kraft mich überrascht, dann stieß ich einen Jubelruf aus. Ich trat auf Jim zu, kniete mich neben ihn und hob den Dolch.

»Du musst mir vertrauen und ruhig bleiben, wenn du überleben willst.« Hoffentlich konnte er mich hören. Er musste es. Eine zweite Chance würden wir nicht bekommen. Ich keuchte. Dann griff ich mit meiner Magie nach seinem Blut. Ganz vorsichtig, bis ich es spürte. Ich verlangsamte es in seinen Adern, senkte seinen Puls, bis er fast nicht mehr zu spüren war. Seine Muskeln entspannten sich, er verlor das Bewusstsein.

Gut so. Bring ihn um!

Mit zusammengebissenen Zähnen zog ich den Dolch über seine Kehle. Der Schnitt war nicht tief, nicht tödlich, aber meine Magie zog so viel Blut aus der Wunde, dass die Verletzung schlimmer aussah, als sie war. Ich stieß einen Schrei aus, der sich hoffentlich triumphierend anhörte, der aber aus meinem eigenen Schmerz und meiner Angst geboren war. Jim röchelte kurz, dann erschlaffte sein Körper. Seinen Puls spürte ich selbst kaum noch. Dafür schlug mein Herz wie ein Kolibri. Jetzt musste ich aufpassen, dass ich es nicht übertrieb.

Doch, lass ihn sterben.

Ich zog den Dolch zurück, blieb aber in der Hocke neben ihm sitzen. Mein ganzer Körper zitterte und wollte Jims Puls wieder beschleunigen, doch ich musste mich gedulden. Noch war es nicht so weit. Eine Träne stahl sich aus meinem Auge, die ich hastig wegwischte. Noch immer flimmerten die vorgegaukelten Bilder innerlich vor mir. Die, die mir weismachen wollten, dass ich ihn sterben lassen sollte. Dass es richtig war.

Helena trat an meine Seite. Sie stieß den leblosen Körper neben mir mit der Fußspitze an. Am liebsten hätte ich ihr auf die Stiefel gebrochen. Sie setzte sich neben ihn in die Hocke und fühlte am Handgelenk nach seinem Puls, den ich in dem Moment komplett stoppte. Ich hielt die Luft an. Sie nickte und erhob sich.

»Gut gemacht. Du hast dich von deiner Magie leiten lassen. Du bist jetzt eine von uns, Rya.« Die umstehenden Gorgonen stießen ein Zischen aus, das mich verängstigte.

Trotzdem ließ ich mein Lächeln noch etwas breiter werden und rappelte mich auf. Ohne sie aus den Augen zu lassen, packte ich mit meiner rechten Hand Helenas dargebotenen Unterarm und drückte ihn. Nun lächelte auch sie. »Wir werden viel zusammen erreichen«, prophezeite sie und zog ihren Arm zurück.

»Lasst ihn liegen, irgendwer wird ihn schon finden«, wies sie uns an. Innerlich atmete ich erleichtert auf, als sie das sagte. Das war gut. So hatte Jim noch eine Chance. Die Gorgonen in den Gassen waren verstummt und hatten sich bereits abgewendet. Auch Helena drehte mir den Rücken zu. Mit langsamen Schritten folgte ich ihr. Im Gehen griff meine Magie nach Jims Blut und befahl ihm, wieder stärker und schneller zu fließen, während ich gleichzeitig das frische Blut an seinem Hals wieder in die Wunde zog. Sein Puls beschleunigte sich. Doch als ich losließ, flachte er wieder ab. Verdammt. Ich wollte mich umdrehen, doch das konnte ich nicht riskieren. Ich griff wieder nach Jim und setzte meine Magie so stark und so lange ein, wie ich konnte. Als wir uns weiter entfernten, konnte ich die Verbindung nicht länger aufrechterhalten. Sein Puls war stetig, als ich losließ, doch ich spürte, wie er wieder verblasste.

Jim regte sich nicht. Dann brach die Verbindung ganz ab.

Nein. Das durfte nicht sein. Meine Magie musste wirken! Umkehren stand außer Frage. Ich musste auf meine Macht vertrauen. Auf mich. Doch es fiel mir verdammt schwer. Ich prägte mir die Namen der Straßen ein, an denen wir vorbeikamen. Sobald wir wieder in der Unterkunft waren, musste ich Lexia darum bitten, einen Krankenwagen zu rufen und Kontakt zu Nick aufzunehmen. Wenn es bis dahin noch nicht zu spät war. So groß meine Neugierde auf die Gorgonen zu Beginn gewesen war, umso schockierter war ich jetzt. Um ihre Ideale durchzusetzen, überschritten sie jegliche Grenzen. Dem musste ein Ende bereitet werden. Auch wenn es für Jim vielleicht schon zu spät war. Eisige Finger griffen nach meinem Herz, meiner Seele, meinem ganzen Sein und packten zu, drückten mir alle Luft aus dem Körper und krallten sich darin fest. Bereits nach ein paar Stunden hatte ich mir schon eine Schuld aufgeladen, die ich niemals wieder würde begleichen können. Dabei war ich doch hergekommen, um meine Seele reinzuwaschen. Ich hatte versagt.

Es war richtig, flüsterte diese grausame Stimme in meinem Kopf.

Und für einen Moment wollte ich ihr das gerne glauben.

Kapitel 15

Mein Herz schlug mir noch immer bis zum Hals, als wir durch die Stadt liefen und auf die anderen Gorgonen trafen. Sie hatten die neuen ›Schlangenschwestern‹ dabei, von denen wir uns früher am Abend getrennt hatten. Sie sahen so geschafft aus, wie ich mich fühlte. Die Haare standen ihnen wirr vom Kopf, sie waren verdreckt und einige von ihnen hatten ein paar blutende Wunden. Ich hatte mir nicht gemerkt, wie viele neue es gewesen waren, also konnte ich auch nicht mit Sicherheit sagen, ob alle von ihnen zurückgekehrt waren. Hatten sie dieselbe Prüfung ablegen müssen? Lagen nun in anderen Ecken, anderen Hinterhöfen weitere Opfer der Gorgonen? Der Orden musste sich jetzt auf den Weg machen.

Im Vergleich zu den Schrecken der Nacht fühlte ich mich klein, schwach und meiner Aufgabe nicht gewachsen. Das durfte mich aber nicht aufhalten, wenn ich dabei helfen wollte, weitere Nächte wie diese zu verhindern. Ich verschloss mein Herz, so gut ich es vermochte, und machte einen Schritt nach dem anderen. Doch jeder Meter, der mich weiter von meinem Verbrechen trennte, lastete mir schwer auf den Schultern. Die eisigen Finger klammerten sich enger an mich. Ich steckte den blutverschmierten Dolch, den ich noch immer bei mir trug, hinten in den Gürtel meiner Hose. So konnte er mich nicht bei jedem Schritt an mein Versagen erinnern.

Ich flehte die Blutmagie im Stillen an, mir zu gehorchen. Jim zu retten. Ein warmes Prickeln floss meinen Rücken hinab, das ich nicht zu deuten vermochte. Ich schüttelte die Schultern aus und lief weiter, immer weiter. Es fühlte sich an, als liefe ich direkt auf einen Abgrund zu.

Eine Stunde später waren wir laut Helena vollzählig, was auch immer das bedeutete. Unsere Gruppe schlich sich durch die Schatten der Gassen bis zu einem Einstieg in die Katakomben. Wir stiegen die Stufen in die Dunkelheit hinab. Dieses Mal wurden uns die Augen nicht verbunden. Es gab keine Fackeln oder Ähnliches, stattdessen krochen die wabernden Schlangenerscheinungen aus den Nacken der älteren Gorgonen und erleuchteten die Gänge mit ihrem magischen Schimmer. Erneut prickelte es auch in meinem Nacken und die Versuchung war groß, diesem Drängen nachzugeben, doch ich hielt mich zurück. Ich wusste nicht, wie ich mit dieser Magie umgehen musste und würde es nicht darauf ankommen lassen.

Unsere Gruppe bewegte sich lautlos weiter. Wieder versanken wir mit den Schuhen im stinkenden Wasser. An einer Abzweigung, die in drei verschiedene Richtungen führte, hielt unsere Gruppe inne.

»Hier trennen sich unsere Wege. Die neuen Gorgonen werden auf verschiedene Unterkünfte aufgeteilt«, sagte Helena. Sie teilte uns in Gruppen auf, die sich sogleich auf den Weg machten. Bee, Yara, Helena sowie ich und zwei andere neue Gorgonen blieben zurück. Wir folgten Helena, als sie in den rechten Gang abbog. Bald kamen wir wieder an einer Gabelung vorbei, vor der Helena innehielt.

»Welchen Gang müssen wir nehmen?« Sie drehte sich erwartungsvoll zu uns um. Ich kniff die Augen zusammen. Hatte sie den Weg vergessen? Nein, es war eine weitere Prüfung. Von den älteren Gorgonen war also keine Hilfe zu erwarten. Die beiden anderen Neulinge traten von einem Fuß auf den anderen, sich sichtlich unwohl fühlend. Ich hingegen machte einen Schritt nach vorne. Wenn alles schiefgelaufen war, war ich in dieser Nacht zu einer Mörderin geworden. Im Vergleich dazu schien die Auswahl eines falschen Weges geradezu lächerlich.

Du bist mächtig, vergiss das nie.

Meine Kehle schnürte sich zu und ich schob den Gedanken weit fort. Jetzt war nicht die Zeit, um in Panik zu geraten und meinen Geist für die geflüsterten Lügen zu öffnen.

Ich sah mir die beiden Durchgänge genau an. Sie waren identisch, auch die Wege dahinter glichen sich. Die anderen beiden neuen Gorgonen schritten an mir vorbei, auch sie hatten also verstanden, was

Helena von uns wollte. Sie gingen sogar noch näher an die Bögen heran als ich, machten ein paar Schritte in die Gänge hinein, schauten, horchten, rochen. Ich blieb wie angewurzelt stehen und starrte unverwandt auf die Öffnungen. Mein Bauchgefühl, das Summen sagte mir, dass ich dort die Antwort finden würde. Doch was, wenn es mich täuschte? War dann alles umsonst gewesen? Würde meine Mission doch noch ein frühes Ende finden?

Welcher Weg?, fragte ich mich. *Welcher Weg ist der richtige?* Verzweiflung wallte in mir auf und ließ die aschgrauen Schatten in den Katakomben noch bedrohlicher wirken. Hitze entzündete sich in meinem Nacken und ließ mich zusammenfahren. Dann, fast zeitgleich, leuchtete ein Symbol am Rand des rechten Ganges auf. Eine messingfarbene Schlange prangte dort. Ich lächelte.

»Rechts«, sagte ich und Helenas Augen leuchteten auf.

»Sehr gut.« Sie bedeutete mir mit einer Kopfbewegung, ihr zu folgen, also tat ich es, auch Bee und Yara kamen uns hinterher.

»Ihr nicht«, sagte sie zu den anderen beiden Neuen, die die Lösung anscheinend noch nicht erkannt hatten und uns ebenfalls folgen wollten. »Findet es selbst heraus.« Mit großen Augen blieben die beiden stehen und starrten uns hinterher. Ihre verängstigten Gesichter, als wir sie im Dunkeln stehen ließen, blieben mir noch lange im Gedächtnis. Ich kannte die beiden nicht, wusste nur, was sie in dieser Nacht getan haben mussten. Und dennoch empfand ich etwas Mitleid für sie. War das unangebracht? Falsch? Vielleicht. Doch ich musste mein Ziel im Auge behalten. Ich konnte nicht bei jeder unerwarteten Wendung wanken. So würde ich niemals weit kommen.

Auf dem Rückweg passierten wir weitere Gabelungen und Kreuzungen. Bei jeder warteten Helena und die anderen beiden darauf, dass ich die Richtung ansagte. Ich sah die Schlangen nicht immer sofort, aber es fiel mir beständig leichter, die Magie heraufzubeschwören, die es mir ermöglichte. Meine Verzweiflung war eine gute Motivation. Mein Nacken brannte bei allen Versuchen. Anfangs war die Hitze unangenehm, doch ich gewöhnte mich an sie und empfand sie am Ende sogar als wohltuend. Sie widersetzte sich der rauen Kälte der Katakomben. Hoffentlich war das ein gutes Zeichen. Helena jedenfalls sah zufrieden aus und das war es, was zählte. Sie galt es zu beeindrucken.

Wir gelangten zu einer Treppe, die zu einem Torbogen hinaufführte. Oben angekommen drehte Helena sich zu mir um und lächelte.

»Willkommen, Gorgone«, sagte sie und ging in die Dunkelheit. Ich konnte mir ein stolzes Lächeln nicht verkneifen. Ich hatte es geschafft, sie hatten mich aufgenommen. Die Frage war nur, welchen Preis ich dafür noch bezahlen würde.

Bee und Yara brachten mich zurück in das Zimmer, in dem die zwei Stockbetten standen. Keine andere Gorgone war da, dafür ein Stapel Kleidung, ein voller Kulturbeutel sowie Bettwäsche. Sie ließen mich zurück, damit ich mich einrichten konnte, und wollten mich dann zum Essen wieder abholen. Dabei wurde mir allein bei dem Gedanken an etwas Essbares schlecht. Die Unwissenheit darüber, ob ich diesen Jim umgebracht hatte oder nicht, nahm mir jeglichen Appetit. Auch wenn Helena mich als eine der ihren bezeichnet hatte, schloss Bee die Tür zum Zimmer erneut ab. Lexia zu suchen und sie um Hilfe zu bitten, war dadurch unmöglich. Über die Verbindung rief ich auf gut Glück nach Nick, vielleicht hielt er sich ja zufällig in der Nähe auf. Doch eine Antwort blieb aus und meine Frustration wuchs. Ich konnte die Finger nicht stillhalten, ich brauchte etwas zu tun, bevor ich wahnsinnig wurde.

Ich bezog das Bett, duschte und zog mir frische Sachen an. Ohne die blutbesudelte Kleidung fühlte ich mich ein wenig besser. Nun trug ich schwarze Hosen, schwarze halbhohe Schuhe und einen dunkelgrünen Pullover. Meine Wunden von dem Kampf waren schon wieder verheilt. Hoffentlich hatte in der Dunkelheit niemand allzu genau auf mein Äußeres geachtet.

Auf dem Bett lag der Dolch, mit dem ich gekämpft hatte. Er war wesentlich kleiner als der, den die Krieger im Orden benutzten, aber nicht weniger gefährlich, zumindest für Menschen. Ich hatte ihn vom Blut gereinigt, doch die Erinnerungen an die Nacht ließen sich nicht so einfach beseitigen. Die Bilder in meinem Kopf waren so klar wie sie nur sein konnten.

Mord.

Das Wort verfolgte mich. Nichts anderes war es, was in dieser Nacht geschehen war. Was ich getan hatte. Vorausgesetzt, es war mir tatsächlich nicht gelungen, Jim zu retten. Ich wischte den Gedanken weg. Das war feige, aber anders würde es mir nicht gelingen, am nächsten Morgen aus dem Bett aufzustehen.

Es klopfte an der Tür. War es schon Zeit für das Essen?

»Herein.« Doch es waren nicht die zwei Gorgonen, die ihren Kopf zur Tür hereinsteckten, sondern Lexia. Sie strahlte erleichtert, als sie mich sah, und ich sprang auf.

»Du hast es geschafft«, sagte sie und machte die Tür hinter sich zu. Sie drückte mich kurz an sich. »Das freut mich. Wirklich.« Sie machte eine kurze Pause und ließ mich los. »Was genau war es?«, wollte sie dann wissen.

»Etwas, über das ich gerade nicht ausführlich sprechen will«, antwortete ich deshalb. »Aber du musst einen Krankenwagen und den Orden zur Bellem Street schicken. Hausnummer 5. Hinterhof. Bitte. Es geht um das Leben eines Menschen.« Skeptisch musterte Lexia mich, ihre Stimme war tonlos.

»Was hat Helena von dir verlangt?«

Ich antwortete ihr nicht. Es auszusprechen würde es nur schlimmer machen. Es mochte feige sein, aber ich war noch nicht bereit. Zwischen uns breitete sich Schweigen aus. Es war unangenehm, doch ich hielt es aus, bis Lexia seufzte.

»Ich kümmere mich drum. Übrigens sind zwei andere der neuen Gorgonen nicht wieder zurückgekommen.« Und ich wusste genau, was das bedeutete. Meine Beine schwächelten. Helena hatte mir selbst gesagt, was geschehen würde, wenn man versagte. Nur warum war beim Orden nie die Rede davon gewesen?

Ich senkte den Kopf.

»Wenn etwas ist, bin ich für dich da«, sagte sie.

Es beruhigte mich zu wissen, dass ich nicht allein war, auch wenn mir das in dieser Situation nicht half. Ich hörte ihren Stock auf dem Boden klappern, als sie das Zimmer verließ. »In einer Viertelstunde wirst du zum Essen abgeholt.« Dann schloss sie die Tür hinter sich. Ich legte mich aufs Bett und starrte auf die Unterseite des Lattenrostes über mir. Ich dachte an nichts, versuchte es zumindest. Dann wurde ich abgeholt.

Wie am Abend saßen wir auf dem Boden und aßen aus Schüsseln, während die Gorgonen sich angeregt miteinander unterhielten. Helena war nicht dabei, angeblich hatte sie ein paar Angelegenheiten zu regeln. Ich konnte nicht mal sagen, wie spät es war. Als wir zurückgekehrt waren, war es mitten in der Nacht gewesen. Und jetzt? War es draußen schon hell?

Ich versuchte, mich an den Gesprächen der Gorgonen zu beteiligen, doch es gelang mir nicht recht. Und das trotz dessen, dass die anderen versuchten, mich zu integrieren. Irgendwann eilte Bee mir unerwartet zu Hilfe, die sich zu uns gesellte und den anderen sagte, dass ich nach meiner Prüfung sicherlich nur müde sei und etwas Zeit bräuchte, mich zu erholen. Die anderen Gorgonen nickten verständnisvoll und ließen mich von da an in Ruhe, kümmerten sich aber darum, dass ich genug zu essen und zu trinken hatte. Sie waren nett, anders konnte man es nicht sagen. Die ausgelassene Stimmung um mich herum stand im krassen Gegensatz zu den Gefühlen, die in meinem Inneren tobten. Die Gorgonenmagie flüsterte mir immer wieder zu, dass ich eine gute Tat vollbracht hatte und stolz auf mich sein konnte. Also tat ich nach außen hin so, als sei ich müde, aber glücklich.

Lexia und ich hielten Abstand zueinander, niemand sollte vermuten, dass es eine andere Verbindung zwischen uns gab als die einer neuen Gorgone und ihrer Mentorin. Ab und an trafen sich unsere Blicke und Mitleid flackerte in Lexias Augen auf. Sie sollte nicht glauben, ich sei dem allen hier nicht gewachsen, und auf die Idee kommen, mich wieder zurückzuschicken. Also setzte ich auch für sie ein Lächeln auf, aß viel und tat mein Bestes, um nicht allzu niedergeschlagen zu wirken. Hoffentlich nahm sie mir das ab und sah mir nicht an, dass ich nur Asche und Reue auf meiner Zunge schmeckte.

Nach dem Essen gingen wir auf unsere Zimmer zurück. Mein Körper fühlte sich schwer an, meine Lider fielen mir immer wieder zu. Ich war gerade auf mein Bett gefallen, als eine weitere Gorgone das Zimmer betrat. Sie nannte mir ihren Namen, doch ich war schon halb eingeschlafen und hörte nicht richtig hin. *Morgen*, dachte ich. *Morgen werde ich mich darum bemühen, die beste Gorgone zu sein, die es jemals gegeben hat. Und dann werde ich alle anderen aufhalten.*

Kapitel 16

Jenna«, stellte sich das Mädchen am nächsten Tag noch mal vor, als ich ihr gestand, dass ich am Abend zuvor zu müde gewesen war, um mir ihren Namen zu merken. Sie lächelte und nickte verständnisvoll. »Ich war auch total erledigt«, gestand sie. »Die Prüfung hatte es wirklich in sich. Einfach so aus dem Nichts heraus Leute aufzuspüren und sie zu überwältigen war echt krass. Und dann die Verwandlung in Stein durch die anderen – hoffentlich kann ich das auch bald.«

»Ja«, sagte ich und versuchte, meine Verwirrung zu überspielen. »Das war wirklich … krass.«

Jenna band sich ihre langen blonden Haare zu einem unordentlichen Knoten. Dabei rutschten die Ärmel ein Stück nach unten und legten ihre Unterarme frei. Auf ihrer Haut zeichneten sich feine Narben ab. So viele, dass ich sie nicht zählen konnte. Sie lagen eng und fast parallel hintereinander, Linie für Linie.

Ich kramte in meinem Gedächtnis nach einer Erinnerung. Hatte ich so etwas schon mal gesehen?

»Die habe ich mir selbst zugefügt. Bis vor Kurzem«, sagte Jenna, als sie meinen Blick bemerkte. Sie ließ die Hände sinken und strich mit den Fingern über die blassen Striche auf ihrer Haut. »Ich glaube, hier brauche ich das nicht mehr.«

»Tut mir leid, ich wollte nicht starren. Es war nur …«

»Neugierde? Ist okay. Wir können über alles reden.« Sie zwinkerte. »Jetzt brauche ich aber erst mal eine Dusche. Die letzte Nacht klebt noch an mir.« Pfeifend huschte sie ins Bad und ließ mich verdutzt zurück.

Also war es wirklich wahr. Die Gorgonen suchten sich Mädchen und junge Frauen, die Hilfe brauchten, und gaben ihnen ein neues Leben, ein neues Zuhause. Das war gut. Eigentlich. Wäre da nicht die Sache mit dem Versteinern ... Jennas Worte bezüglich der Prüfung kamen mir in den Sinn. Sie hatte die Nacht offensichtlich ganz anders erlebt als ich. Ihre Prüfung war eine andere gewesen als meine. War das auch bei den anderen so? War ich die Einzige, die jemanden hatte umbringen sollen? Wenn ja, warum? Ich musste dem auf den Grund gehen.

Jenna kam gerade aus der Dusche, als Bee und Yara auftauchten, um uns abzuholen. Ich konnte überhaupt nicht einschätzen, wie spät es war. Nach dem Aufwachen hatte ich den letzten Rest Zeitgefühl verloren.

Unser Weg führte uns in den Trainingsraum, in dem ich mit Lexia gewesen war. Dort warteten bereits andere Gorgonen auf uns und auch Helena war da. Barfuß stand sie auf einer der Sportmatten und dehnte sich. Lexia war nicht zu sehen. Dabei wollte ich unbedingt wissen, ob sie den Krankenwagen und den Orden hatte informieren können. Sobald das Training um war, musste ich sie suchen gehen.

»Guten Morgen«, begrüßte Helena uns, als wäre es nur ein ganz normaler Morgen an einem ganz normalen Tag. »Sucht euch einen freien Platz und macht mit.« Jenna und ich belegten zwei freie Matten im hinteren Teil des Raumes.

Helena fuhr fort. »Wir werden heute mit eurer Kampfausbildung beginnen. Wenn ihr so etwas noch nie gemacht habt, müsst ihr nicht verzweifeln. Mit eurem Tattoo wurde euch die Fähigkeit sozusagen nachträglich in die Wiege gelegt. Wir müssen diese neue Macht nur erwecken. Lasst euch dabei von euren Instinkten und eurer Magie leiten.« Wir folgten den Anweisungen. Erst dehnten wir uns, dann machte Helena ein paar Übungen vor, die mir sehr bekannt vorkamen. Sie erinnerten mich an die Grundschritte, die Nick mir gezeigt hatte. Ich warf einen kurzen Blick auf den kleinen goldenen Strich auf meiner linken Handfläche. Was Nick wohl gerade tat? Bei dem Gedanken an ihn zog sich etwas in mir zusammen. Ich vermisste ihn sehr.

Ich schüttelte den Kopf und entspannte meinen Nacken, bevor ich zur nächsten Schrittfolge ansetzte. *Keine Gedanken, keine Ablenkung*, ermahnte ich mich. Doch Nicks Lächeln ging mir nicht aus dem Kopf. Ich hörte seine Kommandos aus dem Training, als stünde er direkt neben mir. So schnell konnte ich das nicht vergessen. Also musste ich aus meiner vermeintlichen Schwäche eine Stärke machen. Das alles nahm ich auch für ihn auf mich. Er war mein Antrieb, auch wenn der Gedanke an ihn mich schwermütig machte. Also behielt ich seine Kommandos im Ohr und gab im Training alles. Auch Jenna neben mir strengte sich an, bei ihr merkte man aber deutlich, dass sie so etwas noch nie gemacht hatte. Sie raufte sich mehrmals die Haare und verzog das Gesicht vor Schmerzen, wenn sie sich falsch bewegte. Ehe ich mich bremsen konnte, flüsterte ich ihr ein paar Tipps zu und deutete auf meine eigene Haltung, damit es ihr leichterfiel. Sie lächelte und streckte den Daumen nach oben. »Danke.«

Ich tat trotzdem so, als kannte ich die meisten der Übungen noch nicht und gab mir dann Mühe, es so aussehen zu lassen, als würde ich sie schnell beherrschen. Ich baute den einen oder anderen Fehler ein. Doch ich bemerkte die anerkennenden Blicke, die Helena mir zuwarf, während sie durch unsere Reihen streifte. Sie war nicht viel jünger, als ich mich schätzte, und doch schüchterte ihre Autorität mich ein. Dass sie in diesem jungen Alter an der Spitze der Gorgonen stand, war erstaunlich. Auch dazu musste ich Lexia befragen.

Nach ein paar Stunden rann mir der Schweiß in Strömen hinunter, den anderen Gorgonen ging es ähnlich. Jenna neben mir keuchte, ihr Kopf war rot und die Sommersprossen in ihrem Gesicht leuchteten. Die Luftfeuchtigkeit machte es nur noch schlimmer. Alle im Raum atmeten schwer, die Bewegungen wurden mit der Zeit langsamer und fahriger. Doch Helena trieb uns weiter an. Während sie durch unsere Reihen lief, erzählte sie uns davon, wie die Missionen der Gorgonen abliefen und auf was wir uns bei den Kriegern einstellen mussten. Diese Dinge waren mir bereits bekannt, das Briefing durch den Orden war diesbezüglich also korrekt gewesen. Trotzdem knirschte ich vor Frustration mit den Zähnen. Ich fing tatsächlich bei null an, musste mich erneut durch das Training kämpfen, meine Magie für mich behalten und so tun, als wäre ich gerne hier.

Das bist du doch, flüsterte die Stimme in meinem Kopf. Ich schüttelte den Gedanken ab, ballte meine Hände zu Fäusten und mahnte mich zur Vorsicht. Ich musste meine Emotionen unter Kontrolle bringen. Die Konzentration auf die Schritte half dabei. Einer nach dem anderen, sowohl im Training als auch in der Mission. Erleichtert ließen wir uns wenig später zu Boden sinken, als Helena uns dazu aufforderte.

»Das habt ihr gut gemacht«, lobte sie. »Hört immer auf euren Instinkt. Ich möchte, dass ihr euch nun auf den Rücken legt, die Hände auf dem Bauch verschränkt und die Augen schließt.«

Die Mädchen neben mir tuschelten miteinander, kamen dann aber der Forderung nach. Auch ich fügte mich. Sobald ich die Augen schloss, spürte ich jede Zelle meines Körpers. Das Training hatte alle Muskeln beansprucht, doch so weh es auch tat, ich fühlte mich leichter. Mein Schnaufen beruhigte sich. Stille legte sich über den Raum, nur das Atmen der anderen neuen Gorgonen war zu hören. Doch auch das wurde schwächer, bis fast vollkommene Ruhe herrschte.

Helenas Stimme kam von einer Stelle rechts neben mir, sie bewegte sich lautlos durch den Raum.

»Spürt euch. Spürt die anderen in diesem Raum. Spürt die Energie, die von jeder von euch ausgeht. Schickt eure Sinne auf Wanderschaft und erfasst damit so viel ihr könnt.« Ihre Stimme schwebte wie eine beruhigende Melodie durch den Raum, war aber zugleich so fesselnd, dass ich um jeden Preis wach bleiben wollte. Es war bizarr, ich wollte den Anweisungen folgen, streckte meine Sinne aus und spürte. Erst nur mich. Ich konzentrierte mich nacheinander auf bestimmte Teile meines Körpers. Als das geschafft war, richtete ich meine Aufmerksamkeit nach außen. Die Wärme der anderen. Die Bewegungen ihrer Körper. Die Geräusche, die sie beim Atmen machten. Meine Sinne ertasteten alles. Es war berauschend. Das Gefühl von Gemeinsamkeit, das Bewusstsein über diesen gemeinsamen Moment – all das war aufregend. Mein Herz klopfte schneller und dann spürte ich das Blut. Blut, das durch Adern floss. Im stetigen Rhythmus eines Herzschlags. Doch es war nicht mein Blut. Es pulsierte hypnotisierend durch die Adern von Jenna. Ich konnte mich kaum davon lösen. Bei meinen Kämpfen mit Xanthos und Jim hatte ich mich ähnlich gefühlt, doch jetzt, da ich mich in aller Ruhe darauf konzentrieren konnte, war die Empfindung viel intensiver. Die Blutmagie durchströmte mich und entfesselte meinen Kampfgeist. Plötzlich erwachte ein Drang in mir. Das Bedürfnis, nach dem Blut zu greifen, es zu rufen, wurde immer stärker. Ich spürte ein Prickeln meinen Rücken hinaufströmen, das Summen erwachte. Magie.

Ich riss die Augen auf und kappte die Verbindung zwischen Jenna und mir. Das war knapp gewesen. Um ein Haar hätte meine Magie sich entfaltet und wer weiß was angestellt. Ich atmete schwer. Plötzlich beugte sich Helena über mich. Sie lächelte schwach, doch ihre Augen blitzten voller Ernst.

»Steh auf.« Ich gehorchte. Sie stellte sich direkt vor mich und ihr Blick schien mich durchbohren zu wollen. Es fiel mir schwer, ihm standzuhalten.

»Ruf deine Schlange«, sagte sie. Noch immer spürte ich das Prickeln auf meinem Rücken und ich leitete meine Aufmerksamkeit auf meinen Nacken. Ich konnte die Tinte und das Gift unter meiner Haut spüren, als würde ich sie mit meinen Fingern ertasten. Trotzdem war mir nicht ganz wohl bei der Sache. Was, wenn jetzt doch noch alles schiefging?

»Mach dir keine Sorgen, Rya. Durch das Training und die Konzentration auf dein Innerstes hast du den Zustand erreicht, den es braucht, um die Magie zu nutzen. Versuche es. Vertrau mir.« Das war wirklich das Letzte, was ich wollte. Aber um meine Mission nicht zu gefährden, musste ich lernen, mit der Magie umzugehen. Ich musste vertrauen. Aber nicht ihr. Sondern mir. Ich nahm all meinen Mut zusammen und zupfte an der Tinte, an dem Gift und letzten Endes auch an der Magie in meinem Nacken. Jetzt würde sich zeigen, ob meine Übungen mit dem Wasser etwas genutzt hatten. Zunächst geschah nichts, dann spürte ich eine warme, fast heiße Präsenz, die sich von meinem Nacken über meine Schulter und weiter meinen linken Arm hinabzog. Eine wunderschöne graublaue Schlange wand sich darum, ihre Erscheinung ähnlich wie von Farbe durchzogenes Wasser, fast wie der Himmel bei Mitternacht. Nicht spürbare Schuppen überzogen ihren magisch pulsierenden Körper. Das Tier schmiegte seinen Kopf in meine Handfläche.

»Wow«, der Ausruf von Jenna holte mich aus meiner Starre. Ich sah zu Helena auf, die anerkennend nickte. Die Gorgonenmagie in meinem Inneren meldete sich zu Wort. Sie feuerte mich an, lobte mich und für den Bruchteil einer Sekunde ließ ich mich davon einlullen. Dann kehrte ich in die Realität zurück und war wütend auf mich selbst. Ich durfte nicht den Kopf verlieren. Die Zunge der Schlange fuhr sanft über meine Narbe und den goldenen Strich auf meiner linken Handinnenfläche und ich beruhigte mich. Ich sah nicht hin, weil ich die Aufmerksamkeit nicht darauf lenken wollte, doch Helena hatte sich bereits abgewandt.

»Ihr müsst eine Einheit werden. Ihr seid ein Wesen, eine Waffe. Kümmert euch gut umeinander. Nur dann könnt ihr erfolgreich sein.« Helena schritt weiter die Reihen ab. Außer mir schaffte es niemand mehr, seine Schlange zu beschwören. War es dumm gewesen, jetzt schon so weit zu gehen? Hätte ich warten und Helenas Aufforderung ignorieren sollen? Doch jetzt war es ohnehin zu spät. Ich starrte auf die Schlange, die sich um meinen Arm gewickelt hatte. Sie starrte zurück.

Meine Magie tastete nach ihr. Ich spürte sie, ihre Wärme und das magische Pulsieren, das von ihr ausging. Dabei hielt ihr Blick den meinen gefangen. War es eine Täuschung, oder enthielten ihre Augen eine gewisse Lebendigkeit? Die Schlange musterte mich ihrerseits. Was sie wohl sah? Konnte sie das überhaupt?

Amaris, zischte eine Stimme in meinem Kopf und ich zuckte zusammen. Die Schlange ließ ihre Zunge hervorschnellen und sah mich unverwandt an. Dann neigte sie den Kopf leicht zur Seite. Amaris. War das ihr Name? Konnte ich mit ihr kommunizieren?

Rya, dachte ich an die Schlange gerichtet. *Mein Name ist Rya.* Das Summen in meinem Inneren wurde schwächer, ich verlor allmählich die Kontrolle. Amaris reagierte darauf. Sie schlängelte sich zurück meinen Arm hinauf und verschmolz mit meinem Nacken. Die Wärme, die ich die ganze Zeit verspürt hatte, ebbte ab. Ich strich sanft über meine Tätowierung.

»Amaris«, wiederholte ich und lächelte dabei. Ich war nicht mehr allein.

Erst jetzt wurde ich mir wieder meiner Umgebung bewusst. Die anderen Gorgonen waren aufgestanden und strömten zum Ausgang. Helena hatte uns entlassen, wir sollten uns frisch machen und etwas ausruhen, bevor es mit dem nächsten Training weiterging. Jenna wartete auf mich und gemeinsam liefen wir zu unserem Zimmer zurück.

»Deine Schlange sah toll aus«, sagte sie. »Wie hat sich das angefühlt?«

»Wahnsinnig gut«, gestand ich. »Aber auch etwas beängstigend.«

»Würdest du mir dabei helfen, das auch zu schaffen?« Jennas flehender Ausdruck in den Augen kratzte an meiner Ablehnung gegenüber den Gorgonen. Sie war nur ein Mädchen, wie ich, das sich aus Verzweiflung den Gorgonen angeschlossen hatte. Ich wollte den Gorgonen nicht helfen. Zumindest nicht mehr, als nötig war, um meine Lüge aufrechtzuerhalten. Aber darüber hinaus? Jenna bemerkte mein Zögern und presste die Lippen enttäuscht aufeinander.

Sie ist wie du, flüsterte die Gorgonenmagie mir zu. *Ihr seid eine Familie.*

»Das bekommen wir hin«, hörte ich mich im nächsten Moment sagen. Wenn ich keinerlei Kontakte knüpfte, wäre das auch nicht gut. Nicht, wenn die Gorgonenmagie die Mädchen und Frauen dazu aufrief, eine Gemeinschaft zu sein. Außerdem wäre es sicherlich schön, jemanden zu haben, mit dem man über alles reden konnte. Zumindest was die Gorgonen betraf. Ich wollte nicht wieder isoliert am Rand stehen und nur beobachten. Davon hatte ich für ein ganzes Leben genug.

»Super«, rief Jenna und das Strahlen ihrer Augen machte die Aussicht auf die Zukunft ein bisschen optimistischer.

Nach einer kurzen Dusche ließen Jenna und ich uns aufs Bett fallen und fassten neuen Atem, bevor der Alltag bei den Gorgonen uns einholte und wir kaum Zeit zum Reden hatten. Schlafen, Essen, Trainieren. Daraus bestanden unsere Tage in den Katakomben. Hinzu kam der Verlust des letzten Rests meines Zeitgefühls. Ich vermutete, dass drei Tage vergingen, ehe ich Lexia wiedersah. Vorher hatte sich mir keine Gelegenheit geboten, sie aufzusuchen. Während einer unserer Trainingsstunden kam sie in den Raum und bat Helena zu sich. Sie redeten leise, es schien etwas Wichtiges zu sein. Möglichst unauffällig warf ich ihnen Blicke zu und beobachtete gleichzeitig die anderen neuen Gorgonen dabei, wie sie ihre Schlangen heraufbeschworen. Einen Tag nachdem es mir gelungen war, hatten ein paar andere es ebenfalls geschafft. Gut ein Drittel von uns konnte die Magie und die Schlangen mittlerweile gezielt hervorzurufen. Auch Jenna war es als Zweite einen Tag nach mir gelungen, nachdem ich sie im Training ein wenig angeleitet hatte. Eigentlich hatte ich ihr nur beschrieben, wie es sich anfühlte, die Schlange auf meinem Arm zu spüren, doch das reichte aus. Kurze Zeit später wand sich eine orange Schlange um ihren Nacken. Jenna war deswegen ganz aufgeregt und starrte das Wesen fasziniert an. Auch ich konnte mir ein Lächeln nicht verkneifen. Es war schön, sie so glücklich zu sehen. Auch die anderen Gorgonen, egal wie weit sie bezüglich ihrer Schlangen waren, wirkten fröhlich und genossen die Atmosphäre.

Es gelang mir problemlos, Amaris zu rufen und sie wieder verschwinden zu lassen. An alles andere hatte ich mich noch nicht herangetraut und würde es auch erst dann machen, wenn Helena uns dazu aufforderte. Ab und an erschien die Schlange auch ohne meine Aufforderung, was meine Vermutung bestätigte, dass in diesem Wesen mehr steckte als Magie, die nur auf meine Befehle hörte. Ich erwartete, dass Helena uns erst sehr lange trainieren lassen würde, bevor wir die Katakomben für eine Mission verlassen dürften, doch kleine Schritte waren offensichtlich nicht ihre Art. Sie rief uns nach der Unterredung mit Lexia zusammen. Letztere stand noch immer neben der Anführerin und blickte aufmerksam in unsere Runde. Ich bemerkte das Glitzern in den Augen der anderen, als sie ihre … *unsere* Anführerin betrachteten. Sie warteten gebannt auf das, was sie zu sagen hatte.

»Gorgonen.« Dieses eine Wort genügte Helena, um alle zum Verstummen zu bringen und den Raum mit ihrer Präsenz zu füllen. Ich spürte, wie die Gorgonenmagie in mir zum Leben erwachte und mich einwickeln wollte, aber ich ließ es nicht zu. Ich hörte nicht auf die geflüsterten Sätze, tat aber so, als wäre ich Helenas Rede restlos verfallen.

»Bereits heute werden einige von euch die Chance erhalten, ein paar der älteren Gorgonen auf eine Mission zu begleiten. Ihr werdet nicht aktiv dabei sein, sondern nur beobachten. Morgen werdet ihr den anderen dann davon berichten. Also passt gut auf, damit wir alle an euren Erfahrungen teilhaben können. Ich habe vier von euch ausgewählt, die sich bisher am besten entwickelt haben.«

Irgendwie hoffte und fürchtete ich zugleich, dass sie meinen Namen sagte.

»Jenna, Luce, Cathy und Rya.«

Ich nickte automatisch und setzte ein Lächeln auf, was mir dieses Mal nicht so schwerfiel. Ich war auf dem richtigen Weg. Jenna stieß mich mit stolzgeschwellter Brust von der Seite an.

»Ihr vier«, fuhr Helena fort, »werdet mit Lexia gehen. Sie wird euch auf euren Einsatz vorbereiten. Ich wünsche euch viel Erfolg.«

Wir setzten uns in Bewegung und folgten der hinkenden Lexia in einen angrenzenden Raum. Sie händigte uns die *Klímaka* aus. Dann öffnete Lexia einen weiteren Wandschrank, hinter dem sich große goldene Metallscheiben befanden.

»Das hier sind Schilde, mit denen ihr euch gegen die Dolche der Krieger verteidigen könnt. Sie sind leicht und lassen euch viel Bewegungsfreiraum. Ihr habt sie noch nicht benutzt, aber auch hier könnt ihr euch auf eure Instinkte verlassen.« Während sich jede der Gorgonen einen der Schilde nahm, warf Lexia mir einen flüchtigen Blick zu, der von den anderen unbemerkt blieb. »Heute Nacht bietet sich für euch die perfekte Gelegenheit, um zu lernen. Ihr fühlt euch vielleicht noch etwas unsicher, aber meist sind es gerade die unerwarteten Momente, in denen man glänzen kann.«

Spielte Lexia darauf an, dass dies die Gelegenheit war, mit Nick zu sprechen? War die heutige Mission gleichzeitig ein Treffen, das sie mit ihm vereinbart hatte?

Ich nahm einen Schild von Lexia entgegen und tatsächlich spürte ich das Gewicht kaum. Er fühlte sich ganz anders an als der, mit dem ich im Orden trainiert hatte. Er war leichter und handlicher. Ich führte meine Hand in die Riemen an der Rückseite. Die Scheibe war groß genug, um genügend Schutz zu bieten, störte aber nicht, wenn ich den Schild an meine Seite sinken ließ.

»Fällt es nicht auf, wenn wir damit durch die Stadt laufen? Diese Dinger sind nicht gerade unauffällig«, fragte eine der anderen Neuen, deren dunkelrote Haare zu einem Zopf gebunden waren. Luce, wenn ich mich recht erinnerte.

»Ihr und eure Ausrüstung werdet dank des *Klímakas* durch einen magischen Schleier geschützt, der die Realität für die Menschen verändert. Sie können euch sehen, aber ihnen wird eine andere Erscheinung vorgegaukelt. Solange ihr keinen längeren Blickkontakt aufbaut, bleibt es auch so. Nur die Zielpersonen dürft ihr gezielt ansehen, dann werden sie ebenfalls vom Schleier erfasst. Ihr müsst darauf achten, keine Unbeteiligten in die Sache mit reinzuziehen. Menschen bekommt es nicht gut, wenn sie mit Magie in Berührung kommen.

Die Krieger allerdings können euch immer sehen, also nehmt euch in Acht. Die anderen Gorgonen werden euch sagen, was zu tun ist und eure innere Stimme wird euch ebenfalls unterstützen. Ihr schafft das schon.« Lexia rang sich ein Zwinkern ab, doch ich sah ihr an, dass ihr die Sache nicht geheuer war. Der Griff um ihren Stock war verkrampft, sie presste die Lippen zusammen, als sie glaubte, dass niemand hinsah. Das war kein gutes Zeichen. Irgendwas war faul an der Sache. Ich schwor mir, heute Nacht besonders vorsichtig zu sein.

»Bist du bereit?« Jenna trat an meine Seite und schnallte sich den Schild um den Arm.

»Ich denke schon«, erwiderte ich. Nicht gerade überzeugend, aber es reichte, um ihr ein Schmunzeln zu entlocken.

»Eins fehlt noch«, sagte sie und trat hinter mich. Sie fasste meine Haare zu einem Knoten zusammen und befestigte ihn mit einem Haargummi. »So. Viel besser.«

»Danke.«

»Gerne. Dann mal los.«

Als wir durch einen Gullydeckel zur Oberfläche hinauskletterten, hieß ich die frische Nachtluft willkommen. Wobei ›frisch‹ relativ war. Die Abgase und Gerüche der stinkenden Mülltonnen taten in der Nase weh. Und doch war es eine Abwechslung zu dem dauermuffigen Zustand in den Katakomben. Außerdem fühlte es sich schön an, den Himmel wieder zu sehen und das Zeitgefühl zurückzubekommen. Die spärliche Beleuchtung des Hinterhofs vermochte kaum etwas gegen die bleierne Dunkelheit der Nacht auszurichten. Aus der Ferne hörte man die unstillbaren Geräusche der Stadt. Wir waren nicht lange durch den Untergrund gewandert, das Zentrum konnte nicht weit entfernt sein.

Zusammen mit Jenna, Luce und Cathy und mir waren noch fünf andere ausgebildete Gorgonen auf die Mission mitgekommen, unter anderem Bee, Yara und Jill. Ich vermutete, dass sie ein festes Team waren, so oft, wie ich sie schon zusammen gesehen hatte. Auch sie trugen die *Klímaka* und Schilde, die sich nicht von unseren unterschieden. Und doch bewegten sie sich mit einer Eleganz und Selbstsicherheit, die uns noch fehlte. Wir folgten ihnen aus dem Hof hinaus auf eine ruhige Straße, bogen einmal ab und versteckten uns dann in einer anderen Gasse, die fast vollkommen dunkel war. Nur wenige Leute waren noch unterwegs, und auch wenn ich wusste, dass sie unsere wahre Erscheinung nicht erkennen konnten, war mir unwohl dabei, durch die Schatten zu schleichen. Der Schild kam mir zu groß, das goldene Funkeln meiner Kleidung zu grell vor. Ich hielt den Blick gesenkt und achtete darauf, niemanden außer die Gorgonen länger als nötig anzusehen.

Während zwei der Gorgonen sich auf dem Bürgersteig auf die Lauer legten und nach unserer Zielperson Ausschau hielten, versteckten wir anderen uns in den Schatten der Gassen. Die Krieger des Ordens sollten uns zumindest nicht gleich auf den ersten Blick entdecken. Bee fasste kurz zusammen, wen wir verfolgten und warum. Der Mann würde das Schicksal der *Ágalmas* teilen. Vorausgesetzt, dass niemand uns aufhielt. Mein Herz flatterte, als die beiden Gorgonen auf dem Bürgersteig ein kurzes Zischen ausstießen. Es ging los. Die beiden zogen bei dem Mann dieselbe Nummer ab wie bei mir. Während eine der beiden den Mann nach der Uhrzeit fragte, schlich die andere sich von hinten an und überwältigte ihn. Sie trugen ihn in die Gasse und legten ihn vor unseren Füßen ab. Er kam schon wieder zu sich und blinzelte verwirrt. In dem Moment, als er aufstehen wollte, beschworen die Gorgonen ihre Schlangen und ließen sie ihn einkreisen.

»Was …«, keuchte er und rieb sich über die Augen. Seine Verwirrung wich blanker Angst, als der Schleier vor seinen Augen zerbrach und die Realität offenbarte. Ich hörte nicht hin, als die Gorgonen ihm seine Sünden vorwarfen. Doch als der Mann auf die Knie fiel und um Gnade winselte, horchte ich auf.

Gut so, dachte ich, *er soll sich in seinen letzten Momenten noch Hoffnung machen. Dann ist die Enttäuschung später umso größer. Selbst schuld, wenn er so ein elender …*

Was?

Ich schüttelte den Kopf. Leicht benebelt beobachtete ich die Szenerie vor mir.

Er hat es verdient, dachte ich wieder. *Wir tun das Richtige.*

Nein! Ich biss mir auf die Zunge und der Schmerz klarte meine Gedanken wieder auf. Die Magie würde nicht gewinnen.

Bee trat vor und kniete sich auf den Boden, um mit dem Mann auf Augenhöhe zu sein. Sie legte den Kopf schief und fixierte ihn. Es schien ihm unmöglich, ihrem Blick auszuweichen. Wie durch ein unsichtbares Band waren die beiden miteinander verbunden. Dann leuchtete ihre purpurfarbene Schlange auf und auch in den Augen der Gorgone meinte ich kurz einen hellen Schimmer zu sehen. Dann geschah, was ich schon kannte. Die Haut des Mannes verfärbte sich, wurde hart und nur wenige Augenblicke später war er zu Stein erstarrt. Allerdings war es kein weiß-schwarzer Marmor wie bei Doc, sondern ein glänzender, dunkler Stein.

So schnell war er zu einem schrecklichen Schicksal verdammt. Eines, das ich nur zu gut kannte und trotzdem hatte ich einfach zugesehen. Wut brodelte in meinem Magen. Wie konnten sie so etwas tun? Als ich den Blick über die anderen schweifen ließ, erkannte ich darin allerdings nur anerkennendes Staunen. Ich bemühte mich um eine ruhige Ausstrahlung, auch wenn mein Innerstes kochte. *Du bist nicht besser,* sagte eine Stimme in meinem Kopf. *Du hast einen Menschen ermordet. Für ihn gibt es kein Zurück mehr.* Ich würgte, konnte aber gerade noch an mich halten. Meine Magie enttarnte mich als Heuchlerin und es tat weh, wie recht sie damit hatte.

Bee erhob sich, rief ihre Schlange zurück und schaute stolz in die Runde. »Jetzt bringen wir ihn noch an einen sicheren Ort«, sagte sie.

»Nicht, wenn wir noch ein Wort mitzureden haben«, rief eine männliche Stimme hinter uns. Wir fuhren herum. Überrascht von dem Anblick, der sich mir bot, wich ich einen Schritt zurück.

Die Krieger von Perseus waren da.

KAPITEL 17

Es verschlug mir für einen Moment den Atem. Die Krieger waren beeindruckend. Ich hatte Nick und Linos schon in ihrer vollen Montur gesehen, doch im Halbdunkel und in der Gruppe wirkten sie wie eine unbezwingbare Wand. Wie Nick waren sie alle groß und muskulös gebaut. Die dunkelblauen, langärmeligen Oberteile schmiegten sich eng an ihre Körper und sie ließen keinen Zweifel daran, dass sie uns in Sachen Stärke deutlich überlegen waren.

Rya.

Ich zuckte zusammen und wollte die Stimme schon aussperren, doch es war nicht die Gorgonenmagie, die zu mir sprach. Ich drehte den Kopf und sah zum anderen Ende der Gasse. Dort warteten drei weitere Krieger, einer von ihnen war Nick. Nur kurz erhaschte ich einen Blick auf ihn, erkannte ihn aber sofort, zumal das Symbol an meiner Hand zu prickeln begann. Er war wirklich hier. Mein Herz klopfte schneller und ich hätte ihm gerne geantwortet, aber ich brachte vor Aufregung nichts zustande. Das fing ja gut an.

Ich traute mich nicht, einen Mucks von mir zu geben, doch da hatte eine der anderen Gorgonen die zweite Gruppe auch schon entdeckt. Wie ein eingespieltes Team bildeten die ausgebildeten Gorgonen zwei Reihen, mit denen sie uns Neulinge schützten. Ich stellte mich instinktiv neben Jenna und drehte mich in Nicks Richtung. Damit hatte ich Bee und den Anführer der Kriegergruppe im Rücken.

»Verschwindet. Ihr seid zu spät«, sagte Bee. Yara setzte sich langsam in Bewegung und kam rückwärts auf mich zu. Wollte sie an die Statue ran?

»Sind wir nicht«, erwiderte der Krieger, den ich nicht kannte. Meine Nackenhaare stellten sich auf, alles in mir schrie danach, wegzurennen. »Wenn ihr uns die Statue übergebt, lassen wir euch gehen.«

Die Gorgone lachte. »Das glaubst du doch selbst nicht.«

»Letzte Chance«, knurrte der Krieger. Die beiden jüngeren Männer an Nicks Seite griffen nach ihren Dolchen. Nick zögerte einen Moment, dann tat er es ihnen gleich. Die Gorgonen rückten näher zusammen, erhoben ihre Schilde. Auch Jenna, Luce, Cathy und ich folgten den Bewegungen. So viel dazu, dass wir heute Abend nur beobachten sollten. Ich warf Jenna einen kurzen Blick zu. Sie hatte den Schild gehoben und ihre Augen waren entschlossen auf die Krieger gerichtet. Sie wirkte nicht verängstigt. Wie schaffte sie das? Meine Hände waren kalt und meine Schultern jetzt schon schwer.

Wenn ich Nick eine Nachricht zukommen lassen wollte, dann jetzt, bevor es eskalierte. Doch als ich in der Dunkelheit sein Gesicht ausmachte, war mein Kopf wie leer gefegt. Mein Nacken brannte, und außer Schmerzen blieb für nichts Platz in meinen Gedanken.

Es ist Zeit zu kämpfen, sagte meine eigene innere Stimme.

Im nächsten Moment brüllte der Krieger hinter mir.

»Holt sie euch!« Chaos brach aus. Gorgonen und Krieger stießen einen Kampfschrei aus, der in der Gasse verhallte. Dann traf Metall auf Metall und ein mehrstimmiges Zischen erfüllte die Nacht.

Kämpfe, Rya!

Ich sprintete los, direkt auf den Krieger zu, der mir am nächsten war. Ich rammte ihn mit dem Schild voran. Er taumelte kurz, fing sich und trat mit dem Fuß gegen die goldene Scheibe. Ich wurde zurückgeschleudert und schaffte es gerade noch so, mich abzufangen. Die nächste Gorgone stürzte sich auf ihn und ich wollte ihr beiseitespringen, als ich etwas in meinem Nacken spürte. Ich duckte mich, warf mich herum und holte mit der geballten Faust aus. Kurz bevor ich mein Ziel treffen konnte, stoppte mich eine Hand. Nick.

Er drückte meine Faust mit der einen Hand nach unten, mit der anderen packte er mich und zog mich mit sich.

Töte den Feind! Ich schrie auf, warf mich mit aller Kraft zurück und befreite mich aus seinem Griff. Ich fuhr herum und blickte ihm direkt in die Augen. Mein Blut kochte und ich konnte das der Gorgonen und Krieger spüren, die sich in den Kampf warfen.

»Fass mich nicht an«, brüllte ich Nick entgegen. Mein Herz raste, Wut und Magie ballten sich in meinem Magen zusammen, brachten meinen ganzen Körper zum Vibrieren. Er würde mich nicht besiegen, niemals. Ich würde ihn zuerst umbringen.

Nick legte den Kopf schief, hob im selben Moment aber die Hand mit dem Dolch. Einen Atemzug lang herrschte Stille zwischen uns, in der ich die Kampfgeräusche hinter mir überdeutlich wahrnahm. Noch hatte niemand aufgegeben, niemand gewonnen. Aber auch noch nicht verloren.

Nick wollte etwas sagen, doch so weit ließ ich es nicht kommen. *Es sind nur wieder Lügen, die er mir auftischen will.* Über die Gorgonen, über uns. Ich wollte sie nicht mehr hören. Er sollte ein für alle Mal den Mund halten.

So ist es richtig, stimmte mein Innerstes mir zu. Dann ließ ich meiner Magie freien Lauf. Ich beschwor Amaris herauf, die gehorsam aus meinem Nacken und über meinen Arm kroch. Nick riss die Augen auf. Dann zischte die Schlange und gemeinsam gingen wir auf den Krieger los.

Es hatte Vor- und Nachteile, wenn man gegen seinen Trainer kämpfte. Man wusste, wie man sich zu verteidigen hatte, aber es war auch schwerer, einen Treffer zu landen. Immer und immer wieder zerschnitt die Klinge Amaris, die zu Staub zerfiel, um im nächsten Moment neu von mir heraufbeschworen zu werden. Ich musste nicht einmal mehr darüber nachdenken. Ich setzte meinen Schild ein, schlug damit nach Nick, doch er wehrte ihn ab. Wir umkreisten uns, schätzten uns ab, bevor wir wieder aufeinanderprallten. Ich spürte, wie er versuchte, über unsere Verbindung Kontakt aufzunehmen, sperrte ihn jedoch völlig aus. Wie dämlich ich gewesen war, mich darauf einzulassen.

Es wäre mir ein Leichtes gewesen, ihn mithilfe meiner Blutmagie aufzuhalten, aber der Kampf machte einfach zu viel Spaß.

Ein lautes Scheppern riss mich aus meinen Gedanken und ich warf einen Blick zurück. Einer der Krieger hatte Luce den Schild aus den Händen geschlagen und die junge Gorgone stand nun unbewaffnet vor ihm. Wo war ihre Schlange? Sie hob die Hände und ballte sie zu Fäusten, stürzte sich so auf den Krieger, der sie um gut zwei Köpfe überragte. Er musste nur die Hand ausstrecken und würde sie mit einem gezielten Hieb seines Dolches schwer verletzen, wenn nicht sogar töten können.

»Nein«, keuchte ich.

Doch der Krieger tat nichts dergleichen. Er hieb ihr nur den Knauf gegen den Kopf und Luce sackte zu Boden.

Ich hielt inne. Im nächsten Moment schlang sich ein Arm um meinen Hals. Ich wurde mit dem Rücken gegen einen harten Körper gepresst und mein Schild glitt mir aus den Händen. Niemand von den anderen bemerkte es, alle waren mit dem Kampf beschäftigt. Ich schrie nicht um Hilfe. Sobald ich den vertrauten Geruch nach frischem Regen in meiner Nase hatte, war ich wie gelähmt.

»Wehr dich, Rya«, flüsterte Nick mir ins Ohr. Wieso sagte er das? Ich hieb ihm meinen Ellbogen in die Seite, doch er rückte nicht von mir ab. »Wehr dich!«

Schwarze Blitze zuckten vor meinen Augen, meine Sicht verschwamm und mir wurde schwindelig. Dann zerschnitt ein Schrei das Dunkel und holte mich zurück.

Jenna warf sich nach vorne und schleuderte ihre Schlange regelrecht auf einen der Männer. Doch der Schwung war zu groß und sie stolperte in die Reichweite des Kriegers hinein. Der hatte bereits ausgeholt, um die Schlange abzuwehren und konnte seine Bewegung nicht mehr stoppen. Die Waffe zerteilte die Schlange, schnitt weiter durch die Staubwolke und traf Jenna. Ungehindert drang die Klinge in ihre rechte Schulter ein und sie ging mit einem markerschütternden Schrei zu Boden.

Die Zeit blieb stehen und wir mit ihr.

Mein Körper begann zu zittern und endlich verstand ich, gegen was ich mich hatte wehren sollen. Es war nicht Nick.

Die aufgezwungenen Gedanken der Gorgonen fielen wie ein Schleier von mir ab und zurück blieb blankes Entsetzen darüber, was ich getan hatte. Nick ließ mich los und ich sackte zusammen. Der Kampf war zum Stillstand gekommen. Die Nacht tat einen Atemzug, ehe alles sich veränderte.

Der Krieger, der Jenna getroffen hatte, starrte auf ihren Körper, der nun reglos am Boden lag. Ich streckte meine Sinne nach ihr aus, doch ich griff ins Leere. Die anderen ließen ihre Dolche sinken und auch die Gorgonen gaben ihre Verteidigung auf. Dann stürmte Bee auf Jenna zu und ließ sich neben sie fallen. Doch es war schon zu spät. Der Geruch von Blut strömte mir in die Nase und kitzelte meine Magie. Ihr Summen wurde schmerzhaft, als mir klar wurde, dass ich nichts tun konnte. Meine Magie war in diesem Fall wirkungslos. Jenna war tot und ich konnte nichts daran ändern.

Es war meine Schuld.

Meine. Verdammte. Schuld.

Ich hatte Nick treffen wollen, um zu erfahren, ob ich eine Mörderin war. Nun hatte ich meine Antwort. Ich hatte Jenna dabei geholfen, ihre Magie zu beherrschen und sie damit direkt in diese Nacht, diesen Tod getrieben.

Ich schluchzte und eine Träne lief mir über die Wange. Das Geräusch schreckte die anderen auf. Mein Herz zog sich zusammen und riss mich fast mit sich. Die Krieger steckten die Dolche zurück in die Futterale und zogen sich zurück. Auch Nick nahm nach einem Moment des Zögerns Abstand von mir.

Rya, sagte er erneut in meine Gedanken hinein. Ich konnte mich nicht zu ihm umdrehen. Ich wollte die Verachtung nicht sehen, die ich mir mit meinem Verhalten heute verdient hatte. Dann wäre auch der letzte Rest Selbstbeherrschung zerbrochen, den ich mit Mühe und Not zusammenhielt. *Jim Saxon,* erwiderte ich in Gedanken. *Was ist mit ihm?*

Nick antwortete nicht. Sagte er nichts oder blendete ich ihn aus, weil ich Angst vor der Wahrheit hatte?

»Ihr könnt ihn haben.« Bees Stimme ließ mich zusammenzucken. Yara trat neben sie und beschwor ihre Schlange, die sich auf dem Körper von Jenna zusammenrollte.

»*Dialythéi.*« Kaum hatte Yara das Wort ausgesprochen, legte sich ein schimmernder cremefarbener Schleier über Jenna. Ihr Körper löste sich auf und einen Augenblick später war sie verschwunden.

Sie war weg. Für immer.

Ich rappelte mich auf und widerstand dem Drang, mich umzudrehen. Ich hob meinen Schild auf und ging zu den Gorgonen zurück. Zu der Stelle, an der Jenna eben noch gelegen hatte. Doch da war nichts mehr. Als hätte es sie nie gegeben. Jetzt, da ich wieder klar bei Sinnen und nicht in den Fängen der Gorgonenmagie war, wurde ich mir des betrübten Ausdrucks auf dem Gesicht des Kriegers bewusst, der Jenna getötet hatte. Empfand er Reue?

Schweigend und mit zitternden Knien folgte ich den anderen Gorgonen aus der Gasse hinaus. Ich stand völlig neben mir, konnte mich nicht daran erinnern, wieso ich mich für das Gehen und gegen einen Zusammenbruch entschieden hatte. War es der Schock? Magie?

Als wir die Katakomben erreichten, war ich mir einer Sache ganz sicher. Ich musste weder Angst vor den Gorgonen noch vor dem Orden oder ihrem Krieg haben.

Mein größter Feind war ganz allein ich selbst.

Kapitel 18

Es gab eine Zeremonie ohne Körper. Sie fand im Gemeinschaftsraum statt, wo wir normalweise abends zusammensaßen und aßen. Die Nachricht über Jennas Tod hatte Helena bestürzt. Doch sie fing sich schnell und organisierte in aller Eile die Zeremonie. Helena hatte sich wie an meinem ersten Abend vor das Medusa-Gemälde gestellt. Ihre Augen waren glasig und ihre Finger zitterten ein wenig. Sie trauerte, auch wenn sie es uns nicht zeigen wollte. Es überraschte mich, dass das Erste, was sie zu uns sagte, eine Entschuldigung war.

»Es ist meine Schuld, dass wir nun hier stehen und eine der unseren betrauern müssen. Ich habe die Situation unterschätzt und vier der neuen Schwestern auf eine Mission geschickt, für die sie noch nicht bereit waren. Dafür muss ich mich entschuldigen. Ich gebe euch das Versprechen, dass so etwas nicht noch einmal vorkommt. Der Vorfall zeigt aber auch, mit was für einem skrupellosen Gegner wir es zu tun haben. Wann immer ihr die Katakomben verlasst, müsst ihr auf euch aufpassen. Der Orden von Perseus versteht nicht, was wir tun. Aber wir dürfen auch nach so einer Tragödie nicht damit aufhören, denn dann haben sie gewonnen.«

Gewinnen, dachte ich, *kann in diesem Krieg niemand.* Vor allem nicht, wenn man log. In den Augen des Kriegers hatte ich die Reue gesehen, die er über den Tod von Jenna empfunden hatte. Er war nicht skrupellos. Er würde diese Schuld ein Leben lang mit sich herumtragen. Ich dachte auch an den anderen Krieger, der Luce hätte töten können, es aber nicht getan hatte. Nick hatte mir im Museum gesagt, dass das vorrangige Ziel des Ordens nicht die Ermordung der

Gorgonen war. Helena stellte es aber so hin. Wusste sie es einfach nicht besser? Woher auch?

Ich senkte den Kopf, als Helena uns um eine Schweigeminute für die gefallene Schlangenschwester bat. Für Jenna, die meinetwegen tot war. Die kalten Finger in meinem Inneren waren wieder da, kitzelten mich, als wollten sie mich verhöhnen.

Nach der kurzen Zeremonie gingen alle ihrer Wege. Ich hatte noch den *Klímaka* an, also kehrte ich in mein Zimmer zurück, um erst einmal zu duschen. Anschließend zog ich mich um und ging zum Trainingsraum, um die Sachen zurückzubringen. Ohne Jenna wirkte das Zimmer leer und so leise, dass ich es nicht länger darin aushielt.

Ich hatte Glück. Lexia war allein im Trainingsraum.

»Rya.« Sie stieg von dem Gerät, auf dem sie Gewichte mit den Beinen hochgestemmt hatte. Ich starrte auf das steife Bein, dem ich diese Bewegung nicht zugetraut hatte. »Eigentlich macht ein Bein die ganze Arbeit, aber wenn das andere auch nur ein bisschen mittrainiert, ist es ein Erfolg. So bleibt es beweglich und ich falle nicht irgendwann einfach beim Laufen um«, erklärte Lexia.

»Ich bewundere, dass du das alles trotzdem durchziehst.« Wir beide wussten, dass ich damit nicht nur das Training meinte. Sie lächelte und stand auf.

»Am Ende des Tages bin ich im Herzen eine Kriegerin«, sagte sie leise. Sie griff nach ihrem Stock und ging mit mir zum Waffenschrank, wo ich den Schild zurückstellte. Es waren alle wieder da. Die Klamotten kamen in eine große Truhe, aus der sie später zum Reinigen geholt würden.

»Wo ist Jenna?«, fragte ich. Ihren Namen auszusprechen kostete mich eine Menge Überwindung. Der Knoten in meinem Magen schmerzte. Ich war kurz davor, in Tränen auszubrechen. Feige wie ich war, verbot ich es mir, denn ich hätte nicht die Kraft gehabt, wieder damit aufzuhören.

»Sie wurde an einen Ort gebracht, an dem man sie bestatten wird. Neben den anderen gefallenen Gorgonen«, antwortete Lexia.

»Und wo ist das?«

»Das weiß ich nicht. Lass uns auf mein Zimmer gehen, dann erkläre ich es dir.«

Ich zögerte. »Wird das nicht Aufsehen erregen?«

»Ich bin offiziell eine Mentorin. Und genau die braucht eine Gorgone nach so einem Zwischenfall. Gerade dann, wenn sie neu ist. Es wird sich also niemand darüber wundern.«

Lexias Zimmer lag in einem Korridor, den ich nicht kannte. Sie hatte ein kleines eigenes Zimmer, dem man eine persönliche Note anmerkte. Hier und da standen bronzeglänzende Dinge wie ein handtellergroßer Spiegel, eine Tasse mit Goldrand sowie ein dünner Ring, der auf dem Nachttisch lag.

»Ich dachte, Gorgonen dürfen keine persönlichen Dinge haben«, sagte ich, als Lexia die Tür hinter uns schloss. Sie setzte sich auf das Bett, ich mich auf einen Stuhl, der an einem Tisch stand, auf dem ein paar Bücher lagen.

»Du darfst nichts behalten, was aus deinem alten Leben stammt. Aber neue Dinge darfst du dir selbstverständlich zulegen.«

»Woher kommt das Geld dafür?« Wir drifteten vom Thema ab, wegen dem ich eigentlich hier war, aber es interessierte mich. Und es lenkte mich ab.

»Jede Gorgone bekommt denselben Betrag an Geld in bar am Anfang eines Monats. Das klingt sehr trocken und unmagisch, aber so ist es. Ohne Geld funktioniert in dieser Welt nichts. Es ist kein Vermögen, das man bekommt. Aber da Kost und Logis sowie die grundlegenden Dinge übernommen werden, kann man es ausgeben, wofür man Lust hat.«

»Dürft ihr denn einfach so raus, um es auszugeben?«

»Natürlich dürfen wir das.« Lexia schob sich auf dem Bett nach hinten und lehnte sich an die Wand. »Die ausgebildeten Gorgonen dürfen über ihre freie Zeit größtenteils selbst entscheiden. Es gibt nur eine Bedingung. An den nicht freien Tagen müssen sie abends wieder hier sein, um eventuell auf eine Mission zu gehen.«

Das wollte nicht zu der Rede passen, die Helena bei der Zeremonie gehalten hatte. Darin hatte sie den Orden als skrupellos bezeichnet und die Gorgonen dazu aufgerufen, sich vor ihm in Acht zu nehmen. Für solche alltäglichen Dinge an die Oberfläche zu gehen, dazu noch ohne den Schutz des *Klímaka* – das ergab keinen Sinn. Es sei denn … Es sei denn, sie wusste doch, dass der Orden die Gorgonen nicht einfach so angreifen würde. Aber wieso behauptete sie dann etwas anderes? Und warum erkannten die Gorgonen diesen Widerspruch nicht? Wieso erkannte Lexia das nicht?

»Und dieses Vorgehen funktioniert?«

»In neunundneunzig Prozent der Fälle, ja. Durch die Magie des Tattoos fühlen sich die Gorgonen immer wieder zu ihresgleichen hingezogen. Sie empfinden es als ihre Pflicht, ein Teil der Gemeinschaft zu sein. Für sie sind die Gorgonen ihre neue Familie, sie brauchen niemand anderen mehr. Also kommen sie wieder.«

»Und das eine Prozent?«

»Das sind junge Frauen, die nicht vollkommen der Magie ergeben sind. Sie versuchen zu fliehen und in ihr altes Leben zurückzukehren. Wir spüren sie auf und sie werden erneut dem Prozedere mit dem Tattoo unterzogen, um die Magie stärker zu machen. Sie bekommen eine höhere Dosis, die allerdings Nebenwirkungen haben kann, bis hin zum Tod.«

Ich schluckte. »Und was, wenn das nicht funktioniert?«

»Dann enden sie doch als Statue.«

»So wie ich.«

Lexia nickte. »So wie du. Vielleicht warst du schon damals eine Rebellin, die man bestraft hat.«

»Ist es deswegen in Ordnung für dich, dass ich dir helfe?«

Sie lachte. »Ich weiß, wieso dir das komisch vorkommt, vor allem nach den Erfahrungen, die du beim Orden machen musstest. Aber ich habe hier viel gelernt. Ich kann die Wahl für die Gorgonen aus der Sicht der Frauen verstehen und alle müssen sich dieser Magie unterwerfen, die sie dazu bringt, zu tun, was man ihnen sagt. Wie kann ich ihnen oder dir das vorwerfen? Ich an eurer Stelle hätte mich auch für das Leben entschieden. Ich freue mich darüber, dass du hier bist und uns helfen willst. Das ist alles, was im Moment für mich zählt. Und dass du es rational angehen willst und nicht wie so manch anderer mit Gewalt. Außerdem hält Nick viel von dir und ich vertraue seiner Einschätzung.«

Ich wischte mir mit den Händen übers Gesicht. »Ich versuche zumindest, es rational abzuwägen. Aber nach heute bin ich nicht mehr so zuversichtlich, dass ich dafür auch geeignet bin.«

»Allein aufgrund dieser Aussage weiß ich, dass du es doch bist. Solange dir so was nahegeht, kann die Gorgonenmagie dir nichts anhaben.«

Ich sortierte meine Gedanken. »Ich gebe mein Bestes. Um aber zum Thema zurückzukommen: Wie und wohin werden die Statuen und gefallenen Gorgonen gebracht? Ich habe heute bei Yara beobachtet, wie sie mithilfe ihrer Schlange … Jennas Körper aufgelöst hat.« Ein dicker Kloß bildete sich in meinem Hals und wieder stiegen in mir Tränen auf. Der Kampf spielte sich erneut vor meinen Augen ab und ich musste hilflos dabei zusehen, wie Jenna starb.

»Es ist ein Zauber, wie die Versteinerung auch. Die Statuen und Körper werden aufgelöst und materialisieren sich an einer anderen Stelle wieder. Wo sie am Ende landen, weiß nur die Gorgone, die sie dorthin schickt. Wenn sie genug vom Ort sieht. Aber wie dieser ausgewählt wird, weiß ich nicht. Vielleicht ist es Zufall oder die Gorgonenmagie entscheidet das. Ich habe es nur ein paar Mal selbst ausgeführt und jedes Mal nur einen kurzen Einblick bekommen, es reichte nicht immer, um das Ziel zu identifizieren.«

»Aber gerade die Zielorte der Statuen wären für den Orden wichtig, oder?«

»Immens. Denn dann müssten wir nicht ziellos suchen gehen, so wie wir es aktuell machen. Ich bin mir sicher, dass Helena mehr darüber weiß als alle anderen.«

»Ich schreibe es mir auf meine imaginäre Liste«, scherzte ich. Das war immerhin ein Anhaltspunkt darauf, welche Informationen von Nutzen für den Orden waren. So konnte ich mir ein weiteres Ziel stecken.

Lexia lächelte matt. »Es ist gut, dass du trotz allem deinen Humor nicht verlierst, Rya. Das darfst du niemals, verstanden?«

Ich nickte. Ob das auf Dauer funktionierte, würde sich noch zeigen. »Wie ist Helena eigentlich Anführerin geworden?«

»Sie wurde von ihrer Vorgängerin dazu berufen und diese Entscheidung ist dann bindend. Bis Helena eine Nachfolgerin bestimmen muss, wird es aber noch dauern.«

»Wie meinst du das?«

»Dir ist doch sicherlich aufgefallen, dass die meisten hier zwischen zwanzig und dreißig sind, oder? Darüber hinaus gibt es nicht viele ältere Gorgonen. Das liegt daran, dass die Magie ab einem gewissen Alter nachlässt und irgendwann ganz erlischt. Es lässt sich weder aufhalten noch erneuern.«

»Und was passiert dann mit ihnen?«

»Sie dürfen gehen und bekommen alles was sie brauchen, um ein neues Leben aufzubauen.« Wieder etwas, was die Gorgonen und der Orden gemeinsam hatten … Beide verhalfen den Frauen auf ihre Weise zurück in die Normalität.

»War dieses Treffen zwischen Nick und mir heute Nacht von dir so geplant?«

Lexia wich alle Farbe aus dem Gesicht. »Nein. Glaub mir, Rya, das wollte ich nicht. Ich konnte nicht ahnen, dass Helena euch zu diesem Auftrag mitschickt. Ich habe Nick dann über fünf Ecken Bescheid gegeben, wo und wann die Mission stattfinden wird und dass du daran teilnehmen wirst. Das war verdammt riskant, weil so wenig Zeit war. Aber ich dachte, er sollte es wissen. Hat er dir denn sagen können, was du wissen wolltest?«

»Nein«, antwortete ich. Dass das vermutlich daran lag, dass ich zu feige für eine Antwort war, verschwieg ich. »Hast du denn etwas vom Orden bezüglich der Nacht der Prüfung gehört?«

»Nein. Ich werde mich aber um ein weiteres Treffen kümmern, sobald ich weiß, wann ihr freibekommt. Vielleicht gibt es bis dahin etwas Neues.«

»Klingt vernünftig«, erwiderte ich.

»Nichts an alldem hier ist vernünftig, Rya.«

Wir sahen uns an und mussten lachen. Für einen kurzen Moment fühlte ich mich leicht. Dann fiel mir wieder alles ein, was in der Nacht geschehen war, und mein Herz wurde schwer. Ich hatte es mir verboten, an Nick zu denken, aber jetzt sah ich sein Gesicht vor mir. Ich hätte ihn umgebracht, wenn sich die Gelegenheit ergeben hätte. Ich fuhr mit den Fingern über den goldenen Strich auf meiner Handfläche.

Es tut mir so leid, dachte ich dabei. Vielleicht schaffte es ja doch etwas von meiner Botschaft über die Distanz zu ihm. Wenn er es nicht schon längst bereute, sich mit mir verbunden zu haben und mich abwehrte.

»Kopf hoch, Rya. Das wird schon, glaub mir. Ich bin mir sicher, dass Nick dir helfen kann.«

»Kennst du ihn gut?«

Ein gequältes Lächeln huschte über ihr Gesicht. »Früher einmal, ja.« Ich wartete, ob sie noch mehr dazu sagen würde, aber sie tat es nicht. Ich ließ es darauf beruhen. Wir kannten uns noch nicht gut genug, als dass ich sie weiter ausfragen würde. Vielleicht ein anderes Mal. Für heute hatte ich genug Fragen gestellt.

»Danke, Lexia. Für alles.«

»Ich muss dir danken, Rya. Du bringst neuen Schwung in die Sache. Neue Hoffnung.«

Ich erhob mich. »Du bist eine gute Mentorin«, sagte ich und lächelte sie zum Abschied an. Es hatte gutgetan, eine kurze Auszeit zu nehmen. Die Aufregung der Nacht legte sich und ich spürte die Müdigkeit, die mir in den Knochen steckte. Ich wollte ins Bett, um für den neuen Tag bereit zu sein. Falls das überhaupt noch möglich war.

Auf dem Weg zurück zu meinem Zimmer wurde ich von Bee abgefangen, die eine stoische Miene zur Schau stellte. Ich schenkte ihr ein aufmunterndes Lächeln und ihr Gesicht hellte sich tatsächlich etwas auf.

»Helena will dich sehen«, sagte sie.

»Was?« Ich war wirklich überrascht. »Wieso?«

»Das wird sie dir selbst sagen. Komm, ich bring dich hin.« Ich folgte ihr. Meine Müdigkeit war wie weggeblasen. Es konnte nichts Gutes bedeuten, wenn die Anführerin mich sprechen wollte, oder? Hatte von den anderen Gorgonen doch eine bemerkt, dass Nick und ich uns kannten? Dass der Kampf zwischen uns irgendwie anders gewesen war? Bee öffnete mir die Tür zu einem Raum, in dem mich Dunkelheit erwartete.

KAPITEL 19

Auf den zweiten Blick erkannte ich, dass es doch nicht vollkommen dunkel in dem Raum war, der sich als ein Büro entpuppte. Orangefarbener Kerzenschein begrüßte mich, als ich eintrat. Es war ein recht großes Zimmer, das aufgrund der fehlenden Fenster aber trotzdem einengend und karg wirkte. Da halfen auch die großen Blumenkübel nichts.

Es gab ein paar Regale, einen Schreibtisch, ein Sofa und zwei Sessel. In einem von ihnen saß Helena, ein Glas in der Hand. Die dunklen Schatten unter ihren Augen wurden durch den Schein der Kerzen hervorgehoben und ließen sie krank aussehen. Ihre Augen waren nicht mehr glasig, trotzdem wirkten sie nicht so lebhaft wie zuvor. Sie musste erschöpft sein.

»Rya«, sagte sie und lächelte trotz allem. »Setz dich bitte.« Wie immer in ihrer Nähe spürte ich die starke Verbindung zwischen uns und den Drang danach, sie für mich zu gewinnen.

Bee schloss die Tür hinter mir und ich folgte der Anweisung. Erst als ich saß, merkte ich, dass es in diesem Raum nicht so nasskalt war wie in den restlichen Katakomben. War das in Lexias Zimmer auch schon so gewesen? Ich hatte nicht darauf geachtet.

»Es ist ein Zauber«, sagte Helena, die meine Gedanken zu lesen schien. »Das Klima hier unten ist auf Dauer unangenehm, daher helfen wir hier mit ein paar Tricks nach. Hat Lexia dich schon über die Hekate-Zauberinnen aufgeklärt?«

Ich nickte. Es war keine Lüge, ich wusste darüber Bescheid, nur nicht von Lexia.

»Und hat sie auch mit dir über die Vorfälle dieser Nacht gesprochen? Es tut mir so leid. Hätte ich geahnt, wie es ausgehen würde, hätte ich euch niemals mit auf die Mission geschickt.«

»Warum hast du es überhaupt getan?«, fragte ich, ehe ich darüber nachdenken konnte.

Helena sah in ihr Glas und schwenkte den Inhalt in langsamen Kreisen. Ihre Finger wirkten dünn. »Ich habe etwas gesehen«, sagte sie so leise, dass ich sie kaum verstand. Sie stellte das Glas auf den Tisch zwischen uns und stand auf. Aus einem der Regale nahm sie ein zweites Glas, goss eine kupferfarbene Flüssigkeit hinein und reichte es mir, als sie sich wieder setzte. »Ich denke, du könntest auch einen gebrauchen.«

Ich schnupperte am Inhalt und rümpfte die Nase. Es roch nach gar nichts, aber es brannte scharf in meiner Nase. »Was ist das?«

»Etwas Hochprozentiges. Es wird helfen, glaub mir.«

Ich wollte sie weder verärgern noch misstrauisch machen, also setzte ich an und trank. Wie Feuer brannte sich die Flüssigkeit meine Kehle hinunter und ließ mich husten. Meine Brust zog sich zusammen und ich atmete heftig ein.

»Scheiße«, krächzte ich, als die scheinbar heiße Flüssigkeit meinen Magen erreichte.

Helena lachte und der freundliche Ton ihrer Stimme überraschte mich. Eine angenehme Wärme breitete sich in meinem Magen aus, die mich ebenfalls lächeln ließ.

»Danke, es tut tatsächlich gut.«

»Das freut mich. Es tut mir so leid, dass du in deinen ersten Tagen bei uns so etwas Schreckliches miterleben musstest. Aber wie ich eben schon sagte, habe ich in dir und den anderen etwas gesehen, das meine Aufmerksamkeit erweckt hat. Ihr habt euch im Training sehr gut gemacht und gerade du hast die Schlangenmagie fast intuitiv beherrscht. Ich war neugierig, wie ihr mit der Situation einer Mission umgehen würdet und habe deshalb die erste Chance ergriffen, die sich diesbezüglich bot. Das war kopflos von mir, das weiß ich jetzt. Ich habe mich gehen lassen und deswegen ist jemand gestorben, den ich eigentlich hätte beschützen müssen.«

Es war das erste Mal, dass ich sie so ruhig, fast schon traurig reden hörte. Sonst war sie selbstbewusst, autoritär, aber in diesem Moment wirkte sie vollkommen anders. Fast schon normal und zerbrechlich. Die Unnahbarkeit, die sie sonst umgab, war verschwunden. Diese junge Frau vor mir hatte nichts mehr mit der Anführerin gemein, die bei der Zeremonie eine große Rede geschwungen hatte. Für einen Moment sah ich Jenna in ihr, die Opfer von etwas geworden war, das größer war als wir alle.

»Das nächste Mal, wenn ich so etwas Dummes tun will, Rya, halte mich bitte davon ab«, sagte sie und sah mir dabei direkt in die Augen.

»Das ist ein großes Vertrauen, das du damit in mich setzt«, erwiderte ich. »Ich weiß nicht, ob ich das erfüllen kann. Dafür kenne ich mich noch viel zu wenig mit dieser Welt aus.« Das war ebenfalls keine richtige Lüge.

»Du wirst es lernen. Du hast sehr großes Potenzial. Du musst nur an dich glauben.«

»Das fällt mir nach dieser Nacht heute aber schwer. Ich hätte etwas tun sollen, ich hätte …« Helena hob die Hand und unterbrach mich.

»Es ist nicht deine Schuld. Ich weiß, gerade fällt es dir schwer, nach vorne zu schauen. Aber das musst du, und das wirst du. Jeder Rückschlag, jede falsche Entscheidung formt uns und bringt uns ebenso wie die guten Dinge auf den richtigen Weg.«

»Du sagst das so, als wäre es dir auch so gegangen.«

»So war es auch. Auch ich war einmal neu hier und auch ich habe solche Dinge erlebt wie du heute Nacht. Als die damalige Anführerin dann ihr Vertrauen in mich setzte, hatte ich auch Angst, sie zu enttäuschen. Aber ich habe nicht aufgegeben. Ich habe nie das Ziel aus den Augen verloren. Und ich wurde besser. Gut. So gut sogar, dass ich die nächste Anführerin wurde. Trotzdem denke ich jeden Tag an … Ich kann sie nicht enttäuschen.« Sie nahm einen Schluck aus ihrem Glas. Ihre Knöchel traten weiß hervor, ihre Kiefermuskeln zuckten. Was hätte ich dafür gegeben, in diesem Moment ihre Gedanken lesen zu können. Sie blinzelte und schüttelte den Kopf.

»Das ist aber nicht das Einzige, weswegen ich mit dir reden wollte. Ich würde dir gerne anbieten, dass du zusammen mit Luce und Cathy ein individuelles Training bekommst. Ich würde euch eine erfahrene

Gorgone an die Seite stellen, die euch trainiert und euch dabei hilft, eure magischen Fähigkeiten auszubauen. Ihr drei seid sehr talentiert und ich würde euch gerne besonders fördern. Außerdem würdest du ein eigenes Zimmer bekommen und schon sehr bald als aktives Mitglied mit auf Missionen gehen. Was sagst du dazu?«

»Es wäre mir eine Ehre«, antwortete ich. Für eine Gorgone gab es sicherlich kein größeres Kompliment, als von der Anführerin als etwas Besonderes angesehen zu werden. Es war außerdem genau das, was ich gewollt hatte. Also setzte ich ein Lächeln auf.

»Gut.« Helena strahlte und wirkte mit einem Mal wieder wacher. »Dann wird Bee dich morgen abholen, sobald alles vorbereitet ist. Du solltest jetzt schlafen gehen.«

»Danke.«

Die Anführerin brachte mich zur Tür und verabschiedete sich mit einem Nicken. Mit hängenden Schultern machte ich mich auf den Weg zu meinem Zimmer. Ich hätte Luftsprünge machen müssen, denn ich hatte nach so kurzer Zeit bereits fast das erreicht, was ich wollte. Ich hatte mir Helenas Gunst verdient. Und trotzdem freute ich mich nicht darüber. Der Preis war zu hoch gewesen. Ich wusste nicht mehr, ob ich all dem überhaupt gewachsen war.

Ein paar Gorgonen kamen mir entgegen, sie unterhielten sich angeregt miteinander und lachten. Ich grüßte sie kurz und ging weiter. Gab es in diesem Krieg überhaupt jemanden, der sich freiwillig dafür entschieden hatte zu kämpfen? Die jungen Frauen bei den Gorgonen hatten sich zwischen dem sicheren Tod und einem Leben für etwas entscheiden müssen, für das sie nur dank Magie bereit waren zu kämpfen. Die Krieger des Ordens hatten gar keine Wahl, ihnen war ihr Weg von Geburt an vorherbestimmt und sie wurden bei Missachtung ihrer Pflicht mit dem Tode bestraft.

In gewissem Maße war ihr Leben wie das meine als Statue. Man war da, aber irgendwie auch nicht. Man erlebte die Welt, aber nur aus einer Perspektive, auf die man keinen Einfluss hatte.

Es ging bei dieser Sache nicht bloß darum, die Menschen vor einem Schicksal als Statue zu bewahren. Es ging darum, alle an diesem uralten Krieg Beteiligten zu befreien. Ihnen eine Wahl zu schenken. Ein selbstbestimmtes Leben. Was ich Nick im Kleinen versprochen hatte, bezog sich auf einmal auf das große Ganze. Und alles schien an mir zu hängen. Doch konnte ich das überhaupt schaffen? Wie sollte ich beenden, was vor unzähligen Jahren von Göttern begonnen wurde?

Als hätte sich die Last auf meinen Schultern materialisiert, knickten mir plötzlich die Beine weg und ich taumelte gegen die Wand. Ich ließ mich daran hinabgleiten, zog die Beine an und legte den Kopf auf die Knie. Mir war schwindlig, aschgraue Punkte leuchteten vor meinen Augen. Ich fühle mich winzig. Unbedeutend.

Nicht gut genug.

Ein Zischen ließ mich den Kopf heben. Ohne dass ich sie heraufbeschworen hätte, materialisierte sich Amaris und schlängelte sich auf meine Füße. Sie hatte sich erhoben und sah mich an. Sie wirkte so echt, so … eigensinnig. Mehr als nur formgewordene Magie. Ihre mitternachtsblaue Färbung zog mich in ihren Bann und beruhigte mich. Ich streckte meine Hand aus und fuhr mit den Fingern über ihren Kopf. Anders als erwartet glitten meine Finger nicht durch sie hindurch, sondern strichen über eine undefinierbare Oberfläche. Meine Finger prickelten, wo ich die Schlange berührte. Sie ließ es über sich ergehen. Es half mir, mich auf Amaris zu konzentrieren. Es beruhigte mich, das Schwindelgefühl verging und auch meine Beine fühlten sich wieder an, als könnten sie mich tragen.

»Danke«, sagte ich. Als hätte sie damit ihre Aufgabe erledigt, kroch Amaris zurück in meinen Nacken und streifte dabei meine Wange. Als sie sich in das Tattoo zurückzog, fühlte ich mich nicht mehr so allein.

Ich erhob mich und schleppte mich die letzten Meter zu meinem Zimmer und ins Bett.

Ich strich mit den Fingern nochmals über den goldenen Strich auf meiner Hand. Erinnerte mich an jene Nacht im Orden, in der Nick nach meinem Albtraum in meinem Zimmer geschlafen hatte, um mich zu beruhigen. Ich wünschte mir, dass er auch heute wieder an meiner Seite wäre. Doch er war nicht da.

Und es war fraglich, ob er mich überhaupt jemals wiedersehen wollte.

KAPITEL 20

Nach dem Frühstück am nächsten Tag startete das von Helena angeordnete Training für Luce, Cathy und mich. Die beiden hatten das Angebot der Anführerin ebenfalls angenommen. So fanden wir uns gemeinsam in einem kleineren Trainingsraum wieder, den Bee uns zeigte. Wir alle hatten dunkle Schatten unter den Augen, doch wir sprachen kein Wort darüber, was mit Jenna geschehen war. Das war mir nur recht.

Bee schonte uns nicht. Das Training war anstrengend. Ziemlich schnell gingen wir dazu über, auch die Schilde zu benutzen. Damit wir ein Gefühl für sie bekamen und wussten, wie wir uns damit zu bewegen hatten. Ich hatte einen großen Vorteil gegenüber den anderen und war dankbar dafür. Doch für Jenna kam es zu spät. Es war so dumm von Helena gewesen, uns unvorbereitet loszuschicken. Hatte sie das denn nicht gesehen? Wozu die Eile? Wieso schien alles immer weniger Sinn zu ergeben, je weiter ich hinter die Fassaden blickte? Wir waren gerade dabei, zu zweit gegeneinander zu kämpfen, als die Gorgonenmagie Besitz von mir ergriff und meine Gedanken unterbrach.

So kannst du die Krieger besiegen, flüsterte sie mir zu, als ich den Schild durch die Luft schwang. *Du musst Jenna rächen!* Die Gedanken jagten mir einen Schauer über den Rücken. Es gelang mir, die Stimme auszusperren. Ich musste besser aufpassen. Die anderen Gorgonen bekamen von meinem inneren Zwiespalt nichts mit, da ich trotz allem die Kontrolle über meinen Körper behielt und mich bewegte, als würde ich in meinem Kopf nicht ebenfalls einen kleinen Kampf mit mir selbst ausfechten.

Auch zum Essen gingen Luce, Cathy und ich gemeinsam. Hunger hatte ich kaum, noch immer plagte mich das schlechte Gewissen wegen Jim, Jenna und Nick. Wir setzten uns gemeinsam in eine Ecke des Raums auf die Kissen. Die beiden jungen Frauen waren angenehm, dennoch hielt ich mich aus der Unterhaltung größtenteils heraus. Ich traute mich nicht, ihnen näherzukommen. Denn damit brachte ich sie nur in Gefahr. Das mit Jenna war mir eine Warnung. Doch eine gewisse Nähe war notwendig, um keinen Verdacht aufkommen zu lassen. Immerhin war uns das Gemeinschaftsgefühl eingetrichtert worden, das durfte ich nie vergessen. Doch noch war ich nicht bereit und daran würde auch die Gorgonenmagie nichts ändern.

Am Ende des Tages erhielt ich mein neues Zimmer. Es sah dem von Lexia sehr ähnlich, befand sich auch auf demselben Gang wie das ihre. Es beruhigte mich, sie in meiner Nähe zu wissen. Zu sehen bekam ich sie aber zwei Tage lang nicht. Am Nachmittag des dritten Tages klopfte es an meine Tür. Bee hatte uns überraschend früher entlassen, damit wir unseren ersten freien Abend genießen konnten. Lexia stand auf der anderen Seite der Tür. Hinter ihr warteten drei weitere Gorgonen, die sich neugierig umsahen. Waren sie neu? Lexia trug ein Bündel Kleider unter dem Arm, welches sie mir entgegenstreckte.

»Hier sind deine Ausgehklamotten. Frisch gewaschen. Du solltest den Pullover aufhängen, damit er keine Falten bekommt.«

»Danke.« Ich nahm ihr den Stapel Kleidung ab.

»Gern geschehen. Ich wünsche dir einen schönen freien Abend.«

Sie wandte sich ab und ging mit den anderen weiter den Gang entlang. Ich schoss die Tür und legte die Kleidung auf dem Tisch ab, den Pullover entfaltete ich. Dabei fiel ein Zettel heraus. Ich hatte Lexias Hinweis also richtig verstanden.

Auf dem Zettel standen eine Adresse und eine Uhrzeit.

Nick.

Doch wie spät war es jetzt? Wie lang würde ich bis zu dieser Adresse brauchen? Wie kam ich überhaupt dahin? Lexia hatte anscheinend keine Zeit, um mir zu helfen. Das war schlecht. Wirklich schlecht. Bisher hatte ich mir darum gar keine Gedanken gemacht. Panik machte sich in mir breit. Nun hatte ich mir die ganze Zeit Sorgen um das Treffen gemacht, nicht aber, wie ich dort hinkommen sollte. Ich kannte mich doch überhaupt nicht in der Stadt aus. Wieso hatten sie mir das nicht schon im Orden beigebracht? Und wieso hatte ich Idiot nicht daran gedacht, danach zu fragen …

Ich wusste nicht, ob ich lachen oder weinen sollte. Bee hatte Luce, Cathy und mir gezeigt, wo wir an die Oberfläche kamen, aber wie es von da aus weitergehen sollte … soweit ich wusste, wollten die beiden heute Abend ebenfalls nach oben. Vielleicht konnte ich sie fragen?

Nein, lieber ging ich zuerst an die Oberfläche und fragte mich dann durch. So verhinderte ich auch, dass jemand von den anderen Gorgonen erfuhr, wo ich hinwollte. Ich zog mir frische Sachen an und zog los, um die Katakomben zu verlassen. Bee hatte uns ein wenig Geld gegeben, damit wir unseren freien Abend genießen konnten. Ich hoffte, dass es reichte, um zu dem Treffpunkt zu gelangen.

Die Stadt war berauschend. Seit meinem letzten Besuch an der Oberfläche war noch nicht viel Zeit vergangen, trotzdem war es auch dieses Mal wieder, wie in einer anderen Welt aufzutauchen. Laut, grell, bunt – es war wunderbar. In der Menge schienen die Sorgen, die mich in den Katakomben plagten, weit entfernt.

Ich ließ mich für einige Zeit treiben und genoss das Gefühl, unter normalen Menschen zu sein. Niemand schenkte mir besondere Beachtung, ich war einfach nur ein Teil von ihnen.

Plötzlich begann mein Nacken zu prickeln. Die Magie in mir regte sich. Ich wirbelte herum, hatte die Hände schon in Abwehrhaltung erhoben und war bereit zuzuschlagen, als …

»Ilena!« Vor mir stand die *Mágissa* mit einem strahlenden Lächeln auf den Lippen.

»Da bist du ja endlich«, sagte sie und im nächsten Moment umarmte sie mich. Bevor ich reagieren konnte, hatte sie mich von sich geschoben und blickte verwirrt drein, so als wusste sie selbst nicht, wieso sie das gerade getan hatte.

»Woher wusstest du, wo ich bin?«

»Lass uns woanders hingehen, ja? Ich möchte das ungern auf offener Straße besprechen. Siehst du den Laden dort hinten?« Ich drehte mich um. Sie deutete auf ein mehrstöckiges Geschäft am Ende der

Straße, an dem ein großes rotes Schild prangte. Es war ein Buchladen. »Zweiter Stock, Phantastik-Abteilung.«

Als ich mich wieder umdrehte, war sie verschwunden. Ich setzte meinen Weg fort und ging in die Buchhandlung, deren gemütliche Atmosphäre mich sofort für sich einnahm. Ich wusste, was Bücher waren, gelesen hatte ich aber noch nie eines. Glaubte ich zumindest. Über den roten Stoffteppich ging ich zu der goldverzierten Treppe und stieg hinauf in den zweiten Stock. Hier war es wesentlich leerer als in den anderen Abteilungen, an denen ich vorbeigekommen war. Ilena saß allein in einer Ecke in einem roten Sessel, der zwischen zwei Regalen stand.

Als ich näher kam, zerbröselte sie einen schimmernden Stein in ihren Händen und ließ den feinen Staub zu Boden rieseln. Ein magisches Prickeln erfüllte den Raum.

»Was tust du da?«

»Schleier«, antwortete sie knapp.

»Hättest du das nicht auch woanders machen können?«

»Klar. Aber ich mag es hier.« Sie deutete auf die Bücher in den Regalen. »Das hier ist auch eine Form der Magie. Menschengemacht. Ich stöbere gerne in den Welten, die sie kreieren.«

»Ist dir deine nicht aufregend genug?«, scherzte ich.

»Oh doch. Aber genau deswegen mag ich diese Geschichten. Sie gehen immer gut aus. Und das hoffe ich für mein Abenteuer auch.« Ein verträumter Ausdruck schlich sich auf ihr Gesicht. Ich wusste so wenig über diese Frau, die mir schon so viel geholfen hatte.

»Erzählst du mir deine Geschichte auch irgendwann einmal?«

Sie lächelte. »Wenn sie dich interessiert, gerne. Aber nicht heute. Heute geht es um dich.«

»Woher wusstest du denn, wo ich bin?« Ich stellte mich an das Regal und sah mir die Bücher genauer an, während Ilena erzählte.

»Ich habe mit Nick über dich gesprochen, weil ich wissen wollte, wie es dir geht. Ob alles gut gegangen ist. Er hat mir dann erzählt, dass er sich heute mit dir treffen will. Also habe ich dazwischengefunkt und mich bereit erklärt, dich nach einer kurzen Unterredung abzufangen und nachher zum Treffpunkt zu bringen.« Sie stand auf und stellte sich neben mich an das Regal, blätterte ebenfalls durch ein paar Bücher.

»Und wie hast du mich gefunden?«

»Hiermit«, sagte sie und hielt mir die Hand hin. Darin lag meine Phiole. »Ich habe einen Aufspürzauber verwendet, der mich zu dir geführt hat.«

Ich nahm ihr das Fläschchen mitsamt Kette ab, unfähig, meinen Blick davon zu lösen. »Es werden immer mehr Farben.«

»Das bestätigt nur meine Theorie. Ich habe aber noch immer nichts gefunden, was diesem Zauber entspricht. Es ist zum Verrücktwerden.« Ich gab ihr das Fläschchen zurück.

»Ich hoffe, du findest die Lösung noch.«

Sie steckte die Phiole in ihre Tasche und reichte mir stattdessen ein Buch aus dem Regal. »Hier, probier es damit.«

Es war ein dickes Taschenbuch mit grünem Einband. Der Text auf der Rückseite versprach ein episches Abenteuer in einem atemberaubenden Setting. Drachen inklusive. Ilena schwärmte mir von der Geschichte vor und ich ließ mich mitreißen. Sie stellte mir einige Bücher vor, die ich unbedingt auf meine Leseliste setzen sollte. Völlig unbeschwert redeten und lachten wir. Ich vergaß für einen Moment tatsächlich alles um mich herum. Dann hielt Ilena inne.

»Wir müssen los.« Diese drei Worte pressten mir alle Luft aus der Lunge.

»Bist du dir denn sicher, dass Nick überhaupt kommen wird?«

Ilena kniff die Augen zusammen. »Ist das dein Ernst?«

»Wenn du wüsstest, was …« Doch sie ließ mich nicht ausreden. Stattdessen machte sie eine wegwerfende Bewegung mit der Hand und schüttelte den Kopf.

»Nick ist schon ein großer Junge, Rya. Nur weil du ihm den Arsch versohlt hast, ist er nicht sauer auf dich.«

Mir klappte der Mund auf und Ilena prustete los.

»Was hat er dir denn erzählt?«, fragte ich und fühlte mich überrumpelt. Als Ilena merkte, dass ich es nicht so witzig fand wie sie, wurde sie wieder ernst, behielt aber trotzdem ein Schmunzeln im Gesicht.

»Ihr beide habt den Vorfall offensichtlich komplett unterschiedlich erlebt«, sagte sie. »Oder aber, er hat mir was verheimlicht …« Sie fasste sich ans Kinn und musterte mich. »Ihr müsst wirklich ganz dringend miteinander reden. Komm, lass uns gehen.«

Sie hob den Zauber um uns herum auf und wir gingen ins Erdgeschoss, wo ich das Buch bezahlte. Auf den Straßen waren unglaublich viele Menschen unterwegs. Ständig musste ich ihnen ausweichen und gleichzeitig darauf achten, Ilena nicht aus den Augen zu verlieren. Erst als wir einen weniger bevölkerten Teil der Stadt erreichten, konnte ich durchatmen und nachdenken. Ilena wollte mich mit ihren saloppen Worten sicherlich aufmuntern, aber sie hatte damit das Gegenteil bewirkt. Mein Herz schlug mir bis zum Hals, als wir vor einem hohen Wohngebäude stehen blieben.

»Du musst keine Angst haben«, sagte Ilena, doch ich konnte ihr nicht glauben. »Das Gebäude gehört dem Orden, hier werden definitiv keine Gorgonen lauern.« Wieder griff sie in ihre Tasche und zog eine Kette hervor, die ich bereits kannte. Es war die mit dem Achat-Anhänger, der mich davor bewahrte, von dem Schutzzauber getroffen zu werden.

»Könnte ich nicht einfach hierbleiben und über unsere Verbindung mit Nick reden? So war es doch gedacht, oder?« Ich hatte solche Angst, ihm gegenüberzutreten.

»Als ob ihr beide das aushalten würdet«, schimpfte Ilena belustigt und schob mich, nachdem sie mir die Kette umgelegt hatte, in das Gebäude auf einen Aufzug zu. Ich war viel zu aufgeregt, um zu protestieren. Der Aufzug fuhr bis in den letzten Stock. Als die Türen aufglitten, standen wir einem leeren Gang gegenüber, von dem nur wenige Türen abzweigten. Ilena nahm mir die Tasche mit dem Buch ab und stieß mich sanft aus dem Aufzug. »Die letzte Tür links, dann die Treppe rauf.«

»Kommst du nicht mit?«

Als Antwort zog sie eine Augenbraue hoch. Sie drückte einen Knopf und die Tür des Aufzugs schloss sich. Ich war wieder allein. Mir war warm und kalt zugleich, meine Hände wurden nass. Ich wischte sie an meiner Hose ab, dann ging ich den Gang entlang auf die Tür zu. Dahinter verbarg sich ein Treppenhaus, das noch ein Stockwerk weiter hinaufführte. Ich drückte die Klinke der Metalltür hinunter, die sich am oberen Ende befand. Was ich dahinter erblickte, raubte mir den Atem.

Kapitel 21

Eine Dachterrasse. Außer Kies und einigen Lüftungsschächten war nichts zu sehen, aber der Ausblick über die Stadt war wunderschön. Das Gebäude war mit Abstand eines der höchsten in der Gegend und ermöglichte einen Rundumblick. In der Ferne sah ich Hochhäuser, das Zentrum. Und dahinter erstreckte sich der Horizont. Die Sonne war kurz davor unterzugehen und tauchte den Himmel und die Wolken in Orange, Rosa und ein strahlendes Gelb. Die Farben spiegelten sich in den Fensterscheiben der Häuser ringsherum, als hätten sie den Himmel eingefangen.

Von dem Anblick angezogen ging ich bis an den Rand. Die Balustrade der Terrasse reichte mir bis an die Hüfte und war gut einen Meter breit, sodass ich nicht in die Tiefe blicken konnte. Ich lehnte mich vor. Ein leichter Wind kam auf und ich schloss die Augen, während er mir durch die Haare fuhr.

Ich spürte Nick, bevor er durch die Tür trat. Wie schon bei Ilena, kitzelte das Tattoo in meinem Nacken, als er sich näherte. Erst eine Sekunde später öffnete sich die Tür zur Terrasse. Ich hörte Nicks Schritte auf dem Kies, drehte mich aber nicht um.

Nein. Nein. Nein. Ich war nicht bereit. Weder für seinen vermutlich vorwurfsvollen Blick noch für meine Reaktion. Was, wenn die grausame Stimme sich meldete? Was, wenn ich ihm an die Gurgel springen wollte, sobald ich ihn sah? Ich biss mir auf die Unterlippe. Dann öffnete ich die Augen, blickte wieder auf den Horizont.

Nick blieb stehen. Er zögerte. Meine Blutmagie erwachte, ich spürte seinen Herzschlag, der fast so schnell ging wie meiner. Ich unterdrückte sie, ich wollte Nick ihr nicht aussetzen, ohne dass er es wusste.

»Eine tolle Aussicht, oder?« Nicks Stimme zu hören löste ein zugleich schönes und schmerzhaftes Kribbeln in mir aus. Meine Stimme ließ mich im Stich, also nickte ich nur. Er setzte sich wieder in Bewegung, trat neben mich. Frischer Regen. Freiheit. Und auch wieder nicht.

Aus dem Augenwinkel nahm ich eine Regung wahr, dann wurde etwas vor meiner Nase auf der steinernen Umrandung abgestellt. Es war ein Pappbecher. Als ich den Geruch erkannte, stiegen mir Tränen in die Augen.

Ich zwang mich, Nick endlich anzusehen.

Auf seinem Gesicht lag ein Lächeln und aufrichtige Freude. Doch als er meine Tränen sah, legte er die Stirn in Falten.

»Hättest du lieber etwas anderes gewollt als einen Chai Latte?« Das halb spielerische, halb sorgenvolle Schmunzeln auf seinem Gesicht gab mir den Rest. Ich ließ den Tränen freien Lauf. Ließ meinen Kopf auf seine Brust sinken und schlang die Arme um seinen Oberkörper. Ich drückte ihn an mich und schluchzte.

»Es tut mir so leid, ich …« Meine Stimme versagte, als ein Zittern meinen Körper ergriff. Nick legte seine Arme um mich. Hielt mich zusammen, während ich zu zerbrechen drohte. Er strich mir über den Rücken und wartete, bis ich wieder normal Luft holen konnte und mich einigermaßen ausgeweint hatte. Doch ich konnte noch nicht loslassen. Ich wollte mich noch einen Moment in der Sicherheit wiegen, die Nick mir vermittelte. Ich drehte meinen Kopf nach links und schaute mir den Himmel an, der sich langsam lila färbte.

Mein Magen knurrte und Nick lachte. Er schob mich sanft von sich und fasste mich vorsichtig am Kinn. Er drehte mein Gesicht so, dass ich ihn ansehen musste. Ein schelmisches Funkeln leuchtete in seinen Augen.

»Wie kommt es, dass du in meiner Gegenwart immer Hunger hast?« Ich zuckte nur mit den Schultern, weil es mir sehr unangenehm war. Auch wenn solch kleine Peinlichkeiten mein geringstes Problem waren.

»Trink wenigstens etwas«, sagte er und wischte mir mit den Daumen die Tränen unter den Augen weg. Als er mich losließ, nahm ich den Becher in die Hand, der sogar noch warm war, trank einen Schluck und spürte, wie mein Mut zurückkehrte.

»Wieso bist du hier?«, fragte ich. Er zog die Augenbrauen zusammen.

»Weil wir verabredet waren«, antwortete er, doch es klang wie eine Frage.

»Wieso bist du hergekommen, nach dem, was vor ein paar Tagen passiert ist?«

»Warum hätte ich denn nicht kommen sollen?«

Ich schüttelte den Kopf. »Wie kannst du das sagen? Ich hätte dich vermutlich umgebracht, wenn ich gekonnt hätte. Weil ich zu schwach war und mich nicht gegen die Gorgonenmagie wehren konnte.«

»Du hast mich aber nicht umgebracht.« Er lehnte sich an die Balustrade.

»Wie kannst du so ruhig bleiben? Wieso bist du nicht sauer auf mich?«

Seine Kiefermuskeln zuckten und er ballte eine Hand zur Faust. »Ich bin alles andere als ruhig, Rya. Ich bin auf vieles wütend. Auf die Situation, auf die Gorgonen, auf mich. Aber nicht auf dich.«

Er schnitt mir das Wort ab, als ich etwas erwidern wollte. »Ich war von Anfang an gegen diese Idee, das weißt du. Aber nicht, weil ich an dir gezweifelt habe. Sondern weil ich die Hoffnung, dass sich irgendetwas an diesem Krieg ändern würde, vor langer Zeit aufgegeben habe. Deswegen wollte ich nicht, dass du diese Last auf deine Schultern nimmst. Ich habe und werde wohl nie verstehen können, wieso du das tust. Aber das beweist deine Willensstärke. Du hast die Gorgonenmagie schon einmal überwunden, also wirst du das auch ein zweites Mal.«

»Wie kannst du dir da so sicher sein?«

Nick grinste. »Der Beweis steht doch vor mir. Du willst mir doch gerade nicht an die Gurgel gehen, oder?«

Ich wollte etwas antworten, hielt dann aber inne. Er hatte recht. Nicht einmal, seit ich ihn angesehen hatte, hatte ich den Drang verspürt, ihm wehzutun. Ich hatte die Stimme unter Kontrolle. Vorerst.

»Du hast recht.«

»Wie war das? Kannst du das noch mal wiederholen? Ich habe das akustisch nicht verstanden.« Nick hielt sich eine Hand ans Ohr.

Ich boxte ihm leicht gegen den Arm. »Hör auf«, sagte ich und lachte auf.

Nicks Züge wurden weicher. »Ich mag es, wenn du lachst. Solange du das kannst, habe ich Hoffnung.«

»Hoffnung worauf? Ich dachte, die hast du aufgegeben?«

»Darauf, dass auch du recht hast. Du hast mir gesagt, dass wir eine Chance haben, die Gorgonen aufzuhalten. Vielleicht sogar den Krieg zu beenden, wenn wir zusammenarbeiten. Ich wollte es nicht hören, nicht glauben. Aber dein verflixtes Lächeln hat mich irgendwann umgestimmt. Ich habe wieder Hoffnung. Deinetwegen. Mach mir das nicht kaputt, indem du dich selbst aufgibst.« Er legte mir eine Hand an die Wange und stellte sich dicht vor mich. »Solange du kämpfst, Rya, tue ich es auch. Für dich. Denn seit Langem bist du das Erste, von dem ich glaube, dass es sich dafür zu kämpfen lohnt. Für das ich es auch wirklich *will.*«

Ich schmunzelte.

»Was?«, fragte Nick.

»Es ist schon etwas komisch. Denn weißt du, was der Grund dafür war, dass ich kämpfen wollte? Du. Irgendwie haben wir beide es also geschafft, uns gegenseitig davon zu überzeugen, dass es sich lohnt.«

Er lächelte und war mir dabei so nah, dass ich die Regung seines Mundes fast auf meinen Lippen spüren konnte. Ich legte meine Hände auf seine Hüfte, während er mit seiner Hand in meinen Nacken fuhr. Seine dunklen Augen leuchteten im letzten Licht der Sonne und alles in mir sehnte sich danach, von ihm geküsst zu werden. Und ich spürte, dass es ihm ähnlich ging. Die Gefühle, die ich über unsere Verbindung wahrnahm, waren eindeutig.

Doch ich durfte das nicht zulassen.

Nick bemerkte meinen Stimmungswandel und rückte ein Stück von mir ab, ohne mich loszulassen.

»Was ist?«

»Ich muss wissen, was mit Jim Saxon passiert ist.« Ich schloss die Augen.

»Du denkst an jemand anderen, während du mit mir zusammen bist?«

Blind schlug ich ihm meine Faust gegen die vor Lachen vibrierende Brust, krallte mich dann aber in seinem Pullover fest. Ich brauchte einen Halt. Nick zuckte nicht mal zusammen.

»Es geht ihm gut, Rya. Wir haben ihn in einem Krankenhaus gefunden, wo er etwas von wild gewordenen Amazonen brabbelte. Er hat es überlebt. Wir haben ihm die Erinnerungen genommen und dann der Polizei einen dezenten Hinweis auf seinen Aufenthaltsort gegeben.«

Ich ließ mich nach vorn gegen seine Brust fallen. Ich atmete einmal tief ein und aus. Wieder weinte ich, diesmal aus Erleichterung. Nick drückte mich an sich und gab mir die Zeit, die ich brauchte.

»Darf ich dich jetzt küssen?«

Ich schüttelte den Kopf und zog mich zurück. »Wenn du das tust, dann will ich diese Terrasse nicht mehr verlassen. Nie wieder. Ich würde es nicht schaffen, zurückzugehen.« Er biss sich auf die Unterlippe, was meinen Entschluss ganz schön ins Wanken brachte. Doch er ging auf Abstand und nickte.

»Ich verstehe, was du meinst. So ging es mir an dem Abend, an dem ich dich in der Stadt abgesetzt habe.« Er hob einen Arm und ich schmiegte mich an ihn. Seite an Seite beobachteten wir, wie die Sonne unterging und die Lichter der Stadt erwachten. Als wären die Sterne auf die Erde gefallen.

»Wie geht es Lexia?«, fragte Nick nach einer Weile.

»So viel zu dem an andere denken, wenn wir zusammen sind«, witzelte ich. »Soweit ich es beurteilen kann, geht es ihr gut.«

»Kümmert sie sich gut um dich?«

»Ja. Darf ich dich was fragen?«

Nick lachte. »Ich habe deine Neugierde vermisst.«

»Standet ihr euch früher mal nahe?«

»Wie kommst du darauf?« Er bemühte sich um einen ausdruckslosen Ton, aber seine Augen verengten sich fast unmerklich.

»Als ich Lexia nach dir gefragt habe, hat sie so ausweichend reagiert.«

Er nickte. »Wir waren während unserer Ausbildung gute Freunde. Zu Beginn waren wir auch noch voller Elan bei der Sache und wir und unsere Freunde schworen uns, die besten Krieger zu werden, die der Orden je gesehen hatte. Doch für mich verlor dieses Bestreben bald seinen Glanz. Lexia hingegen ist in ihrer Rolle voll aufgegangen. Wir haben uns auseinandergelebt. Als ich dann hörte, dass sie zu den

Gorgonen gehen wollte, habe ich, ähnlich wie bei dir, die Hände über dem Kopf zusammengeschlagen. Aber ich habe ihr beiseitegestanden und das tue ich immer noch. Auch wenn ich mir gewünscht hätte, dass es anders für sie ausgeht.«

»Was, meinst du, würde sie tun, wenn es diesen Krieg irgendwann nicht mehr geben sollte?«

Er zuckte mit den Schultern. »Ich glaube, sie würde eine andere Bestimmung finden. Es gibt viele Wege, auf der Welt für Gerechtigkeit zu sorgen.«

»Du redest wie eine Gorgone«, sagte ich. Nick sah mich mit hochgezogenen Augenbrauen an. »Ich weiß, du willst das jetzt vermutlich nicht hören, aber es gibt Gemeinsamkeiten zwischen den Gorgonen und euch«, fuhr ich fort.

»Jetzt bin ich aber gespannt.«

»In gewisser Weise sind sie genauso in diesem Krieg gefangen wie ihr. Sie tun, was eine uralte Magie ihnen zuflüstert, nachdem sie sich zwischen einer Versteinerung und einem fremdbestimmten Leben entscheiden müssen. Das ist in meinen Augen auch keine echte Wahl, oder? Wie bei euch, hätte die Entscheidung gegen den Kampf starke ›Nebenwirkungen‹. Nur aus anderen Gründen.« Ich verschwieg ihm meine Bedenken, die ich bezüglich dieses Krieges hatte. Dass etwas damit nicht stimmte. Denn was es letztendlich auch war, es änderte nichts an meinem Ziel.

Nick blickte nachdenklich in die nächtliche Stadt hinein. »So habe ich das noch gar nicht betrachtet.«

»Diesen Krieg zu beenden würde bedeuten, dass jeder eine Wahl bekommt. Alle sollten frei sein. Deswegen müssen wir unser Möglichstes dafür tun, um das zu schaffen.« Ich erschrak über mich selbst. Vor wenigen Minuten war ich ein Häuflein Elend gewesen, nun schwang ich große Reden. Ich blinzelte, als wäre ich aus einem Traum erwacht.

»Es tut mir leid«, flüsterte Nick nah an meinem Ohr.

»Was denn?«

Er legte seine Hände an meine Wangen, drehte mein Gesicht zu sich und küsste mich. In dem Moment, als seine Lippen auf meine trafen, explodieren meine Gefühle und ein Farbenmeer tat sich vor meinen Augen auf. Ich wusste gar nicht wohin mit mir.

Ich legte die Arme um Nicks Hals und zog ihn näher an mich heran. Er schmeckte nach gewürzter Milch, aber vielleicht war das auch ich. Ich wusste nicht mehr, wo ich aufhörte und er anfing. Er vertiefte den Kuss und ich seufzte auf. Eine seiner Hände fuhr meinen Rücken hinunter und hinterließ eine prickelnde Spur. Ich strich mit einer Hand durch seine Haare und ließ die kurzen Locken durch meine Finger gleiten. Er unterbrach den Kuss kurz, was mir ein unzufriedenes Murmeln entlockte.

Nick lachte, packte mich und setzte mich auf die Balustrade. Unsere Gesichter waren jetzt auf einer Höhe. Ich schlang die Beine um seine Hüften und zog ihn an mich. Das schien auch ihn zu überraschen, denn er keuchte kurz auf, als wir uns berührten. Schon war sein Mund wieder auf meinem. Meine Hände glitten über seine Brust, fuhren die Muskeln unter dem Shirt nach. Mit einem Arm hielt Nick mich fest an sich gepresst, damit ich nicht hintenüberkippte. Mit der anderen Hand strich er mir über den Nacken.

Das Tattoo glühte unter seiner Berührung, wie auch der Rest meines Körpers. Als Nick vorsichtig mit der Zunge über meinen Mund fuhr und ich meine Lippen für ihn öffnete, verlor ich jegliches Gefühl dafür, was um uns herum passierte. Es gab nur ihn und mich und dieses Gefühl zwischen Schweben und Fallen. Mein Herz setzte jedes Mal aus, wenn ich Nick ein Geräusch entlockte, das mir zeigte, dass es ihm ging wie mir. Denn die Gefühle, die wir über unsere Verbindung austauschten, konnte ich längst nicht mehr auseinanderhalten.

Nach einer gefühlten Ewigkeit, die dennoch viel zu kurz war, lösten wir uns widerwillig voneinander. Wir rangen beide nach Atem. Nick legte seine Stirn an meine.

»Das war das Dümmste und gleichzeitig auch das Beste, was ich jemals getan habe.« Seine Stimme war rau und sandte mir einen weiteren Schauer über den Rücken. Ich konnte nur rasselnd Luft holen, so sehr hatte mich dieser Kuss aus der Bahn geworfen.

»Es war auf jeden Fall besser als unser erster Kuss«, erwiderte ich lachend.

»Damals bist du sehr kalt rübergekommen«, sagte er und lachte ebenfalls. »Ich konnte mich nicht zurückhalten. Es tut mir leid. Aber ich finde, man weiß erst, was man hat, wenn man es zurücklässt. Und ich dachte, vielleicht ist es dir ein Ansporn, wenn ich sage, dass ich dich so lange küssen werde, wie du willst, wenn das hier vorbei ist.«

»Und du bist dir sicher, dass es nicht auch vielleicht andersherum ist? Oder du einfach einen berufsbedingten Kuss-Fetisch hast?«

Er schien kurz zu überlegen. »Nein. Ich weiß wirklich nicht, wie du darauf kommst.«

»Jetzt verstehe ich auch, wieso ein Kuss von dir ausreicht, um eine *Ágalma* wieder ins Leben zurückzuholen«, sagte ich.

»Ja, er ist eine mächtige Waffe. Ich vermute allerdings, dass es eher an dieser sinnbildlichen Mund-zu-Mund-Beatmungssache liegt.«

»Da mache ich dir einmal ein Kompliment, und du versaust es.« Ich gab ihm einen letzten Kuss und biss ihm dabei sanft in die Unterlippe.

»Jetzt provozierst du es.«

Ein Zwicken in meinem Nacken ließ mich zusammenfahren. Sofort ging Nick auf Abstand. Seine Lippen waren rot und leicht geschwollen. Ich wollte nicht wissen, wie ich aussah.

»Was ist? Tut dir was weh?«

Ich strich mit den Fingern über mein Tattoo und in meinen Gedanken formte sich ein Wort. *Pigaíno. Gehen.*

»Amaris will, dass ich verschwinde.«

»Wer ist Amaris?«

»Meine Schlange.«

Er blinzelte verdutzt. »Sie hat einen Namen?«

»Und so wie es aussieht, auch einen eigenen Willen. Ich sollte besser auf sie hören. Vielleicht spürt sie etwas.«

»In Ordnung. Ilena wird dich zurückbringen. Das wollte sie so.« Nick hob mich von der Balustrade herunter und drückte mich ein letztes Mal an sich. Dann gab er mir einen Kuss auf den Nacken, der ein Prickeln verursachte. »Pass auf dich auf. Und auf Amaris.«

»Du auch auf dich.« Es kostete mich alles an Überwindung, Nick vor der nächtlichen Kulisse stehen zu lassen und ihm den Rücken zuzudrehen.

Ich holte tief Luft, als ich die Tür zum Treppenhaus hinter mir schloss. Als ich mich gesammelt hatte, ging ich zum Aufzug zurück.

Ich hätte überrascht sein sollen, dass dieser bereits mit offener Tür auf mich wartete. Zusammen mit einer *Mágissa*, die auffällig desinteressiert dreinblickte, als ich zu ihr in die Kabine stieg.

Ilena konnte sich das Grinsen nicht verkneifen und sah mich abwartend an. Doch ich war noch nicht bereit, darüber zu reden. Ich wollte diese gestohlenen Momente auf dem Dach für mich behalten.

»Ihr habt euch also *ausgesprochen.*« Beim letzten Wort machte sie mit den Händen Gänsefüßchen in der Luft. »Ich hoffe, du hast noch etwas von ihm übrig gelassen«, scherzte sie.

»So langsam frage ich mich, was für ein Bild du eigentlich von mir hast, Ilena.«

»Ich würdige nur die Kraft, die in dir steckt. Die ist dir sicherlich in vielen Lebenslagen hilfreich.« Nun prustete ich doch los und Ilena stimmte mit ein. »Du bist doch nicht etwa prüde, nur weil du schon uralt bist, oder? Ich gebe dir gerne ein paar Tipps. Der erste: Lass dir nicht zu viel Zeit.« Ilena spielte die Geschockte. Der Aufzug piepte, dann öffnete sich die Tür und wir traten ins Foyer.

»Danke, Ilena.«

»Ich habe noch gar nicht richtig angefangen.«

Ich rollte mit den Augen. »Nicht dafür. Ich meine dafür, dass du für mich da bist. Dass du eine Freundin bist.«

»Einen seltsamen Geschmack hast du. Sich mit Leuten anfreunden, die dich ärgern.« Ihre Worte waren das eine, doch ihrem Lächeln und den Augen konnte ich die ehrliche Freude über meine Worte entnehmen.

Ilena drückte mir die Tüte mit dem Buch in die Hand und wir verließen das Gebäude. Sie brachte mich zurück an die Stelle, an der ich an die Oberfläche gekommen war, und ich gab ihr die Kette mit dem Achat zurück.

»Du gehst anders«, sagte sie zu mir, kurz bevor wir den Einstieg erreichten.

»Wie meinst du das?«

»Als ich dich abgeholt habe, sahst du aus, als ob du dich am liebsten sofort verkriechen würdest. Jetzt hingegen siehst du so aus, als ob du genug davon hättest, dich zu verstecken.«

»Mir ist heute wieder bewusst geworden, wofür ich kämpfe«, sagte ich.

»Und das wäre?«

»Ich kämpfe nicht nur für mich, sondern für alle.«

»Dann hoffe ich für dich, dass du das nicht wieder vergisst. Und wenn doch, dann weißt du, wo ich wohne. Ich erinnere dich gerne daran. Oder organisiere einen gewissen Jemand, der dich wieder wach küsst.«

Ich umarmte Ilena zum Abschied und ging die verbliebenen Meter zum Einstieg allein. Ein letztes Mal atmete ich die Stadtluft ein, ehe ich mich das dunkle Loch herabgleiten ließ und in die Katakomben eintauchte.

Den Weg zurück fand ich schnell. Es war nicht weit bis zur Unterkunft. Die Gänge im Inneren waren leer. Vermutlich waren die meisten Gorgonen noch unterwegs oder schliefen. Ich begegnete niemandem, als ich zu meinem Zimmer zurückging. Ich nahm eine kalte Dusche und als ich gerade dabei war, mich abzutrocknen, hörte ich Schritte auf den Gängen. Die ausgeschwärmten Gorgonen waren zurück. Wäre ich nur wenig später gekommen, wäre ich ihnen begegnet. Es wäre kein Problem gewesen, aber so war ich jeglichen Fragen entgangen und niemandem war mein etwas derangiertes Äußeres aufgefallen. Wie befürchtet, waren meine Haare ein einziges Chaos, meine Lippen und Wangen rot gewesen. Man hatte mir den Kuss förmlich angesehen und ich hätte es schade gefunden, wenn ich darüber hätte lügen müssen. So aber konnte ich unbemerkt in mein Bett schlüpfen. Ich blätterte noch ein wenig in dem Buch, das ich mir gekauft hatte, konnte mich aber nicht darauf einlassen. Immer wieder schweiften meine Gedanken zu Nick und dem Kuss, den wir geteilt hatten. Allein die Erinnerung daran versetzte mich in Aufruhr und brachte mein Herz dazu, schneller zu schlagen.

Der goldene Streifen auf meiner Hand begann zu pulsieren. Ich strich mit dem Finger darüber und fühlte mich mit Nick verbunden. Jetzt verstand ich, was er vorhin gemeint hatte. Der Kuss war das Dümmste überhaupt gewesen, weil die Sehnsucht, die ich nun verspürte, so schlimm war, dass es fast schon wehtat und mich alles infrage stellen ließ. Wozu sich jemandem öffnen, wenn es hinterher so wehtat? Aber er war auch das Beste, weil er mir verdeutlichte, dass es da draußen etwas – jemanden – gab, für den sich jedes Risiko lohnte. Ein Kuss voller Gegensätze, so wie das Leben selbst.

KAPITEL 22

In dieser Nacht kam der Albtraum zunächst in Form einer Stimme, die immer wieder meinen Namen rief, während ich vor Schmerzen gekrümmt am Boden lag. Die Rufe wurden immer lauter. Überall war Blut, ein lebloser Körper lag ein paar Meter von mir entfernt. Doch es war so dunkel, dass ich nicht erkennen konnte, wer es war. Jenna? Dann tauchten wieder die zwei Gestalten auf, die ich bereits im Orden in meinen Träumen gesehen hatte. Auch diesmal waren es nicht mehr als zwei Schatten, die mich allerdings nicht bemerkten. Ich sah, wie die beiden die Köpfe zusammensteckten und … sich küssten?

Schweißgebadet wachte ich auf. Ich sprang unter die Dusche und lag dann so lange hellwach im Bett, bis es Zeit für das Frühstück war. Ich wusste das nicht aufgrund der Uhrzeit, die ich noch immer nicht abschätzen konnte, sondern wegen des leckeren Geruchs, der auf einmal in der Luft lag. Also ging ich in den Gemeinschaftsraum, holte mir eine Portion Porridge und gesellte mich zu Luce, Cathy und Lexia, die in einer Ecke des Raumes zusammensaßen. Alle drei musterten mich aufmerksam, als ich mich in den Schneidersitz neben sie sinken ließ.

»Wie kannst du so früh am Morgen nur so gut aussehen?«, scherzte Luce, die aus geschwollenen Augen blinzelte. Cathy schien nicht sonderlich müde zu sein, obwohl sie etwas blass um die Nase war.

»Ich fand es toll, die Katakomben zu verlassen«, sagte ich.

»Wir auch«, meinte Luce, »aber offensichtlich haben wir komplett unterschiedliche Dinge getan. Wir waren die ganze Nacht lang tanzen und haben was getrunken. Was hast du getrieben, dass du so aussiehst?«

»Ich war in einer Buchhandlung«, antwortete ich. »Ich habe gestöbert und mir ein Buch gekauft.«

Die beiden Nachteulen sahen mich an, als hätte ich den Verstand verloren. Kopfschüttelnd machten sie sich über ihr Frühstück her. Im Fall von Cathy bedeutete das, mit dem Löffel in dem Brei herumzurühren. Ihr musste sehr schlecht sein.

Über meine Schüssel hinweg fing ich Lexias Blick auf. Sie legte den Kopf schief. Ich nickte, um ihre stille Frage zu beantworten. Ich konnte das Schmunzeln, das sich bei dem Gedanken an die letzte Nacht auf meine Lippen stahl, nicht unterdrücken. Beschämt senkte ich den Kopf. Ich vermisste Nick. Sehr.

»Da fällt mir ein«, setzte ich erneut an. »Ich habe vergessen, mir etwas zum Schreiben zu kaufen. Wann hätte ich denn wieder die Möglichkeit dazu?«

»Du kannst also lesen *und* schreiben«, sagte Luce mit gespielter Ehrerbietung. »Respekt!«

Ich musste lachen und stieß sie mit dem Ellbogen an. Gleichzeitig zog sich mein Herz zusammen, weil ich mir doch geschworen hatte, die beiden nicht zu nah an mich heranzulassen. Ich musste aufpassen. Gerade weil ich glaubte, dass ich sie wirklich mögen könnte.

Lexia sah mich nicht an, als sie mir antwortete. »In gebe dir Bescheid, sobald ich das weiß. Ich muss erst noch mit Bee sprechen. Solange kannst du dir aber gerne etwas von mir ausleihen.«

»Danke.«

Nach dem Essen folgte ich Lexia auf ihr Zimmer, wo sie mir einen Schreibblock sowie einen Kugelschreiber gab.

»Wofür brauchst du das?«, fragte sie.

»Ich will schreiben üben. Gestern, als ich zwischen all diesen Büchern stand, ist mir aufgefallen, dass ich zwar lesen kann, aber wie es sich mit dem Schreiben verhält, weiß ich nicht. Deswegen will ich es testen.«

Lexia nickte. »Viel Erfolg. Wenn du Hilfe brauchst, melde dich.«

»Danke. Warte, da fällt mir noch etwas ein! War es Absicht, dass ich im Orden keinen Stadtplan zu Gesicht bekommen habe? Ohne Ilena hätte ich niemals allein zu dem Treffen gefunden.«

Lexia musterte mich argwöhnisch. Sie leckte sich über die Lippen und zog die Augenbrauen zusammen.

»Er wird schon seine Gründe haben«, murmelte sie. »Hol es so schnell nach, wie du kannst.«

Bis zum nächsten Training war noch etwas Zeit, also zog ich mich auf mein Zimmer zurück und fing mit ein paar Übungen an. Ich kannte alle Buchstaben, aber sie aufzuschreiben kostete mich viel Konzentration. Ich nahm das Buch zu Hilfe und schaffte es nach ein paar Stunden, das Alphabet ohne Spicken aufzuschreiben.

Es klopfte an meiner Tür.

»Rya, wir müssen los«, meldete sich Luce auf der anderen Seite. Ich hatte gedacht, mittlerweile ein Gefühl für die Zeit bekommen zu haben, doch da hatte ich mich wohl getäuscht. Ich schloss mich ihr und Cathy an. Bee erwartete uns bereits im Trainingsraum.

Sie kannte keine Gnade. Abgesehen von dem normalen Training nutzten wir nun auch vermehrt die Schilde sowie die Schlangen, die wir in den unterschiedlichsten Situationen hervorrufen mussten. Ich beobachtete die anderen in diesen Momenten ganz genau. Doch tatsächlich schienen sie ihren Schlangen nicht mehr Beachtung zu schenken als den Schilden. Waren ihre nicht so eigensinnig wie meine? Oder bemerkten sie es einfach nicht?

Zu dem Training gehörte aber nicht nur die körperliche Bewegung, sondern auch Dinge wie Strategieplanung und Hintergrundwissen. Wir bekamen einen genaueren Einblick in das Zusammenspiel der Gorgonen, wenn sie auf Streifzüge an die Oberfläche gingen. Wie ich es seit der ersten Mission geahnt hatte, gab es eine Rollenverteilung in den Gruppen.

»Grundsätzlich ist jede Gorgone dafür zuständig, die Augen offen zu halten und im Notfall zu kämpfen. Doch bei jeder Mission gibt es drei Aufgaben, die eine Sonderstellung einnehmen. Das ist das Ködern, das Versteinern und das Fortzaubern der Statue. Ihr werdet lernen, alle drei umzusetzen, aber eine davon wird zu eurer ganz persönlichen Aufgabe. Ihr werdet ein Team, in dem man sich auf die anderen verlassen kann«, erklärte Bee und deutete dann mit dem Finger nacheinander auf uns. »Luce. Du redest gerne und hast kein Problem damit, dich in den Mittelpunkt zu stellen. Du wirst vermutlich das Ködern für dich entdecken. Rya, du bist schon sehr im

Einklang mit deiner Magie, deswegen solltest du die Versteinerung übernehmen. Cathy, du bist eher der ruhige Typ, der sich gut konzentrieren kann und Geduld hat. Das wird dir dabei helfen, das Fortzaubern zu meistern. Ich werde euch alles beibringen, was ihr dazu wissen müsst, und dann werden wir es in einer ersten Mission testen.«

Versteinern. Ich. Danke, Schicksal, du mich auch. Natürlich hatte ich gewusst, dass ich bei den Versteinerungen dabei sein würde, aber dass ausgerechnet ich zu einer Spezialistin dafür werden sollte? Doch wie bei allem anderen hatte ich hier wohl keine Wahl.

Drei Wochen trainierten wir Tag für Tag, um eine Einheit zu bilden. Unterbrochen wurde der Ablauf nur von ein paar Ausflügen, die wir in die Katakomben machten. Bee ließ uns eine Karte der Stadt studieren, auf der sowohl die oberirdischen als auch die unterirdischen Straßen und Gänge eingezeichnet waren. Sie gab jedem von uns eine, die wir in unserer Freizeit studieren sollten. Endlich!

Wir erfuhren, dass es in der Stadt mehrere Unterkünfte für die Gorgonen gab, was ich nach der Aufteilung der Gorgonen in der Nacht der Prüfung schon geahnt hatte. Auch über sie hatte Helena das Sagen, weshalb sie ihre Zeit zwischen ihnen und uns aufteilte. Sie war die Einzige, die die Lokalisation aller Unterkünfte kannte. Selbst die älteren Gorgonen, die in der Nacht der Prüfung dabei gewesen waren, kannten nur ihre eigene Unterkunft sowie unsere, da dies so etwas wie Helenas Hauptsitz war.

Die anderen Unterkünfte blieben durch einen Zauber verborgen. Nur wer einer Unterkunft zugeordnet war, konnte sie auch finden.

Eines Tages setzte Bee uns in dem Labyrinth der unterirdischen Gänge aus. Ohne Karte, ohne Hinweis auf den Rückweg. Anfangs versuchten wir noch, uns die Abzweigungen zu merken, gaben diesen Gedanken jedoch schnell auf. Denn das war nicht der Sinn der Übung.

»Sucht nach den Schlangen aus Messing, dann findet ihr den Weg zurück«, sagte Bee. »Merkt euch außerdem, welchen Weg man an der Oberfläche gehen müsste.« Damit drehte die ältere Gorgone sich um und ging.

»Das kommt mir irgendwie bekannt vor«, meinte Luce mit sarkastischem Unterton. Auch ich erinnerte mich an die Nacht, in der ich erst die Prüfung hatte ablegen und dann den Weg nach Hause finden müssen. Damals hatte ich kein Problem damit gehabt, die Schlangensymbole ausfindig zu machen. Hoffentlich war das heute nicht anders.

»In Ordnung«, sagte Luce und seufzte. »Wir sollten den nächsten Aufstieg suchen und herausfinden, wo wir uns befinden. Dann sehen wir nach den Symbolen.«

Wir schwärmten aus. Ich war gerade um eine Ecke abgebogen, als Cathy auch schon »Hab ihn«, rief. Ich ging zurück zu den anderen. Luce und ich warteten unten, während Cathy an die Oberfläche stieg und sich orientierte.

»Wir sind an der Lansbury Street, Ecke Winters. Norden ist dort«, sagte sie und deutete in eine Richtung. Ich nickte. »Gut. Dann müssen wir tendenziell nach Westen.« Wir liefen los. Mir machte es von Anfang an keine Probleme, die Schlangen zu finden, doch Luce und Cathy brauchten einige Momente, bis auch sie die Symbole sahen.

»Wie schaffst du das so schnell?«, beschwerte sich Luce. »Ich brauche immer ewig, bis ich sie sehen kann.«

»Du darfst nicht so viel nachdenken«, antwortete ich. »Deine Magie zu benutzen, muss für dich ganz natürlich werden. Du solltest sie nicht an- und abschalten, sondern sie immer aktiv haben. Halt dich an dem Gefühl fest, das du hast, wenn du sie benutzt. Dann kannst du die Symbole sofort sehen.«

»Ach so, ja. Natürlich. Kein Problem. Streber.« Wir lachten. Cathy schaffte es daraufhin ebenfalls, ihre Magie so zu gebrauchen, dass sie die Symbole fast sofort sah. Die Magie hier einzusetzen, war viel schwieriger als beim Kämpfen, weil die Gorgonenmagie sich vergleichsweise ruhig verhielt.

Wir folgten den Symbolen, sahen immer wieder an der Oberfläche nach und prägten uns die Umgebung ein. Es war nicht der schnellste Weg. Bestimmt hatte Bee mithilfe von Magie eine Art Teststrecke vorbereitet. Es ging hier nicht nur darum, die Schlangen zu finden, sondern vor allem darum, die Stadt und den Untergrund kennenzulernen. Denn wenn wir Letzteres beherrschten, brauchten wir die Symbole nicht mehr. Wir würden dann jederzeit wissen, wie wir von jedem Punkt der Stadt zurück zum Quartier kamen, ohne unsere Magie dafür einsetzen zu müssen.

»Damit lassen sich die Missionen planen und wir finden die schnellsten Fluchtwege, falls das mal nötig sein sollte«, sagte Cathy, als wir unsere Spekulationen austauschten. »Und nichts eignet sich dazu besser als ein Feldversuch.«

»Ich komme mir vor wie eine Laborratte«, sagte Luce. »Ich hoffe, am Ende wartet auch ein leckeres Stück Käse auf mich.«

Es tat mir fast schon weh, dass ich mich in der Anwesenheit der beiden so amüsieren konnte. Dass ich mich wohlfühlte. So zog ich sie immer mehr in die Sache hinein. Wobei es ohnehin schon zu spät war, da man von uns als Team erwartete, zusammenzuarbeiten. Hoffentlich würde sie das im Notfall schützen und man würde es ihnen nicht als Sympathie zu einer Verräterin auslegen. Die beiden sollten meinetwegen nicht in Schwierigkeiten geraten. Oder sterben. Wie Jenna.

Du darfst es einfach nicht so weit kommen lassen, sagte eine Stimme in meinem Kopf, die ganz eindeutig mir selbst gehörte. Ich schloss die Augen. *Ich weiß.*

Als ich meine Augen wieder öffnete, sah ich zu meiner Linken etwas aufblitzen. Über einem Steinbogen, der in einen Gang links von uns führte, leuchtete eine blaue Schlange auf. Ich sah zurück zu dem Bogen, durch den wir gerade gehen wollten. Da war es, das messingfarbene Symbol, dem wir folgen sollten. Aber wieso war dann dort auf dem anderen eine blaue Schlange zu sehen?

»Luce, Cathy, seht ihr das auch?« Ich deutete mit dem Kopf nach links. Die beiden sahen sich um.

»Was denn?«

»Fällt euch was auf?«

Luce kniff die Augen zusammen. »Nein. Sollte es?«

Ich zuckte mit den Schultern. »Ich dachte, ich hätte etwas gesehen. Hab mich wohl getäuscht.« Doch das Schlangenzeichen hob sich ganz deutlich vom steinernen Untergrund ab. Ich merkte mir die entsprechende Stelle, die sich an der Oberfläche befand. Ich würde wiederkommen, wenn ich konnte, und mir das *falsche* Symbol noch mal genauer ansehen. Wir schafften es ohne weitere Zwischenfälle zurück in unsere Unterkunft. Bee war zufrieden mit uns, als wir ihr den entsprechenden Weg an der Oberfläche beschrieben.

»Ihr müsst die Stadt und die Katakomben kennen wie euren eigenen Handrücken«, sagte sie. »Das kann im Zweifelsfall über Leben und Tod entscheiden. Eure Magie wird euch immer den Weg nach Hause weisen, aber es kam schon vor, dass es Gorgonen nicht möglich war, sie zu benutzen. Zu großer Blutverlust oder ein Zauber, den die Krieger anwenden, kann das zum Beispiel verhindern. Dann kann man sich verlaufen, wenn man den Weg allein nicht findet. Und gerade wenn Zeit eine Rolle spielt, kann das fatal enden.« Wir nahmen ihre Warnung ernst, fragten uns gegenseitig die Straßen ab, wenn die Zeit dazu da war. Wir wurden zu dem Team, das Bee aus uns machen wollte.

Doch im Gegensatz zu dem rasanten Start am Anfang lernten wir in den darauffolgenden Wochen nur Theorie. Von den Kämpfen untereinander mal abgesehen. Helena ließ sich ab und an im Training blicken, hörte sich unsere Fortschritte an und nickte zufrieden. Ansonsten ging sie aber auf Distanz, was mich nach unserem letzten Gespräch ein wenig irritierte. Doch wenn sich unsere Blicke begegneten, hatte sie stets ein Lächeln für mich übrig, auch wenn ihre sonstige Haltung dafür sprach, dass es ihr nicht sonderlich gut ging. Sie hatte abgenommen, ihre Haare wirkten matt.

Umso überraschter war ich, als sie nach drei Wochen im *Klímaka* zu uns kam. Die dunkelgrüne Weste funkelte im Licht und auch die Schlangentattoos an Helenas Armen waren wie immer beeindruckend. Doch die Haut der Anführerin war blasser als sonst, ihre Haltung hatte etwas von der Autorität verloren, mit der ich sie kennengelernt hatte. Sie presste die Lippen aufeinander und ihre grünen Augen funkelten düster. Zehrten die vermehrten Kämpfe, über die der Orden geklagt hatte, auch an ihr?

Hinter Helena betrat eine junge Frau den Raum, die ich noch nie gesehen hatte. Doch die auffälligen Symbole auf ihrer Haut verrieten, wer sie war. Eine *Mágissa*. Seit ich mein Tattoo bekommen hatte, war mir bei den Gorgonen keine der Magierinnen begegnet und doch wirkte sie irgendwie vertraut. Lag das an der Magie, die allen Magierinnen innewohnte? Sie winkte uns kurz zur Begrüßung zu und ihre Armreifen klimperten. Wie man das Geräusch dieser Mode dauerhaft ertrug, war mir ein Rätsel.

»Cathy, Luce, Rya – ich würde euch gerne Kirina vorstellen. Sie wird uns heute Abend auf eine kleine Mission begleiten.«

»Mission?«, wiederholte Luce. »Eine echte?«

Helena nickte und ihre Augen funkelten. »Bee meinte, dass ihr bereit wärt, eure Fähigkeiten auf die Probe zu stellen. In einer abgesicherten Umgebung, versteht sich. Ich werde nicht zweimal denselben Fehler machen.« Sie schluckte schwer. »Deswegen ist Kirina hier. Sie wird uns begleiten und uns mit ihrer Magie schützen. Das bleibt allerdings eine Ausnahme.«

Ich betrachtete die *Mágissa*. Helena musste ihr etwas wirklich Wertvolles geboten haben, wenn sie persönlich hier erschien und die ganze Nacht unseren Schutz gewährleisten sollte. Denn normalerweise hielten sich die Anhängerinnen von Hekate doch aus den direkten Konfrontationen raus.

Luce, Cathy und ich sahen uns an.

»In Ordnung«, sagte ich. »Wir sind bereit.«

Eine knappe Stunde später standen wir in voller Montur in einer Straße, die recht belebt war. Ich fühlte mich wieder wie eine Statue – wir wurden gesehen, aber nicht beachtet.

»Die Zielperson heißt Colton Peralta«, erklärte Bee, die ebenfalls mit dabei war. Wir würden ihn in eine Statue verwandeln. Genauer gesagt: *Ich* würde ihn in eine Statue verwandeln. Weil das meine Rolle war, die ich in dieser Nacht das erste Mal übernehmen sollte. Mir wurde schwer ums Herz, aber ich wusste auch, dass es keine andere Option gab, wenn ich bei den Gorgonen bleiben und etwas ausrichten wollte. Wobei meine Erfolge bisher an einer Hand abzuzählen waren.

»Dort vorne.« Helena zeigte auf einen Mann Anfang dreißig, der vor einer Bar auf dem Bürgersteig stand und eine Zigarette rauchte. »Luce, lock ihn zu dem kleinen Innenhof dort vorne, wir werden ihn erwarten.«

Wir schlichen in den Innenhof, während Luce weiter Richtung Bar ging. Dabei stolperte sie, gab einen spitzen Schrei von sich und fiel zu Boden. Es wirkte so echt, dass ich kurz davor war, ihr zu Hilfe zu eilen.

»Alles in Ordnung?«, rief eine Stimme, die zu Colton Peralta gehören musste.

»Mein Fuß ist umgeknickt, könnten Sie mir aufhelfen?« Stöhnend rieb sie sich über den Knöchel. Schritte waren zu hören, dann tauchte Colton in unserem Blickfeld auf. Er brachte den Gestank kalter Asche mit sich. Er bückte sich und half Luce auf. Sie brachte ihn dazu, direkt vor dem Eingang zum Innenhof stehen zu bleiben.

»Danke«, sagte sie und setzte ihr schönstes Lächeln auf. Das warf den Mann so aus der Bahn, dass er die Hand, die sich hinter seinem Rücken nach ihm ausstreckte, nicht bemerkte. Helena griff beherzt nach seinem Kragen und riss ihn nach hinten. Er fiel zu Boden, wo Bee ihn festhielt.

Ja, so muss das sein! Im Staub soll er kriechen!

Eiskalt fuhr es mir den Rücken hinunter, als die Gorgonenmagie erwachte und mir ihre Gedanken aufzwingen wollte. Ich rief mir Nicks Gesicht ins Gedächtnis, dachte an meine Gefühle – meine echten Gefühle – bei unserem Kuss und konnte so der Stimme widerstehen.

Ich hatte Mitleid mit dem Mann, der sich vor uns auf dem Boden wand. In ihm erkannte ich Jim wieder. Ihn hatte ich damals retten können, aber bei der Versteinerung war ich machtlos. Ich konnte nur hoffen, dass der Orden ihn irgendwann finden würde. Und dass sich alles, was ich tat, auch wirklich lohnte.

»Du hast deinen Teil sehr gut gemacht, Luce. Jetzt ist Rya dran.« Helena sah erwartungsvoll zu mir. Für einen Wimpernschlag sah sie aber auch zu Kirina, die die Szenerie aufmerksam beobachtete. Der entscheidende Moment war gekommen.

Ich fühlte nach meiner eigenen Magie, die summend zum Leben erwachte. Ich musste diesem Colton nur einmal in die Augen schauen, dann gab es für ihn und für mich kein Zurück mehr.

Hektisch sah Colton sich nach allen Seiten um. Er konnte jetzt die Realität sehen und die Verwirrung stand ihm ins Gesicht geschrieben. Er rollte zur Seite, stand auf und hob die Hände zum Kampf.

»Kommt mir ja nicht zu nahe!«, brüllte er.

Ich machte einen Schritt auf ihn zu, was seine Aufmerksamkeit auf mich lenkte. »Colton«, sagte ich ruhig und sein Kopf fuhr hoch. Unsere Blicke trafen sich. Im selben Moment erwachte Amaris zum Leben, ich spürte, wie sie sich um meinen Hals schlängelte.

Colton erstarrte. Ich spürte meine Magie von meinen Zehenspitzen bis in den Scheitel. Kurz war ich verunsichert, weil ich nicht sicher war, ob es funktionieren würde. Das letzte Mal war meine Magie durch eine starke Emotion, Panik, erweckt worden. Dieses Mal war ich schon fast beängstigend ruhig. Doch dann dachte ich an die Worte, die Bee uns beigebracht hatte.

Katára tis pétras, was nichts anderes bedeutete als ›Fluch aus Stein‹. Die Worte erklangen nur in meinem Innersten, doch die Wirkung ließ nicht lange auf sich warten. Durch den Spruch fokussiert, entfaltete meine Magie ihre Wirkung, weiße Blitze tanzten vor meinen Augen und Colton Peralta wurde zu einer Statue aus grauweißem Marmor. Ich hätte die Figur schön finden können, wenn ich nicht gewusst hätte, wie es dahinter aussah.

»Sehr schön.« Helenas zufriedene Stimme riss mich aus meinen Gedanken. »Und nun Cathy.« Die Gorgone trat an die Statue heran und legte ihre Hand darauf. Ihre dunkelrote Schlange löste sich aus ihrem Tattoo, kroch den Arm entlang und rollte sich auf dem Stein zusammen.

»*Dialythei*«, flüsterte Cathy so leise, dass man es kaum verstand. Wie schon bei unserer letzten gemeinsamen Mission, legte sich ein Schleier über die Statue, die daraufhin verschwand. Kurz bevor sie nicht mehr zu sehen war, huschte ein überraschter Ausdruck über Cathys Gesicht. Sie fing sich allerdings schnell wieder. Danach würde ich sie später fragen.

Helena klatschte in die Hände. »Das habt ihr gut gemacht. Ihr werdet sehen, mit jeder Mission werdet ihr mehr Routine bekommen und eure Aufgaben werden euch mit jedem Mal leichterfallen. Bis es euch in Fleisch und Blut übergeht und ihr nicht einmal mehr darüber nachdenken müsst. Den Rest der Nacht habt ihr frei. Sobald ihr eure *Klímaka* zurückgebracht habt, dürft ihr tun, was ihr wollt.«

Die Stimmung auf dem Rückweg war heiter. Luce ließ den Moment, in dem sie diesen Colton zu uns gelotst hatte, immer wieder Revue passieren. Sie war – zu Recht – stolz auf sich, wenn man es aus der Sicht einer Gorgone sah. Auch ich stimmte in das Lob mit ein, um den Schein zu wahren.

»Und du, Rya, hast ihn einfach ohne mit der Wimper zu zucken«, sie schnippte mit dem Finger, »in Stein verwandelt. Du hättest deine Augen sehen sollen!«

Ich horchte auf. »Wieso das?«

»Na, weil sie aufgeleuchtet haben. Es war wie ein Funkenregen unterschiedlicher Brauntöne. Das sah hammermäßig aus!«

Sogar Cathy, die dem nicht enden wollenden Erzählstrom von Luce nichts entgegensetzen konnte, stimmte zu.

»Ähm, danke«, sagte ich und tat verlegen. »Die Magie heute anzuwenden, hat sich wirklich … gut angefühlt, oder?«, fragte ich Cathy. »Das war ein ganz unbeschreibliches Gefühl.«

»Macht mich nur neidisch«, warf Luce ein und stupste Cathy in die Seite.

»Ja«, antwortete diese. »Das war wirklich unbeschreiblich. Für einen Moment hatte ich sogar das Gefühl, dass … nein, das war sicherlich nur Einbildung.«

»Spuck's schon aus!«, sagte Luce und ich dankte ihr im Stillen für ihr lockeres Mundwerk.

»Ich dachte einen Augenblick lang, dass ich den Ort sehen könnte, an den die Statue gezaubert wurde. Es war dunkel, aber schemenhaft konnte ich ein paar Umrisse ausmachen. Es sah aus wie in einem Keller. Aber bevor ich mehr erkennen konnte, war es auch schon wieder vorbei.«

»Wow«, sagte ich. »Dieser Zauber ist wirklich so stark, wie Bee gesagt hat.« In der Theorie hatten wir alles darüber gelernt, doch ihn in Aktion zu sehen, war etwas anderes. Ich musste Cathy weiter dazu befragen und dann Lexia davon berichten.

Wieder etwas für meine imaginäre Liste, dachte ich. Dabei kam mir Lexias Gesicht in den Sinn, der ich das Gleiche bei einer unserer Begegnungen gesagt hatte. Es fühlte sich an, als sei eine Ewigkeit vergangen. Dabei waren es nur ein paar Wochen. Viel hatte ich seitdem nicht herausfinden können, aber ich hatte ein paar Ansatzpunkte entdeckt, denen ich nachgehen wollte.

Und mit den Katakomben würde ich anfangen. Doch zuvor mussten wir uns durch die engen und dunklen Gassen der Stadt hindurchwinden, um zu unserer Unterkunft zurückzukehren.

Plötzlich schoss mir ein heißes Prickeln den Nacken hinauf. Meine Muskeln verkrampften sich und ich blieb stehen. Luce bemerkte es als Erste.

»Rya? Alles in Ordnung?« Die Gruppte stoppte, auch Helena und Kirina drehten sich zu uns um.

»Wir sind nicht allein«, flüsterte ich und sofort waren die anderen in Alarmbereitschaft. Wir rückten näher zusammen und erhoben die Schilde, unsere Schlangen ruhten einsatzbereit auf unseren Schultern. Kirina nahmen wir in unsere Mitte, sie wirkte überraschend gefasst. Schwere Schritte waren zu hören, die sich uns von dem Eingang der Gasse näherten. Meine Blutmagie pulsierte und verriet mir, dass es sich um Krieger handelte. Ich fühlte es. Zum Glück hielten sich keine Passanten in dieser Gasse auf. Es wäre verdammt schwierig geworden, ihnen im Zweifelsfall auszuweichen.

»Haltet euch zurück«, sagte die *Mágissa* überraschend. Ich erwartete, dass ihre Male aufleuchteten und sie einen Zauber sprechen würde, aber nichts passierte. Nur feiner, glitzernder Staub waberte durch die Luft.

Die Krieger traten um die Ecke. Titos führte sie an, die Männer neben ihm erkannte ich nicht. Sie waren in der Überzahl. Wenn es zu einem Kampf kam, standen unsere Chancen zumindest zahlenmäßig schlecht. Die *Mágissa* war unser einziger Vorteil. Helena neben mir versteifte sich, als sie den Anführer erblickte. Sie verengte die Augen und presste die Lippen zusammen. Ich betrachtete sie von der Seite und bemerkte ihre eingefallenen Wangen. Sie war nicht wirklich in der Verfassung, um zu kämpfen. Was war nur los mit ihr?

»Titos«, sagte sie mit rauer Stimme und ihre silbrige Schlange zischte. Die Luft knisterte vor Spannung, als die beiden mächtigsten Vertreter der verfeindeten Parteien sich gegenüberstanden.

Titos brachte sein Gefolge mit einer Handbewegung zum Stehen und machte einen letzten Schritt auf uns zu. Mit grau wabernden Augen fixierte er Helena. Seine Finger glitten zitternd auf seinen Dolch zu.

»Du siehst schlecht aus, Helena«, stellte er ausdruckslos fest. »Setzen wir dir mehr zu, als du zugeben willst?«

Helena schnaubte. »Das wird bald ein Ende haben.«

Titos legte den Kopf schief. »Glaubst du das wirklich?« Helena nickte und der Ausdruck in Titos' Augen wurde kalt. Er ließ von seinem Dolch ab und trat einen Schritt zurück. Die Schlange auf

Helenas Schulter zischte. Eine andere Warnung gab es nicht, ehe Helena sich mit einem verzweifelten Schrei auf Titos stürzte. Der riss die Augen auf, doch er machte keine Anstalten, seine Waffe zu ziehen. Die Krieger im Hintergrund reagierten schneller als er und sprangen ihm zur Seite. Die Gorgonenmagie in meinem Inneren erwachte, schrie mich an, meiner Anführerin in den Kampf und notfalls auch in den Tod zu folgen. Ein leises Klimpern hinter mir weckte mich aus meiner Trance, doch kurz bevor Helena die Reihe der Krieger erreichte, explodierte die Welt.

Eine Kugel aus Licht fiel donnernd vom Himmel, direkt zwischen die beiden Anführer, und zerschellte mit einem Grollen auf dem Boden. Die Druckwelle riss uns von den Beinen, schleuderte Gorgonen und Krieger in entgegengesetzte Richtungen.

Meine Ohren klingelten, das grelle Licht blendete mich. Ich hatte keinerlei Orientierung. Dann kam der Aufprall, der Asphalt ritzte mir die Haut auf und presste die Luft aus meiner Lunge. Neben mir fielen andere Körper zu Boden, was ich nur dank meiner Blutmagie spürte. Denn das Sehen und Hören funktionierte nicht. Erst ein paar Sekunden später, als ich es in eine kniende Position geschafft hatte, konnte ich wieder dumpfe Geräusche wahrnehmen. Blinzelnd suchte ich meine Umgebung ab, doch es war noch immer so hell. Allmählich kehrte meine Orientierung zurück und mein Blick schweifte zu der Stelle, an der die Lichtkugel eingeschlagen war.

Helena stand vor dem grellen Weiß, ich erkannte von ihr nicht mehr als einen Schatten. Nur die silbrige Schlange zeichnete sich deutlich von dem Hintergrund ab. Von Titos und den Kriegern war nichts mehr zu sehen. Lebten sie noch? Dann hörte ich einen der Männer aufschreien. Helena drehte sich um und kam auf uns zugelaufen. Mein ganzer Körper schmerzte, überall klebte Blut auf meiner Haut. Sie ließ sich neben mir nieder und ich erkannte Tränen in ihren Augen, die sie sich hastig wegwischte. Sie sagte etwas, aber ich konnte sie nicht verstehen. Da war nur das Klingeln in meinen Ohren und Tränen in meinen Augen, weil es so hell und heiß war. *Feuer, überall war Feuer und verbranntes Fleisch. Löcher in der Erde, Blut auf dem Boden. Prickelnde Magie.*

Helena half mir auf, die Vision zerbrach. Wir sahen gemeinsam nach den anderen. Bis auf ein paar Kratzer und Prellungen gab es bei den Gorgonen keine weiteren Verletzungen. Aber Kirina war verschwunden. Wir suchten die Gasse ab, soweit die Wand aus Licht, die nicht verschwinden wollte, es zuließ. Doch es gab keine Spur von der *Mágissa*. Helena schüttelte verärgert den Kopf und trieb uns nach einem letzten Blick auf das grelle Licht zum anderen Ende der Gasse. Kurz bevor wir sie verließen, drehte auch ich mich noch einmal um und sah zu dem Licht zurück. Täuschte ich mich, oder konnte ich dahinter einen zweiten Schatten ausmachen?

Den ganzen Rückweg über sprachen wir kein Wort, da niemand von uns wieder Herr seiner Sinne war. Das Klingeln ebbte nicht ab und grelle Punkte tanzten unaufhörlich vor meinen Augen. Meine Beine bewegten sich wie von selbst, mein ganzer Körper vibrierte. Amaris schlängelte sich um meinen Hals und spendetet mir etwas Wärme. Denn je weiter wir uns von dem Licht entfernten, umso kälter wurde es, bis meine Glieder sich wie Eisbrocken anfühlten.

Wir blieben dicht beieinander und ich versicherte mich immer wieder, dass Luce und die anderen noch da waren. Jedes Mal, wenn unsere Blicke sich begegneten, sah ich dasselbe Entsetzen und Unverständnis, das auch ich fühlte.

Was bei allen Göttern war da gerade geschehen?

Helena schuldete uns Antworten. Denn sie, da war ich mir sicher, wusste ganz genau, was geschehen war. Denn auch wenn ihre Haare zerzaust und die Klamotten angesengt waren, so war ihre Miene doch stoisch. Hin und wieder blitzte Ärger auf ihren Zügen auf, den sie schnell wieder unter Kontrolle hatte. Sie war nicht verängstigt oder überrascht. Sie wusste genau, was da gerade passiert war. Doch als wir in unserer Unterkunft in den Katakomben ankamen, ließ sie uns ohne ein Wort der Erklärung im Krankenzimmer zurück.

Ein paar der anderen Gorgonen kamen, um unsere Wunden zu versorgen. Sie verwendeten eine ähnliche Paste dazu, wie Ilena es bei mir getan hatte. Auch das nervtötende Klingeln in meinem Kopf verschwand endlich. Doch es war niemand da, der eine Erklärung hatte. Schulterzucken war die Antwort, die am meisten gegeben wurde. Die verdammten Fragen hatten diesen Kampf gewonnen.

Luce murmelte etwas von »Göttern« und war damit genauso weit wie ich in meinen Vermutungen. Nick hatte gesagt, dass Poseidon, Athene und Hekate sich mitunter in den Krieg einmischten. Hatte einer von ihnen diesen Lichtblitz verursacht? Aber warum? Gab es eigentlich irgendetwas in diesem Krieg, das Sinn ergab? Wie sollte ich so jemals die Kontrolle darüber erhalten und etwas dagegen ausrichten? Ein Schritt vor und zwei zurück. So würde ich niemals ans Ziel kommen.

Nachdem wir ausreichend versorgt waren, wurden wir auf unsere Zimmer geschickt. Luce, Cathy und ich verabredeten, dass wir erst einmal schlafen und am nächsten Tag über die Ereignisse der Nacht reden wollten.

Das mit dem Reden stimmte, aber an Schlaf war bei mir nicht zu denken. Mir entglitt die Kontrolle, und das gefiel mir nicht. Ich musste sie zumindest teilweise zurückerobern, denn sonst würde ich durchdrehen. Also fasste ich einen Plan.

Nach einer langen kalten Dusche, die meine Gedanken etwas beruhigte, schnappte ich mir Stift, Papier und meine Karte, steckte alles in die Tasche meines Kapuzenpullovers und machte mich auf den Weg in den Untergrund. Die feuchte, kühle Luft empfing mich, als ich aus der Unterkunft in die Steingänge trat. Ich atmete durch. Die Ruhe war nach dem Klingeln eine wahre Wohltat.

In meinem Kopf rief ich meine Erinnerung an die Karte mit den eingezeichneten Wegen und Gängen auf. Ich musste den Punkt finden, an dem ich die blaue Schlange entdeckt hatte. Irgendwann erreichte ich ihn.

Doch von dem Symbol war nichts mehr zu sehen. Da war die Schlange aus Messing, die mir den Weg nach Hause weisen würde, mehr nicht. Ich horchte in mich hinein, wo die Magie summte. Alles war normal, wie beim letzten Mal. Wieso konnte ich die andere Schlange jetzt nicht sehen? Hatte ich sie mir vielleicht doch nur eingebildet?

Ohne Vorwarnung materialisierte Amaris sich in meinem Nacken und schlängelte sich um meinen Arm herum. Als sie sich meiner Aufmerksamkeit sicher war, wechselte sie ihre Farbe. Aus dem Mitternachtsblau wurde ein helleres, das dem des Symbols an der Wand sehr ähnlich war.

»Genau danach suche ich.« Amaris ließ ihre Zunge hervorschnellen. Dann kroch sie hinter meinen Rücken, nur die Schwanzspitze war noch zu sehen. Aus dem Blau wurde ein Orange. Wieder bewegte sie sich, wand sich um meinen Hals und schmiegte sich an meine Wange, während sie sich in tiefes Rot einfärbte. Im nächsten Moment stieß sie sich von mir ab und schoss pfeilschnell und zischend nach vorne. Noch im Sprung wurde sie silber. In der Luft entmaterialisierte sie sich und erschien einen Augenblick später wieder an meinem Arm. Dort nahm sie den hellen Blauton an und sah mich abwartend an. Ich hätte schwören können, dass sie das reptilienhafte Pendant des Kopfschief-Legens beherrschte. Zunächst begriff ich nicht, was sie wollte. Doch dann erkannte ich das Muster.

Sie zeigte ein bestimmtes Verhalten und ordnete jedem eine Farbe zu. Ähnlich dem, was in meiner Phiole passiert war. Ich dachte nach. Angst – Orange. Zuneigung – Rot. Wut – Silber. Hellblau … Diese Farbe konnte ich noch nicht zuordnen. Doch wenn meine Schlange recht hatte, dann war das der Schlüssel zu dem Geheimnis, dem ich auf der Spur war. Ich dachte an den Tag zurück, an dem ich das Symbol gesehen hatte. Luce, Cathy und ich waren in den Katakomben unterwegs gewesen. Wie hatte ich mich dabei gefühlt?

Ich schloss die Augen. Wir waren als Team durch den Untergrund gestreift, gewillt und motiviert, unsere Aufgabe zu erfüllen. Es hatte trotz aller Umstände Spaß gemacht. Zwischen uns gab es …

Verbundenheit.

Ich öffnete die Augen.

Als wäre es die ganze Zeit schon dort gewesen, leuchtete das hellblaue Schlangensymbol direkt vor meinen Augen über dem Torbogen. Und mit ihm kehrte das tröstliche Gefühl der Kontrolle zurück.

KAPITEL 23

Ich holte die Karte sowie Papier und Stift aus meiner Tasche und pauste die groben Umrisse der Straßen und unterirdischen Gänge ab. Ich wollte meine Spurensuche nicht auf der ursprünglichen Karte festhalten, für den Fall, dass sie in die Hände von Bee oder jemand anderem geriet. Nachdem ich einen großen Umkreis dupliziert hatte, steckte ich die Karte wieder ein und behielt nur Stift und Papier in der Hand. Mit Amaris, die noch immer um meinen Arm gewickelt war, folgte ich der Spur aus hellblauen Symbolen. Nachdem ich das Gefühl der Verbundenheit einmal heraufbeschworen hatte, war es kein Problem, es festzuhalten. So dauerte es nie lange, bis ich die nächsten Symbole in dem Labyrinth entdeckte. An manchen Stellen erfüllten die Geräusche der über mir liegenden Stadt die Katakomben wie das Echo aus einer anderen Dimension. Eine gute Stunde lang folgte ich den Symbolen und markierte den Weg auf meiner improvisierten Karte. Dann war es Zeit, umzukehren. Ich war erst spät losgegangen, bald brach der Morgen an und bis dahin wollte ich zurück sein. Auch wenn der Gedanke an die Gorgonen und all die Ungereimtheiten mir Magenschmerzen bereitete. Doch der Triumph in den Katakomben war ein Anfang, der mir Hoffnung machte. Es war noch nicht alles verloren, trotz der sich stetig vermehrenden Fragen. Dem Orden würden die Informationen über weitere Unterkünfte der Gorgonen nützlich sein, das hatte Nick gesagt. Doch was dann?

Ich steckte die Utensilien zurück in meine Tasche. Meine Gedanken überrumpelten mich. Was würde der Orden mit den Informationen machen? Die Gorgonen überfallen? Sie überwachen? Sicherlich konnten sie so viele Gorgonen nicht auf einmal gefangen nehmen und darauf warten, dass die Magie nachließ. Was wäre die Alternative? Sie doch zu töten und sich ein für alle Mal vom Krieg befreien? Der Gedanke gefiel mir nicht. Bis sich eine Alternative auftat, war die Information über die Unterkünfte wohl die einzige Möglichkeit, den Krieg in eine Richtung zu kippen. Um eine gute Entscheidung zu treffen, brauchte ich mehr Hintergrundwissen. Sowohl was die Katakomben als auch die Pläne des Ordens betraf.

In Gedanken versunken machte ich mich auf den Rückweg. Überrascht sah ich auf, als ich vor dem Eingang zur Unterkunft stand. Ich hatte überhaupt nicht aktiv darüber nachgedacht, wohin ich ging. Ganz unbewusst war ich der Karte in meinem Kopf sowie meiner Magie gefolgt. Amaris zog sich zurück, als ich die Unterkunft betrat, in der ein Berg voller Fragen auf mich wartete.

Doch die Antworten blieb Helena mir schuldig. Sie war wie vom Erdboden verschluckt und außer ihr konnte keiner sagen, was es mit dieser Kugel aus Licht auf sich hatte. Ich fand allerdings heraus, dass es nicht das erste Mal war, dass ein Kampf zwischen den Gorgonen und den Kriegern auf diese Weise beendet worden war. Die einzige Konstante in allen Fällen war die Anwesenheit der Anführer der verfeindeten Parteien. Aber was die Götter davon haben sollten, auf diese Weise einzugreifen, erschloss sich mir nicht.

Eine Woche nach dem Zwischenfall besuchte ich Lexia auf ihrem Zimmer. Wir waren uns in den vergangenen Wochen immer nur kurz begegnet, weil ich wegen des Trainings kaum Zeit und wir uns auch eigentlich nicht viel zu sagen hatten. Was vor allem daran lag, dass ich ihr nichts von meinem Streifzug durch die Katakomben erzählt hatte und sie auch nichts Neues zu berichten wusste. Es war mir unangenehm, ihr gegenüber unaufrichtig zu sein, weswegen ich den Kontakt mied wie ein Feigling. Ihr in die Augen zu sehen und sie anzulügen, lag mir nicht. Ich wusste, dass in diesem Fall schnell eine Entscheidung hermusste, da es mich sonst wahnsinnig und Lexia vielleicht misstrauisch machen würde. Doch als sie mich beim Frühstück darum gebeten hatte, später zu ihr zu kommen, blieb mir keine andere Wahl. Sie öffnete sofort, als ich anklopfte.

»Es gibt eine neue Rekrutierungsmission«, kam sie sofort zur Sache. Ich war überrascht.

»Und wir werden dabei sein?«

»Ja. Helena meinte, dass es an der Zeit sei, dass ihr etwas Neues lernt. Außerdem sollt ihr keine Angst davor bekommen, echte Missionen auszuführen, nach dem, was bei den letzten Malen passiert ist.« Der Gedanke an Jenna versetzte mir einen Stich. Ich dachte jeden Tag an sie und sie war mir Ansporn und Warnung zugleich. Mir fiel nichts Schlaues ein, um meine Gefühle zu überspielen, darum schwieg ich.

»Jedenfalls«, flüsterte Lexia, »habe ich den Orden informiert. Sehr wahrscheinlich wird Nick also heute Abend dort sein. Wenn du ihm eine Nachricht zukommen lassen willst, solltest du dir überlegen, wie du das schnellstmöglich erledigen kannst.«

Nick. Mein Herz begann zu rasen. Ich würde Nick wiedersehen. Jetzt musste ich mir nur noch überlegen, ob ich ihm von meiner Idee mit den Katakomben erzählen sollte oder nicht. Ich hatte noch ein paar Stunden, um mir darüber Gedanken zu machen.

»Und Rya? Versuch bitte, ihm dieses Mal nicht den Kopf abschlagen zu wollen, ja?«

»Ausnahmsweise«, sagte ich und grinste. Lexia ging nicht darauf ein. »Ist alles in Ordnung?«, erkundigte ich mich.

»Ja, danke.« Ihre Miene entspannte sich. »Tut mir leid. Ich habe nur seit ein paar Tagen Schmerzen im Bein, die mich echt nerven.« Sie ließ sich auf das Bett fallen und legte die Beine hoch.

»Kann ich irgendwas für dich tun?«

»Nein. Ich habe alles, was ich brauche. Aber vielen Dank, dass du fragst.«

»Selbstverständlich.«

Cathy und Luce waren schon in der Waffenkammer, als ich zu ihnen stieß. Auf ihren Gesichtern spiegelten sich gleichermaßen Freude und Aufregung über die bevorstehende Mission.

»Hoffentlich werden wir nicht wieder weggebrutzelt«, sagte Luce und nahm sich einen Schild von einer Halterung. »Hat eigentlich jemand was von der *Mágissa* gehört, die an diesem Abend dabei war?«

»Nein«, antwortete ich. »Helena ist nie da, wenn ich sie suche, und Lexia wusste auch nichts darüber. Wir können nur hoffen, dass es ihr gut geht.« Dass ich Ilena darum bitten würde, sich nach Kirina umzuhören, verschwieg ich. Ich hatte das zusammen mit ein paar Worten für Nick auf einen Zettel geschrieben, der nun in meiner Hosentasche steckte. Hoffentlich schaffte ich es, ihn heil zu überbringen.

Cathy seufzte. »Ist es blöd, wenn ich sage, dass dieses Chaos trotz allem um Weiten besser ist als mein altes Leben?« Sie blinzelte überrascht, als sei sie über ihre eigenen Worte erschrocken. Zurecht, denn solche Gedanken sollten nicht möglich sein.

Luce tätschelte ihren Arm. »Ganz und gar nicht. Geht mir auch so.« Sie drückte kurz Cathys Arm. Ich biss mir auf die Lippe, um den Moment nicht mit einer Frage zu zerstören, dann machten wir uns auf den Weg.

Und, Rya, ist dieses Leben auch besser als dein altes?, flüsterte eine Stimme in meinem Kopf. War es die Gorgonenmagie? Fing sie nun auch noch an, Fragen zu stellen? Ich warf sie auf den Haufen zu den anderen.

Die Mission führte uns dieses Mal in einen der Randbezirke der Stadt. Hier standen blassgraue Plattenbauten dicht aneinandergedrängt in Reih und Glied, unterbrochen von schmalen Grünstreifen, die den Namen nicht wirklich verdienten. Angrenzend war ein kleiner Park, dessen ungepflegter Rasen vom flackernden Licht einiger Laternen beschienen wurde. Es war unheimlich. Das Wissen, dass die Krieger des Ordens irgendwo im Schatten lauerten, machte es nicht besser.

Nick? Ich nutzte unsere Verbindung. Doch es kam keine Antwort. Entweder waren sie also noch nicht in der Nähe oder Nick war gerade in Gedanken und wollte mir nicht antworten.

»Das ist wie in einem Gruselfilm«, flüsterte Luce. Mit uns waren noch drei andere erfahrene Gorgonen hier, die wir unterstützen sollten. Ich kannte sie nicht, was mich ein bisschen nervös machte. Ich hatte mich an die stoische Miene von Bee gewöhnt.

»Dort ist sie«, sagte eine der älteren Gorgonen. »Dein Einsatz, Luce.«

Luce nickte und schob sich aus den Schatten. Wie bei unserem Testlauf schaffte sie es spielend, die junge Frau, bei der es sich um unsere Zielperson handelte, auf sich aufmerksam zu machen. Unbemerkt von ihr umkreisten wir sie und als der Schleier vor ihren Augen zerbrach, fiel sie vor Schreck fast um. Doch schnell waren zwei der älteren Gorgonen bei ihr und hielten sie fest.

Rya! Ich zuckte zusammen, als ich Nick über die Verbindung rufen hörte. Die Krieger mussten nun ganz nah sein. Mein Rücken sowie Amaris' Tattoo begannen zu prickeln.

Hau ab, Rya!, rief Nick. Ich spürte die Panik, die in seinen Worten mitschwang. Irgendetwas stimmte nicht. Glaubte er, dass ich mich nicht würde verteidigen können? Ich konnte die anderen aber schlecht vorwarnen, denn dann würden sie sich fragen, woher ich von den Kriegern wusste. Nein, wir mussten warten, bis sie sich uns zeigten, und dann fliehen.

Eine der älteren Gorgonen erzählte der jungen Frau gerade, was sie auch mir damals erzählt hatten, als sie mich überfallen hatten. Ich hörte nicht genau hin, weil ich die Umgebung musterte, um beim ersten Anzeichen der Krieger Alarm zu schlagen. Doch Luce war schneller und entdeckte sie hinter meinem Rücken.

»Wir haben Besuch«, zischte sie. Zeitgleich beschworen wir unsere Schlangen und wandten uns der herannahenden Gefahr zu. Noch waren sie weit genug weg. Noch hatten wir eine Chance, diesem Kampf auszuweichen. Doch Hannah, die an diesem Abend das Sagen hatte, sah das wohl anders.

»Sollen sie ruhig kommen«, meinte sie kühl. »Wir haben vom letzten Mal noch eine Rechnung offen.«

Luce sah beunruhigt zwischen ihr und den Kriegern hin und her. Ich stutzte. Wieso sah sie so verunsichert aus? Sagte ihre Gorgonenmagie ihr nicht, dass sie am besten gleich auf die Krieger losgehen sollte? Denn das war es, was meine mir zuzuflüstern versuchte, was ich aber ignorierte.

Noch immer konnten wir von den Kriegern nur die Schemen ausmachen, doch einer von ihnen war Nick und das brachte mein Herz ins Stolpern, auch ohne dass ich ihn sah.

Hau ab!, rief er mir noch einmal über unsere Verbindung zu.

Ich lasse gleich einen Zettel fallen, antwortete ich. *Für dich.* Mehr brachte ich nicht zustande. Ich hoffte, dass er mich hörte und mich verstand. Ich hatte mich dazu entschieden, Nick von meinem Plan zu erzählen, um dann seine Meinung dazu zu hören. Es waren nur ein paar Stichpunkte auf dem Zettel, die aber hoffentlich ausreichten, doch zum telepathischen Austausch waren es zu viel. Plus die Bitte, es nicht sofort Titos zu sagen. Damit verlangte ich viel, aber anders wusste ich mir nicht zu helfen. Ich drehte mich um und stieß Luce sanft in die andere Richtung. Sie zog an Hannahs Arm.

»Lass uns gehen, das hat keinen Sinn.« Doch Hannah riss sich frei und hob ihren Schild. Ihre gelbe Schlange auf der Schulter zischte angriffslustig.

»Hannah. Sei nicht dumm, du bringst uns alle in Gefahr«, sagte ich.

Das Wörtchen »uns« holte Hannah zurück. Die Gemeinschaft stand noch immer über allem. Sie stieß die junge Frau fort. »Sieh zu, dass du verschwindest und das alles hier vergisst.« Das war nicht gut. Ich schickte Nick eine kurze Botschaft, dass der Orden sich um sie kümmern sollte.

Verwirrt setzte die junge Frau sich in Bewegung. »Ihr seid verrückte LARPer, oder? Ihr habt sie doch nicht mehr alle.« Ich hatte keine Ahnung, wovon sie redete. Die Hauptsache war aber, dass sie verschwand, ohne sich noch einmal umzudrehen. Dann waren wir an der Reihe. Ich konnte Nicks Erleichterung spüren, als wir uns abwandten und den Rückzug antraten. Ich griff mit einer Hand in meine Tasche, um den Zettel …

Eine Gestalt schob sich in den Schein der Laterne vor uns. Schatten hüllten sein Gesicht zur Hälfte ein, doch ich erkannte den hasserfüllten Blick sofort. Es war Xanthos. In seiner Rüstung wirkte er noch bedrohlicher als in den Trainingsklamotten. Mit der rechten Hand hielt er seinen Dolch umklammert, den ich nur allzu gut kannte. Die Narben an meiner linken Wange und meiner Hand würden mich immer an unseren Kampf erinnern.

Ich schob mich vor Luce und Cathy, die ich vor mir hergetrieben hatte. Amaris spürte meinen inneren Aufruhr und legte sich beruhigend um meine Hand. Sie ließ die Augen aber nicht von dem Krieger, der sich direkt vor uns aufbaute. Sie war genauso bereit wie ich, ihm gegenüberzutreten.

Das letzte Mal war es mir gelungen, ihn zu überrumpeln, dennoch war der Kampf unentschieden ausgegangen. Doch dieses Mal würde es einen echten Gewinner und einen echten Verlierer geben. Ich brauchte keine Gorgonenmagie, um meine Wut und meine Verabscheuung gegen ihn zu schüren. Das hatte er sich ganz selbst zuzuschreiben.

Ich spürte, wie Nick mich über die Verbindung warnen wollte. Wie sehr er sich sorgte und welche Verachtung er für Xanthos empfand. Doch das hier war mein Kampf. Und Nick konnte sich nicht einmischen. Nicht, wenn er uns nicht verraten wollte.

»Du bekommst, was du verdienst«, knurrte Xanthos. Dann sprang er auf mich los. Im selben Moment erreichten uns die anderen Krieger und das Chaos begann. Ich verlor Luce und Cathy aus den Augen, als ich mich zur Seite warf, um Xanthos auszuweichen. Ich wollte ihn von den beiden weglocken, wobei er ohnehin nur Augen für mich hatte. Sein Gesicht war wutverzerrt und mir war klar, dass er keine Gnade kennen würde. Wir teilten Schläge aus, mussten einstecken und schon bald spritzte das erste Blut. Ich erwischte Xanthos mit meinem Schild am Kinn, er schaffte es, mir einen Schnitt am Bein zu verpassen. Er brannte höllisch, aber ich hatte keine Zeit, mich davon ablenken zu lassen. Wieder und wieder griff Amaris ihn an, nur um jedes Mal von seiner Klinge zerteilt zu werden. Doch dann schaffte sie es, ihm in den Hals zu beißen. Ich grinste, als Xanthos brüllend und mit schmerzverzerrtem Gesicht zur Seite wankte. Für ein paar Sekunden standen wir beide schwer atmend da und starrten einander an.

Die anderen Gorgonen und Krieger kämpften noch immer. Luce und Cathy hatten sich auf Nick gestürzt, der sich ohne Probleme gegen die beiden verteidigte. Und mehr nicht. Er griff sie nicht an, setzte den Dolch nur ein, um sich zu wehren und um sie auf genügend Abstand zu halten. Ich atmete durch. Die drei Personen, um die ich mir am meisten Sorgen machte, waren nicht wirklich in Gefahr. Denn so gut Luce und Cathy auch waren, sie würden es nicht schaffen, Nick ernsthaft gefährlich zu werden. Dass ich mich gegen Xanthos behaupten konnte, lag nur an meinem Training mit Nick und daran, dass ich wusste, wie der Krieger kämpfte.

»Einmal Verräterin, immer Verräterin«, sagte Xanthos und spuckte Blut. »Wendest dich gegen die, die dich in dein erbärmliches Leben zurückgeholt haben.« War er zu dumm, um zu verstehen, wieso ich gegen ihn und die Krieger kämpfen musste? Oder glaubte er tatsächlich, dass ich übergelaufen war?

»Nicht gegen alle«, erwiderte ich. »Nur gegen dich. Weil du ein Arschloch bist.«

Er schrie auf und wir stürzten aufeinander zu. Wieder und wieder hieb er mit dem Dolch auf mich ein und ich wehrte mich mit meinem Schild. Amaris stürzte unablässig auf ihn zu und wir verfielen in einen Rausch, der mein Blut zum Kochen brachte. Durch meine Blutmagie spürte ich, wie auch Xanthos immer mehr in Ekstase verfiel. Sein Herz raste, hämmerte schnell, aber beständig in seiner Brust. Ich würde meine Kräfte nicht einsetzen. Ich musste ihn so besiegen. Denn nur dann würde er verstehen, dass er sich mit der Falschen angelegt hatte. Ich wollte ihn natürlich nicht töten, aber ihm eine Lektion erteilen, die er so schnell nicht vergessen würde.

Du bekommst mich nicht klein, dachte ich. Ich stieß einen Schrei aus und schlug mit meinem Schild nach ihm. Er konnte sich wegducken, achtete aber nicht auf mein Bein, das ich vom Schwung getragen auf ihn zuschnellen ließ. Ich traf ihn mit meinem Schienbein an den Knien und er knickte weg. Er stürzte, rollte sich ab und knurrte. Ich hatte kurz Zeit, um einen Blick zu Nick zu werfen. Erschrocken stellte ich fest, dass er nicht mehr so entspannt aussah wie vor wenigen Minuten. Schweiß lief ihm über die Stirn, die Haare klebten nass auf seiner Haut. Auch die anderen Krieger wirkten sichtlich angestrengter, während die Gorgonen unermüdlich auf sie einschlugen.

Xanthos, der von alldem nichts mitbekam, erhob sich und knackte mit den Knöcheln. Er packte den Dolch fester und sah mit Grabesmiene zu mir herab. Ich erwartete einen Spruch, eine Beleidigung, doch auch bei ihm war die Zeit dafür nun vorbei. Er stürzte sich zurück in den Kampf.

Der schmerzerfüllte Schrei eines Kriegers ließ mich zusammenfahren und lenkte mich für eine Sekunde ab. Ich stolperte über eine Baumwurzel und legte mich der Länge nach hin. Zu meinem Glück sah auch Xanthos sich kurz um. Hannah hatte die Oberhand in ihrem Kampf mit einem Krieger gewonnen und ihn zu Fall gebracht. Der junge Mann blutete aus einer Wunde am Kopf. Ich nutzte meine Blutmagie, spürte, wie sein Herz noch schlug. Doch es wurde schwächer.

Schon war Xanthos wieder über mir. Er stieß seinen Dolch auf mich herab, ich schaffte es gerade noch, mich wegzurollen. Als ich mich aufrappelte, fuhr ein Schmerz mein Bein hinauf, der mich stöhnen ließ. Doch ich spürte auch, dass die Verletzung schon am Heilen war.

Was ist?, spürte ich Nick fragen.

Alles gut, antwortete ich. Doch als ich mich umdrehte und in Xanthos' Gesicht blickte, schwand mein Optimismus. Ich wollte ihn nicht töten, um zu gewinnen. Doch der Ausdruck in seinen Augen verriet mir, dass er vor dieser Grenze nicht haltmachen würde.

»Ich hätte dich schon bei unserer ersten Begegnung umbringen sollen.« Seine Stimme war rau und rasselnd. Sein Dolch schimmerte wie flüssiges Silber im Mondlicht. Er stützte sich mit einer Hand an dem Baum ab, über dessen Wurzeln ich gestolpert war. Um ihn war es schlechter bestellt, als ich gedacht hätte.

Und es bereitete mir keine Freude. Ich ließ den Schild sinken und stellte mich aufrecht hin. Wie durch einen Schleier nahm ich die anderen Kämpfe wahr. Es würde heute nur Verlierer geben. Niemand gewann durch den Verlust des anderen etwas. Und momentan sah es so aus, als würde dieser Kampf endlos werden.

So wie der ganze verdammte Krieg.

»Gibst du etwa auf, Schlange? Wie erbärmlich.«

»Nein«, erwiderte ich. »Nur will ich wenn, dann alles gewinnen.«

Xanthos runzelte die Stirn und schüttelte den Kopf. »Dein Hochmut wird dein Untergang sein.« Er stieß sich vom Baum ab und ich nahm meine Verteidigungsposition wieder ein, auch wenn mein Bein noch immer schmerzte. Amaris zischte erwartungsvoll. Doch dann sah ich aus dem Augenwinkel eine ganz andere Bedrohung. Hannah hatte sich von den anderen Kämpfern abgewandt und sah in unsere Richtung. Sie rannte auf uns zu, nahm ihren Schild in beide Hände und … warf ihn! Er flog rasend schnell auf Xanthos zu, der nichts davon mitbekam. Der Schild würde ihm den Kopf von den Schultern trennen.

Ich hatte nur Sekundenbruchteile, um mich zu entscheiden. Summend erwachte die Blutmagie und griff nach Xanthos. Ich erkannte den Moment, in dem er meine Magie spürte. Er wusste genau, was ich tat, immerhin war er schon einmal damit in Berührung gekommen. Er kniff die Augen zusammen, versuchte sich zu wehren, doch ich gab nicht nach und zog. Er fiel vornüber, und noch während er zwischen die Wurzeln fiel, über die ich zuvor gestolpert war, bohrte sich der Schild in den Baum. Surrend blieb er im Holz stecken. Die Zeit stand eine Sekunde still.

Dann drehte Xanthos sich auf den Rücken, starrte auf den Schild, der ihn fast getroffen hätte. Hannah tobte vor Wut und rannte auf ihre Waffe zu. Die anderen hatten ihre Kämpfe unterbrochen und sahen ebenfalls zu uns herüber.

Der verwundete Krieger stöhnte auf. Ich fühlte mit der Magie nach seinem Herzschlag. Er wurde langsamer. Kritisch.

Geht, dachte ich an Nick und suchte seinen Blick. Er atmete schwer und nickte nur. Hannah riss ihren Schild aus dem Baum. Xanthos rutschte auf dem Boden von ihr weg. Sie zögerte einen Moment, wandte sich dann aber ab.

»Lasst uns gehen«, rief sie den Gorgonen zu. Ich war überrascht, nutzte aber die Gunst der Stunde. Wir entfernten uns von den Kriegern, ohne ihnen den Rücken zuzudrehen. Ich lief an Xanthos' Rücken vorbei und schaffte es noch, denn Zettel hinter ihm fallen zu lassen. Er war nun voller Blut und Dreck und ich teilte Nick über unsere Verbindung mit, wo er lag.

Mein Herz schmerzte, als ich mich immer weiter von ihm entfernte.

Pass auf dich auf, dachte er. Mir schnürte es die Kehle zu und ich antwortete nicht. Ich hoffte aber, dass er spürte, wie ungern ich ihn zurückließ.

Die Krieger halfen ihrem verwundeten Ordensbruder auf und schleppten ihn davon. Ich sah mich zwischen den Gorgonen um. Von Triumph waren die Ausdrücke in ihren Gesichtern weit entfernt. Und das, obwohl wir an diesem Abend die Krieger wirklich ins Schwitzen und zwei von ihnen sogar zu Fall gebracht hatten.

Dieser Moment war ein Sinnbild für die Absurdität des Krieges und die Ohnmacht der Beteiligten. Es war aber auch das Sinnbild für das, was mich antrieb, um alldem ein Ende zu bereiten.

KAPITEL 24

Die Gespräche beim Frühstück waren angeregter als sonst. Wie von allein hatte sich unsere Gruppe der Mission am Vorabend zusammengefunden. Wir saßen im Kreis auf dem Boden. Das Essen hatten wir hinter uns, doch jede von uns hatte noch eine Tasse in der Hand. Der Kaffee und Tee darin waren längst kalt geworden, doch keine wollte aufstehen. Denn es gab nur das eine Thema, das uns alle an diesem Morgen beschäftigte.

Der Kampf in der Nacht zuvor. Einstimmig berichteten die anderen Gorgonen von stärkeren Kräften und schwächelnden Kriegern. Es wurde hitzig darüber diskutiert, was die Ursache dafür gewesen war und ob sich diese Situation wiederholen ließe. Mein Bein war mittlerweile wieder vollständig geheilt, ebenso meine anderen Wunden. Was den anderen zum Glück nicht auffiel. Trotzdem beteiligte ich mich an dem Gespräch nicht so intensiv wie die anderen. Sie schoben es auf den Kampf, den ich mit Xanthos ausgefochten hatte. Auch wenn sie alle ihre eigene Schlacht geschlagen hatten, war ihnen nicht entgangen, mit welcher Inbrunst er auf mich losgegangen war. Ein paar der älteren Gorgonen kannten und fürchteten ihn, deswegen erregte es keinen Verdacht, dass er mich als Ziel ausgewählt hatte. Xanthos war es offensichtlich egal, welche Gorgone vor ihm stand. Hauptsache, er konnte einer von ihnen wehtun.

Und ich hatte ihn beschützt.

Helenas Eintreffen schreckte mich aus meinen Gedanken auf. Es war das erste Mal, dass ich sie seit unserem gemeinsamen Einsatz zu Gesicht bekam. Sie sah fürchterlich aus. Ihre Wangen waren eingefallen, die Augen glasig und ihre Haut aschgrau. Doch niemandem sonst fiel das auf, außer Bewunderung zeigten die Blicke der anderen nichts. Nur Luce und Cathy kniffen kurz die Augen zusammen, ehe ihre Gesichter sich erhellten. Neben Helena ging Hannah, die sie über die Ereignisse bei der Mission informiert hatte. Wir rückten zusammen und die beiden ließen sich neben uns nieder, wobei Helena angestrengt das Gesicht verzog. Sie wollte noch einmal hören, was genau passiert war. Was wir gefühlt hatten.

Die anderen beschrieben es als ein plötzlich aufgetretenes Gefühl von mehr Kraft und einem Aufwallen ihrer Magie.

»Sie sind total ins Schwitzen geraten«, sagte eine der älteren Gorgonen, die ich nicht kannte. »Und das tun sie normalerweise nie.«

»War eine *Mágissa* anwesend?«, fragte Helena.

»Wir haben zumindest niemanden gesehen«, meinte Hannah. »Eventuell eine Aussätzige?«

»Was ist das?«, erkundigte sich Luce.

»Eine *Mágissa*, die sich von den *Mageía Mésa* losgesagt hat. Sie leben nach ihren eigenen Regeln und mischen sich auch gerne aktiv ins Geschehen ein. Aber ich denke, wenn es eine von ihnen gewesen wäre, hättet ihr sie oder zumindest ihren Zauber bemerkt«, erklärte Helena. »Seid ihr sicher, dass es auch wirklich so gewesen ist und nicht nur das Adrenalin, das euch zu Höchstleistungen angetrieben hat?«

Die Gorgonen überlegten, doch weder das eine noch das andere konnten sie mit absoluter Sicherheit ausschließen.

»Wie war es bei dir, Rya? Du bist so still.« Helena sah mich an und kniff die Augen zusammen.

»Der eine Typ hat sie total fertiggemacht. Kein Wunder, dass sie müde ist«, meinte Luce und fing sich einen Seitenhieb von Cathy ein.

»Er war wie ein Berserker«, sprang Cathy mir dann bei. »Aber sie war ihm ebenbürtig und hat es ihm mit gleicher Münze zurückgezahlt.«

Luces Mund klappte auf. »Ich wollte Rya nicht schlechtmachen, Entschuldigung! So hatte ich das nicht gemeint!«

»So habe ich es auch nicht verstanden«, sagte Helena, die mich noch immer nachdenklich musterte.

»Ich habe nichts gespürt«, sagte ich dann. »Für mich hat sich alles wie immer angefühlt. Bis auf die Tatsache, dass der Kerl eine echte Herausforderung war.«

»Das glaube ich. Ihr solltet jetzt noch etwas ausruhen und euch erholen. Ihr habt die kommende Nacht frei. Und danach sehen wir weiter.« Daraufhin verabschiedete Helena sich. Sie ließ uns keine Zeit mehr, um ihr weitere Fragen zu stellen, und das, obwohl sie uns noch immer keine Erklärung für die Lichtkugel gegeben hatte.

Die Runde löste sich danach schnell auf. Alle wollten auf ihre Zimmer, um sich noch mal hinzulegen. Und auch wenn ich mich wie gerädert fühlte, wollte ich zuvor noch mit Lexia sprechen. Von Hannah erfuhr ich, dass sie sich aktuell im Trainingsraum aufhielt.

Statt zu trainieren, kümmerte sie sich um die Ausrüstung der Gorgonen. Hannahs Schild war durch den Zusammenstoß mit dem Baum verbogen und musste gerichtet werden. Wie für fast alles hatten die Gorgonen dafür kleine Zauber von den *Mageía Mésa* bekommen. Lexia stand an einem Tisch in der Waffenkammer und rieb den Schild mit einer goldschimmernden Paste ein. Als ich eintrat, sah sie auf. Ihre Augen verengten sich zu Schlitzen. Sie sah nicht glücklich aus.

»Hannah hat mir erzählt, was passiert ist. Ich würde ihm am liebsten selbst den Hals umdrehen.« Mit schnellen, aggressiven Handbewegungen polierte sie das Metall. »Dir aber irgendwie auch«, fügte sie dann hinzu. Ich trat an den Tisch heran und senkte die Stimme.

»Wieso das?«

»Weil du dich offensichtlich von ihm hast provozieren lassen. Euer Kampf muss heftig gewesen sein, wenn sogar Hannah das sagt. Und sie hat schon einiges erlebt. Es hätte auffliegen können, dass da mehr dahintersteckt als der übliche Hass zwischen Kriegern und Gorgonen.«

»Ich lasse mir von ihm nichts mehr gefallen.«

Lexia pfefferte den Lappen auf den Tisch. »Du darfst das Ziel aber nicht wegen persönlicher Angelegenheiten gefährden.«

»Das tue ich auch nicht. Nur kann ich kein Ziel mehr verfolgen, wenn er mir seinen Dolch ins Herz rammt.«

»Du übertreibst. Das würde er nicht tun. Also reiß dich das nächste Mal zusammen.«

Ich blinzelte verdutzt. Lexia griff nach dem Lappen und nahm ihre Tätigkeit wieder auf. Ich verstand nicht, auf wen oder was sie eigentlich sauer war. Ich hatte doch nichts Unrechtes getan. Eigentlich hatte ich sie darum bitten wollen, Nick zu kontaktieren und mit ihm ein Treffen am nächsten Abend auszumachen. Doch das ließ ich angesichts ihrer schlechten Stimmung lieber sein. Ich ging ohne ein weiteres Wort. Dann musste ich es eben selbst über die Verbindung versuchen. Doch auf dem Weg zurück zu meinem Zimmer überlegte ich es mir anders. Ich hatte ohnehin noch nicht viel, was ich Nick würde sagen können. Natürlich wollte ich ihn sehen und mir seine Meinung über die Katakomben anhören, doch das hatte Zeit. Oberste Priorität hatte das Sammeln von nützlichen Informationen. Das Zurückerobern der Kontrolle. Also würde ich mich in dieser Nacht wieder in die Katakomben begeben und die Spur der blauen Schlangen verfolgen.

Nach ein paar Stunden Schlaf brach ich mitsamt den nötigen Utensilien auf. Ich folgte dem Weg auf meiner selbstgezeichneten Karte zu der Stelle, an der ich meine Erkundungstour das letzte Mal unterbrochen hatte. Ich sah das blaue Schlangensymbol nicht sofort, sondern musste mich erst wieder in die richtige Stimmung, das richtige Gefühl hineinversetzen. Ich schaffte es und folgte den Symbolen dann immer weiter in das Labyrinth hinein. Ecke um Ecke, Kreuzung um Kreuzung arbeitete ich mich vor, bis ich an eine Stelle kam, an der kein Symbol mehr zu sehen war. Ich kniff die Augen zusammen, ging eine Abbiegung zurück. Ja, hier war das Symbol noch zu sehen. Es war der richtige Weg. Aber wieso waren keine weiteren Symbole zu erkennen?

Amaris löste sich aus ihrem Tattoo und ließ sich zu Boden fallen. Sie zischte, fuhr ihre Zunge aus und drehte sich dabei im Kreis. Dann steuerte sie einen Torbogen an und hielt kurz davor inne. Sie streckte ihre Schwanzspitze in Richtung des Durchgangs. Ein geometrisches Muster leuchtete rings um den Berührungspunkt auf, das erlosch, als sie den Schwanz wieder zurückzog. Ich ging darauf zu, streckte die Hand aus, doch nichts passierte. Ich lief unter dem Bogen durch, ohne dass mich etwas davon abhielt. Amaris tippte erneut in die Luft und wieder erschien das Muster. Ich kniete mich hin, um es aus der Nähe zu betrachten. Es war ein Geflecht aus kupferfarbenen Strängen, die in Hexaedern aneinandergelagert ein Gitter bildeten. Ich streckte meine Hand aus und Amaris kroch darauf, wand sich um meinen Arm, meine Finger. Ich hob die Hand entlang des Gitters. Das Muster folgte meiner

Schlange. Es umspannte offensichtlich den gesamten Torbogen. Ich folgte dem Weg ein Stück weiter, fand aber auch dort keinerlei weitere Symbole. Ich markierte die Stelle auf meiner Karte mit dem Vermerk ›mögliche Unterkunft?‹. Vielleicht war das hier ein Teil des Zaubers, der eine Unterkunft vor jenen Gorgonen verbarg, die dort nicht hingehörten. Ob der Orden sie würde entdecken können? Zumindest konnten sie die Gegend rund um die Unterkunft ausspähen und nach Gorgonen suchen, die sich in der Nähe aufhielten. Auch bei uns war es so, dass die meisten Gorgonen in ihren freien Nächten trotzdem immer recht nah an den Unterkünften blieben. Vielleicht war dem hier auch so.

Für eine Nacht hatte ich genug herausgefunden, also beschloss ich, an die Oberfläche zu gehen. Ich wollte gerne die Sterne sehen. Ich suchte nach der nächsten Möglichkeit, um nach oben zu gelangen, und fand einen Schacht zum Ausstieg.

Nachdem ich mich versichert hatte, dass die Luft rein war, stemmte ich den Deckel hoch, kroch aus dem Loch und verschloss die Öffnung. Als wäre ich einem Gefängnis entkommen, streckte ich meine Glieder und blickte nach oben. Es war so schön, den Himmel zu sehen. Diese endlose Weite über mir, die mir Freiheit versprach. Ich lief los, ohne ein direktes Ziel vor Augen. Umso überraschter war ich, als ich in eine Straße abbog, die ich kannte. Ich war hier schon einmal gewesen. Hatten wir hier eine Mission gehabt? Es musste so sein, denn viele andere Gelegenheiten hatte es nicht …

Marthas Stage. Ich erkannte das Schild von Weitem. Es war das Café, in dem ich mit Nick gewesen war. Mein Herz zog sich schmerzhaft zusammen. Die Lichter lockten mich an. Wie von selbst trugen meine Füße mich vor die Schaufenster, hinter denen die Menschen an den schönen Holztischen saßen. Die Tür öffnete sich und der Geruch von Kaffee und frischem Gebäck kitzelte meine Nase.

»Lass mich raten, du hast wie immer Hunger«, sagte eine mir bekannte Stimme neben mir. Nick. Ich blinzelte verdutzt. Das konnte nicht sein. Ich bildete ihn mir ein. Kurz drehte ich den Kopf zur Seite, dann sah ich wieder zurück. Er war noch immer da. Wieso hatte ich ihn nicht eher bemerkt?

Ich bin echt, hörte ich ihn über die Verbindung. *Du darfst ruhig mit mir reden.*

»Verfolgst du mich?«, fragte ich neckend.

Dann lief es mir eiskalt den Rücken runter. Vielleicht verfolgte er mich nicht, aber eine von den anderen Gorgonen? Was, wenn sie uns hier zusammen sahen? Ich drehte mich um und wollte gehen. Nick griff sanft, aber bestimmt nach meinem Arm.

»Wo willst du hin?«

»Wenn jemand von ihnen uns hier zusammen sieht …«

»Dann sollten wir schnell reingehen.« Bittend sah er mich an.

Ich war hin- und hergerissen. Ich wollte nichts anderes, als mit ihm in das Café zu gehen, aber die Angst davor, dass man uns entdeckte, krallte sich in meinem Inneren fest und machte mich bewegungsunfähig. Es mochte ein Gebäude unter dem Schutz des Ordens sein, aber das hieß nicht, dass man uns nicht sehen konnte.

»Bitte, Rya.«

Mein Herz war ein Verräter, weil es über die Angst siegte.

»Also gut.«

Wie konnte er jetzt nur so zufrieden sein und mich anlächeln? Ich dachte dabei doch nur an ihn. Was ihm passieren würde, wenn sie uns fanden. Er zog die Kette mit dem Achat aus der Hosentasche und legte sie mir um. Dann zupfte er mir den Haargummi aus dem Zopf und breitete meine Haare über meinem Nacken aus, bevor wir zusammen das Café betraten. Die gemütliche Wärme umhüllte uns und ich fühlte mich, als würde ein nicht enden wollender Tag endlich in die Knie gehen. Ich bestellte am Tresen für Nick einen Kaffee und mir einen Chai Latte, die ich mit dem Geld bezahlte, das ich noch von meinem letzten Ausflug übrig hatte. Wir setzten uns in die hinterste Ecke des Cafés, die man von draußen nicht sehen konnte, nebeneinander an einen Tisch.

Ich sah mich in dem Café um. Es waren recht viele Leute da, die es sich auf den Stühlen, Sofas und Sesseln bequem machten. Sie waren in ihre eigenen Gespräche vertieft und beachteten uns gar nicht.

»Wieso bist du hergekommen?«, fragte ich.

»Dasselbe könnte ich wahrscheinlich dich fragen.«

»Ich habe irgendwie von selbst hergefunden.«

»Genau wie ich.«

Nick presste sein Bein gegen meines und es war unheimlich, welche starken Gefühle eine solch unscheinbare Berührung in mir auslöste. Ich griff unter dem Tisch nach seiner Hand, was es nicht besser machte. Aber ich konnte nicht anders.

»Wie geht es dir?«, fragte Nick und fuhr gleichzeitig mit dem Daumen über meinen Handrücken.

»Gut. Und dir? Wie geht es dem Krieger, der gestern verletzt wurde?«

»Alex geht es gut. Er hatte eine große Platzwunde am Kopf, aber er wird es schaffen. Und mir geht es auch gut.«

»Das beruhigt mich. Sag mal, kam dir gestern bei den Kämpfen etwas anders vor als sonst?«

Nick überlegte nicht lange. »Die Gorgonen waren stärker. Ihre Technik war besser. Woran lag das?«

»Ich weiß es nicht«, gab ich ehrlich zu. »Die Gorgonen konnten es sich aber selbst auch nicht erklären.«

»Wir müssen das im Auge behalten.«

»In Ordnung.«

Nick drehte seine Tasse. »Du hast Xanthos den Arsch gerettet, oder?«

Ich grinste ob seiner Wortwahl und auch seine Mundwinkel zuckten. »Das hast du mitbekommen?«

»Ich habe es mehr gespürt als gesehen. Außerdem war Xanthos hinterher außer sich. Ich glaube, sein Hass auf dich hat ganz neue Züge angenommen. Du hättest ihn nicht schlimmer demütigen können, wenn du ihn im Kampf besiegt hättest.«

Ich rollte mit den Augen. »War klar, dass er mir das auch noch vorwirft. Das nächste Mal halte ich mich raus.«

»Ich bitte darum«, sagte Nick und grinste übertrieben böse.

»Hast du den Zettel gefunden? Ich habe diesbezüglich schon etwas Neues zu berichten.«

»So schnell? Schieß los.« Nick neigte den Kopf in meine Richtung.

»Ich habe in den Katakomben vermutlich eine weitere Unterkunft außer meiner eigenen gefunden. Und mit etwas Glück kenne ich den Schlüssel dafür, noch andere Verstecke zu finden. Vielleicht sogar alle, die es in der Stadt gibt«, sagte ich leise, damit niemand mithören konnte.

»Und du willst mit Titos erst darüber sprechen, was er mit dieser Info anfangen würde, bevor du ihm alles erzählst, richtig?«

»Richtig. Wenn er vorhat, die Unterkünfte zu stürmen, würde ich es ihm nicht sagen wollen. Wenn es nur um Überwachung geht, wäre ich dafür zu haben.«

»Ich werde mal vorsichtig abklopfen, was Titos davon hält. Ohne zu viel zu verraten«, versprach er.

»Ich bin echt eine tolle Hilfe, oder?«, fragte ich sarkastisch. »Ich bin nun schon einige Wochen da, habe aber das Gefühl, nichts Halbes und nichts Ganzes erreicht zu haben. Außerdem stelle ich Forderungen, was mir eigentlich gar nicht zusteht.«

»Ehrlich gesagt hast du in der kurzen Zeit schon mehr Informationen zusammengetragen, als ich zu Beginn erwartet hätte. Und was du mit ihnen machst, bleibt immer noch dir überlassen.«

»Ehrlich?« Ich drückte Nicks Hand. Dabei dachte ich auch an all die Ungereimtheiten, die sich mittlerweile angesammelt hatten. Ich rang mit mir, ob ich mit Nick darüber sprechen sollte. Er war ohnehin nicht begeistert von diesem Krieg, wenn ich ihn nun komplett infrage stellte, würde es das für ihn nicht besser machen. Ich musste ihn beenden. Das war die einzige Option, die überhaupt einen Sinn ergab.

»Ja. Du machst das gut, Rya. Auch wenn es mir noch immer besser gefallen würde, wenn du es gar nicht erst tun müsstest. Du musst nur Geduld haben. Und auf dich aufpassen. Dann kannst du alles schaffen.«

»Bist du dir sicher?«

»Könnte sein, dass ich mit Linos um einen Hunderter darum gewettet habe. So sicher bin ich mir.«

Mir klappte der Mund auf, dann schüttelte ich lachend den Kopf. »Wie geht es Linos?«

»Gut. Er ist nun Trainer einer der Nachwuchsgruppen und deswegen nicht mehr so oft auf den Missionen unterwegs. Aber er fragt oft nach dir.«

»Richte ihm liebe Grüße aus.«

»Muss ich mir Sorgen machen?«

»Unbedingt.«

Nick biss sich auf die Lippe. »Hör mal … der Kuss beim letzten Mal. Ich wollte und will mich dir nicht aufdrängen. Wenn du das nicht willst, dann musst du mir das sagen.«

»Was?« Ich war verwirrt. Hatte er nicht gemerkt, wie ich mich gefühlt hatte? Er musste genauso gut wie ich wissen, dass ich alles davon gewollt hatte.

»Ich meinte nur, dass ich dich zu nichts zwingen will, was dir unangenehm ist. Wir kennen uns noch nicht lange und du hattest außer zu mir ja noch kaum Kontakt zu anderen und wenn du dich erst … umsehen willst, dann verstehe ich das.«

Nick wollte mir eine Wahl ermöglichen. Eine, die ich nicht vermisste. Trotzdem rührte mich das Angebot, da ich genau wusste, welche Bedeutung das für ihn hatte.

»Danke. Ich werde mir das durch den Kopf gehen lassen.« Ich nippte an meinem Chai Latte.

Nick schien zufrieden, doch sosehr er es auch zu verbergen versuchte, ich sah den traurigen Zug um seine Augen und die zusammengepressten Lippen. Ich lächelte in meine Tasse. Der starke Krieger zeigte Verletzlichkeit. Das machte mein Herz gleichzeitig schwer und leicht. Ich hielt es nicht länger aus. Ich stellte die Tasse ab und griff nach dem Kragen von Nicks Pullover. Ich packte fest zu und zog den überrascht dreinblickenden Nick zu mir herunter. Kurz bevor sich unsere Lippen trafen, wich ich ein Stück zurück, was Nick ein Knurren entlockte.

»Ich habe meine Wahl längst getroffen«, flüsterte ich in den feinen Spalt zwischen uns. »Und ich bereue sie nicht.« Dann überbrückte ich die letzten Millimeter und küsste ihn. Der Geschmack von bitterem Kaffee und süßem Chai vermischte sich auf unseren Zungen, kreierte ein neues Aroma für diesen unvergesslichen Moment.

Es war dumm. Und unfassbar gefährlich. Aber gleichzeitig auch so erfüllend. Das war es, was das Leben ausmachte, oder? Ich wünschte mir, an einem anderen Ort zu sein, allein auf dem Dach, auf dem wir unseren ersten Kuss gehabt hatten. Ich spürte ein Kribbeln im Nacken, ein Summen im Bauch und wusste nicht, ob es die Magie war oder meine Emotionen. Wobei beides ja stellenweise eins zu sein schien. Punkte aus Bronze tanzten vor meinen Augen, hüllten den Moment in schimmerndes Licht.

Der Kuss dauerte nur kurz. Mehr erlaubten wir uns nicht. Kalter Wind strich mir um die Nase, als unsere Gesichter sich voneinander lösen.

Kalter Wind? Noch immer an Nick geklammert sah ich mich um. Wurde mir meines Körpers bewusst, der nicht mehr auf einem Stuhl im Café saß. Nick und ich standen auf Beton, am Horizont eine Aussicht, die ich kannte.

Wir waren auf der Dachterrasse. Den Ort, den ich mir vor wenigen Sekunden vor meinem inneren Auge ausgemalt hatte. Nicks Hände, die er unbemerkt auf meine Hüfte gelegt hatte, verkrampften sich. Er sah über meine Schulter auf den weit entfernten Horizont. Der nächste Windstoß erfasste seine Haare und blies sie ihm in die Augen. Ich strich die Strähnen mit den Fingern beiseite und sog den Duft nach frischem Regen ein, der Nick anhaftete. Das Tattoo in meinem Nacken kribbelte verräterisch. Oh, diese verdammt kluge Schlange.

»Das war Amaris, die meine Gorgonenmagie genutzt hat. Sie hat den Zauber angewendet, den wir auch für die Statuen benutzen«, sagte ich. Jetzt, da wir nicht mehr flüstern mussten, redete ich normal. Meine Stimme war zittrig und rau. Nick senkte den Kopf. Ich spürte seinen Herzschlag, seine Hitze und …

Nein, das war nicht er. Mein Blut stand in Flammen, eine unsichtbare Kraft wollte mir die Haut vom Körper reißen. Ich krümmte mich, fiel in mich zusammen. Nick hielt mich fest, presste mich an sich. Die Schmerzen waren schlimmer, als von der Klinge eines Dolches geschnitten zu werden.

»Scheiße … der Schutzzauber!« Nick war jegliche Farbe aus dem Gesicht gewichen. »Aber das kann doch nicht sein.« Er griff nach der Kette an meinem Hals, doch sie war verschwunden und ich dem Zauber des Gebäudes ausgeliefert. Meine Gedanken waren träge, wurden von den Flammen in meinem Inneren verbrannt. Neben meinem spürte ich auch Amaris' Schmerz, der mir in heißen Tropfen den Rücken hinunterperlte.

Nick schob die Arme unter meinen Rücken und meine Knie und hob mich hoch. In ein paar schnellen Schritten war er bei der Tür. Doch bis er unten ankam, würde es zu spät sein. So lange würde ich es nicht aushalten.

Ich dachte an die kühlen Katakomben, die feuchte Luft, das schmutzige Wasser. Alles, was die Hitze besiegen, den Schmerz lindern konnte. Unter größter Anstrengung erwachte Amaris zum

Leben. Sie wand sich um meinen Hals und im nächsten Moment tauchten erneut die bronzefarbenen Punkte vor meinen Augen auf. Nicks starke, warme Arme verschwanden und wurden durch einen harten, feuchten Boden ersetzt. Der vertraute, leicht modrige Geruch der Katakomben stieg mir in die Nase. Ich sammelte all meine Kräfte, zog alle Feuchtigkeit zu mir, die ich mit meiner Magie zu packen bekam. Egal ob stinkend oder nicht, ich brauchte das Wasser. Ich lag auf der Seite, Amaris rollte sich neben mir zusammen. Sie leuchtete nur noch schwach, war fast transparent, sodass ich den Untergrund durch sie hindurchsehen konnte. Auch ihr schickte ich etwas von dem Wasser, das ihr hoffentlich Linderung verschaffte.

Schwer atmend und bewegungsunfähig lag ich da, starrte den Gang entlang, während ich in der Ferne Plätschern und ein stetiges Tropfen hören konnte. Mit meiner Blutmagie suchte ich die Umgebung ab, so gut ich konnte, doch niemand hielt sich in unmittelbarer Nähe auf. Als meine Muskeln nicht mehr in Flammen standen und die Krämpfe nachließen, rollte ich mich auf den Rücken. Amaris schlängelte sich auf meinen Brustkorb, wo sie sich erneut einrollte. Ihre Farbe war kräftiger geworden.

»Danke«, krächzte ich, als ich meinen Mund wieder bewegen konnte und meine Zunge sich nicht mehr geschwollen und schwer anfühlte. Amaris hatte beim ersten Zauber gehorsam meinen Wunsch erfüllt und dann mit mir leiden müssen. Sie hatte dann allerdings auch dafür gesorgt, dass wir wieder gerettet wurden. Ihr war es zu verdanken, dass wir noch am Leben waren. Wenn mir noch einmal jemand weismachen wollte, dass diese Schlangen nicht mehr waren als Waffen, die keinen eigenen Willen besaßen … *Schuld.* Ich fühlte Schuld in mich eindringen, aber sie war nicht meine eigene. Sie stammte von Amaris. Sie hatte nicht die Macht gehabt, auch die Kette mit dem Anhänger zu transportieren, da die Magie des Edelsteins dies nicht zugelassen hatte. Ich verzieh ihr augenblicklich, da sie nur das getan hatte, was ich ihr aufgetragen hatte.

Mühsam stieß ich mich vom Boden ab und setzte mich. Amaris wickelte sich um meinen Hals und verkroch sich in meinen Nacken, als ich aufstand und mich an der Wand abstützte. Meine Heilungskräfte arbeiteten mit Höchstleistung, ein paar Minuten später fühlte ich mich ganz normal. Ich führte die Finger an meine Lippen und dachte an den Kuss, dann streife ich über das Mal, das Nick und mich verband, und schickte ihm die Botschaft, dass es mir gut ging. Ich hoffte, sie erreichte ihn. Da ich nicht wusste, wie spät es war, beschloss ich, zurück zur Unterkunft zu gehen. Noch einen Umweg über die Oberfläche würde ich nicht machen. Heute war ich genug Risiken eingegangen. Ich schüttelte den Kopf über meine Dummheit. Wie hatte ich mich nur so gehen lassen können? Wenn Lexia davon erfuhr, würde sie mir den Kopf abreißen. Auch wenn es mir nicht gefiel, würde ich sie erneut belügen müssen. Oder ihr zumindest die genauen Details meines Ausflugs verschweigen. Sollte sie mich damit konfrontieren, weil sie es von jemand anderem erfuhr, würde ich mich ihr stellen. Aber Öl ins Feuer gießen, das würde ich nicht.

Ich ging ein paar Meter den Gang entlang und horchte auf meine Magie. Wenig später fand ich das erste goldene Schlangensymbol, das mich zur Unterkunft zurückführte.

Kapitel 25

Die darauffolgenden Wochen vergingen wie im Flug. Bee ließ uns jeden Tag zum Training antanzen und hatte keine Gnade mit uns. Wir trainierten länger, härter und intensiver als zuvor. Die Motivation war hoch, nachdem die letzte Mission trotz allem so überraschend gut gelaufen war. Wir mochten nicht gewonnen haben, dennoch war die Stimmung nach diesem Kampf anders. Wir funktionierten als Team besser, erlangten mehr Kontrolle über unsere Magie und wurden selbstsicherer im Umgang mit Schilden und Zaubern. Wir wurden von Helena zusammen mit älteren Gorgonen auf mehrere Missionen geschickt, die alle reibungslos abliefen. Zumindest aus Sicht der Gorgonen. Wir rekrutierten eine neue Gorgone und versteinerten drei Kriminelle. Die Krieger lauerten uns kein einziges Mal auf. Ich hoffte, dass sie die *Ágalmas* im Nachhinein fanden. Denn in diesen Wochen fühlte ich mich unglaublich nutzlos. Mit fehlte die Zeit, mich um die weitere Erkundung der Katakomben zu kümmern und Helena bekam ich auch nicht zu Gesicht. Wenn es so weiterging, würde ich die Beziehung zu ihr und damit meinen Zugang zu weiteren Informationen nie ausbauen können. Es blieb mir also nichts anderes übrig, als eine ambitionierte Gorgone zu sein und darauf zu warten, dass Helena sich blicken ließ.

Lexia ging mir seit dem Zwischenfall mit Xanthos aus dem Weg. Wir trafen uns ab und an beim Essen und im Trainingsraum, aber ansonsten ließ sie mich links liegen. Einerseits konnte ich verstehen, wieso sie sauer auf mich war, andererseits hätte ich erwartet, dass ihr das große Ganze mehr bedeutete als ein Zwist zwischen uns. Immerhin war sie es gewesen, die mir vorgeworfen hatte, dass mir persönliche Dinge im Weg standen. Ich ärgerte mich darüber, dass sie nicht besser war als ich und mir trotzdem etwas vorwarf. Ich verbot mir jedoch jegliche Sturheit und würde ihr zuhören, sobald sie wieder mit mir reden wollte.

Zwischen dem Training und den Missionen hatte ich keine Zeit für etwas anderes. Ich schaffte es weder in die Katakomben noch an die Oberfläche, um mich mit Nick oder Ilena zu treffen. Ich hatte keine Ahnung, ob Ilena etwas herausgefunden hatte oder ob es Nick gut ging. Das machte mich nervös. Jeden Tag hoffte ich, dass man uns freigab, oder dass die Krieger doch noch bei unseren Missionen auftauchen würden. Doch jedes Mal zogen wir ab, ohne auf sie getroffen zu sein.

So ging das eine Weile, bis die Motivation bei den Gorgonen einer gewissen Frustration wich. Sie wollten endlich unter Beweis stellen, dass sie nun besser, stärker waren, doch ohne Konfrontation war das nicht möglich. Es ging sogar so weit, dass eine der Gorgonen beim Frühstück die Idee in den Raum warf, dass man den Kriegern doch auflauern und einen Kampf provozieren könnte. Sie meinte es nicht wirklich ernst, aber ich sah das sehnsuchtsvolle Aufblitzen in den Augen der anderen, als sie darüber nachdachten. Die Kämpfe unter den Gorgonen wurden aggressiver, die Stimmung schlechter, je länger das lang erwartete Aufeinanderprallen ausblieb. Es war paradox. Und gefährlich. Die aufgestaute Energie und der sich ansammelnde Frust würden sich entladen. Es war nicht mehr die Frage ob, sondern wann. Und wen es dann treffen würde. Die anderen Gorgonen oder die Krieger? Ich versuchte, mich so gut es ging aus den Streitereien rauszuhalten, doch getrieben von der Unzufriedenheit machten sie auch bald voreinander nicht halt.

»Sag mal, Rya, wie kannst du nur so gelassen bleiben? Wir haben seit einem Monat keine Krieger mehr getroffen, dabei wird es endlich Zeit, dass wir ihnen das letzte Mal heimzahlen«, meckerte Luce eines Morgens beim Frühstück. Ich hatte mich nicht an den Diskussionen um den Orden beteiligt, sondern still gegessen. Offensichtlich waren wir an einem Punkt angelangt, an dem man alles nur falsch machen konnte.

»Ich kann auf so eine Auseinandersetzung wie die letzte gerne verzichten«, erwiderte ich.

»Wieso? Du könntest dich an diesem Xanthos rächen, es ihm doppelt und dreifach zurückzahlen!« Die anderen Gorgonen stimmten Luce zu.

»Wenn sich die Gelegenheit ergibt, werde ich sie nutzen. Solange gedulde ich mich und rege mich nicht über etwas auf, was ich ohnehin nicht ändern kann. Ich spare die Energie lieber auf.«

Luce schüttelte den Kopf. »Keine Ahnung, was du dir einwirfst, damit du so entspannt bist, aber du solltest definitiv weniger davon nehmen.« Ich winkte ab und aß weiter. Luce widmete sich murrend ihrem Porridge. So amüsant dieses Verhalten auf mich wirkte, so sehr beunruhigte es mich auch. Denn egal, wie ich es drehte und wendete, hier ging es letztendlich nicht um einen kleinen Zwist, der sich immer mal wieder entlud, sondern um einen großen Krieg bis aufs Blut. Zumindest hatte ich das angenommen. Doch je mehr Kämpfe ich beobachtete, je mehr Details ans Licht kamen, umso mehr zweifelte ich daran. Dass bei dieser Fehde Gut und Böse nicht klar zu trennen waren, hatte ich schon zu Beginn verstanden. Aber die Motivation der Parteien, die Zurückhaltung bei den Kämpfen und das unkommentierte Einmischen von unbekannten Kräften erzeugten mittlerweile ein ganz anderes Bild. Mir kam es so vor, als wäre niemand mit Herz und Seele dabei. Was verständlich war, immerhin war es ein Krieg, aber da es um Leben und Tod ging, hatte ich mehr … Einsatz erwartet. Doch Titos nutzte Lexias Informationen nicht, zumindest nicht bei mir, und Helena traf Entscheidungen, die nur den Gorgonen schadeten und die teilweise im Widerspruch zu ihren eigenen Worten standen. Das ergab bei beiden keinen Sinn. Nicht, wenn das, was die beiden ihren Anhängern predigten, die Wahrheit war. In diesem Krieg war vielleicht nichts so, wie es schien. Doch das Ziel, ihn zu beenden, blieb. Wenn die beiden Anführer ihn nicht ernst nahmen und es auf Kosten anderer auslebten, umso mehr.

Meine Motivation mochte deshalb eine andere sein als bei dem Rest der Gorgonen, trotzdem gab auch ich beim Training alles und trieb sowohl meinen Körper als auch meine Magie so weit ich konnte. Denn wenn der Moment kam, in dem sich die Spannung entlud, sei es nun innerhalb der Gorgonen oder zwischen den Gorgonen und den Kriegern, musste ich bereit sein und andere schützen können. Doch das ungute Gefühl, dass ich das nicht schaffen würde, wurde immer greifbarer. Meine Angst und mein Wille lieferten sich ein Wettrüsten, das mich auslaugte. Doch ich würde nicht aufgeben.

Und dann kam die Nacht der Explosion.

Alles fing damit an, dass Lexia uns höchstpersönlich von der nächsten Mission erzählte und uns darauf vorbereitete. Die Tatsache, dass sie mich direkt ansah, als sie uns zur Vorsicht aufrief, alarmierte mich. Heute Nacht würde es anders sein als die Wochen zuvor. Wir würden auf die Krieger treffen. Luce und die anderen wussten natürlich nichts davon, dennoch waren auch sie voller Vorfreude. Sie hofften darauf, dass es die Mission war, in der die harte Arbeit sich auszahlen würde.

Mein Herz klopfte immer schneller, als wir durch die Katakomben liefen, an die Oberfläche kletterten und uns auf den Weg zu unserem nächsten Opfer machten. Der einzige Lichtblick war, dass die heutige Zielperson nicht lange eine Statue sein würde, wenn die Krieger des Ordens rechtzeitig eintrafen. Doch das verringerte die lauernde Gefahr, die von den Gorgonen ausging, nicht. Ich hoffte sehr, dass Lexia Nick vorgewarnt hatte und sie heute Abend mit mehr Kriegern unterwegs waren. Und ich hoffte, dass sie die Bedrohung nicht unterschätzten.

Unser Ziel war dieses Mal ein Garten in der Vorstadt. Es war eine weitläufige, üppig bepflanzte Grünfläche, die zu einer riesigen Villa gehörte. Über einen schmiedeeisernen Zaun verschafften wir uns Zugang und schlichen uns von hinten an das Haus an. Es gehörte einer reichen Frau, die ihr Geld auf dubiose Weise und zu Lasten Unschuldiger anreicherte. Von Lexia hatten wir erfahren, dass die Frau sich abends gerne auf der Terrasse aufhielt und Wein trank. Sie verließ ihr Grundstück nicht oft, außer um zur Arbeit zu gehen, weswegen wir uns für diesen Ansatz entschieden hatten.

Als wir den Zaun überquerten und uns in die Schatten der Bäume duckten, knisterte die Magie in der Luft. Ich nutzte vorsichtig die Blutmagie, um die Herzschläge der anderen zu überprüfen. Ihre Herzen schlugen schnell und stark, voll positiver Aufregung. Kein Hauch von Zweifel war ihnen anzumerken, was die Aussichten nur noch schlimmer machte. Denn wenn sie davon überzeugt waren, dass sie nur gewinnen konnten, würden die Gorgonen unvorsichtig werden. Und das könnte ihr Verhängnis sein.

Ganz vorsichtig, ohne sie meinen Einfluss spüren zu lassen, griff ich nach den Gorgonen und trieb ihr Blut schneller durch die Gefäße. Die Herzen folgten, pumpten das Rot schneller und vermittelten ihren Trägerinnen einen Anflug von Panik. Als ich merkte, wie Luce sich verkrampfte, ließ ich sofort los. Ein paar Sekunden vergingen, ohne dass jemand sich rührte.

»Wir müssen vorsichtig sein«, sagte Bee. »Auch wenn es einfach scheint, müssen wir aufpassen.« Ich atmete erleichtert auf, als die anderen zustimmten und wir unsere gewohnten Positionen einnahmen. Wir schlichen von Schatten zu Schatten, nutzten die Dunkelheit wie einen Umhang, um der Terrasse näher zu kommen. Sie war durch Lampen erhellt, die eine gemütliche Atmosphäre erschufen. Auch Laternen mit Kerzen standen auf dem Tisch und dem Boden verteilt, wodurch die Frau gut zu erkennen war. Sie lag auf einem Liegestuhl, der neben einem Pool stand, und nippte an einem Glas, während sie in einem Magazin blätterte. Der Wind trug ihren Duft zu uns herüber. Es war eine Mischung aus Vanille und etwas Blumigem, die mir in der Nase kitzelte. Amaris erschien und zischte mir ins Ohr. Sie spürte etwas. Waren die Krieger schon da? Vor lauter Aufregung und dem Einsetzen meiner Blutmagie hatte ich nicht auf die Verbindung zu Nick geachtet. Ich horchte in mich hinein, konnte aber nichts spüren. Würde Nick heute Abend nicht hier sein? Seit unserem Treffen im Café, das so abrupt geendet hatte, waren wir uns nicht mehr begegnet. Doch sosehr ich ihn vermisste, es erleichterte mich, dass er nicht hier war.

Ein letztes Mal versicherten wir uns, dass niemand uns auflauerte, dann nickte Bee und gab den Befehl, aus den Schatten zu treten. Drei von den anderen blieben zurück, für den Fall, dass die Krieger aus derselben Richtung kamen wie wir.

Lautlos schlichen wir uns an die Frau heran, die nicht ahnte, was sie erwartete. Als sie merkte, dass etwas nicht stimmte, fuhr sie zu uns herum. Im Gegensatz zu den meisten anderen Zielpersonen verfiel sie nicht in Panik. Sie rutschte in eine Sitzposition und legte das Magazin zur Seite.

»Wer sind Sie? Was wollen Sie?«, fragte sie mit zittriger, aber lauter Stimme.

Ich hörte das Lächeln in Bees Stimme, als sie antwortete. »Wir bringen Ihnen das, was Sie verdienen.« Sie winkte mich zu sich heran.

Die Frau stand auf und sah sich um. »Wollen Sie Geld? Ich gebe Ihnen so viel Sie wollen, wenn Sie mich dann in Ruhe lassen.«

»Wir werden uns Ihr Geld holen, wenn wir mit Ihnen fertig sind.« Ich trat neben Bee, handelte aber noch nicht, da sie den Moment offensichtlich noch auskosten wollte. Sollte mir recht sein, denn je länger mein Einsatz sich verzögerte, umso mehr Zeit hatten die Krieger, um doch noch aufzutauchen und einzugreifen.

»Was meinen Sie damit?« In der Stimme der Frau schwang Panik mit. Sie war kurz davor zu fliehen. Ich musste jetzt handeln, oder sie würde sich bei ihrer Flucht noch verletzen. Ich trat auf sie zu, packte sie am Arm und Amaris erledigte den Rest. Der Blick der Frau haftete sich an meinen, sie wurde steif und ich rief die Magie, die sie in Marmor verwandeln würde. Es ging alles so schnell, dass ich es kaum mitbekam. Die Frau war erstarrt, der weiße Stein glänzte im Schein der Kerzen. Sie sah aus wie ein Dekoobjekt, das wunderbar in den Garten passte, in dem sie eben noch friedvoll gesessen und ihre Zeit genossen hatte. Cathy machte sich bereit, um den *Dialythei*-Zauber auszuführen. Wo blieben nur die Krieger?

Mein Magen kribbelte vor Nervosität. Sie mussten jetzt eingreifen, oder es war zu spät. Cathys Schlange materialisierte sich und kroch von ihrer Hand auf die Frauenstatue. Dort rollte sie sich zusammen, wie sie es auch die letzten Male getan hatte. Hellrote Funken sprühten um das Tier aus Magie herum, die sich auf den Stein legten. Ich richtete meine Aufmerksamkeit auf Cathy, weil ich sehen wollte, ob sie wieder eine der Visionen von dem Zielort hatte. Doch sie war mittlerweile so geschult darin, ihren Zauber zu wirken, dass sie sich kaum eine Regung anmerken ließ. Die Statue verschwand und unter den Gorgonen war ein kollektives Aufatmen hörbar. Luce, deren Kräfte in dieser Nacht nicht vonnöten gewesen waren, schälte sich aus der Dunkelheit und kam zu uns herüber.

»Das war enttäuschend schnell vorbei«, beschwerte sie sich. »Wir haben also noch Zeit, oder?«

»Wofür?«, fragte Bee.

Statt einer Antwort, setzte Luce sich auf die Liege und zog die schwarzen Stiefel und Socken aus. Sie krempelte die Hose bis zu den Knien hoch und setzte sich an den Rand des Pools. Ein verzückter Seufzer entglitt ihren Lippen, als sie die Füße ins Wasser hielt. Zu perplex, um zu reagieren, hatten wir ihr nur zugesehen. Doch jetzt war es mit Bees Geduld vorbei.

»Was machst du da? Komm da sofort wieder raus!«

Doch Luce dachte nicht daran. »Reg dich nicht auf. Das ist vermutlich das sauberste Wasser, das ich seit Langem gesehen habe. Das, was in den Katakomben aus den Duschen rauskommt, mufft genauso wie der Rest des Untergrunds.«

»Der Pool stinkt nach Chlor, Luce«, warf Cathy ruhig wie immer ein. Doch auch sie betrachtete die Wasseroberfläche mit einer gewissen Sehnsucht.

Ich wusste genau, wie sie sich fühlte. Seit wir den Garten betreten hatten, rief das Wasser nach mir. Meine Magie summte unruhig und ich musste den Drang, das Wasser meinem Willen zu unterwerfen, mit aller Kraft unterdrücken. Vermutlich war auch das eine Eigenschaft, die den Gorgonen mit der Magie gegeben wurde: Die Sehnsucht nach Wasser. Die anderen Gorgonen gaben ihre Deckung in den Schatten auf und traten zu uns auf die Terrasse.

»Kommt schon, Mädels. Ihr wollt es doch auch«, sagte Luce mit überzogenem Liebreiz. Dann stieß sie sich vom Rand ab und glitt ins Wasser. Bee stieß einen unterdrückten Aufschrei aus. Als Luce wieder an die Oberfläche kam, fauchte sie sie an.

»Was soll das?« Bee sprintete zum Beckenrand.

»Ich lade meine Energie wieder auf«, antwortete Luce und tauchte wieder unter. Ich warf nervöse Blicke das Haus entlang, konnte aber nirgends ein offenes oder erleuchtetes Fenster sehen. Hoffentlich war sonst niemand zu Hause.

»Komm sofort raus«, rief Bee und stapfte am Rand des Beckens entlang. Die anderen Gorgonen lachten leise und kamen näher. Vielleich war das die Lösung, dachte ich. Vielleicht mussten sie sich austoben, um die angestaute Energie loszuwerden. Da ich noch immer kein Kribbeln im Nacken spürte, so wie sonst, wenn die Krieger in der Nähe waren, waren wir wohl vorerst noch in Sicherheit.

»Amaris.« Die Schlange erwachte, als sie ihren Namen hörte. »Würdest du ein bisschen patrouillieren gehen, während ich mich um die Gorgonen kümmere? Und kannst du die anderen mitnehmen?«

Die Schlange ließ sich zu Boden fallen und schlängelte sich in den Garten. Die anderen magischen Wesen folgten. Die Gorgonen nahmen es kaum wahr, da mittlerweile alle auf das Wasser und den Streit zwischen Bee und Luce konzentriert waren. Bee zeterte am Beckenrand, während Luce lächelnd ein paar Bahnen zog. Als die Schlangen außer Sichtweite waren und nicht sofort Alarm schlugen, tat ich etwas, das mehr als dumm war. Ich schubste Bee in das Becken. Sie kreischte und fiel mit einem lauten Platsch ins Wasser. Noch bevor sie wieder auftauchte, sprang ich hinterher. Als das Wasser mich umschloss, fühlte ich mich für einen Moment schwerelos. Keine Geräusche drangen an mein Ohr. Es war wie ein Atemzug voller Stille. Ich stieß mich vom Boden ab und durchbrach die Oberfläche. Tropfen rannen mir in die Augen und verschleierten meine Sicht, doch ich erkannte das wutentbrannte Gesicht von Bee sofort. Sie schimpfte, doch ich hörte gar nicht richtig zu. Die anderen Gorgonen kannten nun auch kein Halten mehr und hüpften zu uns in den Pool.

Lautes Platschen erfüllte die Nacht, als wir uns eine Weile im Schwimmbecken vergnügten. Die Gorgonen tunkten sich, tauchten und seufzten vor Freunde. Bee sah noch immer wütend aus und zeterte, aber trotz allem stieg sie nicht aus dem Wasser. Sie musste das wie wir alle eigentlich genießen.

Wir gönnten uns zehn Minuten. Sie waren viel zu kurz und gleichzeitig eine Ewigkeit. Voller Unvorsichtigkeit, voller Risiko, aber dennoch wichtig. Das Leben und seine Gegensätze.

Als wir über die Treppe nach draußen kletterten, war die Stimmung locker, das Knistern der Magie schwächer. Wir trieften, doch das machte keiner von uns etwas aus. Sogar Bees Mundwinkel zuckten und das nicht vor unterdrückter Wut. Dann spürte ich es – das Kribbeln im Nacken, das eine Gefahr ankündigte. Zeitgleich kamen Amaris und die anderen Schlangen zurück.

»Die Krieger sind hier«, sagte ich und sofort verstummten die anderen. Wir hoben unsere Schilde auf, die wir vor dem Sprung ins

Wasser fallen gelassen hatten. Ich versuchte, Nick über unsere Verbindung zu erreichen, doch bekam keine Antwort.

Von wo kommen sie?, fragte ich Amaris im Stillen und sie wies mir die Richtung. Dann eine andere … und noch eine.

»Sie kommen von allen Seiten«, klärte ich die anderen auf. Ohne ein weiteres Wort formierten wir uns zu einem Kreis, indem wir Rücken an Rücken standen. Damit ließen wir uns einkesseln, aber so konnten wir ein kontrolliertes Loch in die Formation der Krieger schlagen und würden uns nicht unüberlegt in die Flucht stürzen, in der wir eventuell unsere Deckung vernachlässigten.

Wenige Sekunden später sahen wir sie. Es waren mehr Krieger als sonst. Ich zählte zehn von ihnen, wohingegen wir nur zu siebt waren. Ein paar der Gesichter kamen mir bekannt vor, aber es war niemand dabei, den ich mit Namen kannte. Die Krieger hinter mir konnte ich nicht erkennen. Sie kreisten uns mit gezückten Dolchen ein.

»Ihr seid zu spät«, sagte Bee. »Die Statue ist bereits weg.«

»Das macht nichts«, sagte einer der Krieger. »Ich denke, wir werden auch so unseren Spaß haben.« Die Stimme kam mir vage bekannt vor. Allerdings stand der Krieger hinter mir und ich traute mich nicht, mich umzudrehen. *Ruhig bleiben*, sagte ich mir und mein Puls wurde langsamer, bis ich ihn kaum noch spürte.

»Dann zeigt mal, was ihr könnt«, sagte Luce. Der Kampfgeist der Gorgonen war angesichts der Unterzahl nicht geschwächt. Sie waren sich ihrer neu gewonnenen Stärke noch immer sicher. Ich hoffte nur, dass wir uns nicht selbst überschätzten.

Ein Schrei des Kriegers, der die Rolle des Anführers übernommen hatte, und sie stürzten sich auf uns. Sie hieben teilweise zu zweit auf uns ein, wir hatten Mühe und Not, sie mit unseren Schilden und den Schlangen abzuwehren. Sie durften unsere Aufstellung keinesfalls durchbrechen, sonst hatten wir ein echtes Problem. Doch die Gorgonen, wir, waren ein Team, das sich mittlerweile wortlos verstand. Aber wie lange würde das gut gehen? Auch unsere Kräfte wären einmal am Ende. Ich spürte schon jetzt, wie meine Glieder schwerer und langsamer wurden. Wie weit würden die Krieger diesmal gehen? Von Nicks Gruppe wusste ich, dass außer Xanthos niemand den Gorgonen mehr als nötig schaden wollte. Ihnen ging es vor allem um das Schwächen beziehungsweise gefangen nehmen. Aber diese Truppe schien nur auf Ärger aus, weil sie uns angriffen, obwohl die Statue bereits weg war. Es wäre nicht so weit gekommen, wenn wir uns nicht zehn Minuten normales Leben gegönnt hatten. Wenn dieser Kampf vorbei war, würden wir sicherlich bis an unser Lebensende die Katakomben nicht mehr verlassen dürfen. Das durfte nicht sein. Ich wollte Nick wiedersehen.

Ich warf mich härter in den Kampf, hieb mit dem Schild schneller um mich und wehrte die Dolche wieder und wieder ab. Luce und mir gegenüber standen drei der Krieger, die uns in Schach hielten. Wir verteidigten uns, so gut es ging, unsere Schlangen griffen zischend an, doch so machte es keinen Sinn! Sobald die Krieger ein Loch in unsere Formation rissen, war es vorbei. Wir konnten auf diese Weise nicht gewinnen. Das durfte ich nicht zulassen!

Ich überlegte, meine Blutmagie einzusetzen, doch das traute ich mir bei zehn Personen gleichzeitig nicht zu und schon gar nicht in diesem Chaos und in der nötigen Stärke, die dafür notwendig gewesen wäre. Und wenn ich es nur bei ein paar probierte? Ich streckte die Magie nach den Kriegern aus, doch das Summen reagierte nicht. Meine Aufregung war zu groß, das Risiko zu hoch, dass ich mich verschätzte und etwas Schlimmes passierte. Was war die Alternative?

Das Wasser. Meine Elementarmagie. Das wäre eine Option. Ich würde auch damit ein Geheimnis enthüllen, doch es war weit weniger verfänglich als das der Blutmagie. Und ungefährlicher für die Krieger.

Ich sammelte all meine Kräfte. Meine nasse Kleidung half mir dabei, eine Verbindung zu dem Wasser im Pool aufzunehmen. Ich fühlte das Element mit meiner Macht, griff danach, durchdrang es. Als ich sicher war, dass ich so viel wie möglich mit meiner Magie verbunden hatte, zog ich mit aller Macht. Erst tat sich nichts, dann gab das Wasser nach und fügte sich.

Neró, dachte Amaris bildhaft. *Wasser*.

Der gesamte Inhalt des Beckens bäumte sich auf. Die Gorgonen, die mit dem Gesicht zum Pool standen, bemerkten es zuerst. Dann die Reihe der Krieger, die vor mir stand und ebenfalls die Terrasse im Blick hatte. Doch da war es auch schon zu spät. Wie eine riesige Welle, die immer breiter wurde, rauschte das Wasser auf uns zu. Ich musste mich nicht umdrehen, um es zu sehen, ich spürte es. Denn ich bewegte das Element und leitete es. Die Magie in mir kribbelte bis in meine Fingerspitzen, das Summen war übermächtig. Die Wand aus Wasser traf auf die erste Reihe der Krieger und fegte sie weg. Statt die Gorgonen ebenfalls mitzureißen, umfloss es sie, nur um dann die Krieger vor mir noch härter zu treffen. Es riss sie alle von den Beinen.

»Lauft!«, rief Bee, die erkannt hatte, dass es nicht die richtige Zeit für Fragen war. Wir nahmen die Beine in die Hand und sprinteten über die am Boden liegenden Krieger hinweg, die hustend und spuckend wieder zu sich kamen. Ich versuchte, sie mithilfe des an ihnen haftenden Wassers auf den Boden zu drücken, schaffte es aber nicht bei allen gleichzeitig. Wir waren ein paar Meter weit gekommen, als die ersten sich aufrappelten und uns folgten. Doch wir waren schneller. Ich wollte vor Erleichterung auflachen, doch dann spürte ich es. Ihn.

Nick.

KAPITEL 26

Nick, Linos, Titos und zu meinem größten Schreck auch Xanthos tauchten vor uns auf. Sie waren aus den dunkelsten Schatten getreten, die der Garten zu bieten hatte.

Die Gorgonen und ich hielten inne. Die vier Krieger strahlten eine Macht aus, die die anderen Männer zusammen nicht erreichten. Mit eleganten Bewegungen kamen sie auf uns zu und schnitten uns den Rückweg ab. Nach wenigen Augenblicken waren wir erneut von ihnen umzingelt. Die Blicke von Nick und mir trafen sich. Ich entdeckte ein winziges Zucken seiner Mundwinkel. Auch ich musste mir verkneifen, ihn anzulächeln. Nick legte den Kopf schief, nur ein ganz kleines Stück. Ich lauschte auf unsere Verbindung, sie blieb still.

Nick? Er rührte sich nicht. Ich wartete, aber keine Antwort kam. Er kniff die Augen zusammen, schüttelte den Kopf, ganz leicht nur, doch das reichte mir. Er hörte mich nicht. Und ich konnte ihn ebenfalls nicht hören. Ich biss mir auf die Lippe. Irgendwas lief hier mächtig daneben. Es waren nur ein paar Sekunden vergangen, in denen wir wieder unsere Formation einnahmen und uns den Kriegern Rücken an Rücken entgegenstellten. Ich warf einen nervösen Blick zu Xanthos, der mich allerdings nicht beachtete und an mir vorbeilief. Etwas stimmte wirklich ganz und gar nicht.

»Was tut ihr da?«, knurrte Titos. Ich wollte schon antworten, aber er sprach gar nicht mit uns. Sein Blick war feurig, wütend auf die Krieger hinter uns gerichtet. Unter seinen Augen lagen dunkle Schatten, die ihm etwas Geisterhaftes verliehen. Hinter mir hörte ich Gemurmel.

»Antwortet mir!«, befahl Titos mit Nachdruck. Ich blickte mich zur Seite um. Luce und die anderen sahen ebenso verwirrt aus wie ich. Er wusste doch, wieso die Krieger hier waren. Um uns aufzuhalten.

»Das weißt du ganz genau«, antwortete einer der jungen Männer. Er trat von der Seite in mein Gesichtsfeld und baute sich vor seinem Anführer auf. Und da erkannte ich ihn. Es war Kreon. Deswegen war mir die Stimme so vertraut gewesen.

»Nach dem letzten Kampf, von dem Xanthos uns erzählt hat, konnten wir nicht länger nur dabei zusehen, wie ihr euch von diesen Schlangen vorführen lasst. Ihr lasst euch mit Blutmagie austricksen und tut nichts dagegen!« Voller Entsetzen riss ich die Augen auf und warf Xanthos einen bitterbösen Blick zu. Doch der sah zu Boden, als wäre er überall lieber, nur nicht hier. Natürlich hatte er seinem Freund von der Sache mit der Blutmagie erzählt. Kreon hatte es beim Training sogar selbst gesehen.

»Ich hatte euch diesbezüglich klare Anweisungen gegeben«, erwiderte Titos mit rauer Stimme, die mir Angst machte.

Kreon lachte bitter. »Und wir haben dir gesagt, dass es Wahnsinn ist, darauf zu vertrauen, dass diese Magie nicht gegen uns eingesetzt wird. Aber die Gorgonen werden stärker. Woran, glaubst du, liegt das? Sie nutzen die Blutmagie und wir müssen etwas dagegen tun. Und wenn du es nicht unterstützt, müssen wir uns gegen dich stellen.« Er glaubte, ihre neuen Kräfte waren meine Schuld. Es überraschte mich nicht, dass er das dachte. Aber würde er so weit gehen und mich verraten?

Der Anführer ballte die Hände zu Fäusten. »Drohst du mir, Kreon?«

»Nein. Ich erinnere dich nur daran, dass die Sicherheit deiner Krieger über allem stehen sollte.« Der junge Mann sah zu Nick, Linos und Xanthos. »Ihr scheint das auch vergessen zu haben. Ihr seid eine Schande für Perseus. Habt ihr gesehen, was passiert, wenn man nicht aufpasst?« Titos zuckte zusammen. Kreon drehte sich um und deutete auf uns. »Sie können Wasser beherrschen wie ihre Schlangen. Und dann auch noch die Blutmagie? Wer weiß, was sie uns noch alles verheimlichen und einsetzen, wenn wir sie lassen?«

Der Krieger redete sich in Rage, während die anderen ihren Kreis um uns immer enger zogen. Noch hatte er mich nicht verraten. Doch ein falsches Wort und alles war vorbei. Unruhig lehnte ich mich auf mein anderes Bein. Ich berührte Luce an der Schulter. Sie stieß mich leicht an und sah fragend zu mir herüber. Mit dem Mund formte sie das Wort ›Wasser‹. Sollte ich es leugnen? Ich nickte. Wenn ich jetzt ehrlich zu ihr war, würde sie mir vielleicht später abkaufen, dass ich nichts mit dem Orden oder der Blutmagie zu tun hatte. Ich sah zu Nick zurück, der zum Angriff bereit in der Dunkelheit stand. Doch seine Aufmerksamkeit galt nicht mir, sondern Kreon, der die anderen immer weiter gegen uns anstachelte.

»Während ihr tatenlos dabei zusehen wolltet, wie diese Schlangen immer stärker werden, haben wir schon etwas unternommen.« Er griff sich am Ausschnitt unter das Hemd und zog etwas daraus hervor. Er drehte sich zu uns um, sodass wir es sehen konnten. Es war ein Stein an einem ledernen Band, der im Mondlicht silbrig-schwarz schimmerte. Titos riss ungläubig die Augen auf,

»Das sind Hämatit-Steine, die mit Blut aufgeladen sind. Jeder von uns trägt einen und zusammen sorgen sie dafür, dass eure Blutmagie in unserem näheren Umfeld aufgehoben wird. Doch sie können noch mehr.« Die Verbindung zwischen Nick und mir war auf diese Weise erschaffen worden. Deswegen funktionierte sie nicht. Kreon grinste diabolisch. Er sah alle Gorgonen an, nicht nur mich. Dachte er, dass wir alle diese Magie beherrschten? Er drehte sich wieder zu Titos und den anderen um.

»Aber das wusstet ihr bereits, oder? Sonst wärt ihr nicht hier.« Kreon nickte Xanthos zu. »Was ist passiert? Anfangs warst du doch Feuer und Flamme dafür, die Schlangen leiden zu sehen. Wieso hast du uns verraten?«

Xanthos knurrte, antwortete aber nicht.

»Kreon, das überschreitet eine Grenze«, sagte Titos mit Nachdruck. »Die Zauber auf diese Weise einzusetzen ist verboten.«

»Ach, aber die Gorgonen dürfen das? Wir haben die *Mágissa* nicht dazu gezwungen, uns diese Steine herzustellen. Nur mit Nachdruck darum gebeten. Alles ist möglich, wenn man nur will. Ich zahle es den Gorgonen nur mit gleichen Mitteln heim.« Sein Blick fiel auf mich. »Und mit dir fange ich an. Komm her.«

Es kam Bewegung in die Gorgonen. Ich sah, wie auch Nick zusammenzuckte, Linos hielt ihn unauffällig zurück. Noch hatte Kreon mich nicht verraten und ich würde es ihm ganz sicher nicht abnehmen. Luce griff nach meiner Hand. Wir waren machtlos gegen die Krieger, aber diese kleine Geste rührte mich, schenkte mir Kraft. Ich machte einen Schritt nach vorne.

»Du verstehst von alldem doch nichts, Kreon!«, protestierte Titos. Doch Kreon hörte nicht auf ihn. Seine Freunde rückten näher an die Gruppe um Titos heran und hoben die Dolche. Ein falscher Schritt, und sie würden sich auf ihren Anführer stürzen.

»Bringen wir es hinter uns«, sagte Kreon und kam auf mich zu. Er nahm sich die Kette ab und legte sie mir um den Hals. Er zog mich am Band näher zu sich, sodass sein heißer Atem meine Wange streifte. »Wenn du nicht tust, was ich dir sage, werde ich deine kleinen Freundinnen eine nach der anderen eigenhändig töten.« Er drückte sich noch näher an mein Gesicht und flüsterte mir leise ins Ohr, sodass nur ich es hören konnte. »Oder noch besser, ich sage ihnen, dass du eine Verräterin bist und dann bringen sie dich um, bevor ich sie dann ausbluten lasse. Haben wir uns verstanden?« Ein Ekelschauer lief meinen Rücken hinunter, doch ich bekam das Nicken gerade noch zustande. Er trat einen Schritt zurück.

»Hautkontakt mit dem Stein ermöglicht dir, deine Blutmagie zu wirken. Doch sie hat einen Preis.« Er steckte mir den Stein von oben unter meine Weste, berührte mit seinen Fingern meine Haut. Dieser Perverse genoss seine Macht. Am liebsten hätte ich ihm eine reingehauen. Mir die Kette vom Hals gerissen. Doch das Leben meiner Freunde stand auf dem Spiel, also hielt ich mich zurück. Er hatte mich soeben verraten und jetzt wussten die anderen, dass ich Blut beherrschen konnte. Das einzige Geheimnis, das mir jetzt noch blieb und das ich bewahren musste, war die Zusammenarbeit mit dem Orden.

»Zwing mich auf die Knie«, sagte Kreon und breitete die Arme aus.

»Rya …«, es war Luces Stimme, die sorgenvoll meinen Namen flüsterte, doch ich winkte ab.

Was auch immer passiert, dachte ich an Nick, der mich nun wieder hören musste, *greif auf keinen Fall ein!* Ich spürte, wie meine Nase zu prickeln begann, als ich die Magie nutzte. Es war unangenehm. So ähnlich musste es sich beim Orden mit den Nebenwirkungen verhalten, wenn sie den Kampf gegen die Gorgonen aufgaben.

Nick protestierte, aber ich blendete seine Worte aus. Er machte einen Schritt nach vorne, Titos und Linos hielten ihn zurück. Nicks Miene verzog sich zu einem unheilvollen Funkeln, mit dem er Kreon anstarrte.

Ich konzentrierte mich auf Kreon, der noch immer mit offenen Armen dastand. Dann begann ich, mit meiner Magie eine Verbindung zu ihm aufzubauen. Als ich sein Blut spürte und danach griff, kam der Schmerz. Mein Herz zog sich zusammen, mein Blut stockte. Ich keuchte auf und ließ meine Magie los. Sofort ebbte der Schmerz ab, doch sein Echo klang nach. Mein Herz stand still.

Rya, rief Nick in meine Gedanken. Nur der hasserfüllte und zugleich sorgenvolle Ausdruck seiner Augen zeugte von seinem inneren Aufruhr. Er durfte sich nichts anmerken lassen.

»Na, tut's weh?« Kreon machte einen Schritt nach vorne und griff nach Luce. Sie hatte mit schreckgeweiteten Augen nur auf mich geachtet und nicht aufgepasst. Er legte ihr den Arm um den Hals und drückte die Klinge seines Dolches an ihren Kehlkopf. Es zischte, als das Silber ihre Haut berührte. Cathy wollte nach vorne stürmen, doch Bee hielt sie ab.

»Wenn du aufhörst, stirbt sie«, drohte Kreon.

»Tu es nicht, Rya« sagte Luce röchelnd. Doch ich hatte mich bereits entscheiden. Ich würde ihr Leben nicht für das meine aufs Spiel setzen. Also streckte ich meine Magie erneut nach Kreon und seinem Blut aus, doch noch bevor ich irgendetwas anrichten konnte, kehrten die Schmerzen zurück. Wie heiße Feuereisen brannten sie sich von außen nach innen in mich hinein. Ich schrie, doch ich würde nicht aufhören, bis Kreon zufrieden war und Luce losließ. Mein Blut brodelte stärker mit jedem bisschen Kraft, das ich aufwendete. Meine Beine trugen mich nicht mehr und meine Knie knickten ein.

RYA, schrie Nick erneut. Und darin lag all der Hass in meiner Seele, all der Schmerz, der mein Herz in diesem Moment unterwarf.

Aber ich hörte nicht auf. Ich spürte, wie auch Amaris litt und das trieb mir die Tränen in die Augen. Doch noch immer hielt Kreon den Dolch an Luces Hals. An den Stellen, wo er sie berührte, wurde ihre Haut rot und warf Blasen.

Ich nutzte immer mehr meiner Kraft, zerriss mich innerlich selbst, bis mein Schrei versiegte. Aus dem angenehmen Summen in meinem Innern wurde ein Reißen. Erst als mir warmes, dickes Blut aus der Nase floss, war Kreon zufrieden. Er stieß Luce von sich. Die anderen Gorgonen zogen sie an sich und ich ließ mich zur Seite fallen. Im nächsten Moment schmeckte ich Gras und Erde und Blut und konnte mich nicht mehr rühren. Meine Selbstheilung machte sich ans Werk, doch im Vergleich zu sonst ging es nur quälend langsam voran.

Es ist okay, sagte ich zu Nick. *Bleib wo du bist.* Und zum Glück gehorchte er mir.

Kreon lachte laut. »Nehmt sie mit und sagt eurer Anführerin, dass dieses Schicksal ab sofort jeder Gorgone droht, die uns in die Hände fällt.«

»Kreon«, raunte Titos und zückte seinen Dolch. »Du hast hier gar nichts zu sagen.«

»Stimmt«, sagte der junge Krieger. »Vielleicht ist es an der Zeit, das zu ändern.« Dann gingen die beiden aufeinander los. Sowohl die Krieger als auch die Gorgonen waren überrascht und zu überrumpelt, als dass jemand von ihnen eingeschritten wäre. Nur Luce und Cathy lösten sich von dem Anblick der kämpfenden Krieger und eilten an meine Seite. Das weckte auch die anderen Gorgonen aus ihrer Starre und sie bildeten einen Kreis um uns.

»Rya!« Luces Stimme war tränenerstickt und sie fuhr sanft mit den Fingern über mich, ohne mich wirklich zu berühren. Blut floss aus ihrem Hals und sie war ganz blass.

Cathy griff mir unter die Weste und riss die Kette los. Sie warf den Stein weg, als hätte sie sich daran verbrannt. Die Krieger, die mit Kreon hergekommen waren, hatten Blut geleckt und warfen sich nun mit in den Kampf. Sie griffen Nick, Linos und Xanthos an, während sich Titos und der Möchtegernanführer Kreon einen erbitterten Kampf lieferten. Das Metall ihrer Dolche kreischte, als die Klingen sich berührten. Funken sprühten und fielen zu Boden.

»Was bei den Göttern passiert hier gerade?« Bee sprach aus, was wir alle dachten.

»K-Kreon darf nicht gewinnen«, sagte ich und spuckte Blut. Noch immer konnte ich mich kaum rühren, doch meine Magie flickte mich innerlich zusammen. Hoffte ich, denn gerade spürte ich nichts.

»Meinst du, wir sollen ihnen helfen?«, fragte Cathy und sah zu den Kämpfenden hinüber.

Luce schluckte. »Entweder bleibt dieser Blondie an der Macht, der offensichtlich noch einen Hauch Ehre hat, oder dieser Wahnsinnige stürzt ihn und denkt sich wer weiß was für uns aus.« Sie fuhr mir mit der Hand über die Wange. Ich nickte.

»Das ist verrückt. Mehr als das«, sagte Bee und ich konnte förmlich hören, wie sie den Kopf schüttelte. »Wieso um alles in der Welt hast du uns nichts gesagt, Rya?«

»Das tut doch jetzt nichts zur Sache«, sagte Cathy. Sie erhob sich und hielt sich den Schild vor ihre Brust. »Wir müssen diese Situation klären, dann sehen wir weiter. Luce, du kümmerst dich um Rya, wir verpassen diesen Typen endlich die Tracht Prügel, die sie verdient haben.«

»Der Spruch hätte von mir sein können«, sagte Luce glucksend, ihr standen Tränen in den Augen. Cathy lächelte matt.

»Bereit?«, fragte Bee. Der Schlachtruf der Gorgonen durchbrach die Nacht, als sie sich in den Kampf stürzten, um ihren Feinden beizustehen. Die Krieger waren verwirrt, doch Nick merkte schnell, was Sache war und tat sich mit Cathy zusammen, um zwei Angreifer abzuwehren. Die Gorgonen und die vier Krieger waren immer noch in der Unterzahl, aber mit vereinten Kräften würden sie die rebellischen Krieger in Schach halten. Doch das würde noch immer nicht reichen. Sie mussten gewinnen. Vor allem Titos musste das. Wenn er die Oberhand gewann, würden auch die anderen Kämpfe aufhören. Hoffte ich.

»Luce …«, krächzte ich. Sofort war sie an meiner Seite. »Kannst du mir aufhelfen?«

Sie schob die Arme unter meinen Rücken und drückte mich hoch. Jede Bewegung, jede Anstrengung meiner Muskeln tat weh und mir wurde schwindelig. Aber ich schaffte es in eine aufrechte Position. Mit dem Ärmel wischte ich mir das Blut unter der Nase weg.

»Ich brauche den Stein noch einmal. Bitte.«

Luces Augen weiteten sich, aber sie sagte nichts. Sie erhob sich, ging in die Richtung, in die Cathy den Stein geworfen hatte, und eilte nur einige Sekunden später damit zurück. Der Stein baumelte an dem Band und Luce sah ihn verächtlich an.

»Was hast du damit vor?«, fragte sie. Ich griff nach dem Stein, umklammerte ihn mit meiner Hand, mein Puls stockte. Alles in mir sträubte sich dagegen, doch es musste sein, wenn mein Plan funktionieren sollte. Ich streckte den anderen Arm aus und Luce half mir auf die Beine. Sterne tanzten vor meinen Augen, als ich aufrecht stand.

»Halt mich einfach, okay?« Luce nickte und packte mich fester um die Hüfte. Ich wusste nicht, wieso ich unbedingt stehen wollte. Doch so fühlte ich mich stärker, größer. Ich wollte meinem Gegner in die Augen sehen.

»Kreon!«, rief ich so laut ich konnte. Der Krieger hielt inne. Er und Titos waren mittlerweile beide blutüberströmt und umkreisten sich wie zwei Raubtiere. Titos nutzte den Moment, um durchzuatmen. Die anderen Kämpfer merkten nichts davon und machten einfach weiter.

»Blutmagie mit Blutmagie bekämpfen zu wollen, ist ziemlich dumm.«

Kreon sah mich nicht an, drehte aber den Kopf ein Stück in meine Richtung. »Was soll das heißen?«

»Dass du den Fehler begangen und deinen Gegner unterschätzt hast.« Ich packte den Hämatit fester und obwohl alles in mir dagegen protestierte, erweckte ich meine Blutmagie.

Es tut mir leid, Amaris.

Meine Schlange schickte mir in Gedanken ein Bild. Sie biss Kreon in den Allerwertesten. Ich lachte trocken auf, dann brachte ich meine Magie zum Summen, bis mein Körper unter ihrem Einfluss vibrierte.

Der Schmerz kam stechend heiß und bohrte sich in meinen gerade wieder verheilten Körper. Und an dem Punkt, an dem es am schlimmsten war, als mir das Blut wieder aus der Nase lief und ich am lautesten schrie, ließ ich nicht los, sondern stemmte mich gegen alles, gegen mich selbst. Und dann fühlte ich sie. Die anderen Steine, die mit dem Blut verzaubert worden waren. Ich konnte es in den Ritzen der Steine spüren, die Kreons Kriegern um den Hals hingen. Ich griff danach, krallte mich daran fest und noch fester. Und dann brachte ich sie zum Bersten.

Knack.

Knack. Knack.

Einer nach dem anderen zerbrachen die Steine an den Bändern. Und als der letzte Hämatit in meiner Hand explodierte, der letzte Zauber gebrochen war, hörten meine Schmerzen trotz der neuen Wunde auf. Ich ließ die Splitter zu Boden fallen. Stattdessen schrien die Krieger, denen sich die Bruchstücke in die Haut bohrten. Sie zuckten zusammen, ließen von ihren Gegnern ab und rissen sich die Lederbänder vom Hals, als ob das noch irgendetwas nützen würde. Kreon schaute sich fassungslos um.

»Nein!«, brüllte er.

Ich zitterte am ganzen Leib, Luce musste mich stützen. Doch jetzt, da die Magie mich ungehindert durchfließen konnte, ging es mir schneller wieder besser. Ich brachte Kreons Krieger mit der Blutmagie zum Stillstand, ehe ich mich um ihn kümmerte. Ich griff nach ihm, zwang ihn auf die Knie, so wie er es von mir gefordert hatte. Allerdings nicht vor mir, sondern vor Titos. Der Anführer keuchte auf und tat einen Schritt zurück.

»Du hättest auf ihn hören sollen.« Kreon knurrte und stemmte sich gegen meinen aufgezwungenen Willen. Seine Muskeln zuckten, doch ich ließ nicht locker. Ein paar Sekunden vergingen, die sich wie eine Ewigkeit anfühlten.

Zerquetsche ihn, flüsterte eine Stimme mir zu. *Gib ihm, was er verdient.*

Es war die Gorgonenmagie, die zu mir sprach. Ich hörte sie, aber ich würde ihr nicht nachgeben. Denn ich war besser als das. Ich ließ von Kreon ab und spürte im selben Moment die Erschöpfung. Das Heilen erforderte so viel Kraft, dass alles andere anstrengender war als sonst. Alle hielten kollektiv den Atem an, als Kreon hochfuhr und sich zu mir umdrehte. Er konnte sich kaum auf den Beinen halten.

»Das wirst du bereuen«, zischte er. Linos legte ihm eine Hand auf die Schulter, die Kreon allerdings abschüttelte. Ich erwartete, dass Titos etwas sagte, aber nichts passierte. Der Anführer starrte mich nur an, als hätte er einen Geist gesehen. Er strich sich über seinen Unterarm und ich meinte, etwas Goldenes unter dem Stoff aufleuchten und dann verblassen zu sehen. Ließ der Blutverlust mich halluzinieren?

»Ihr seid solche Narren«, sagte Kreon mit Verachtung in der Stimme. »Sie werden uns vernichten, wenn wir nichts tun.«

»Vielleicht gibt es einen anderen Weg.« Alle Augen richteten sich auf mich. »Einen, den wir gemeinsam gehen können.«

Endlich kam wieder Leben in Titos. »Es wird für immer euer Gift gegen unser Silber sein«, sagte er tonlos und drehte sich um. Kreon schüttelte den Kopf, ehe er seinem Anführer folgte. Die Krieger, die auf seiner Seite gestanden hatten, liefen ihm hinterher. Nick steckte seinen Dolch weg und sah sorgenvoll zu mir. Ich nickte kurz und verlor mich in seinen warmen Augen. Für ihn war es das alles wert gewesen.

Wir bemerkten es beide erst, als es zu spät war. Kreons Arm zuckte, ein silbriger Schimmer durchschnitt die Luft und bohrte sich in Nicks rechte Schulter. Der Dolch hätte ihn mitten in die Brust getroffen, wenn Nicks Instinkte ihn nicht im letzten Moment dazu gebracht hätten, die Arme hochzureißen und Kreons Hand zur Seite abzublocken. Nick gab ein Geräusch von sich, das zwischen einem Knurren und einem schmerzerfüllten Stöhnen lag, und sank auf ein Knie.

Sein Schmerz war mein Schmerz und die eisigen Finger griffen nach meinem Herz.

Sofort stürmten Xanthos und Linos auf Kreon zu und packten ihn an den Schultern. Doch Kreon lachte nur und stieß einen triumphierenden Schrei aus.

»Du kleine Schlange hast mich auch unterschätzt!«, schrie er in meine Richtung. »Es gibt mehrere Arten, jemandem wehzutun, Verräterin!« Mittlerweile war Titos an Nicks Seite und stützte ihn. Kreons Krieger waren schockiert.

Kreon hatte Nick fast getötet. Meinetwegen. Eine gefährliche, vibrierende und zeternde Ruhe breitete sich in mir aus.

Ich löste mich von Luce, die erneut nach mir greifen wollte. Meine Blutmagie hielt sie auf.

»Rya!«, fluchte sie, doch ich ignorierte es. Bei jedem Schritt spürte ich Nicks Schmerzen, die sich in mich hineinfraßen, als wären es meine eigenen, jetzt, da die Verbindung zwischen uns wieder funktionierte. Dunkelheit breitete sich in meinem Inneren aus, die mich erfüllte, antrieb, anfeuerte. Ein unbändiges Verlangen nach Rache kochte in mir hoch. Und dieses Mal war nicht die Gorgonenmagie Schuld.

Ekdíkisi gia tin kardiá mou. Rache für mein Herz. Die Worte schossen mir durch den Kopf und das Gefühl, einen solchen Moment schon einmal erlebt zu haben.

Kreon sah mich kommen und grinste. »Na, was willst du tun? Mir dein Schlangenvieh auf den Hals hetzen?« Xanthos und Linos wollten Kreon von mir wegziehen, doch auch sie stieß ich mit meiner Blutmagie weg. Kreon stolperte, als ihn die beiden nicht mehr hielten.

Nicks Schmerzen waren grauenvoll. Titos hatte ihm den Dolch aus dem Fleisch gezogen, weil das Gift der Schlangen, das darauf haftete, gefährlich war. Ich konnte es in ihm spüren. Das Blut lief aus seiner Wunde, obwohl Titos die Hand darauf presste. Ich half ihm, schickte das Blut zurück in Nicks Körper, während ich gleichzeitig das Gift herausholte und in die Erde sickern ließ.

Ekdíkisi gia tin kardiá mou. Rache für mein Herz.

Synchóresi tis chaménis psychís. Vergebung der verlorenen Seele.

Kreons Blick verlor an Heiterkeit. Ich streckte meine Hand aus und packte ihn am Hals. Ich drückte so fest zu, dass er kaum noch Luft bekam und mit seinen Fingern versuchte, meine Hand zu lösen. Irgendwer von den anderen rief meinen Namen, doch ich hörte nicht hin. Für mich gab es nur den Krieger, der versucht hatte, jemanden zu töten, den ich liebte. Meinetwegen.

Dafür hasste ich mich genauso sehr wie ihn.

Amaris erwachte in meinem Nacken, ließ sich herabgleiten und Kreon erstarrte. Unter meinen Fingerspitzen prickelte es. Dann breitete sich die weiß-schwarze Marmorhaut auf Kreon aus und verwandelte ihn zur Statue. Er begriff schneller als ich, was passierte. Ich erkannte den panischen Ausdruck in seinen Augen, ehe diese von dem steinernen Schleier überzogen wurden.

Dann war alles still. Noch immer war meine Hand um seinen Hals geschlossen. Ich konnte nicht aufhören, ihn anzusehen. Das hätte gar nicht passieren dürfen. Das war unmöglich.

In meinen Ohren dröhnte nur mein eigener Atem, der stockend und laut aus meinem Mund drang. Ich zuckte nicht zusammen, als sich ein Arm von hinten um meinen Hals schlang und mich gegen eine harte Brust presste. Ich hatte ihn bereits gespürt, mich aber dennoch nicht regen können.

Nicks warmer Atem strich mir über den Hals, als er seinen Kopf auf meine Schulter legte und sich an meine Wange schmiegte. Der rechte Arm hing nutzlos an ihm herunter. Doch er würde überleben. Das spürte ich. Tränen rannen mir in Strömen über die Wangen. Sie bestanden aus Wut, Schock und Erleichterung. Noch immer konnte ich den Griff um Kreons Hals nicht lösen, obwohl ich den Anblick nicht mehr ertrug. Nick legte seinen Mund auf meine Halsbeuge und gab mir einen federleichten Kuss.

»Lass los, Rya«, flüsterte er. »Lass los.«

Und so tat ich es.

Kapitel 27

Die Phiole. Wo ist sie?

Es war dunkel, ich sah nichts außer endlosem Schwarz. Schlief ich? Träumte ich? War ich tot? Woher kam diese Stimme? *Wo ist die Phiole?* Diese Frauenstimme. Ich kannte sie. Sie hatte schon einmal nach mir gerufen. Wie lange war das her? Warum fragte sie nun nach der Phiole?

»Ich will dir helfen.« Ach so. Gut. Natürlich. Dann … Doch ehe ich eine Antwort denken konnte, verschluckte mich erneut die Dunkelheit. In der Ferne hörte ich die Frau frustriert aufschreien.

Als ich das nächste Mal erwachte, wartete das Gesicht von *Mágissa* Ora auf mich. Gleichgültig sah sie auf mich herab. War sie es gewesen, die mich nach der Phiole gefragt hatte? Oder war es wieder nur ein seltsamer Traum?

»Sie ist wach.« Ihre Stimme war noch genauso alterslos, wie ich sie in Erinnerung hatte. Ich hatte meine Augen gerade richtig aufbekommen, als sich eine weitere Person in mein Sichtfeld schob.

»Ilena.« Ich lächelte. Die *Mágissa* sah mich mit feuchten Augen an. Sie lehnte sich zu mir herunter und schlang ihre Arme um meinen Hals.

»Bin ich froh, dass es dir gut geht.« Ich hob meine schmerzenden Arme und drückte sie kurz an mich. Als sie sich aufrichtete, waren ihre Augen klar, die Miene besorgt.

»Was ist passiert?« Ich erinnerte mich an die Nacht. An alles, was geschehen war, bis auf den Moment, in dem ich zusammengebrochen war.

»Deine Gorgonen haben dich hergebracht. Du warst ein paar Stunden bewusstlos.«

Ich blickte zu der anderen *Mágissa*, die auffällig unauffällig den Kopf weggedreht hatte. Sie stand also doch auf meiner Seite. Ich wandte mich an Ilena. »Wie bist du hergekommen?«

Sie winkte ab. »Mach dir darüber keinen Kopf. Wichtig ist, dass es dir wieder gut geht. Aber auf dich wartet keine angenehme Angelegenheit.«

Ich stemmte mich auf die Ellbogen. »Wieso?«

Ilena zog eine Schnute, dann zählte sie an den Fingern auf: »Du hast deine Elementarmagie offenbart, hast die Gorgonen entgegen der Gorgonenmagie dazu gebracht, mit den Kriegern zu arbeiten und sie zu verschonen, hast deine Blutmagie eingesetzt, sowohl gegen Krieger als auch gegen die Gorgonen, und du hast einen Krieger in Stein verwandelt, was eigentlich nicht möglich sein sollte. Und …« Ilena legte eine Pause ein, in der sie vollkommen ernst wurde. »Sie wissen, dass Nick und du euch kennt.«

Eiskalt lief es mir den Rücken herunter. Mit allem anderen wäre ich irgendwie klargekommen, aber Ilenas letzte Aussage machte mir das Herz schwer. Ich hatte Nick in Gefahr gebracht. Schon wieder.

»Wie geht es ihm?«

»Er wird es überleben. Er wird seinen Arm ganz normal benutzen können und dir schneller auf Missionen begegnen, als dir lieb ist.«

»Er sollte in Sicherheit bleiben, bis ich die Sache geklärt habe.«

Ilena sah mich mitleidig an. »Ich mag dich, Rya. Deswegen werde ich ehrlich zu dir sein. Erstens glaube ich nicht, dass du diese ›Sache‹, wie du es nennst, in nächster Zeit wirst lösen können. Zweitens glaubst du doch nicht im Ernst, dass Nick einfach zu Hause sitzen bleiben und Däumchen drehen wird, oder?«

»Ich habe einen Krieger versteinert. Sicherlich sieht er jetzt ein, dass ich gefährlich für ihn bin und er sich besser raushalten sollte«, sagte ich kleinlaut.

Ilena rollte die Augen. »Nick hätte dasselbe getan wie du, wenn er könnte. Du würdest ihm nie wehtun und das weiß er auch. Er will doch auch nur, dass dir nichts passiert.«

»Wieso sollte mir etwas passieren?«

»Wegen all dem, was ich eben aufgezählt habe?« Sie sah mich an, als wäre ich schwer von Begriff, was vielleicht auch stimmte. *Mágissa*

Ora schmunzelte, was meine Stimmung nicht gerade aufhellte. »Ich kann nicht abschätzen, wie Helena und die anderen Gorgonen darauf reagieren werden, dass du sie angelogen hast. Ich habe dir einen Stein mitgebracht, der …«

»Nein«, fiel ich ihr ins Wort.

»Nein?«

»Keine Zauber. Ich muss da so durch. Denn wenn es nur den kleinsten Hauch einer Chance gibt, dass sie mich trotz allem nicht rausschmeißt, dann will ich es nicht dadurch kaputt machen, dass ich ›bewaffnet‹ zu ihr gehe. Denn das wäre ein Schuldeingeständnis, welches nicht misszuverstehen ist.«

»Du bist dumm, Rya. Aber auch verdammt mutig.« Ilena drehte nervös an dem Anhänger aus Rosenquarz, der ihr um den Hals hing. »Du hast nach einer *Mágissa* namens Kirina gefragt. Ich kenne sie nicht und konnte sie bisher auch nicht finden.«

»Das wirst du auch nicht mehr«, mischte sich plötzlich *Mágissa* Ora ein. Ilena schaute verdutzt.

»Wieso nicht?«

»Es hat sie nie gegeben.« Die Augen der älteren *Mágissa* blitzten auf. »Rya weiß, dass in diesem Krieg nicht alles ist, wie es scheint. Das schließt die *Mageía Mésa* nicht aus.« Woher wusste sie, dass ich so dachte?

»Wieso sprecht ihr alle in Rätseln?«, erwiderte ich.

»Das haben sie von mir«, sagte *Mágissa* Ora und sah irgendwie stolz aus. Warum *sie* und nicht *wir*? Und wieso von ihr?

»Oookay …« Ilena war sichtlich verwirrt. Moment mal … Könnte es vielleicht sein, dass …? Überraschen würde es mich ehrlich gesagt nicht.

»Hekate?«

Mágissa Ora schnippte mit den Fingern und Ilena erstarrte. Die Male der älteren *Mágissa* flammten auf und brachten den Raum zum Schimmern. Ein kalter Wind wehte durch das Zimmer, das sich knisternd mit Magie füllte. Die Augen von Ora leuchteten auf.

»Ja, Rya. Ich bin Hekate. Aber das soll Ilena nicht wissen.« Ich starrte erst auf meine Freundin, dann auf die *Mágissa*. Nein. Auf die *Göttin*. Ich setzte mich auf. Komischerweise blieb mein Puls ganz ruhig, auch mein Magen verhielt sich still. Dabei hätte ich vor Ehrfurcht oder Angst durchdrehen müssen. Oder? Wie verhielt man sich einer Göttin gegenüber?

»Hekate«, wiederholte ich geistreich. Sie zwinkerte und schnippte erneut mit den Fingern. Das Leuchten ihrer Augen und Haut verblasste.

»Worüber haben wir gerade geredet?«, wollte Ilena wissen, als sie aus ihrer Starre erwachte.

»Die Phiole«, sagte ich aus dem Bauch heraus.

»Ah, richtig! Ich bin da etwas auf der Spur. Aber solange es noch nicht sicher ist, will ich dazu nicht mehr sagen. Ich muss jetzt auch los, es wird zu brenzlig hier.«

Ich nickte nur. »Pass bitte gut auf dich auf.«

Ilena drückte meine Hand, dann machte *Mágissa* Ora eine Handbewegung und Ilena war verschwunden.

»Danke«, sagte ich zu *Ma*... Hekate. Ilena zu sehen hatte mir gutgetan. »Ich schulde Ihnen etwas.« So wie vielen anderen auch.

»Dank mir nicht zu früh«, erwiderte sie. »Wir sind noch nicht fertig.«

Sie bewegte die Hand, öffnete sie mit der Innenseite nach oben und drei Fläschchen, die mir bereits bekannt waren, tauchten in der Luft auf. Gift, Blut und Tinte.

Ich schluckte. »Was soll das?«

»Helena hat mir aufgetragen, die Magie deines Teams zu verstärken. Damit ihr nicht noch einmal vom richtigen Weg abkommt.« Sie schloss die Hand und die Fläschchen verschwanden. »Ich werde es bei dir aber nicht tun, da es ohnehin keinen Zweck hätte. Du bist schon stärker, als ich dich jemals machen könnte.« Ich erinnerte mich an das Ritual und ihre zweideutigen Bemerkungen. Es kam mir vor wie eine Ewigkeit. Hekate selbst hatte mir das Tattoo gegeben. Eine Göttin! Nick hatte also recht gehabt. Zumindest die Göttin der Magie mischte sich noch in die Fehde ein. Doch warum und wieso auf meiner Seite?

»Weiß Helena, wer Sie in Wirklichkeit sind?«

»Nein. Und das muss auch so bleiben. Hör mir gut zu, Rya. Deine Instinkte trügen dich nicht. Meine *Mageía Mésa* wissen, dass man sich auf sie verlassen sollte. Nimm dir ein Beispiel an ihnen. Dieser Krieg ist alles andere als schwarz-weiß. Nichts ist, wie es scheint. Du bist aber auf dem richtigen Weg.« Sie tippte mit einem Finger auf die Stelle zwischen meinen Schlüsselbeinen. Die Kälte ihrer Finger löste eine Gänsehaut bei mir aus. »Finde das Herz und die Seele des Krieges. *Kardiá kai Psychí tou Polémou.*«

»Was soll das sein?«

»Ich wäre nicht Hekate, wenn ich dir das verraten würde.«

»Sie sind die Göttin der Magie, nicht die der Rätsel«, sagte ich und biss mir auf die Zunge. Hatte ich gerade eine Göttin beleidigt? »Tut mir leid«, schob ich hinterher. »Das war nicht so gemeint. Es ist nur alles gerade sehr, sehr viel.«

Hekate lächelte mitfühlend. »Keine Sorge. Ich sehe das als ein Kompliment. Die Wahrheit ist aber auch, dass ich dir nicht mehr verraten kann, ohne ihre Regeln zu brechen. Und glaub mir, die Konsequenzen willst du nicht erleben.«

Ich rieb mir die Schläfen. »Sie denken also auch, dass mit diesem Krieg etwas nicht stimmt?«

»Ich weiß es. Mehr kann ich dir aber nicht verraten, ohne dich von deinem Weg abzubringen.«

»Haben die Götter damit zu tun?« Hekate deutete auf sich selbst. »Gut. Blöde Frage. Aber es gibt eine Möglichkeit, den Orden und die Gorgonen zu befreien? Hat das alles einen Sinn, den ich nur noch nicht erkenne?«

Hekate senkte den Blick. »Ja. Aber alles hat seinen Preis. Sowohl das Leben als auch der Tod.«

Das half mir nicht wirklich weiter. Aber wenn eine Göttin daran glaubte, dass es einen Weg gab, den Krieg zu beenden, war das doch ein gutes Zeichen. Meine Magie summte und erfüllte mich mit neuem Mut. Auch wenn gerade alles sehr verwirrend war, gab es eine Chance. Es gab Hoffnung und es war das erste Mal, dass ich wieder ein Gefühl der Kontrolle hatte.

»Danke«, sagte ich deswegen.

Hekate horchte auf etwas in der Ferne. »Ich muss bald gehen, sonst werde ich bemerkt. Ich habe bei fast allen anderen aus deinem Team die Gorgonenmagie aufgefrischt und ihnen dabei vielleicht *aus Versehen* die Erinnerung an die letzte Nacht und die Geheimnisse um deine Magie genommen. Blöde Nebenwirkung, aber was soll man machen? Nur bei Luce und Cathy habe ich nichts verändert. Sie haben sich Sorgen um dich gemacht und waren die Einzigen, die dir keine Vorwürfe gemacht haben. Ich habe sie vor die Wahl gestellt und sie haben sich für dich entschieden und geschworen, dass sie so tun werden, als hätte ich das Ritual bei ihnen wiederholt. Man braucht immer ein paar Freunde. Denn man kann nicht alles allein schaffen.«

»Ich sage es noch mal: Danke. Ich schulde Ihnen etwas.«

Hekate legte mir eine kalte Hand auf die Wange. Die mit der Narbe. »Mir würde es reichen, wenn du die Hoffnung, die ich in dich setze, nicht enttäuschst. Ich warte schon so lange darauf. Doch es wird, wie Ilena schon sagte, schwierig. Und äußerst gefährlich. Für alle. Auch wenn die anderen Gorgonen nicht mehr wissen, was alles passiert ist, so weiß Helena doch Bescheid, über mehr, als du ahnst. Bei ihr sind mir leider die Hände gebunden. Nimm dich vor ihr in Acht.«

»Ich werde tun, was ich kann.«

Hekate half mir auf und nach ein paar schwankenden Schritten konnte ich mich wieder auf den Beinen halten. Ich verließ die Krankenstation. War das gerade wirklich passiert? Hatte ich tatsächlich mit einer Göttin gesprochen? Kaum hatte ich die Tür hinter mir geschlossen, wurde ich von hinten angefallen.

»Rya!« Es war Luce, deren Arme mich umklammerten. Cathy stand neben uns, den Kopf nachdenklich zur Seite gelegt.

»Es tut mir so leid. Alles. Ich wollte euch da nicht mit reinziehen«, murmelte ich an Luces Schulter. Die Wunde an ihrem Hals war mit einer weißen Mullbinde verbunden.

»In was eigentlich genau?«, fragte Cathy.

»Ohne das zu wissen, habt ihr euch trotzdem für mich entschieden?«

Luce wollte etwas sagen, doch Cathy hielt sie zurück. »Nicht hier. Lasst uns auf mein Zimmer gehen.«

Cathys Zimmer ähnelte meinem, die Einrichtung war genauso spärlich wie bei mir. Sie hatte die Tür gerade geschlossen, als Luce auch schon lossprudelte. »Ich weiß, das macht jetzt vielleicht keinen Sinn, aber als wir gestern mit den Kriegern statt gegen sie gekämpft haben, da war es das erste Mal in meiner Zeit hier, dass ich wirklich stolz auf mich war. Also, so von mir selbst aus und nicht, weil mir das so eine Flüsterstimme eingetrichtert hat. Und als ich gesehen habe, was du getan hast, als dieser eine Krieger verletzt wurde und wie er dich beruhigen konnte … da wusste ich, dass es viel besser ist, aus Liebe zu kämpfen als aus Rache. Und da schließe ich mich lieber dir an als Helena.«

»Mir ging es auch so«, murmelte Cathy. Sie sah dabei allerdings nicht mich an. Die Gorgonenmagie hatte bei beiden also an Macht eingebüßt, wenn sie diese Gedanken zuließ. Sie war nicht allmächtig, was einen weiteren Funken Hoffnung in mir entzündete.

»Ich kann euch leider nicht alles erklären, weil ich damit nicht nur euch, sondern auch andere in Gefahr bringe. Und weil ich ehrlich gesagt selbst noch mehr Fragen als Antworten habe. Ich verspreche euch aber, dass ich alles dafür tun werde, damit ihr diese Entscheidung nicht bereut. Und solltet ihr euch doch noch umentscheiden, könnte ich das verstehen.«

»Rya, wenn du etwas brauchst, sag Bescheid. Wir sind für dich da«, erwiderte Luce.

»Danke. Ich danke euch von ganzem Herzen.« Luce fiel mir erneut in die Arme, Cathy tätschelte kurz meine Schulter.

»Helena sucht nach dir«, sagte sie ruhig.

»Und ist das jetzt gut oder schlecht?«

»Sie hat nicht angeordnet, dich zu versteinern, daher würde ich zu gut tendieren.«

»Was genau weiß sie?

»Alles.«

»Und wie hat sie darauf reagiert?«

»Erstaunlich ruhig«, kommentierte Luce. »Als Bee zu ihr meinte, dass du gefährlich seist, und zwar nicht nur für die Krieger, hat sie das abgewiegelt. Sie meinte, dass wir mit dir eine echte Geheimwaffe hätten. Eigentlich ist es ja egal, weil Bee und die anderen all das sowieso vergessen haben. Aber Helena weiß es und wird es sicherlich nutzen wollen. Auch das mit dem Krieger … also, die Tatsache, dass ihr euch nahesteht. Kennt ihr euch von früher?«

Ich nickte und biss mir auf die Lippe. Jetzt musste ich mir doch eine kleine Notlüge ausdenken. »Ja. Aus einem anderen Leben, sozusagen. Ich hatte aber keine Ahnung, was er ist. Das hätte ich auch vermutlich gar nicht geglaubt, wenn ich keine Gorgone geworden wäre.«

Luce warf einen kurzen Blick zu Cathy, die ihr beiseitesprang. »Helena meinte, dass das eine Möglichkeit sei, dich zu kontrollieren. Weil es … Weil er deine Schwachstelle ist.«

»Scheiße.« Ich griff nach Luces Hand. »Aber jetzt versteht ihr, wieso ihr so tun müsst, als hätte He… *Mágissa* Ora eure Male erneuert, oder? Ihr müsst so tun, als wärt ihr Helena und den Gorgonen gegenüber noch immer loyal. So wie es bei den andern auch der Fall ist, damit sie euch nicht auch noch ins Visier nimmt.«

»Wir geben unser Bestes«, meinte Luce. »Es ist ja auch nicht so, als würde ich die Stimme nicht mehr hören, die mir sagt, wie toll die Gorgonen und ihr Tun sind, aber jetzt weiß ich, dass es eine andere Stimme ist. Nicht meine eigene. Von daher muss ich lernen, sie zu hören, aber nicht nach ihr zu handeln. Und wir müssen so tun, als hätte es die letzte Nacht nie gegeben.«

»Ihr schafft das. Es ist möglich.«

»Das hoffe ich. Ich würde nämlich sehr gerne in mein altes Leben zurück. Ich war nicht glücklich, aber ich glaube, jetzt könnte ich es sein.« Luce lächelte. »Deswegen helfen wir dir auch nicht ganz uneigennützig. Denn wenn wir mit unserer Vermutung recht haben, suchst du nach einem Weg, um den Kampf zwischen den Gorgonen und dem Orden zu beenden, oder? Und genau das werden wir brauchen, denn wenn wir jetzt fliehen …«

»Würde sie euch finden und euch doch noch in eine Statue verwandeln«, vervollständigte ich den Satz. »Ich verstehe das.« Ich erhob mich vom Bett. »Ich werde mit Helena sprechen. Ich kann ihr ohnehin nicht ewig aus dem Weg gehen. Ich bringe es lieber gleich hinter mich und rette, was zu retten ist.«

Cathy nickte zustimmend. »Das ist eine gute Idee. Viel Erfolg. Und du weißt, wo du uns findest.«

Ich ließ die beiden allein. Doch bevor ich mich auf den Weg zu Helena machte, schaute ich für einen kurzen Zwischenstopp in meinem Zimmer vorbei. Meine Kleidung war inzwischen wieder trocken, doch sie war noch blutbesudelt. Mein Gesicht hatten sie mir gewaschen, während ich ohnmächtig gewesen war. Trotzdem sah ich aus, als hätten mich ein paar Autos überrollt. Meine Magie war noch immer nicht ganz wieder da und brauchte etwas Zeit, um mich zu heilen. Ich rief nach Amaris, die sich aber nicht zeigte. Sie litt noch unter den Nachwirkungen, nahm ich an. Ich hoffte, dass sie sich schnell wieder erholte.

Umgezogen und etwas frischer machte ich mich auf den Weg, um Helena zu suchen. Doch so recht schien niemand zu wissen, wo sie war. Hekates Worte, dass ich aufpassen musste, begleiteten mich. Als ich ein paar der anderen Gorgonen begegnete, die in der Nacht mit auf der Mission gewesen waren, stolperte ich fast. Aber sie lächelten mich an und grüßten mich, als sei nie etwas gewesen.

Als hätte ich nicht die Kontrolle über mich verloren und etwas Unmögliches erreicht.

Ich ging zu Helenas Büro und klopfte an. Von innen meldete sich niemand und ich wollte nicht einfach eintreten, also drehte ich wieder um. Wenn ich nicht mit Helena reden konnte, dann vielleicht mit Lexia. Sie hatte vom Orden sicherlich auch schon mitbekommen, was passiert war und würde mir die Leviten lesen wollen. Was ich auch verdient hatte. Ich wollte nicht wieder so feige sein und ihr aus dem Weg gehen.

Ich traf sie in ihrem Zimmer an, wo sie mit einer dampfenden Tasse Kaffee am Tisch saß. Ich hatte geklopft und auf ihr »Herein« die Tür einen Spaltbreit geöffnet.

»Darf ich reinkommen?«

Sie knallte ihre Tasse auf den Tisch, schickte mich aber nicht weg. Ich ging ins Zimmer und schloss die Tür hinter mir. Ich traute mich nicht, mich hinzusetzen und blieb stattdessen einfach stehen.

»Wie dumm muss man sein, um in einer Nacht all seine Geheimnisse preiszugeben?« Lexias Stimme war gefährlich leise und scharf. »Nein. Ich will es eigentlich gar nicht wissen, das macht es auch nicht besser.«

Sie taxierte mich mit ihrem Blick, der voller Verachtung war, und ich erschrak.

»Es tut mir leid, Lexia. Aber ich wusste mir gegen Kreon nicht anders zu helfen.«

Sie stand ruckartig auf. »Schieb es nicht auf den Orden, Rya. Ja, Kreon mag durchgeknallt sein, aber alles, was heute Abend ans Licht gekommen ist, war dein Werk. Du kannst von Glück reden, dass

Helena zu dumm ist, um zu kapieren, dass du mit uns unter einer Decke steckst. Sie denkt, dass du nur einer früheren Liebe wegen die Fassung verloren hast. Sie sieht nur die Macht, die sie durch dich erlangt und die alles andere in den Schatten stellt. Ich würde ihr so gerne sagen, was für eine falsche Schlange du wirklich bist, wenn ich mich damit nicht auch selbst verraten müsste.«

»Aber wenn wir weitermachen können, dann ist zumindest unsere Mission nicht gefährdet. Wenn Helena mich nun vermehrt einsetzen und näher an ihrer Seite haben will, kann ich vielleicht noch mehr und neue Informationen sammeln. Ich …«

»Wir? Unsere Mission? Nein, Rya. Du kannst tun und lassen, was du willst, aber ich werde dir nicht mehr helfen. Du bist zu gefährlich. Für uns alle.«

»Ich wollte nie jemandem wehtun oder in Gefahr bringen.«

»Sag das Jenna. Oder Nick.« Bei seinem Namen brach ihre Stimme. Sie hatte recht. Es war meine Schuld, dass er verletzt wurde. So wie alles meine Schuld war.

»Ich würde alles ungeschehen machen, wenn ich könnte. Ich werde alles tun, um es wiedergutzumachen.«

»So etwas kann man nicht wieder rückgängig machen. Genauso wenig wie man bereits verheilte Verletzungen nie wieder wird richten können.« Sie schlug mit der Hand auf ihr kaputtes Bein. »Der Orden ist mein Leben, Rya. Ich würde alles für ihn geben. Sie hätten mir mein Bein damals richten können. Sie hätten die Magie dazu gehabt, die Gorgonen nicht. Aber ich bin hiergeblieben, weil ich meine Mission über alles stelle. Und ich werde es verdammt noch mal nicht zulassen, dass so eine Verräterin wie du das alles zerstört. Von jetzt an kannst du zusehen, wie du klarkommst. Von mir hast du keine Hilfe mehr zu erwarten. Hau ab.«

Tränen liefen über Lexias Gesicht. Ich wollte etwas sagen, sie um Verzeihung bitten, doch der verachtungsvolle Blick brachte mich zum Schweigen. Nichts, was ich jetzt sagte oder tat, würde sie besänftigen können. Mir zerriss es das Herz, als ich ihr Zimmer verließ. Ich hatte ihr und dem Orden helfen wollen, dabei hatte ich nur alles schlimmer gemacht.

All der Mut, den ich nach dem Gespräch mit Hekate verspürt hatte, verpuffte. In diesem Moment wollte ich nichts lieber, als dem

Ganzen den Rücken kehren und abhauen. Aber das konnte ich nicht. Wenn es nur um mich gegangen wäre, vielleicht. Aber inzwischen hingen so viele andere mit drin, dass ich nicht einfach aufhören konnte. Ich wollte ihnen helfen. Ich wollte allen helfen. Und wenn es stimmte, was Hekate sagte, dann konnte ich das auch.

Nein. Aufgeben war keine Option. Auch wenn alles verwirrend schien, gab es doch Hoffnung. Außerdem hatte ich so vielen Menschen versprochen, dass ich es durchzog. Ganz zu schweigen von meiner Schuld, die nicht weniger, sondern mehr wurde. Bevor ich nicht alles versucht hatte, würde ich nicht aufhören zu kämpfen.

Ich machte mich erneut auf die Suche nach Helena, bis ich von ein paar Gorgonen erfuhr, dass sie an die Oberfläche gegangen war. Warum auch immer. Sie würde mich finden, wenn sie zurück war. Auf mein Zimmer zurück wollte ich nicht, da ich dort meinen Gedanken ausgeliefert war und das ertrug ich im Moment nicht. Nicht, solange die Unwissenheit über Helenas Reaktion über mir schwebte. Da mir nichts Besseres einfiel, ging ich zu Cathy und Luce zurück, die noch immer in Cathys Zimmer waren. Als ich klopfte, dauerte es einen kleinen Moment, ehe Cathy mir aufmachte. Ihre Wangen waren gerötet, das Shirt ein wenig verrutscht. Luce zog sich den Zopf zurecht.

»Entschuldigt, ich wollte nicht stören. Ich gehe wieder.«

»Nein«, rief Luce und kam an die Tür gelaufen. »Was brauchst du?«

»Gesellschaft«, gab ich kleinlaut zu. »Und vielleicht was zu trinken.« Alles, was mir für einen Moment den Geist vernebelte und Ruhe einkehren ließ. Luce jubelte, Cathy rollte mit den Augen. Doch ich sah ein kleines Zucken um den Mundwinkel der sonst so stillen jungen Frau. Sie schnappten sich ihr Geld, dann gingen wir an die Oberfläche und vergaßen zumindest für ein paar Stunden das Chaos, das unter unseren Füßen brodelte.

Luce und Cathy füllten mich ab. Anders konnte man es nicht bezeichnen. Nach nur zwei Stunden konnte ich nur noch schwankend stehen und ich lallte. Der gewünschte Nebel breitete sich in meinem Kopf aus, verbesserte die Situation aber nicht wirklich. Das war das erste und das letzte Mal, dass ich zu diesem Mittel der Ablenkung griff.

Zumal Luce immer wieder betonte, dass ich am nächsten Morgen sicherlich schlimme Kopfschmerzen haben würde. Wie war ich nur auf diese bescheuerte Idee gekommen?

Wir standen in einer Bar, in der laute Musik durch Boxen an der Wand dröhnte, zu der aber niemand tanzte. Im schummrigen Licht standen nur hier und da Paare eng aneinandergeschmiegt und küssten sich stürmisch. Rauch waberte in der Luft und brach die bunten Lichter, wie Wolken es bei Blitzen taten. Es war allerdings nicht annähernd so schön. Ich trank einen weiteren Schnaps, der meine Kehle hinunter brannte, und hustete. Es war an der Zeit, dieses aussichtslose und blöde Unterfangen abzubrechen. Luce und Cathy stimmten zu und führten mich aus der Bar. Erst als ich mich ins Bett legte, begann die Welt sich zu drehen. Ich streckte ein Bein aus und stellte es auf den Boden, so wie Luce es mir geraten hatte. Besser. Ich lag noch eine ganze Weile wach und genoss die wohltuende Trägheit in meinem Kopf, die von meinen Heilungskräften vertrieben wurde. Ich versuchte erneut, Amaris zu beschwören, doch noch immer zeigte sich die Schlange nicht. Langsam machte ich mir wirklich Sorgen. Sie antwortete mir auch nicht in meinem Kopf.

Mein letzter Gedanke, kurz bevor ich in die Dunkelheit driftete, galt Lexia. Ihr trauriges Gesicht hatte sich in mein Gedächtnis eingebrannt. Ich wünschte mir so sehr, dass sie mir doch noch erlauben würde, ihr etwas von ihrer Last abzunehmen. Ich wollte ihr doch nur helfen. Irgendwann, als ich am Ende meiner Kräfte und meiner Fragen war, schlief ich endlich ein.

Kapitel 28

Am nächsten Morgen ging ich noch vor dem Frühstück zu Helena. Mein Magen rebellierte, ob wegen der Nachwirkungen des Alkohols oder meiner Schuldgefühle, konnte ich nicht sagen. Unter diesen Umständen konnte ich aber ohnehin nichts essen. Ich hatte meine Kräfte offenbart, ebenso meine Beziehung zu Nick, und Helena damit alles in die Hände gelegt, um mich zu zerstören. Wie würde sie damit umgehen? Wie würde ich es schaffen, Gehorsam zu spielen, in Wahrheit aber alles zu versuchen, um niemandem mehr als nötig zu schaden?

Helena saß an ihrem Schreibtisch. Sie stand auf und kam mit geballten Fäusten und langsamen Schritten auf mich zu. Wieder schien es mir, als würde der Boden unter ihren Füßen beben. Mein Herz klopfte schnell und ich zwang mich zur Ruhe. Sie musste mir vergeben. Ich rief mir ins Gedächtnis, dass sie davon ausging, dass *Mágissa* Ora mein Mal erneuert und ich damit wieder eine überzeugte Gorgone war, die sich schuldig fühlte, weil sie ihre Gemeinschaft, ihre Schlangenschwestern, angelogen hatte. Ich ließ die Schultern hängen und presste die Lippen aufeinander.

»Es tut mir leid«, sagte ich, als Helena vor mir stand. Sie schien zerbrechlich, doch ihre Augen wirkten klar und gesünder als bei unserer letzten Begegnung. Sie musterte mich lange und hob eine zitternde Hand. Die Tattoos auf ihren Armen wirkten fahl, die metallisch-goldenen Akzente waren gänzlich verblasst. Schwand ihre Gorgonenmagie?

Statt etwas zu antworten, umarmte sie mich fest. Ich war überrascht. Die Geste dauerte nur ein paar Sekunden, dann zog sie sich zurück. *Nimm dich in Acht.* Hekates Stimme hatte sich in meinem Kopf eingenistet.

Sie betrachtete mein Gesicht ganz genau, als sie mit mir sprach.

»Das weiß ich. Du willst es doch sicher auch wiedergutmachen, oder?«

Ich nickte. »Ich werde tun, was ich kann.«

»Da bin ich mir sicher. Denn deine Kräfte, Rya, sind etwas ganz Besonderes. So etwas darfst du auf keinen Fall verheimlichen, verstanden?«

»Ja. Ich wollte nur nicht … Ich dachte, vielleicht ist es gar nichts so Besonderes und ich wollte mich nicht vor die anderen Gorgonen stellen oder irgendeine Sonderbehandlung. Ich wusste bis gestern auch nicht, wie stark diese Kräfte sind, weil ich sie nie ausprobiert habe.«

»Du weißt, wie wichtig Emotionen im Zusammenspiel mit Magie sind. Und du scheinst jemand zu sein, der sich nicht vor seinen Gefühlen fürchtet und generell stärker empfindet als andere. Gestern hattest du solch starke Emotionen, oder? Dadurch sind die Kräfte dann zum Leben erwacht.«

»Ja.« Ich dankte ihr im Stillen, dass sie mir die Erklärungen quasi in den Mund legte. »Ich weiß nicht, ob ich es aus dem Stegreif noch mal wiederholen kann, aber natürlich werde ich alles dafür geben.«

Helena grinste schief. »Davon gehe ich aus. Denn du willst doch nicht, dass dein Krieger dafür büßen muss, was du getan hast.«

Es kostete mich alle Überwindung, keine Reaktion zu zeigen, als sie Nick bedrohte. Zum ersten Mal lauschte ich freiwillig der Gorgonenmagie, die mir dabei half, die richtige Antwort zu geben. »Er gehört der Vergangenheit an, mit der ich nichts mehr zu tun haben will. Ich wusste nicht, was er ist. Gestern war das erste Mal, dass wir uns wiedergesehen haben und das hat mich wohl etwas aus der Bahn geworfen. Meine Loyalität gilt aber allein den Gorgonen. Und dir.«

Helena schluckte schwer und wandte den Blick ab. »Ich hoffe, dass es dieses Mal auch dabei bleibt. Du musst deine Emotionen im Griff haben. Finde etwas, was dich erdet und das dich notfalls beruhigen kann.« Sie legte mir eine Hand auf die Schulter. Ihr Griff war in Anbetracht ihres geschwächten Zustands überraschend fest. »Wir können zusammen viel erreichen, Rya. Es wäre schade, wenn du mich dazu zwingen würdest, diese Hoffnung aufzugeben.«

Ich deutete eine kleine Verbeugung an. »Ich werde dich nicht enttäuschen, Helena.«

»Ich hoffe es. Für dich, für mich und alle anderen.« Ich hörte die unterschwellige Drohung. Sie wusste um meine Schwachstellen, glaubte mir vielleicht nicht, als ich mich von Nick lossagte. Ich hätte ihr vermutlich auch nicht geglaubt, wenn wir die Rollen getauscht hätten.

»Geh zu Lexia und lass dir einen neuen Trainingsplan anfertigen. Du musst in deinen Fähigkeiten gesondert geschult werden. Ich habe ihr schon ein paar Anweisungen gegeben, den Rest müsst ihr klären. Das ist doch kein Problem, oder?«

»Natürlich nicht. Danke.« Damit war ich entlassen und verließ den Raum. Ich atmete aus. Das war glimpflicher abgelaufen, als ich es erwartet hatte. Der bittere Geschmack der Lügen lag mir auf der Zunge, als ich auf mein Zimmer ging. Als folgsame Gorgone hätte ich direkt zu Lexia gehen sollen, doch ich traute mich nicht. Ich musste erst meinen Mut zusammensammeln. Ich legte mich aufs Bett und schloss die Augen. Erneut rief ich nach Amaris, die mich in solchen Situationen bisher immer hatte beruhigen können. Doch sie kam nicht aus dem Tattoo. Ich hätte sie mit meiner Magie zwingen können, aber das wollte ich nicht. Sie hatte sicherlich ihre Gründe, die ich respektierte. Das war ich ihr schuldig, nach allem, was sie meinetwegen hatte durchmachen müssen.

Gerade als ich mich dazu aufraffen konnte, endlich nach Lexia zu suchen, klopfte sie an meine Tür. Ihre langen dunklen Haare fielen ihr seidig über die Schultern.

»Nick will dich heute treffen«, sagte sie ohne Umschweife, als ich ihr die Tür öffnete. Sie nannte mir einen Ort und eine Uhrzeit. »Ich habe auf deinem neuen Plan den heutigen Abend freigeschaufelt und Helena gesagt, dass du dich erholen solltest.«

»Wieso hilfst du mir?«

»Ich helfe nicht dir. Ich helfe Nick und ich helfe mir selbst, indem ich Helenas Befehle ausführe und eine gute Gorgone abgebe.« Ihre Stimme zeugte von keinerlei Emotion, was ich noch unangenehmer fand als ihre Wut auf mich.

»Trotzdem danke. Ich weiß nicht, was ich ohne dich tun würde. Und das meine ich ehrlich.«

»Ach ja?«, fragte sie süffisant. Sie umklammerte den Griff ihres Stocks, sodass ihre Knöchel weiß hervortraten. Sie hob ihn ein Stück, als überlege sie, mich damit zu schlagen. Doch sie setzte ihn wieder ab, wenn auch fester als nötig. Dann ging sie, ohne sich noch einmal umzudrehen.

Als ich einige Stunden später an der genannten Adresse ankam, wusste ich sofort, dass etwas nicht stimmte. Ich stand in einer schmalen Sackgasse zwischen zwei Hochhäusern, die in der Dunkelheit farblos wirkten. Eine einzelne, schwache Leuchtreklame sprenkelte die Pfützen in den Löchern im Asphalt mit etwas Helligkeit. Das Rot und Blau verlief sich an den Rändern zu Schlieren, die von den schwarzen Schatten geschluckt wurden. Nick spürte ich nicht, dafür eine andere Gorgone.

»Eine der unschönen Seiten der Stadt.« Lexias Stimme hallte an den Wänden entlang. Ich drehte mich zu ihr um, ohne einen Ausweg im Rücken. Sie kam auf mich zu, das charakteristische Klackern ihres Stocks begleitete sie.

»Nick wollte mich gar nicht treffen. Du hast mich damit nur hergelockt.« Es war keine Frage. Ich las ihr am Gesicht ab, dass sie sich freute, dass ich ihr in die Falle gegangen war.

»Weißt du, wo wir hier sind?«

»Geografisch ja. Aber ich ahne, dass du das nicht damit meinst.«

»Das hier ist die Gasse, in der ich verletzt wurde. Unser Opfer damals war zäh, ich habe sein Messer in meinem Übermut nicht bemerkt und bin direkt hineingelaufen. Meine Karriere als Gorgone auf Mission war schnell vorbei. Doch als ich dort auf dem Boden lag und mein Blut in die Löcher dieser stinkenden Straße sickerte, habe ich trotzdem nie an meiner Aufgabe gezweifelt. Ich hätte mir das Bein eher selbst abgeschnitten, als dass ich einen Rückzieher gemacht hätte. Und dann kommst du daher und machst alles zunichte. Ich wollte dir vertrauen, wirklich. Doch du hast alles zerstört.«

»Noch ist doch …«

»Halt den Mund, Rya. Ich will deine Lügen und deinen Hohn nicht hören.«

»Wovon redest du da?«

Lexia drehte sich um, hob die Haare hoch und gab damit den Blick auf ihren Nacken frei. Ihre helle Haut schimmerte wie Mondlicht. Sie war unberührt, keine schwarze Tinte zierte die Stelle. Sie ließ die Haare fallen. »Du hast mir die Magie genommen.«

»Was?«

»Tu nicht so, als wüsstest du von nichts«, fauchte sie. »Seit du zurückverwandelt wurdest, hast du nichts anderes getan, als mir alles wegzunehmen, wofür ich so hart gekämpft habe. Du hast meinen Platz bei den Gorgonen eingenommen. Hast dich zu Helenas Liebling gemausert. Du hast den Orden auf deine Seite gezogen, obwohl du eine von ihnen bist. Nick hast du auch um den Finger gewickelt. Ich hätte alles, wirklich alles verkraftet, Rya. Aber dass du mir die Magie genommen und damit meine letzte Chance auf die Erfüllung meiner Aufgabe zerstört hast, werde ich dir nicht verzeihen. Niemals. Das Einzige, was mir jetzt noch bleibt, ist, dich daran zu hindern, dem Orden in den Rücken zu fallen. Und wenn es das Letzte ist, was ich tue.«

Ich war noch immer perplex. »Ich weiß nicht, wovon du sprichst, Lexia. Ich habe dir deine Magie nicht genommen. Das kann ich nicht.«

»Du meinst, genauso wenig wie du das Wasser beherrschst und das Blut von anderen beeinflussen kannst? Entschuldige, wenn ich dir das nicht glaube. Aber ich habe es satt. Ich habe dich satt. Deinetwegen hat Titos mich offensichtlich abgeschrieben und hält nichts mehr von den Informationen, mit denen ich ihn versorgt habe. So wie die zu deiner Prüfung. Früher war ihm alles wichtig, aber seit du da bist, hat er das wohl nicht mehr nötig. Bildest du dir wirklich ein, besser als ich zu sein?«

Sie machte ein paar hinkende Schritte auf mich zu. Ich wich zurück, auch wenn ich mich damit in die Enge treiben ließ. Ich musste Zeit schinden. Über unsere Verbindung versuchte ich, Nick zu kontaktieren, wobei das sicherlich aussichtslos war. Das Ordensgebäude war viel zu weit weg.

»Er wird nicht kommen.«

»Woher …«

»Ich kenne diesen sehnsuchtsvollen Blick aus dem Spiegel. Die unbändige Hoffnung, dass dir jemand zu Hilfe eilt. Ich muss dich allerdings leider enttäuschen.«

Lexia griff sich in den Ausschnitt und holte einen Stein an einem Band heraus.

»Ein Hämatit«, keuchte ich. Sie unterdrückte meine Blutmagie und damit die Verbindung zu Nick.

»Du erkennst ihn also wieder. Sehr gut.«

Klack. Klack. Sie kam weiter auf mich zu, ich machte ein paar Schritte rückwärts.

»Hat Kreon ihn dir gegeben?«

»Glaubst du ernsthaft, Kreon wäre allein auf die Idee mit der Blutmagie gekommen? Dieser Idiot versteht doch nur etwas von Waffen und reiner Körperkraft. Ich habe ihn auf die Steine aufmerksam gemacht, nachdem ich mich mit einer *Mágissa* darüber unterhalten habe. Ich habe ihr von deiner Magie erzählt und sie erzählte mir von den Hämatiten, die man mit dem eigenen Blut und etwas Magie aufladen könnte. Verbotenerweise, wie du sicher weißt. Aber mit viel Überredungskunst und Nachdruck konnte ich uns einige davon besorgen. Die du dann fast alle zerstört hast.« Sie lachte verächtlich. »Jedenfalls habe ich einen behalten. Und das war gut so, Kreon war zu unfähig, um dich zu beseitigen.« Lexia hasste mich also nicht nur, sie wollte mich tot sehen. Länger schon. Und ich Idiotin hatte es nicht bemerkt.

»Wie lange planst du meinen Tod schon?«

»Ich wollte dich eigentlich nur aus dem Weg haben, egal wie. Und zwar seit du Nick geküsst hast. Töten will ich dich erst seit heute Morgen. Denn du hast mir alles genommen und nun werde ich dir diesen Gefallen erwidern.« Lexias Blick war voller Rachsucht, aber auch Verzweiflung.

»Du liebst Nick, oder?«

»Das habe ich immer schon. Auch dann, als wir getrennte Wege gingen. Ich dachte, wenn ich ihm zeige, was ich bereit bin für ihn zu tun, würde er kämpfen und meine Liebe vielleicht erwidern. Doch es änderte sich nichts. Ich dachte, es liegt daran, dass ich zu einer Gorgone, einem Feind wurde. Ich hatte mich damit abgefunden. Bis zu diesem Kuss. Bei dir hat es ihn nicht gestört. Also lag es ganz offensichtlich doch an mir.«

»Woher wusstest du, dass wir uns geküsst haben?« Sie hatte mir das mit dem Kuss schon einmal vorgeworfen. Da war mir aber nicht aufgefallen, dass ich ihr gar nichts davon erzählt hatte. Außer Nick, Ilena und mir hatte doch niemand davon gewusst.

»Glaubst du wirklich, dass der Orden nicht jeden Zentimeter seiner Gebäude überwachen lässt und ich keine Mittel und Wege habe, um an die Informationen zu kommen? Du verdienst ihn nicht. Du bist eine Bürde für ihn.« Damit sprach sie genau das aus, was auch ich gedacht hatte, kurz bevor ich zu den Gorgonen gegangen war.

»Ich will Nick nicht wehtun.«

»Das glaube ich dir sogar. Und vielleicht hätte ich kein Problem damit, wenn du nicht so unfassbar schlecht darin wärst, dieses Versprechen auch einzuhalten. Und wenn du etwas für ihn empfindest, dann weißt du, dass es das Beste für ihn ist, wenn es dich nicht mehr gibt.«

Ich stieß mit dem Rücken gegen eine Wand. Wir hatten das Ende der Gasse erreicht. Sie war zu schmal, als dass ich um Lexia hätte herumlaufen können, ohne dass sie mich zu packen bekam. Meine Blutmagie konnte ich nicht einsetzen, denn bis ich den Zauber durchbrochen hätte, blieb Lexia genug Zeit, um mich umzubringen, während ich vor Schmerzen benebelt war. Ich wollte Lexia auch nicht in eine Statue verwandeln. Blieben mir noch die Elementarmagie und der Kampf. Lexia griff sich in den Rücken und zückte einen Dolch. Es war kein normaler, sondern einer aus dem Orden.

»Mein Dolch war das Erste, was ich mir an meinem ersten freien Tag in die Katakomben geholt habe. Es war riskant, aber mit ihm fühlte ich mich sicherer. Ich konnte ihn als Gorgone die ganze Zeit nicht benutzen. Aber jetzt werde ich ihn endlich dafür einsetzen, wofür er ursprünglich geschmiedet wurde.« Sie wollte also mit mir kämpfen. Ich wusste, dass sie vor ihrem Unfall eine ausgezeichnete Kriegerin gewesen war. Die Verletzung am Bein war eine Behinderung, trotzdem glaubte ich, dass es nicht einfach werden würde, gegen sie zu gewinnen. Ich könnte das Wasser der Pfützen zur Unterstützung nehmen, aber … was dann? Würde ich sie überwältigen und liegen lassen?

»Wirst du zum Orden zurückgehen?«, fragte ich sie, um etwas Zeit zum Nachdenken zu gewinnen.

»Das muss ich«, sagte sie. »Mein erster Gang heute Morgen war der zu *Mágissa* Ora. Sie sollte mir ein neues Tattoo machen, aber es hat nicht funktioniert. Ich kann nicht zurück. Ich kann von Glück reden, dass ich alle meine Erinnerungen noch habe.« Lexias Griff um den Dolch wurde fester. Ihre Knöchel traten weiß hervor und in ihren Augen loderte ein Feuer. Sie hatte ihre Entscheidung gefällt, sie wollte mich töten. Weil sie den Orden schützen wollte. Vor mir. Und vielleicht hatte sie recht damit. Dieser Gedanke war es, der mich zögern ließ, als Lexia die letzten Zentimeter überbrückte. Sie warf den Stock beiseite, der mit einem Platschen in der nächsten Pfütze landete. Dann hob sie den Dolch und stach zu.

Das Silber zerschnitt die Dunkelheit. Wieder tauchten die Bilder eines Mannes auf, der mir einen Dolch in die Brust rammte. Wie damals in der Zelle, als Doc mir das Blut abgenommen hatte. Die Erinnerung rüttelte mich wach. Im letzten Moment riss ich meine Arme hoch. Doch es war zu spät. Der Dolch senkte sich auf meine Brust, stach durch meine Haut … und verharrte.

Ich spürte das Brennen, das von der Einstichstelle ausging. Doch die Klinge steckte nur einen, maximal zwei Millimeter in meiner Brust. Lexias Blick wurde düster. Sie packte den Dolch mit beiden Händen und drückte, doch die Waffe bewegte sich nicht.

»Hör auf damit!«, schrie sie mich an.

»D-das bin ich nicht.«

»Rya sagt ausnahmsweise mal die Wahrheit«, mischte eine dritte Stimme sich ein. Lexia ließ von dem Dolch ab, der klappernd zu Boden fiel, und wirbelte herum. Mir stockte der Atem, als ich sah, wer in der Gasse nur wenige Meter von uns entfernt stand. Martha. Was bei allen Göttern machte sie hier? Sie sah genau so aus, wie ich sie aus dem Café in Erinnerung hatte. Bunte Kleider und mit klimpernden Goldreifen an den Armen.

»Ich war das«, sagte sie und lächelte.

»Wer sind Sie?«, fragte Lexia mit zitternder Stimme. Ohne ihren Stock schwankte sie. Sie stützte sich an der Wand hinter uns ab, Seite an Seite standen wir der Frau gegenüber. Der Dolch lag zu unseren Füßen, doch im Angesicht ihrer Macht würde er uns nichts nützen.

»Dir kann es egal sein«, antwortete Martha und hob ihren Arm. Eine flirrende Lichtkugel formte sich zwischen ihren Fingern und schnellte auf Lexia zu. Ich sprang dazwischen, doch eine Druckwelle riss mich beiseite. Lexia schrie, als das Licht sie traf. Sie verlor den Halt, rutschte an der Fassade herunter.

»Nein!«, schrie ich und streckte meine Hand nach ihr aus. Lexia zuckte, ihre Lippen, ihre Haut wurden blau. Ich rief nach meiner Blutmagie, doch sie versagte ihren Dienst.

Über das Geschehen lagerte sich eine weitere Vision wie ein feiner Schleier. *Der kopflose Körper einer jungen Frau, die am Boden lag und verblutete. Ich kniete daneben, konnte nichts für sie tun. Nein!, schrie ich. Brodelndes Blut bedeckte den Boden. Mein Blick schweifte zur Seite, dort kniete ein zitternder Mann, dessen Kleidung in Flammen stand. Ich hasste ihn, zwang ihn tiefer auf die Erde, doch meine Kräfte schwanden. Dann wurde alles schwarz, als mein Blut meinen Körper verließ, und ich sackte zusammen.* Ekdíkisi gia tin kardiá mou. Synchóresi tis chaménis psychís. *Das war mein letzter Gedanke.*

Ich blinzelte, dann war da nur Lexia. Sie gab keinen Ton mehr von sich, doch ich schrie für uns beide. Lexias Körper sackte zur Seite weg. Ich fing sie auf. Ihre Augen waren weit aufgerissen, doch sie waren matt, das Feuer und das Leben darin ausgelöscht. Mit zitternden Fingern strich ich ihr die Haare aus dem Gesicht. Mein ganzer Körper bebte und doch brachte ich keinen Ton über die Lippen. Tränen rannen mir über die Wangen.

»N-nein«, stotterte ich und legte Lexias leblosen Körper vorsichtig auf den Boden. Sie konnte nicht tot sein. Meine Magie war still, rührte sich nicht. Im nächsten Moment spürte ich eine Hand, die mich am Genick packte und mich von Lexia wegzog.

»Lass mich!« Ich schlug um mich, doch Martha war stärker. Sie warf mich herum und ließ los. Ich rollte mich ab, schürfte mir dabei die Hände auf und blieb einfach liegen. Es war kein körperlicher Schmerz, der mich an den Boden fesselte. Es war mein Sein, das wie eine unbezwingbare Last auf mir lag. Der Berg voller Sünden, der immer und immer größer wurde.

Martha schnalzte mit der Zunge und ihre Gestalt veränderte sich. Plötzlich stand *Mágissa* Kirina vor mir, nur noch die goldenen Armreifen erinnerten an die vorherige Erscheinungsform. Ein bronzener Schleier legte sich über mich und die Welt verschwamm. Als sie wieder in den Fokus rückte, lag ich auf kleinen Kieselsteinchen, die mich jeden Zentimeter meines Körpers spüren ließen. Ein starker Wind fegte über mich hinweg, der mich frösteln ließ. Die *Mágissa* stand über mir.

»Steh auf.« Der klägliche Rest meines Überlebensinstinktes brachte mich dazu, ihrem Befehl zu folgen. Wankend kam ich auf die Beine. Wir waren auf dem Dach eines Hochhauses. Um uns herum war die nächtliche, aber keinesfalls schlafende Stadt. Die Haare der *Mágissa* wehten im Wind. Oder Marthas? Wer war sie eigentlich wirklich?

Nichts ist so, wie es scheint, hörte ich Hekate sagen.

Innerlich fühlte ich mich leer und gelähmt, das vertraute Summen war nicht mehr da. Ich fühlte so viel auf einmal, und doch war es, als wäre da nichts in mir. Ich starrte die Frau vor mir an, zu mehr war ich nicht in der Lage.

»Hätte ich gewusst, wer du wirklich bist, dann hätte ich all das früher unterbunden«, sagte sie. Der Wind trug ihr die Worte vom Mund, ich verstand sie kaum.

»Was … was meinst du damit?«

Sie legte den Kopf schief. »Meinst du wirklich, ich hätte nicht gewusst, wer Lexia ist? Wer du bist? Ihr konntet nur zu den Gorgonen stoßen, weil ich es zugelassen habe. Weil es mein Spiel ist und meine Regeln gelten.«

»Wie bitte?« Ich kniff die Augen zusammen, als der Wind mir eisig ins Gesicht peitschte. War er wirklich kalt? Oder war ich es, die fror?

Die *Mágissa* machte eine Bewegung mit der Hand und der Wind kam zum Erliegen. Ihre Iriden färbten sich golden und leuchteten auf. Die Symbole auf ihren Wangen, dem Hals und den Armen lösten sich in flimmernde Lichtpunkte auf. Der dunkle Haarknoten löste sich, dichte, heller werdende Strähnen schmiegten sich an ihren Körper. Ihr dunkles Kleid wich einer wallenden Toga, die ihren weiblichen Körper umschmeichelte und im Wind flatterte. Ihre Gesichtszüge blieben dieselben. Es war verrückt, wie sehr ein paar Symbole, Kleider und die Frisur einen Menschen, ein Gesicht verändern konnten. Denn jenes, das mir nun entgegenblickte, kannte ich. Ich war gefesselt von ihrer überirdischen Schönheit und dem leichten Lächeln, das auf ihren vollen Lippen lag. Ich hatte ihr Gesicht tagtäglich auf unzähligen Bildern und Figuren im Orden gesehen.

Athene.

»Nein«, japste ich. »Das ist nicht möglich.«

»Und doch stehe ich vor dir.« Ihre Stimme war noch dieselbe, allerdings ohne jegliche Emotion. »Wir beide sind wohl sehr gut darin, unsere wahre Identität zu verschleiern.«

»Ich weiß nicht, was du meinst.« Mir war klar, dass man so vermutlich nicht mit einer unsterblichen Göttin reden sollte, aber das hatte mich auch bei Hekate schon nicht davon abgehalten. Ich fühlte mich noch immer leer und es war mir egal, was sie von mir dachte.

»Es ist wirklich erstaunlich, wozu du in der Lage bist. Schade nur, dass du nicht lange genug leben wirst, um das auch auszukosten.« Ihre Worte jagten einen kalten Schauder durch meinen Körper. »Du, meine liebe *Rya*, bist nicht irgendeine Gorgone. Du bist vermutlich die mächtigste Gorgone, die noch am Leben ist. Und ich habe dich erst jetzt erkannt. Die Zeit ist grausam, nicht wahr? Sie lässt einen so viel vergessen. Ereignisse. Gefühle. Gesichter. Gerade dann, wenn man so alt ist wie wir. Oder wenn andere, die sich als *Freunde* bezeichnen, nachhelfen.« Das waren fast dieselben Worte wie die von Titos. Aber wen meinte sie mit den Freunden?

»Wovon redest du?« Mein Kopf drohte zu platzen. Meine unstillbare Neugierde, die mich zu all diesen Fragen drängte, machte mich wahnsinnig. Ich wollte nichts spüren, nichts denken. Ich konzentrierte mich auf die Kälte, damit sie nicht nur meinen Körper betäubte.

»Von dir, Euryale. Lüg mich nicht an. Ich weiß, wieso du hier bist. Um deine Schwester zu töten.«

Mein Kopf ruckte nach oben.

Euryale.

Diesen Namen kannte ich. Er war mir vertraut. Es war meiner. Aus einer anderen Zeit. Ich zitterte, als die Kälte mich immer fester packte.

»Meine Schwester?« Konnte bitte jemand die Zeit einhalten und mir einen Moment Ruhe gönnen?

»Medusa.«

»Ich weiß noch immer nicht, wovon du redest.«

»Ach nein? Gut, vielleicht erinnerst du dich nicht mehr an die Ursache für deine Mordgelüste, aber deswegen bist du hier, nicht wahr? Ich werde dir einen Gefallen tun. Ich werde dir sagen, wieso du deine Schwester töten willst. Ich gebe dir zurück, was die Zeit dir genommen hat. Eine letzte Gnade, bevor ich dich töte. Immerhin bin ich die Göttin der Weisheit, auch wenn Hekate das manchmal vergisst.

Medusa, Stheno und du, ihr seid die Kinder zweier Meeresgottheiten. Medusa war schwach und sterblich, Stheno und du, ihr wart mächtig und unsterblich, weswegen ihr eure Schwester verstoßen habt. Doch als Medusa zur Gorgone verflucht wurde, machten die Götter einen Fehler. Sie verfluchten nicht Medusa allein, sondern ihre gesamte Blutlinie, also auch Stheno und dich. Ihr habt Medusa umso mehr gehasst und habt Rache an ihr geschworen. Doch sie kam euch zuvor. Titos hat dir sicher erzählt, dass Perseus Medusa umgebracht hat. Aber das ist eine Lüge, ebenso die Geschichte, die die Menschen glauben. Die beiden haben sich ineinander verliebt. Sie sind untergetaucht, und Medusa erschuf die Gorgonen mithilfe unfassbar starker Blutmagie. Gemeinsam haben Perseus und Medusa eure Schwester Stheno getötet und ihr die Unsterblichkeit genommen. Sie besaßen zudem die Dreistigkeit, mich mit ihrem abgetrennten Kopf täuschen zu wollen. Das werde ich Perseus nie verzeihen. Nicht nach allem, was ich für ihn getan habe.

Dasselbe hatten sie auch bei dir vor – sie wollten dich deiner Unsterblichkeit berauben und sie für sich selbst nutzen. Doch bevor es so weit kommen konnte, bemerkte ich ihren Täuschungsversuch und bestrafte die beiden mit einem Fluch. Ich gab ihnen das, was sie wollten. Ein ewiges Leben. Allerdings stellte ich sie auf zwei konkurrierende Seiten eines nie endenden Krieges. So sind sie sich so nah und doch so fern. Sie müssen auf alle Zeit ihr Fleisch und Blut gegeneinander kämpfen lassen und dabei zusehen. Ich zwinge sie dazu, diese Lüge zu leben. So wie ich, aber mir macht es eindeutig mehr Spaß als ihnen. Auch wenn sie noch immer versuchen, mich auszutricksen und den Krieg zu boykottieren.«

Während Athene es sagte, hörte ich tief in mich hinein. Als sie anfing zu erzählen, spürte ich nichts als ein warmes Gefühl, das sich in meinem Bauch ausbreitete. War das wirklich die Wahrheit? Es musste so sein, denn das war das erste Mal, dass dieses Chaos von Krieg einen Sinn ergab. Wenn der Orden und die Gorgonen wirklich nur aus Zwang gegeneinander kämpften, erklärte das die halbherzigen Kämpfe und die scheinbar sinnlosen Regeln. Helena und Titos … das waren Medusa und Perseus. Ich spürte, wie sich eine Erinnerung in meinen Kopf schlich, doch ich konnte nicht nach ihr greifen, zu viele Gedanken überall.

»Sie wehren sich gegen den Fluch, so gut sie können.« Ich sagte es mehr zu mir selbst als zu Athene. Wenn ich es aussprach, fühlte es sich echter an. Konnte das wirklich stimmen?

»Ja«, sagte Athene mit unterdrückter Wut. »Aber auch ich gebe nicht auf und dränge sie zu mehr Härte, wenn es nötig wird, wie bei deiner Prüfung zum Beispiel. Ich gebe ihnen Gefühle, die nicht die ihren sind, die sie aber gegeneinander aufhetzen. Und wenn mir danach ist, reiße ich sie auch auseinander, wenn sie sich zu nahe kommen, um sie zu quälen. Sie versuchen es oft, aber ihre Liebe ist nicht stark genug. Ich habe immer ein Auge auf alles. Vor allem dann, wenn ich glaube, dass es gerade aus dem Ruder läuft.«

Mágissa Kirina. Es war Athene in dieser Nacht gewesen, die den Lichtblitz zwischen die beiden Anführer geschleudert hatte. Weil sie nicht wollte, dass sie sich berührten. Deswegen hatte Titos alias Perseus sich nicht gewehrt, als Helena alias Medusa auf ihn losgegangen war, vermutlich auch getrieben von Athene, der es Spaß machte, die beiden gegeneinander aufzuhetzen. Und wieder zu trennen. Immer und immer wieder. So vieles ergab jetzt Sinn. Auch das von Pflanzen verdeckte Gemälde von Athene in Perseus' Büro, was von seiner Abneigung gegen die Göttin zeugte. Und immer wenn die beiden über die Legende von Medusa und Perseus gesprochen hatten, hatten sie sich sichtlich unwohl gefühlt. Weil der Fluch sie zum Lügen zwang und sie sich gegenseitig leugnen mussten. Plötzlich fügten sich all die Einzelteile zu einem Bild zusammen. Doch wie passte ich da rein?

»Warum sollte ich Medusa töten wollen?«

»Aus Rache für den Tod von Stheno. Eigentlich sollte es gar nicht möglich sein, da Medusa wegen des Fluchs unsterblich ist und es nur zwei Wege gibt, um sie umzubringen. Doch seit du erwacht bist, geht es Medusa immer schlechter. Irgendetwas tust du ihr an. Was ist es? Sag es mir!«

»Ich tue gar nichts. Ich will sie nicht töten. Bis eben wusste ich nicht mal, dass ich Schwestern habe!« Es fiel mir schwer zu glauben, dass ich mich nicht an meine Familie erinnerte. Und doch … Mein Instinkt sagte mir, dass es stimmte. Die neuen Gorgonen nannte man Schlangenschwestern und sie agierten auf Missionen immer zu dritt … Drei Schwestern, so wie wir es einst gewesen waren?

Athene warf eine weitere Lichtkugel auf meine Brust und ich wurde nach hinten geschleudert. Mein Körper war zu träge, ich krachte auf den Kies und schlitterte ein paar Meter darüber. Athene tauchte neben mir auf.

»Lüg mich nicht an.« Sie ballte die Hände zu Fäusten. Sie hatte also doch Gefühle. Ich konzentrierte mich darauf. Wenn sie welche hatte, nachdem sie Lexia getötet hatte, dann würden meine doch sicherlich auch zurückkommen, oder? Doch da war nichts in mir. Keine Regung. Trotz all der Dinge, die meine Welt gerade zum Einsturz brachten.

Komm schon, Rya. Fühl was. Irgendwas! Ich brauchte Zeit. Solange sie redete, hatte ich eine Chance. Ich brauchte meine Gefühle. Ich brauchte meine Magie. Doch nichts regte sich.

»Ich lüge nicht.«

»Es ist auch egal«, sagte Athene tonlos. »Ich werde dich töten. Dann kannst du Medusa, den Gorgonen und dem Fluch nichts mehr anhaben.«

»Den Gorgonen?«

»Stirbt Medusa, bricht der Zauber und die Gorgonenmagie erlischt. Das kann ich nicht zulassen. Denn dann wären sowohl sie als auch Perseus und sein Orden frei. So viel habe ich meinem alten Schützling damals zugestanden. Aber das war ein Fehler, deswegen darf das nicht passieren. Ich werde ihnen niemals vergeben und sie ewig mit diesem Fluch quälen.«

Das Herz und die Seele des Krieges. Medusa war es. Sie war der Schlüssel zu allem. Verdammte Hekate. Hätte sie mir das nicht gleich sagen können? Götter …

»Wieso hast du Lexia getötet?«

»Weil ich es konnte. Sie hatte ihren Reiz schon lange verloren, jetzt hat sich die Gelegenheit ergeben. Sie wollte außerdem tief in ihrem

Inneren nicht mehr Teil der Gorgonen sein. Deswegen hat die Magie aufgehört zu wirken. Nicht, weil du sie genommen hast.«

»Wie hast du herausgefunden, wer ich bin?«

»Perseus hat es herausgefunden und der Fluch hat ihm gar keine andere Wahl gelassen, als es mir zu erzählen. Er hat dich erkannt, als du deine Blutmagie eingesetzt hast, um den rebellierenden Kreon in die Knie zu zwingen. Witzig, wie manche Ereignisse alte Erinnerungen aufkommen lassen, oder?« Aber das war nicht alles. Bestimmt hatte Hekate ihre Finger im Spiel. Sie schien mehr zu wissen als alle anderen. Und hatte ich bei Tit… Perseus nach dem Zwischenfall nicht etwas auf seinem Arm aufleuchteten sehen? Waren die goldenen Fäden etwa …

Ein kopfloser Torso manifestierte sich erneut vor meinen Augen. So wie ich ihn zuvor in einer vermeintlichen Vision gesehen hatte. War das Stheno? Hatte meine Hilflosigkeit bei Lexias Tod diese Erinnerung an meine Schwester hervorgekramt? Warum fühlte ich noch immer nichts?

»Ich kann das alles nicht glauben.«

»Was sagt dir dein Gefühl, Euryale?« Auch wenn es gefährlich war, schloss ich die Augen. Ich würde die Nacht ohnehin nicht überleben, also konnte ich es riskieren. Vielleicht würde ich dann wenigstens mit dem Wissen um meine Vergangenheit sterben. Ich horchte tief in mich hinein, blendete alles andere aus. Die Kälte, die Leere und Athenes bedrohliche Präsenz. Ich spürte, dass sie im Grunde die Wahrheit sagte. Aber da war etwas, das sich falsch anfühlte. Irgendwas stimmte nicht.

»Wie bin ich als Statue in einem Museum gelandet?«

Athene schüttelte den Kopf. »Ich weiß es nicht. Es ist mir auch egal.«

Mir war es das aber nicht. Und mir war es auch nicht recht, dass diese Frau, diese Göttin, alles über mich wusste, ich aber nichts. Wieso nur erinnerte ich mich an nichts? War es zu schmerzhaft? Hatte ich mich selbst bestraft? Vielleicht sogar selbst verflucht?

»Ich werde es nie erfahren, oder?« Ich rang mich zu einem matten Lächeln durch.

»Nein. Du magst unsterblich sein, aber als Göttin habe ich die Macht, dich zu töten. Ich kann dich, im Gegensatz zu allen andern in diesem Spiel, wirklich eigenhändig umbringen.«

»Ich war also gar nicht wirklich in Gefahr, als Lexia mich angegriffen hat?«

»Nein. Sie hätte dich nur damit töten können.« In ihrer Hand erschien ein Dolch. Er sah jenen der Krieger sehr ähnlich, war aber größer und summte vor Magie. Der *Magikó Asími*.

»Ich habe ihn an mich genommen, nachdem Perseus mich enttäuscht hat. Er ist das Einzige, womit ein Sterblicher jemand Unsterblichen töten kann. Ich bräuchte ihn eigentlich nicht, um dich umzubringen, aber die Geste gefällt mir.« Sie schnippte mit dem Finger und wir beide standen auf der Balustrade des Hochhauses. »Du erinnerst dich an das Bild, das Nick dir im Museum gezeigt hat? Es ist nie so eingetreten, aber jetzt können wir das nachholen. Eine Gorgone, die von den Klippen gestürzt wird. Getötet von Perseus' Dolch. Ich hoffe, dass du zu Staub zerfällst, wenn du auf dem Boden aufkommst.«

Sie rammte mir den Dolch in die Brust, mitten ins Herz. Ich fühlte nichts. Sie stieß den Dolch noch ein Stückchen tiefer. Ich spürte, wie er meinen gesamten Körper durchbohrte und am Rücken wieder austrat. Blut floss mir aus dem Mund und ich hustete. Ich machte einen Schritt nach hinten ins Nichts. Und da, endlich, empfand ich wieder etwas.

»Nick«, flüsterte ich. Dann fiel ich und fiel und fiel und fiel. Meine Mörderin sah mir nach, bis ich auf dem Boden aufkam. Als meine Welt zerbrach, löste sie sich in einem Wirbel aus Licht auf.

KAPITEL 29

Ilena

Der Staub der alten Bücher kratzte sie in Nase und Hals. Mit einer Handbewegung befahl Ilena der Kanne, ihr einen weiteren Tee in die Porzellantasse einzuschenken. Nach einem Schluck fühlte zumindest ihr Rachen sich besser an. Sie blätterte eine Seite des dicken Buches weiter, das vor ihr auf dem Tisch lag. Es waren einige Gefallen nötig gewesen, ehe sie es in die Hände bekommen hatte. Der uralte Band über Magie hatte gut bewacht in einer der über die Stadt verteilten Bibliotheken der *Mageía Mésa* gelegen. Die darin enthaltenen Flüche waren teilweise so finster, dass allein der Gedanke an sie Ilena einen Schauder über den Rücken laufen ließ. Doch in ihm, so glaubte die *Mágissa*, würde sie des Rätsels Lösung finden. Seit Wochen hatte sie alte Folianten durchsucht, bröckelige Papierrollen studiert und mit vielen der *Mageía Mésa* geredet, um hinter das Geheimnis der Phiole zu kommen.

Sie warf einen Blick auf das kleine Fläschchen, das auf einem Seidenkissen auf ihrem Schreibtisch ruhte. Der einst graue Staub darin war nun farbenfroh. Sie musste einfach herausfinden, was es damit auf sich hatte. Sie wollte Rya helfen. Endlich mal etwas Gutes tun, nachdem sie jahrelang nur zu dem Chaos des Krieges beigetragen und unterm Strich nichts damit ausgerichtet hatte.

Ilena widmete sich wieder dem Buch und überflog die Zeichen und Skizzen auf der aufgeschlagenen Seite. Sie hatte die ganze Zeit den Fehler gemacht, gute und böse Zauber getrennt zu betrachten. So wie es auch in all den Schriften gehandhabt worden war. Mittlerweile glaubte sie aber, dass die Wahrheit irgendwo dazwischenlag. So wie bei den Gorgonen und dem Orden des Perseus. Rya hatte sie auf die Idee gebracht, dass in diesem Krieg nicht alles schwarz und weiß war. Wieso also sollte es bei der Magie nicht auch so sein? Und tatsächlich hatte sie einen Anhaltspunkt gefunden, einen dünnen roten Faden, dem sie folgen würde. Denn mit Fäden, Verbindungen und Verknüpfungen konnte sie etwas anfangen. Sie strich mit Daumen und Zeigefinger über den Rosenquarz an ihrer Kette. Das ›kleine Herz‹, wie Medea es genannt hatte. Ilena erinnerte sich noch genau daran, wie sie den Anhänger von ihr geschenkt bekommen hatte.

»Ich werde nicht noch einmal versagen«, flüsterte sie in die Stille hinein und gab dem Stein einen Kuss. Er war die einzige Erinnerung an Medea, die ihr geblieben war. Denn der Tag, an dem Nick ihr das Leben gerettet hatte, war auch der Tag, an dem Ilenas Herz durch Medeas Tod zerbrochen war. Sie schluckte, dann schüttelte sie diese Erinnerung ab und stürzte sich zurück in die Arbeit.

Mit der Tasse in der einen und einem Stift in der anderen Hand machte sie auf einem Stück Papier ein paar Notizen und legte es auf einen Stapel. Sie würde den Zauber früher oder später aufdröseln, und dann …

Knack.

Ilenas Kopf fuhr hoch. Woher war dieses Geräusch gekommen? Sie sah sich im Raum um, entdeckte aber nichts. Wieder machte es *knack*, gefolgt von einem kleinen Lichtblitz.

Die Phiole.

Stift und Tasse fielen Ilena aus der Hand und landeten mit einem Scheppern auf dem Boden. Die Tasse zerschellte, der Tee spritzte in alle Richtungen. Doch Ilena hatte nur Augen für die Phiole. Das Glas hatte einen, nein, mehrere Sprünge bekommen. Die Substanz im Inneren waberte. *Knack. Knack. Knack.* Immer mehr feine Risse zogen sich durch das Material, bis es einem Spinnennetz glich. Die Phiole sah aus, als würde sie bei der leichtesten Berührung auseinanderfallen. Ilena fuhr hoch, ihr Herz klopfte schnell. Sie rannte zu dem nächsten Faden, der zu dem Netz gehörte, das ihr ganzes Haus sicht- und unsichtbar durchzog. Sie zupfte sanft daran und dachte an den Ortungszauber, den sie erst vor Kurzem bei Rya angewendet hatte. Irgendwo in dem Geflecht ihrer Gedanken war er. Sie fand ihn, zauberte sich die benötigten Utensilien herbei und ließ sie über der Phiole kreisen.

»*Vrísko*«, murmelte Ilena. *Finden.* Ihr Herz klopfte mittlerweile so stark, dass der Anhänger aus Quarz auf ihrer Brust bebte. Die Phiole erhob sich, schwebte wie an einer unsichtbaren Kette durch den Raum und auf den Ausgang zu. Ilena würde ihr folgen, bis sie Rya gefunden hatte. In der Hoffnung, dass sie nicht zu spät kam. Wie damals.

Nick

Mittlerweile erschrak Nick sich nicht mehr, wenn Amaris ihn anzischte. Die Schlange war ihm seit der Nacht, in der es den Zwischenfall mit Kreon gegeben hatte, nicht mehr von der Seite gewichen. Er wusste, dass es sich bei dem mitternachtsblauen Tier um Ryas Schlange handelte. Er hatte sie bei den Kämpfen gesehen, aber auch auf dem Dach, als sie Rya durch einen Zauber gerettet hatte.

Gerade lag sie zusammengerollt auf seinem Bett und sah ihn aus lebendigen Augen an. Er rieb sich die verletzte Schulter mit einer Salbe ein, die seine Narbe weich machte und den Muskeln beim Heilen half. Er konnte den Arm schon wieder normal bewegen, doch damit das auch so blieb, musste er ihn noch eine Weile behandeln. Die Schlange hatte sich aufgerichtet, zischte wieder und sah ihm genau dabei zu.

»Ich mache es ordentlich, versprochen.« Kaum hatte er die Worte ausgesprochen, legte die Schlange den Kopf wieder auf ihren Körper und schloss die Augen. Nick schüttelte den Kopf. Er hatte die Vermutung, dass das Tier auf ihn aufpasste. Er war gerührt, andererseits machte er sich aber auch Sorgen, weil Rya nun allein war. Die Bilder ihrer letzten Begegnung verfolgten ihn. Die Schreie, die Schmerzen und die unbändige Kraft, die Rya ausgestrahlt hatte. Hoffentlich ging es ihr gut.

Die Schlange zischte wieder. So lange sie hier war, ging es auch Rya gut, redete er sich ein. Das war das einzige, was ihn davon abhielt, sofort in die Katakomben zu stürmen und sie zurück in den Orden zu holen. Er hatte Amaris notdürftig den Achat-Anhänger umgebunden, damit sie nicht von dem Schutzzauber des Gebäudes in Mitleidenschaft gezogen wurde.

Die anderen Krieger hatten das Tier sofort vernichten wollen, doch Nick hatte sie davon abgehalten. Nur Titos, Linos und zu seiner großen Überraschung auch Xanthos hatten seine Entscheidung kommentarlos hingenommen.

Xanthos. Nicks Wut kochte hoch, wie immer, wenn er an den Krieger dachte. Wie er mit Rya umgegangen war, regte ihn noch immer auf. Doch seit sie ihn vor der anderen Gorgone gerettet hatte, war Xanthos irgendwie anders. Er war es gewesen, der Titos über das Vorhaben von Kreon informiert hatte. Er war ursprünglich auch an dem Plan mit den Hämatit-Steinen beteiligt, hatte seine Meinung dann aber geändert und versucht, Kreon und die anderen aufzuhalten. Er hatte nicht sagen wollen, wieso er auf einmal dagegen war, aber Nick konnte es sich denken. Xanthos besaß zu seiner größten Überraschung trotz allem noch so etwas wie ein Ehrgefühl und wusste, dass er Rya etwas schuldig war. Als Nick ihn darauf angesprochen hatte, hatte Xanthos ihn einfach stehen lassen. Hätte er unrecht gehabt, hätte der Krieger ihn beschimpft und ihm vermutlich eine verpasst.

Nick schraubte den Verschluss der Dose zu, in der sich die Salbe befand. Er streifte sich das Shirt noch nicht über, da die Tinktur erst noch einziehen musste, und betrachtete die Schlange, die regungslos auf dem Bett lag. Gedankenverloren strich der Krieger über das Mal auf seiner Handfläche. Rya fehlte ihm.

Das Bild ihres zitternden Körpers, nachdem sie Kreon in eine Statue verwandelt hatte, hatte sich in sein Gedächtnis gebrannt. In dem Moment war er schockiert und stolz zugleich gewesen. Doch Rya steckte immer voller Überraschungen. Und auch wenn mittlerweile viele sagten, dass sie gefährlich sei, dass ihre Rückverwandlung ein Fehler gewesen war, so glaubte Nick doch immer noch an sie. Denn Rya, im Gegensatz zu allen anderen, die er kannte, tat alles mit vollem Einsatz ihres Herzens. Auch wenn sie das selbst nicht so sah.

Sie hatte ihn gefragt, was er wählen würde, wenn er nicht mehr für den Orden arbeiten müsste. Damals hatte er ihr keine Antwort geben können. Jetzt hatte er eine.

Die Schlange zischte und Nick sah zu ihr hinüber.

»Ich habe es wirklich …« Er stockte. Irgendetwas stimmte nicht. Amaris zitterte, vibrierte regelrecht. Die mitternachtsblaue Farbe verblasste, bis sie fast transparent war. Die Schlange öffnete das Maul und stieß einen Laut aus, bei dem sich Nicks Nackenhaare aufstellten. Im selben Moment brannte der goldene Strich auf seiner Handfläche, leuchtete kurz auf und verschwand.

Er sprang auf und schmiss dabei den Stuhl um, auf dem er gesessen hatte. Fassungslos umklammerte er sein Handgelenk und starrte auf die Stelle, an der eben noch der goldene Strich gewesen war. »Nein …« Seine Stimme war rau. Die Schlange setzte sich in Bewegung, langsam, wie unter Schmerzen, aber sie kroch vom Bett auf den Boden und weiter zur Tür, der Achat klapperte auf dem Untergrund. Nick schnappte sich sein Shirt, warf es sich im Gehen über und folgte dem Tier.

Die Krieger, die ihnen in den Gängen begegneten, sprangen aus dem Weg, als er sich näherte. Ihre Hände zuckten zu ihren Dolchen, als sie die Schlange über den Marmor huschen sahen, doch Nick hielt sie mit bösen Blicken davon ab, sich Amaris zu nähern.

Er blendete das Gemurmel der anderen aus und ließ Amaris nicht aus den Augen. Passanten ausweichend folgte er ihr durch die Stadt, was kein leichtes Unterfangen war. Ständig rempelte er jemanden an, verlor die Schlange immer wieder aus dem Blick, um sie dann kurz darauf wieder zu entdecken. Ein kalter Wind fuhr ihm durch die Haare, am Himmel zogen dunkle Wolken auf.

Nick konnte nicht sagen, wie lange er der Schlange folgte oder welchen Weg sie nahmen. Er hatte nur Augen für das magische Wesen und scherte sich nicht um seine Umgebung, und doch kam es ihm wie eine Ewigkeit vor, die sie gemeinsam durch die Stadt streiften.

»Pass doch … Nick!« Eine ihm bekannte Stimme rief nach ihm. Er drehte sich kurz um und entdeckte Ilena, die er angerempelt hatte, als er an ihr vorbeigelaufen war. Sie sah der Schlange hinterher, die zwischen den Menschen verschwand. Nicks Augen wurden groß, als er die schwebende Phiole vor ihr sah. Sie kam auf ihn zu und flog dann an ihm vorbei.

»Es ist etwas passiert«, sagte Ilena mit zitternder Stimme. Nick biss die Zähne zusammen und nickte kurz. Er packte Ilena am Arm und zog sie mit sich mit. Erschrocken stellte er fest, dass er die Schlange aus den Augen verloren hatte, aber die Phiole würde sie ebenfalls zu Rya führen.

Sie stolperten dem fliegenden Fläschchen hinterher, und Nick war sich nicht sicher, ob er Ilena festhielt, um sie zu stützen, oder ob es eher andersherum war. Die Phiole machte einen Bogen und sie folgten ihr. Sie steuerte geradewegs auf ein Hochhaus zu, das die dunkle Wolkenfront des Himmels spiegelte, als wäre es selbst aus einem Gewitter geboren.

Plötzlich waren da keine Menschen mehr, Nick und Ilena ließen die Passanten hinter sich. Vor ihnen schwebte die Phiole in der Luft und rührte sich nicht mehr. Erst ein paar Meter dahinter waren wieder Leute zu sehen. Ilena zupfte an Nicks Ärmel und deutete auf den Boden. In dem breiten Bordstein war eine Vertiefung, wie von einem Einschlag, um die die Menschen herumliefen. Nick sah an dem Gebäude nach oben und ihn beschlich ein ungutes Gefühl, das seine Knie zum Zittern brachte. Er machte einen Schritt nach vorne, kniete sich neben das Loch und streckte die Hand aus. Etwas Unsichtbares kniff ihn in den Finger, gefolgt von einem Zischen, das Nick vertraut war. Doch der Biss brannte nicht, so wie es sonst immer gewesen war.

»Ein Schleier …«, murmelte Ilena in seinem Rücken. »Ich werde ihn ausweiten. Dann schauen die Leute auch nicht mehr so komisch zu uns rüber.« Ilena musste schwer schlucken und Nick erkannte, dass sie dieser lustige Spruch einiges an Überwindung gekostet hatte.

»Alles wird gut«, sagte Nick, um sie zu beruhigen. Doch das Toben in seinem Inneren ließ sich nicht so leicht besänftigen.

»Bereit?«, fragte Ilena.

Nicks gesamter Körper spannte sich an. Er hatte Angst. Unfassbare, schmerzhafte Angst. »Ja.«

Ilena kniete sich neben ihn und streckte ebenfalls eine Hand aus, um den für den Zauber notwendigen Stein zu zerbröseln. Allerdings hielt sie ihre Hand ein Stück höher, damit die Schlange sie nicht erwischen konnte.

»*Aóratos*«, murmelte Ilena. *Unsichtbar.* Nick schloss die Augen, als der Schleier wie eine heiße Decke über ihn gezogen wurde. Als er sie wieder aufmachte, blieb sein Herz stehen.

»Nein.« Ilena versagte die Stimme. Sie schlug sich die Hände vor den Mund und kippte zur Seite. Sie lehnte sich an Nick und klammerte sich an sein Shirt. Doch das hinderte ihn nicht daran, dass er sich fühlte, als würde er in winzige Stücke zersplittern.

Rya lag auf dem Rücken vor ihnen in der Kuhle, die Klamotten waren zerrissen und ihr ganzer Körper von Staub und kleinen Gesteinsbrocken bedeckt. Ihr Gesicht sah aus, als hätte sie sich nur kurz schlafen gelegt, auch wenn es unnatürlich blass war. Nick starte auf ihren Torso. Aus der Mitte ihrer Brust ragte ein Dolch. Er sah aus wie seine Waffe, nur größer und älter. Mächtiger.

Und überall war Blut. Das dunkle Rot sprenkelte den Asphalt und Ryas Haut, tränkte ihre Kleidung an der Stelle, an der der Dolch sie durchbohrt hatte. Die Schlange, die immer mehr verblasste, ringelte sich um die Waffe und sah Nick an. Dann drehte sie ihren Kopf zu dem Dolch, zischte ihn an und drehte sich wieder zu ihm um.

Er streckte die Hand aus und legte sie um den Schaft des Dolches. Seine Finger pulsierten, als sie sich um das kühle Metall schmiegten. Er spürte die Macht, die der Waffe innewohnte. Hörte ein Flüstern, das ihn rief. Er biss sich auf die Lippe, konnte damit aber nicht die Tränen unterdrücken, die ihm in die Augen stiegen. Er wollte es nicht tun. Aber er musste. Er machte die Augen zu und drehte den Kopf weg, als er an dem Dolch zog. Dieser gab nicht sofort nach und Nick musste mehr Kraft aufwenden. Dann löste sich die Klinge aus dem Fleisch und gab Ryas Körper frei. Als Nick die Augen öffnete, hatte die Schlange sich schon auf die Wunde gelegt. Ilena hatte die Hände vor die Augen genommen und zitterte. Nick starrte auf das Blut, das an der Klinge klebte und auf seine Hose tropfte. Er wollte gerade Ryas Gesicht berühren und ihr eine Strähne aus dem Gesicht streifen, als die Schlange sich in flirrende Lichtpunkte auflöste. Sie breiteten sich auf Ryas gesamtem Körper aus, leuchteten kurz auf und … dann war sie weg.

Vor ihnen lag nur noch die blutverschmutzte Kuhle. Nick sah aus dem Augenwinkel etwas aufblitzen und streckte instinktiv seine freie Hand aus. Es war die Phiole. Der Zauber hatte sich aufgelöst und sie freigegeben. Sie fiel. Es gelang ihm gerade so, sie aufzufangen, ohne dass sie zerbrach. Die Phiole hatte er retten können.

Rya nicht.

KAPITEL 30

Regentropfen prasselten auf mich herab, bedeckten meine Haut mit unzähligen sanften Küssen. In der Luft hing der Geruch von nassem Gras und die Erde unter mir wärmte meinen Rücken. Ich wollte liegen bleiben, für immer in diesem dämmrigen, aber wunderschönen Zustand verweilen.

Nick. War das seine Stimme?

Ich öffnete die Augen und blinzelte den Regen weg, der mir die Sicht verschleierte. Ich sah niemanden, nur den wolkenverhangenen nächtlichen Himmel über mir. Ich schaffte es, den kleinen Finger zu bewegen, doch darüber hinaus gehorchte mein Körper mir nicht. Aber ich musste es schaffen. Ich musste aufstehen. Meine Magie reagierte nicht auf mich, sie war damit beschäftigt, mich zu heilen. Also wartete ich. Und wartete. Und wartete. Ich schloss die Augen wieder und genoss den Regen. Vor meinen Augen lief die vergangene Nacht noch einmal ab. Das Zusammentreffen mit Lexia, ihr verzweifelter Ausdruck. Ihr Tod. Die Schuld, die ich darüber verspürte.

Die Leere unter mir, die an mir zog, mich in die Tiefe riss. Der Aufprall. Das Nichts.

Ich war noch immer am Leben, auch wenn meine Muskeln und Knochen mir nicht gehorchten. Wieso war ich nicht gestorben? Würde ich es noch? Ich schaffte es, meinen Kopf etwas anzuheben. Der Dolch steckte nicht mehr in meiner Brust. Und ich lag auch nicht am Fuße des Hochhauses, von dem ich gefallen war.

Von dem Athene mich gestoßen hatte. Die Erinnerung an sie machte mich wütend. Und verzweifelt. Nick … Ich musste ihn warnen. Ihn und alle anderen. Ilena. Luce. Cathy. Dieser Krieg war voller Halbwahrheiten.

So wie ich.

Ich war eine Gorgone. Eine verdammt alte Gorgone. So viel war von Anfang an klar gewesen, aber dass ich eine der ersten drei war … Ich war die Schwester von Medusa, aus deren Blut die anderen geboren worden waren. Athenes Worte ergaben Sinn, das Summen in mir sagte mir, dass es die Wahrheit war.

Und sie zog mir den Boden unter den Füßen weg. Die Schuld, die ich die ganze Zeit verspürt hatte, war nicht grundlos. Meine Schwester, mein Blut, war eine der Ursachen dieses Krieges. Und ich war glorreich dabei gescheitert, ihn zu beenden. Jenna. Lexia. Sie waren Letzten Endes doch meinetwegen gestorben. Und ich war noch immer am Leben.

Amaris?

In meinem Nacken regte sich etwas, doch die Schlange zeigte sich nicht. Aber sie war da und das beruhigte mich. Ich fragte mich, ob sie mehr wusste als ich. Ob sie die ganze Zeit schon da gewesen war, ohne dass ich es geahnt hatte.

Ich verstand diese Welt nicht. Ich verstand mich nicht.

»Euryale.« Meine Stimme war kratzig, rau und so leise, dass ich mich selbst kaum verstand. Trotzdem wollte ich den Namen testen. Wie er sich anhörte und anfühlte. Mein richtiger Name … Ich spürte eine Erinnerung, die an meinen Gedanken zupfte, konnte sie aber nicht greifen. Ich sah sie nicht bildlich vor mir, es war eher ein Gefühl, das sich in mir regte. Doch ich war noch zu schwach, um die Emotion zu nutzen. Ich schloss die Augen und zählte die Regentropfen, die mir aufs Gesicht fielen. Ein sinn- und nutzloses Unterfangen, aber es hielt mich davon ab, zu denken. Denn wenn ich damit erst angefangen hatte, würde ich vielleicht niemals wieder aufstehen wollen. All das hatte also nichts daran geändert, dass ich ein riesiger Feigling war.

Eine Weile später war ich so weit, dass ich mich aufsetzen konnte. Das Gefühl kehrte in meine Beine zurück und ich rollte mich zur Seite. Ich war klatschnass, meine Kleidung zerfetzt und meine Haut dem Wind ausgesetzt, aber es war das schönste Gefühl überhaupt. Ich war lebendig. Mir wurde schwindelig, als ich mich erst in die Hocke und dann in den Stand quälte. Mein Magen rebellierte, doch ich gewann den Kampf. Gefühlte Stunden später stand ich erhobenen Hauptes und drohte nicht mehr, bei dem kleinsten Windhauch umzukippen.

Ich wusste schon längst, wo ich war. Und doch kämpfte ich mich Schritt für Schritt zu dem Gebäude, das den Innenhof, auf dem ich mich befand, rundherum umschloss. Ich schlich auf eine Fensterfront zu, die einen bodentiefen Einblick ins Innere ermöglichte. Ich spiegelte mich nicht darin. Lag ein Schleier über mir? Am Fenster angekommen stützte ich mich ab und lehnte meinen Kopf gegen das Glas. Ich war erschöpft, meine Beine zitterten, aber ich war am Leben.

Ich sah durch die Scheibe auf die andere Seite. Direkt vor mir war die Bank für die Besucher. Gegenüber war ein freier Platz vor der Wand. Mein alter Platz, als ich noch eine Statue gewesen war.

Damals hatte ich die Menschen um ihr buntes Leben beneidet, hatte ein Teil davon sein wollen. Wenn ich gewusst hätte, was nach meiner Rückverwandlung alles auf mich warten würde … Das hätte nichts genützt, weil Nick mich so oder so wach geküsst hätte. War das wirklich erst ein paar Monate her? Bei dem Gedanken an ihn, an sein Lächeln, bei dem er diese kleinen Falten auf der Nase bekam, wurde mir warm ums Herz.

Mein Magen kribbelte. Meine Magie erwachte wieder zum Leben und ich seufzte erleichtert, als ich sie endlich wieder richtig spüren konnte. Ich schloss die Augen und suchte nach diesem Zupfen und der Erinnerung, die dieses auslöste. Ich fand es, streckte meine Magie danach aus und umhüllte das Gefühl. Zunächst schien nichts zu passieren. Dann hörte ich ein Plätschern hinter mir und drehte mich um.

Es regnete noch immer. Doch statt zu Boden zu fallen, sammelten sich die Tropfen auf dem Boden zu kleinen Pfützen, die in die Höhe wuchsen. Das Wasser stieg immer weiter, als würde es in unsichtbare Formen gegossen. Wenig später standen zwei Figuren aus Wasser vor mir. Sie sahen aus wie Menschen. Es waren eine Frau und ein Mann, deren Züge nur zu erahnen waren. Ich stieß mich von dem Fenster ab und ging auf sie zu. Zwei Meter vor ihnen blieb ich stehen.

Rya, flüsterte eine Stimme in meinem Kopf. Es war die Frauenstimme, die schon öfter nach mir gerufen hatte. Gehörte sie zu der Frau, die ich hier vor mir sah?

Die beiden Figuren redeten miteinander. Ihre Lippen aus Wasser bewegten sich, doch kein Ton war zu hören. Plötzlich fühlte ich mich wie am Boden verankert, konnte keinen Schritt mehr tun.

Die männliche Figur hob die linke Hand und darin erschien etwas. Es war eine Phiole, die der, die ich bei mir getragen hatte, zum Verwechseln ähnlich war. Aus der Brust der Frau löste sich ein Wasserstrahl, der auf die Phiole zuwuchs. Wie eine Schlange fädelte er sich durch die Luft, bis er auf das Behältnis traf. Zwischen der Frau und der Phiole war eine Verbindung entstanden. Der Mann trat auf mich zu, noch immer konnte ich mich nicht rühren. In seiner rechten Hand erschien ein Dolch. Von der Größe her konnte es nur der Dolch sein, mit dem …

»Perseus.« Ich sah der Figur aus Wasser ins Gesicht. Es musste Perseus sein. Ich schloss die Augen, horchte auf meine innere Stimme. Ja, es war Perseus. War er auch eine der Gestalten gewesen, die mich bereits zwei Mal heimgesucht hatten? Ich öffnete die Augen wieder. Etwas von Athenes Worten musste eine weitere Erinnerung bei mir ausgelöst haben, die sich nun manifestierte. War es das fehlende Puzzlestück? Denn auch wenn Athene die Wahrheit gesagt hatte, gab es da doch noch einen kleinen Teil von mir, der mehr wusste.

Meine Gedanken stockten, als Perseus den Dolch hob und mir damit in den Brustkorb stach. Es war genau so wie in der Vision, die ich in der Polizeistation gehabt hatte. Kaltes Metall, das sich in mich bohrte. Es war also die ganze Zeit eine Erinnerung gewesen. War es in all den anderen Momenten dann auch so gewesen? Ich dachte an die beiden Gestalten, die Stimme, den leblosen Körper.

Der Perseus aus Wasser zog den Dolch wieder aus mir heraus. Aufgespießt darauf befand sich mein Herz. Ich griff mir instinktiv an die Brust, aus der ein nicht enden wollender Strom Wasser floss – Blut. Ich ließ die Waffe nicht aus den Augen. Perseus hielt den Dolch mit dem Herzen über die Phiole. Das Herz zersplitterte in tausend kleine Teile, die in die Phiole eingesogen wurden. Er ließ das Behältnis los, das in der Luft schwebte, und sah zu der Frau hinüber, die noch damit verbunden war. Er reichte ihr den Dolch. Die Haare waberten der Frau um den Kopf. Sie nahm die Waffe, kappte damit ihre Verbindung zur Phiole und griff danach. Plötzlich schoss eine Hand – meine

Hand aus Wasser – hervor und umschloss das Fläschchen. Sehr zum Entsetzen der beiden anderen, die erschrocken aufblickten. Perseus griff nach dem *Magikó Asími,* doch bis er ihn der Frau abgenommen hatte, war es zu spät. Mein damaliges Ich, das jetzt aus Wasser geformt vor mir stand, hatte die Phiole schon an sich gerissen, legte sie sich um den Hals und … fiel um. Kurz bevor mein anderes Ich auf dem Boden aufkam, löste es sich auf. Die beiden anderen rissen gleichzeitig die Münder zu einem stummen Schrei auf. Etwas zerschellte zwischen ihnen, explodierte und riss sie mit sich. Die Erinnerung war vorbei, das Wasser fiel zu Boden.

Das musste der Moment gewesen sein, in dem ich mich in Stein verwandelt hatte. Weil Perseus mir mein Herz herausgeschnitten und in die Phiole gefüllt hatte. Hatte ich heilen müssen und mich deswegen selbst in Stein verwandelt? Wohin war ich verschwunden?

Ein anderer Gedanke drängte sich mir auf. Laut Athene hatten Perseus und Medusa mir die Unsterblichkeit nicht nehmen können. Doch was war mit der Verbindung, die Medusa zur Phiole aufgebaut hatte? Bestand sie immer noch? Wenn ja, was bedeutete das? Hatte ich doch einen Einfluss auf meine … Schwester, der dazu führte, dass sie schwächer wurde? Ich vermutete, dass Athene nichts davon wusste. Vielleicht, weil es passiert war, bevor sie die beiden verflucht hatte?

Ich legte meine linke Hand auf meine Brust. Ich konnte einen schwachen, aber stetigen Herzschlag fühlen. Wie aber war das möglich, wenn mein Herz doch nicht mehr in mir war?

Ich schloss die Augen. Sammelte all die Kraft, die ich hatte, und öffnete meine Sinne. Wenn ich wirklich über die Phiole mit ihr verbunden war, würde sie mich vielleicht hören können. Also rief ich in Gedanken ihren Namen, so laut ich konnte.

Medusa?

Außer dem Regen hörte ich nichts. Trotzdem verharrte ich reglos und wartete.

Erneut rief ich ihren Namen. Dann noch einmal, wieder und wieder, aber es …

Rya.

Ich riss die Augen auf, kappte die Verbindung. Mein Blut rauschte in den Ohren, meine Magie pulsierte durch mich hindurch. Sie war es tatsächlich. Ich erkannte ihre Stimme wieder, auch wenn sie verzerrt war. Sie war es, die mich nach dem Zwischenfall mit den Hämatiten nach der Phiole gefragt hatte. Und sie konnte mich hören.

Aber ihr Zustand? Ging die Verbindung zwischen uns weiter als die Kommunikation?

Dann durchfuhr es mich wie ein Blitz. Athene hatte mir die Lösung für diesen Krieg verraten. Nur gab es dabei ein Problem, wenn Medusa und ich wirklich noch auf anderer Ebene miteinander verbunden waren.

Ein heißes Prickeln in meinem Nacken kündigte die Materialisierung von Amaris an. Ich freute mich, die mitternachtsblaue Schlange zu sehen, wie sie sich um meinen Arm wand. Sie blickte mich aus ihren großen grauen Augen an und ließ die Zunge hervorschnellen.

»Es tut mir leid, was du meinetwegen alles durchmachen musstest. Es ist schön, dass du wieder da bist.« Ich strich ihr mit den Fingern über den Kopf und sie schmiegte sich an meine Hand. »Kannst du uns von hier fortbringen?«

Amaris legte den Kopf schief, als wollte sie mich damit aufziehen, dass ich das wirklich infrage stellte. Ich schloss die Augen und dachte an den Ort, an den ich wollte.

Lexias Körper war nicht mehr da, die Gasse leer. Nichts deutete mehr auf den Mord hin, der hier stattgefunden hatte. Wie lange war das her? Es war noch immer dunkel. Oder wieder?

Das Wasser spritzte unter meinen Füßen hervor, als ich zum Ende der Sackgasse ging. Der Regen hatte Spuren hinterlassen und dafür die unseren verwischt. Ich kniete mich an der Stelle nieder, an der Lexia getötet worden war. Meine Gelenke und Muskeln protestierten. Ich war noch immer nicht vollständig geheilt.

»Es tut mir leid, Lexia.« Mehr wusste ich nicht zu sagen. Ich weinte ein paar stille Tränen, die ich mir mit den Resten meines Ärmels abwischte. Ich schmeckte das Salz auf meinen Lippen, die aufgesprungen waren und brannten. Mehr brachte ich nicht zustande. In meiner Brust wütete ein Schmerz, eine sengende Leere, die alles andere verhinderte.

Ein paar Minuten verharrte ich reglos in derselben Position. Dann war es Zeit, ins Ungewisse aufzubrechen. Mein Magen zog sich zusammen, als Amaris einen weiteren Zauber wirkte und uns zu unserem nächsten Ziel transportierte.

Kapitel 31

Ilenas Haus sah genauso aus wie in meiner Erinnerung. In einem der Fenster brannte Licht. Ich würde sie also trotz der späten – oder frühen? – Stunde hoffentlich nicht wecken. Und selbst wenn ich das tat, hoffte ich, dass sie es mir nicht übel nahm. Amaris zog sich in das Tattoo zurück, um sich zu erholen. Die Zauber forderten von ihr und mir doch mehr ab, als ich gedacht hätte.

Ich klingelte. Lang Zeit regte sich nichts und ich wollte es gerade ein zweites Mal probieren, als die Tür sich langsam öffnete.

»Wer bei allen Göttern kl…« Der Rest des Satzes blieb Ilena im Hals stecken, als sie mich sah. Mit aufgerissenen Augen und offenem Mund starrte die *Mágissa* mich an.

»Nein …«, hauchte sie dann. »Das kann nicht sein.« Sie knallte mir die Tür vor der Nase zu und schlug von der anderen Seite dagegen. »Ich träume noch!«, rief sie so laut, dass ich es hören konnte.

»Tust du nicht«, erwiderte ich. »Wieso solltest du auch?«

Die Tür öffnete sich schwungvoll. Ilena musterte mich von oben bis unten, während sie den Kopf schüttelte. Dann schlug sie sich die Hand vor den Mund und fing an zu weinen. Im nächsten Moment warf sie mir die Arme um den Hals und drückte mich fest an sich. Sie schluchzte heftig und ihr ganzer Körper bebte. Ich umarmte sie. Ich freute mich wahnsinnig, sie zu sehen. Aber wieso reagierte sie so heftig?

»Ich hätte nicht gedacht, dass du mich so sehr vermisst«, sagte ich.

Ilena schob mich von sich. Ihr Gesicht war tränenverschmiert. »Wie bitte? Ich dachte, du bist tot! Ich habe gesehen, wie du leblos …« Wieder schluchzte sie. Sie zog mich hinter sich ins Haus und wir gingen in das Zimmer, das mit Kissen ausgelegt war. Sie zupfte an den Fäden und die mir bereits bekannte Kanne und ein paar Tassen kamen angeflogen. Ilena drückte mich in die Kissen, während sich das Geschirr auf einem kleinen Tisch vor uns niederließ.

»Ich … Wir …« Erneut stockte Ilena. »Ich muss Nick Bescheid sagen! Rya, er muss wissen, dass du lebst!« Sie wollte aufspringen, doch ich hielt sie am Arm zurück.

»Eins nach dem anderen, Ilena. Wieso dachtet ihr, dass ich tot bin?« Sie setzte sich neben mich. Dann erzählte sie mir, was passiert war, nachdem ich vom Dach gefallen war. Wie Nick von Amaris zu mir geführt worden war, wie Ilena und er mich gefunden hatten und wie ich verschwunden war.

»Ich habe nichts davon mitbekommen«, sagte ich. »Ich habe den Aufprall noch gespürt, dann bin ich erst im Garten des Museums wieder zu mir gekommen.«

»Wir müssen Nick sofort Bescheid sagen. Rya, er …«

»Nick muss warten. Bitte. Ich muss erst mit dir reden.«

»Wie hast du überlebt?«

»Ich bin unsterblich«, sagte ich. Ilena nickte. »Du glaubst mir das einfach so?«, hakte ich nach.

Ilena hob eine Augenbraue und gestikulierte wild. »Nick hat einen gottverdammten Dolch aus deiner Brust gezogen, nachdem du von einem Hochhaus auf die Erde geknallt bist. Unsterblichkeit ist die einzige … wieso grinst du so?«

»Es ist schön, dass du wieder dieselbe bist.«

Ilena presste die Lippen aufeinander, musste aber schmunzeln. »Du hättest mich wirklich fast so weit gehabt, dass ich es nie wieder bin. Also, sprich weiter!« Brummelnd nahm sie ihre Tasse in die Hand und nippte daran.

»Wie gesagt, ich bin unsterblich. Anscheinend gibt es nur zwei Dinge, die mich umbringen können. Ein Gott beziehungsweise eine Göttin, oder ein von einer Gottheit verzauberter Gegenstand.«

»Der Dolch?«, fragte Ilena. »Nick meinte, er sei der *Magikó Asími.* Auch wenn er sich nicht erklären konnte, wie er dahingekommen ist. Doch Titos hat ihn erkannt.«

»Er hat recht. Aber nicht nur das. Es war Athene, die mich umgebracht hat.«

»Bitte was?«

»Das erkläre ich dir später. Warum ich überlebt habe, liegt vermutlich daran, dass ich nicht vollständig war, als sie mich umbringen wollte.«

»Nicht vollständig?« Offensichtlich hatte ich Ilena ganz schön überfordert. Diese kurzen Nachfragen und der verwirrte Gesichtsausdruck sahen ihr gar nicht ähnlich.

»Ich habe kein Herz« antwortete ich.

»Wie kommst du darauf?«

Ich erzählte ihr von der Erinnerung, die ich im Museumsgarten mithilfe meiner Wassermagie durchlebt hatte. Ohne Namen zu nennen. Ich wollte ihr nicht alles auf einmal zumuten. »Ich glaube, dass mein Herz sich noch immer in der Phiole befindet. Und da ich es nicht bei mir hatte, konnte ich überleben. Meine Unsterblichkeit scheint an mein Herz gekoppelt zu sein. Und solange das Herz lebt, lebe auch ich.«

Ilena verzog das Gesicht. »Was das angeht …« Sie bewegte die Hände und zwischen uns, auf dem kleinen Tisch, erschien ein kleines Samtkissen, auf dem ein Fläschchen lag. Erst auf den zweiten Blick erkannte ich, dass es die Phiole war, Risse durchzogen das Glas. Die Phiole sah zerbrechlicher aus als je zuvor.

»Oh«, sagte ich atemlos.

»Tut mir leid.« Ilena presste die Lippen zusammen und zog die Stirn in Falten. Ihr Blick schweifte ab, als lauschte sie einem Geräusch in der Ferne.

»Was ist?«

»Ich bin gleich wieder da.« Die *Mágissa* stand auf und verließ den Raum. Ich schenkte mir einen Tee nach und trank eine komplette Tasse leer, ehe sie zurückkam. Sie hatte einen Stapel Papier, ein altes Buch und mehrere Notizhefte in den Armen. Sie legte alles auf die Kissen ab und setzte sich zurück auf ihren Platz.

»Was ist das?«, wollte ich wissen. Das Papier wirbelte Staub auf, der meine Nase kitzelte.

»Seitdem du mir die Phiole überlassen hast, habe ich versucht, ihr Geheimnis zu lüften. Dass es einem Fluch, einem *Katára* ähnelt, hatte ich dir ja schon mal gesagt. Ich habe mich die meiste Zeit darauf fokussiert, alle möglichen Flüche zu recherchieren, auch in uralten Unterlagen, an die ich nur mit viel Überredungskunst herangekommen bin. Aber es war nie der richtige dabei. Erst ein paar Tage vor deinem … vermeintlichen Tod habe ich eine andere Richtung eingeschlagen. Ich hatte es aufgegeben, nachdem wir dich gefunden hatten. Das war im Übrigen vor zwei Tagen.«

»Zwei Tage? Lag ich so lange im Museumsgarten?«

»Ich nehme mal an, dass der Verschleierungszauber der Gorgonen noch gewirkt hat. Ach ja, hier!« Ilena zog ein Blatt Papier aus dem Stapel. »Das ist das Letzte, was ich aufgeschrieben habe, bevor ich aufgebrochen bin, um dich zu suchen. Ich habe gedacht, dass der Zauber mit der Phiole vielleicht nicht nur ein Fluch ist, sondern eine Mischung aus verschiedenen Zaubern. Hier habe ich eine Übersicht gefunden. Ah. *Meígma*. So nennt man die seltenen und äußert aufwendigen Sprüche. Sehr, sehr schwer umzusetzen.« Ilenas Blick flog über das Papier, sie fuhr die Zeilen mit dem Finger nach. »Aber auf dieser Liste ist nicht von einem Herzen die Rede. Also im Sinne von: Zauber, der ein Herz beeinflusst. Aber …«

Ich unterbrach sie. »Sie wollten mir meine Unsterblichkeit nehmen.«

Ilena sah auf. »Wie bitte?«

»Der Zauber war dazu da, um mir meine Unsterblichkeit zu nehmen und auf die Frau zu übertragen.« Ich berichtete ihr von der Erinnerung, die sich im Museum vor meinen Augen abgespielt hatte.

Ilena zerknüllte das Blatt Papier und warf es weg.

»Es ist also ein böser Zauber für dich, ein guter für sie. Ein *Meígma*. Also war ich auf dem richtigen Weg. Aber dass es um die Unsterblichkeit geht … darauf wäre ich nie gekommen.« Ilena fuhr sich mit den Händen über das Gesicht. »Das ist richtig gefährliche Magie, Rya. Blutmagie in ihrer reinsten Form.«

»Euryale.«

Ilena nahm die Hände herunter. »Was?«

»Das ist mein richtiger Name. Euryale. Ich bin eine von Medusas Schwestern.«

Ilena klappte der Mund auf. Sie blinzelte und sagte einige Sekunden lang nichts.

»Das erklärt so einiges«, murmelte sie dann. »Bei allen Göttern. Deine Unsterblichkeit ist sicherlich auch für deine Heilungskräfte verantwortlich. Nachdem du sie wieder an dich genommen hattest, konntest du heilen. Dass du dich dazu in Stein verwandelt hast ... Das ist bestimmt so ein Gorgonen-Ding. Ein Selbstschutz, um dir Zeit zum Heilen zu verschaffen. Du warst fürchterlich verletzt, dein Herz zersplittert. Vielleicht hast du dich selbst auch irgendwo versteckt. Vor einhundert Jahren warst du dann vielleicht so weit, dass du wieder zu Bewusstsein gekommen bist und dich wieder in die Welt getraut hast. Nur als Statue und ohne Erinnerung. Vielleicht hast du die auch mit weggeheilt.«

»Aber wieso bin ich damals nicht schon gestorben? Der Mann hat mein Herz aufgespießt. Wenn daran meine Unsterblichkeit hängt und er es mir rausgerissen und zerstört hat, hätte ich doch eigentlich tot umfallen müssen.«

Ilena tippte sich ans Kinn. »Das Ritual war vermutlich noch nicht abgeschlossen. Du sagtest, die Frau hat die Hand danach ausgetreckt? Bestimmt hätte sie die Phiole an sich nehmen müssen. Dann erst hätte sie die Unsterblichkeit übernommen und du wärst gestorben.«

»Wie kann die Unsterblichkeit aber überhaupt noch da sein, wenn mein Herz doch zerstört war?«

»Es ist ein bisschen ein Paradoxon. Der Teil der Seele der Frau – darum handelt es sich meiner Meinung nach bei dem, was du in die Phiole hast fließen sehen – hat sich mit der Unsterblichkeit verbunden. Doch da sie das Ritual nicht beendet hat, ist auch dein Herz noch am Leben und deswegen bist auch du noch unsterblich. Ihr haltet euch mit diesen drei Komponenten quasi gegenseitig am Leben.«

Ich wischte mir übers Gesicht. Der Regen hatte das meiste vom Blut abgewaschen, aber ich war dreckig, stank und meine zerfetzte Kleidung war steif. Da kam mir ein Einfall. Hekate hatte mir gesagt, dass ich die Seele und das Herz des Krieges finden sollte. War damit nicht nur Medusa, sondern auch dieser Zauber gemeint? Wenn ja, dann waren die Gedanken, die mir daraufhin in den Kopf kamen, hoffentlich auch richtig. Denn sie waren beängstigend.

»Ach herrje«, fuhr Ilena fort. »Und da ihr miteinander verbunden seid, spürt sie dich sicherlich irgendwie und kommt näher ... das ist nicht gut. Sie darf die Phiole auf keinen Fall in die Finger bekommen. Vielleicht finden wir einen Weg, wie wir das bisherige Ritual rückgängig machen können. Wobei … vielleicht bist du schon dabei. Die Farben. Die sind mit deinen Emotionen entstanden. Dein Herz ist noch nicht ganz verloren, Rya. Wir können es retten. Bestimmt. Wir müssen nur schnell genug sein, bevor sie dich findet.«

»Ich will, dass sie mich findet. Und zwar schnell. Die Zeit läuft uns davon.«

»Wir könnten es mit … Was hast du gesagt?«

»Ilena, du wirst mich jetzt vielleicht für verrückt halten …«

Ilena hob die Hände. »Was? Wieso? Nur weil du eine uralte unsterbliche Gorgone bist, die von einer Göttin getötet, aber doch nicht getötet wurde, weil ihr Herz nicht an Ort und Stelle war und sich irgendwie alles im Kreis dreht? Ach Quatsch!«

»Sie soll mich finden«, wiederholte ich und wappnete mich innerlich für die Standpauke, die sicherlich folgen würde.

»Hast du sie noch alle?«, brüllte Ilena.

»Ja, in der Tat. Ich habe endlich alle Informationen zusammen, die ich brauche, um den Krieg zwischen den Gorgonen und dem Orden zu beenden.«

Ilena blinzelte. »Sorry, aber jetzt habe ich den Faden verloren.«

»Ich weiß, wer die beiden sind, die das Ritual an mir durchführen wollten. Und ich weiß, wie ich den Krieg beenden kann. Zumindest theoretisch. Aber ich muss es trotzdem versuchen.« Auch wenn mir das eine Heidenangst einjagte. Ich rutschte auf den Kissen hin und her.

»Klingt bescheuert, gefährlich und verrückt. Ich bin dabei«, verkündete Ilena.

»Du hast noch nicht gehört, was meine Theorie ist.«

»Ganz ehrlich? Wie irre kann es noch werden?«

»Bei dem Paar handelt es sich um Medusa und Perseus. Sie wurden von Athene verflucht.« Ich erzählte ihr von der Geschichte, die ich kurz vor meinem zweiten Tod von Athene gehört hatte.

Ilena blinzelte. Sie schnippte mit den Fingern und eine Flasche, gefüllt mit einer karamellfarbenen Flüssigkeit erschien. Sie schüttete sich einen Schluck in ihre Tasse, trank ihn und hustete. »Ach du scheiße«, krächzte sie.

»Das kannst du laut sagen.«

Die *Mágissa* schnitt eine Grimasse. »Also hat Medusa die Gorgonen mit Magie erschaffen?«

»Richtig. Und sie meinte, nach Medusas Tod würden die Gorgonen ihre Kräfte verlieren. Damit wären sie besiegt und die Ordensmitglieder müssten nicht länger gegen sie kämpfen. Der Krieg wäre vorbei.«

»Medusa muss also sterben«, stellte Ilena tonlos fest. Ich war von dieser Idee auch nicht begeistert.

»Es ist die einzige Möglichkeit.« Eine schreckliche. Aber laut Hekate war es der richtige Weg. Oder?

»Aber sie ist deine Schwester.«

»Das war Stheno auch. Und Medusa und Perseus haben sie umgebracht.«

»Warte. Es gab noch eine von euch?«

Ich erzählte ihr kurz, was ich von Athene über meine andere, ebenfalls unsterbliche Schwester gehört hatte.

»Sie brauchten zwei Phiolen voll Unsterblichkeit, eine für jeden von ihnen. Bei Stheno ist es gelungen, bei mir sind sie gescheitert, dann wurden sie verflucht«, schloss ich.

Ilena stieß einen Pfiff aus. »Das klingt alles fürchterlich kompliziert. Aber die Quintessenz ist, dass Medusa die Gorgonen erschaffen hat und sterben muss, damit die Gorgonenmagie ausgelöscht wird.«

»Und ich komme an sie heran, indem ich sie zu mir locke. Denn ich habe, was sie will. Die Phiole. Athene hat angedeutet, dass es Medusa immer schlechter geht, seit ich aufgetaucht bin. Das stimmt. Medusa ist abgemagert und ich habe ihr angesehen, dass etwas nicht stimmt. Ich hatte es nur nie auf mich bezogen. Unsere Verbindung scheint stärker zu sein als die Unsterblichkeit, die sie von Athene erhalten hat. Vielleicht, weil wir verwandt sind und das Ritual begonnen wurde, bevor sie verflucht wurde.«

Ilena nickte. »Außerdem ist Blutmagie, zumal innerhalb einer Blutlinie, mächtiger also ein Fluch. Erinnerst du dich? Aber meinst du wirklich, du könntest sie eigenhändig töten?«

»Wenn mir nichts anderes übrig bleibt …« Würde ich es dann wirklich durchziehen? Ich war mir selbst nicht sicher. Ich hatte diesen

Krieg um jeden Preis beenden wollen, aber dass ich dafür mit dem Leben einer anderen bezahlen sollte? Ich wusste nicht, ob ich dafür stark genug war. Doch die Trauer, die Wut, die Verwirrung und all die Schuld, die in meinem Inneren rumorten, machten es mir schwer, einen klaren Gedanken zu fassen. Ich war hin- und hergerissen und wusste nicht, was ich fühlen oder denken sollte.

»Ich frage mich, wie du so schlau und gleichzeitig so blöd sein kannst«, sagte Ilena in meine Gedanken hinein.

»Entschuldigung?«

»Du hast eine ganze Armee an Gorgonentötern zur Verfügung und willst deine Schwester trotzdem lieber eigenhändig umbringen und dich unnötig in Gefahr begeben?«

»Sie wurden bereits zu genug gezwungen. Das kann und will ich nicht von ihnen verlangen.«

»Mh«, machte Ilena übertrieben laut und tippte sich ans Kinn. »Schade, dass es keinen Krieger im Orden gibt, der dir restlos verfallen ist und der vermutlich alles für dich tun würde, ohne dass man es von ihm verlangen würde … Oh, warte! Den gibt es!«

Mein Körper versteifte sich. »Nick will ich am allerwenigsten damit belasten. Außerdem ist es meine Schwester. Man könnte also sagen, dass meine Familie schuld an diesem Krieg ist und deswegen sollten auch wir es sein, die ihn beenden.«

Ilena seufzte. »Du hast echt einen Schädel aus Stein, wenn du … Rya!«

Oh nein. Das war er. Der Gesichtsausdruck, der eine Idee ankündigte. Ich hoffte, es war nicht die, die ich befürchtete. »Ja?«

»Wenn Medusas Seele mit deiner Unsterblichkeit und damit auch mit dir verbunden ist und ihr euch gegenseitig am Leben erhaltet … dann funktioniert es nicht. Dass sie stirbt, meine ich. Die eine wird immer die jeweils andere am Leben erhalten.«

»Ich hatte gehofft, es würde dir nicht auffallen.«

Ilenas Augen wurden groß. »Das kann nicht dein Ernst sein. Wenn Medusa wirklich sterben soll …«

»Muss ich es auch.«

KAPITEL 32

Bist du wahnsinnig?«, schrie Ilena und sprang auf. »Ich bewundere deinen Gerechtigkeitssinn, Rya, das tue ich wirklich. Aber es kann doch nicht sein, dass du für etwas büßen musst, was deine Schwester getan hat. Zumal der Tod etwas ziemlich Endgültiges ist.«

»Hast du eine andere Idee?«

»Ich könnte versuchen, das Ritual rückgängig zu machen, und dir sowohl dein Herz als auch deine Unsterblichkeit zurückgeben. Danach könntest du Medusa töten, wenn sie wieder sterblich ist. Falls sie vorher nicht ohnehin stirbt.« Ilena lief auf den Kissen auf und ab, was mich nervös machte.

Ich deutete auf die Phiole, die vor mir auf dem Tisch lag. »Sieh es dir an, Ilena. Von meinem Herzen ist nicht mehr übrig als bunter Staub. Vielleicht habe ich nicht mehr lange zu leben. Vielleicht zerbricht die Phiole auch vorher und beendet das Ritual. Vielleicht sind wir beide dabei zu sterben. Vielleicht stirbt auch nur sie gerade und ich könnte mich irgendwo hinsetzen und einfach warten. Und ganz vielleicht könnte ich mir mein Herz zurückholen. Ich will aber keine Vielleichts mehr. Und mein Instinkt sagt mir, dass ich das nur erreiche, wenn ich mich ihr stelle und es selbst beende.«

Bei dem Wort *Instinkt* zuckte Ilena zusammen. Ich hatte das Wort ganz bewusst gewählt, nachdem Hekate ihm so eine wichtige Bedeutung gegeben hatte. Es wirkte und Ilena wurde etwas ruhiger.

»Du willst also hocherhobenen Hauptes in den Tod gehen?«

»Wenn ich damit eine alte Schuld begleichen und den Menschen, die mir am Herzen liegen, eine neue Chance bieten kann, dann ja.«

»Okay, Frau Besserwisser.« Sie fuchtelte mit dem Finger vor mir herum. »Du wirst trotzdem die Hilfe vom Orden brauchen. Erstens ist er nämlich im Besitz dieses göttlichen Dolches, der dich umbringen kann, zweitens wirst du jemanden brauchen, der Medusa tötet, während du dich umbringen lässt.«

Sie hatte recht. Ganz allein würde ich es nicht schaffen.

»Ich werde Medusa mit dem Dolch töten. Und ich wollte Hekate fragen, ob sie mich tötet. Als Göttin kann sie das.«

Ilena warf die Hände in die Höhe und schnappte nach Luft. »Bitte erspar es mir. Ich will nicht hören, wieso sie und wieso du auf die Idee kommst, dass sie das machen würde. Woher kennst du sie? Nein, sag es nicht. Sonst fange ich an, mir die Haare zu raufen und an denen hänge ich. Dieses Vorhaben ist Wahnsinn, Rya. Das kann nicht gut gehen. Du kannst dir ja nicht mal sicher sein, dass es funktioniert.« Sie ließ sich neben mich in die Kissen fallen.

»Aber ich ... wir müssen es versuchen. Bitte. Wir müssen es probieren. Ich bin überzeugt, dass es der richtige Weg ist.« Ich hatte mich dennoch noch nie selbst so sehr gehasst wie in diesem Moment, in dem ich über ein anderes Leben entschied.

»Ich halte absolut gar nichts von diesem Plan. Weniger als nichts.« Ilena seufzte. Dann hielt sie kurz inne, als ob sie mit sich selbst Zwiesprache hielt, ein metallischer Schimmer legt sich für eine Sekunde über ihre Augen. Sie biss sich auf die Lippe und lächelte. »Aber ich halte viel von dir, Rya. Deswegen wäre ich dabei. Und habe ich schon gesagt, dass ich es dumm finde?«

Ich beugte mich nach vorne und umarmte sie. »Danke. Das bedeutet mir sehr viel.«

»Jaja. Schon gut.« Sie drückte mich kurz, dann schob sie mich von sich. Ihre Nase war gerümpft. »Entschuldige, wenn ich das jetzt so sagen muss, aber du stinkst. Und du siehst fürchterlich aus.«

Ich sah an mir hinunter. Ich trug noch immer die zerschlissene, blutbesudelte Kleidung, die ich bei meinem Sturz von dem Hochhaus getragen hatte. Ich wollte gar nicht wissen, wie der Rest von mir aussah.

»Wo du recht hast ...«

»Komm mit. Ich lasse dir ein Bad ein und gebe dir etwas zum Anziehen. Lass dir ruhig Zeit. Ich werde in der Zwischenzeit Nick darum bitten, herzukommen. Er ist der Einzige in diesem Laden, dem ich wirklich vertraue. Und dem du vertrauen kannst.«

Mein ganzer Mut verpuffte, als sie seinen Namen sagte. »Ich habe aber eine Bedingung.«

Ilena kniff die Augen zusammen. »Welche?«

»Nick darf nicht erfahren, was mit mir passieren könnte. Soweit es ihn betrifft, geht es nur darum, Medusa zu töten. In Ordnung?«

Ich konnte Ilenas Unmut über diese Aussage förmlich spüren. »Das sagst du nur, weil du genau weißt, dass er versuchen würde, dich umzustimmen. Du siehst also selbst, wie dumm das ist.«

Darauf gab ich keine Antwort. Ilena schüttelte den Kopf. »Aber gut, ich stimme zu.«

Sie führte mich die Treppe hinauf in das obere Stockwerk, das ganz und gar nicht magisch anmutete. Das Bad war groß, aber nicht sonderlich auffällig dekoriert. Hier und da standen ein paar Quarzsteine, die mich an Ilenas Anhänger erinnerten.

»In eurer Welt, in der von *Mageía Mésa*, Gorgonen und Kriegern, spielen Steine wirklich eine große Rolle, oder?«

»Ja. Aber nicht nur hier. Auch einige der normalen Menschen haben erkannt, dass besonders Edelsteine gewisse Wirkungen haben. Allerdings werden sie schief angesehen, dabei sind sie auf der richtigen Spur. Dieser Peridot zum Beispiel ist gut, um negative Gedanken aufzulösen. Ideal für ein entspannendes Bad, oder?«

»Indem er einfach nur danebensteht?«

Ilena rollte mit den Augen. »Du musst ihn schon mit ins Wasser nehmen.«

»Okay …«

Ilena drehte die Wasserhähne auf und füllte die Wanne. Sobald die Luftfeuchtigkeit im Bad stieg, entspannten sich meine Muskeln. Die *Mágissa* kippte verschiedene Badesalze und Tinkturen in die Wanne, woraufhin ein angenehmer Geruch den Raum erfüllte.

»Lässt du ein Bad ein oder kochst du eine Suppe?«, fragte ich. Ilena grinste.

»Haha. Du wirst mir nachher danken.« Sie schlüpfte aus dem Raum und kam kurz darauf mit Kleidung zurück, die sie mir auf eine kleine Kommode legte. Dann drehte sie das Wasser ab. »Bitte sehr. Lass dir Zeit und erhol dich.«

»Danke.« Ich schloss die Tür hinter ihr ab und schälte mich aus den schmutzigen und starren Klamotten. Sobald ich den ersten Fuß in das Wasser steckte, erfüllte mich ein wohliger Schauder. Ich kämpfte mich durch den vielen Schaum und sank vollkommen in das heiße Nass. Ein lauter und langer Seufzer glitt über meine Lippen. Unter Wasser atmete ich aus und beobachtete die Luftblasen beim Aufsteigen. Der Schmutz löste sich aus meinen Haaren, sie wurden wieder geschmeidig. Als ich schließlich auftauchte, war die Anspannung verflogen. Das Nass beugte sich meiner Elementarmagie, kleine Kugeln aus Wasser schwebten über der Wanne. Wie bei dem ersten Einsatz meiner Magie. So viel war seitdem passiert.

Der Peridot auf der Ablage rechts neben der Wanne erweckte meine Aufmerksamkeit. Ich griff danach, schüttelte den Kopf und stellte ihn zwischen meine Füße.

Wenn Ilena dazu bereit war, meine verrückten Ideen zu unterstützen, konnte ich auch etwas ausprobieren, von dem sie überzeugt war. Ich lehnte den Kopf gegen den Wannenrand und schloss die Augen. Mein Körper war leicht und schmerzte nicht. Eine angenehme Ruhe legte sich über mich und jede einzelne Sekunde war eine Wohltat. Das Wasser kühlte immer mehr ab, meine Finger wurden schrumpelig, doch das störte mich nicht. Der goldene Streifen, der Nick und mich verbunden hatte, war nicht mehr. Das war gut, denn dann konnte ich nicht aus Versehen meine Pläne offenbaren. Ich lag so lange im Wasser, bis es kalt war und die Tür unten im Haus geöffnet und wieder geschlossen wurde.

Ich stieg aus der Wanne, trocknete mich ab und schlüpfte in die Klamotten, die Ilena mir hingelegt hatte. Meine Haare rubbelte ich nur kurz ab und fasste sie in einem Pferdeschwanz zusammen. Aus dem Spiegel blickte mir ein müdes Gesicht entgegen. Immerhin erweckte es nicht den Eindruck, als wäre ich wenige Stunden zuvor von den Toten auferstanden. Einige Atemzüge lang brauchte es, bis ich bemerkte, dass ich es hinauszögerte, aus dem Bad zu gehen. Meine Vermutung war, dass Nick vorhin das Haus betreten hatte. Eigentlich sollte ich froh sein, ihn zu sehen, und war es natürlich auch, aber …

ich hatte auch Angst. Ich legte die Hand auf meine Brust, wo ich das vertraute Pochen spürte. Wieso nur war da ein Herzschlag, wenn mein Herz doch zerkrümelt in der Phiole schlummerte? War es vielleicht meine Blutmagie? Pumpte ich damit das Blut durch meinen Körper und hielt mich so am Leben? Doch wieso hatten die Hämatite das nicht aufgehalten? War meine Magie so stark, dass sie sich dagegen auflehnen konnte? Immerhin hatte ich auch die Hämatite zerstört. Oder war es die Unsterblichkeit, die mich auch ohne Herz am Leben hielt? Vermutlich eine Mischung aus beidem.

»Euryale.« Erneut testete ich den Namen. In meinem Kopf waren sie und ich zwei völlig verschiedenen Wesen. Sie hatte in der Vergangenheit Dinge beherrscht und getan, die mich heute schützten. Ich wollte ihr einerseits danken, andererseits verstand ich sie nicht. Würde ich das jemals? Würde ich irgendwann wieder wissen, wie ich damals gewesen war? Brauchte ich das überhaupt?

Amaris materialisierte sich und blickte ebenfalls in den Spiegel.

»Warst du schon damals an meiner Seite?« Sie schüttelte den Kopf, was recht merkwürdig aussah. Schade. Vielleicht hätte sie mir ein paar Dinge über mich sagen können. Sie schmiegte sich an meine Wange. Ich spürte, wie traurig sie darüber war, dass sie mir nicht helfen konnte.

»Schon in Ordnung. Das ist ja nicht deine Schuld. Aber … denkst du, ich tue das Richtige?«

Sie rührte sich nicht.

»Findest du es falsch?«

Wieder bewegte sie sich nicht. Dann rollte sie sich um meinen Hals, drückte kurz zu und verschwand wieder im Tattoo. In dem Moment spürte ich, dass sie an meiner Seite sein würde, egal, was ich tat. Und das nicht, weil sie an mich gebunden war, sondern weil sie es wollte.

Und ich wusste, was *ich* wollte.

Also nahm ich all meinen Mut zusammen und verließ das Bad. Die Tür fiel gerade hinter mir ins Schloss, als ich Schritte aus dem Wohnzimmer hörte. Ich erwartete Ilena, doch es war Nick, der aus dem Türbogen in den Flur trat.

Er blieb am Fuß der Treppe stehen und drehte sich um, ohne mich zu sehen.

»Du hast gesagt, es wäre ein Notfall und jetzt willst du nicht sagen, was los ist. Ich finde …«

Er sah zu mir hoch, als ich einen Schritt Richtung Treppe machte. Als unsere Blicke sich begegneten, zuckte Nick unmerklich zusammen. Er verstummte mitten im Satz und ich konnte mich nicht rühren, weil ihn zu sehen Gefühle in mir auslöste, die mich gleichzeitig stark und schwach machten.

Im nächsten Moment stürmte Nick zwei Stufen auf einmal nehmend die Treppe herauf. Er blieb dich vor mir stehen und streckte die Arme aus, hielt dann aber inne, als wüsste er nicht, ob er mich wirklich anfassen könnte. Ich zögerte nicht, packte seinen Pullover und zog ihn an mich. Ich schlang die Arme um ihn und drückte meine Nase an seine Brust. Dann gab auch er nach und schloss die Arme um mich, presste mich an sich, als wollte er mich nie wieder loslassen. Ich spürte seinen Atem auf meinem Kopf, als er mir einen Kuss auf den Scheitel drückte und dann seinen Kopf ablegte. Seine Wärme und sein Geruch hüllten mich ein. Und ich gestehe, dass ich in dieser Sekunde alle meine Pläne über den Haufen werfen und einfach so stehen bleiben wollte. Für einen Augenblick konnte der Rest der Welt mir den Rücken herunterrutschen. Dann strich Nick mir über ebenjenen und ich drängte mich noch näher an ihn.

»Ist es ignorant, wenn ich sage, dass ich nicht wissen will, wie das möglich ist?«, raunte er mit zitternder Stimme.

Ich schüttelte den Kopf. »Nein. Ich würde es am liebsten auch wieder vergessen.«

Nick zog sich zurück und nahm mein Gesicht in beide Hände.

»Jedes Mal, wenn ich denke, dass alles vorbei ist, tauchst du auf und belehrst mich eines Besseren. Wie kann das sein?«

»Vielleicht hast du mich mit deinem ersten Kuss an dich gekettet und ich habe gar keine andere Wahl, als immer wieder bei dir aufzutauchen. Ich bin jetzt deine Statue und …« Ich zuckte zusammen und stieß mich von Nick ab. Ich senkte den Blick und legte mir die Hände über die Augen.

»Was ist los, Rya? Tut dir was weh?«

»Nein. Es ist nur … Ich könnte dich in Stein verwandeln. Du bist nicht immun dagegen.«

»Rya …« Nick seufzte und umschloss meine Unterarme mit seinen Fingern.

»Nicht!«

»Du wirst mir nichts tun. Davon bin ich überzeugt, also bitte sieh mich an, ja?«

»Woher willst du das wissen?«

»Zum einen vertraue ich dir, zum anderen … Eigentlich läuft so was vermutlich andersherum, aber ich denke, dass du mir nichts tun wirst, weil du mich liebst.« Mein magischer Herzschlag stoppte. »Wie kommst du darauf?«

»Weil du es gedacht hast. Erinnerst du dich nicht? Als Kreon auf mich losgegangen ist, warst du in Rage und hast ihn verflucht, weil er jemanden töten wollte, den du liebst. So zumindest kam der Gedanke bei mir an. Oder hast du das nicht so gemeint?«

Ich gab Nicks Berührung nach und er zog meine Hände von meinem Gesicht. Als ich immer noch nicht aufsah, nahm er mein Kinn in eine Hand und hob meinen Kopf an.

»Ich denke doch«, sagte ich.

»Und das alles nur wegen eines Kusses bei Mitternacht im Museum.« Er senkte den Kopf und küsste mich. Es war ein sanfter Kuss, voller Vorsicht und Sehnsucht. Seine Daumen fuhren langsam kreisend über meine Wangen.

»Rya, ich …«

»Sag es nicht«, fuhr ich dazwischen. »Nicht, solange du nicht die Wahrheit über mich kennst.«

»Das würde nichts daran ändern.«

»Hör es dir mir zuliebe bitte erst an, ja?«

»Okay.« Er küsste mich auf die Stirn, dann nahm er meine Hand und führte mich die Treppe hinunter und ins Wohnzimmer. Zu meiner Überraschung war das Kissenmeer verschwunden, es sah nun wie ein ganz normales Wohnzimmer aus. Zwar waren die Regale noch immer gefüllt mit den außergewöhnlichsten Dingen, aber die Couch, die Sessel und der tiefe Tisch dazwischen, die anstelle der Anrichte in der Mitte des Raumes standen, wirkten völlig normal und unmagisch. Auch das Netz aus Fäden war verschwunden.

Dafür war Linos da. Und Xanthos.

Ilena hatte ihnen Tee und Kaffee serviert, den sie aus filigranen Porzellantassen tranken, als wäre diese Zusammenkunft nicht mehr als ein Plausch unter Freunden. Die beiden Krieger sahen auf, als wir eintraten, wirkten aber nicht überrascht. Ilena hatte ihnen wohl erzählt, dass ich es war, die Nick auf der Treppe gesehen hatte.

Eine angespannte Stille entstand, die überraschenderweise von Xanthos gebrochen wurde, der mich kopfschüttelnd musterte.

»Du bist echt stur«, murrte er.

Ich antwortete darauf, indem ich den heißen Kaffee aus der Tasse schwappen und auf sein Gesicht zufliegen ließ. Er zuckte nicht mit der Wimper, auch nicht, als ich die dunkle Brühe wenige Millimeter vor seinem Gesicht stoppte.

»Irgendwann gebe ich nach«, sagte ich und führte den Kaffee zurück in die Tasse.

»Wäre nur fair«, antwortete er und trank einen Schluck. Ilena blinzelte überrascht.

»Ich freue mich auch, dich zu sehen, Rya«, sagte Linos und stand auf. Er umarmte mich kurz und setzte sich dann zurück in den Sessel. »Wie ich höre, haben wir viel zu besprechen.«

Nick und ich setzten uns zu Ilena auf das Sofa. Sie hielt mir eine Tasse hin, die mit wohlriechendem Chai Latte gefüllt war. Ich sank in das Rückenpolster und seufzte.

Nick setzte sich dicht neben mich und nahm meine Hand in seine. Er verschränkte unsere Finger miteinander und warf Xanthos einen bitterbösen Blick zu, als der diese Geste mit erhobenen Augenbrauen kommentierte.

»Also, wieso sind wir hier?«, wollte Linos wissen. »Doch sicherlich nicht nur, damit Nick Rya wieder in die Arme schließen kann, oder?« Erst im Licht des Wohnzimmers bemerkte ich die dunklen Schatten, die unter Nicks Augen lagen. Seine Wangen und Kinn waren stoppelig, der Bartschatten verlieh seinem Gesicht zusätzliche Dunkelheit, die seine braunen Augen heller als sonst erscheinen ließ. Seine Narben am Hals wirkten fahl und stachen deutlich hervor. Mir war im schummrigen Licht des Treppenhauses nicht aufgefallen, wie schlecht er aussah. Ich sah den Funken in seinen Augen, der im Gegensatz zu seiner blassen Haut lebendig wirkte. Nicks Mundwinkel zuckten, als ich ihn musterte. Etwas in mir zog sich zusammen, als ich daran dachte, dass ihm dasselbe noch einmal bevorstand. Er würde mich noch einmal verlieren. Endgültig.

Ich drückte seine Hand. »Ich weiß, wie wir den Gorgonen ihre Magie nehmen können.«

»Was?«, fragte Nick.

»Es gibt eine Möglichkeit, die Gorgonen ein für alle Mal ihrer Macht zu berauben. Indem wir Medusa töten.«

Die drei Krieger rissen gleichzeitig die Augen auf, dann warfen sie sich kurze Blicke zu, die eindeutig waren.

»Ich bin nicht verrückt«, erklärte ich. Dann erzählte ich ihnen, was ich auch schon Ilena erzählt hatte. Zu meiner Erleichterung sprangen die drei nicht auf, um mich an Ort und Stelle aufzuspießen, als ich zu dem Teil mit ›Medusas Schwester‹ kam. Im Gegenteil, sie wurden sonderbar ruhig, was ich fast noch gruseliger fand. Nick ließ meine Hand nicht einmal los. Seine Finger zwischen meinen beruhigten und motivierten mich, nicht mit dem Reden aufzuhören. Ich erzählte ihnen alles – bis auf eines. Ich spürte Ilenas Blick, mit dem sie mich durchbohren wollte, als ich meine Erzählungen beendete und mit keinem Wort erwähnt hatte, dass eine Voraussetzung von Medusas Tod mein eigenes Ableben durch Hekate war. Wenn es denn funktionierte. Ich musste hoffen, dass sie sich an unsere Absprache hielt und nichts verriet.

»Du willst also Medusa zu dir locken, um sie mit dem *Magikó Asími* umzubringen, was dazu führen wird, dass die Gorgonenmagie ausgelöscht wird, was wiederum dazu führen wird, dass der Orden sich auflöst und keiner von uns mehr kämpfen muss. Richtig?« Linos hatte es gut zusammengefasst. Auch wenn es so heruntergebrochen doch nicht so gut klang, wie ich mir das in meinem Kopf ausgemalt hatte.

Stille. Dann brach unter den Männern Chaos aus. Sie redeten wild durcheinander und diskutierten darüber, ob es wirklich sein konnte, dass der Krieg kein echter Krieg war, sondern nur ein Spiel ohne Gewinner, in dem Athene alle Regeln bestimmte. Ihre Vergangenheit zerbrach vor ihren Augen und setzte sich zu einer neuen Wahrheit zusammen, die schwer zu verdauen war. Ilena und ich ließen sie reden, fluchen und schimpfen, bis sie sich wieder beruhigten.

»Ich bin dabei«, sagte Linos dann. »Es ist verrückt und gefährlich und total bescheuert, aber wenn das mit dem Krieg die Wahrheit ist, dann will ich nicht länger ein Teil davon sein.«

»Danke.«

»Ich auch«, sagte Xanthos so leise, dass ich es kaum verstand. Alle Augen richteten sich auf Nick. Der blinzelte, als er sich der Aufmerksamkeit bewusst wurde.

»Müsst ihr da wirklich noch fragen?«

Ich wollte zerspringen. Vor Glück, vor Trauer, vor bittersüßer Freude, dass er mich tatsächlich nicht im Stich lassen würde.

»Ich will Medusa zu mir rufen, sobald ich etwas zu Kräften gekommen bin. Dann kann es losgehen. Die Zeit drängt. Ich will nicht, dass Athene wieder dazwischenfunkt, wenn sie herausfindet, dass ich noch am Leben bin.« Wer weiß, was sie sich einfallen ließ, wenn sie merkte, dass sie mich nicht so einfach umbringen konnte. Vielleicht würde sie auch mich verfluchen. Und das war ein weiteres Vielleicht, das ich nicht gebrauchen konnte. Meine Magie summte. Es war der richtige Weg. Auch wenn mein Magen sich bei dem Gedanken, Medusa etwas anzutun, umdrehte. Doch es gab da noch etwas, von dem ich auch Ilena nichts erzählt hatte. Ich musste Medusa sehen, weil ich ihr eine Frage stellen wollte. Eine, die mich beschäftigte, seit Athene mir unsere Geschichte dargelegt hatte. Aber das war ganz allein meine Sache. Ich würde mich damit auseinandersetzen, wenn es so weit war. Denn nur so schaffte ich es, einen Schritt nach dem anderen zu machen.

»Und sobald Medusa tot ist, gehören dein Herz und deine Unsterblichkeit wieder dir?«, fragte Nick. Verdammt, wieso stellte Nick immer die richtigen Fragen? Er war ja fast so schlimm wie ich.

»Ich denke schon.« Ich schluckte und hoffte, dass er mir glaubte.

»Und das reicht dir?«

»Ja.«

Er sah mir lange in die Augen und musterte mich. Versuchte, Wahrheit von Lüge zu trennen. Sein Griff um meine Hand wurde fester. Es gefiel ihm nicht, dass ich ihm keine Garantie geben konnte. Und trotzdem sagte er: »Dann reicht es mir auch. Ich denke, wir brauchen zwei Tage, um den Dolch zu besorgen. Ist das in Ordnung?«

»Wenn es nicht anders geht, ja. Und wie gesagt, ihr dürft Perseus nichts davon verraten. Keiner von euch. Ich weiß, ich verlange viel. Er ist trotz allem euer Vorfahre und Anführer.«

Xanthos verzog den Mund, als ich ihn dabei ansah. »Ich werde dich nicht verraten. Denn ob du es glaubst oder nicht, aber ich finde, dass die Gesamtheit des Ordens mehr zählt als ein liebestoller Held, der sich diesen Fluch selbst eingebrockt hat. Apropos, kann ich mich kurz allein mit dir unterhalten?«

Er stellte seine Tasse ab, erhob sich und ging in den Flur, ohne auf eine Antwort von mir zu warten. Fragend sah ich zu Nick.

»Geh. Er will dir nichts Böses. Nicht mehr.«

Widerwillig ließ ich Nicks Hand los und folgte dem Krieger, der mehrmals versucht hatte, mich umzubringen, in den dunklen Flur. Er lehnte am Treppengeländer und ich blieb mit verschränkten Armen in einem sicheren Abstand vor ihm stehen. Xanthos legte sofort los.

»Ich will zwei Dinge loswerden. Erstens: Danke, dass du dafür gesorgt hast, dass mir mein Kopf nicht von den Schultern gesäbelt wurde. Dafür stehe ich in deiner Schuld, die nach dieser hirnrissigen Aktion dann hoffentlich beglichen ist.«

»Ich …«

»Zweitens: Was verschweigst du uns?«

Ich schnappte nach Luft. »Wieso …«

»Nick mag durch seine rosarote Brille vielleicht geblendet sein, aber ich weiß, dass du ihn angelogen hast, als du gesagt hast, dass Medusa zu töten dir dein Herz wiedergibt. Also spuck es aus.«

Ich sah ins Wohnzimmer und ging dann ein bisschen näher an Xanthos heran. Ich senkte meine Stimme, als ich ihm antwortete, damit die anderen uns nicht hören konnten.

»Es ist nichts, was für euch gefährlich werden könnte. Zumindest nicht *noch* gefährlicher. Das ist alles, was ich dir dazu sagen will. Aber es gibt da einen Gefallen, um den ich dich bitten möchte und mit dem du deine Schuld doppelt und dreifach bezahlen kannst. Wenn es an der Zeit ist, möchte ich, dass du Nick von etwas abhältst.«

Er runzelte die Stirn. »Abhalten wovon?«

»Das wirst du merken, wenn es so weit ist. Haben wir einen Deal?« Ich streckte ihm meine Hand hin. Xanthos betrachtete sie, als hätte er eben erst festgestellt, dass Gorgonen ebenso wie er fünf Finger hatten, nicht mehr und nicht weniger. Er schlug ein und murmelte »Einverstanden«. Plötzlich packte seine Hand mich fester und er zog mich so nah an sich heran, dass unsere Nasenspitzen sich fast berührten.

»Aber ich schwöre dir, dass ich dir Schlimmeres antun werde als den Tod, wenn du uns doch in irgendeine Scheiße mit reinziehst, die du uns verschwiegen hast.«

»Abgemacht.« Ich entriss ihm meine Hand und stolperte zurück. Er nickte knurrend.

»Noch eines«, sagte ich und er legte den Kopf schief.

»Im Ernst?«

»Sollte mir etwas passieren, bevor Medusa tot ist, dann müsst ihr trotzdem weitermachen.«

»Erst aufhören, wenn die Obergorgone tot ist? Kein Problem.« Er stieß sich vom Geländer ab und stürmte an mir vorbei ins Wohnzimmer. *Gut, dass wir das geklärt haben*, dachte ich. Wenn auf eines Verlass war, dann auf Xanthos' Abneigung gegenüber den Gorgonen.

Im Wohnzimmer machten Linos und Xanthos sich zum Aufbruch bereit. Sie würden zurück in den Orden fahren, ein paar Waffen und Utensilien holen und dann zurückkehren. Außerdem sollten sie herausfinden, wo der *Magikó Asími* untergebracht worden war, damit wir ihn in einem geeigneten Moment holen konnten.

Wir hatten ausgemacht, während der Vorbereitung auf das Treffen mit Medusa bei Ilena zu bleiben. Falls Medusa mich doch früher finden würde, müsste ich mich ihr nicht allein entgegenstellen. Perseus alias Titos würden Nick und die anderen erzählen, dass sie einen der Beobachtungsposten in der Stadt beziehen wollten, um angeblich einem Hinweis auf eine Gorgonenunterkunft nachzugehen. Denn was Perseus betraf, ging er davon aus, dass Nick und die anderen die Wahrheit nicht kannten und nach wie vor gegen die Gorgonen kämpften.

Ich hatte gedacht, dass auch Nick mit den Kriegern zum Orden gehen würde, aber er blieb zurück. Er, Ilena und ich räumten das Geschirr in die Küche.

»Oben sind mehrere Gästezimmer, sucht euch die aus, die ihr haben wollt. Und macht es schnell, ehe die anderen beiden zurückkommen, dann könnt ihr euch die besten raussuchen. Oder *das* Beste. Ich werde mich für eine Weile in mein Arbeitszimmer im Keller zurückziehen und dort arbeiten. Und nichts hören.«

Pfeifend schlenderte sie aus der Küche und ließ uns allein zurück.

Nick lehnte sich an die Küchenzeile und sah ihr hinterher. Ich gähnte.

»Entschuldige«, sagte ich im Anschluss. »Es war nur …«

»Ein langer Tag?«

»Eher ein langes Leben.«

»Lass uns nach oben gehen.« Ehe ich antworten konnte, hatte er mich gepackt und über die Schulter geworfen. Ich trommelte auf seinen Rücken, während ich gleichzeitig lachte und gegen den unfreiwilligen Transport protestierte.

Im ersten Stock sah Nick sich die Zimmer nicht alle an, er bog einfach in das erste ab und bugsierte mich dort aufs Bett. Er ging zurück, um die Tür zu schließen, und in der nächsten Sekunde waren wir allein in einem dunklen Raum, der nur durch das Mondlicht erhellt wurde, das durch das Fenster auf den Dielenboden fiel. Das schlichte Holzbett wirkte nicht besonders einladend, doch die Matratze war wunderbar weich.

Nick zog sich den Pullover aus, dann streifte er seine Hose ab, sodass er am Ende nur in einem kurzärmeligen Shirt und Boxershorts vor mir stand. Ich war froh, dass ich in der Dunkelheit nur wenig erkennen konnte, denn auch so wusste ich nicht, wohin ich blicken sollte. Er trat auf das Bett zu und ich tat nichts, außer still dazusitzen und zu warten.

Mir wurde ganz warm, als Nick sich neben mich auf das Bett setzte.

»Rutsch mal ein Stück rüber, damit ich an die Decke komme.«

Etwas perplex rollte ich mich zur Seite. Nick nahm die Decke, schlug sie auf und legte sich darunter. »Worauf wartest du?«

Ich blinzelte ihn an.

»Rya, ich beiße nicht. Weder zur Abschreckung noch zum Spaß. Versprochen.« Er zwinkerte mir zu. »Ich will nur schlafen und dich dabei an meiner Seite haben, damit du nicht wieder verschwindest.«

Etwas in mir zerbrach bei Nicks süßen Worten, die etwas in meinem tiefsten Inneren berührten. Ich rutschte neben ihn und er breitete die Decke über uns aus. Seine Wärme umschloss mich und als ich meinen Kopf auf seine Brust bettete und er den Arm um mich schlang, war ich mir sicher, den schönsten Ort der Welt gefunden zu haben. Nicks Hand strich zärtlich über meinen Rücken. Ich fuhr mit den Fingern über die dünne Haut über seinem Schlüsselbein. Nick seufzte und küsste mich auf den Kopf.

»Darf ich es jetzt sagen?«

Ich nickte, denn meine Worte hätten mich lügen lassen.

»Ich liebe dich auch, Rya. Mit all deinen Farben.«

Den Tränen nahe rutschte ich ein Stück höher und vergrub meine Nase in Nicks Halsbeuge und krallte mich an seinem Shirt fest. Dieser Moment war so schön, so perfekt, dass ich Angst hatte, irgendwer würde mir jede Sekunde wieder den Boden unter den Füßen wegreißen, weil ich ihn nicht verdient hatte. Nick küsste mich auf den Kopf.

»Wenn du nicht damit aufhörst, dann gilt das ›ich beiße nicht‹ bald nicht mehr«, sagte er mit rauer Stimme, die mich zum Zittern brachte. Ich küsste ihn auf den Hals und entlockte ihm damit ein kurzes, leises Stöhnen. Seine Finger vergruben sich in meinem Pullover und legten einen Streifen Haut an meinem Rücken frei. Nick rollte sich auf die Seite und schlang auch den anderen Arm um mich, sodass wir Nasenspitze an Nasenspitze lagen. Er fand die frei liegende Haut, fuhr behutsam darüber und zog mich an sich. Dann legte er die Hand unter meinem Shirt auf meinen Steiß und zeichnete mit dem Daumen kleine Kreise auf meine Haut. Meine Hände ruhten auf seiner Brust. Unser Atem vermischte sich. Dann endlich küsste er mich. Wie zuvor waren diese Küsse vorsichtig, sanft. Doch ich konnte die Hitze spüren, die von Nick ausging und mir verriet, dass er mehr wollte. Auch mir wurde ganz warm und ich wollte mich am liebsten in Nick verlieren und nie wieder auftauchen.

Doch ich spürte auch, wie müde er war. Wie erschöpft. Er war zerbrochen und wieder zusammengesetzt worden. Und er würde all seine Kräfte brauchen, um das noch einmal zu schaffen. Ich wollte es nicht schlimmer machen, als es ohnehin sein würde, indem ich die letzte Grenze überschritt und ihm damit ein Versprechen gab, das ich brechen würde. So schwer es mir fiel, sosehr sich alles in mir wehrte, zog ich mich doch zurück und beendete den Kuss.

»Wolltest du nicht schlafen?«, flüsterte ich. Ich schob eine Hand in seine Haare und strich sie ihm aus dem Gesicht.

»Mh? Ja. Ich …« Nicks Augen blieben geschlossen und im nächsten Moment wurden seine Züge weich und sein Kopf sank tiefer in das Kissen. Mit den Fingerspitzen fuhr ich seine Konturen nach, um sie mir so gut wie möglich einzuprägen. Eine einzelne Träne rann mir aus dem Augenwinkel, geboren aus dem Wirrwarr an Gefühlen, das mich durchströmte. Durch die schmale Lücke zwischen den Vorhängen sah ich über Nicks Schulter hinweg nach draußen. Mitternachtsblau lugte dazwischen hervor. Diese Farbe war das Letzte, was ich sah, ehe ich einschlief.

In dieser Nacht hörte ich Medusas Stimme.

Kapitel 33

Als ich am nächsten Morgen aufwachte, war Nick nicht mehr da. Ich lag allein im Bett, eingekuschelt in die weiche Bettdecke, doch ohne Nick war es leer und kalt. Ich rollte mich von der Matratze, richtete meine Haare und machte mich auf den Weg nach unten. Draußen war es bereits hell, es musste schon früher Vormittag sein. Die Zeit lief uns davon. Ich hatte gedacht, den Termin des Zusammentreffens mit Medusa selbst bestimmen zu können, doch über Nacht hatte sich das Blatt gewendet. Das war schlecht. Sehr schlecht, aber wir hatten keine andere Wahl. Nicht, wenn ich die Kontrolle zurückerlangen wollte.

Ich folgte dem Gemurmel der anderen in die Küche. Ich war die Letzte, die aufgestanden war, Ilena, Nick, Linos und Xanthos standen bereits angezogen und ziemlich wach in der Küche.

Linos grüßte mich mit der Tasse. »Morgen.«

Nick fuhr herum. Er stand mit Ilena am Herd. »Wieso bist du schon wach? Ich bin noch nicht fertig.«

»Du? Wir!«, protestierte Ilena. Ich ging zu den beiden und schlang die Arme um Nick. Er wendete einen Pfannkuchen, während Ilena in einem kleinen Topf Apfelscheiben mit einer dunklen, klebrigen Masse vermengte.

»Pfannkuchen mit karamellisierten Äpfeln«, erklärte Nick. »Hast du die schon mal gegessen?«

»Nein. Aber es riecht sehr lecker.« Na gut, vielleicht konnten wir uns noch ein paar Minuten in trügerischer Sicherheit wiegen. Immerhin war es der letzte Morgen, den ich je erleben würde.

»Deswegen wäre es toll, wenn sie bald mal fertig sind. Wir haben Hunger«, murrte Xanthos. Ilena warf ihm einen bösen Blick zu.

»Wie wäre es mit helfen?«, konterte Ilena.

Xanthos schüttelte den Kopf. »Nicht meine Aufgabe.«

»Bestimmt kannst du es nur nicht«, erwiderte Ilena. Sie sah es nicht mehr, da sie sich wieder den Äpfeln widmete, aber Xanthos biss sich auf die Unterlippe. Da hatte sie wohl einen wunden Punkt getroffen.

»Geschirr?« Ich wollte nicht einfach nur herumstehen.

»Schrank über der Spüle, links.«

Gemeinsam mit Linos deckte ich den Küchentisch. Xanthos bequemte sich, das Besteck auszuteilen. Ich wusste immer noch nicht, was ich über seine Anwesenheit denken sollte. Verbuchte ich es unter zweiter Chance? Trotz allem, was er mir angetan hatte? Ich musste, denn wir konnten seine Hilfe gut gebrauchen.

Eine gute Viertelstunde später saßen wir am Tisch und frühstückten. Ich ließ sie alle die himmlisch schmeckenden Pfannkuchen genießen, ehe ich ihnen die schlechte Nachricht überbrachte.

»Unser Zeitplan hat sich leider etwas geändert.«

»Wieso?«, fragte Nick, der sich gerade zwei weitere Pfannkuchen auf den Teller legte.

»Ich habe mit Medusa gesprochen. Sie will sich heute Nacht mit mir treffen, oder sie tut Luce und Cathy etwas an.« Alle hielten in der Bewegung inne. Ja, so war es mir auch ergangen, als ich nach der Unterredung mit ihr erschrocken aufgewacht war. Ich hatte sofort aufspringen und gehen wollen, aber das hätte keinen Sinn ergeben. Unvorbereitet konnte alles nur noch schlimmer werden.

»Du sagtest doch, du wolltest warten!«, schimpfte Xanthos.

»Ich wollte nicht mir ihr sprechen«, erklärte ich. »Aber letzte Nacht ist sie zu mir durchgedrungen und ich konnte nichts dagegen tun.«

»Ilena, kannst du nicht einen Zauber schaffen, der Rya vor Medusa abschirmt?«, wollte Linos wissen.

»Wenn ich das könnte, hätte ich es schon längst angeboten. Aber diese Verbindung ist zu stark und die Magie zu alt, als dass ich Einfluss auf sie hätte. Tut mir leid.«

»Das muss es nicht. Wir müssen nur das Beste aus der Situation machen«, sagte Nick.

Xanthos verschränkte die Arme. »Wann und wo?«

»Heute um Mitternacht«, verkündete ich. »Im Garten hinter dem Museum, in dem ich einst stand.«

»Das ist doch …«, setzte Xanthos an, doch Nick unterbrach ihn.

»Es bringt nichts, sich darüber aufzuregen. Ein Problem ist aufgetreten, Rya hat darauf reagiert und nun müssen wir ihr vertrauen und alles vorbereiten. Xanthos, Linos und ich werden zum Orden gehen und den Dolch besorgen. Ilena, würdest du uns etwas zusammenstellen, was uns heute Abend hilfreich sein kann? Schutzzauber, Warnzauber oder einen Schleier?«

»Ich werde sehen, was ich auf die Schnelle hinbekomme«, sagte die *Mágissa* und nickte. Doch sie würde sich vorrangig darum kümmern, *Mágissa* Ora alias Hekate ausfindig zu machen, damit sie uns bei dem geheimen Teil des Plans half.

»Gut. Dann los.« Nick schob seinen Stuhl zurück und stand auf. Auch Linos und Xanthos sprangen auf die Beine. Alle drei drehten sich mit den Händen einen Pfannkuchen zusammen und aßen ihn im Laufen. Ilena und ich warfen uns einen Blick zu.

»Jahrelanges Training«, nuschelte Nick mit vollem Mund. »Wir treffen uns spätestens um elf wieder hier. Egal, wie weit wir dann sind. Dann hätten wir auf dem Weg ins Museum noch Zeit, uns einen Notfallplan auszudenken. Das wird aber hoffentlich nicht nötig sein.« Nick, Linos und Xanthos flitzten in die Diele, zogen sich Schuhe und Jacken über. Das holte auch Ilena und mich aus unserer Trance. Ich warf dem leckeren Frühstück einen letzten sehnsüchtigen Blick zu, dann stand ich auf. Die Jungs im Flur waren schon bereit zum Aufbruch.

»Warum lächelst du?«, wollte Nick von mir wissen.

Ich hob die Hand an die Lippen – und tatsächlich –, ohne dass ich es mitbekommen hatte, hatte sich ein Lächeln auf mein Gesicht geschlichen. Diese Situation kam mir vage bekannt vor …

»Es ist das erste Mal, dass ich dich so sprudelnd erlebe. So gefällst du mir noch ein bisschen besser.«

Grinsend kam Nick auf mich zu. »Noch besser, sagst du?« Er gab mir einen schnellen Kuss auf den Mund und flüsterte mir dann ins Ohr: »Das liegt daran, dass ich weiß, wofür ich kämpfen will.«

Seine braunen Augen funkelten, als er mich daraufhin ansah. Ich legte ihm die Hand auf die Wange und strich darüber. »Sei vorsichtig.«

»Immer«, gab er zurück. Er nahm meine Hand in seine und gab mir einen Kuss auf die Innenseite.

Leere zog an meinem Inneren, als Nick, Linos und Xanthos Ilenas Haus verließen.

KAPITEL 34

Es war skurril. Nie hatte ich mehr normale und schöne Sachen gemacht, wie gemeinsam mit den anderen am Tisch zu frühstücken, Tee zu trinken, mit Freunden zu reden und mit Nick in einem Bett zu schlafen, als in den letzten Stunden. Mit jeder Sekunde, die verstrich, steuerte ich auf meinen Tod zu, und doch war ich nie glücklicher gewesen als an diesem Tag in Ilenas Haus.

Während die Krieger außer Haus waren, half ich Ilena dabei, ein paar Steine in ihrem Chaos aus Regalen zu suchen, die sie magisch aufladen wollte, um sie uns mitzugeben. Ein ganzer Haufen von ihnen, die jeweils nicht größer waren als mein kleiner Finger, türmte sich nun auf der Anrichte im Wohnzimmer, die wie durch Zauberhand wieder erschienen war. Das Kissenmeer jedoch war und blieb verschwunden. Die Schnüre waren ebenfalls wieder da, was das Umhergehen etwas erschwerte, man gewöhnte sich dran. Ich glaubte, dass Ilena meine Hilfe eigentlich gar nicht brauchte, aber ich wusste nicht, was ich sonst hätte tun sollen. Jetzt noch an meinen Kampftechniken zu feilen, schien mir sinnlos. Uns blieben nur ein paar Stunden. Ich würde mich später noch mal mit meiner Elementarmagie beschäftigen, aber solange Nick und die anderen nicht zurück waren, fiel es mir schwer, mich auf etwas zu konzentrieren.

»Karneol, Jaspis, Saphir – alle drei gut, um damit einen Schutzzauber zu wirken.«

»Wie funktioniert diese Aufladung?«, wollte ich wissen.

Die *Mágissa* kramte verschiedene Pulver, Flüssigkeiten und auch ein paar blütenähnliche Dinge hervor, die sie neben die Steine auf die Anrichte legte. Sie schloss die Augen, breitete die Hände aus und begann, etwas zu murmeln. Ihre Zeichen leuchteten golden auf und ihre Augen glühten. Ihren griechischen Worten folgend, schwebten die verschiedenen Zutaten in die Luft, Fläschchen öffneten sich, kleinere Blätter zerbröselten. Sie vereinten sich in einem kleinen Strudel und flossen dann als dünner Strahl zu den Steinen und drangen mit einem Knacken in das Innere ein. Die Steine leuchteten kurz auf, mehr deutete nicht auf die Aufladung hin. Ilenas Singsang verstummte, doch ihre Zeichen und Augen leuchteten weiter. Sie überlegte. Dann fuhr sie mit dem Zeige- und Mittelfinger über die Symbole an ihrem Hals, die sich daraufhin von ihrer Haut erhoben und wie Goldfäden in der Luft waberten. Auch das hatte ich schon einmal gesehen, damals, als Ilena die Verbindung zwischen Nick und mir geschaffen und dafür ein Stück ihrer eigenen Magie verwendet hatte.

»Ilena …«, flüsterte ich, doch die *Mágissa* winkte ab. Die goldenen Fäden teilten sich auf ihren Befehl hin in der Luft und legten sich dann zu gleichen Teilen auf die Steine nieder. Erneut glommen die Steine auf, doch dieses Mal hielt es sich. Ilenas Zeichen verblassten, ihre Augen nahmen wieder die normale Farbe an.

»Das hättest du nicht tun müssen«, sagte ich.

»Ich wollte es aber. Ich denke, wir werden alle Kraft brauchen, die wir geben können.« Sie war etwas blass um die Nase. Sie musste mehr Magie geopfert haben, als sie mir zeigte.

Ich sah auf die Uhr. Es war fast sechs. »Ich habe gar nicht gemerkt, wie schnell die Zeit vergangen ist«, sagte ich erschrocken.

»Ich denke, wir sollten uns kurz ausruhen. Danach werde ich *Mágissa* Ora kontaktieren … Ich bringe es einfach nicht über mich, sie Hekate zu nennen. Das ist so … Puh. Nein, ich belasse es bei *Mágissa* Ora, sonst bekomme ich vor Aufregung gar kein Wort heraus.« Sie hatte es nicht gut verkraftet, als ich ihr doch noch von meiner Begegnung mit Hekate erzählt hatte – bei der sie mit dabei gewesen war, ohne es zu wissen. Ilena zog sich in ihr Schlafzimmer zurück. Doch ich konnte nicht einmal an Ruhe denken. Ich ging ins Badezimmer und ließ die Wanne volllaufen. Dieses Mal gab ich keine Zusätze hinein, sondern machte sie nur bis zum Rand voll mit reinem Wasser. Von dem Element angezogen, materialisierte Amaris sich in meinem Nacken und schlängelte sich an den Wannenrand.

»Wird es dich ohne mich geben?«, fragte ich sie.

Sie wurde blass und transparent. Das hatte ich befürchtet. »Es tut mir leid. Aber ich muss es tun.« Amaris legte ihren Kopf auf meine Hand, mit der ich den Wannenrand so fest umklammerte, dass die Knöchel weiß hervortraten. Mit der Schwanzspitze tippte Amaris auf die Wasseroberfläche und erzeugte damit kleine Wellen, die sich durch das Wasser zogen, ehe sie am anderen Rand ankamen. Wie diese Berührung würde auch meine Entscheidung Konsequenzen wie Wellen nach sich ziehen, die weitreichend waren. Wenn alles funktionierte, würden die Gorgonen ihre Kraft verlieren und sie und der Orden frei sein. Sie würden keinen Zwang mehr haben, keine …

Die *Ágalmas*. Was war mit ihnen? Ich hatte die ganze Zeit nur an mich und mein direktes Umfeld gedacht, aber was war mit all den Menschen, die noch im Körper einer Statue gefangen waren? Was, wenn die Gorgonenmagie aufhörte zu wirken? Würden sie zerfallen, so wie ich? Würden sie ihre Gestalt beibehalten?

Verurteilte ich all diese Menschen zu einem Leben aus Stein? Würde Athene dem Orden ihre Kräfte lassen, damit sie die *Ágalmas* gegebenenfalls zurückverwandeln konnten?

Es war eigenartig, aber ich spürte keine Angst, als ich daran dachte. Nur Abscheu vor mir selbst und dem Weg, den ich bereit war zu gehen. Aber irgendwie würde es sich fügen. Das musste es.

Natürlich machte ich mir auch Sorgen, aber weniger meinetwegen, sondern vielmehr um die anderen. Für sie würde ich alles geben und ich hoffte darauf, dass es reichen würde. Doch was war eine bessere Motivation, als die Menschen zu schützen, die ich mochte? Ich schloss die Augen und rief mir ihre Gesichter vor Augen. Viele Bilder von gestern und dem Morgen des heutigen Tages tauchten auf. Sogar Xanthos. Ich erinnerte mich an die Abscheu, die zwischen uns geherrscht hatte, doch er war wie alle anderen nur gefangen in diesem Krieg.

Dann tauchte Lexias Bild vor mir auf. Auch wenn es mir nicht bewusst war, so hatte ich die ganze Zeit auch an sie gedacht. Sie, die wie kaum jemand anderes unter der Tyrannei dieser uralten Fehde gelitten und mit ihrem Leben dafür bezahlt hatte. Niemand der anderen würde ihr Schicksal teilen. Nicht, wenn ich es verhindern konnte.

»Ich werde es beenden.« Meine Hände ballten sich zu Fäusten und ich hieb damit auf das Wasser in der Wanne ein. Es spritzte zu allen Seiten weg, fiel aber nicht zurück, sondern verharrte in der Luft. Das restliche Wasser schoss aus der Wanne, drückte gegen die Tür, hob sie aus den Angeln und ergoss sich in das Treppenhaus. Gleichzeitig platzte der Wasserhahn am Waschbecken ab und eine weitere Kaskade aus Wasser ergoss sich in das Badezimmer und folgte dem anderen. Auch im restlichen Haus hörte ich Leitungen gluckern und Anschlüsse bersten. Ich stand in einem Strahl aus Wasser, als auch in mir etwas passierte. Etwas explodierte. Eine Erinnerung, nein, ein Gefühl, das ich lange unterdrückt hatte, drang an die Oberfläche. Sprudelnd, dunkel erwachte eine Macht in mir, die einmal Euryale gehört hatte. Ich war sie, sie war ich, weshalb diese Empfindung fremd und vertraut zugleich war.

Medusa und Perseus hatten mich damals fast besiegt? Das würde sich nicht wiederholen. Aber das ging nur, wenn ich endlich akzeptierte, dass ich nicht einfach nur Rya war. Ich war nicht nur eine Gorgone. Ich war Euryale, die mächtigste aller Gorgonen. Und wenn jemand sie aufhalten konnte, musste, dann ich.

»Was bei allen Göttern ist hier los?« Ilenas Stimme hallte durch den Flur, dann hörte ich platschende Schritte auf das Badezimmer zukommen. Die *Mágissa* starrte ins Bad, auf den Boden, der ein paar Zentimeter mit Wasser bedeckt war, und auf das Loch in der Wand, aus dem es sprudelte. Sie setzte zu einer Standpauke an, doch dann richtete sie ihren Blick auf mich und ihre Augen wurden groß.

»R-Rya?«

Etwas in ihrer Stimme rief mich wach und ich hob die Hand. Die Wasserkaskade stoppte und versiegte dann. Ich drehte mich zum Spiegel, der mit Tropfen gesprenkelt war, und betrachtete mein Spiegelbild. Das, was Ilena so sprachlos machte, waren meine Haare. Sie waren offen. Doch statt mir über die Schultern zu fallen, bewegten sie sich wie in einer Brise. Jede Strähnenspitze tanzte wie von einem Windhauch getragen. Sie umspielten meinen Kopf, streiften mein Gesicht und bewegten sich wie … Schlangen. Dazwischen lugte Amaris hervor, die sich in den Tanz einreihte. Mein rechter Mundwinkel zuckte nach oben.

»Ich denke ich weiß, wieso man glaubte, dass die Gorgonen damals Schlangen statt Haare auf dem Kopf hatten.«

»Und um mir das zu zeigen, musstest du mein Haus unter Wasser setzen?«

»Nein. Um es mir zu zeigen, musste ich das.« Das war sie also. Euryale.

Es klingelte an der Haustür. Fluchend watete Ilena die Treppen hinunter, um die Tür zu öffnen. Ich schloss derweil die Augen und rief meine Haare unter Kontrolle. Dann hörte ich Nicks Stimme, der einen überraschten Laut von sich gab, als Ilena die Tür aufstemmte und ihm das Wasser entgegenkam. »Was ist passiert?«

»Deine Gorgone ist passiert! Sie wollte angeben.«

Ich trat auf den Flur, folgte dem Wasser die Treppe hinab in die Diele. Nick, Linos und Xanthos kämpften sich durch die Tür, die von den nach draußen strömenden Wassermassen zugedrückt wurde.

»Nur vor mir selbst«, rief ich, als ich die Stufen hinuntersprang und mit einem lauten *Platsch* unten ankam. Nick starrte mich entgeistert, aber auch ein bisschen beeindruckt an, wie ich zufrieden feststellte. Xanthos dachte wohl, dass ich nun jeglichen Rest meines Verstandes verloren hatte, weil er ungläubig den Kopf schüttelte.

Das Wasser war überall. Ich konnte jeden Zentimeter des Hauses spüren, wenn ich meine Sinne nach dem Element ausstreckte. Ich konnte alles fühlen, was darin stand oder schwamm. Auch Ilena, die sich nicht entscheiden konnte, ob sie mich anfeuern oder mir den Hals umdrehen sollte.

»Alles, was ich heute Abend brauche, ist Wasser. Ich denke, damit bekomme ich so gut wie alles hin.«

Ilena breitete die Arme aus. »Wie gut, dass wir gerade reichlich davon dahaben.«

Nick grinste über beide Ohren.

Und da konnte ich es nicht mehr halten. Ich musste lachen. Laut, aus dem Bauch heraus, sodass es wehtat. Ich stützte mich am Geländer ab. Tränen stiegen mir in die Augen, so schlimm war es.

»Jetzt ist sie kaputt«, sagte Ilena und Xanthos stimmte ihr grummelnd zu.

Einer von ihnen watete durch das Wasser auf mich zu und als er seine Hand auf meine Wange legte, wusste ich, dass es Nick war, auch ohne dass ich ihn durch den wässrigen Schleier vor meinen Augen sehen konnte.

»Ich glaube, das ist Rya, wenn sie zuversichtlich ist.« Ich hörte das Lächeln in seiner Stimme. Seine Berührung beruhigte mich und das Lachen wurde schwächer. Ich drückte mich an ihn und schlang meine Arme um seinen Oberkörper.

Er rieb mir über den Rücken und küsste meinen Kopf. Ilena scheuchte die Männer ins Wohnzimmer, wobei sie mich allerdings weiterhin lautstark verfluchte.

»Ich liebe dich, Nick«, sagte ich, als alle außer Hörweite waren.

»Und das findest du so lustig, dass du deswegen in Tränen ausbrichst?«

Ich kniff ihn in die Seite. »Nein. Aber weißt du, trotz allem, was war und trotz allem, was uns heute Nacht noch bevorsteht, bin ich so glücklich, dass ich hier bin. Verstehst du? Es wäre einfacher gewesen, eine Statue zu bleiben und von einem Leben zu träumen, als sich dieser Realität, diesem Krieg zu stellen. Und dennoch bin ich froh, dass ich hier bin. In einem Haus voller Wasser, mit Menschen, die ich mag, und dir. Ergibt das einen Sinn?«

»Ich denke schon.« Er küsste mich auf den Mund und ich freute mich noch ein kleines bisschen mehr, dass ich da war. Dass ich lebte. Auch wenn meine Tage gezählt waren. Doch gerade das machte jeden Moment so kostbar, oder?

»Aber wenn du die Ruhe vor dem Sturm noch etwas genießen willst«, fuhr Nick fort, »dann solltest du diesen Tsunami hier beseitigen, weil Ilena dich nämlich sonst einen Kopf kürzer macht. Wie hast du das überhaupt angestellt?«

Ich ließ Nick los. »Ich habe mich erinnert. Irgendwie. Daran, wie mächtig ich einmal gewesen sein muss.«

»Dann zeig es mir und mach es wieder rückgängig.«

»Du hast doch nur Angst, dass Ilena ihren Frust auch an dir auslässt, oder?«

»Vielleicht.«

»In Ordnung. Mir fehlt nur noch eine Sache.« Ich stellte mich in die Mitte des Flurs und atmete tief durch. Ich machte die Augen zu und konzentrierte mich auf das Wasser. Tropfen für Tropfen ließ ich es in die Luft steigen, um so viel wie möglich von Ilenas Haus mit meinen so erweiterten Sinnen zu erfassen.

»Was tut sie jetzt schon wieder?«, rief Ilena aus dem Wohnzimmer.

Ich ließ mich nicht davon ablenken. Ich suchte das Haus ab, bis ich fand, wonach ich suchte. Vorsichtig umschloss ich es mit Wasser und zog es dann zu mir. Ich öffnete die Augen und kurz darauf schwebte die in Wasser getauchte Phiole aus dem Wohnzimmer auf mich zu. Direkt hinter der schwebenden Blase aus Wasser kam Ilena in den Flur und verfolgte das Spektakel mit den Augen. Ich griff nach der Phiole, zog sie aus dem Wasser und hängte sie mir um. Amaris schlängelte sich darum, umschloss sie wie ein schützender Kokon und bettete den Kopf auf meine Brust. Dem Fläschchen würde nichts passieren. Ich fing Ilenas Blick auf, der teilweise sorgenvoll, teilweise anklagend war. Es war gefährlich, sie direkt am Körper zu tragen, aber ich wusste auch, dass ich sie brauchen würde, wenn ich heute Nacht all meine Macht haben wollte. Früher oder später hätte Ilena mir die Phiole ohnehin aushändigen müssen. Und das wusste sie auch, weswegen sie die Lippen aufeinanderpresste und sich wortlos umdrehte.

Dann befahl ich dem Wasser, zu verschwinden. Tropfen für Tropfen stieg es auf. Ich steuerte es aus der Tür heraus, aus den offenen Fenstern und jeder Ritze, die ich finden konnte. Vor dem Haus ließ ich es verdampfen und in die Luft übergehen. Ich zog es aus allem heraus, in das es eingedrungen war, sodass am Ende alles trocken war. Wir verschlossen die aufgebrochenen Wasseranschlüsse behelfsmäßig und Nick versprach Ilena, dass er sich persönlich am nächsten Tag darum kümmern würde.

Ilena stimmte grummelnd zu, während sie ihre Habseligkeiten, die das Wasser erfasst und in der Wohnung verteilt hatte, wieder aufsammelte. Ihre Magie war ihr dabei eine große Hilfe, trotzdem half ich natürlich auch mit und entschuldigte mich bestimmt einhundert Mal bei der *Mágissa*.

Irgendwann gab sie auf und ließ sich von mir drücken.

»Wenn ich nicht wüsste, dass heute Nacht vermutlich deine letzte ist, hätte ich das länger ausgekostet. Ich habe dir sofort verziehen, aber die Jungs sollten nicht denken, dass ich weich werde. Oder mehr weiß als sie«, flüsterte sie mir ins Ohr. Daraufhin drückte ich sie noch etwas fester an mich. Eine Freundin wie sie hätte ich mir nicht mal in meinen Träumen ausmalen können und ich war traurig darüber, dass wir nicht mehr Zeit miteinander haben würden.

»Nicht heulen«, sagte sie, musste aber selbst ein Schluchzen unterdrücken. Wir räumten weiter auf, um unsere roten Augen vor den Kriegern zu verstecken, die noch immer mit den Wasserleitungen beschäftigt waren. Eine Viertelstunde später waren wir fertig und fanden uns im Wohnzimmer ein. Es war mittlerweile zehn. Spätestens in einer Stunde mussten wir aufbrechen. Nicht nur ich war nervös, auch die anderen tigerten auf und ab. Allen voran Nick.

»Wir haben den Dolch, von Ilena alle einen Stein mit einem Schutzzauber bekommen, die Phiole ist auch da und Medusa erwartet uns. Rya könnte uns alle mit ihrer Wassermagie ertränken oder auf den Olymp schießen, wir sind bewaffnet, fit und haben einen Plan. Gibt es sonst noch irgendwas, das wir tun könnten?«

»Nein«, sagte ich. »Ich denke, mehr können wir nicht tun. Ilena, würdest du uns etwas zu trinken zaubern?«

Sie nickte und mit einem Aufleuchten ihrer Symbole und ein paar Handbewegungen brachte sie Geschirr zum Fliegen und deckte uns den Couchtisch. Fünf Tassen standen dort, die sich alle wie von selbst mit unterschiedlichen heißen Getränken füllten.

Xanthos seufzte genervt. »Ist das ihr Ernst?«, fragte er Nick. Der sah mich einen Moment lang an, legte den Kopf schief und nickte. Wir setzten uns nebeneinander auf die Couch, die anderen ließen sich in die Sessel fallen. Ich griff nach meiner Tasse, die einen unfassbar gut duftenden Chai Latte enthielt. »Ich finde, wir sollten uns einen Moment Ruhe gönnen. Heute Nacht wird anstrengend genug und ich würde gerne einen Moment so tun, als wäre es nicht so.«

Nick griff nach seiner Tasse Kaffee und stieß mit mir an. »Denk an morgen, Rya. Dann können wir den normalsten Tag miteinander verbringen, den du je in deinem Leben hattest.«

Ich versuchte, mir das Zittern, das mich daraufhin erfasste, nicht anmerken zu lassen. Für mich würde der Morgen nichts bedeuten.

»Auf morgen«, stimmten auch Linos und etwas verzögert Xanthos mit ein und stießen ihre Tassen zusammen. Ilena biss sich auf die Unterlippe, dann presste auch sie ein »Auf morgen« heraus.

Ich nickte nur und drückte Nick einen schnellen Kuss auf die Wange. »Das wäre schön«, sagte ich. Das war immerhin keine Lüge.

»Sag mal, Xanthos, was würdest du machen, wenn es den Orden nicht mehr gäbe?«, fragte ich, um mich abzulenken.

Der Krieger fixierte mich mit seinen stechend blauen Augen. Ich erwartete keine ehrliche Antwort, sondern einen fiesen Kommentar oder etwas, das meine Frage ins Lächerliche zog. Umso überraschter war ich, als er ohne lange Überlegung antwortete.

»Polizist. Ich würde Polizist werden wollen. Denn wenn ich etwas kann, dann Kriminelle fangen.«

Ich würdigte seine passende Antwort mit einem Nicken.

»Auf morgen.«

Eine Stunde später brachen wir pünktlich auf. Die heitere Stimmung war einer drückenden Stille gewichen, doch es war mir ganz recht so. Nicks Hand in meiner, während wir im Auto Richtung Museum fuhren, reichte mir. Ich sortierte meine Gedanken, damit ich später die richtigen Worte fand und um meine Energie zu bündeln, damit ich Medusa selbstsicher gegenübertreten konnte.

Als wir am Museum ankamen, erfasste mich ein eigenartiges Gefühl von Heimkehr. Ich hatte nie viel von dem Gebäude gesehen, dennoch erkannte ich es am Geruch und etwas in seiner Aura strahlte Vertrautheit aus. Wir umrundeten das Gebäude und schlichen uns in den Hinterhof, um uns vor neugierigen Blicken zu schützen. Wir fanden eine Feuerleiter, die uns den Zugang zum Dach ermöglichen würde. Xanthos sprang an dem Metallgerüst hoch, um das Stück Leiter, das die unterste Plattform mit dem Boden verbinden würde, zu uns herunterzuziehen. Sobald das erledigt war, rief ich Amaris, die sich sogleich materialisierte. Während ich in den Garten kletterte, würde sie auf dem Dach bleiben und die anderen informieren, wenn Medusa da war. Erst dann würden Nick und die anderen ebenfalls in den Garten kommen. Solange würde ich sie aufhalten müssen. Ich hoffte, dass sie mir in dieser Zeit meine Frage beantwortete, die, je näher der entscheidende Zeitpunkt kam, mir immer dämlicher erschien.

Ich berührte das Futteral an Nicks Hüfte, in dem der *Magikó Asími* steckte.

»Ich werde es schaffen. Versprochen.« Natürlich war es Nick gewesen, der sich gemeldet hatte, um Medusa den Todesstoß zu versetzen. Mir war nicht wohl dabei, ihm das aufzubürden, aber er hatte sich nicht davon abbringen lassen. Wie Ilena es prophezeit hatte. Ich ließ ihn in dem Glauben, aber wenn es so weit war, würde ich es doch selbst machen. Und wenn ich Nick mit meiner Blutmagie davon abhalten musste.

Wie bereits am Abend scheuchte Ilena Xanthos und Linos ein Stück beiseite, damit ich mich in Ruhe von Nick verabschieden konnte. Zum letzten Mal. Währenddessen machte Ilena sich daran, den Schleier über das Gebäude zu legen, damit niemand der Wachleute uns im Garten entdecken würde.

Nick umfasste meine Hüfte und zog mich an sich. Er legte seine Stirn an meine.

»Bist du dir wirklich ganz sicher, dass du allein gehen willst?«

»Ja. Ihr müsst euch verstecken, wenn sie euch vorher sieht oder bemerkt, könnten wir sie verschrecken. Sollte irgendwas sein, wird Amaris euch finden.«

Nick küsste mich direkt unter meinem rechten Ohr. »Mach sie fertig«, sagte er dann. Ich umfasste sein Gesicht mit den Händen und drehte seinen Kopf, sodass wir uns in die Augen sehen konnten. »Für dich tue ich alles.« Er lächelte, dann küsste er mich. Es war ein inniger, tiefer Kuss. Nick schob seine Hände meinen Rücken hinauf. Ich ließ meine Finger durch sein dichtes, weiches Haar gleiten und ließ mich einen Moment fallen. Ich prägte mir seinen Geruch nach frischem Regen ein, seinen Geschmack, wie er sich anfühlte und seine Stimme, die ganz rau war, nachdem wir den Kuss beendeten.

»Ich liebe dich«, sagte er so leise, dass nur ich ihn hören konnte.

»Ich liebe dich auch.«

Ohne mich noch einmal umzudrehen, kletterte ich die Leiter hinauf. Ich hatte mich von Ilena und den anderen verabschieden wollen, aber ich konnte es nicht. Denn jede Sekunde, die ich länger in Nicks Gegenwart verbrachte, griff das Fundament an, auf dem mein Entschluss gebaut war.

Höher und höher erklomm ich die Leiter, bis ich das Dach erreichte. Ich rollte mich über die Brüstung ab und kam auf dem flachen Teil auf. Mit schnellen Schritten lief ich auf das andere Ende zu. Dort setzte ich Amaris auf der Brüstung ab.

»Ich zähle auf dich«, sagte ich und tätschelte ihr den mitternachtsblauen Kopf.

Ich hätte mich mit Amaris' Hilfe auch in den Garten zaubern können, doch ich wollte sehen, wie es hier auf dem Dach aussah, um auf die Ankunft von Medusa vorbereitet zu sein. Ich ließ meine Schlange zurück und lief das Dach einmal ab, um alle möglichen Zugänge zum Garten auszumachen. So wie es aussah, gab es an den Außenmauern des Museums mehrere Feuerleitern, die auf das Dach führten, aber nur eine, an der man in den Garten hinabsteigen konnte. Falls sie denselben Weg nahm wie ich, würde sie also von dort kommen. Ich stieg in den Garten hinunter und es fröstelte mich, als ich an das letzte Mal dachte, als ich hier gewesen war. Bei meinem Rundgang entdeckte ich zwei Notausgänge, die in beziehungsweise aus dem Garten führten.

Unter meinem Shirt spürte ich das warme Glas der Phiole, die meine Haut berührte. Amaris nicht mehr darauf aufpassen zu lassen, war ein Risiko, aber ihre Aufgabe, die anderen zu warnen oder zu holen, war wichtiger. Die Phiole hatte Jahrtausende überlebt, sie würde auch diese Nacht noch schaffen. Hoffte ich.

Ich spürte einen kalten Windhauch im Nacken. Als ich mich umdrehte, überraschte es mich nicht, Hekate dort stehen zu sehen. Sie war tatsächlich gekommen.

»Danke, dass Sie hier sind. Wissen Sie, was zu tun ist?«

»Ich sagte doch, dass ich große Hoffnungen in dich habe. Und wenn du noch mal tief in dich gehst, dann wirst du das auch. Dazu brauchst du mich nicht.«

»Meinen Sie für die Hoffnung oder den Plan?«

Sie lächelte geheimnisvoll. »Du wirst es sehen. Aber nimm dich in Acht. Sie wissen nun beide, wer du bist. Ich konnte es nicht länger verhindern. Die Zeit war reif.«

»Die goldenen Fäden auf Perseus' Arm und die metallischen Schuppen auf Medusas Tattoo, das waren Sie, oder?«

Hekate nickte. »Schon damals war ich dagegen, dass Athene diesen Fluch ausspricht. Sie schadet sich damit selbst. Ich konnte ihn nicht verhindern oder aufheben, aber ich konnte dafür sorgen, dass ein Hintertürchen offen bleibt, wenn man es so nennen will. Ich ließ die drei dich vergessen und damit das einzige Wesen neben Athene, das diesen Fluch brechen kann. Du brauchtest Zeit, um zu heilen, und ich gab sie dir. Es hat mir viel Geduld abverlangt und das, obwohl ich die Ewigkeit gewohnt bin. Doch nun ist es an der Zeit. Meine Male bei Medusa und Perseus haben sich aufgelöst und auch Ilena hat die Phiole so lange behalten, wie es nötig war. Sie wusste nicht, dass ich ihr auf dem Weg zur Lösung einige Steine in den Weg gelegt habe. Ich hoffe, sie verzeiht mir.«

»Wussten Sie schon damals, wie es heute ausgehen würde?«

»Das weiß ich noch immer nicht. Es liegt in deiner Hand, Rya.«

Ich schüttelte den Kopf. Einen Schritt vor, zwei zurück.

»Werden Sie mir helfen?«

»Das habe ich schon.« Sie lächelte und war im nächsten Moment verschwunden. Wieder einmal ließ sie mich mit einem Rätsel zurück.

Kapitel 35

Ich atmete durch. So weit, so gut. Wie spät es wohl war? Ich stellte mich auf eine Position, von der aus ich alle möglichen Zugänge zum Garten im Auge hatte. Er war genauso schön wie in meiner Erinnerung. Kleine Bäume, blühende Sträucher und ein paar Bänke für die Besucher. Er hatte bei Nacht schon immer seinen ganz eigenen Charme gehabt. Die Minuten verstrichen und nichts tat sich. Die einzige Abwechslung waren die Wolken, die sich hin und wieder vor den Mond schoben und den Garten in ihre Schattenspiele tauchten. Es war dank des Mondlichts recht hell und mitsamt der Nachtbeleuchtung aus dem Inneren des Museums war der gesamte Garten gut einzusehen.

Plötzlich wurde die Phiole warm. Ich hatte sie wieder unter mein Shirt geschoben, sodass man sie nicht auf den ersten Blick sah. War Medusa in der Nähe? Ich hörte Schritte über mir, auf dem Dach. Ich sah zu der Treppe, die nach oben führte. Die Schritte kamen immer näher. Einige Sekunden verstrichen, dann schob sich eine Silhouette vor den Nachthimmel.

Medusa, sagte ich über die Verbindung. Sie antwortete mir nicht mit Worten, aber ich spürte, dass sie es war. Die Phiole reagierte auf sie und ich ärgerte mich, dass ich sie bei den Gorgonen nicht bei mir getragen hatte. Dann hätte ich viel früher gemerkt, dass Helena nicht die war, für die wir alle sie hielten. Wobei ich ohne all das Wissen, über das ich jetzt verfügte, vermutlich nie darauf gekommen wäre, dass es sich dabei um Medusa, meine Schwester, gehandelt hätte. Zumal Hekate angedeutet hatte, dass es von Anfang an so geplant gewesen war. Hatte ich überhaupt einen eigenen Willen, oder war auch ich nur eine Figur in diesem Spiel?

Medusa stieg die Leiter herab. Sie war gerade ein paar Sprossen weit gekommen, als an der Kante eine weitere Gestalt auftauchte. Oh nein. Perseus. Ich schluckte und beobachtete die beiden still dabei, wie sie in den Garten hinunterkletterten. Wieso waren sie zu zweit gekommen?

Hektisch sah ich mich um. Athene musste ganz in der Nähe sein, sie spürte sicher, dass etwas nicht stimmte und würde die beiden jeden Moment wieder voneinander trennen. Verdammt. Das war gar nicht gut. Vielleicht konnte Hekate sie aufhalten ... So oder so mussten wir schnell sein. Ich schickte Amaris in Gedanken los, um die anderen vorzuwarnen.

Medusa und Perseus traten auf mich zu, dabei hielten sie ein paar Meter Abstand. Beide waren in ihre Kampfanzüge gekleidet, zwei Vertreter von scheinbar verfeindeten Fraktionen – Gift und Silber. Dieses Sinnbild schoss mir in den Kopf und erinnerte mich an die Magie, die Ilena für Nicks und meine Verbindung genutzt hatte.

Magie aus Gift und Silber.

Und in diesem Moment fiel all die Anspannung von mir ab, die ich verspürt hatte. Verständnis für die beiden durchströmte mich. Sie hatten gemordet, sie hatten eine Göttin hintergangen – aus Liebe. Wer war ich, dass ich sie deswegen verurteilte? Ich war nicht besser. Ich würde nach dieser Nacht nicht weniger Schuld zu verzeichnen haben als sie. Ich würde etwas Unverzeihliches tun. Meine Magie begann zu summen. Erst leise, dann erfüllte sie mich von Kopf bis Fuß. Diese eine Frage drängte sich mir wieder auf, wollte unbedingt gestellt werden. Doch ich verkniff sie mir. Vorerst.

Medusa sah schlecht aus. Aber nicht schlimmer als bei unserer letzten Begegnung, bei der ich sie noch als Helena gekannt hatte.

»Ich wünschte, ich hätte dich früher erkannt«, sagte ich, als ich die Stille nicht mehr ertrug.

»Ich auch. Ich konnte es kaum fassen, als Tit...« Sie biss die Zähne zusammen. »Perseus ... es mir erzählt hat.« Wieder lehnte sie sich gegen den Fluch auf und sprach jene Wahrheit aus, die Athene ihr genommen hatte. Ihnen beiden.

Titos, den ich jetzt wohl Perseus nennen musste, streckte eine Hand nach Medusa aus und machte einen Schritt auf sie zu, ehe er sich zurückhalten konnte. Er blieb stehen und wahrte den Abstand.

»Ich kann mich nicht an dich erinnern, Medusa. Und auch nicht an Stheno. Was ist zwischen uns passiert? Wieso warst du bereit, uns zu töten?« Meine Brust schnürte sich zusammen. Ich bereute es sehr, dass ich mich nicht erinnern konnte. Denn ich sollte mehr empfinden. Mehr Trauer. Mehr Zuneigung. Mehr von irgendwas. Doch ich sah in Medusa nur Helena, nichts weiter. Auch nach allem, was Athene mir erzählt hatte. Ich musste es noch einmal von Medusa hören.

»Es wundert mich nicht, dass du das alles vergessen hast. Du und Stheno, ihr seid fürchterliche Schwestern gewesen. Wieso also an der Erinnerung festhalten? Ihr wart unsterblich, im Gegensatz zu mir. Deswegen habt ihr euch nicht um mich gekümmert, weil ich in eurem Leben ohnehin nur ein unbedeutendes Etwas war. Früher habe ich zu euch aufgesehen, aber dann, nach dem Gorgonenfluch, habe ich angefangen, euch zu hassen. Alles, was ich wollte, war eine Familie und jemand, der mich bedingungslos liebt. Aber das seid nicht ihr gewesen. Und auch nicht Poseidon. Es war Perseus. Und um mit ihm bis in alle Ewigkeit glücklich zu sein, hätte ich alles getan.«

Ich sah zu Perseus. Unter seinem Shirt konnte ich die Konturen einer Phiole ausmachen, die er um den Hals trug. Darin waren das Herz und die Unsterblichkeit von Stheno, derer er sich bemächtigt hatte, da war ich mir sicher. Wieso trug er sie jetzt? Wollten sie auch die zweite Phiole und dann abhauen? Das würde Athene sicherlich niemals zulassen.

»War es das wert?«, fragte ich.

»Ja. In jedem Augenblick.« Ich betrachtete das Paar und für einen Moment wollte ich ihnen die Phiole einfach überlassen. Ich konnte den Drang verstehen, mit einem anderen Menschen so lange wie möglich zusammen sein zu wollen. Vor allem, nachdem man von der eigenen Familie so schlecht behandelt worden war.

Ich sah Medusa an, meine Schwester, und versuchte herauszufinden, was ich ihr gegenüber empfand. Doch da war nicht mehr als vorher. Nur meine Magie summte. Ich schüttelte den Kopf, nutzte die Gelegenheit, um unauffällig auf das Dach zu sehen, doch noch fehlte von den anderen jede Spur. Allerdings fiel mir jetzt erst auf, dass dieser Garten wie eine Schlangengrube war, in die man leicht hinein-, aber nur schwer wieder herauskam. Es war eine furchtbar dumme

Idee gewesen, das Treffen hier stattfinden zu lassen. Wieso war mir das nicht früher aufgefallen? Wieso war ich so blind gewesen?

»Wir waren uns so sicher, dass du tot bist und das mit dem Ritual in keiner Weise funktioniert hat«, sagte Perseus plötzlich. »Und dann, nach deinem Erwachen, ging es Medusa auf einmal schlechter. Nie wäre ich auf die Idee gekommen, dass du der Grund bist. Dabei war es so offensichtlich. Sogar der Name hat darauf hingedeutet. Aber unsere Erinnerungen sind so verwaschen, vom Fluch zerstört und verzerrt, dass wir uns nie sicher sein können, was echt ist und was nur Schein.« Dass Hekate eingegriffen hatte, schienen sie nicht zu wissen. Es war nun auch egal.

»Ich verstehe, was du meinst. Und auch, warum ihr die Phiole haben wollt. Aber ich werde sie euch nicht kampflos überlassen.«

Medusa und Perseus warfen sich einen Blick zu.

»Das haben wir auch nicht erwartet«, sagte Perseus und hob den Dolch. Noch immer waren Nick und die anderen nicht da. Wo blieben sie nur? Ich musste sie noch etwas hinhalten. Hoffentlich würde Hekate auch rechtzeitig wieder erscheinen. Sie musste mich töten, während ich …

»Wo ist die Phiole?«, fragte Medusa. »Bei unserer letzten Begegnung, als ich endlich wusste, wer du bist, hattest du sie nicht bei dir.« Deswegen also die unerwartete Umarmung bei unserer Begegnung nach dem Zwischenfall mit Kreon. Damals musste sie schon gewusst haben, wer ich bin, weil Perseus es da erkannt und ihr gesagt hatte.

Ich zeigte ihr das Fläschchen kurz, steckte es mir aber wieder unter das Shirt zurück. Medusas gieriger Blick blieb an meinem Hals hängen.

»Gib sie mir.« In ihrer Stimme schwang eine Drohung mit, aber ich hörte auch das Zittern, das sie so krampfhaft zu unterdrücken versuchte. Ich fragte mich, wie die beiden es damals geschafft hatten, überhaupt so nah an mich heranzukommen, um mir das Herz herauszuschneiden. Vielleicht ein Zauber? Ich gab meiner Blutmagie einen kurzen Schubs und als die Wirkung ausblieb, wusste ich, wie sie es getan hatten.

Ich schnaubte. »Hämatite. Natürlich.« Blutmagie würde mir also nicht weiterhelfen, es sei denn, ich kam selbst an einen der Steine heran. Doch darauf war ich nicht angewiesen. Ich hatte noch einige andere Asse im Ärmel.

»Wenn ihr die Phiole haben wollt, müsst ihr sie euch holen.«

»Mit dem größten Vergnügen«, knurrte Perseus und sprang auf mich zu. Ich wehrte seinen Hieb ab, so wie ich es von Nick gelernt hatte. Ich duckte mich unter seinem Arm hindurch und rollte mich auf die andere Seite. Etwas Schweres traf mich im Rücken und ich wurde nach vorne geschleudert. Kleine Gesteinsbröckchen rieselten zu Boden und ich wirbelte herum. Ein Klumpen Erde in der Größe eines Fußballs flog direkt auf mein Gesicht zu. Ich konnte gerade noch rechtzeitig die Arme heben, bevor das Geschoss mich traf. Meine Haut riss auf und Blut floss in dünnen Bahnen meine Arme hinab. Ich rollte mich zur Seite und stellte mich Medusa und Perseus gegenüber, die nebeneinander standen und triumphierend lächelten.

Auf der Höhe von Medusas Hüfte schweben zwei weitere Erdbrocken, die auf einen Befehl von ihr warteten.

»Du hast es vergessen, oder? Dass auch ich Elementarmagie habe. Als Kinder haben wir oft miteinander gespielt. Stheno hat das Feuer beherrscht. Es war jedes Mal ein Spektakel, bis ihr beschlossen habt, dass ich eure Zeit und Mühe nicht mehr wert war. Und nun, Euryale? Wie willst du uns ohne Wasser und ohne Blutmagie besiegen?« Sie leckte sich über die Lippen und in Perseus' Augen nahm ich ein düsteres Flackern wahr. Doch es machte mir keine Angst. Es provozierte mich, trieb mich an.

»Wer sagt, dass es hier kein Wasser gibt?« Ich ballte die Hände zu Fäusten und zog. Es kam von überall. Aus der Erde, aus den Gräsern, aus der Luft – Abermillionen von Tropfen sammelten sich um mich herum und formten einen Strudel, der mich langsam umkreiste. Medusas Erdbrocken sanken ab, Perseus schob seinen rechten Fuß ein Stück weiter nach außen. Mehr Reaktion zeigten sie nicht. Dann nickten sie gleichzeitig und stürmten auf mich los. Schlamm spritzte uns voll, als Medusas Erde auf mein Wasser traf und in der Luft zerteilt wurde. Perseus schlug mit seinem Dolch auf mich ein, doch ich wehrte ihn mit einem Schlag meiner von Wasser umhüllten Hand ab. Ohne die Unterstützung der Blutmagie fiel es mir schwer, die nächsten Schritte meiner Gegner vorauszuahnen und ich steckte ordentlich ein. Mit dem Wasser gelang mir dieser Trick nur halb so gut. Medusas Geschosse aus Erde trafen mich am gesamten Körper, außer an der Brust. Sie wollte die Phiole nicht beschädigen. Perseus schaffte es zwei Mal, mich zu treffen. Mein rechter Oberschenkel und meine rechte Hüfte bluteten leicht und ich befürchtete, dass durch die gehemmte Blutmagie auch die schnelle Heilung ausblieb. Doch ich gab nicht auf. Ich feuerte das Wasser auf sie ab, brachte beide zum Stolpern und fügte ihnen meinerseits ein paar schmerzende Verletzungen zu. Perseus blutete aus einer Wunde am Kopf, Medusa hatte einen geprellten Arm, den sie nicht voll belasten konnte. Wir umkreisten uns wie wilde Tiere, von denen keines nachgab. Der Garten sah mittlerweile aus wie ein Schlachtfeld, überall waren Löcher im Boden, einige Stellen bestanden nur noch aus ausgedorrtem Gras und an den Scheiben ringsum klebte Schlamm. Hoffentlich hielt der Schleier, was er versprach.

Selbst ich bemerkte in dem Chaos nicht, wie Nick und die anderen eintrafen. Ich sah nur, wie Perseus plötzlich umgerissen wurde und sich im nächsten Moment mit Xanthos und Linos herumschlagen musste. Die beiden waren seine Nachkommen, sie würden ihm trotz allem nichts antun, sie mussten ihn nur davon abhalten, Medusa zu Hilfe zu eilen. Letztere schrie wütend auf, als sie die Krieger sah. Sie schleuderte besonders große Erdhaufen auf sie, doch ich schmiss mein Wasser dagegen und lenkte sie ab. Über ihre Schulter sah ich Nick, der den alten Dolch gezückt hatte und auf mein Kommando wartete. Doch wo war Hekate? Medusa bemerkte, dass meine Aufmerksamkeit sich verlagert hatte, und warf einen Blick über die Schulter. Sie zögerte nicht lange und setzte eine Bodenwelle in Bewegung, die Nick trotz seiner schnellen Reaktion von den Beinen holte. Er rollte sich ab und Medusa wollte etwas nach ihm schleudern. Ich ließ meine Magie los und stürzte mich mit bloßen Händen auf sie. Ich warf sie um, bevor sie ihren Zauber vollendet hatte und das Geschoss verfehlte Nick um Haaresbreite. Sie boxte mir in den Magen und ich rollte mich von ihr herunter.

Ihr Gesicht war mit Schlamm und Blut überzogen, doch den wütenden Blick konnte auch das nicht verbergen.

»Du bist so eine Heuchlerin, Euryale. Du darfst alles, aber ich nicht. Auch wenn ich genau dasselbe will wie du. Ein Leben voller

Liebe.« Ihr Arm schnellte mir entgegen, den ich abblockte, aber die Erde, die darauf folgte, traf mich an der Schläfe.

Sie keuchte. »Aber weißt du, was der Unterschied zwischen uns ist?« Wieder machte sie eine Bewegung mit dem Arm und dieses Mal sah ich beides kommen und verteidigte mich.

»Was?«, fragte ich, bevor ich ihr eine Ladung Wasser auf den Arm schleuderte.

»Ich mache meine Drecksarbeit selbst, wohingegen du deine Gorgonen und nun auch noch deine Krieger gegen uns aufhetzt.«

»Was soll das heißen?«

»Du warst schon damals zu feige, dich uns allein zu stellen. Du hast nach Sthenos Tod die Gorgonen erschaffen, um dich an Perseus zu rächen. Nicht mal für deine eigene Schwester wolltest du Blut an deinen Händen kleben haben. Deine Gorgonen sollten tun, was du nicht konntest.«

Medusa schrie auf und ein Regen aus Dreck und Schlamm prasselte auf mich ein, der mich an eine Fensterfront zurückdrängte. Meine Schulterblätter trafen auf das harte Glas und der Schmerz zog sich bis in meine Finger. Meine Magie summte wie verrückt. Medusas Worte zupften an einer Erinnerung, doch im Eifer des Gefechts konnte ich sie nicht abrufen. Medusa bemerkte den Wasserstrahl nicht, den ich in ihrem Rücken formte und auf sie niederprasseln ließ. Sie wurde nach vorne geschleudert und fiel auf die Knie.

»Was meinst du mit *meinen* Gorgonen? Du hast sie doch erschaffen.«

»Ich?« Medusa lachte auf. Dann verfiel sie in ein lautes, fast schon hysterisches Gelächter. Ich sah zu Nick und hielt ihn mit einer Handbewegung davon ab, einzugreifen.

»Glaubst du das wirklich?«, fragte Medusa, als sie sich wieder beruhigt hatte. »Ich habe und hatte nie die Macht, die es braucht, um die Gorgonen zu erschaffen. Stheno auch nicht. Nur du beherrschst die Blutmagie, die dafür nötig war, weil du die Älteste von uns warst und du das Wasser beherrscht, was dieser Magie am ähnlichsten ist.«

»Was erzählst du da?« Mir gefiel dieses warme Gefühl, dass sich bei diesen Worten in meinem Bauch ausbreitete, überhaupt nicht.

»Die Wahrheit, Euryale. Ich kann nicht fassen, dass du das vergessen hast.«

Ich suchte die Lüge in ihren Worten. Auf ihrem Gesicht. Doch Medusa starrte mich nur mit einer Mischung aus Unglauben und Erschöpfung an. Sie atmete schwer und hielt sich den verletzten Arm.

Meine verstoßene Schwester. Die erste verlorene Seele.

Ich schnaufte durch. In Bruchstücken von Sekunden rasten mir viele Gedanken durch den Kopf. In meiner Gegenwart waren die Gorgonen stärker geworden. Die Schlangen ähnelten mehr meinem Element, dem Wasser, als Medusas Erde. Die Gorgonenmagie hatte über die Jahre an Macht verloren, aber in den Grundzügen ähnelte sie eher meiner als der meiner Schwester. Sie wurden von meinem Hass auf Perseus gespeist, nicht aus ihrem. Denn sie liebte ihn.

Doch da war noch etwas, das auch sie nicht wusste.

Kalter Wind peitschte durch den Garten und streifte meine Wange. Ich sackte ein Stück zusammen, als ein Satz in meinen Gedanken auftauchte. *Ekdíkisi gia tin kardiá mou. Synchóresi tis chaménis psychís. Rache für mein Herz. Vergebung der verlorenen Seele.* Es waren die Worte, die mir kurz vor Kreons Versteinerung in den Kopf geschossen waren, die ich aber nicht hatte zuordnen können. Sie ähnelten jenen aus dem Erinnerungsbruchstück, das zu Sthenos Tod gehörte. Es war ein Zauberspruch. Der Spruch, mit dem ich die Gorgonen erweckt hatte. Es war dieselbe Stimme wie die der Gorgonenmagie. Euryales Stimme. Ich schlug mir die Hände vors Gesicht und schrie.

Ich hatte die Gorgonen erschaffen. Aber nicht nur aus dem Grund, den Medusa kannte. Endlich kämpfte sich die Erinnerung an die Oberfläche, die tief unter der Erkenntnis vergraben gewesen war und die durch Medusas Worte ans Tageslicht kam. Ja, ich hatte die Gorgonen erschaffen, weil ich mich an Perseus rächen wollte. Ihn machte ich für den Tod von Stheno verantwortlich. Doch das war nicht alles.

Ich schnappte nach Luft.

»Ich wollte dich nach Hause holen.«

Medusa stolperte einen Schritt zurück. »W-Was meinst du?«

»Ich habe die Gorgonen damals auch erschaffen, um dich nach Hause zu holen. Nach Sthenos Tod wurde mir einiges klar. Dass ich dich damals von mir gestoßen habe, tat mir so unwahrscheinlich leid. Ich bereute es aus tiefstem Herzen und ich wollte es wiedergutmachen. Trotz allem. Deswegen schickte ich die Gorgonen aus, um dich, eine verlorene Seele zu finden. So wie sie es heute auch noch tun. Sie haben es im Gegensatz zu mir all die Jahre über nicht vergessen. Aber du warst nicht verloren. Nicht wahr, Schwester? Du hattest Perseus, der dir all das gab, was wir versäumt haben. Und dafür habe ich ihn damals genauso gehasst wie für den Mord an Stheno.« Endlich ergab all diese Schuld, die ich seit meiner Erweckung, eigentlich auch schon davor, gespürt hatte, Sinn. Ich hatte meine Schwester verstoßen und es mir nie verziehen. Auch für den Tod von Stheno fühlte ich mich verantwortlich, weil alles anders gekommen wäre, hätte ich mich damals anders verhalten. Reue fraß sich durch mich hindurch, die Schuldgefühle wurden übermächtig. Vor allem, als ich daran dachte, dass ich beinahe jemanden umgebracht hätte wegen etwas, für das ich ganz allein verantwortlich war.

Medusas Mund stand offen. Ich sah zu Xanthos und Linos, die Perseus weiterhin in Schach hielten.

»Hört auf!«, rief ich. Doch sie hörten mich nicht. Ich sammelte eine große Ladung Wasser in der Luft, die ich zwischen die kämpfenden Krieger schob. Ich drückte sie auseinander und rief erneut: »Hört auf!«

Alle drehten sich sichtlich verwundert zu mir um. Perseus wollte sich erneut auf die Krieger stürzen, doch Medusa hielt ihn mit einer Handbewegung davon ab.

Dann fing ich an zu lachen. Medusa und ich waren uns wohl ähnlicher, als ich dachte. Auch sie hatte vorhin in einem äußerst unpassenden Moment zu lachen begonnen. Nick kam auf uns zu, blieb aber in einem Abstand von ungefähr drei Metern stehen. Er tat gut daran, Medusa nicht zu vertrauen. Aber er war mir trotz allem zu nah.

»Alles in Ordnung, Rya?«

Ich schaffte es zu nicken. Dann warf ich Xanthos einen Blick zu und er schien zu verstehen. Er setzte sich in Bewegung und lief auf Nick zu. Linos und Perseus blieben, wo sie waren, schauten aber abwechselnd sich und uns an.

Ich rang nach Luft und lehnte den Kopf an die Scheibe hinter mir.

»Die ganze Zeit hatte ich die Lösung also direkt vor mir«, sagte ich zu niemand Bestimmtem.

»Eine Lösung wofür?«, fragte Medusa.

»Für alles«, erwiderte ich. Medusa legte den Kopf schief. Ich lachte kurz auf. »Um den Krieg zu beenden. Das Spiel. Den Fluch. Deswegen wollte ich dich heute Abend sehen. Ich dachte, wenn wir dich umbringen, dann verlieren die Gorgonen ihre Magie. Ich wollte zurechtrücken, was du ausgelöst hast und jetzt sagst du mir, dass das alles mein Werk war. Und darüber bin ich unfassbar erleichtert. Weil es bedeutet, dass heute Nacht niemand meinetwegen sterben muss. Dass ich endlich die Schuld begleichen kann, die seit so langer Zeit auf mir lastet.«

»Rya«, in Nicks Stimme schwang eine unausgesprochene Drohung mit. Er musste gerade zu demselben Schluss gekommen sein wie ich. Es gab nur eine Gorgone, die diese Nacht nicht überleben durfte. Es war der einzige Weg, der den Krieg schnell und sicher für alle beendete. Ohne Vielleichts. Ich gab mein Leben, um das der Menschen, die ich liebte, besser zu machen. Um ihnen die Wahl zu schenken, die ich ihnen versprochen hatte. Amaris schlängelte sich auf mich zu, kroch an mir herauf und legte sich um meinen Hals. Egal, was kam, ich war nicht allein.

Ich blickte zu Nick. Sein ganzer Körper vibrierte vor Anspannung und seine Kiefermuskeln zuckten.

»Ich liebe dich«, sagte ich unter Tränen.

Ich griff mir unter das Shirt und zog die Phiole heraus. Im selben Moment stürzte Nick auf uns los, doch Xanthos rammte ihn von der Seite und die beiden fielen miteinander ringend zu Boden. Nick fluchte, Xanthos ebenfalls und ich musste mich zusammenreißen, um jetzt nicht den Mut zu verlieren.

Medusa schluckte, als sie das Fläschchen sah. »Du hast um dein Herz gekämpft«, sagte sie. Also doch. Ich hätte es zurückhaben können. Aber jetzt durfte ich das nicht mehr. Wie schnell die Dinge sich änderten.

Ich betrachtete die Risse, die sich durch das Glas zogen, und die bunten, schillernden Farben darunter. Ein paar Körner dunkelblauen Staubs rieselten auf meine Hand. Zumindest bildete ich mir das ein, es konnte aber genauso gut Erde sein. Meine Hand zitterte. Ich war erleichtert und ängstlich zugleich.

»Ich habe eine Frage, Medusa.«

»Welche?«

»Verzeihst du mir?« Endlich war die Frage heraus, die mich in den letzten Stunden so gequält hatte. Die Frage nach Vergebung. Jetzt ergab sie einen Sinn. Ich wollte nicht, dass Medusa mir ihren Mord im Voraus verzieh. Was auch dämlich gewesen wäre. Aber ich musste wissen, ob sie Euryale verzieh, die sie verstoßen hatte.

Medusas Augen füllten sich mit Tränen. Sie presste die Lippen zusammen. »Ja. Wenn du es auch tust.«

Zitternd atmete ich aus und meine Magie verstummte.

Ich hielt Medusa die Phiole hin. Die Seele und das Herz des Krieges.

»RYA.« Nicks wütender Schrei hallte durch die Nacht. Er und Xanthos rangen miteinander, rollten sich schnaufend durch den Matsch. Die beiden waren sich ebenbürtig, keiner gewann die Überhand, doch Xanthos' Augenbraue war aufgeplatzt, ebenso Nicks Lippe. Trotzdem rief Nick immer wieder meinen Namen und versuchte Blickkontakt mit mir herzustellen, nur um von Xanthos jedes Mal wieder zu Boden gedrückt zu werden. Seine Stimme war voller Verzweiflung, voller Wut. Ich durfte nicht hinhören.

Ich hielt Medusa die Phiole noch einmal mit Nachdruck hin. Wenn sie das Fläschchen an sich nahm, wäre alles vorbei. Mein Leben. Die Gorgonenmagie. Der Fluch.

»Tut mir einen Gefallen«, sagte ich.

Medusa kniff die Augen zusammen.

»Geht. Lasst diese Stadt, diese Vergangenheit hinter euch und tut nie wieder jemandem etwas an.«

Sie nickte, ihr Blick haftete gierig auf der Phiole.

»RYA!« Nicks Stimme ließ mich zusammenfahren. Ich schloss die Augen, um nicht zu ihm zu sehen. Endlich streckte Medusa die Hand nach der Phiole aus. Kurz bevor ihre Finger das Glas berührten, hielt sie inne und sah mir in die Augen.

»Ich werde Luce und Cathy gehen lassen. Es tut mir leid, dass es so weit gekommen ist.«

Ich lächelte sie aufmunternd an.

Mit Tränen in den Augen griff Medusa nach der Phiole. Unsere Finger berührten sich und kleine Funken sprühten. Dann ließ ich los. Medusa sah zu mir auf, als sie die Phiole an ihre Brust drückte. Zunächst passierte nichts.

Dann setzte mein falscher Herzschlag aus. Mein Atem stockte. Und dann kam die Kälte. Stocksteif stand ich da, als eisige Finger nach mir griffen. Sie begannen mit meinen Füßen und krochen quälend langsam meinen Körper hinauf. Die Phiole glühte und ich konnte meinen Blick nicht von ihr lösen. Mein Herz gehörte nun nicht mehr mir.

»L-Lasst sie gehen«, sagte ich mit zitternder Stimme. Medusa warf mir einen letzten Blick zu, dann drehte sie sich um und rannte los. Sie warf sich an Perseus' Brust und kein Lichtblitz fuhr dazwischen. War der Fluch schon gebrochen? Linos starrte den beiden hinterher, als sie über die Leiter nach oben auf das Dach kletterten. Erst als sie die Brüstung überwunden hatten, ließ Xanthos von Nick ab. Nick verpasste dem Krieger einen Kinnhaken, rappelte sich auf und rannte zu mir.

Seine Haare, sein Gesicht – sein ganzer Körper war voller Dreck. Dazwischen seine braunen Augen, die lodernd auf mich herabsahen. Er kam direkt vor mir zum Stehen und nahm mein Gesicht in seine Hände.

»Rya?« Seine Stimme brach.

»Es tut mir leid, Nick. Es ging nicht anders.«

»A-Aber du lebst noch. Alles wird gut und …« Er sah an mir herab, wie um sicherzugehen, dass es auch stimmte. Dann sah er, was ich nur spüren konnte. Doch das Gefühl von Haut und Muskeln aus Stein war mir so vertraut, dass ich es nicht sehen musste, um zu wissen, was mit mir passierte. Ich wurde wieder zu einer Statue. Es sollte mir recht sein, ich hatte es vermutlich nicht anders verdient. Die Verwandlung folgte der Spur der Kälte und ich konnte nichts tun, um sie aufzuhalten. Ich konnte mich nicht einmal bewegen. Auch das Sprechen fiel mir immer schwerer.

»Nein!« Nicks Stimme war nur noch ein heißeres Krächzen. Er küsste mich. Auf die Stirn, die Wangen, den Mund. Doch die Verwandlung ließ sich nicht stoppen. Sie erreichte meine Knie.

»N-Nick. Sieh mich an.«

Das Braun seiner Augen war so wunderschön. Ich wollte meine Finger ausstrecken und die Falte auf seiner Stirn glätten, doch auch das schaffte ich nicht.

»Es tut mir leid. Ich wollte es so. Jetzt bekommst du deine Wahl.«

Er stöhnte frustriert auf. Mittlerweile waren auch meine Oberschenkel zu Stein erstarrt. Nick legte seine Stirn an meine.

»Verdammt, Rya. Du wärst meine Wahl gewesen. Egal, was nach dem Orden gekommen wäre, ich wollte es mit dir zusammen machen.«

Ich konnte nicht mehr weinen. Das tat der Himmel für mich, als er in diesem Moment seine Schleusen öffnete und es zu regnen begann. »Du wirst etwas finden, was dich glücklich macht.«

Er schüttelte den Kopf. »Ich werde dich zurückholen. Irgendwie schaffe ich das und dann …«

»Nick. Bitte. Kannst du mir einen Gefallen tun?«

»Alles, was du willst.«

»Kannst du dafür sorgen, dass ich hier stehen bleiben darf? Ich habe diesen Platz immer vom Museum aus bewundert.«

Nick stiegen Tränen in die Augen. Er presste die Lippen aufeinander und seine Muskeln am Hals zuckten. Ich wusste genau, was er dachte. Er wollte mir widersprechen. Er wollte mir sagen, dass das nicht nötig war, weil alles gut werden würde. Doch dann schluckte er es herunter. »Versprochen.«

Ich sah in Nicks dreckverschmiertes Gesicht, welches das schönste war, das ich je gesehen hatte. »Ich liebe dich, Nick. Ich hätte mir das alles auch anders gewünscht, aber ich konnte …« Ich keuchte, als mein Hals zu Stein wurde. »N-Nicht anders. Bitte verzeih mir.«

»Ich liebe dich auch. Obwohl ich dich gerade viel lieber hassen würde.«

»Tu das, wenn es das einfacher macht.«

Er lachte gequält auf. Dann nahm er mich in den Arm. Zitternd drückte er sich an mich und flüsterte mir ein letztes Mal ins Ohr.

»Ich liebe dich.«

Während ich in den Armen des Mannes lag, den ich liebte, und den Blick auf den Himmel richtete, umhüllte mich der kalte Stein und nahm mich erneut gefangen.

Kapitel 36

Nick spürte den Moment, in dem ich vollkommen zur Statue erstarrte. Er verkrampfte sich und ein Schluchzen ließ seinen Körper erzittern. Er löste sich von mir und küsste mich. Wieder und wieder. Ich spürte nichts, sah aber die Verzweiflung in seinen Augen, als nichts geschah. Eine Hand legte sich von hinten auf seine Schulter. Es war Linos, der neben seinen Freund trat. Nick fuhr herum und rannte auf Xanthos los, der noch immer ein paar Meter weiter entfernt stand.

»Wusstest du es?«, schrie er ihn an und stieß ihn beinahe um. »Hat sie dir gesagt, dass sie so etwas vorhat?«

»Nicht direkt«, gestand Xanthos. »Aber sie meinte, dass ich dich im richtigen Moment aufhalten soll.«

Nick brüllte und ging erneut auf Xanthos los. Linos ging dazwischen und drehte Nick einen Arm auf den Rücken.

»Das bringt jetzt nichts mehr, Nick. Und sag mir nicht, dass du nicht genauso gehandelt hättest, wenn es andersherum gewesen wäre.« Er ließ ihn los und Nick stand auf. Xanthos hielt Abstand, doch Nick wandte sich ab. Er schlug auf die Wand neben der Feuerleiter ein und schrie seine Wut in die Nacht hinaus. Es ging ein paar Minuten so, während Linos und Xanthos einfach nur dastanden. Der Regen wusch ihnen den Dreck von den Gesichtern und ich sah, wie erschöpft sie waren. Nicks Lippe war blau und geschwollen, als er noch einmal zu mir kam. Doch seine Züge waren weich und er fuhr mir mit dem Daumen über die Wange. Die Sehnsucht in mir wurde übermächtig und ich wusste, dass mein Schicksal schlimmer war als der Tod. Auch wenn ich mir nicht erklären konnte, wieso ich nicht gestorben war. War es die Strafe dafür, dass ich die Gorgonen erschaffen hatte? Ich war nicht mehr unsterblich, und doch würde ich dabei zusehen müssen, wie die Menschen, die ich liebte, alterten und starben. Zumindest würde ich in dem Wissen, dass genau das passierte, ab sofort mein Dasein fristen, auch ohne dass ich es mit meinen eigenen Augen sah. Aber es war in Ordnung, wenn es den Krieg, den Fluch beendete.

Was mir allerdings Sorgen machte, war die Frage, ob es trotzdem funktionierte. Ich war nicht tot, nicht wirklich. Reichte es dennoch aus, um die Gorgonenmagie auszulöschen?

Nick, der mich eine ganze Weile schweigend musterte, schien meine Gedanken zu erraten. Wie damals, als er bemerkt hatte, dass ich in dem Körper aus Stein steckte.

»Wir werden herausfinden, ob es geklappt hat und dann suchen wir die *Ágalmas* und bringen sie heim. Wir kümmern uns auch um die Gorgonen, die nicht wissen wohin. Es wird alles in Ordnung kommen, das verspreche ich dir.« Nick hatte sich weitestgehend gefasst und wirkte wieder wie der unverwüstliche Krieger, als den ich ihn kennengelernt hatte. Nur die roten Augen verrieten, dass etwas nicht in Ordnung war. Trotzdem wurde mir leichter ums ... was auch immer da in meiner Brust war. Er hatte seinen Kampfgeist nicht verloren. Er würde weitermachen und seinen Weg finden. Er würde nicht wieder zerbrechen.

»Aber du musst mir auch einen Gefallen tun. Falls es dir doch irgendwie möglich ist, dich zurückzuverwandeln – hau nicht wieder ab, ja? Zumindest nicht ohne mich.«

Nick schluckte, drückte mir einen kurzen Kuss auf den Mund und drehte sich dann ohne noch einmal zurückzublicken um und ging. Linos und Xanthos folgten ihm in einigem Abstand.

Dann war ich allein. Nur der Regen leistete mir Gesellschaft. Ich konnte ihn nicht spüren, aber das Geräusch der zu Boden fallenden Tropfen und das sanfte Rauschen wirkten beruhigend auf mich. Ich hätte gedacht, dass ich in Panik verfallen oder wutentbrannt in meinem Steinkörper fluchen würde, aber nichts passierte. Ich fühlte mich leer. Ohne mein Herz und ohne Nick spürte ich nur ein beruhigendes Nichts.

Kurz vor Morgengrauen erschien Athene in ihrer wahren Erscheinung. Ihre Toga war am Saum voller Schlamm, doch das schien die Göttin nicht zu stören. Das Wasser weichte den weißen Stoff auf und machte ihn leicht durchsichtig. Doch sie schritt auf mich zu, als würde ihr das nicht einmal auffallen.

Dicht vor mir blieb sie stehen.

»Du bist genauso stur wie deine Schwester.« In ihren Augen las ich dieselbe ernüchternde Leere, die ich auch in mir spürte. Auch ihr war ein Schleier voller Lügen von den Augen gezogen worden.

»Aber du hast mich im Gegensatz zu ihr nicht angelogen. Ich hätte Hekate fast den Kopf abgerissen, als sie mich davon abgehalten hat, Medusa und Perseus sofort auseinanderzubringen, als sie das Museumsgelände betreten haben. Doch dann habe ich zugehört. Und du hast mich überrascht. Das hat schon lange keiner mehr geschafft. Vergebung … das ist ein Konzept, das ich noch nie verstanden habe. Meinst du, es ist zu spät dafür, es zu versuchen?«

Sie streckte die Hand aus und berührte eine Stelle unter meinem Hals.

»Du hast ohne Herz so viel mehr Mitgefühl als ich«, sagte sie mit leiser Stimme. »Ich werde die beiden ziehen lassen und mein Versprechen gegenüber dem Orden einhalten. Sie sollen frei sein. Nachdem sie die *Ágalmas* gerettet haben. Ich werde schon einen anderen Zeitvertreib finden.«

Athene betrachtete den Garten. »Wir sollten dieses Schlachtfeld herrichten, damit die Menschen keine Panik bekommen, wenn der Schleier zerfällt.« Mit einem Schnipsen brachte sie den Rasen, die Pflanzen und die Fenster in ihren Ursprungszustand. Bis auf mich sah wieder alles aus wie zuvor.

»Ich kann dich nicht zurückholen, Euryale. Aber ich kann es dir leichter machen.« Sie zog einen der goldenen Armreife, die sie um die Handgelenke trug, ab und befestigte ihn um meine Hand. »Damit bleibst du derweil vor ihnen verborgen. Deine Freunde werden dich aber sehen können.« Das war vermutlich ihre Art, sich zu entschuldigen.

Danke, dachte ich. Trotz allem.

»Leb wohl, Euryale.«

Es wurde hell und die Göttin war verschwunden. Der Regen jedoch blieb. Ich sah durch die Fensterscheiben in das Museum. Etwas, das im normalen Leben ein Glucksen gewesen wäre, stieg in mir auf, als ich Eddie durch die Gänge laufen sah. Wieder einmal stand er direkt vor mir, war aber unerreichbar.

Es war alles beim Alten. Nur dass ich in einer kurzen Zeit so viel erlebt hatte, dass es für ein halbes Leben reichte. Ich hatte von dem echten Leben kosten können, und gerade als ich dessen Wert erkannt hatte, war es mir wieder genommen worden. Zu Recht. Neben der Leere befand sich in mir eine tiefe Erleichterung darüber, dass ich meine Vergehen von einst wiedergutgemacht hatte. Doch es reichte nicht, um mich zu trösten. Insofern glich die Trauer dieses schwache Empfinden wieder aus und hinterließ mich mit dem bittersüßen Nichts.

Ich starrte den ganzen Tag auf den Regen, da ich mich nicht traute, die Menschen im Museum zu beobachten. Noch nicht. So verging die Zeit, in der ich nichts tat, außer Tropfen zu zählen. Und zu hoffen, dass die Welt außerhalb der Museumsmauern nicht im Chaos versank. Es regnete noch immer, als es dunkel wurde. Nicht ein einziges Mal war die Wolkendecke aufgebrochen. Die Lichter im Museum gingen wenig später aus und ließen mich in der Notbeleuchtung zurück.

Ich war so auf den Regen konzentriert, dass ich sie zunächst nicht bemerkte.

Zwei flimmernde Schlangen kamen über das Dach in den Garten gekrochen. Eine war gelb, die andere dunkelgrün. Zielstrebig schlängelten sie über den Rasen auf mich zu. Sie krochen um meine Beine, schlangen sich immer weiter an meinem Körper hinauf und verschmolzen mit meinem Nacken. All das sah ich nur gespiegelt in der Fensterscheibe. Und da wusste ich, dass es funktioniert hatte. Die Gorgonen verloren ihre Magie. Und da fühlte ich das erste Mal seit meiner erneuten Versteinerung einen Funken Freude.

Die beiden Schlangen blieben nicht die einzigen in dieser Nacht. Viele weitere folgten ihnen, in allen Farben, die man sich nur vorstellen konnte. Es war ein wunderschönes Schauspiel, das mich so etwas wie Glück empfinden ließ. Ich hatte es wirklich geschafft. Den Schlangen folgten noch andere Besucher. Ein paar Stunden nach Einbruch der Dunkelheit kletterten Ilena, Luce und Cathy in den Garten hinab. Luce stürzte sich augenblicklich auf mich und auch Cathy hatte Tränen in den Augen. Es ging ihnen gut. Den Göttern sei Dank. Ilenas Miene war eine Mischung aus Trauer und Wut.

»O Rya. Du hast es geschafft. Die Magie ist fort, aber die Erinnerungen sind noch da«, sagte Luce. Sie drehte sich um und zeigte mir ihren entblößten Nacken. Das Tattoo war fort. Eine der Schlangen war also ihre gewesen. Ob sie sie so sehr vermisste wie ich Amaris?

Cathy räusperte sich. »Du bist eine hübsche Statue.« Luce boxte sie in die Seite und brach dann in Tränen aus. Cathy legte die Arme um sie. »'Tschuldigung.«

Die beiden würden ein normales Leben führen können. Gemeinsam würden sie das schaffen.

Ilena rollte mit den Augen. »Furchtbar, diese Turteltauben überall. Seid ihr sicher, dass ihr nicht sofort in die Flitterwochen aufbrechen wollt, statt dem Orden zu helfen?«

»So schnell werdet ihr uns nicht los. Ihr könnt jede Hilfe gebrauchen, die ihr kriegen könnt. Immerhin wissen wir dank Hekate jetzt, wo die ganzen *Ágalmas* sind. Gewöhn dich also dran«, sagte Luce mit tränenerstickter Stimme.

Ilena wandte sich kopfschüttelnd ab, aber ich sah das Schmunzeln, das sie zu verstecken versuchte. Zwei Freundinnen wie die beiden würden ihr guttun.

»Okay, aber jetzt könnt ihr gehen. Ich wollte euch Rya nur zeigen, um ihr zu versichern, dass es euch gut geht. Ihr könnt ein anderes Mal wiederkommen, jetzt will ich erst mal ein Hühnchen mir ihr rupfen.«

»In Ordnung.« Luce drückte mich zum Abschied, als wäre ich nicht eine kalte Figur aus Stein. Das rührte mich und ich wünschte, ich hätte es erwidern können. Ein Gefühl, das mir vom ersten Mal als Statue nur allzu bekannt war. Die beiden ehemaligen Gorgonen winkten zum Abschied. Ilena und ich waren allein.

»Ich dachte, ich schaue mal, wie es dir hier so geht, ohne Regenschirm«, sagte sie und deutete auf sich. Das Wasser lief in Strömen an ihr herab, ihr musste fürchterlich kalt sein. »Es ist irgendwie beruhigend, oder? Dieses Tröpfeln auf dem Kopf. Als würde dich unentwegt jemand daran erinnern, dass du am Leben bist und deinen Kopf benutzen sollst.« Sie schluckte schwer. »Ich tue das, Rya, ich zermartere mir das Hirn, aber mir fällt nichts, absolut gar nichts ein, womit ich dir helfen könnte. Und das macht mich wahnsinnig. Hätte ich das mit dem Zauber und der Phiole doch bloß früher herausgefunden. Dann hätte ich vielleicht eine andere Lösung gefunden und …« Sie wischte sich mit den eh schon nassen Ärmeln über das Gesicht. »Nick meint, dass ich damit aufhören soll. Mich schuldig zu fühlen. Dabei ist er keinen Deut besser, der Heuchler. Aber er hat meine Wasserhähne repariert. Eine Stunde später sind sie wieder abgefallen, weil er überhaupt keine Ahnung davon hat, aber er wollte etwas tun, Rya. Irgendwas, um sich besser zu fühlen. Und ich kann es verstehen. Ich hab's ihm aber nicht gesagt, sondern einen Klempner gerufen. Immerhin brauche ich die Anschlüsse. Und zaubern … das fällt mir gerade nicht leicht. Hat wohl wie bei euch was mit Emotionen zu tun. Blödes Zeug.«

Hinter Ilena kroch eine weitere Schlange auf mich zu. Doch die *Mágissa* bemerkte es nicht. Konnte sie die Tiere nicht sehen? Sie trat von einem Fuß auf den anderen und verschränkte die Arme vor dem Körper. Dabei berührte sie die Kette, die sie immer um den Hals trug. Sie nahm den Anhänger aus Rosenquarz in die Hand.

»Den habe ich von einer Freundin geschenkt bekommen. Wir wurden zusammen bei den *Mageía Mésa* ausgebildet und waren unzertrennlich. Sie hat mit mir in dem Haus gewohnt. Sie hat mir diesen Anhänger geschenkt und gesagt, dass er mich immer an sie erinnern soll, auch wenn sie mal nicht da ist. Dass es quasi ein Stück ihres Herzens ist, das ich immer bei mir tragen kann. Damit ich niemals allein bin. Der Zwischenfall mit den Gorgonen, bei dem Nick und Linos mich gerettet haben? Sie war auch dabei, leider ist sie damals gestorben. Meine Welt ist zusammengebrochen und ich hatte nur diesen Anhänger. Ich war lange allein, aber jetzt habe ich das Gefühl, dass ich es nicht mehr bin. Ich trage Medea immer im Herzen und kann mich endlich wieder mit anderen anfreunden. Auch auf die Gefahr hin, sie wieder zu verlieren. So wie dich. Ich bin echt stinksauer, Rya. Aber ich bin dir auch dankbar. Deswegen trete ich dir nicht in den Allerwertesten. Deshalb, und weil das in dieser Form sehr wehtun würde.«

Sie streifte sich die Kette über den Kopf und hängte sie mir um. »Du brauchst sie gerade mehr als ich. Pass gut auf sie auf. Ich werde jetzt gehen und deinem Freund helfen. Vielleicht verschlimmbessert er wieder was.« Auf ihrem Weg zurück zur Leiter kamen Ilena weitere Schlangen entgegen, doch auch diese sah sie nicht. Sie verschwand in der Dunkelheit, doch die Wärme ihrer Geste blieb.

Der überraschendste Besuch dieser Nacht kam eine halbe Stunde später. Xanthos. Wie Ilena war auch er ohne Regenschirm gekommen, dafür mit einer Jacke, deren Kapuze er sich über den Kopf gezogen hatte. Sein rechtes Auge war von einem blauen Bluterguss umgeben und leicht geschwollen. Das Überbleibsel aus seinem Kampf mit Nick. Es erinnerte mich sehr an das erste Veilchen, das er meinetwegen von ihm verpasst bekommen hatte.

Ein paar Minuten stand er einfach nur da und starrte mich an. Er war recht attraktiv, wenn er das Gesicht nicht gerade vor Abscheu oder Wut verzog. Es war kantiger als das von Nick und auch in seinen Grundzügen ernster, aber mit Sicherheit stand auch ihm ein Lächeln gut. Wenn er sich jemals dazu hinreißen lassen würde.

»Ich hätte ehrlich gesagt nicht damit gerechnet, dass du es durchziehst.« Natürlich war das Erste, was er zu mir sagte, etwas Abfälliges. Wie gut, dass sich manche Dinge doch nicht ändern würden. Xanthos schob die Hände in die Jackentaschen.

»Jedenfalls … Danke. Wenn ich gewusst hätte, dass du so drauf bist, hätte ich dich damals nicht … angegriffen. Wobei, wenn ich gewusst hätte, dass du quasi die Mutter aller Gorgonen bist, vielleicht doch.« Er zuckte mit den Schultern. »Ich kann nicht so einfach umschalten und alle meine Prinzipien und das, was ich jahrelang eingetrichtert bekommen habe, über Bord werfen.«

Ich war überrascht davon, wie viele zusammenhängende Sätze er hintereinander sprechen konnte. Und mit welcher Ruhe er das schaffte. Kein Groll steckte dahinter. Kein Misstrauen.

»Aber ich werde es versuchen. Mich zu ändern, meine ich. Anderen erst mal eine Chance zu geben, bevor ich sie verurteile. Rausfinden, ob nicht wieder ein bescheuerter Fluch dahintersteckt.« Er kickte mit dem Schuh gegen das Gras. »Danke dafür«, grummelte er, aber einer seiner Mundwinkel zuckte. »Ich habe auch noch was für dich.« Er zog die rechte Hand aus der Tasche und öffnete sie. Darin lag einer der zerbrochenen Hämatite, die Kreon und seine Anhänger bei ihrem Angriff auf uns benutzt hatten.

»Das soll dich daran erinnern, dass du es mehrmals geschafft hast, etwas Unmögliches möglich zu machen. Also streng dich an.« Er legte den Stein zu meinen Füßen auf den Boden. »Denn ganz ehrlich: Nick ist in Trauer ein echter Sklaventreiber. Und das nervt. Es ist noch nicht mal einen Tag her und er geht mir jetzt schon auf den Sack.« Er nickte und ging. Ich musste geträumt haben. War das wirklich Xanthos gewesen? Vielleich hatte sich doch mehr verändert als gedacht.

Weitere Schlangen kamen, der Regen ließ nicht nach. Würde das nun für immer so sein? Es war gegen Mitternacht, als der nächste Besuch kam. Es überraschte mich, als ich ein feines Prickeln in mir spürte, als Nick die Leiter herabstieg und näher kam. Er trug den Anzug der Krieger, die Silberfäden schimmerten in der spärlichen Beleuchtung. Seine Augen waren warm und voller Liebe, als er vor mir stehen blieb und den Kopf senkte. Er hauchte mir einen Kuss auf die Lippen und sah mich dann erwartungsvoll an.

»Du bist ganz schön stur, weißt du das?« Er legte seine Stirn an meine. Eine hellblaue Schlange kroch über seine Schulter und von dort aus auf mich, doch er bemerkte es nicht. Wieso konnte niemand die Schlangen sehen? Spürten sie die Magie denn nicht?

Nick seufzte. »Du fehlst mir.«

Du mir auch, dachte ich.

»Die ehemaligen Gorgonen sind überraschenderweise sehr hilfsbereit. Und das haben wir Luce und Cathy zu verdanken. Direkt nachdem klar war, dass dein Plan funktioniert hat, haben sie eure Truppe zusammengerufen und ihnen erklärt, was los ist. Sie sind zu uns gekommen und haben uns ihre Hilfe angeboten. Dank Hekate haben sie ihre Erinnerungen behalten. Sie konnten uns so bereits einige der Orte beschreiben, zu denen die *Ágalmas* gebracht worden sind. So wie es aussieht, löst sich auch die Versteinerung von selbst auf. Allerdings braucht es ähnlich wie bei einem Kuss von uns eine gewisse Zeit, je nachdem, wie lange jemand versteinert war. Wenn wir Glück haben, finden wir alle, bevor sie verwirrt durch die Gegend rennen. Wir haben schon ein paar Gruppen losgeschickt, die sie einsammeln werden. Es gibt viel zu tun, aber der Krieg ist vorbei, der Fluch gebrochen, Rya. Dank dir.«

Nick berührte den Armreif, den ich von Athene bekommen hatte, er zuckte zusammen, als die Energie darin auf ihn übersprang. »Ich habe Athene getroffen, als sie uns von ihrer Entscheidung bezüglich des Fluchs berichtet hat, und sie hat mir davon erzählt. Sie ist sehr beeindruckend, aber auch etwas … zerstreut im Moment. Du hast es geschafft, die Welt einer Göttin ins Wanken zu bringen.« Er sah mir in die Augen. »Kannst du das bitte auch mit unserer tun, Rya? Kannst du noch einmal ein Wunder vollbringen? Ich weiß, es ist vielleicht falsch, zu hoffen, ich weiß ja nicht mal, ob du mich hören kannst. Aber ich habe dich schon einmal sterben sehen, Rya. Und du hast es geschafft, mich zu überraschen. Deswegen kann ich es jetzt nicht aufgeben, auch wenn mich das vielleicht irgendwann in den Wahnsinn treibt. Aber … aller guten Dinge sind drei, oder?« Nick riss die Arme nach oben und fuhr sich mit den Händen durch die Haare. »Götter, das ist der lahmste Spruch aller Zeiten, aber daran klammere ich mich gerade, so blöd das auch sein mag. Du hast es zwei Mal geschafft. Du hast den Tod zwei Mal überlistet. Ein Mal ist doch noch drin, oder?«

Nick atmete tief aus und starrte mir ins Gesicht. Er kniff die Augen zusammen und legte den Kopf schief. »Du bist da, oder?«

Ja!, schrie ich. *Ja! Ja! Ja!*

Nick senkte den Kopf und küsste mich wieder. Wie gerne hätte ich es gespürt und erwidert, doch ich fühlte nichts außer einem leichten Vibrieren, das von Nicks Atemzügen stammen musste. »Ich komme morgen wieder. Und übermorgen. Und den Tag danach. Du musst dir schon mehr einfallen lassen, als eine Statue zu sein, um mich loszuwerden. Ich werde tun, was ich kann. Ich werde einen Weg finden, um dich zu retten, wenn du es nicht vor mir schaffst. So lange ich lebe. Für das Leben. Ich liebe dich.«

Die letzte Schlange kam drei Wochen später. Sie war wunderschön und lila und als sie sich in meinem Nacken niederließ, spürte ich, dass sie die letzte war. Sie bewirkte, dass ich mich komplett fühlte und auch mein Instinkt sagte mir, dass es vollbracht war. Sämtliche Gorgonen hatten ihre Magie verloren. Ich fühlte mich nun, wie ich mich kurz vor meiner Erweckung durch Nick gefühlt hatte. Ich war ›da‹. Ich konnte mehr fühlen, wenn auch nicht spüren, aber alles, was um mich herum passierte, löste stärkere Reaktionen aus als zuvor. Es war ein schleichender Prozess gewesen, mit jedem Tag mehr hatte ich mich auch etwas ›besser‹ gefühlt. Jede Nacht, wenn Nick mich besuchen kam, spürte ich dieses Prickeln. War es anfangs nur eine flüchtige Empfindung gewesen, so war es nach zwei Wochen deutlich und hielt länger an. Er löste sein Versprechen ein und kam jede Nacht, um mir zu berichten, wie sie vorankamen. Es lief sehr gut und er war zuversichtlich, dass sie alle *Ágalmas* finden würden. Es war schön, dass alles klappte, und ich freute mich über den Funken Hoffnung, der in Nick aufkeimte und der nichts mit mir zu tun hatte. Wenn er mehr hatte, über das er sich freuen konnte, dann war die Enttäuschung vielleicht nicht so schlimm, wenn ich nicht tun konnte, was er sich wünschte. Was auch ich mir wünschte.

Auch Ilena kam jeden zweiten Tag vorbei. Sie hielt sich aus dem Tun des Ordens so weit wie möglich raus. Das Zaubern fiel ihr noch immer schwer, deswegen sah sie in sich keine große Hilfe. Sie hatte stattdessen begonnen, das Chaos in ihrem Haus aufzuräumen. Von Hand. Und das sei ganz schön anstrengend. Ich lachte, weil ich mir das bildlich vorstellen konnte.

Als ich nach dem Eintreffen der letzten Schlange allein war, fühlte ich mich zum ersten Mal seit meiner zweiten Versteinerung einsam. Was würde passieren, wenn all das vorbei war? Wenn die *Ágalmas* alle gefunden und sie und die ehemaligen Gorgonen versorgt waren? Würden Nick und Ilena dann aufhören, zu mir zu kommen? Für sie ging das Leben weiter, während für mich alles stillstand. Ich fluchte, weil ich mir die Leere und das Nichts zurückwünschte, die anfangs alles gewesen waren, um das ich mir Sorgen gemacht hatte. Nun war mein Bewusstsein über das Leben und die damit verbundene Melancholie zurück. Und ich glaubte, dass daran die Schlangen schuld waren. Ich wollte eigentlich nichts fühlen. Nicht, wenn es so bittersüß war.

Ich starrte in meinen alten Freund, den Regen, der in den gesamten drei Wochen nicht ein Mal aufgehört hatte. Ich wurde seiner nicht müde, er war ein treuer Begleiter und Tröster. Ich vermisste Amaris. Wie all die anderen Schlangen existierte sie nun nicht mehr und ich vermisste sie. Ich stellte mir vor, wie sie über den Boden kroch, sich zusammenrollte und zischte und …

Da, auf dem Boden vor mir, an der Stelle, auf die ich bei diesem Gedanken gestarrt hatte, formte sich eine Schlange aus Wasser. Sie schlängelte sich durchs Gras, rollte sich zusammen und ließ eine Zunge aus Wasser aus ihrem geöffneten Maul hervorschnellen.

Das ist nicht möglich. Das Tier zerfiel in Tropfen, als ich meine Konzentration verlor.

Ich versuchte es erneut. Ich rief mir Amaris ins Gedächtnis, erinnerte mich an ihre Schuppen und Bewegungen. Und tatsächlich. Das Wasser nahm erneut die Form einer Schlange an.

Da war noch etwas Magie in mir. Aber wie war das möglich? Alle meine Macht war mitsamt meinem Herzen zerstört worden, als Medusa die Phiole an sich genommen hatte. Nein.

Nicht all meine Magie. Medusa hatte es selbst gesagt. Die Gorgonen waren aus meinem Blut, meiner Blutmagie entstanden. Zu diesem Zeitpunkt war es noch nicht an den Zauber der Phiole gebunden gewesen, sondern gehörte allein mir. Und das Blut, das die Gorgonen seitdem unter die Haut gestochen bekamen, um die Gorgonenmagie zu erhalten, waren die letzten Reste davon. Es war mein Blut. Meine Magie. Und sie war in Form der Schlangen zu mir zurückgekehrt.

Aber konnte ich damit mehr anstellen, als Wasser zu bewegen? Konnte ich mich selbst heilen? Aber wie sollte ich überleben, ohne Herz, an das ich jene Magie binden konnte? Oder könnte ich etwa …

Es war verrückt. Es war eine absolut wahnsinnige Idee, die sich in meinem Kopf formte. Vermutlich verstieß sie gegen alle Regeln, die es in dieser Welt gab, aber ich hatte den Tod schon zwei Mal überlistet, wieso also nicht noch einmal? Was hatte Nick gesagt? Aller guten Dinge sind drei? Und es war uns schon ein Mal gelungen, scheinbare Gegensätze miteinander zu verbinden.

Mit Magie aus Gift und Silber.

Dann fiel mir ein, was Athene zu mir gesagt hatte, als sie mich kurz nach meiner Versteinerung aufgesucht hatte. ›Ich kann dich nicht zurückholen, Euryale. Aber ich kann es dir leichter machen‹. Und ›Damit bleibst du derweil vor ihnen verborgen‹. Das klang doch ganz so, als hätte sie gewusst, dass ich noch eine Chance hatte, oder? Genauso wie Hekate geahnt hatte, dass ich sie am Ende meines Kampfes mit Medusa nicht brauchen würde.

Plötzlich kribbelte alles in mir und ich konnte es kaum erwarten, wieder Besuch zu bekommen.

Es war Ilena, die in der darauffolgenden Nacht in den Garten kam. Dieses Mal allerdings mit einem Regenschirm.

»Sag mal, für diesen Dauerregen bist doch du verantwortlich, oder? Anders kann ich mir das nicht erklären. Ich habe dich echt gern und ich verstehe, dass du ihn magst, aber andere Menschen, so wie ich, gehen ohne Sonne ein.«

Ich sammelte alle Energie, die ich hatte, und konzentrierte mich auf den Regen. Mit viel Mühe schaffte ich es, die Tropfen so umzuleiten, dass sie nicht mehr auf Ilenas Schirm, sondern daran vorbei fielen. Es brauchte ein paar Sekunden, bis Ilena bemerkte, dass kein Regen mehr auf ihren Schirm prasselte. Sie klappte ihn zusammen und sah nach oben. Es regnete noch immer in Strömen, aber sie wurde nicht von einem einzigen Tropfen getroffen. Mit offenem Mund starrte sie mich an.

»Bei Hekate …«

Ich konnte die Magie nicht länger kontrollieren und ließ los. Der Regen traf auf Ilena, die das aber nicht zu bemerken schien. Ihr fassungsloser Geschichtsausdruck verwandelte sich in ein Lächeln und dann in ein verschmitztes Grinsen.

»Was brauchst du?«, fragte sie. Ich lachte innerlich über ihr blindes Vertrauen und den Glauben, den sie in mich hatte. Nachdem ich mich kurz gesammelt hatte, schleuderte ich eine kleine Kugel aus Wasser in ihr Gesicht.

»Mich. Okay. Sonst noch was?«

Ich legte mir einen feinen Schleier Wasser über die Lippen. Ilena trat näher und rieb sich das Wasser aus den Augen.

»Mh … Lippen … Einen Kuss? Nick?« Ich ließ das Wasser fallen und nickte, bis mir auffiel, dass sie das ja nicht sehen konnte. Doch Ilena vermochte es zu deuten.

»Ich bin zurück, so schnell ich kann.«

Das Warten machte mich verrückt. Es dauerte fast zwei Stunden, bis Ilena mit Nick zurückkam, der seine Augen nicht von mir abwenden konnte. Sehnsucht, Trauer und Wut lagen darin. Ilena trug eine Pappschachtel in den Händen, in der zwei Becher steckten.

»Ich habe noch einen kurzen Stopp auf dem Weg hierher gemacht«, sagte sie zu mir.

Nick musterte sie verdutzt. »Sagst du mir jetzt, was los ist?«

»Ich nicht, aber sie!«

Nicks Augen richteten sich auf mich. Als unsere Blicke sich kreuzten, wusste ich sofort, dass er etwas spürte. Er sah das, was er auch damals bemerkt hatte.

»Rya«, sagte er mit rauer Stimme und machte einen Schritt auf mich zu.

»Halt«, rief Ilena und er hielt tatsächlich inne. »Heb dir all deinen Charme für später auf, denn ich glaube, sie braucht gleich den besten Kuss, den du ihr jemals gegeben hast.«

»Bitte was?« Nicks Mienenspiel war herrlich anzusehen. Es schwankte zwischen verlegenem Grinsen und Unglauben.

»Sie hat irgendwas vor und sie braucht uns dafür. Aber sie bestimmt, wie es abläuft. Glaub es mir einfach. Sie kann es dir nicht zeigen, weil auch sie alle Kraft braucht, die sie hat.«

»Okay.«

»Also los. Zeig, was du kannst, Gorgone«, trieb Ilena mich an.

Jetzt hieß es alles oder nichts. Ich schloss die Augen. Ich suchte nach der Magie in mir, die vibrierend zum Leben erwachte. Ich war die mächtigste Gorgone der Welt, ich musste nur daran glauben. Ich hatte aus meinem Blut, meiner Magie Leben erschaffen, jetzt musste ich es noch einmal tun. Nein, ich musste mir zurückholen, was meins war. Ich hielt mich an der Vibration fest, ließ mich von Kopf bis Fuß davon erfüllen. Dann rief ich das Element und öffnete die Augen. Vor meinem Kopf entstand eine Kugel aus Wasser.

Nick atmete überrascht ein, Ilena lachte. Ich führte die Kugel an meinen Hals und nahm die Kette darin auf. Dasselbe tat ich mit dem Hämatit von Xanthos und dem Armreif, den Athene mir gegeben hatte. Ein Herz, Blut und etwas göttliche Magie. Doch ich wusste, dass das nicht reichen würde. Eigentlich wusste ich auch nicht, ob alles andere reichen würde, aber ich musste es probieren. Aber auch nur, wenn Ilena bereit dazu war und es wollte. Ich spaltete eine kleine Kugel von der großen ab und steuerte sie auf Ilena zu. Ich wusste, dass das, was ich verlangte, egoistisch von mir war, aber ich wusste auch, dass Ilena es vermutlich selbst vorgeschlagen hätte, wenn sie auf die Idee gekommen wäre. Und wenn sie nicht wollte, dann würde ich es auch ohne versuchen. Sanft stupste ich damit eins der Male an ihrer Wange an. Sie verstand sofort und zögerte nicht.

»Ich werde dir so viel geben, wie ich kann.« Ich wusste, dass ich Ilena um mehr bat, als ich jemals gutmachen konnte, aber ich würde, wenn es funktionierte, mein Leben lang versuchen, es ihr zurückzuzahlen. Ilena schloss die Augen und ihre Male leuchteten. Sie formte die Hände zu einer Schale und eins nach dem anderen erhoben sich die goldenen Symbole und schwebten in ihre Handfläche. Dort formte sie das goldene Flimmern zu einer Kugel. Sie machte es so lange, bis nur noch ein Mal auf ihrer Stirn übrig blieb. Dann hob sie die Hände und ich nahm das Gold in das Wasser auf. Eine Magiewelle breitete sich aus, als die Komponenten sich in der Kugel trafen. Ilenas Magie verband, was eigentlich nicht zusammengehörte, so wie sie es auch bei der Verbindung mit Nick und mir getan hatte. Übrig blieb ein wässriger, goldschimmernder Ball aus Wasser, der in der Luft schwebte. Ich zog ihn näher an mich heran und ließ ihn kurz vor meiner Brust schweben.

Einen Moment lang tat sich nichts. Dann gab Ilena Nick einen Schubs in meine Richtung. »Du bist dran. Küss sie! Und leg dich ordentlich ins Zeug!«

Nick lachte, als er vor mir stand. »Das ist verrückt. So wie du«, sagte er. »Aller guten Dinge sind drei.«

Nick überbrückte die Distanz zwischen uns, drückte die Kugel mit seinem Körper in meine Brust und in dem Moment, als der letzte Tropfen in mich eingedrungen war, flüsterte er »*Gia ti Zoí*« und küsste mich.

Und ich spürte es. Ich fühlte seine weichen, vollen Lippen auf meinem Mund, die mir neues Leben einhauchten. Seine Finger, die mein Gesicht umschlossen, und seinen harten Körper, der sich gegen meinen drängte. Mein Gefängnis aus Stein explodierte in einem einzigen, lauten Knacken und es blieb nichts als feine Staubkörner übrig, die sich über uns legten wie eine Decke und sofort vom Regen abgespült wurden. Nick lächelte, doch er brach den Kuss nicht ab. Stattdessen schlang er die Arme um mich und hob mich hoch, ohne den Kuss zu lösen. Ich vergrub meine Hände in seinen Haaren, die nass zwischen meinen Fingern hindurchglitten. Ich schlang die Beine um ihn und er legte die Hände um meine Oberschenkel. Er lief ein paar Schritte, bis ich das Fenster im Rücken fühlte und er uns daran abstützte. Seine Zunge glitt über meine Lippen und ich öffnete sie. Er schmeckte wunderbar und ich wusste, dass ich niemals genug von ihm haben würde. Er presste sich an mich und ich gab einen Laut von mir, der mich verlegen lächeln ließ.

Keuchend beendete Nick unseren Kuss und ich rang nach Atem. Er legte eine Hand zwischen meine Brüste. Er musste, wie ich, das Schlagen fühlen, das von dort ausging. Es pumpte das Blut durch meine Adern und sorgte für die Hitze, die ich am ganzen Körper spürte. »Wie ist das möglich?«, flüsterte er zwischen zwei langen Atemzügen.

»Meine Magie, Ilenas Magie, Athenes Magie und ein bisschen von deiner«, antwortete ich. »Das scheint geradeso auszureichen, um eine halb tote Gorgone wieder zum Leben zu erwecken.«

Nick lachte und küsste meinen Hals. »Wie sieht Ilena aus? Ist sie rot angelaufen?«

Ich warf einen Blick über seine Schulter. »Sie ist weg.« Ilena war tatsächlich gegangen. Zurückgelassen hatte sie nur die beiden Pappbecher, die geschützt unter einem Schirm auf dem Rasen standen. Ich hatte eine ungefähre Ahnung, was darin war.

»Dann musst du ihr sagen, wie gut der Kuss war.« Erneut küsste er meinen Hals und ich hob seinen Kopf, um ihn auf den Mund zu küssen.

Als wir uns das nächste Mal voneinander lösten, wurde Nick ernst. Er setzte mich ab, rückte aber nicht von meiner Seite, was mir mehr als recht war. Nach der Kälte als Statue fand ich die Hitze, die von ihm trotz des Regens ausging, atemberaubend.

»Wie geht es jetzt weiter? Wie lange wird es anhalten?«

»Ich bin nicht mehr unsterblich. Das fühle ich. Mehr als drei Mal werde ich den Tod sicher nicht überlisten können. Und wie lange es anhält … Wer weiß das schon.«

»Niemand«, sagte Nick. »Auch normale Menschen nicht.«

Ich nahm sein Gesicht in beide Hände und küsste ihn. Ich konnte noch immer nicht fassen, wie gut er sich anfühlte. Er grinste, als ich den Kuss beendete. »Und was willst du jetzt tun?« Ich musste nicht lange nachdenken. Ich wollte das, was ich mir all die Jahre gewünscht hatte. Nur dass ich es jetzt zusammen mit ihm wollte.

Ich legte meine Hand auf seine Brust und spürte das schnelle Klopfen seines Herzens darunter.

»Leben«, antwortete ich.

ENDE

LISA
ROSENBECKER
MAGIE
aus
TOD
und
KUPFER
DRACHENMOND VERLAG

Für alle, die mehr aus der Welt von
Magie aus Gift und Silber wollen. :)

»Was ist eine Mágissa ohne ihre Magie?«

Seitdem Ilena einen Großteil ihrer Macht geopfert hat, stellt sie sich diese Frage jeden Tag. Ohne ihre Magie fühlt sie sich einsam, doch weder die Mageía Mésa noch Hekate können an diesem Zustand etwas ändern.

Als jedoch ein Mitglied des Perseus-Ordens verschwindet und die einzige Spur eine schwarze Feder einer uralten Kreatur ist, muss Ilena ihren Schmerz hinter sich lassen. Zusammen mit Xanthos macht sie sich auf die Suche nach weiteren Hinweisen und es beginnt ein Spiel mit dem Feuer – und ihren Gefühlen. Die beiden müssen ihre eigenen Grenzen und die der menschlichen Welt überschreiten, um die tödliche Bedrohung aufzuhalten. Doch wie besiegt man das Schicksal, wenn man sich und seine Magie immer mehr verliert?

Lisa Rosenbecker

Magie aus Tod und Kupfer

ISBN: 978-3-95991-561-8, kartoniert, EUR 14,90

Nachwort (Achtung, Spoiler!)

Liebe Leserin, lieber Leser!

Wenn du diese Zeilen liest, hast du hoffentlich den Rest des Buches auch schon hinter dir. Wenn nicht, dann solltest du jetzt nicht weiter nach unten sehen, denn dort könnten sich einige Spoiler verstecken. Wenn doch, dann nur zu!

Künstlerische Freiheit ist etwas Tolles. Man darf Dinge aus dem Alltag, der Geschichte oder der Mythologie nehmen und sie nach eigenem Willen formen. So habe auch ich es in *Magie aus Gift und Silber* gemacht. Ich habe mir sowohl die griechische Mythologie als auch die griechische Sprache vorgenommen und sie so zurechtgebogen und erweitert, wie ich es für Ryas Geschichte gebraucht habe. Vor allem den Mythos um Medusa und Perseus, den ich auseinandergenommen und neu zusammengesetzt habe … in verschiedenen Varianten, die ihr über das Buch verteilt gefunden habt. Ich hoffe, euch hat meine Interpretation davon gefallen. Die »richtige« Variante, die der Rest der Menschheit glaubt, könnt ihr im Internet oder Fachbüchern nachlesen.

So habe ich mir auch beholfen, als ich das Buch mit ein bisschen alter Sprache aufpeppen wollte. Ich habe ein bestimmtes Wort und »Übersetzung Griechisch« bei einer gewissen Suchmaschine eingegeben und der Übersetzer hat mir dann die Wörter und Sätze ausgespuckt, die ihr in diesem Buch finden könnt. (Kinder, macht das nicht in der Schule nach! :D) Ich gebe also keine Garantie auf Richtigkeit.

Zumal allein die Schriftzeichen nicht griechisch sind, aber das hätte dann vermutlich mehr verwirrt als die Geschichte untermalt. Sollte ich aus Versehen in irgendeiner Weise jemanden mit den Übersetzungen beleidigt haben (man weiß ja nie …), dann gebt mir oder dem Verlag doch bitte kurz Bescheid. Für das nächste Buch mache ich dann einen Sprachkurs. :D

Danksagung

Auf einem Buchcover stehen meistens nur zwei Namen, die nichts mit dem Inhalt zu tun haben. Der des Autors/der Autorin und der des Verlags. Aber hinter so einem Buch stecken mehr Köpfe, als man das vielleicht vermuten würde. Ja, Autoren sitzen meist allein vor ihrem Schreibtisch und tippen mal mehr, mal weniger munter auf ihre Tastaturen ein, aber es braucht doch mehr Menschen, um so ein Buch »auf die Welt zu bringen«. Daher möchte ich an dieser Stelle einigen von denen danken, die MAGUS und mich auf dem nun fast zweijährigen Weg begleitet haben. Dieses Buch ist etwas ganz Besonderes für mich und ich habe sehr bittersüße Gefühle, während ich diese Worte tippe, kurz bevor das Buch endgültig an den Verlag geht.

Die Idee zu MAGUS hatte ich kurz nach dem Tod meiner Mama Ende 2016, der das Buch auch gewidmet ist. Ich wollte es vor allem für sie schreiben und es ihr zum 50. Geburtstag im April 2019 schenken, den sie leider nicht mehr erleben wird. Mit diesem Gedanken war jedes Wort ein kleiner Triumph, weil das Schreiben für mich lange Zeit eine Qual war. Aber es fiel mir auch wahnsinnig schwer, daran zu arbeiten, weil ich immer wusste, dass sie es nie wird lesen können. Wobei …

Mama, egal wo du jetzt auch bist, ich bin überzeugt, dass es dort auch Bücher gibt. Vielleicht schafft es MAGUS ja auch zu dir. Und wenn es dir gefällt, dann schau doch bitte mal bei den folgenden Menschen vorbei und gib auf sie acht, ja? So wie du das immer bei mir gemacht hast. Du fehlst mir!

Und alle, die sich unten wiederfinden, würde ich im Gegenzug darum bitten, im April 2019 auf meine Mama anzustoßen (Oder wann auch immer ihr das lest). Ja, ihr habt mir schon bei dem Buch geholfen, aber ein (alkoholfreies) Schlückchen Sekt ist doch noch drin, oder? <3

Astrid. (Du dürfest auch mit Energy anstoßen. :D) Ich bin dir, der weltbesten Verlegerin und Drachenmama, so dankbar, dass du damals nach ein paar kurzen Worten zu meiner Idee das Buch haben wolltest. In das Drachennest zu fahren ist auch immer ein bisschen wie nach Hause kommen und das ist nicht selbstverständlich. Danke für deine Unterstützung, die Motivation und das immer offene Ohr. Das nächste *Imagine Dragons* Konzert kommt bestimmt. Spätestens auf der Burg …

Ava. Dank dir kam endlich die für mich immer wichtige Deadline ins Spiel! Der letzte Tritt Richtung Endspurt. Danke dafür und für die Hilfe und Begeisterung, die du mir bezüglich MAGUS entgegengebracht hast und für die Anregungen, damit dieses Buch zu dem werden konnte, was es ist.

Marie. Du musstest mit mir und dem Cover ganz schön was durchmachen. Aber das Kleidchen, das du meiner Rya gezaubert hast, ist einfach perfekt. Vielen, vielen Dank dafür!

Stephan. Du bist ein ganz wundervoller Lektor mit tollem Humor! Ich hatte nach meinen mittlerweile 11 Plot-Entwürfen selbst den Überblick verloren. Aber du hast mein Chaos entwirrt und mir super Denkanstöße und Ideen gegeben, mit denen ich noch einiges aus MAGUS rausholen konnte. Und dabei habe ich dank deiner lustigen Kommentare stellenweise über meine eigene Dummheit lachen müssen. Und das mag was heißen! Danke, dass du #team_nicnac_for_knickknack bist! (Seine Kreation, nicht meine. ;))

Michaela. Danke, dass du dich der letzten Fehler in MAGUS angenommen hast. Deine Kommentare waren super hilfreich und ich werde mich beim nächsten Buch sicher daran erinnern. Merci!

Jenny. Dass wir beide uns in 2018 begegnet sind, muss Schicksal (in Gestalt von Andrea) gewesen sein. Es kommt mir so vor, als würden wir uns schon viel länger kennen als nur ein Jahr. Mittlerweile verbinde ich mein Schreiberling-Dasein auch immer mit dir. Du und unser Autorenstammtisch waren der entscheidende Ar… Po-Tritt, den ich für MAGUS gebraucht habe. Ohne dich, da bin ich mir ganz sicher, würde es dieses Buch heute nicht geben. Danke, dass du dieses Abenteuer mit mir bestritten und mir immer mit offenem Ohr zur Seite gestanden hast. Wir haben dabei auch sagenhaft viele Bäume zusammen gepflanzt! Auf dass es in den kommenden Jahren so weitergeht und wir auch bald deine erste Veröffentlichung feiern dürfen! (An dieser Stelle auch ein kurzes Danke an das Team vom Königsbau Café in Stuttgart, das immer einen Ehrenplatz plus Steckdose für uns frei hatte!)

Autorenmusketiere. Tanja, Liz, Steffi, Carina – das sind die Zutaten für eine tolle Whatsapp-Gruppe sowie für einen gelungenen Buchmessen-Aufenthalt. Mit euch macht die Buchwelt so viel mehr Spaß. Ich danke euch für den Austausch, das offene Ohr und die Unterstützung in den letzten Jahren. Ich weiß gar nicht, wie viele Millionen Bilder und Stunden voller Sprachnachrichten dank euch auf meinem Handy schlummern und mich immer wieder glücklich machen. Mit euch ist einfach alles besser!

Freunde. Hach, wie schön das klingt, hihi. Ein ganz großes Dankeschön geht an Steffi, Thomas, Marcel und Patrick (streitet euch jetzt bitte nicht um die Reihenfolge :D), die mich schon seit immer unterstützen und meine Bücher lesen. Vor allem Steffi und Thomas sind der Knaller, weil sie meine Bücher jetzt sogar in China unter das Volk bringen. Dass ich das mal erleben darf, hätte ich auch nicht gedacht!

Familie. Wie immer gilt ein riesiger Dank meiner Familie (und damit meine ich Rosenbecker, Preuß, Volkwein und Knippel sowie Petra, Andreas und Pitti). Gerade die letzten beiden Jahre waren nicht einfach, aber dank euch hatte ich nie das Gefühl, allein zu sein. Ihr seid immer für mich da und das ist das beste Gefühl, das man jemandem geben kann. Ich kann in Worten kaum ausdrücken, wie dankbar ich euch bin. Vor allem meinem Freund Malte, der mich auch dann noch mag, wenn ich tagelang wie Gollum vor meinem Laptop sitze und quasi nicht ansprechbar bin. Ich habe euch alle furchtbar lieb!

Als Letztes danke ich natürlich auch noch meinen **Leserinnen** und **Lesern**, die mich auf meinem Weg als Autorin begleiten. Ihr versorgt mich immer mit Motivation und lieben Worten, und auch mit dem einen oder anderen Namen, wenn ich mal wieder nur ein XXX in meinem Manuskript stehen habe. Danke für eure Beiträge, die Bilder und jedes Wort, das ihr über meine Bücher schreibt und damit die Geschichten in die Welt hinaustragt! Ich freue mich immer über den Austausch mit euch, egal ob über Facebook, Instagram oder meine Homepage. Danke!

Alles Liebe – Lisa

LISA
ROSENBECKER
LITERSUM
MUSENKUSS
DRACHENMOND VERLAG